# DELİ

DELİ
Gülsen Kılıçaslan
Nemesis Kitap / Roman
Yayın No: 310
Yazan: Gülsen Kılıçaslan
Yayına Hazırlayan: Hasret Parlak Torun
Kapak Tasarım ve Uygulama: Başak Yaman Eroğlu

ISBN: 978-605-9809-54-2


Sertifika No: 26707

1. Baskı / Şubat 2016

Baskı ve Cilt:
Vizyon Basımevi Kağıtçılık Matbaacılık Ve Yayıncılık
San. Tic. Ltd. Şti.
İkitelli Org. San. Bölg. Deposite İş Merk.
A 6 Blok Kat: 3 No: 309 Başakşehir/İstanbul
Tel: 0212 671 61 51 Fax: 0212 671 61 52

Yayımlayan:
NEMESİS KİTAP
Gümüşsuyu Mah. Osmanlı Sok. Osmanlı İş Merkezi 18/9
Beyoğlu/İstanbul
Tel: 0212 222 10 66 - 243 30 73 Faks: 0212 222 46 16

# DELİ

GÜLSEN KILIÇASLAN

nemesis
KİTAP

*Bu kurguya ilham kaynağı olan Hakan'a,*

Madencilikle ilgili terim ve olaylarda deneyimini ve bilgisini benimle paylaştığı için ayrıca bu kitaptaki taze ekmeklerin gizemine ilham kaynağı olduğu için babama,

Bu kitabı yazarken pek çok konuda ona yardımcı olamadığım için kızsa da anlayışını benden esirgemeyen anneme,

Daima yanımda olan kardeşlerim, Ali, İlayda ve Ulvi Talip'e,

Kitap hakkındaki fikirlerimi ilk dinleyen, kardeşten öte olan can dostum olan Dilek'e,

Bu kitapta emeği geçen Nemesis Kitap ailesine,

Deli'yi yazma maceramda başından sonuna kadar yanımda olan Wattpad'deki Deli Tayfası'na

***TEŞEKKÜRLER...***

***Gülsen Kılıçaslan***
***Zonguldak / 2016***

# 1

Umutlarım, kaderin ördüğü ağlara takılıp kalmış, arkalarından döktüğüm gözyaşlarına aldırmadan, çırpınarak can veriyorlardı. Umut fakirin ekmeği denir ya... Benim son lokmam elimden alınmıştı işte. Umut, hep içimizde taşıdığımız ama asla kıymetinin farkına varamadığımız bir mücevherdi. Ben, son umudumu da kaybettiğim o gece, o mücevherin ne kadar kıymetli olduğunun farkına varmıştım. Geleceğe dair –aptalca da olsa– bir mutlu hayaliniz yoksa anlamsızdı hayat. Benimki de bir anlam taşımıyordu artık. Ölmeye yüz tutmuş bir çiçek gibi, soluk alıp verdikçe soluyordum.

Annem ve babam, bana karşı hiçbir zaman, o sevgi dolu ve çocuklarının üstüne titreyen, ilgili anne babalar gibi olmadılar. O yüzden ben de küçüklüğümden beri kendimi, rengârenk hayaller kurarak mutlu etmeyi öğrendim. En sevdiğim hayalin rengi ise beyazdı. Beyaz bir gelinlik...

Beyaz, mutluluğun, aşkın, kendi yuvamı kurabileceğimin ve anneliğin tarifi imkânsız duygusuna erişebileceğimin müjdecisiydi. Bu evde kavuşamadığım huzura, kendi kurduğum yuvada sahip olacağıma öyle inanarak büyümüştüm ki, ailem, bu hayalimi de elimden aldığında bir çeşit sinir krizi geçirmiş ve evde şiddetli bir kavga çıkarmıştım. Sonunda kaybeden ben olmuştum. Yatağıma yatmış, yediğim dayaktan çok içimi acıtan zorunluluk yüzünden ağlıyordum; çünkü geri zekâlı erkek kardeşim yüzünden delinin biriyle evlenmek zorundaydım. Tufan, -yani kardeşim- üç gün önce dayımın oğlu Miraç'ın çırak olarak çalıştığı marangozhaneye gidip o delinin yeni arabasının anahtarını almış, -daha doğrusu bildiğiniz çalmış- ve kaza yapmıştı. Daha kaskosu bile yapılmamış olan üç günlük ve elli beş bin lira değerindeki araç, kazada hurdaya çıkmıştı. Bizde değil elli beş bin, beş yüz elli lira bile olmadığından, o delinin babası Emin amca, babama oğluyla beni evlendirmeyi teklif etmiş ve babam da biricik oğlu hapse girmesin diye hemen kabul etmişti. Bana kalsa, hayatımı zehir etmeyi kendine hobi edinmiş olan Tufan, hırsızlıktan hapse girebilirdi. Hatta güzel bile olurdu, kafa dinlerdim ama babam ve annem için varsa yoksa oğullarıydı.

Biz üç kardeşiz. Ablamın ardından ben -yani bir kız çocuk daha- doğunca babam çok üzülmüş. Bu sebepten midir bilmem, beni hiç sevmez. Gerçi zavallı ablam evlenene dek benden daha çok çekmiştir babamdan. Tufan ise, erkek olduğu için babamın tek kıymetlisi.

Evlenmem diye itiraz ettiğimde önce Tufan dövmeye kalkıştı beni. Tufan on sekiz yaşında, ben yirmi üç yaşındayım ve Tufan zayıf, uzun, ince yapılı olduğundan ben de pekâlâ ona karşı çıkabiliyorum. Bana elini kaldırdığında bunu yaptım zaten. Ona karşılık verdim.

Tufan'ı yere yatırdığımda babam oturduğu yerden bir hışımla kalktı. Malum, biricik oğlu benden dayak yiyordu. Yeni kaza geçirmiş kardeşime nasıl el kaldırırmışım diye kırık sehpa bacağını kaptığı gibi art arda sırtıma indirmeye başladı. İçimdeki tüm nefreti, bulabildiğim en acı, en çirkin sözlerle onlara kustum; babama da, Tufan'a da ağzıma geleni saydım. En son da annemden bu sözlerim yüzünden terlikle dayak yedim.

"Kardeşin hapislerde mi sürünsün istiyorsun? Hiç mi vicdan yok sen de?" demişti annem baldırlarıma terliği geçirirken.

Asıl vicdansız olan onlardı oysa. Değerim bir araba parasıydı... Yine gözyaşlarıma esir olmuştum ve yaşamak acı verdiğinden olsa gerek, her nefes alışta daha çok zorlanıyordum. Odanın kapısı açılınca yorganı başıma kadar çektim. Evdekilerle konuşmak bir yana, yüzlerini bile görmek istemiyordum. Ama "Elif..." diyen ablamın sesini duyunca yorganı indirdim, can simidine sarılır gibi yanıma oturan ablama sarıldım ve içimdeki sıkıntıyı, boğazımdaki safra tadını gözyaşlarımla akıtmak istercesine onun göğsünde ağladım. Ablam benim şiddetli ağlamama tezat şekilde usulca sırtımı sıvazladı. "Yapma böyle Elif. Yeter ağladığın..."

"Abla kurtar beni. Lütfen, ne olursun?" Kurtarıcım olabilecek yegâne kişiye, ağlamaktan tıkanan nefesimin elverdiğince yalvarıyordum. O, beni küçüklüğümden beri koruyup kollamış, annemin esirgediği sevgiyi bulduğum kucak olmuştu. Oysa benden sadece üç yaş büyüktü. Yine de çocukken bile ben, anneme sığınır gibi sığınmıştım ona.

"Niye evlenmek istemiyorsun?" diye sakin bir mırıltıyla sordu benim küçük annem.

"Delinin tekiyle evlendirmek istedikleri için olabilir mi?" diyerek doğruldum. Öfkem su yüzüne çıkınca tüm acılarımı, en derindeki sandıklara geri tıktım anında.

"Daha görmedin bile çocuğu. Belki iyi anlaşırsınız, hem-"

Beni yatıştırıp sakinleştirmeye çalışan ablamın sözünü kestim. "Abla, adı ne bu çocuğun?" Hırsla sormuştum çünkü bu evliliğin mümkün olamayacağını ispatlamaya uğraşıyordum.

"Emre."

"Eksik söyledin; Deli Emre! O çocuğa normal diyen tek bir kişi var mı şu Kilimli'de?"

Biz Zonguldak'ın merkeze yakın, deniz kenarına kurulu, küçük bir ilçesi olan Kilimli'de yaşıyorduk. Karadeniz, burada yaşayan insanlara kendi inatçılığını ve hırçınlığını meziyet olarak vermişti. Ben bu iki meziyeti de kendimde fazlasıyla görebiliyor ve aslımı da hiçbir zaman inkâr etmiyordum; inatçı cadının tekiyim, biliyordum. Şimdi de evlenmemeye inat etmiştim ama bu kez benim inadım bile işe yaramayacak gibi duruyordu.

O deliyi hiç görmesem de adını duymuştum. 'Deli Emre' derdi herkes ona. Aslında Emin amcayı severdim. Liseye giderken her sabah onların dükkânının önünden geçerken Emin amcaya, günaydın ve kolay gelsin, derdim; çünkü o saatte Emin amca, dükkânın camlarını köpüklü suyla siliyor olurdu. Emin amca mobilyacılar için mutfak dolabı, masa, gardırop, koltuk gibi şeyler yapıyordu ama bazı ürünlerin sergilendiği dükkân kısmında oğlu hiç durmazdı. Belki de deli olduğundan dükkânın ön tarafına çıkmıyordu. Onu görmüşlüğüm yoktu ama namını, yaptıklarını duymuştum pek tabii. Onun hep arkadaki marangozhane kısmında çalıştığını Miraç söylemişti önceden.

Müşteri bir kadını boğmaya çalışmıştı Deli, hem de henüz on altı yaşındayken. Kadıncağızı, babası dâhil tüm çalışanlar zor almışlardı elinden. Dün babamın anlattıklarından öğrendiğim kadarıyla yirmi altı yaşındaydı ve askerden üç ay önce gelmişti. Delilerin, imza yetkileri olmadığından evlenemezler diye içimde büyüttüğüm umut ışığını da, "Askerliğini de yapmış, işi gücü elinde, hali vakti yerinde..." diye başlayan uzun methiye cümlesiyle babam üfleyip söndürmüştü. Askere alındıysa pekâlâ evlenebilirdi de...

"Askerden yeni gelmiş, akıllanmıştır belki," dedi ablam düşüncelerimi duymuş gibi.

"Abla, askeriye akıl mı dağıtıyor? G.A.T.A.'da tedavi olduysa o başka!" İç dünyama tezat şekilde güçlü çıkıyordu sesim.

"Askere alındığına göre deli değil demek ki? Milletin uydurması olsa gerek."

"Abla sen kimden yanasın?" Elinde olsa beni bu durumdan kurtarırdı, biliyordum; ama yine de kırgınlıkla, bu sözlerin ağzımdan dökülmesini engelleyememiştim.

O ise her zamanki sevecen tavrıyla ellerimi avuçlarına alıp sabırla anlatmaya başladı. "Elif, istesen de istemesen de babam verecek seni. Hem evlilik yaşın da geldi. Yani okumuyorsun etmiyorsun. Burada annemin babamın kahrını çekeceğine evlen, evinin hanımı olursun. Bak ben evlendim, kurtuldum yemin ederim."

"Abla, sen Murat eniştemle severek ve isteyerek evlendin." Yine yuttuğum o safra tadı boğazıma takılmıştı.

Ablam iç çekip bal rengi gözlerini, ağlamaktan kan çanağına dönmüş gözlerime dikti. "Etrafına bak güzelim," dedi, bir eliyle odayı göstererek. O deyince rutubetten kararmış tavana, yıllardır boya badana görmemiş duvarlara baktım. Eşya namına zaten üstünde oturduğum eski somya, havı dökülmüş eski halı, eski bir ahşap dolap dışında bir şey yoktu. Huzurun bu eve uğradığı zaten yoktu.

Annem her türlü ev işini benim yapmamı bekliyordu acımasızca. Gün boyu ayakta -marketin sahibi kasanın arkasında sandalyede oturmamıza izin vermiyordu çünkü- market kasasında çalıştıktan sonra bir de eve gelip bulaşık ve yemekle uğraşıyordum. Boş gezenin boş kalfası olan Tufan itinin bana takılıp emirler yağdırması da cabası... Annem oturduğumuz kiralık evin karşısındaki iki apartmana merdivenleri silmeye gidiyor, arada da dairelerden gündeliğe çağıran oluyordu. Annem, ben lisede okurken ona yardım edeyim diye, beni de zorla yanında götürmek isterdi. Bundan nefret ederdim çünkü okul arkadaşlarımdan bazıları o apartmanlarda oturuyorlardı ve karşılaşma ihtimali ödümü koparırdı. Okul bitince markette, sekiz yüz liraya köpek gibi çalışmaya başladım da en azından o dertten kurtuldum. Tabii aldığım paradan bana sadece iki yüz lira kalıyordu; gerisini babama veriyordum. Babam da dokuz yüz lira gibi komik bir maaşla özel bir maden ocağında çalışıyordu; kaçak işçi olarak... Yani sigortası bile ödenmiyorken patronu için yerin metrelerce altına giriyordu.

Sürmeli Veli derler babama. Aslında gözlerinin etrafındaki sürme değil, kömür tozudur. Burada yaşayanlar bilirler, madene giren erkeklerin gözleri sürmeli gibidir hep. Yıkansalar hatta hamamda kırklansalar bile çıkmaz o kömür izi... Aslında yokluk yüzünden babama hiç kızmadım, kızamam da... Ben kendimi bildim bileli ekmek parası için, ölmeden toprağın altına giriyor.

Kilimli'de maden ocakları Karadon Mahallesi ile Gelik Beldesi'ndedir ve ambulanslar o tarafa geçerken sirenlerini cayır cayır çalarlarsa birçok aile telaşa düşer. Her ambulans, geçtiği yerde yüreklere korkunun ateşini salar... Göçük vardır, grizu patlamıştır, kaza olmuştur ve illa ki biri daha ekmeğini taştan çıkarırken şehit olmuştur; *Madenci şehidi.*

Böyle düşününce babama karşı gelerek bile nankörlük ettiğimi düşünüp suçluluk duydum. Ama zaten benim kızdığım; tüm aile hayata tutunmaya çalışırken Tufan'ın serserinin teki olması ve babamın, onu bizden üstün tutmasıydı. Şu köpek bağlasan durmaz eve, üç yüz elli lira kira ödüyorduk ve daha evin pek çok gideri vardı; ama Tufan tek bir kez bile çalışmadığı gibi bir de bizim kazandığımız parayı har vurup harman savuruyordu.

Güzel kızımdır ben, yani öyle derler. Bir deliye eş olacak kız değildim ama kaderde bu da varmış demek ki...

Ablam adımı seslenerek, beni daldığım derin kuyulardan çekip başka türlü bir çile çektiğim gerçekliğe getirdi ve sesini normal bir tonda tutmaya çalışarak saymaya başladı. "Elif! Elif, bak! Bu evde huzurun yok. Biliyorum, benim de yoktu çünkü. Annem ve babam için varsa yoksa Tufan. Bir düşün; annemden dayak yemediğin gün oldu mu şu evde? O dövmemişse eminim zaten babam vurmuştur o gün. Tufan hazretleri zaten ne isterse olacak yoksa bir de onun için kavga dövüş... Sıkılmadın mı? İki katlı evleri var sahil yoluna giderken, yeni yapılmış daha. Emin amca, oğlu için yaptırmış, bildiğin dubleks ev işte. Mobilyaları, onların dükkânının önünden geçerken zaten görüyorsundur. Hayat standardın değişir birden, inan bana. Varlıklılar, tek çocuk bu da. Oh, kaynana derdin de yok."

"Niye? Yani niye kaynana yok?" diyerek aklıma takılan saçma sapan soruyla onu yine böldüm.

"Annesi yıllar önce vefat etmiş çocuğun, hatta bu da çocukluğunda o zaman şey olmuş."

"Deli!" Ablamın söyleyemediği yeri ben söylemiştim. Ablam deli dememi ayıplar şekilde bakıp, "Hasta, diyecektim," dedi. Ama ben ona deli dediğim için ayıplanmamı asla umursuyor değildim. Sadece şaşırmıştım. Emin amcanın karısının öldüğünü bilmiyordum. Demek yıllardır deli oğluyla bir başına uğraşıyormuş zavallı adamcağız... Tüm bu evliliğin esas sorumlusu Emin amca olsa da, bir türlü ona kızamıyordum. Nur yüzlü tabiri bu adamcağızda vücut bulmuştu çünkü. Tatlı dili, güvenilir ve yardımsever kişiliği ile onu sevmeyen ya da tanımayan yoktu ilçede.

"Yazık Emin amcaya, tek başına o deliyi büyütmüş," diye daha çok kendi kendime mırıldandım.

"Yat uyu artık, yarın sabah erken kalkacaksın. Bizim şer gördüklerimizde hayır vardır ablacığım, söylediklerimi unutma, olur mu?" Ablam, saçlarımı alnımdan geriye okşayarak beni yatırırken kafamı sallamakla yetindim. Ablam gidince karanlık odada kendime acıyarak yine ağlamaya başladım. Düşündükçe, evlenmeye değil de, istenmediğim bu evden gitmeye heveslendim birden. Madem annemle babam için kıymetim yoktu; ben de evlenip gidecektim istedikleri gibi. İnşallah o deli beni keser lime lime ederdi de, benden tamamen kurtulurlardı.

Ertesi sabah her zamanki gibi telefonumun alarmının sesiyle uyandım. Dolaptan kotumu çıkarıp giyindim, üstüme de marketin çalışanlara giymesi için verdiği hardal rengi tişörtü geçirdim. Odamdan çıkıp koridora yöneldiğimde açık salon kapısından, kahvaltı eden annemle babamı gördüm. Tufan tembeli de oradaydı tabii. Her zamanki gibi salondaki kanepede uyuyordu, öğlene dek de uyanmazdı. Evde benden başka kimse bu saatte uyanmazdı aslında. Ama bugün beni istemeye geleceklerdi, doğru ya nasıl unutmuştum... Babam, oturduğu masadan üstümdeki tişörtü gösterip, "Çıkar onu, daha işe gitmeyeceksin," dedi.

"Niyeymiş?" dedim kaşlarımı çatarak.

"Veriyoruz seni bu akşam hayırlısıyla, yarın da nişanın var. Daha çalışmayacaksın."

"İyi de yarın evlenmiyorum, nişanlanıyorum. Düğüne kadar çalışabilirim." Ailecek paraya ihtiyacımız varken babamın bu dediğine anlam veremiyordum.

Annem bu kez, "Oğlan istemiyormuş," dedi.

"O mu veriyor bize yediğimiz ekmeği de kazandığım paraya karışıyor?" Yine içimdeki isyan ile sesim yükselmişti. Belli ki babasının el bebek gül bebek büyüttüğü beyimiz geçim sıkıntısı nedir bilmiyordu.

Babam, oturduğu sandalyeyi devirecek bir hışımla ayağa kalktı. "Bak, elimin tersiyle geçireceğim yüzüne!"

Odama geri dönüp kapıyı var gücümle çarptım. Sinirden saçımı başımı yolmak istiyordum, Allah'ın delisi hayatıma yön veriyordu resmen ve ben elim kolum bağlı, hiçbir şey yapamıyordum.

Biraz sonra ablam gelince beni odadan çıkartıp yalvar yakar kahvaltı masasına oturttu. Annem kazayı ufak sıyrıklarla atlatan Tufan'ı uyandırıp salondan kaldırdı ve yatmaya devam etmesi için yatak odasına gönderdi çünkü Tufan'ın odası yoktu. Gerçi sürekli televizyonun karşısında pinekleyen Tufan'ın rahatı yerindeydi. O, ayakaltından kalktıktan sonra da hummalı bir temizliğe giriştik.

Temizlik işi bitince komşu kadınların da yardımıyla pasta,

börek, kek, zeytinyağlı sarma yapmaya başladık. Zeytinyağlı sarmaları sararken Hasret abla, anneme "Nurcan abla, işünüze garışmak gibi olmasın ama güzelim gızı bi deliye veriyonuz gı," dedi.

Annem, "Neresi deliymiş? Öyle diyorlar diye mi deli? Milletin uydurmasıdır o," diye karşılık verdi. Kızarak yukarı diktiği burnunun üstünden masadakilere, bu konuda kimseye söz hakkı tanımadığını belirtir şekilde bakıyordu.

Ama benden iki yaş büyük olan komşumuzun kızı Filiz bu mesajı anlayamamış olacaktı ki, "Ateş olmayan yerden duman çıkmazmış derler, Nurcan teyze. Bütün ilçe yıllardır Emin'in oğlu Deli Emre diyor buna. Kaç kadına saldırıp boğmaya kalkışmış. Elif'in başına bir iş gelse hiç üzülmeyecek misin sonra?" diyerek annemi ikna etmeye çalıştı.

İşine karışılmasına iyice bozulan annem, ben hariç masadaki tüm kadınları şaşırtan şeyi söyledi. "Ölüm Allah'ın emri. Günü gelen gidecek elbet. Gencecik delikanlı oğlan hapislerde mi çürüsün?"

Anneme göre Tufan ile ben kıyaslanamazdım; o yüzden ben toprağın altında çürüyebilirdim, buna da kader deyip geçilirdi işte. Umutlarımı dün gece gömmüştüm zaten en derinlere. Beni de diri diri gömseler ne fark ederdi ki? Eve, erkek gibi çalışıp para getiren bendim ama adı erkek diye Tufan evimizin paşasıydı. Annemin Tufan'a hürmeti, babamın soyum sopum, aslanım diye sevmeleri alışık olduğum şeylerdi aslında; ama yine de çocuk kalmış yüreğim her defasında burkuluyordu işte be...

Hâlimi fark eden ablam beni biraz olsun evden uzaklaştırmak için çeke çeke kuaföre götürdü. Niye süsleneceksem... Elin delisi işte! Beni beğense ne olurdu beğenmese ne olurdu? Koyu kahve saçlarıma fön çekilmesine ve hafifçe de bir makyaja müsaade ettim sadece. O da ablamın gönlü kırılmasın diyeydi. Kuaförden çıktığımız gibi ablam koluma girip eve gitmek yerine ana caddeye saptı.

"Nereye?"

"Gel sana bir elbise alalım. Benim hediyem."

"İstemez abla!"

"Niye? Kaç kez istemeye gelecekler sanki seni? Hem bugün senin için özel bir gün, hem de görücülere güzel görünürsün."

"Delinin tekiyle evleniyorum, aklı mı var ki? Ne anlasın güzelmişim değilmişim?"

"Of Elif, ne çok konuştun? Hadi!" Ablam kolumdan sürükleyerek bir mağazaya soktu beni ve çok hoş, pudra rengi bir elbise aldık. Normalde bu elbise benim oldu diye çok sevinirdim ama şimdi her şey ayrı bir hüzünlü görünüyordu gözüme. Ablam oradan çıktıktan sonra da hiç durmadan ayakkabıcıya sürükledi beni. Ayakkabıcıdan elbiseme uygun ayakkabıları da aylardır dişimden tırnağımdan artırdığım parayla ben aldım.

Eve geldiğimizde annem hemen söylenmeye başladı. "Nerde kaldınız bu saate kadar? Akşam oldu, gelecekler şimdi ama siz yoksunuz."

"Tamam anne geldik işte. Elif hadi, sen giyin hemen." Ablam her zamanki yumuşak başlılığıyla annemi cevaplayıp beni odama yönlendirdi. Sinirlerim iyice gerilmişti, üstümü başımı çekiştirerek hışımla giyindim. Sonra da dört metrekarelik küçük mutfağımıza geçip servis tabaklarını çıkardım. Komşuların çoğu gitmiş, bir tek Filiz ve annesi Çiçek teyze bana destek için kalmışlardı evimizde. Dayım ve karısı Seher yenge de gelince geriye bir tek görücüleri beklemek kalıyordu. Bizim dar ve eski eşyalı salonumuz bugün özenle temizlenip düzeltilmişti ve herkes salondaki koyu mavi, çiçek desenli kanepelere oturmuş bekliyordu.

Tufan'ın, "Sıkıldım ben ya! Ben durmasam olmaz mı?" demesi hüznümle karışıp harmanlanmış öfkemi gün yüzüne çıkarıp sinirlerimin boşalmasına sebep oldu.

"Sıkıldın öyle mi? GERİZEKALI, SENİN YÜZÜNDEN DELİNİN TEKİNE VERİLİYORUM BEN! GİT! GİT, GİDİŞİN OLSUN DA DÖNÜŞÜN OLMASIN İNŞALLAH!"

"Elif sakin ol lütfen. Kardeşin o senin, denir mi hiç öyle şey?" Çiçek teyze koluma girmiş beni sakinleştirmeye uğraşıyordu ama nafile... Onun kolundan çıkıp banyoya girdim, kapıyı kilitledim ve saniyesinde zil çaldı. Bizim kapımıza kadar araba yanaşamazdı çünkü yirmi basamak merdivenden sonra bu müstakil eve çıkılıyordu. Bu da demek oluyordu ki, az önce bağırarak söylediklerimi, o deli ve Emin amca duymuştu. Çünkü Haziran sıcağından ötürü salonun camları sonuna dek açıktı. Misafirlerin sesleri geliyordu, annemlerin "Hoş geldiniz," diyerek onları içeri buyur etmeleri de...

Banyoda, yıkanırken üstüne oturduğumuz bir oturak vardı. Ona çöküp ağlamaya başladım yine. Nasıl bir anne kızını ve kızının hayallerini kapı dışarı edip görücüleri güler yüzle buyur edebilirdi ki? İçimdeki kasırga gözlerimde yağmur olduğunda, zamanla dinmesi de kaçınılmaz olmuştu. Önce ablamın, çıkmam için yalvararak tıkladığı kapıya daha sonra annem geldi, kısık sesle küfür edip beni tehdit etti ama oturduğum yerden kalkmadım. En son Filiz'in, "Elif kahveleri bile pişirdik. Çık lütfen, sadece kahveleri vereceksin," demesiyle konu komşuya rezil olmamak için yüzümü yıkayıp çıktım. Makyaj falan kalmamıştı suratımda; hatta ağlamaktan şişmiş gözlerle korkunç görünüyordum ama umurumda değildi.

Mutfağa girdiğimde kahve fincanlarıyla dolu tepsiye yöneldim direkt. O sırada ablam "Damadınkine tuz koymadın," dedi. Tepsiyi alıp ablama döndüm ve "Tuz koyalım da elin delisi kessin hepimizi öyle mi?" dedim.

Mutfaktan çıkıp salona girdiğimde ise her şeyi unutturan bir şaşkınlık yaşadım. Emin amca, mahallenin muhtarı Mustafa amca ve karısı Durdu teyze gelmişlerdi. Bir de genç ve çok yakışıklı biri daha vardı ama... Yok canım! Daha neler? Damat adayı o olamazdı, değil mi? Ama sırayla kahveleri dağıtırken ondan başka yabancı olmadığını fark etmem uzun sürmedi. En son tepsiyi ona uzattığımda kusursuz yüzünü yakından incelemek için birkaç saniyem oldu. Ben yüzünün güzelliğine bakarken o da kahvesini alıp kafasını kaldırdı ve göz göze geldik. Kaşlarını çatıp öfkeyle bana bakınca ben de tepsiyi kendime çekip doğruldum ve salondan kaçar gibi çıktım. Sonra da, yapmayı asla ummadığım bir şeyi yapıp salonun kapı aralığından onu izledim. Aklımda tek bir soru vardı.

*"Bir deli bu kadar yakışıklı olabilir miydi?"*

Benim deli sıfatı ile bağdaştıramadığım yakışıklılığının her bir detayı ayrı güzeldi. Çok hoş, şekilli bir burnu vardı; sert yüz hatları içinde dudakları ayrı bir güzeldi. Onun gözleri de benimkiler gibi maviydi; sadece biraz daha koyuydu. Ona, o etkileyici havayı veren kaşları ve derin bakışları hiç de deli gibi bakmıyordu. Asla dokunulmaması gereken zehirli bir çiçek gibiydi. Hem dokunursam ondan bir kötülük geleceğini biliyor; hem de güzelliği ile büyülenmiş şekilde kendimi ona bakmaktan alıkoyamıyordum.

Ben onu daha izlerken muhtar Allah'ın emri, peygamberin kavliyle beni babamdan Emre'ye istedi. Babam da, "Sizlerden iyisini mi bulacağız?" deyip verdi. Hiç ablamın isteme merasimindeki gibi gençler aralarında anlaşmışlar denilemedi ya da bana fikrim sorulmadı. Yine gözlerim doldu, boğazım yandı. Mutfağa geri gittim. Ablamın verdiği bir bardak suyu, içimdeki yangını söndürmesini umarak ağlamaktan fırsat bulduğum bir ara içtim.

"Elifciğim, hadi elini yüzünü yıka da çikolata tut misafirlere." Ablam saçlarımı okşuyor, kalkmam için bana bakıyordu. Kafamı sallayıp uzattığı peçeteyle gözlerimi kuruladım. Filiz'in kurdelesini söküp bana uzattığı süsler içindeki gümüş tepsiyi bezmiş bir kabullenişle kucakladım. İçindeki çikolataların her biri özenle, ayrı ayrı, altın ve gümüş renkli, süslü paketlere sarılmışlardı. Çikolataları dağıtırken salondaki sehpanın üzerinde duran büyük gül demeti takıldı gözüme. Sevdiğim adam almış olsaydı, ne sevinirdim o güllere... Görünürde her şey olması gerektiği gibi geleneklere uygundu; ama sadece görünürdeydi bu...

Ona çikolata uzatırken elimde olmadan yine yüzüne baktım ama o başka bir yere bakıyordu: eğildiğim için elbisemin yakasından gözüken göğüslerime! Hemen bir elimle yakamı toparlayıp doğruldum. Çattığı kaşları ile yüzüme baktı bu kez. Bana utanmayı unutturan şu tehditkâr bakışlar bile ondan korkmam için yeterliydi. Kaçıp mutfağa dönmeye niyetlenmişken, muhtarın uyarısıyla el öpmek için olduğum yerde kaldım. El öpmek için ayağa kalktığında boyunun rahat bir seksen olduğunu fark ettim. Eğer topuklu ayakkabılarım olmasaydı, ben bir altmışlık boyumla yanında komik dururdum. Emin amcanın elini öptüm, o da içtenlikle beni iki yanağımdan öptü ve "Hayırlı olsun," diyerek parmağıma bir yüzük geçirdi. Emin amcanın sevecen tavrı tek umudum oluverdi bir anda. Karısı olmadığına göre muhtemelen bizimle aynı evde yaşardı ve bu deli bana zarar verecek olursa, beni kurtarabilirdi.

Mutfağa dönüp bozulan moralimi düzeltmesi için çikolatalardan üçer beşer yemeye başladım. Hepsi Antep fıstıklıydı ve yine fıstıklı ve cevizli bir tepsi de tatlı getirmişlerdi. Ablam bir konuda haklıydı; yokluk görmeyecektim koca evinde. Ama huzur, mutluluk ya da aşk olmadıktan sonra neye yarardı ki? Ben bir çikolatayı daha ağzıma tıkmışken ablamın "Elif," diye seslenmesiyle ağzım dolu bir halde mutfaktan dar koridora çıktım.

Ablam, Emre'yi gösterip, "Tuvaleti göstersene sen, ben tatlı servis edeceğim," dedi. Sırf biz baş başa kalalım diye yapmıştı bunu. Çikolatayı zar zor yuttum. Emre'nin önüne düşüp koridordan hole çıktım. Holde üç kapı vardı zaten; biri tuvalet kapısı, biri koridorun kapısı, diğeri de sokak kapısı. Emre, birden koridora açılan kapıyı kapatıp iki omuzumdan tuttuğu gibi beni duvara yapıştırdı. Sırtım, hele de babamın tahta parçası ile vurduğu yerler çok acıdı.

Korku bedenimi taşa çevirip ruhumu karanlık dehlizlerine çekti. Beynim bir delinin elinde göreceğim eziyetlere dair her biri diğerinden daha korkunç senaryolar üretirken nefesimi tutup bana yaklaşmasını izledim. Beni duvarla arasına sıkıştırıp kulağıma eğildi.

"Sen kime deli diyordun?" diye sordu.

Tıraş losyonuna karışan kokusuyla yakın mesafemiz anlam veremediğim bir şekilde midemi düğümlediğinden ve bir de korkudan üç buçuk attığımdan cevap veremedim. O da, soluğu boynumu okşarken devam etti konuşmaya.

"Bana deli dediğine bin pişman edeceğim seni. Babamı üzüp rezil etmenin cezasını çekeceksin."

Kendimi savunmak için hemen, "Emin amcaya bir şey demedim ki ben," dedim.

"Sen bana deli dediğinde babam da duydu ve üzüldü. Dahası muhtar ve karısının yanında rezil oldu. Buraya gelmeyi ve evlenmeyi hiç istemiyordum ama sen babamı üzdükten sonra, sırf seni hak ettiğin şekilde inletmek ve tatmadığın acıları tattırabilmek için fikrimi değiştirdim. O merdivenleri başta babamın zoruyla çıkıyordum. Senin bağırışından sonra babam geri dönmek istedi ama bu kez ben babamı yukarı çıkmak için zorladım. Kendi kuyunu kendi elinle kazdın."

Beni korkudan donmuş vaziyette bırakıp koridora geri döndü. O gittikten sonra duvardan yere doğru kaydım ve kollarımı dizlerime dolayıp yeni başlayacak olan çilem için ağlamaya başladım. Keşke özür dileseydim. Belki yine vazgeçerdi evlenmekten. Sanırım baba evinde yediğim dayaklar, koca evinde yiyeceğimin yanında solda sıfır kalacaktı. Bahtsızlığıma ağladım, yıkılan ve enkazında kaybolduğum hayallerime... Çocukluk hayalim; sevdiğim adamla evlenmekti benim. Annemlerden her dayak yediğimde, gelecekte sevdiğim adamın beni kurtaracağını hayal ederdim. Şimdiyse sevmeyi geçtim, evleneceğim adam olan o deliyi tanımıyordum bile. Bu olayı kimseye anlatmayacaktım, zaten anlatsam da inanmazdı annemler. Mutfağa geri girdiğimde Filiz, "Yalnız damat yakışıklı," dedi.

"Yakışıklı olsa ne yazar, aklı yok," dedim hemen. Artık yakışıklılığı umurumda değildi. Az önce beni tehdit ettikten sonra Yusuf peygamberin güzelliği onda olsa yine de umursamazdım.

## 2

Deli ve Emin amcalar bir saat kadar daha oturduktan sonra kalktılar. Ertesi gün, Radar Tepe'de nişanımız olacaktı ve sabah erkenden Emre, nişan alışverişine götürmek için ablamla beni alacaktı.

Misafirler gittikten sonra hemen üstümü değiştirdim ve bulaşığa geçtim. Annem, beni şaşırtarak, "Sen yıkan, yat. Ben hallederim buraları," dedi. Dünden razıydım. Ben de gidip ağlaya ağlaya banyomu yaptım. O delinin dedikleri bir türlü aklımdan çıkmıyordu. Söylediklerini her hatırladığımda iki bacağımı istem dışı bir şekilde sıkıca birbirine bastırıyordum. Canımı yakacağı kesindi. Islak saçlarla yatağıma yattım. Haziran sıcağı ortalığı yakıp kavuruyordu; dertler de içimi... Yatağa girip, bugün beni, âşık olduğum kişi ailemden istese nasıl hissederdim diye düşündüm; bunu asla bilemeyecektim...

Sabah erkenden, annemin omzumu dürtmesiyle uyandım. "Kız Elif! Kalksana! Çocuk ağaç oldu kapının önünde."

"Tamam, kalktım anne."

Beklettim diye daha çok kızmasını istemiyordum. Alelacele hazırlanmaya çalışırken kurutmadan yattığım için elektriklenip kabarmış saçlarımı kuş yuvası gibi topuz yaptım. Gözlerim ağlamaktan kızarmış, şişmiş ve altları morarmıştı. Hiç olmadığım kadar çirkin görünüyordum ama umurumda bile değildi. Üstüme çiçek desenli, yazlık bir elbise geçirdim. Çantamı koluma taktım ve ayakkabılıktan sandaletlerimi alıp kapıya çıktım. Kapıda kimse yoktu. Sandaletleri giyerken içeri anneme bağırdım.

"Yalan mı söyledin çabuk kalkayım diye? Burada kimse yok."

"Ne yalan diyeceğim! Aşağı arabasına indi."

Aşağı doğru baktığımda merdivenlerin az ilerisinde, Tufan'ın kazada hurdaya çevirdiği kırmızı arabanın aynısının beklediğini gördüm. Şaşkınlıkla bir koşu merdivenleri indim. Gerçekten arabanın içindeydi. "Arabanın aynısından yine almışsınız işte, daha beni niye alıyorsunuz?" diye içimden isyan ettim ama ona tek kelime edecek cesaretim yoktu. Arka kapıyı açıp arabaya oturdum; o da arabayı çalıştırdı. Ablam oturduğu apartmanın altındaki marketin önünde bizi bekliyordu. Kucağında da iki yaşındaki yeğenim Nil vardı. Ablam arka kapıyı açınca yanıma otursun diye ileri kaydım. Ama o ısrarla kaş göz işareti yaparak öne geçmemi söylüyordu. Nil küçücük çocuktu, arkaya üçümüz kolaylıkla sığabilirdik ama ablam inat etmiş, binmiyordu.

Dikiz aynasından Emre'nin bakışlarıyla karşılaştım. Yol ortasında beklettiğimiz için kızmıştı. Ben de mecbur indim ve öne, onun yanına oturdum. Ablam, sonunda kızıyla arkaya yerleşince hareket ettik. Nil arabada çabuk uyuyan çocuklardandı ve beş dakika geçmeden yine uyumuştu.

Arabadaki ölüm sessizliğini, "Elif radyoyu açsana," diyen ablam bozdu.

Emre'ye onay ister şekilde baktığımda kafasıyla onayladı ve arabanın radyosunu açtım. Oynak bir şeyler çalan yerel radyo kanalında, ne dediği anlaşılmayan radyocu kız, bir iki reklam anonsu yapıp ikinci parçayı çaldı. Sözlerini Aysel Gürel'in yazdığı Ünzile şarkısı içime dert oldu.

"... Ve gelir de görücü
İnci gibi dişi
Görücü bilir işi
...
Bir gül gibi al ve narin
Bir su gibi saydam ve sakin
Susar kadın Ünzile
Yağmuru kim döküyor
Ünzile kaç koyun ediyor
Dayaktan uslanalı hiçbir şey sormuyor..."

Başımı önüme eğdim. Gözyaşlarım teker teker eteğime dökülüyordu. Bu şarkı adeta benim için söyleniyordu. Emre yan gözle bana baktı. Bana bakmasından bile korkarken, dokunduğunu düşünemiyordum.

Gözünü yoldan ayırmadan uzanıp önümdeki torpido gözünü açtı. İlk başta irkildiğim için ne yapmak istediğini anlayamasam da karton peçete kutusunu kucağıma bırakınca anladım niyetini. Kutudan bir iki peçete alıp kutuyu geri yerine koydum. Şarkı bitip reklamlar girdiğinde biz de zaten yakın olan Zonguldak merkeze gelmiştik. Arabadan indiğimizde ablam da ağladığımı anladı ama elinden bir şey gelmediği için sırtımı okşamakla yetindi.

Ablamın yönlendirmesiyle önce kuyumcuya girdik. Hemen bir sürü alyans çıkardı kuyumcu, ablamın "Nişan için yüzük bakıyoruz," demesiyle. Ne ben ne de Emre konuşuyorduk. Ablam "Elif bu nasıl?" diye sordu, bir yüzüğü gösterip. Ben "İyi," derken Emre, "Kalın o, sürekli parmağımda taşımam ben onu," dedi.

Kuyumcu daha ince modelleri gösterdi bu kez. Zarif bir model hoşuma gitti. Yüzüğü elime alınca Emre, "O olur, bak," dedi. Ben de kafamı sallayınca kuyumcu, "Bunlar o halde," dedi ve yüzükleri alıp isimleri, tarihi sordu. Biz yine susunca ablam, adamın istediği bilgileri bir kâğıda yazdı. Tam çıkışa yönelmiştim ki yine ablam, "Takı seti de seç, adettendir," dedi. Yörede gelenekti, biliyordum fakat ya bu deli masraf çıkarıyoruz diye kızarsa diye endişelenmeden edemiyordum. Ama kuyumcu elime çoktan bir katalog tutuşturmuştu bile. Ablam da yanıma oturdu ve birlikte bir anlığına da olsa Emre'nin varlığını unutup bakmaya başladık. İki seti çok beğenip aralarında kararsız kaldım. Kuyumcu son kez, "Hangisi?" diye sorunca, "Bilmiyorum siz seçin, ben karar veremedim. İkisi de güzel," dedim.

Kuyumcu bu kez Emre'ye dönüp, "Damada soralım. Sonuçta o ödeyecek. Hangisi olsun delikanlı?" diye sordu.

Emre, ablamı da beni de şaşırtarak, "İkisini de alıyoruz," dedi. Meraktan ona bakmayı çok istesem de çekindiğim için yüzüne bakamadım. Ablama dönüp "Buradan başka alınacak var mı?" diye sordu. Ablam şaşkın bir şekilde, "Yok," diyebildi.

Elbise almak için Emral Çarşısı'na yöneldiğimizde Emre beklemediğim şekilde kolumu tuttu. Ablam önden çoktan girmişti çarşıya. Kafamı kaldırıp ürkerek Emre'ye baktım.

"Ben tüm gün sizinle gezemem. Halletmem gereken işlerim var," dedi.

Kafamla onayladım ama çarşıya girmek için döndüğümde yine kolumu tuttu.

"Bekle. Telefonunu ver bana."

Telefonumu çantamdan çıkardım ve aptallık ettiğimi o an anladım. Sadece numaramı istiyordu. Ama ben bir şey diyemeden telefonu elimden kaptı.

"Kırık bu," dedi.

"Ekranı çatlak sadece, çalışıyor," diye karşılık verdim hemen.

Telefonuma numarasını yazıp kendini çaldırdı. Telefonumu bana uzattı ve bana bir de kart verdi. "İstediğini al, şifre 3673, yani Emre," dedi. "Ve işiniz bitince beni ara," diye de ekledi. Üzerinde siyah bir tişört vardı. Kollarındaki kaslar dikkatimi çekti. Kaslı vücudunu çekici değil, ürkütücü bulmuştum. Bu deli beni dövse asla elinden kurtuluşum olmazdı.

Çarşıya girip ablama yetiştim ve Emre'nin gelmeyeceğini söyledim. İyi olmuştu aslında gelmemesi, ablamla rahat rahat alışveriş yapmaya başladık. Dizlerimde biten çok hoş bir elbise aldım. Ablam da kendi kesesinden ailesine nişan için kıyafetler aldı. Diğer tüm eksikleri de aldıktan sonra Emre'ye mesaj attım. Arabayla bizi aldı ve Kilimli'ye yollandık. Nil, bu kez uyumak yerine huysuzlanmaya başlamıştı. O yüzden kuaföre gitmeden önce ablamı eve bıraktık. Nil'i enişteme verip gelecekti, ben de ablamı kuaförde bekleyecektim.

Arabada yalnız kaldığımızda, "Umarım o kafam kadar memelerini sergileyecek bir şey almamışsındır," dediğinde önce söyledikleri yüzünden şok oldum. Sonra cidden çok büyük göğüslerim olduğu için utandım ama en sonunda bunu söylediği için kızdım.

"Sen ne diyorsun be *Deli!*" diye bağırdım ona. Bir anda araba U dönüşü yaptı ve hızlandık. Ne olduğunu anlayamadan Kilimli'de hemen her yol kenarı boyunca devam eden ormanlardan birine girdi ve ormanın içinde ilerleyip arabayı durdurdu. Az önce ona deli diye bağırdığım için çok pişmandım ama benimle o şekilde konuşamazdı; geri adım atacak değildim. Tüm kapı ve pencerelerden o mekanik ses duyulunca içimi korku kapladı.

Emniyet kemerini çözdüm, açılmayacağını bildiğim halde kapıyı zorlamaya başladım. Dizimden yukarı doğru, bacağımı okşayan elini hissettiğim an çığlığı bastım ama duyabilecek kimse yoktu. Sıyırdığı eteğimi indirmeye uğraşırken onunla itişmeye başladım. Birden bacaklarımı bırakıp iki elimi birden yakaladı. Gözlerime bakıp "Kim yaptı bunları?" diye sordu. İlk başta korkudan ne dediğini idrak edemedim. Bakışlarını çıplak bacaklarıma indirince morluklardan bahsettiğini anladım.

Ailemin ortaklaşa attığı dayak yüzünden oluşan morluklara bakıp "Bilmiyorum," dedim. Doğruyu söylemiştim.

"Nasıl bilmiyorum? Seni kim dövdü haberin yok mu?"

"Yani annem, babam ya da Tufan yapmış olabilir. Üçü de vurdu. Hangisi bilmiyorum."

"Ablan eksik kalmış(!)"

"O olsaydı, beni kurtarırdı." Zavallı ablam, evlenene dek kabahatlerimi üstlenip yerime az dayak yememişti, daima korurdu beni.

"Niye vurdular?"

"..." Ben, korkumdan cevap vermeyince o konuşmaya devam etti.

"Benimle evlenmek istemediğin için mi?"

Korksam da kafamı olumlu anlamda salladım.

"Ben de senin çirkin sıfatının meraklısı değilim," deyip ellerimi bıraktı.

Eteğimi indirip "Deli olduğun için seçme şansın olmasa gerek!" diye lafı yapıştırdım. Çirkin falan değildim ben!

"Yine bana deli mi dedin?"

Sessiz kalma hakkımı kullandım ve ona cevap vermedim. Sırıtarak bana döndü.

"Senin de seçme şansın yok. Ama ben sana bir seçenek sunuyorum şimdi. Üstündeki elbiseyi çıkarıp bana göğüslerini göstermeni istiyorum. Alt kısmın giyinik kalabilir, sana dokunmayacağım bile. Dediğimi yaparsan seni evine bırakıp babana evlenmek istemediğimi ve Tufan'dan da şikâyetçi olmayacağımı söyleyeceğim. Bugün aldıklarımız da benden sana hediye olsun."

Bu adam sadece deli değildi; sapık bir deliydi. İçimde yükselen korkuyla olumsuz anlamda kafamı salladım hemen.

"Evlenirsek, görmekten fazlasını yapacağımızın farkında mısın?" diye sordu.

Onunla bir arabada kilitliyken bu mevzuları konuşmak beni hem utandırıyor hem de endişelendiriyordu. "Farkındayım ama o farklı," diye mırıldandım.

"Nesi farklı?

"Kocam olacaksın o zaman."

"Deli koca istemediğini sanıyordum."

"Senin sandığın gibi biri değilim ben. Deli meli kocamdan başka kimse beni çıplak göremez! Yapmam öyle şey!" diye kesin bir dille gözlerinin içine bakarak söyledim.

Bana hiçbir şey söylemedi ve arabayı çalıştırıp geri döndü. Kuaförün önünde durduğunda resmen arabadan aşağı atladım. Tecavüze uğrayacağım diye ödüm kopmuştu. Aynada kendimi görünce şaşırdım; yüzüm ruh gibi bembeyaz olmuştu.

Ablam da geldikten sonra saçlarımız yapıldı. En zorlu olan benim göz makyajım oldu. Gözümdeki şiş ve altındaki morlukları kapatmak için makyöz kız çok uğraştı. İşimiz bittiğinde Emre'yi arayıp telefonu ablama verdim. O deliyle telefonda bile konuşacak cesaretim yoktu.

Emre de tıraş olmuş ve saçlarına şekil verilmiş şekilde, üzerinde takım elbiseyle bizi almaya geldi. Ben de elbisemi kuaförde giymiştim. Direkt fotoğraf stüdyosuna gittik. Zoraki bir gülümsemeyle yan yana iki üç poz çekildik. Ne ben ne de o istiyorduk fotoğraf çektirmeyi.

Nişanın yapılacağı Radar Tepe Tesisleri'ne çıktığımızda kalabalık olmayan davetliler çoktan gelmişti. Öyle çok kişi çağırılmamıştı nişana. Bunun sebebi her şeyin aniden olmasıydı. Nişandan önce nefes almak için çaktırmadan tesisteki kafeteryanın terasına çıktım. Hayatıma yön verilmesi beni boğuyordu. Terasın kenarından, denizin üstünde batan güneşi izlemeye başladım. Bu tepe Zonguldak'ta denize sıfır en büyük yükseltiydi. Dolayısıyla tüm Zonguldak kıyıları semt semt, mahalle mahalle gözlerimin önünde seriliydi ve turuncu güneş ışıklarında manzara cennet kadar güzeldi.

Ablam, yeniden gözyaşlarıma yenilmeden evvel beni buldu ve nişanın yapılacağı alana götürdü. İlk dansımız için bir araya geldiğimizde elimi kolumu nereye koyacağımı şaşırmış, öylece dikiliyordum. Hem kimse bana acıyarak bakmasın diye dik durmak istiyor, hem de birkaç saat önce olanlar yüzünden arkama bakmadan kaçmak istiyordum. Elini belime yerleştirdiğinde ona bir adım daha yaklaştım ve bana uzattığı avucuna elimi bıraktım. O deliyle dans ettik, normalmiş gibi davranabiliyordu. Şu an dışarıdan bakan biri onu kesinlikle normal sanırdı ama ben iki günde onun normal olmadığını anlayacak kadar çok olay yaşamıştım. Hastalığı neydi acaba? Yani deliliğin de bin türlüsü vardı. Ben bunları düşünürken her şey sanki bir film izlermişim gibi gerçekleşiyordu. Muhtar konuşma yapıp yüzükler arasındaki kurdeleyi keserken sanki benim nişanım değildi kesilen. Her şeye yabancıydım o an. Hissettiğim tek şey endişeydi.

Aniden işi bırakmama kızan patron marketteki kızlara nişanıma gelebilmeleri için izin vermemişti. Beni zorla oynatma görevi de mahallenin kızlarına kalmıştı.

Nişan pastasını kestikten sonra Miraç yanımıza geldi ve bizi tebrik etti. Ona, "Abi hayırlı olsun," deyince Miraç'ın, Emre'yi tanıdığı için onun hastalığının ne olduğunu bilebileceğini düşündüm. Sonuçta bir yıldır onların yanında çalışıyordu.

Nişanın ortasında bir ara Miraç'a mesaj atıp onu terasa çağırdım. Ben topuklularla yürüdüğüm için daha tesisin kafeterya kısmına bile inemeden Miraç yolda yakaladı beni.

"Abla hayırdır?" diye sordu. Miraç benden iki yaş küçüktü ve bana hep abla derdi.

"Gel şöyle, konuşacaklarımız var."

Terasa çıkınca hemen hasır sandalyelerden birini çekip oturdum. Miraç da merakla karşıma oturdu.

"Bu Emre'nin hastalığı tam olarak ne? Niye deli diyorlar buna? Deliyse askere nasıl gitti?"

"Abla yavaş gel, tamam."

"Evleniyorum ben bu adamla Miraç, anlat hemen."

"Hastalığı ne, tam olarak ben de bilmiyorum. Ama son üç yıldır ilaç dahi kullanmıyormuş, iyileşmiş yani. Askere o yüzden almışlardır. Hem bana kalırsa gayet normal. Hiçbir tuhaflığını görmedim. Çok sakin, sessiz biridir."

"Üç yıldır kimseyi boğmadı mı yani? Saldırmadı mı kimseye?"

"Kadınlara hayır ama kızdıran olursa adam dövdüğüne şahit oldum. Ama onun yerinde kim olsa aynısını yapardı."

"Kadınları niye boğuyormuş peki?"

"Bilmiyorum. Atak geçiriyormuş, böyle nöbet gibi bir şey. Misjinit mi ne öyle bir şeymiş, ondan sanırım."

"O ne be?"

"Ne bileyim abla? Adını bile doğru söyleyemedim ki. Bakarsın internetten işte. Asıl ben sana başka bir şey söyleyeyim ama kimseye deme. Emre abi kapı dinlediğimi duyarsa tezgâha yatırıp keser beni."

"Tamam söylemem. Anlat ne duyduysan."

"Evlenmeyi istemiyordu, hem de hiç. Emin dayıyla kavga ettiler. Emin dayı ölmeden Emre abiyi evlendirmeyi kafaya koymuş. Emre abinin psikoloğu da evlenmenin misjinit midir nedir ona iyi geleceğini düşünüyormuş. O da kız kobay mı, elimde kalıp ölürse ne olacak diye bağırdı Emin dayıya. Ama Emin dayı ölüyorum, gözüm arkada mı kalsın deyince yine kıramadı babasını işte."

"Emin amca hasta mı?"

"Mide kanseri. Bilmiyor musun? Doktor birkaç ay ömrün kaldı demiş. Hem de adamcağızın midesini aldılar ameliyatla. Sözde iyileşecekti ama işe yaramadı işte."

Üzülmüştüm Emin amcaya; ama en büyük merak konusu şu an Emre'nin hastalığıydı benim için. Miraç'tan öğrendiklerimle meraklı bir araştırma evresine girmiştim. Nişanın olduğu düzlüğe çıktığımızda artık nişan bitsin diye dört gözle bekliyordum. Emre'nin yanındaki yerime otururken misjinit ne demek diye sormak için ölsem de kendimi tuttum; çünkü beni öldürebilme ihtimali olduğunu da öğrenmiştim.

Sonunda nişan bitip eve geldiğimizde arabadan inmeden bana ruhsuz bir ses tonuyla "Elbiseni beğendim," dedi. Hiçbir şey demeden arabadan indim ve evimizin merdivenlerini tırmandım. Eve girer girmez de Tufan'dan telefonunu aldım. Benim telefonum eski modeldi, internete falan girilemezdi onunla.

Odamda, yatağıma oturup arama motoruna "Misjinit" yazdım. Hemen "*Misojinist* bunu mu demek istediniz?" ibaresi çıtı ekranda. Mavi yazıya tıklayıp sayfanın açılmasını bekledim.

"Misojinist: Yunanca kadın düşmanı." yazısını görmemle ekrana öylece bakakalmam bir oldu.

"Kadınlara yönelik patolojik nefret." cümlesi kafamı kurcalıyordu. Patolojik ne diye baktım bu kez, o da hastalık demekmiş. Yani kadınlara yönelik hastalıklı nefret demekti. Hastalığı, kadınlardan nefret etmesiyse neden evleniyordu ki? Gey miydi acaba? Kadınları sevmediğine göre... Ama araştırdıkça alakası bile olmadığını fark ettim. "Misojinistler, cinsel ilişki sırasında kadını aşağılamayı ve fiziksel acı vermeyi severler." Bu cümle, her kız da az çok olan ilk gece korkusunu ben de fobiye çevirmişti. Bugün arabadaki davranışlarını hatırlayınca yine iki bacağımı sıkıca birbirine kapattım.

Kapı çalınınca "Bir dakika," deyip aceleyle telefondaki arama geçmişini sildim. Sonra da "Gir," dedim. Gelen, başıma gelenlerin müsebbibi Tufan'dı. Telefonunu ona uzattım, aldı ama gitmedi sinir şey. *Ne var* der gibi bakınca sırıtarak konuşmaya başladı.

"Çok altın almışlar sana."

"Eee?"

"Onlar sana hediye, yani karışamazlar sonuçta. Abla kız, versen onları satsak da bana LPG'li yerli bir araba alsak ya. Ben de hem el âlemin arabasına heves etmem. Ondan geldi bu işler hep başımıza. Benim arabam olsa alır mıydım hiç o delinin anahtarlarını?"

"Ulan yüzsüz it! Benim günlerdir ne yaşadığımdan senin haberin var mı? O herif harbi hasta! Ama ben onun karısı oluyorum, senin yüzünden! Tutmuş dediği şeye bak! DEFOL LAN! DEFOL!" Elimde ahşap askıyla Tufan'ı odamdan kovdum. Aptalın odamdan çıkarken tek dediği şey, "Ne bağırıyorsun be! Sorduk sadece," olmuştu.

Üstümü değiştirip yatağa girdim ve son günlerde sürekli yaptığım gibi ağlaya ağlaya uykuya daldım. Niye tüm bunlar benim başıma geliyordu? Ne günah işlemiştim de manyak kardeşimden sonra bir de deli koca bana hak görülmüştü? Bir kez olsun sevip sevilemeyecektim, buydu bana reva görülen…

Sabah yine annemin bağıran sesiyle uyandım. "Kalksana artık!"

Yastığımın altından telefonumu çıkardım, daha saat sekizdi. İşi gitmeyeceğim halde niye bu kadar erken uyanıyordum ki?

"Çok erken daha anne."

"Kalk kız canı çıkasıca! Çocuk kapıda seni bekliyor yine."

Bir anda gözlerimi açıp yatakta doğruldum. Sabah sabah niye gelmişti bu? Şortlu yazlık pijama takımımla hemen evin kapısına çıktım. Arkası kapıya dönük bekliyordu.

"Günaydın," deyince bana döndü ve alaycı bir tavırla, "İyi ki öyle kızlardan değilsin(!)" dedi.

"Ne?"

Yanıma yaklaşıp pijamanın üstü olan tozpembe atletin içinden -sabah serinliği nedeniyle- belirginleşen göğüs ucumun tekini sıktı. Gözlerimi kocaman açmaktan başka tepki verememedim. Her gün beni taciz etmek için yeni bir sebep buluyordu. Canım yandığı için yüzümü buruşturup ondan uzaklaşmaya çalıştım ama deli bırakmıyordu göğsümü. Midemi kasan korkumu saklamaya çalışarak, "Bırak yoksa bağırırım," diye acizce fısıldadım.

Göğsümü bıraktı ama kolumu tutup "Bunun için öyle giyinmedin mi?" dedi.

"Hayır tabii ki de, ne saçmalıyorsun? Pijama bu sadece." Geceleri, rahatsız ettiği için sutyenimi çıkartıp da yatardım ben hep.

"O zaman kapıya niye böyle çıkıyorsun?"

"Ne istediğini öğrenmek için geldim? Bekleme diye."

Ne kadar ona kızmış ve güçlü gözükmek istesem de sesim aciz ve ürkek çıkıyordu. Deli, deliyi görünce sopasını saklarmış misali kimseden çekinmeyen ben, ondan ölesiye korkuyordum.

"Git, giyin, gel. Evi-*MİZE* gideceğiz."

"Ne? Evlenmedik biz, nişanlıyız! Deli midir ne..." Cümlemi tamamlamadan yaptığım hatanın farkına vardım. "Lafın gelişi yani. Deyim sonuçta, herkese denir ya hep," diye durumu toplamaya çalıştım ama nafile. Kızmıştı bir kere. Kulağıma eğilip fısıldadı. "Bir deyim daha var; '*Deli mi dürttü seni?*' diye ben de sana onu öğreteceğim." Yine bacaklarımı sıkı sıkı kapattım. Dün okuduklarımdan sonra onunla yalnız kalmak istemiyordum.

Anneme olanları anlatmayı düşündüm ama sonra beni umursamayacağını, hatta sutyensiz dışarı çıktım diye bana kızacağını bildiğim için vazgeçtim. Üstüme kot, tişört giyip kapıya çıktım. Yoktu ortalarda, yine arabasında bekliyordu. Ben arabaya yaklaşınca sürücü koltuğundan eğilerek içeriden ön kapıyı açtığı için mecbur öne oturdum. Neyse ki açabileceği bir eteğim yoktu bugün.

Limana doğru yol alınca gerçekten eve gittiğimizi anladım. Bir iki dakikalık kısa yol boyunca hiç konuşmamıştık. Araba yeni yapılmış iki katlı bir evin bahçe kapısının önünde durdu. Demir bahçe kapısını sürgülerinden açıp tekrar arabaya bindi ve arabayı bahçeye park etti. Arabadan inip dikkatle evi incelemeye başladım. Evin dış cephesine mantolama yapılmıştı ama henüz boyanmamıştı. Tüm camları, yere kadar Fransız balkonu olan ev, bu haliyle bile hayallerimin ötesindeydi. Bahçe de çok genişti ve bir sürü ağaç vardı. Evin giriş kapısında ise görür görmez beğendiğim geniş bir veranda vardı. Anahtarları çıkarıp ahşap kapıyı açtı.

"Bu kapıyı idareten koyduk. Daha dış kapı dâhil hiçbir kapısı yok evin. Banyolar, mutfak, boya, lamine vs. evin bir sürü eksiği var. Tüm bunlarla sen ilgileneceksin çünkü benim vaktim yok. Ben mobilyaları yapıp en kısa sürede yetiştirmeliyim. Ev bir ay içinde, içine yerleşilir vaziyet almalı çünkü en geç bir ay sonra evleneceğiz."

"Ne? Niye bu kadar acele ediyoruz ki? Hem ben o kadar sürede çeyiz hazırlayamam." İçimi dolduran panikle ağzımdan peş peşe dökülen sözcüklerin her biri bahaneydi.

"Babanın evinden iğne bile getirmeni istemiyorum. Babam

hasta, tek derdi ölmeden mürüvvetimi görmek. Ondan bu kadar saçmalığa katlanıyorum. O yüzden ne kadar çabuk o kadar iyi. Ramazan ayı biter bitmez evleniyoruz. Evi gez şimdi, kafanda iyi kötü eşyalar için fikir oluşsun. Dükkâna gidince kataloglardan ya da internetten de bakarız. Biz de bir an önce seçtiğin mobilyaları yapmaya başlayabiliriz böylece. Elimdeki tüm işleri yarım bıraktım bunun için."

"Tamam." Bir gün sonra Ramazan başlıyordu. Allah'ım, göz göre göre sapık deliye eş olacaktım. Ama ne dediğini bilmeyen ve Tufan'la akrabalığımı ortaya koyan bir yanım da "Aynı zamanda bu harika evin de hanımı olacaksın," diyerek aklımı çeliyordu. Üst katta limanı ve deniz fenerini gören geniş bir teras vardı ve katlanabilir camla çevrilmişti. Burası kış bahçesi olarak da dizayn edilebilirdi çünkü terasa bile radyatör koymuşlardı. Ayrıca terasta bir de taş şömine vardı. Tüm odalar geniş ve ferahtı, duvarlar kartonpiyerdi ve asma tavanlardaki spotlarla ev harikaydı. Tabii dediği gibi eksik çoktu ama zaten en zevkli kısım da bu evin eksiklerini seçip evi döşemek olacaktı.

Alt katta mutfak, iki salon ve banyo vardı, üst katta da yatak odaları. Emre'ye dönüp "Bence bu salonlardan birini Emin amcanın odası yapalım. Üst kata inip çıkmak zorunda kalmaz hem," dedim.

"Babam bizimle yaşamayacak," dediği an itiraza başladım.

"Tek başına mı bırakacağız hasta adamı?" Daha da önemlisi, ben seninle bu ıssız yerde tek mi kalacağım? Evin tek kusuru buydu işte. Limana giden yol üzerindeydi ve en yakın ev yürüyerek beş on dakika mesafedeydi. Bağırsam sesimi duyurabileceğim kadar yakın değildi maalesef. "Ayıp bir kere. Bence hiç mahsuru yok bizimle kalmasının," diye de ekledim.

"Sana fikrini soran yok zaten. Babam istemiyor. İlla kendi evinde kalacak. Zaten son zamanlarda sürekli hastanede."

Tek ümidim olan Emin amca da yoktu artık. Moralim öyle bozulmuştu ki, ağlamamak için kendimi sıkıyordum. Yüzümün düştüğünü görünce, "Ne çok seviyormuşsun babamı(!)" dedi. Anlamıştı onunla yalnız kalmak istemediğimi, sinirli bir alayla bana iğrenerek bakıyordu. Ben bir şey diyemeden beni duvara yasladı ve üzerime yaslandı. Saçlarımı ensemden yakalayıp kafamı geri çekti. Boyum ondan kısa olduğu için karnımın üstünde hissettiğim şeyle "BIRAK!" diye bağırdım. Kalbim göğüs kafesimi delip geçecekmiş gibi bir hızla atıyordu. Kurtulabilmek için sarf ettiğim tüm çaba ise boşunaydı.

"Benimle yalnız kalmaktan mı korkuyorsun?"

"Bırak Allah'ın cezası! Hayvan!"

"Soru sordum sana. Cevap ver! Korkuyor musun?"

"EVET! Bırak şimdi!"

"Kimsin de sen bana emir veriyorsun? Aşağılık yosma!"

Deliye dayılanmanın akıl kârı olmadığını idrak edince yalvarmaya başladım. "Lütfen bırakır mısın? Boynum kırılacak bırak, yalvarırım."

Saçlarımı bıraktı ve aramızda mesafeyi genişletti. "Seninle uğraşmak sandığımdan daha zevkli olacak," diyerek sırıttı. Gözlerim dolmuştu yine, içimi yakan acıyı söndürmek istercesine. Bu ev büyük ya da güzel olsa ne yazardı ki, içinde huzur ve mutluluk olmayacaktı hiçbir zaman.

"Sakın yalandan yere ağlama!" diye uyardı beni. Kafamı sallamakla yetindim ama bir damla gözyaşım firar etti.

"Sahtekâr pislik! Ağlayarak kimi kandıracağını sanıyorsun sen?" diye bağırdı.

Gözyaşlarım ardı ardına dökülürken kaçmak için hızla kapıya yöneldim. Beni tişörtümün ensesinden yakaladı. Ben durmayınca ince penye tişörtümün sırtı yırtıldı. Kapıya varmadan beni yakaladı, omuzlarımdan tutup yüzümü duvara yapıştırdı ve sırtıma dökülen saçlarımı bir omzuma toplayıp sırtımı açıkta bıraktı.

Şaşkınlıkla, "Neyle vurdular sana?" diye sordu.

"Sehpanın bacağıyla vurdu, babam."

Yırtık tişörtü üstümden çıkarınca bana kötülük edeceğini düşündüğüm için ağlamam şiddetlendi. Kendi tişörtünü de çıkarınca "Ya-yapma lütfen," diye hıçkırıklarımın müsaade ettiği kadar yalvardım. Kollarımı bedenime dolamıştım ve sutyenimden taşan göğüslerimi görmesin diye yüzüm duvara dönük durmaya devam ediyordum. Kafamdan kendi tişörtünü geçirince bu kez bir şey yapmayacağını anlamanın verdiği rahatlamayla yüksek sesli bir hıçkırık koy verdim. Kollarımı tişörte kendim geçirip ancak ağlamam bitince arkamı dönebildim ve gitmiş olduğunu gördüm.

Bahçeye çıktığımda, arabanın bagajından bir tişört çıkarmış onu giyiyordu. Beni görünce "Kapıyı kilitle ve anahtarı al," dedi. Sanki az önce olanların hiçbiri yaşanmamış gibi rahattı. Her hareketiyle dengesizdi. Arabaya bindi ve ben de yanına oturdum, anahtarı ona uzatınca "Sen de kalsın. O yedeği zaten," dedi. Anahtarı çantama koyarken dün gece Tufan çalar diye korktuğum için yanıma aldığım takıların olduğu kutu takıldı gözüme. Tufan kafaya koyduysa muhakkak yürütürdü bunları, biliyordum. Kutuyu çıkarıp ona uzattım.

"Niye bunları bana veriyorsun?" dedi kaşlarını çatarak.

"Tufan alır diye. Sende dursunlar."

"O, eli uzun it yüzünden tüm bunlar başımıza geldi zaten!" Sinirlenmişti yine. "Tamam, koy torpidoya. Dükkâna gidince kasaya koyarım."

Dükkâna geldiğimizde Miraç'ı bir yere yolladı. Bana da dergi ve katalogları gösterip "Mutfak modellerine bakmaya başla," dedi. Benden nefret ettiği her halinden belliydi. Beni, bir baş belası olarak görüyordu. Ben dergilere gömülmüş bakarken Miraç elinde poğaça ve simitlerle geldi; sonra da bize çay verip atölye kısmına geçti. Onunla tekrar baş başa kalmış olsam da kafam rahattı; çünkü ön yüzü tamamen cam olan dükkân anayola bakıyordu, ayrıca sağı, solu, karşısı başka dükkânlarla doluydu. Kahvaltı yapmamıştım fakat o evde yaşadıklarımdan ötürü iştahım da yoktu. Bir poğaçayı zar zor yiyebildim.

Ada tipi tezgâhlı bir mutfağı çok beğendim. "Ocak bizde de böyle ortada olabilir mi?" diye sordum.

Ağzında simit olduğu için göz kapaklarını indirerek onayladı beni.

"Bunu beğendim o zaman. Dolap kapakları da böyle siyah, beyaz ve şarap kırmızısı olabilirler."

"Tezgâh siyah olabilir o zaman."

"O da mı mobilyalar gibi parlak kapaklardan olacak?"

"Hayır. O da mobilya kapakları gibi ısıdan etkilenmeyen cam olacak."

"Ne?"

"En iyi ve son ürün bu. Çizilmez ve ısıdan etkilenmez cam. Mutfak dolaplarının hepsinin kapağını öyle yapacağım. Bak şu sondaki siyah cam kapak, bahsettiğim malzemeden."

"Çok şık gerçekten," diyerek kapağa yakından baktım. Tuhaf ama konu mobilyalar olduğunda hoş sohbet bir adam olup çıkmıştı. İlk kez adam akıllı konuşabilmiştik mutfak dolapları sayesinde.

O da kahvaltısını bitirince hemen yandaki kapı satan dükkâna gittik. Ben ev için kapıları seçerken o da kulplarını seçti. Sabahki nahoş olayı çoktan unutmuş parke seçiyor, banyo için seramik beğeniyordum. Bana ilgi ya da sevgi göstermiyordu; hatta bir kez bile adımı söylememiş ya da gülümsememişti ama yine de benimle uğraşmadığı zamanlar katlanılabilir bir adamdı. Belki ben de iki de bir de ona deli demezsem benimle uğraşmazdı. Bu arada komşu olduğu tüm esnafın Emre'yi çok sevdiği gözümden kaçmamıştı. Gerçi esnaf hep erkekti, kadınları sevmeyen Emre'nin onlarla ne derdi olabilirdi ki?

Beni, yakın mesafedeki eve yine arabayla bıraktı. Sanırım benimle yürümek istemiyordu çünkü bugün alışveriş için dükkânlara giderken de beni beklemeden önden yürümüştü hep. Evin önüne geldiğimizde ben inmeden konuşmaya başladı.

"Bunu al, şifreyi biliyorsun." Geçen verdiği kartı uzatmıştı yine. Kartı alınca devam etti. "Halıydı, perdeydi, beyaz eşya vs. ne gerekiyorsa bununla al. Bu kredi kartı değil, hesap kartı ve içinde yüklü miktarda para var. Bizim evimiz için ya da kendin için canın ne istiyorsa al. Ama babanın evine benim paramla ekmek bile alma! Tek uyarım bu. Bir de internetten mobilya modeli seç en kısa zamanda. Bana beğendiğin modelleri göster, hemen yapmaya başlayalım."

Tamam, anlamında kafamı salladım. Arabadan inip eve girdiğimde karttan kimseye bahsetmemeye karar verdim.

Tufan takı kutusunu arayıp evi alt üst etmişti. Akşam eve geldiğinde, takılarımı niye sakladığımı sorup kavga çıkardı arsız.

"Sana lan benim takılarımdan!"

"Lanlı manlı konuşma benimle! Nereye koydun? Bulamayacağım sanki! Hem babama dedim ben. Tamam dedi. Araba alacağız bana!"

"Bulursan alırsın! Emre'ye verdim takıları."

"Niye lan?"

"Canım istedi verdim. Yiyorsa git ondan iste! Ama Allah'ını seversen iste ki ağzını burnunu kırsın. Ben de bir oh çekeyim!"

"Sıçarım şarap çanağına lan ne diyorsun sen? Ben senin ağzını burnunu kırayım da gör şimdi!"

"Dokun bana, Emre'ye derim seni. Yemediğin dayağı yersin yeminle." Yalandı, Emre'nin umurunda bile değildim ama Tufan bunu bilmiyordu.

"Lan düne kadar ağlayıp zırlıyordun evlenmem diye. O deliye çabuk alıştın bakıyorum!"

"SANA NE?" dedim en son ve kapıyı onun suratına çarparak odama girdim. Arkamdan hâlâ anneme söyleniyordu benim için. "Anne şu kızına bir şey söyle! İki günde havalanmış! Kendini bir şey sanıyor!"

O ergen ergen atar yaparken ben, yatağa girip evde olanları düşünmeye başladım. Bana durduk yere saldırmıştı ve beni taciz etmişti. Sonra yine sebebini anlamadığım bir şekilde bırakmıştı. Onun bu dengesiz halleriyle nasıl baş edeceğimi hiç bilmiyordum. Kadınlardan neden nefret ettiği sorusu ise en büyük merakım olmuştu. Evlenince birlikte olmak zorunda olduğumuz aklıma gelince yine bacaklarımı sıkı sıkı kapatıp ağlamaya başladım. Nasıl hiç tanımadığım bir adamla birlikte olacaktım?

# 3

Ramazan boyunca, ablamla, yeni evim için eşya alma telaşındaydım. Emre'yi düşünmeye vaktim bile olmadı. Ev için mobilya modellerini seçmiştim. Emre'yle, bu modelleri ona göstermek ve duvar kâğıdı almak için birkaç kez görüşmüştüm sadece. Gerekmedikçe benimle konuşmuyordu. Benim de onunla konuşmaya bayıldığım yoktu zaten. Ev günden güne güzelleşiyordu. Beyaz eşyalar geldiğinde Emre, televizyonu beğenmedi. Daha büyük bir televizyon aldı ve benim aldığım da mutfağın duvarına monte edildi.

Ramazanın ortasında Emin amcayı tekrar hastaneye yatırdılar. Düğün için mekân bakmaya gittiğimiz bir gün Emin amcayı da ziyaret ettik. Emin amca bize sevgiyle bakıyordu ama biz onun gördüğü gibi mutlu bir çift değildik. Sonunda düğün mekânı olarak Ramazan Bayramı'nın üçüncü gününe Bab-ı Zer'i tuttuk. Burası eşsiz koy manzarası ve düğünün açık havada yapılacak olması sebebiyle aradığım tüm özelliklere sahipti. Hayat ilginçti doğrusu; maddi olarak, düğünüm ve evim hayallerimin ötesindeyken, manevi olarak gerçek bir evlilik bile yoktu ortada. Oysa hep tersi olacağını düşünmüştüm; aşk dolu mutlu bir evliliğim ve yettiğince küçük, kiralık bir evim…

Bu arada sürekli gelinlik de bakıyordum ama modele henüz karar verememiştim. Düğüne bir hafta kala annem, ablam ve Emre ile modellerini en çok beğendiğim gelinlikçiye bir kez daha girdik. Yeni modeller de gelmişti ve içlerinden biri sanki benim hayallerim için dikilmişti. Gelinliği giyip kabinden çıktım. Yüzümde güller açarak, "Bayıldım, bunu alıyoruz," dedim.

Üzerimi çıkarmaya kabine girdiğimde Emre'nin de peşimden geldiğini gördüm. Sağ eliyle birden omzumu sıkınca kalbim de korkuyla göğsümde sıkıştı. Gözlerinde yine o deli bakışla omzumdaki kemikleri un ufak edecek bir hırsla canımı yakıyordu. Mağazadakilere rezil olmak istemediğim için kısık sesle "Bırak lütfen," dedim.

Diğer eliyle gelinlikten gözüken hafif göğüs dekoltemi sıkıp "Omuzlarını ya da göğüslerini açamazsın kaltak! Tek amacın erkekleri tahrik etmek. Hepiniz aynı boksunuz!" diye kulağıma fısıldadı ve gitti. Göğüslerimin çatal kısmının moraracağına emindim. Korkudan elim ayağım titrer vaziyette gelinliği çıkarıp kıyafetlerimi giydim. Ablam yüzümü görünce, "Ne oldu?" diye endişeyle sordu.

"Yok bir şey. Straplez olmayan herhangi bir gelinlik alalım gitsin," dedim. Hayalim straplez gelinlikti ve öyle olmayacaksa zaten gerisi umurumda değildi. Emre'nin yaptığı, bu evliliğin akıl kârı olmadığını bir kez daha ispatlıyordu. Ablam ve annem bana model gösterdikçe umursamadan, "Birini alın işte. Bana ne?" diyerek somurttum. Sonunda ablam annemi ikna etti ve hiçbir şey almadan eve döndük. Arabada annemler olduğu için çok şanslıydım, yoksa Emre beni çiğ çiğ yiyecekmiş gibi bakıyordu.

Ablam da bizim eve geldi ve beni odama çekip ne olduğunu sormaya başladı. Sonunda dayanamayıp ağlayarak göğüslerimde çimdiklediği yeri gösterdim, şimdiden morarmıştı. En baştan bana yaptıklarını ve kadın düşmanı olduğunu anlattım ablama. Anlattıkça korkum ve endişem su yüzüne çıkıyordu. Gömdüğüm tüm korkularım bir anda hortlamıştı. Ablam da bana sarılıp benimle ağlamaya başladı. Bugün bana sadece bu gelinlik olmaz dese de olurdu ama o ilk önce canımı yakıp sonra söylemişti. Asıl canımı sıkan buydu, çünkü bu şekilde onunla ömür geçmezdi.

Ablam beni salona götürdü; Emre'nin beni tehdit ve taciz ettiğini annemle babama anlattı. Babam, "Ne demeye anlatıyorsun bunları Nuray?" diye sordu ablama.

"Baba, ben evlenmek istemiyorum. Kredi çekeriz, söz ben öderim taksitlerini. Veririz parasını arabasının," diye yalvarmaya başladım.

"Bu saatten sonra rezil mi edeceksin bizi?" diyerek tokadı çarptı yüzüme babam.

"Varsa yoksa Tufan mı? Benim canım yok mu? Allah belanızı versin topunuzun! Siz de ana baba mısınız!"

Ablam kurtarmaya uğraşsa da ben bela okuyup hakaret ettikçe annemle babamdan dayak yiyordum yine. Babam yüzüme okkalı bir tane geçirince dudağımın kenarı patladı. Sonunda her zamanki gibi kendimi odama kilitledim. Tüm bu yaşadıklarım çok fazla geliyordu. Hangi birine üzülüp hangisini dert edeceğime şaşırmıştım. Histerik bir şekilde iç çeke çeke ağlıyordum. Emre delisinden ve bu evlilikten kurtulmak istiyordum. Benden nefret eden biriyle birlikte olmak fikri ödümü koparıyordu. Dahası, ömrümün geri kalanının da ailemin yanındaki gibi şiddet dolu olmasını bedenim kaldırsa ruhum kaldıramazdı. Şu yirmi beş günlük süreçte eşyaydı, boyaydı, tabak çanaktı derken... Resmen bunlarla oyalanıp gerçek sorunları gömmüştüm. Şimdi hepsi babamın tokadı gibi yüzüme çarpmıştı.

Bir çıkar yol ararken aklıma Mehmet geldi. Mehmet lise sondayken sevgilim olan ilk ve tek çıktığım çocuktu. Biz ayrılalı aradan beş yıla yakın bir zaman geçmişti ama Mehmet çok değil, altı ay önce beni arayıp yeniden çıkmak için yalvarmıştı. Beni hâlâ sevdiğini, geçmişe sünger çekmek istediğini söyleyip durmuştu. Zamanında sırf onu öpmediğim ve Banu diye bir kız her çıktığıyla öpüştüğü için beni terk edip onunla çıkmıştı. Bu kazığı unutmamıştım ama Mehmet'i çoktan unutmuştum. Bu yüzden de ona hayır demiştim. Ama şimdi öyle çaresizdim ki, Mehmet kurtuluşum olabilirdi. Telefonu elime alıp onu aradım.

"Alo. Elif?"

"Mehmet, beni sevdiğini söylüyordun. Hâlâ seviyor musun?"

"Evet, Elif tabii ki seni çok seviyorum. Deli Emre'yle nişanlanmışsın."

"İstemiyorum evlenmek. Babam zorla veriyor beni." Ağlamaktan fırsat buldukça konuşabiliyordum.

"Hangi devirde yaşıyoruz, at nişanı o zaman."

"O kadar kolay değil. Kardeşim onun arabasını hurdaya çevirdi. Borcumuz var ona."

"Herhalde benden parayı ödememi beklemiyorsun. Çünkü bende para ne gezer?"

"Hayır, biliyorum senin o kadar paran olamayacağını. Ben, senden beni kaçırmanı istiyorum." Utana sıkıla ve yüreğimi daraltan acıyla bir ümit dediklerime cevap beklerken Mehmet'in, "Ne?" diyerek tepki vermesiyle öfkeli bir telaşa tutuldum. Yalvaran cümlelerimi arka arkaya sıralıyordum.

"Duydun işte! Mehmet lütfen kurtar beni. Başka çarem olsa aramazdım, inan. O çocuk cidden hasta. Sorunlu yani-"

"Anladım Elif'im ama evlilik çok zor şey. Ben de düğün yapacak para da yok."

"Düğün isteyen kim? Kıyarız bir nikâh, olur biter."

"Elif, ben evliliğin yükünü taşımaya hazır değilim."

Ben ona can simidi gözüyle bakarken, daha az evvel beni sevdiğini söyleyen it, yan çiziyordu şimdi.

"Son sözün ne Mehmet?"

"Kusura bakma ama seni kaçıramam. Ben hâlâ ailemle yaşıyorum. Nişanlı kızı kaçırdım desem babam eve koymaz yeminle beni, üzgünüm."

Telefonu Mehmet'in suratına kapatıp son umudu da boşa çıkmış birisi olarak ümitsizce ağlamaya başladım. Sonra aslında Emre'nin de beni istemediğini düşünüp ona, "Ben evlenmek istemiyorum. Sen de istemiyorsun, biliyorum. Lütfen saçma sapan sebeplerle birbirimizin hayatını zehir etmeyelim. Nişanı atmak istiyorum. Arabanın parasını çalışıp yavaş yavaş da olsa öderim. Bitsin artık," diye mesaj yazıp yolladım.

Uzun süre cevap gelmeyince gecenin bu saatinde uyumuş olabileceğini düşündüm. Gözlerim yeni yeni kapanmaya başlamışken, "Dışarı gel. Merdivenlerin dibinde seni bekliyorum," yazdı. Allah'ım lütfen nişanı atmayı kabul etsin. Bu kez pijamalarımın üstüne hırkamı giydim ve saçlarımı yüzümün sol tarafına atıp o taraftaki morluğu gizledim.

Parmaklarımın ucunda odamdan çıktım. Tufan salonda horluyordu, annemler de odalarında uyuyorlardı. Kapıya gelince duvarda asılı duran anahtarı kapının üstüne taktım ve annemin, kapının önündeki terliklerini giyip aceleyle merdivenleri indim. Yanına varır varmaz kolumdan tutup beni evden uzağa, arka taraftaki ağaçlığın kenarına çekti ve savurup bir ağacın gövdesine yapıştırdı.

"Ne istiyorsun benden? Çocuk oyuncağı mı bu?" deyip boğazıma yapıştı. Sağ elinin güçlü parmakları boğazımı sıkarken, "İstemiyorum. Hastasın sen! Evlenmem seninle!" dedim. Ölmekten korkmuyordum, hatta huzura kavuşabileceğim şefkatli kucaktı ölüm.

"Öldürürüm lan seni!"

Boğazımı sıkarken içimde kabaran öfkeyle acıyı umursamadan sesim çıktığı kadar "ÖLDÜR!" diyerek diklendim. "Öldür. Seninle bir ömür yaşamaktan iyidir, şimdi ölmek! HADİ ÖLDÜRSENE!"

Önce parmakları gevşedi, sonra elini boğazımdan çekip "Sen benden delisin!" dedi. Ardından da kolumdan tutup eve doğru yürütmeye başladı. Merdivenlerin dibine geldiğimizde durdu. Sokak lambasının ışığı tam tepemizdeydi. Çenemden tutup yüzümü ışığa doğdu çevirdi.

"Bunu kim yaptı?" diye sordu dudağımın patlayan köşesine hafifçe dokunarak. Az önce beni boğmak isteyen bu adam, şimdi dudağımın köşesini incitmekten mi çekinir olmuştu? Komikti doğrusu. Duygusuzca ve güçlü çıktığını umduğum bir sesle kısaca cevapladım sorusunu.

"Babam."

"Senin babanın aksine benimki bana bir fiske bile vurmamıştır. Hastalığımla tek başına canla başla uğraşmıştı, şu an bu kadar iyiysem onun sayesinde. O, bana hem anne hem baba hem de arkadaş oldu. Şimdi ölecek ve ben ölmeden onu mutlu etmek istiyorum; o yüzden bu düğün olmak zorunda. Babam ölünce boşanırız, evine git şimdi."

Ben merdivenleri çıkarken beni izledi ve eve girene kadar da gitmedi. Yatağımda, bedenimin üstüne atılmış toprak gibi göğsüme ağırlık yapan kaderime ağlayarak uyudum. Sabah, -daha doğrusu öğlene gelirken- annem yine bağıra çağıra uyandırdı beni. "Kalk! Kız kime diyorum? Gece sahura da uyanmadın zaten!"

Sahura yakın ancak uyuyabilmiştim oysa. Gelin adayları, gelinlikte zarif durma uğraşı ile zayıflamaya çalışırdı, ben ise sıkıntıdan eriyordum. Annem, "Oğlan, sana bir şey bıraktı," deyince meraktan kalktım. Büyük kutu bile anlamama yetmişti; gelinlikti bu. Kefen daha yerinde olurdu bana aslında. Ne de olsa Emre, beni en kısa sürede kesin boğazlardı.

Asıl şaşkınlığı, kutuyu açtığımda yaşadım; bu, dün beğendiğim gelinlikti. Gerçekten evlenmeyi kafasına koymuştu. Kaderimin mahkûmu olmuştum, mecbur evlenecektim onunla.

Her şeyi babasını memnun ve mutlu etmek için yapıyordu. Ertesi gün Emin amcayı hastaneden almaya beni de götürdü. Doktoru, oğlunun düğünü için erken taburcu etmişti onu. Emin amca arabada, evimizi sordu ve kendi evine gitmeden önce bizim evi görmek istediğini söyledi. Evi gezerken, "Her şey istediğin gibi oldu mu peki kızım?" diye sordu.

"Evet, Emin amca. Sağ olun." O an neden Emre'nin evi istediğim gibi döşememe müsaade ettiğini anladım, babası istemişti.

Sonraki günler, davetiyeleri dağıtmaya başladık. Bir komşumuzun kızına davetiye verirken gözlerim doldu ama ağlamadan tuttum kendimi. 2010 yılında o da evlenecekti. Dün gibi hatırlıyordum, çok ilginç ve güzeldi davetiyeleri. Minicik baş yastıklarının bir kenarına zımbalanmış kâğıtta, "Bir yastıkta kocamak için çıktığımız bu yolun başlangıcında sizleri de aramızda görmekten mutluluk duyarız," yazıyordu. Ama o davetiyeler, davetlilere asla verilemedi. Düğüne haftalar kala nişanlısı 17 Mayıs 2010'da yaşanan grizu faciasında hayatını kaybetti. Ölen otuz kişiden biri de onun sevdiği adamdı ve o davetiyeler nişanlısının mevlidinde gelenlere dağıtıldı. Başkalarının düğün davetiyesini her alışında nasıl hissettiğini düşününce önce yüreğim sonra boğazım yandı. İsyan ettiğim kaderime şükreder buldum kendimi; iyi kötü yuvamı kuruyordum.

Zaten Emre'yi değilse bile evi yuvam olarak çoktan benimsemiştim. Son eksiklikleri gidermek bahanesiyle sık sık eve gidiyordum. Sessiz ve boş haliyle, huzur bulduğum tek yer olmuştu. Eksiklikler tamamlandığında, hayal edemeyeceğim güzellikte bir evde oturacak olmanın verdiği çocuksu bir sevinç vardı içimde. Mutfak gelecekten gelme gibiydi, ablam ve annem modern mutfağıma bayılmışlardı. Her şeyin en iyisini almıştık ya da Emre, kendi imal etmişti.

Bayram arifesi bizim evin işi de tamamen bitmişti. Tüm eşyalar gelmişti. En çok mutfak ve terası seviyordum. Mutfağı gören ıslık öttürüyordu, terasta ise zaman geçirmek için şimdiden sabırsızlanıyordum. Emre, şöminenin önüne bir sallanan sandalye yapmıştı. Ona oturup limanın üstünden güneşin batışını izlemek çok güzel olacaktı. Annem ve ablamla son temizlik için eve giderken, elimizde bir sürü temizlik malzemesi var diye, yakın mesafe olmasına rağmen Emre arabayla bırakmıştı bizi.

Ablam ve annem arka koltukta oturmuşlardı. Araba durunca bahçe kapısının önünde indiler. Emre'nin yine acelesi vardı belli ki. Bahçeye girmeden arabayı döndürecekti ve benim inmemi bekliyordu ama telefonumu bulamıyordum. Arabanın camından, bahçede yürüyen ablama seslendim.

"Abla! Abla beni çaldırsana." Beni duymayan ablamın arkasından bakarken Emre homurdanıp kendi telefonunu çıkardı ve rehberden 'Elif' ismini bulup beni aramaya başladı. Telefonum arabanın içinde çalarken ben de sesin geldiği yönü bulmaya uğraşıyordum ama Emre, vites kolunun yanındaki bardaklığa düşmüş telefonumu benden önce buldu. Ekrandaki yazıyı görünce dilini ikiye katlayıp ısırdı. Öfke saçan gözleriyle bana bakıp "DELİ arıyor..." yazan ve hâlâ çalan telefonumu elinde sıkmaya başladı. Telefon elinde çatırdayıp kırılırken önce ekranı gitti, sonra da sesi kesildi. Telefonu avucunda ezerek kırmıştı resmen, boynumun sıktığında hiç şansı olmazdı. Boynunda mor bir damar belirginleşmişti, hâlâ dilini ısırıyordu ve tam manasıyla deli gibi bakıyordu.

Telefonun parçalarını camdan dışarı atıp "Elimden bir kaza çıkmadan in!" diye hırladı. Lafını ikiletmeyip indim. Arkamdan, "Kendine bir telefon al," dedi ve çekip gitti.

Emre bayram sabahı bizim eve geldiğinde, hâlâ son olaydan

ötürü ondan çekiniyordum. Her zamanki soğukluğuyla evdekilerle bayramlaştı ve beni alıp babasının evine, yani aslında hâlâ yaşadığı kendi evine götürdü. Emin amcanın elini öpüp bayramlaştım. Tüm itirazlarıma rağmen bayram harçlığı verdi bana.

Emin amcanın seveni çok, yaşı büyük olduğundan eve sürekli misafir geliyordu. Ben de gelin olarak gün boyu gelene gidene hizmet ettim. Emre telefon olayından beri benimle konuşmamıştı. Yüzüme bile bakmıyordu. Sanırım ondan özür dilemeliydim. Kendime yine onun parasıyla son model bir telefon almıştım sonuçta.

Akşam Emre, beni evime bırakmak için arabaya yönelince, "İki dakikalık yol. Hava çok güzel, yürüsek olmaz mı?" diye sordum. Cevap vermedi ama kumandayla açtığı kapıları geri kilitledi. O önden hızlı hızlı yürürken ben de peşi sıra ona yetişmeye çalışıyordum. Hiç de hayal ettiğim gibi bir yürüyüş olmamıştı. Değil özür dilemek, nefes almaya zor vakit buluyordum.

Bizim evin önündeki basamaklara gelince durdu. Ben de tüm cesaretimi toplayıp "Ben özür dilerim. Seni telefona o şekilde kaydettiğim için... " dedim. O cevap vermeyince "Bugün bayram ve bayram da küslük olmazmış-" diye devam ederken lafımı kesti.

"Sen kimsin de sana küseceğim, kendini bu kadar önemseme," dedi ve gitti. Üzülmüştüm sözlerine. Peki ama niye? Kalbimin kırılmasına anlam veremiyordum. Ne zaman onun, benim hakkımda düşündüklerini önemser olmuştum?

Bayramın ikinci günü kınam vardı ama işler bitmiyordu. Balayına gitmiyorduk -çok şükür- bu yüzden marketten yiyecek alışverişi yapıp dolabı doldurmamız gerekiyordu. Akşam kınamız vardı fakat biz öğlen, eskiden çalıştığım markete gitmiş alışveriş yapıyorduk. Eski iş arkadaşlarım beni görünce fısıldaştılar önce, yanlarına yaklaşınca da gülümseyip sarıldılar. Yan kasa da çalışan Ayşegül en samimi arkadaşımdı, hiç lafı dolandırmadan "Deliye verdiler seni resmen, yazık ya," dedi. Art niyetli değildi, beni düşündüğü ve üzüldüğü için böyle demişti. O, yüzüme söyleyince diğerlerinin arkamdan ne fısıldaştıklarını da öğrenmiş oldum. Ama şimdi daha büyük endişelerim vardı. Ayşegül'e "Sus kız! Nişanlım arabayı park ediyor, gelir şimdi. Deli dediğini duyar falan..." diye söylendim.

Necla kapıdan yeni giren otuzlu yaşlardaki -Allah'ın gönlüne güç gitmesin- çok çirkin ve pasaklı bir adamı gösterip "Nişanlın bu mu?" dedi. Patron izin vermediği için kızlardan nişanıma gelen olmamıştı; dolayısıyla Emre'yi hiç görmemişlerdi.

"Hayır, bak şimdi giren beyaz tişörtlü," diyerek yeni gelen Emre'yi gösterdim. Kızların hepsi birden inanamayarak bana bakıyordu. Ayşegül, "Kafa yapıyorsun değil mi?" dedi.

Ben bir şey diyemeden Emre yanımıza gelmişti bile. Bileğimden tutup "Akşam kınada arkadaşlarınla muhabbet edersin, dünya kadar işimiz var daha," diyerek kızların yanından çekti beni. Hepsi şaşkınlıktan dilini yutmuş bize bakıyordu.

Alışverişi eski iş arkadaşlarımın meraklı bakışları altında yapıp aldıklarımızı arabaya yükledik ve eve geldik. Artık demir bahçe kapısı uzaktan kumandalıydı. Emre kapıyı arabadan inmeden kumandayla açıp arabayı bahçeye park etti. Aldıklarımızı eve taşırken ablamın hediyesi olan ve dış kapının üstüne astığım nazar boncuğunu gösterip "Bu ne?" diye sordu. Kızmıştı, daha da önemlisi rengi atmıştı. Zaten iki saniye içinde elindeki poşetleri yere bırakıp bahçeye koşup kusmaya başladı. Kusarken ne yapacağımı bilemeden öylece ona baktım. Öğürtüleri kesilince kapıdan tarafa bakmadan "Kaldır onu!" dedi.

Hiçbir şey anlamamıştım. "Neyi?"

"O nazar boncuğu mudur ne illetse onu! Midem bulanıyor. Kaldır çöpe at onu!"

Dediğini hemen yapıp nazar boncuğunu astığım yerden aldım ve bahçe kapısından çıkıp yol kenarındaki konteynıra attım. Döndüğümde arabadan su almış ağzını çalkalıyordu.

"İyi misin? Ne oldu birden?"

"Nazar boncuğundan midem bulanıyor, çocukluğumdan beri. Nedenini bilmiyorum ama bakamam bile," dedi yüzünü buruşturarak.

Ben aldıklarımızı buzdolabına yerleştirirken o, kustuğu yeri bahçe hortumuyla yıkayıp temizledi. İlginç biriydi; yani, kim nazar boncuğundan iğrenirdi ki?

Akşam kınamda bol bol ağladım. Kına gecesinin amacı da bu değil miydi zaten? Gelini ağlatmak... Ama bu kez arkadaşlarım geldiği için bol bol göbek de atmıştım. Hem ağlarım hem giderim hesabıydı.

Marketteki kızların hepsi Emre'ye bayılmışlardı. Yüzüne bakıp adam sanmak kolaydı tabii. Hele Necla, ayran budalası gibi sürekli Emre'yi süzüyordu. Elimde olsa hiç düşünmez Necla'ya bırakırdım Emre'yi. Ama nerde ben de o şans?

Ertesi sabah erkenden uyanıp kuaföre gittik ve tüm gün orada geçti. Öğleden sonra da fotoğraf çekimi için sahildeydik. Emre, fotoğrafçı bana sarılmasını söyledikçe yumruklarını sıksa da denilen her şeyi yapmıştı ama hiç gülümsemiyordu. Sahi, onu gülümserken hiç görmemiştim. Sonunda dayanamayıp "Bari fotoğraf çekilirken gülümse. Hiç görmedim güldüğünü," dedim.

"Bana diyene bak. Seni ağlarken milyon kez gördüm ama hiç güldüğünü görmedim."

"Şimdi gülümsüyorum ya."

"Yalandan, poz vermek için yapıyorsun."

"Sen de o kadarını yap yeter."

"Çok biliyorsun, koca meme!"

"Sapık, gıcık..." Deli demeyip lafımı yuttum.

"Desene hadi!" diye tehditkâr bir şekilde söylendi.

"Senden korkan senin gibi olsun. DELİ!"

"İnan, sen benden delisin! Hiç akıllanmıyorsun. Bence biz seninle tencere kapak olmuşuz iki deli," dedi ve gülümsedi.

Onun gülümserken bu kadar tatlı olabileceği aklıma gelmezdi. Ben de hem ona hem de lafına gülerek karşılık verdim. Fotoğrafçı da bu anı kaçırmayıp deklanşöre bastı. Fotoğraf çekilme işi bitince ağzına kadar dolu baba evine döndüm. Bir saat kadar sonra düğün alayı, gelin alıcı olarak geldi. Tek erkek kardeşim olarak Tufan belime kırmızı kurdeleyi taktı, ablam kapıyı tuttu ve tüm âdetler yerini bulduktan sonra, sonunda evden Emre'nin kolunda çıktım ve merdivenlerden alkışlar eşliğinde indik.

Gelin arabası olarak beyaz, üstü açık, klasik bir araba görmeyi ummuyordum doğrusu. Arabanın arkasına yerleştik ve şoförü şaşkına çevirerek hiç konuşmadan düğün salonuna geldik. Bab-ı Zer'in merdivenlerinden inerken, dışardan her şeyin ne kadar güzel gözüktüğünü düşünmeden edemedim.

Nikâh masasına oturduğumuzda yine korkularım beni esir aldığı için hafifçe titriyordum. Emre anlamış olmalı ki kulağıma eğilip "Sadece babam için evet de," dedi. Ölmek üzere olan iyi bir adam için, hele ki o adam Emin amca ise bu fedakârlık yapılabilirdi. Aslında en büyük güvencem boşanacağımızı söylemesiydi, buna güvenerek nikâh memuru sorduğunda, "Evet," dedim. O da sorulduğunda hiç düşünmeden ve babasına gülümseyerek "Evet," dedi. Bir günde onu ikinci kez gülümserken görmüştüm. İmzaları atarken, "Ayağına bas," diyen herkesi kulak ardı ettim, onu sinirlendirmek istemiyordum. İmza atarken ayağımın üstünde hissettiğim hafif baskıyla ona döndüm. Pis pis sırıtarak bana bakıyordu. "Zaten üstünlük bende ama adet yerini bulsun dedim," deyince ayağına önce ben basmadığıma çok pişman oldum.

Şahitler de imzaları atınca ayağa kalktık, nikâh memuru mutluluklar dileyip evlilik cüzdanını bana teslim etti. Emre duvağımı açıp alnıma minik bir öpücük kondurdu. Alnımı da olsa, beni ilk kez öpüşüyle heyecanlandım.

Geceyi düşününce, bir anlık tatlı heyecanım korku ile perdelendi. Onunla yakın temas halinde olmaya alışkın değildim çünkü bana her yakınlaştığında çok kötü anılarım olmuştu. Dans ederken elim, avucunda terliyordu. Bunu fark edip kulağıma, "Zoraki bir evlilik için fazla heyecanlısın," dedi.

"Sen de fazla mutlusun," dedim hemen.

"Baksana, babam ne kadar mutlu, tüm bu saçmalığa değmiş demektir. Nasıl mutlu olmayayım?"

Düğün boyunca tek konuşmamız bu olmuştu. Sıradan bir düğünden farkı olmayan düğünümüzde, Emre babasıyla karşılıklı oynamıştı bile. Takı hediye edilirken ablamı uyarmıştım. Nazar boncuğu olmasın diye kontrol edecek ve varsa, onlardan biri Emre'ye ulaşmadan önce boncuklardan kurtulacaktı. Ablam görevini hakkını vererek yapmıştı ve bir avuç minik nazar boncuğunu Emre'yi kusturmadan toplayıp çöpe atmıştı. Düğün olağan bir şekilde havai fişek gösterisi ile son buldu.

Salondan ayrılırken, beni döven ve zorla bu adama veren aileme sıkı sıkı sarılıp ağladım. O küflü odadaki tek kişilik yatağım yerine bu adamla yan yana yatacak olmanın verdiği stres beni boğuyordu. Tabii bir de gece gerçekten boğulabilme ihtimalim vardı.

Araba çabucak yeni evimizin önüne gelmişti. Biz arabadan inince şoför düğün için kiralanmış, klasik arabayı alıp gitti ve dış kapının önünde baş başa kaldık. Hiçbir şey demeden cebinden anahtarı çıkarıp kapıyı açtı ve içeri girmem için yol verdi bana. Ben içeri girince o da girdi, kapıyı kapatıp kilitledi sonra da merdivenlere yöneldi. Gelinliğimin kabarık eteklerini tutup merdivenleri peşinden tırmanırken korku da içimde tırmanıyordu.

Arkasına bile bakmadan yatak odasının kapısını açıp içeri girdi. Korku kalbimi sıkmıştı, tehditleri ve sözleri aklıma geldikçe ayaklarım geri geri gidiyordu ama korkunun ecele faydası yoktu. Onunla birlikte olmak istemediğimi söylesem bundan bile farklı anlamlar çıkarabilirdi. Gerçi fikrimi soracağını ve önemseyeceğini sanmıyorum zaten. Derin bir nefes alıp, aralık bıraktığı kapıdan içeri girdim ben de.

Gardıroptan kıyafetlerini çıkarıyordu. Bir sürü kot, tişört çıkartıp şifonyerden iç çamaşırı ve çoraplarını boşalttı. Odanın banyosuna girip boş kirli sepetine koyduğu siyah bornoz takımı ve tıraş takımının üstüne kıyafetlerini doldurdu. Son olarak da yatağın üstünde hazır duran pijamalarını elindeki sepete tıktı ve çekip gitti. Şaşkınlıktan korku falan kalmamıştı bende. Bir iki dakika sonra koridordaki banyodan su sesi gelince yıkandığını anladım. Ne yapmam gerektiğini bilemeden öylece dikili kaldım yatak odasının ortasında. Bir süre sonra, ilk olarak kolumda asılı duran altın kesesini komodinin üstüne bıraktım. Hasılat iyiydi valla ama bununla şimdi ilgilenecek değildim. Duvağımı söküp saçımdaki yüze yakın tel tokayı çıkarmaya başladım. Saçımı sonunda açabildiğimde o da banyodan çıkmıştı. Bunu, sesi kesilen sudan ve açılan kapı sesinden anlamıştım. Tereddütle yanıma gelmesini bekledim ama yatak odasına dönmedi ve koridorun başındaki misafir odasının kapısı açılıp kapanınca sevinçle ellerimi çırptım.

Düğünümde oynamaya doyamamış gibi sessizce kendi kendime oynadım. Odadaki gümüş varaklı, şık boy aynasının önüne geçtiğimde sırıtan suratım acayip komik gözüküyordu. Deli meli düşünceli adamdı. Gelinliği çıkarmak için önce tarlatanı çıkardım; sonra gelinliğin sırtında olan fermuarı açmak için aynaya sırtımı döndüm. Zorlanarak da olsa, önce fermuarı kamufle eden incili düğmeleri çözdüm. Uzanıp ince fermuarı birazcık indirdim ama lanet şey takılmıştı, tamamen inmiyordu. Zaten elim de zar zor ulaşıyordu. Şekilden şekle girip fermuarı indirmek için uğraştım durdum. Olmayınca gelinliğin içinden çıkmaya çalıştım ama büyük göğüslerim nedeniyle o da sonuç vermedi. Tekrar zorladığımdaysa incecik olan fermuarın çekme yeri kırılıp elimde kaldı. Yarım saattir uğraşıyordum ama hâlâ gelinliği çıkarabilmiş değildim. Fermuarı arkaya diken modacıya içimden sövüp duruyordum. Hemen her gelinliğin fermuarı yanda olurdu. Bununkini ise çok gerekliymiş gibi arkaya yapmışlardı. Aslında gelinliğin yanlarını fermuar ile bozmak istememişti modacı ve bu, gelinliği daha şık yapıyordu ama şu an umurumda değildi.

Emre'den yardım istemem gerektiğini anlayınca gelinliği kesmeyi bile düşündüm ama dünya para ödemiştik bu gelinliğe. Gerçi bir daha giyecek değildim ama... Acayip bir ikilemde kalmıştım; ya çok sevdiğim ve beğendiğim gelinliğimi kesecektim ya da büyük ihtimalle çoktan uyumuş olan Emre'yi uyandıracaktım. Ben onu uyandırdığım için o da beni boğacaktı. Abartıyordum, sonuçta kibarlık etmişti bu gece. Tüm cesaretimi toplayıp yatak odasından çıktım.

Kapısına geldiğimde hafifçe kapıya vurdum ama ses çıkmadı. Kesin uyuyordu. Uyandırabilmek için biraz daha hızlı vurdum. Yine cevap yok. Aynı ritimde bir müddet daha kapıya vurdum ama ses seda yoktu. Bu kez kapıyı açmak için kolu çevirdim ama kilitliydi. Acaba bir şey mi olmuştu? Endişeyle kapıyı yumruklamaya başladım ve kapı birden bire açılınca son yumruğum Emre'nin çıplak göğsüne geldi. Yutkunarak elimi çekerken deli gibi bağırmaya başladı. Pardon, *gibi* mi dedim ben? Zaten deliydi.

"NE VAR? NE VAR LAN, NE VAR?"

Korkudan ağzımı açamadım. Ben gelinliği kesmeye kıyamazken o beni kıtır kıtır kesecekti şimdi. Ben cevap vermeyince o bağırmaya kaldığı yerden devam etti. "BUNCA YIL NASIL DAYANDIN!"

Bu kez şoktan öylece kalakaldım. Onunla birlikte olmak istediğim için geldiğimi sanıyordu ve buna kızmıştı. Dilim damağım kuruduğu için "Ben... Şey..." diye başladığım cümlemi saçlarımı eline dolayıp yarıda kesti.

"İnadına geldin değil mi? Kim söyledi? Selçuk mu?" dedi, burnundan solurken. Saç köklerim yumak halinde bana veda edip hepsi elinde kalmadan, "Neyi?" diye sordum. "Ben sadece fermuarı açamadığım için geldim."

Saçımı çeken eli gevşedi önce. Sonra da doğruyu söyleyip söylemediğimi anlamak için bana tartarak baktı. Ben de ikna olmasını kolaylaştırmak için, "Fermuar sırtımda, yetişemedim. Uğraşınca da kırıldı," diye ekledim. Ellerini saçlarımdan çektiğinde kafa derim yanıyordu resmen. Ben, az önce bu kömüş için kibar mı demiştim? Hemen geri alıyorum.

Çekinsem de saçlarımı bir omzuma toplayıp sırtımı ona döndüm. Kırık fermuarı indirmek için birkaç dakika da o uğraştı. Ama çabaları sonuçsuz kalınca, "Sıkışmış," dedi.

"Sabun sürelim."

"Biliyoruz o kadarını ama tutacak yer de yok fermuarı."

Yanımdan ayrılıp merdivenleri inmeye başladı. Sadece siyah, saten pijama altını giyinmişti ve muazzam görünüyordu sırtı. Deli olmasa, bununla her şey olurdu aslında. Ne diyorum ben ya...

Biraz sonra geri geldiğinde elinde pense vardı ve ilk aklıma gelenler; dilimi koparacak ya da tırnaklarımı sökecek, diye saçma sapan şeylerdi. Beni es geçip koridordaki banyodan sabun aldı, tekrar yanıma geldiğinde sırtımı dönmem için eliyle işaret etti. Dediğini yaptım ve sırtımı tekrar ona döndüm. Önce sabunu fermuara sürttü, sonra da pense ile kırık fermuarın kökünü tutup çekti ve sonunda fermuar açıldı. Gelinliği önden sıkı sıkı tutup ona döndüm.

"Teşekkürler," deyip hemen yatak odasına dönmek için bir adım attım ki saçlarımı ense kökünden bu kez hafifçe çekti. Arkadan kulağıma uzanıp "Kimseye birlikte olmadığımızı söylemeyeceksin. Anladın mı?" dedi.

"Tamam," dediğim an saçımı bıraktı ama omzumdan tuttu bu kez. Açık sırtımdan gözüken sutyen kopçamı açıp parmaklarının tersini sırtımda gezdirmeye başladı, işaret parmağıyla sırtımda yanlamasına bir çizgi çekti. Öyle hafifti ki parmakları, huylanıyordum ve bu iş hiç iyi bir yere gitmiyordu. Dokunuşu farklıydı, yine korkmaya başlamıştım. Huzursuzca kıpırdandığımda elini çekti.

"Sutyeni de açtım. Donunu da kendin çıkarabilirsin herhalde. Bir daha da beni sakın rahatsız etme!" diye uyardı. Kafamı sallayıp yatak odasına yöneldim hemen. Odaya girerken ondan tarafa baktım ve pijamasındaki değişikliği fark edince hemen odaya girdim. Girer girmez de kapıyı kilitledim.

Bir müddet sadece kapıya yaslanıp şık yatak odasını izledim. Dört direkli karyola sadece bana kalmıştı. Direklerin kenarlarına bağlı tüller ve büyük, vişneçürüğü rengi, kapitone, kadife yatak başlığı ile kral yatağı gibiydi. Ben seçmiştim ve o yapmıştı. Evet, bu odadaki her mobilya onun elinden çıkmaydı. Hatta tuvalet masasını o tasarlamıştı. Aynanın önünde gelinliği çıkardım ve sırtıma baktım. Babamın tahta parçasıyla bana vurduğu geceden hatıra beyaz çizgiler halinde izler vardı. Bu izlerden birine parmağıyla dokunup izi takip etmişti, cidden tuhaftı bu adam?

Odadaki banyoda yıkanırken Emre'nin söylediklerini ve tavırlarını düşünüyordum. Onunla birlikte olmak istediğimi sanıp kızmıştı. Ben onu istemediğim için değil, kendisi beni istemediği için ayrı odaya gitmişti sanırım. İçime kurt düşmüştü, gey miydi acaba? Selçuk da -artık her kimse- bunun erkek arkadaşı mıydı? Ama beni taciz edişleri ve az önce verdiği tepki tam tersinin ispatıydı. Ben hiç de öyle saf salak bir kız değilimdir, hatta hinoğlu hinimdir, hemen uyanırım her mevzuya. Bu adamın cinsellikle ilgili bir problemi vardı kesin; ama erkekliğinde bir kusur yoktu.

Ne olursa olsun, hastalığıyla ya da onunla alay edecek değildim. Adam pijamanın önüne çadır kurmuştu. Bu da hâlâ ondan uzak durmam için geçerli bir sebepti. Fikrini değiştirdiği an istediğini yapabilirdi bana. Beni esir alan merak yüzünden düşünmeden edemiyordum. Hastalığı sadece kadın düşmanlığından ibaret değil gibiydi çünkü.

Yıkanıp o süper seksi, beyaz gecelik takımı yerine, şifonyerden aldığım pijamaları giyindim. Mis gibi kocaman yatak bana kalmıştı, döne döne yattım. Boşuna korkmuştum işte. Öte yandan kafaya koymuştum; ben bu Emre'nin hastalığı öğrenecektim. Kendisine sorsam ne tepki vereceği belli olmazdı. En iyisi Emin amcayla konuşmaktı fakat o yaşta adamcağıza da "Senin oğlanın kuş uçuyor ama kadınlardan kaçıyor, ne iş?" diye sorulmazdı ki.

Emre'nin gizemini düşünürken uyumuştum anlaşılan. Sabah uyandığımda saat daha yediydi. Yabancı yerde ilk kez yattığım için olsa gerek, erken kalkmıştım. Havanın çok sıcak olması da başka bir etkendi tabii. Temmuz sıcağı, nemli havayla birlikte kavuruyordu insanı. Yataktan kalkıp beyaz askılı serin bir elbise giydim. Mutfağa inip hayranlıkla şık ve modern mutfağımı süzdükten sonra başladım kahvaltılıkları tepsiye dizmeye. Tüm maharetimi konuşturup bir kahvaltıda olması gereken her şeyi yaptım. Sebzeli ve salamlı omletim çok güzel gözüküyordu. Kahvaltı setini terasa çıkardım ve sofrayı kurdum. En son da tepsiye dizdiğim kahvaltılıkları yukarı taşıyıp masaya koydum. Her şey tamamdı ama Emre'yi kim uyandıracaktı? Dün açıkça, beni rahatsız etme, diye uyarmıştı. Aslında manzaraya karşı tek başıma, bu harika sofrada kahvaltı etmek çok iyi fikirdi.

Telefonum çalınca düşüncelerden sıyrıldım. Ablam arıyordu, Bu kadar erken saatte mi? Gerçi kahvaltı hazırlarken bayağı oyalanmıştım, artık saat neredeyse dokuzdu. Terasın bir ucuna gidip manzaraya bakarak ablamın aramasını cevapladım.

"Alo, abla?"

"Günaydın."

"Sana da günaydın da hayırdır, sabah sabah?"

"Nasılsın diye sormak için aradım."

"İyiyim, siz nasılsınız? Nil ne yapıyor?"

"Biz iyiyiz. Sen nasılsın asıl?"

"Abla az önce iyiyim, dedim ya."

"Öyle değil be! Dün gece ne oldu? Sorun çıkmadı değil mi?"

Aslında neler neler olmuştu ama onun kastettiği beraber olup olmadığımızdı. Yapmamış olsak da ablamın bunu sorması utanmama sebep olmuştu. "ABLA! Çok ayıp!"

"Ya söylesene kız? Birlikte oldunuz mu?"

"Evet abla, olduk birlikte ve hiçbir sorun da çıkmadı. Lütfen şimdi bu konuyu kapatabilir miyiz?" Hem ablamın özel hayatı hiçe sayan sorularından kaçmak hem de Emre'nin hâlâ kulağımda olan uyarısını dikkate almış olmak için yalan söyledim.

"Nasıl oldu? Korktun mu çok?"

"Abla kapatıyorum. Sana bu kadar özel bir şey hakkında konuşacak değilim. İyi günler!"

"İyi tamam, ne kızıyorsun hemen taze gelin. Öptüm seni."

"Ben de."

Telefonu kapatıp arkamı dönmemle, onu, benden sadece iki adım ötede görmem bir oldu. Geldiğini hiç duymadığım için korktum. "AY!" diye feryat edip gerileyince hemen arkamdaki terasın korkuluğuna çarptım ve az kalsın sırt üstü korkuluktan aşağı düşecektim. Ama Emre hızlı davranıp beni kolumdan çekti. Bir anda göğsüm, -hâlâ dün geceki gibi çıplak olan- göğsüne çarpınca heyecandan nefesim kesildi. Bir süre öylece kaldıktan sonra beni omuzlarımdan tutup kendinden uzaklaştırdı.

"Dikkat etsene kızım! Aşağı düşüp başıma iş açacaksın. Sonra millet 'Deli Emre, evlendiği sabah karıyı balkondan aşağı attı,' diyecek. Kimse de inanmaz senin sakarlığından düştüğüne."

Haklıydı ve telefon konuşmamı dinlediğini düşününce, iyi ki de ablama bir şey demedim diye şükretmiştim. Harbi aşağı atardı yoksa beni. Beni bırakıp sofraya kurulunca ben de kendimi toplayıp çayları doldurdum.

"Ekmek yok," dedi.

"Börek ve poğaça var ama," deyip ona poğaça tabağını uzattım. Kendimi, 'Ekmek yoksa pasta yiyiniz' diyen o prenses gibi hissetmiştim. Yoksul baba ocağının ardından burası bana saraydı zaten.

Hiç konuşmadan kahvaltı etmeye başladık. Daha doğrusu o, camış gibi yemeye başladı. Ben de iştahlı insanımdır ama bu başka bir şeydi. Bir tepsi böreği ve daha bir sürü şeyi götürdü resmen. Artık doymuş, keyif çayı içerken bana bakıyordu ama yine yüzüme değil; göğüslerime. Utandım ama elbisede hafif göğüs dekoltesi vardı. Yani istesem de yakasını kapatamazdım. Elimle kapatsam tuhaf kaçardı. Ben de gözlerimi ona dikip bakışını yakaladım ama benim göğüslerimi dikizlerken yakalanmaktan ötürü hiç utanmamıştı. Gözlerine dik dik bakınca, "Sakın bu elbiseyle ya da böyle bir şeyle dışarı çıkma. Keserim o koca memelerini," dedi.

Hayretten ağzım açık ona öylece bakakaldım. Yine de kendimi tutup cevap vermemeyi başarmıştım. Tepsiyi alıp boş tabakları dizmeye başladım. Hayvan, eğildiğim için daha çok gözüken göğüslerime aç aç bakıyordu. Elimi göğsüme koyup çatalımı kapatınca yüzüme baktı.

"Benim görmemde bir sorun yok," dedi tek kaşı havada. Derdi neydi acaba? Buna niye deli dedikleri aşikârdı. Bir, dengesizdi; iki, psikolojik bir rahatsızlığı vardı kesinlikle, tam olarak iyileşmiş falan değildi yani; üç, cinsellikle ilgili bir problem yaşıyordu. Bu üçüncü bulgu ile hiç düşünmeden, beni yiyecek gibi süzen adama, "Gey misin?" diye sordum ve o an dilimi ısırdım. Minik bir olasılıktı ama kafamı kurcalıyordu. Hep meraktan zaten insanın başına ne gelirse gelirmiş. Benim mezar taşıma da "Meraktan öldü" yazılırdı artık.

Kızmasını beklerken bir kahkaha patlattı. Onu hiç böylesine gülerken görmemiştim. Yani pis pis sırıtıyordu bazen. Bir de dün iki kez gülümsemişti ama böyle kahkahalarla gülmek... Ondan hiç beklemeyeceğim bir şeydi doğrusu.

"Ben deliyim ama sende de deli cesareti var," dedi kahkahaları bitince.

Madem kızmamıştı, hatta bana cesur demişti, o zaman o cesaretin hakkını vermek gerekirdi. Sorumu yineledim.

"Bu benim sorduğum sorunun cevabı değil ama."

"Ben deliyim, aptal değil. Beni istemediğini biliyorum," dedi ve sofradan kalktı.

Nedense içimden bir ses, olayın benim isteğimle pek de

bağlantısı olmadığını söylüyordu; yine de daha fazla kurcalamadım. Bana dokunmayan yılan bin yaşasın. Bana bir şey yapmadığı müddetçe gerisini niye sorguluyordum ki?

Masayı toplayıp bulaşıkları makineye dizerken, "Acaba boşanınca Emre, bu evi bana bırakır mı?" diye hayal kuruyordum. Kafamdaki saçma sapan fikirlerden kaçmak için dondurmalı yaş pasta yapmaya başladım. En sevdiğim şey; kek, pasta, puding tarzı tatlılar yapmaktı fakat baba evinde yokluktan ve çalışmaktan pek yapamazdım. Şimdi kek kalıbına dek her şey elimin altındaydı. Bu herif akıllı olsaydı ne güzel olurdu. Yakışıklı, hâli vakti yerinde… Yakışıklılığından bana ne?

Kendime kızarak, yaptığım tatlıyı bitirip dondurucuya koydum ve üst kata çıktım. O da yatak odasından kalan tüm eşyalarını almış, misafir odasına taşıyordu. Sadece yatak değil, oda da bana kalmıştı. Evi de bana bırakıp bakkala ekmeğe diye çıkıp gitse ve hiç dönmese, ne güzel olurdu?

Aza kanaat etmeyen çoğu hiç bulamaz demişler. Bana kalan yatak odasına şükredip keyfini çıkardım. Bir iki saat josefin koltukta oturup internete girdim. Sosyal hesaplarımda dolaşıp durumumu evli diye değiştirdim, tebrik mesajlarını cevapladım ve fotoğrafçının attığı düğünde çekilen fotoğrafları paylaştım. Fotoğraflardan mükemmel bir çift gibi gözüküyorduk. Zaten anında beğeni yağdı paylaştığım her fotoğrafa; ama en güzeli birbirimize gülümsediğimiz o tek kareydi.

Nette takılmaktan gözlerim ağrıdığında kalkıp mutfağa indim ve dondurucudaki pastaya baktım, mükemmel olmuştu. İki tatlı tabağına birer dilim kesip bir tepsiye koydum. Ona da ikram etmek için Emre'nin odasının önüne geldim. Birisiyle bağıra çağıra konuşuyordu; daha doğrusu telefonda tartışıyordu. Başıma bela meraktan kulağımı kapıya dayayıp dinlemeye başladım. Hem bu sabah o da beni dinlemişti, yanlış bir şey yoktu. Bu şekilde durumu eşitlemiş olurduk.

"HAYIR, DEDİM YA! ON KEZ SORMASAN OLMAZ MI?"

"..." Karşı tarafı duyamıyordum tabii. Emre'nin cevaplarıyla olayı çözmem gerekirdi.

"O da istemiyor zaten."

"..."

"Söylemesine gerek yok. Ailesi benimle evlensin diye dövmüş onu, belli işte."

"..."

"Tek sorun bu değil biliyorum; ama bu da sorun."

"..."

" Yine kendimi kaybedebilirim."

"..."

"NE? ASIL DELİ SENSİN! Kızı bağla ne demek? Onu boğmaya başladığımda kuzu kuzu ölsün diye mi?"

"..."

"Hayır, tabii ki de. Sadece ona acıyorum."

"..."

"Farkındayım ve inan sandığın gibi zavallı bir kız değil hatta acayip dik başlı."

"..."

"Bilmiyorum, asıl sebep katil olmaya niyetimin olmaması. Beş senedir hiç kriz geçirmedim ve böyle kalmasını istiyorum."

"..."

"Tamam, senin sayende biliyorum ama yine de dediğini yapamam."

"..."

"Hayır, asla olmaz! Sen de bir halt anlatmayacaksın ona."

"..."

"Çünkü ona güvenmiyorum."

"..."

"Kadın olması ilk sebep."

"..."

"Farklı demedim, tuhaf biri dedim."

"..."

"Benim karımın güzelliğinden sana ne lan?"

"..."

"Kıskanmıyorum ama boynuzlu olacak kadar geniş mideli de değilim."

"..."

"SELÇUK O AĞZINA ETMEDEN KAPA ÇENENİ!"

"..."

"EVET, KISKANIYORUM ULAN! OLDU MU?"

"..."

"Sinirlerimi zıplatıp sonra da iyi günler mi diyorsun, gevşek?"

Sanırım telefonu kapatmıştı. Hemen kendimi topladım ve biraz bekleyip ayağımla kapıya vurdum. "Yine ne var, başımın belası?" diye içeriden öfkeyle söylendi.

Kapının arkasından, "Dondurmalı pasta yaptım, ister misin?" diye sordum. Kapıyı açıp tepsideki tabaklardan birini aldı ve bana hiddetle bakıp, "Toz ol şimdi," dedi.

Çok kabaydı hayvan; ama şu anki sorunum bu değildi. Terastaki salıncağa kurulmuş pastamı yerken Selçuk'un kim olabileceğini düşünüyordum sadece.

# 4

Selçuk her kimse, Emre'yle ilgili her şeyi bilen biri olduğu belliydi. Aklıma ilk gelen şey, psikoloğu olabileceğiydi ama insan koskoca doktorla öyle konuş muydu hiç? Beni kıskandığı için küfretmişti adama ve kıskanması hoşuma gitmedi desem yalan söylemiş olurdum.

Ne yapıp edip Selçuk'u bulmam lazımdı benim. Önce çantamla kafasına birkaç tane geçirecektim; sonra da Emre'yle ilgili merak ettiklerimi soracaktım.

Kafasına vuracaktım çünkü hayvan herif, Emre'ye beni bağlayıp... Tövbe tövbe... Korkudan ölürdüm herhalde ya da Emre boğup öldürürdü artık. Merhamet edip bırakabilirdi de gerçi; çünkü bana acıdığını söylemişti, dayak yediğim için acımıştı belli ki.

Ben, kendimi bildim bileli dayak yerdim ailemden; ama buna rağmen kimse sindirememişti beni. Ezdirmedim kimseye kendimi ve o da fark etmişti dik başlılığımı. Telefondaki her kimse, ona da söylemişti bunu.

O değil de, neydi bu çocuğun derdi ya? Gey değildi, ona emindim artık. Beş yıldır kriz de geçirmemişti, iyileşmiş miydi yani? Ama bence hâlâ hafif kafadan kontaktı. Bana çözecek gizem çıkmıştı ama önce akşama yiyecek bir şeyler hazırlamalıydım. Emin amcayı ilk gördüğüm yerde, Selçuk'un kim olduğunu sormayı kafama yazıp akşam için çeşit çeşit yemek yapmaya başladım. Biraz sonra dış kapı kapanınca camdan dışarı baktım ve giden Emre'yi gördüm. Nereye gidiyordu bu? Beni bağlamak için ip almaya gidiyor olamazdı, değil mi? Ya saçmalıyordum ya da yarın öğlenden önce selâm okunurdu.

Aradan biraz zaman geçti. Ben yemek odasına sofrayı kurarken dış kapı açıldı. Hemen mutfağa geçiyormuş gibi yapıp gelen Emre'ye baktım. İp değil, iki ekmek almıştı. Sofraya oturup sessiz sedasız yemeğimizi yedik. Yemekten sonra etrafı topladım. İşim bittiğinde saat daha sekizdi. Televizyonu açtım ama yaz dönemi olduğu için televizyonda doğru düzgün hiçbir şey yoktu. Ben de odama çıktım erkenden. Komodinin üstündeki altın kesesi gözüme takılınca keseyi boşaltıp bilezik, para, küçük altın, ne varsa başladım saymaya. Hasılat iyiydi ama bunlar benim değildi.

Buralarda takı işi karşılıklıydı; yani kimse çetelesini tutmazdı ama bilirdi kim ona ne hediye etmiş. Bizim beş kuruşumuz olmadığından, düğünlere oynamaya giderdik sadece. Yani bizim düğünümüzde takılanlar, zamanında Emin amcanın millete taktığı altınların geri dönüşüydü. Benim öz annemle babam bile bana bir şey hediye edememişlerdi. Bu kese benim hakkım değildi kısacası. Altınları ve parayı keseye geri doldurup Emre'nin odasının yolunu tuttum ve kapıyı tıkladım.

"Gel," demekle yetindi sadece. Büyük gelişme vardı, kömüş gibi böğürmemişti.

Kapıyı açıp kafamı uzattım. "Ben bunları getirdim."

Uğraştığı telefonundan kafasını kaldırıp bana baktı, elimdeki keseyi görünce, "Senin onlar," dedi ve telefonuna geri döndü.

"İstemiyorum. Sizin tanıdıklarınız taktı zaten bunları."

"Mehir için elli bin istemiştin, ona say." Kınamdan sonra bizim evde dini nikâhımız kıyılmıştı ve ben de elli bin lira mehir istemiştim.

"Burada çok daha fazla var ama," diyerek itiraz ettim çünkü altının gramı günden güne değer kazanırken bu kese beni zengin ederdi.

Kafasını telefondan kaldırmadan yattığı yerden, "Fazlası başımın gözümün sadakası olsun. Yeter ki defol git! Yarın sabah erken kalkıp işe gideceğim," dedi. Çok bozulmuştum ama merakım ağır bastı. "Niye hemen yarın işe başlıyorsun?"

"Evdi, düğündü, aynı arabayı iki kez almaktı derken tüm para suyunu çekti. O sana verdiğim hesap kartında babamın tüm birikimi vardı, beş bin kalmış sadece geriye. Kredi kartı ümüğüne kadar dolmuş. Dükkânda da bu evin eşyasını yapacağım diye bir aydır müşteriye iş yapmıyoruz; yani son bir ayın kazancı da yok. Senin anlayacağın, hemen işe başlamazsam topu dikeceğiz."

Odaya girip keseyi, onun yanı başındaki komodinin üstüne bıraktım. "Bunu al o zaman, mehirin acelesi yok."

Gidecekken kolumu tuttu. "O paraya ihtiyacım yok. Benim lafımın üstüne laf söyleme. Al dediysem al ve git."

"Sen kimsin de senin lafının üstüne laf söylemeyecekmişim? Kendini Kanuni Sultan Süleyman mı sanıyorsun be?"

Çenesi sinirle kasıldı. Kolumdan tuttuğu gibi beni kendi yatağına çekti ve üstüme çıktı. Korkudan kalbim yerinden çıkacak gibi atıyordu ama çaktırmamak için çattığım kaşlarımın altından dik dik baktım gözlerine.

"Senin dilin fazla uzun! Şimdi seni burada becermemem için bir sebep söyle," dedi.

Aklıma ilk geleni düşünmeden söyledim. "Çünkü istesen de yapamazsın."

"Emin misin?" diyerek üstüme ağırlığını verdi. Korkumu içimde saklayıp dik dik yüzüne baktım. "Eminim. Bir halt yapamazsın."

"Kaşınıyorsun!" diye dişlerinin arasından hırladı.

"Kaşısana o zaman!"

"Ulan ne lanet karısın sen! Elimde kalmadan defol git!" Üstümden yana kayıp beni yataktan itti. Düşmeden dengemi sağlamayı başarıp yataktan kalktım. Kapıya doğru hızlı adımlarla giderken arkamdan keseyi fırlattı ve "Bunu da al," dedi. Kese önce kafama çarptı, sonra yere düştü. Artık benim de cinlerim tepeme çıkmıştı. O deliyse ben ondan deliydim. Ayağımdaki topuklu ev tekliklerini çıkarıp sırayla ona fırlattım. Tekini savuşturdu ama ikincisi tam kafasına geldi ve kafası kanamaya başladı. Elini başına sürüp geri çekti, eline bulaşan kana bakıp bana döndü ve öfkeyle, "Şimdi gerçekten becereceğim seni!" dedi.

Aklıma ilk gelen kaçmak oldu ama kafası kanıyordu. O yataktan kalkarken ben de yanına yaklaştım. Yakaladığı bileğimi acımadan sıkarken ben kafasından gözüne doğru akan kan yüzünden yaptığıma üzülmüştüm. Boşta kalan elimle kan damlasını sildim ve "Yaranı temizleyip kanı durduralım da sonra ne istiyorsan yaparsın," dedim.

Sıktığı bileğimi sertçe iterek bıraktı. "İstemez, dokunma bana! İlk günden kafamı yardın, çirkef!"

"Ağzını topla, hayvan! Kafama keseyi fırlatmasaydın ben de sana terlikleri atmazdım!"

"Ailenin seni niye dövdüğünü şimdi çok iyi anlıyorum. Sen durdan sustan anlamıyorsun! Boşuna dövmemişler seni ama dayak arsızı olmuşsun şimdi de. Dayak arıyorsun da seni dövmeme bile değmezsin."

Sözleri canımı yakmıştı. Gözüme baka baka dayak senin hakkın diyordu. Gözlerim, yıllardır biriktirdiklerimle dolmuş olsa da, şimdi ağlayacak değildim. Dişlerimi sıkıp kanayan yarama tuz basmasına müsaade ettim.

"Dediğimi sorgusuz sualsiz yap! Seninle konuşmak istemiyorsam konuşma! Seni görmek istemiyorsam toz ol! Yoksa bu ev ikimize birden dar gelir. Babanın evine geri postalarım seni. Orada aradığın dayağın fazlasını yersin nasılsa."

Yanımdan geçip koridordaki banyoya gitti. Ben de biriken acılarımdan bir nebze olsun kurtulmak için tuttuğum gözyaşlarımı salıverdim.

Gidip yatağıma uzandım ve yıllardır biriktirdiğim kötü anılara ağladım. Küçüklüğümden beri ota boka dayak yemiştim. Oysa insan küçükken annesinden, babasından sevgi ve şefkat bekler. O şefkati göremeyip üstüne bir de şiddete maruz kalınca da, her şeyden önce sahipsiz ve yalnız hisseder kendini.

Emre'nin söyledikleri içinde en çok üzüldüğüm şey, beni geri göndermekle tehdit etmesiydi. Haklıydı; beni babamın evine geri yollasa, daha ilk günden niye kocan seni kapının önüne koydu diye dünyanın dayağını yerdim.

Beni istemiyordu, sevmiyordu. Niye nazıma ya da sözlerime katlanacaktı ki? Ben de onu seviyor değildim ama bir şekilde sahiplenilmeye ihtiyacım vardı. Birinin beni korumasına ihtiyacım vardı.

Bunca yıl bu kadar dik başlı olduysam tek sebebi; kendimden başka kimsenin benim hakkımı aramayacağını bilmemdi. Yalnızdım ben, daima...

Erkenden uyuyakalınca sabah yedi olmadan uyandım. Üstüme pike örtülmüştü ve kese yine yatağın başındaki komodinlerden birinin üstündeydi.

Elimi yüzümü yıkayıp mutfağa indim. Madem erkenden işe gidecekti, kahvaltı hazırlamam gerekirdi. Kahvaltıyı hazırlarken kilerdeki taze ekmekler dikkatimi çekti. Acaba çoktan kalkıp gitmiş miydi? Odasına çıkıp kapısını çalamazdım. En iyisi sofrayı kurup beklemekti. Zaten daha ben menemeni yaparken üst kattan kapı sesi geldi, evdeydi.

Biraz sonra mutfağa geldiğinde gözünü ovalamasından yeni kalktığını anladım. Ekmekleri ne ara almıştı o zaman? Kahvaltıyı ve beni görünce şaşkınca baktı. Beklemiyordu belli ki benden böyle bir şey. Çayları doldurup oturdum ve yine yalnız çatal bıçak sesi eşliğinde bir şeyler yedik. Kahvaltısı bitince telefonundan saatini kontrol etti ve kalktı. Peşine kalkıp onu yolcu etmek istesem de yine tersler diye korkumdan oturdum olduğum yerde. O gittikten sonra da ev işleriyle meşgul oldum. Odasına girdim ve yatağını toplayıp gelişi güzel gardıroba attığı kotlarını katladım. Dün giydiği tişörtü yerden alınca burnuma kokusu geldi. Normalde erkeklerin çoğu iğrenç kokardı ama onun teri bile güzel kokuyordu. Umarım odasını toplayıp süpürdüm diye akşam kızmazdı.

Evi toplarken lanet altın kesesi gözüme takıldı. Giyinme odasındaki bir dolabın arkasına gizli bölme yapmıştı ve o bölmede bir kasa vardı. Tüm altınları kasaya koydum ve şifre ile çalışan kasaya evlilik tarihimizi şifre yaptım. Pek koruyucu bir şifre değildi belki ama ikimize ait bir şey olmasını istedim.

Öğlen yemeği niyetine atıştırırken o ne yiyor acaba diye düşünmeden edemedim. Ama onu aramaya cesaretim yoktu, gururumun bir kez daha kırılmasına dayanamazdım.

Akşama, sofrayı kurup beklemeye başladım. Saat dokuzu geçerken zile basmıştı. Kapıyı açıp önüne terlik koydum, bir şey demeden eve girdi. Saçları ve üstü başı incecik talaşla kaplıydı. Direkt üst kata çıktı. On beş dakika sonra yemek masasına geldiğinde saçları ıslaktı ve belden üstü yine çıplaktı. O sofraya gelince çorbaları doldurdum ve servis yaptım. Benimle kurduğu tek iletişim şekli masada onun tabağına yemek koymam için tabağını uzatması ve ben tabağı almak için uzanıp eğilirken açılan tişörtümün yakasından gözüken göğüslerimi dikizlemesiydi. Yüzüme bile bakmıyordu yoksa.

Yemeği yedikten sonra bir şey demeden kalktı ve salona geçti. Ben sofrayı toplayıp bulaşıklarla uğraşırken o televizyon izledi. Mutfakta işim bitince meyve tabağı hazırladım ve salona getirip önündeki orta sehpasına bıraktım. Sonra da mutfağa geri dönüp oradaki televizyonu açtım ve oturup izlemeye başladım. Komik skeçlerin olduğu bir program vardı ve benim en çok ihtiyacım olan şey gülmekti. Ama yeni evli bir çiftin cicim ayları klişelerinin abartılarak anlatıldığı komedi oyununu izlerken içime öküz oturdu sanki. Yeni evli çift kumandayı "Aşkım sen izle.", "Yok, olmaz sen izle hayatım," diyerek birbirlerine veriyorlardı. Biz aynı televizyonu bile izlemiyorduk.

*Aman, dert ettiğim şeye bak!* Bir günde huyum değişmişti resmen. Daha ne istiyordum? Evlenmeden önce korktuğum şeylerin hiçbiri başıma gelmemişti. Dayak yoktu, kavga gürültü yoktu. Bana rahat batıyordu herhalde. Kendime ait televizyonum vardı önümde ve kumandasına ortak yok diye üzülecek kadar aptallaşmıştım. Biz kadınlar illa aranıyorduk; adam bana bulaşmıyor diye dertleniyordum resmen.

Çilek yiyerek pinti bir herifin sevgilisine evlilik teklif edişini -bu kez ben evlilik teklifi bile almadım diye kafaya takmadan- izlemeye başladım. Skeç çok komikti. İki kulak arası sırıtarak çilekleri ısırıyordum. Gülüp ağzımdan çilek parçaları püskürtünce peçete almak için kafamı çevirdim. Mutfak kapısının pervazında durmuş beni izlediğini görünce sırıtmam anında kayboldu. Gözlerimi gözlerinden kaçırıp masayı temizlerken o da boş meyve tabağını tezgâhın üzerine bırakıp dolaptan su alıp içti. Mutfaktan çıkmasını beklerken yanıma gelip masanın üstündeki kumandayı aldı ve televizyonu kapattı. "Televizyon izlemek de mi yasak?" diye düşünsem de hiç sesimi çıkarmadım.

"Ben de aynı şeyi izliyorum, salona gel," deyince peşinden salona gittim. L tipi koltuğun bir tarafına komple yattı, ben de diğer uca geçip oturdum. Artık izlerken gülemiyordum, yanındayken istemeden de olsa kasılıyordum. O gülse belki ben de gülebilirdim ama sanırsın haberlerde acı bir kazayı izliyordu. O derece ciddiydi yüzü. Çaktırmadan arada ondan tarafa bakıyordum. Bir kez bakışımı yakaladı. Ben de ondan sonra gözümü televizyondan hiç ayırmadım.

Program bittiğinde kanalı değiştirmediği için ondan tarafa bakma ihtiyacı hissettim. Döndüğümde uyuduğunu görmeyi beklemiyordum. Yorucu bir gün geçirmişti belli ki. Koltukta yatsa sabaha kadar boynu tutulurdu, uyandırsam kızardı; iki ucu boklu değnek... Yine de kızmasını göze alıp ayağa kalktım ve başına geldim. İçimde dokunma isteği uyandıracak kadar güzel bir yüzü vardı. Yine de ben kendime hâkim olup sadece seslendim. "Emre. Emre." Ama uyanmadı. Hafifçe çıplak omuzunu dürttüm bu kez ve yine seslendim. "Emre." Sonunda gözlerini aralayıp bana baktı. "Yatağına geç, yat."

Cevap vermeyip kalktı ve merdivenleri tırmanmaya başladı. Ben de salonu toplayıp odama geçtim. Saatimi sabah ona kahvaltı hazırlamak için erken vakte kurdum ve uyumak için gözlerimi kapattım. Az önceki uyuyan hâli gözümün önüne gelince kendime kızdım. Sadece yüzü güzeldi, huyu değil. Bunu unutmamam gerekiyordu.

Sabah kahvaltı hazırlamaya indiğimde yine kilerdeki ekmek kutusunda taze ekmek vardı. Kahvaltıyı hazırladım ve o yine uyku mahmuru sofraya oturdu. Esneyip duruyordu madem yeni uyanmıştı ekmeği ne ara alıyordu bu adam? Meraktan çatlasam da sormadım. Benim için büyük gelişmeydi, çenemi tutmayı öğreniyordum.

O, işe gidince her zamanki işlerle uğraşmaya başladım. Akşama kadar evde yalnızlıktan ve sıkıntıdan patlasam da kendime, "Rahat mı batıyor kızım?" diye hatırlatıp durdum. Markette saatlerce ayakta dikilmediğim için sevinmem gerekirdi.

Akşamüzeri kapı çaldı. Ama çalan evin değil, bahçenin kapısıydı. Emre, o kapıyı kumandayla kendisi açmıştı dün. Diyafona basıp "Kim o?" diye sordum.

"Benim abla. Tufan."

"Ne oldu? Niye geldin?"

"Evlenince hemen değiştin! Aç kapıyı da bari yüzüme karşı çemkir."

"Tamam be!" Kapıyı açmak için düğmeye basıp evin kapısını açtım. Bahçe kapısı açılınca Tufan ve peşinde altı yedi arkadaşı bahçeye doluştular. Hızla Tufan'a doğru yürüyüp yanına gittim. Kolundan tutup kulağına doğru, "Bunları niye benim evime getirdin?" dedim.

"Arkadaşlarım."

"Ulan başlarım senin arkadaşlarına, mal! Al git bu itleri buradan."

"Ya valla iki günde değiştin sen! Havalara bak."

"Ne havası be? Niye geldiniz hem?"

"Limanda yüzdük tüm gün. Şimdi de açlıktan ölüyoruz. Sizin evin önünden geçerken ablam aç bırakmaz bizi dedim. Abla kız, bir sofra kursana bize sevabına."

Bu çocuktan kurtuluş yoktu. "Tamam ama sizi eve almam, evimi kirletirsiniz. Bahçeye kuracağım sofrayı."

"Allah razı olsun abla ya," deyip verandaya doğru ilerleyince onu kolundan tutup durdurdum. "Orası da olmaz. Bahçe takımı sandalyelerim beyaz. Sizin üstünüz başınız leş gibi. Şuradaki çardağa geçin, ben sofrayı oraya kurarım."

"Fark etmez. Açlıktan kolumu kemireceğim şimdi. Yemek ver de ne olursa artık. Sen gittiğinden beri evde bana yemek yapan yok."

"Ya, şimdi mi kıymete bindik?"

"Uf abla, konuşma da kur şu sofrayı, gözünü seveyim ya!"

"Tamam. Siz geçin çardağa ben hazırlıyorum bir şeyler. Arkadaşlarından birini yolla ekmek alsın, evde size yetecek kadar çok ekmek yok."

"Tamam da abla, bizde de ekmek parası yok."

"İyi, otur sen, ben birazdan para getiririm." Tufan ve arkadaşları çardağa yerleşirken ben de eve girdim. Emre iki sabahtır eve para bırakıp da gidiyordu. Bana bir şey demiyordu ama portmantonun karşısındaki dolabın üstüne parayı koyup gidiyordu. Ben de parayı alıp cüzdanıma koyuyordum. Adam kömüştü, deliydi, öfkeliydi falan ama hakkını yememek gerekir; acayip cömertti bana karşı. Elli lirayı Tufan'a versem o paranın üstü hayatta gelmezdi. Cüzdanım da bozuk para bulup verdim. Ekmeğe giden çocuk, dönene kadar sofrayı kurmuştum. Biz sadece iki kişi olduğumuz için iki gündür yaptığım yemeklerin çoğu duruyordu. Ekşimemiş yemeği çöpe dökmek günahtı ama aynı yemeği Emre'nin önüne iki kez koymak da -o tüm gün çalışmışken- ayıptı.

Önceden kalan yemeklerle birlikte bugünün yemeklerini de ısıtıp önlerine koydum. Bir de karpuz kestim, yanına da beyaz peynir. Aç köyünden çıkmış gibi yemeye başladılar. Onlar her şeyi silip süpürdükten sonra da boş tabakları topladım ve verandadan mutfağa geçtim. Camlar yere kadar olduğu için mutfağa direkt geçiş bana da kolaylık sağlıyordu. Hem mutfağı topluyordum hem de gitsinler diye camdan bahçeye doğru bakıyordum. Ama iskambil kartlarını çıkarmış kâğıt oynuyorlardı çardakta. Aksi gibi Emre de gelirdi birazdan.

Emre ve kendim için yemek masasına sofra kurduktan sonra yine açık mutfak camına geçip Tufan'a gidin diye kaş göz işareti yapmaya başladım. Arkadaşlarının yanında, "Yediniz, içtiniz. Defolup gitsenize!" demek ayıp olurdu çünkü. Gerçi hepsi Tufan gibi beş kuruş etmez, ipsiz sapsız çocuklardı. Emre, bunları bahçede görürse kesin ağzıma ederdi ve haksız da sayılmazdı. Masadaki çocuklardan iki tanesinin hapçı olduğunu mahallede bilmeyen yoktu; hatta biri soğutucu sprey mi ne kokluyormuş. Hani şu futbolcuların sakatlanınca bacağına sıkılan şeyden. Ev sahibimiz, yani babamların oturduğu evin sahibi Ayten teyze, "Bok bile koklayıp kafa buluyorlar," demişti. Bokla nasıl kafa bulunuyor onu da bilmiyordum ama varmış öyle bir bağımlılık şekli.

Ben Tufan'ı uyaramadan –hoş uyarsam da o mal beni dinlemezdi ya– bahçe kapısı açıldı ve Emre bahçeye girdi. Yüksek sesle konuşup gülüşen grubu anında fark etti. Bakışları beni çardakta aradı, bulamayınca eve baktı ve göz göze geldik. Ateş saçan gözlerle çardağa yönelince ben de hemen koşturdum. Emre kavga çıkarmadan yetişmekti umudum.

Ben çardağa doğru gelirken yüzü bana dönük olan Tufan, "Abla bize içecek, kola falan getirsene," dedi. Hava karardığı için çardağa doğru yürüyen Emre'yi görmemişlerdi. Emre arkadan yanlarına yanaşıp "Yok sana hiçbir şey!" diye sert bir şekilde konuşunca hepsi birden arkaya döndüler.

Tufan, "Ben senden değil, ablamdan istedim. Tabii senin anlaman kıt olabilir," diyerek elini kaldırıp kafasının yanında çevirerek deli işareti yaptı. Arkadaşları Tufan'ın söylediklerine gülerken ben, artık Tufan'ın helvası neyli olsun diye düşünmeye başlamıştım.

Sırıtarak Tufan'a bakan Emre, korkunç görünüyordu. Herif harbi delirmişti sanırım. Bunları, tüm gün doğradığı suntalar gibi doğrarken umarım beni de aradan çıkarmazdı.

"O senin ablam değil artık. Sattınız ya onu bana, arabama karşılık hani. Sende hafıza problemi var sanırım.

"Ne saçmalıyorsun ya?" diyerek oturduğu yerde yayıldı Tufan.

"Elimden bir kaza çıkmadan defol git!"

"Abla, yürü eve gidiyoruz. Bu yavşak kendini ne sanıyor ya?" Tufan'ın o ağzını yaya yaya söylediği *'ya'*lar ağzının ömür billah yamuk kalmasına sebep olacaktı, haberi yoktu. Tufan bana doğru gelirken Emre kolumdan tutup beni kendine doğru çekti.

"Ablanı geri istiyorsan; arabamı getir, al. Ona da üç gün binmiştim, ablana da." Tufan'ın arkadaşları Emre'nin sözüne gülerken Tufan da ben de rezil olmuştuk. Emre, "Ama ablana binmek arabaya binmekten daha eğlenceli, ne yalan söyleyeyim," deyince çocuklardan kahkaha atan bile oldu.

Ömrümde hiç bu kadar utanmamıştım. Olmamış şey için beni rezil rüsva etmişti. Tufan "Yıkarım lan burayı! NE DİYORSUN LAN SEN?" diye dayılandı. Emre sesini bile yükseltmeden kendine has havasıyla, "Malıma bir kez daha zarar ver; bu kez bacını değil karını versen kurtulamazsın elimden!" dedi. Emre'ye ilk deli teşhisi koyan hangi salak doktordu acaba? Laf sokmada Emre üç, Tufan sıfır, benim utancım ise paha biçilemezdi.

Tufan, bir hata daha yapıp saldırmaya kalkıştı. Emre ise sadece Tufan'ın ona salladığı yumruğunu tutup sıktı. Tufan acıyla iki büklüm olurken, "Bir daha benim evimin kapısının önünden geçtiğini bile görmeyeceğim. O, senin ablan değil artık. Benim karım! Seni, bir kez uyarıyorum. Evimin ya da Elif'in çevresinde seni görmeyeceğim! Anladın mı?" diyerek Tufan'ın kolunu büktü. Tufan Acıyla "ANLADIM!" diye bağırınca onu arkadaşlarının yanına doğru itti. Sonra da hepsine birden bakıp "Siktir olup gidin lan!" diye bağırdı. Onlar bahçe kapısından çıkıp gittikten sonra Emre, kolumdan tutup beni eve sürükledi. Eve girdiğimizde kolumu Emre'den kurtarıp sinirle, "Nasıl öyle bir şey söyleyip beni rezil edersin? NASIL?" diye sordum.

"Delidir ne yapsa yeridir, diye bir söz var. Hiç duymadın mı?"

"Sen deli falan değilsin! Hödüksün, kabasın, bencilsin! Sen..." Gözlerim dolmuştu. Sinirden gerisini getiremiyordum.

"Neysem neyim! Kozcu soy isimli hiç kimse bu eve giremez. Sen de onların evine asla gitmeyeceksin! Gittiğin zaman olacaklardan ben sorumlu değilim!"

Kozcu, evlenmeden önceki soyadımdı. "Ne demek o?" diye gözyaşlarımı tutmaya çalışarak sordum.

Koluma yapıştı yeniden. "Sakın seni dövüp zorla bana satan ailen için ağlayayım deme!" diyerek dişlerinin arasından soludu. "Seni bana verirken rahatsızlığımın ne olduğu sormadılar bile. Seni zerre umursamayan ailen için ağlayacaksan ya da onlarla görüşmek isteyeceksen şimdiden defol git! Kapı orada!"

Emre'nin sözleriyle sinirim üzüntüye dönüştü. Doğru. Ailem vermişti beni bu adama ve şimdi o adam, ailenle görüşeceksen defol diyordu. Ne acıdır ki, "Tabii ki de ailemi seçiyorum," diyebileceğim bir durum yoktu.

Emre, kafasını yardığım halde bana vurmamıştı. Aramızda aşk yoktu ama sükûnet vardı. Kötünün iyisiydi Emre'nin yanı. Ama boşanacaktık en nihayetinde ve baba ocağına geri dönecektim.

"Boşanınca yanlarına dönmek zorunda kalacağım. Nasıl bir kalemde ailemi silerim?"

"Sana nafaka veririm. Zaten altınlar her halükarda senin. Uyarıyorum tekrar; onlarla asla ama asla görüşmeyeceksin!"

Bu kez aklıma ilk gelen ablam oldu. "Ablam? Ablamla da mı görüşmeyeceğim?"

"Ablanın soyadı Kozcu mu?"

"Evlenince Çatak oldu."

"Daha ne soruyorsun o zaman? Ablan ve eniştenle ya da Miraç ve ailesiyle görüşebilirsin."

Miraç dayımın oğlu olduğu için onun soyadı da farklıydı. Ailemin beni umursamadığı doğruydu ama Emre de beni umursuyor değildi. Yine de üç günde ailemin yaptıklarını unutacak kadar aptal değildim. Dış kapı ile aramda duran Emre'ye bakıp kafamı olumlu anlamda salladım ve yemek odasına geçtim. O da duş almak için üst kata çıktı. Sessiz sedasız yediğimiz yemekten sonra laptopunu alıp çizim yapmaya başladı. Ben de bana kalan televizyonda bir dizi izlemeye başladım. Oturduğum yerden onun laptopunun ekranını görebiliyordum. İşine konsantre olmuş, bir mutfağın dolaplarını çiziyordu. Aynı salonda, hatta aynı koltukta oturan iki yabancı gibiydik. Gibi mi dedim ben yine? Biz zaten birbirini neredeyse hiç tanımayan iki yabancıydık.

Ertesi sabah –hâlâ ne ara aldığını çözemediğim taze ekmekler dışında– olağan geçti. Akşam işten döndüğünde de aynı sıkıcılıkta bir yemekle devam etti gün. O yine çizim yaparken ben de çay demledim. Yanına da çerez, kek, kurabiye çıkardım ve salondaki sehpanın üstüne yerleştirdim. Hiçbir şey demeden yemeğe başladı çerezlerden ve çayını eline aldı. Ben de yine bu evdeki tek arkadaşım olan televizyonu izlemeye koyuldum. Ama şimdi hakkını yediğim biri daha olduğunu fark ettim. Telefonum da bana az yarenlik etmiyordu hani. Ben sıkıntıdan saçmalarken zil çaldı. Emre bana dönüp, "Birini bekliyor muydun?" diye sordu. Olumsuz anlamda başımı sallayınca kucağındaki laptopu bırakıp kapıya yöneldi ve diyafonun tuşuna basıp "Kimsin?" diye kabaca sordu.

Babamın sesi, "Benim. Elif'in babası, Veli," deyince yerimden kalkıp salondan hole geçtim. Emre, o her zamanki umursamaz tavrıyla, "Ne istiyorsun?" diye sordu.

"Konuşmaya geldik–" dediği an Emre, otomatik kapıyı açmak yerine dış kapıyı açıp bahçede ilerlemeye başladı, tabii ben de peşinden. Büyük, demir bahçe kapısına vardığında babama, "Ne konuşacaksan çabuk söyle," diye buyurdu. Annem ve Tufan da babamın arkasındaydılar.

"Aç şu kapıyı da yüz yüze–"

"Evime giremezsiniz."

Annem, "O ne biçim söz oğlum," deyince Emre aşağılar bir şekilde, "ben senin oğlun değilim. Bir daha sakın bana öyle deme!" dedi. Kadınlardan nefret ediyordu ve şu an anneme olan nefretinin tek bir zerresini bile gizlememişti. Babam araya girip "Doğru konuş, kayınvaliden o senin!" dedi.

"Bir haltım değilsiniz, hiçbiriniz. Ne istiyorsanız söyleyin sonra da çekip gidin."

"Tövbe, tövbe... Çattık ya!" Babam söylenirken annem babamı sakinleştirmek için "Tamam, sakin ol Veli. İstenmeyeceğimiz yerde duracak değiliz, elbet. De diyeceğini de gidelim," dedi.

Babam burnundan soluyarak, "Dün terbiyesiz şeyler söylemişsin Tufan'ın arkadaşlarının yanında. Rezil olmuş, gururu kırılmış çocuğun. Öyle şey olur mu? Biz, size kızımızı Emin iyi adam diye verdik," deyince Emre sakince, "siz, kızı, bana verecek elli beş bininiz olmadığı için verdiniz," dedi.

Annem, "Terbiyesizlik yapma!" diye çemkirdi babamın arkasından. Aramızdaki demir kapının korkuluklarının arasından Tufan'ın korkmuş yüzünü seçebiliyordum. Hâlâ Emre'den ödü kopuyordu. Bu yüzden de en geride o durmuştu.

Emre gayet kesin bir şekilde, "Siz, kızı bana sattınız. Ben, sadece onu satın aldım. Hiç birinizi istemiyorum. Benim evime giremezsiniz," deyince annem, "deli misin oğlum?" dedi hayretle.

Emre, "Değil miyim?" diye karşılık verdiğinde Tufan ilk kez konuşup beni parmağıyla işaret ederek, "o da bize gelemez ama," dedi.

Emre bana dönüp saçlarımı ense kökünden hafifçe kavradı. Canımı yakmamaya çalışıyordu. Beni kapıya doğru yaklaştırıp annemlerin rahatça görebilmesini sağladı. "Zaten değil sizin evinize gelmek, üçünüzden biriyle konuşursa boynunu kırarım!"

Annem, "Ay hakikatten deli bu, Veli. Başımıza geleni görüyor musun?" diye eli ağzında babama söylendi. Babam çok sinirlenmişti.

Emre saçlarımı bırakıp kapıya daha da yaklaştı ve babama, "Şimdi defolun kapımdan! Yoksa hepinizi av tüfeğiyle vururum. Hapse bile girmem. Bir iki ay hastane yatarım en fazla. Ona göre ayağınızı denk alın! Bir daha bu kapının önünden geçmek gibi bir hata yapmayın!" diye sertçe uyardı.

Öfkeden kızaran babamı Tufan ve annem birer kolundan çekerek uzaklaştırırken Emre de beni kolumdan tutup eve doğru yürütmeye başladı. Ne tuhaftı, artık ailemin beni rahatsız edemeyecek olduğunu bilmek içimi rahatlatıyordu. Ailemle görüşemeyecek olmama üzülmem gerekirdi oysa.

Ama uğradığım şiddeti, hakaret ve küfürleri düşününce en mantıklısı buydu sanırım. Yaşadıklarım aklıma gelince yine içerlemiştim. Salondaki sehpayı toplayıp bulaşıklarla uğraşmadan odama çıktım. Bu bile bir lükstü; bulaşığı yıkamadım diye küfredecek, hatta o gün canını sıkacak şeyler olmuş diye acısını benden çıkarmak için üstüne bir de dövecek bir anne yoktu başımda.

Yatağa yattığımda tüm anılarım başıma üşüştü sanki. Babamın beni bir kere bile olsa sevdiğini, öptüğünü hatırlamam. Annem, Tufan'a hamile kalana dek hem sever hem de döverdi ama ablamın da sürekli dayak yediğini gördüğümden bunu çocuk aklımla yadırgamazdım. Yaramazlık edersen cezası dayaktı. Ben annesine âşık bir kızdım o zamanlar. Annemin dibinden ayrılmazdım.

Asla unutamadığım ama unutmak için her şeyi verebileceğim bir anım var, annemle ilgili. Yazdı. Annem karnı çıkmamış olsa da Tufan'a hamileydi, biliyordum; komşularla konuşurken duymuştum. Ben dört buçuk yaşlarında falandım. Annem gün boyu kusup durmuştu. O hasta diye çok korkup üzülmüş, eskiden oturduğumuz kiralık evimizin önündeki kaldırıma oturup ağlamaya başlamıştım. Komşumuzun kızı, neden ağladığımı sormuştu. Annemin hasta olduğunu söylediğimde bana, anneme çiçek toplamamı önermişti. O gün bir sürü papatya ve dağ menekşesi topladık.

Eve girip "Anne!" diye bağırdım. Salonun zor yetiştiğim kapı kolunu çevirip "Anne bak sana ne getirdim," dedim sevinçle. O anda annemin, "Sus! Bok yiyen başım çatlıyor zaten," diye çıkışmasıyla, yattığı yerden uzanıp yanı başındaki sehpanın üzerinde duran cüzdanı bana fırlatması bir oldu. Cüzdanın demir tokası başıma gelip kafamı yardı. Hâlâ öylece kapının yanında dikiliyordum. İlk önce elimdeki çiçekler yere düştü sonra ağlaya ağlaya tuvalete gittim ve alaturka olan tuvaletin alçak musluğunda kafama su tuttum. O gün ablam neredeydi hatırlamıyorum. Ama o evde olmadığı için kanı tuvalet kâğıdı ile kendim durdurmak zorunda kalmıştım. Sonrasında elimdeki çiçekleri yere dökerek evi kirlettiğim için bir de baldırıma terlik yemiştim annemden. Onun hiç haberi yoktu ama ben kendimce küsmüştüm ona.

Annemin yerine ablamı koymuştum. O evlenene dek beraber uyumuştuk. Annemle babamın hakaretlerini, küfürlerini ve en önemlisi beni sevmeyişlerini hatırladıkça, içimdeki acıyı zapt edemez oldum. Gözyaşlarım akmaya başladı. Her zaman olduğu gibi yastığa sarılıp ağladım. Hâlbuki bir gün, bu dünyadaki -çok değil- sadece bir kişinin en çok sevdiği insan olmaktı, tek hayalim. Ve ona sarılıp sığınmak...

Bu bile yine ailemin kötülüğü sebebiyle olamıyordu. Beni seven ve benim de âşık olduğum adam yerine, tüm kadın ırkından nefret eden bir adamla evlendirilmiştim. Belki de sevilemeyecek kadar kötü bir insandım. Bu yüzden öz annemle babam beni sevmiyorlardı ve kocadan nasibim de yine benden nefret eden bir adamdı. Tüm bunları düşününce yine -tek bir kişinin- her şeyi olmaya, en kıymetlisi ve en sevdiği olabilmeye nasıl ihtiyacım olduğunu fark ettim. Tüm bunların mümkün olamayacağını fark edince de yüksek sesle iç çeke çeke ağlamaya başladım.

Kapım aniden açılınca doğrulup oturdum. Emre, çattığı kaşlarıyla bana doğru yaklaşıp yatağa yaklaştı; karşıma oturdu ve beni azarlamaya başladı. "Cidden bu kadar unutkan ya da geri zekâlı mısın? Aileni göremeyeceksin diye üzülmen aptallık. Yaptıklarını unuttuysan aç sırtına bak!"

Sadece sırtımda değil, başka pek çok yerimde de annemlerin bıraktığı yara izleri vardı. Yılların birikimiydi tabii. Ama yine de en büyük yara kalbimin içindekiydi. İçim acırken kafamı olumsuz anlamda iki yana salladım ve gözyaşlarım benden bağımsız akmaya devam ettiler. Nefes alış verişlerim düzelince, "Sandığın gibi değil," dedim. Bana, çattığı kaşları ile anlamayarak bakınca açıkladım.

"Onları özleyemeyeceğim, buna ağlıyorum. Sen bunu anlayamazsın. Baban seni çok sevmiş. Beni ne annem ne de babam sevdi. Herkes benden nefret ediyor."

"Ablanın seni sevdiğine eminim."

"Evet, bir o var zaten. Seninle evlenmek istememe sebebim sana deli demeleri değildi. Benim, beni sevebilecek birine ihtiyacım var. Yıllardır bunun eksikliğini yaşıyorum ben."

Hıçkırarak ağlamaya devam ederken onun karşısında kabuğumu kırdığımı fark ettim. Aslında bunları ilk kez birine yüksek sesle söylemiştim. Biraz önce bahsettiğim anıdan yadigâr kalan kafamdaki kısa yarığı saçlarımın arasından bulup açığa çıkardım.

"Bak, bunu annem yaptı, beş yaşında bile değildim. Ona çiçek toplayıp anne dediğim için kafama cüzdanını fırlatınca oldu. Bu izlerden vücudumun pek çok yerinde var. Onlar acımıyor ama yüreğimdeki acıyor. Annemle babam benden nefret ediyorlar, sen de öyle..."

Gözyaşlarına boğulmuştum ve gerçekten birine sarılmaya ihtiyacım vardı. Bana gayet sakin ve mimiksiz bir ifadeyle bakan Emre'ye sarılmak istiyordum. Ama beni iterse şu an buna dayanabilecek gücüm yoktu. Lütfen Allah'ım Lütfen... Lütfen beni itmesin... Lütfen, lütfen, lütfen... Tüm cesaretimi toplayıp boynuna sarıldım.

Buna nasıl ihtiyacım olduğunu şimdi daha iyi anlıyordum. Tişörtünü ıslatıyordum ama buna kızmasını umursamadan sıcak bedenine daha da sıkı sarıldım. Sanki o can simidiydi ve ben dertlerde boğulurken beni kurtarabilecek tek şeydi. Bir an için bile olsa benden nefret etmediğini düşünmek güzeldi. Bir süre ağlamama müsaade ettikten sonra beni omuzlarımdan tutup kendinden uzaklaştırdı.

Emre, kalkık kaşlarıyla bana bakarken, sadece sarılıp sığındığım için bile ona bağlanmaya başladığımı fark ettim. Ben yıllarca kasırgalar arasında sığınabileceğim birini aramış, kalbimi bunun hayaliyle ayakta tutabilmiştim. Ama onun güvenli limanım olmak istemediğini anladığımda gözyaşlarım daha da çok akmaya başladı. Yüksek sesle söylemeye cesaret edemesem de gözlerimi gözlerine dikip ona bakışlarımla anlatmaya çalıştım. "Benden nefret etme." İçimden bu cümleyi tekrarlayıp durarak gözlerine bakıyordum.

Akan sümüğümü elimin tersiyle silip burnumu çekince yüzünü buruşturdu. "İğrençsin, git banyoya elini yüzünü yıka," deyip yataktan kalktı. Ben de kalkıp banyoya yöneldim. O benden daima nefret edecekti ama en azından onunki kişisel bir nefret değildi. Ben banyonun kapısına varmadan evvel bana ilk kez adımla seslendi.

"Elif."

Ona döndüğümde yüzünde hiçbir mimik olmaksızın, "Benim için çok tuhaf ama senden nefret etmiyorum," dedi.

Az önce bir dileğim kabul olmuştu ya da telepatik güçlere sahiptim artık. İki ihtimali de umursamadan ona yaklaşıp çabucak beline sarıldım. Bunu duymaya şu an nasıl ihtiyacım vardı. O, bana sarılmadı ama bir eliyle beceriksizce sırtımı sıvazladı. Daha doğrusu pışpışlar gibi bir iki kez hafifçe dokundu ama olsun, en azından benden nefret etmiyordu. Ellerimle omuzlarından destek alarak parmaklarımın ucuna yükseldim ve boyum bu şekilde onunkine yetişince bir yanağını öptüm. Kalbimin bu kadar hızlı atması normal değildi. Geri çekilip benden uzaklaştı. Busemden etkilenmemiş, aksine rahatsız olup gerilmişti. O, odamdan çıkıp giderken ben de banyoya girdim ve lavaboda yüzüme soğuk su vurmaya başladım. Az önce yaptığım şey yüzünden yanan kırmızı yanaklarımı soğuk su ile serinlettim ve su tenime değdikçe aklım başıma geliyordu. Bana asla âşık olamayacak bir adama yavaş yavaş âşık oluyordum. İşte bu kadar aptaldım ben.

## 5

Ertesi gün, sabahın körü olmasına rağmen hava acayip sıcaktı. Mutfak camını açıp verandaya geçtim ve oradaki masaya kahvaltı sofrasını kurdum. Yine bir kuş sütü eksikti. Tandır ekmeği bile yapmıştım. Gerçi tandır yerine son teknoloji fırınımda pişirmiştim ama olsun, ekmeğim harika olmuştu yine de.

Emre, beni mutfakta bulamayınca bir an afalladı. Renk vermiyordu ama sabah sofrayı hazır bulmaya alışmıştı. Verandadan ona, "Buradayım," diye seslendim. Ekmekleri görünce gözleri ışıldadı resmen. Bir tandır ekmeğini sıcak olmasına rağmen tek başına yedi. İkinci ekmeği getirdiğimde de büyük bir parçayı kırıp üstüne tereyağı sürerken, "Başka yok mu?" diye sordu.

"Var işte. Getirdim ya."

"Bundan başka diyorum." İkinciyi yemeden üçüncü ekmeği soruyordu.

"Var birkaç tane daha."

"Onları paket yapsana. Yanıma alacağım."

"Tamam." Zaten öğlenleri ne yiyor diye hep aklım kalıyordu. Ekmekleri yavan verecek değildim. Yanına domates, biber, salatalık, peynir, tereyağ, evde ne varsa kahvaltılıkları doldurdum. Uzattığım torbaya şaşkınlıkla baktı. "Altı üstü iki üç tane tandır ekmeği koyacaktın. Bu koca poşet de nereden çıktı?"

"Yanına yiyecek bir şeyler daha koydum."

Cevap vermeyip kapıya yöneldi. Ben de peşinden bahçe kapısına gittim. İşyeri yakın sayılacağı için yürüyerek gidip geliyordu. O, kapıdan çıkıp giderken, "Güle güle, hayırlı işler," dedim. Domuz, cevap bile vermedi! Soğuk nevale ne olacak? Ulan ben sana hayırlı işler diyorum; sen kim oluyorsun da cevap bile vermeden kıçını dönüp gidiyorsun? Boşuna korkmuştum; bu herif bu kadar soğuk davranırken istesem de âşık falan olamazdım ona.

Bir de sabah sabah tandır ekmeği yapmıştım kömüşe! Hayvan! Bir güler yüzünü esirgiyordu benden. Ama para konusunda o kadar cimri değildi. Yine ayakkabılığın üstüne para bırakmıştı. Aylık maaşa bağlanmıştım resmen. Yaptığım ise ev işi ve yemekti. Ablamın dediği olmuştu; rahata ve refaha kavuşmuştum ama ilk kez parayı umursamıyordum. Bana bir teşekkür etmek bu kadar mı zordu Emre için?

Öğlen vakti telefonuma mesaj gelince -tam bir salak gibi- Emre'den geldiğini düşündüm. Ama mesajı gönderen Miraç'tı. Ekmek için teşekkür edip eline sağlık demişti. Kuzene, şu Emre'ye azıcık insanlık öğretmesini söylemeliydim belki de.

Emre'yi kafaya takmış şekilde evde sıkıntıdan patlarken ablam aradı. Annemler olan biteni anlatmışlardı anlaşılan. "Elif, Emre sana kötü mü davranıyor?"

"Yok abla. Valla bak, daha dayak bile yemedim. Babamın evinden iyiyim, rahatım yerinde."

"Yatakta peki?"

Daha aynı yatakta yatmamıştık bile. Ben de Emre'nin lafından dışarı çıkmamaya çalıştım. "Her şey normal. Emre kızdığı için öyle dedi. Tufan, Emre'ye deli deyip dalga geçti. Yanında da bir sürü it topuk getirmişti eve. Hapçılar var ya, hani Tülin teyzenin oğlu biri. O bile vardı."

"Deli mi bu Tufan? Sen tek başına genç kadınsın evde, nasıl evine o adamları getirir? Mal bu çocuk! İyi bari Emre ağzını burnunu kırmamış. Murat olsa döverdi yeminle." Haklıydı ablam, eniştem böyle şeylere çok kızardı.

"İşte Emre de kızıp dövmemek için küçük düşürdü onu. Tabii arada ben de aşağılandım ama bana kötü davranmıyor."

"Annemlerle daha görüşmeyecek misin?"

"Emre yasakladı. Abla, sırtımdaki izleri gördü. Dayak yediğimi biliyor ve annemlere çok kızgın. Hele Tufan'dan nefret ediyor."

"Benimle görüştün diye de kızmasın?"

"Hayır, ablanla görüşebilirsin dedi. Hatta bu akşam eniştemi ve Nil'i de al, bize gelsenize. Evimin ilk misafiri siz olun."

"Kız ne ilki, Tufan gelmiş ya benden önce." Gülerek demişti bunu.

"Ben onları eve alır mıyım hiç? Bahçede çardakta oturttum, sayılmaz yani. İlk siz gelin."

"Tamam. Akşam çaya geliriz."

"Öptüm ve bekliyorum."

Telefonu kapatır kapatmaz Emre'yi aradım. Allah'ım lütfen problem çıkarmasın diye dua ediyordum içimden.

"Ne var?" Kömüştü bu herif, telefonu açışa bak!

"Sana da iyi günler, nasılsın?"

"Gevezelik etme! De ne diyeceksen? İşim başımdan aşkın!" Arkadan kesme biçme sesleri geliyordu. Çalışıyordu yani.

"Tamam. Şey... Ben... Eee şey yaptım. Kızmazsan eğer... İşte..."

"Geveleme de söyle!" O böğürünce ben daha kolay söyleyebilecektim sanki! Yine de kendimi toplayıp söyledim.

"Akşama ablamları bize çaya davet ettim."

"Eee?"

"Senin için de sakıncası yoksa-"

"Sakıncası yok," dedi ve suratıma kapattı. Ablamın gelmesine bir şey dememişti ama ben yine de çok sinirliydim. Hayvan, suratıma kapatmıştı! Hıncımı kek, pasta, börek yaparak yatıştırdım. Kendimi işime verip akşam için hazırlık yaptıkça kafam dağılmıştı.

Emre gelince kinayeli bir şekilde "Hoş geldin," dedim. Yine cevap vermeyip üst kata banyoya gitti. O beni insan yerine koyup konuşmuyorsa ben de aynı şeyi yapabilirdim. Sofrada yemek yerken ağzımızı bıçak açmıyordu. Tek ses yine kaşık çatal senfonisiydi. Bana cevap vermeye tenezzül etmiyordu ama eğildiğimde göğsümün çatalına bakmayı biliyordu. İkinci tabak yemekleri koymadan önce, tişörtümün yakasını sutyenin lastikli askılarına sıkıştırdım. Yakam kapanmıştı. Eğildiğimde hiç açılmadı. Emre, az önceki manzarayı kaybettiğini fark edince kaşlarını kaldırdı ve ilk kez yüzüme baktı. Ben de salaklığa vurup "Taze fasulye istemiyor musun?" diye sordum.

Bir müddet şaşkınlıktan cevap veremedi. Sonra, "İstiyorum," dedi. Bozulmuştu, beter olsun! Eline sağlık bile demiyordu ama göğüslerimi dikizlemeyi biliyordu. Fasulyesini yerken dik dik bana bakmaya başladı, bense hiç oralı olmadan bakışlarım tabağımda yemeğimi yiyordum. Fasulyesi bitince tabağını uzattı. Tabağı almak için uzandığımdaysa tişörtümün yakasını tutup çekti ve yine yakam açıldı, ben de elimi koydum yakamın üstüne.

Yüzüme bakıp, "Benimle inatlaşma," dedi.

Saf bir ifadeyle, "Anlamadım, ne yaptım ki?" diye sordum.

Onun için koyduğum pilavı elimden alıp masaya bıraktı. "Evlilikte iki şey hoşuma gitti," dedi. "Birincisi yemekler, ikincisi ise yemekte o koca memelerini izlemek. Başka bir bok yapmıyorum sana zaten!"

Aptal değildim, hangi erkek olsa benimkiler gibi göğüslere bayılırdı, bunu biliyordum yani. Asıl sürpriz yemeklerimi beğenmiş olmasıydı. "Madem yemeklerimi beğeniyorsun, o zaman bir eline sağlık der insan!"

Gözlerini kapatıp burnundan soludu ve sakince "Eline sağlık," dedi. Zafer elde etmişçesine gülümseyerek karabiberi almak için abartıyla önüne doğru eğilip "Afiyet olsun," dedim. O da açılan çatalıma dikti yine gözlerini.

Yemekten sonra hemen çay demledim çünkü birazdan ablamlar gelecekti. Sonra da odama gidip yakası kapalı bir tişört giyindim. Sonuçta eniştem de gelecekti. Aşağı indiğimde Emre salondaki koltuğa kurulmuştu bile. Ben sehpaya ikramlıkları dizerken, "Aferin, beni onları kesmek zorunda bırakma," dedi.

"Ben nerde ne giyeceğimi bilirim bir kere! Hem sen kim oluyorsun da beni kesebileceğini sanıyorsun acaba?"

"Çift nikâhlı kocan, hem de deli kocan!"

Tam ağzımı açıp cevap verecektim ki kapı çaldı. Otomata basıp bahçe kapısı açtım ve dış kapının önünde ablamları beklemeye başladım. Nil koşturup kucağıma atladı, teyzesinin güzeli evime gelmişti. Acaba benim de bir gün çocuğum olur muydu? Bunu düşününce bir hüzün kapladı içimi.

Eniştem ve Emre -lig bittiği halde- bir maç bulup onu izlemeye başladılar. Delisi akıllısı tüm erkekler aynıydı. Emre, eniştemle gayet rahat muhabbet ediyordu. Domuzun kastı banaydı herhalde, benimle iki kelime muhabbet etmemişti daha. Ablamla ben de mutfağa oturup kaynatmaya başladık. Nil de mutfakta yere oturmuş, yanında getirdiği bebekleriyle oynuyordu. Nasıl olduysa, benim Nil için "Ne tatlı hareketlere bak," dememle birlikte konu yatak mevzusuna döndü.

"Yakında kendininkini seversin artık." *Ablacım o imkânsız,* diye içimden geçirsem de "Sanmıyorum," demekle yetindim.

"Niye? Korunuyor musunuz?"

"Hı hı."

"Sen çocukları çok seversin ama."

"Öyle de, henüz erken. Evliliğin tadını çıkaralım istiyorum biraz."

"Sen mi korunuyorsun yoksa Emre mi?"

"Emre," dedim çünkü bir de kullanımını hiç bilmediğim doğum kontrol hapları hakkında yalan söyleyemezdim. Zaten yalan makinesini patlatacak kadar çok yalan söylemiştim şu son bir dakikada.

Ablamlar gittikten sonra ben ortalığı toplamaya başladım. Emre de yine yüzüme bile bakmadan merdivenlere yöneldi. İyi geceler, dese dili kopar sanki. Onu ilk basamağa ulaşmadan yakaladım ve "İyi geceler," dedim.

"Sana da," diye karşılık verince bundan cesaret alarak yine parmaklarımın ucuna yükselip yanağını öpmek istedim ama geri kaçtı ve "Bir daha yapma şunu!" diyerek beni uyarıp merdivenleri çıktı.

Çok kötü hissetmiştim kendimi. Adam altı üstü, senden nefret etmiyorum, demişti. Seni umursuyorum ya da seviyorum dememişti ki. Hemen boş ümitlere kapılmıştım.

Onu öpme girişimimden sonraki hafta boyunca buzdolabı Emre'den derin dondurucu Emre'ye geçiş yaptık resmen. Yokmuşum gibi davranıyordu; tabii göğüslerimin çatalına bakmasını saymazsak. Sırf ilgisini çekebilmek için evde yarı çıplak gezmeyi bile düşündüm bir an ama boğularak tecavüze uğrama ihtimali aklıma gelince hemen vazgeçtim. Sürtüklüğün lüzumu yoktu. O, böyle yaptıkça ben de içime kapanıyordum, yine yalnızlığımda kaybolmuştum.

Hafta sonu lisedeki en yakın arkadaşım Sanem gelince biraz olsun mutlu olabilmiştim. Emre, ellerinde yetiştirmeleri gereken bir iş olduğu için pazar günü bile çalışıyordu. Bunu da Miraç'tan öğrenmiştim; yoksa Emre'nin benimle konuştuğu yoktu. Biz de bu sayede Sanem'le baş başa kalıp rahatça muhabbet edecektik. Önce ona evimi gezdirdim.

"Evin harika, bayıldım."

"Teşekkürler canım."

"Ben de böyle bir mutfak istiyorum evlenince. Ama çok pahalıdır. Kim bilir ne kadar borca girmişsinizdir."

"Pek borç yok, sadece biraz kredi kartına var. O da ödenemeyecek bir miktar değil."

"Düğünde takılanlarla mı ödediniz borcu? Çok iyi para ve altın takıldı sizin düğünde. İnşallah bizimki de öyle olur."

"Emre ne altına ne de paraya dokundu. Hepsini bana verdi. Biz en başta hiç borca girmedik. Emin amca, yıllarca oğlu için biriktirmiş, onu harcadık."

"Böyle cömert koca dostlar başına o zaman," dedi Sanem, gülerek kendini gösterirken.

Ev turuna devam ederken Emre'nin yattığı odadaki gardırobu açtı. Kıyafetleri görünce "Niye bunları yatak odasındaki dolaba koymadınız. O koca dolaba yorgan yastık doldurmuşsunuz," deyince, "Sığmadılar," diye yalan söyledim. Ama beni çok iyi tanıyan Sanem, yalanımı hemen yakaladı.

"Kocanla ayrı mı yatıyorsunuz?" Cevabım biraz gecikince hemen "Hâlâ kız mısın?" diye sordu.

Kafamı sallayıp "Korktuğum için," dedim.

"O deli de sen istemiyorsun diye yanaşmadı sana?"

"Deli deme! Adı var eşimin," diye hemen uyardım onu. İyi kötü kocamdı ve kimsenin benim yanımda ona deli demesine müsaade edecek değildim. İlla biri deli diyecekse, o kişi sadece ben olabilirdim.

"Tamam, özür dilerim. Yani Emre..."

"Evet, beni hiç zorlamadı bile."

"Eee, ne kadar ileri gidebildiniz peki?"

"Hiç. Hâlâ kimseyle öpüşmemiş bir Elif var şu an karşında."

Sanem gülerek, "Ben de senden ilk gece bilgisi isteyecektim. Neyse, ben sana öpüşme tekniği öğreteyim de hiç değilse öpüş kocanla," dedi.

"Sen Cenk'le evlenmeden yiyişiyorsun yani?" dedim sırıtarak.

"Evet, sonuçta nişan iki hafta sonra. Bir dahaki yaza da düğün var."

"Zaten bu kadar beklediğiniz kusur. Lise sondan beri çıkıyorsunuz."

"Ama üniversiteye gittik ikimiz de."

Benim gidemediğim üniversiteye Sanem de Cenk de gitmişlerdi. Gerçi bunun suçlusu bendim. Nefret ederdim ders çalışmaktan, hep kötü bir öğrenci olmuştum.

Ev turunu terasta bitirip salıncağa kurulduk ve eski günlerden konuştuk. Evdeki sessizliğin üstüne bu şen şakrak arkadaş buluşması bana çok iyi gelmişti.

Sanem gittikten sonra oturmaya doyamadığım terasa kurdum sofrayı. Bir süre sonra eve gelen Emre yine duşunu alıp sessiz sedasız yemeğini yedikten sonra hemen yatmaya gitti.

Arada ablamla telefonda konuşmamızı ve üç gün önce Emin amcanın evine misafirliğe gitmemizi saymazsak bugün Sanem gelene dek hiç konuşmamıştım. Kendimi dizi, film izlemeye vermiştim. Yakında konuşmayı falan unutursam hiç şaşırmazdım. Her zamanki monotonluk ve can sıkıntısıyla geçen bir haftanın ardından gelen bir mesajla kendime beddua ettim. Mesaj, eski sevgilim Mehmet'tendi.

**"Aşkım, Elif'im ben çok pişmanım<br>seni kaçırmadığıma. İnan sen<br>evlendiğinden beri depresyondayım.<br>Kafayı yiyecektim ama öğrendim ki<br>hiçbir şey için geç değilmiş.<br>Seni çok seviyorum. Kaçıp gidelim<br>buralardan canım."**

*Hayatım çok monoton deyip duruyordun Elif, al sana heyecan!* Ne halt edecektim, şimdi ben? Boşuna dememişler söyleme sırrını dostuna, o da gider söyler dostuna diye. Hiç cevap vermedim Mehmet'e ama Sanem'e bunları Mehmet'e yetiştirdiği için ağzıma geleni yazdığım bir mesaj döşeyip yolladım. O da hemen Mehmet'e kendisinin bir şey demediğini sadece Cenk'e söylediğini Cenk'in de Mehmet'e söylediğini yazan bol özürlü bir mesaj attı. Salak Sanem, tabii ki Cenk, Mehmet'e söylerdi. Cenk'le Mehmet kuzendi.

Aşırı monoton bir hayattan, felaket gergin bir hayata geçiş yapmıştım. Neredeyse bir haftadır, hiç cevap vermediğim halde mesaj atıp duruyordu Mehmet. Hep aynı şeyleri zırvalıyordu.

**"Aşkım, gökyüzü kadar güzel**
**gözlüm; ben, seni asla unutamadım.**
**Sen de beni unutmadın biliyorum.**
**Güzel ve mutlu günlerimizi hatırla. Sana**
**söz veriyorum, o günlerimizi kıskandıracak**
**kadar güzel günler yaşayacağız.**
**O deliden korkuyorsan, korkma.**
**Kaçar gideriz buralardan, mutlu bir yuva kurarız.**
**Biri kız biri oğlan**
**iki çocuğumuz olur meleğim."**

Akşam Emre ile yemek yerken sessizdeki telefonuma mesaj yağdırmıştı resmen. Yan gözle mesajları kontrol ediyordum. Allah'tan Emre'nin bana olan ilgisi sıfırdı da anlamamıştı hiçbir şey. Emre uyuduktan sonra dayanamayıp aradım. Giyinme odasına girdim. Burada konuşurken, Emre kulağını yatak odasının kapısına bile dayasa beni duyamazdı.

"Aşkım? Elif'im?"

"Ne saçmalıyorsun be sen? Yavşak! Evliyim ben!"

"Elif, aşkım. Yapma böyle. Bak ben çok pişmanım. Aptallığımdan, korkaklığımdan hep. Keşke kaçırsaydım seni."

"Şimdi mi geldi lan aklına? Evliyim diyorum. Anlamıyor musun?"

"Gerçek bir evliliğin yok, biliyorum."

"Mal mısın? Evliliğin sahtesi mi oluyor? Attım imzayı ve Emre'nin karısı oldum."

"Biliyorsun ne demek istediğimi."

"Bilmiyorum ve bilmek de istemiyorum!"

"Hâlâ geç değilken kaçıracağım seni."

"Baban nişanlı kızı kaçırınca kapının önüne koyuyordu seni. Evli kadını kaçırınca baş tacı mı edecek? Ne değişti o günden bugüne?"

"Babamın evine gideceğimizi kim söyledi... İstanbul'a gideriz, orada kendi evimizi kurarız."

"Hani paran yoktu? Milli piyangodan büyük ikramiye sana mı vurdu?"

"Sen altınlarını al gel. Senin hakkın sonuçta onlar. Sana konukların hediyesi. O herifle ilgisi yok. Kiralık da olsa rahat rahat kurarız evimizi, yuvamızı; hatta ben bir kafe açarım. İşletiriz beraber, kendi işimizin patronu oluruz."

Sonunda Mehmet'in asıl derdini öğrenmiştim. Paranın kokusunu almıştı erkek müsveddesi! Ağzı laf yapıyor diye beni kandırabileceğini sanıyordu.

"Elin parasıyla, elin karısını kaçırmak kolay tabi!"

"Elif-"

"Sus! Ben evliyim diyorum! EV-Lİ-YİM! Nesini anlamıyorsun? Seninle kaçsak nasıl nikâh kıyacağız angut! Kaldı ki asla öyle bir niyetim yok!"

"Boşanırsın ama o zamana dek imam nikâhı kıyarız."

"Salaksın, yemin ederim! Ben Emre'nin nikâhı altındayım zaten. Hem dini hem de resmi olarak. O benim kocam yani. Vesikalı karılar gibi evliyken başka adama kaçacak değilim! Hele bir erkekle asla nikâhsız birlikte yaşayamam!"

"Elif ama dinlemiyorsun bak-"

"Asıl sen dinle beni! Beni bir daha rahatsız etme! SAKIN!" Telefonu yüzüne kapattım. Deliydi meliydi ama Emre bunun gibi on adam ederdi. Hatta bu it adam bile değildi Emre'nin yanında.

Biraz olsun bağırıp çağırınca rahatlamıştım. Kaç gündür taciz ettiği yeterdi. Yatağa girip uyudum ve saat gece üç sularında ısrarla çalan telefonumun sesiyle uyandım. Yine o maldı arayan.

"Ne var lan? Ben sana bir daha beni rahatsız etme demedim mi? Derim seni Emre'ye bak!"

"Desene." İçmişti, sesinden ve konuşmasından belliydi. Sarhoş biriyle konuşacak değildim.

"Kapının önündeyim. Kocana de gelsin hadi, diyebiliyorsan tabii. Kocan evlenmeden bir hafta önce bana söylediklerini biliyor mu?" Hemen yataktan kalkıp camdan dışarı baktım. Bahçe kapısının az ilerisinde yoldaydı.

"Defol kapımdan!"

"Dışarı gel. Yoksa bağırırım, kocan da duyar." Emre bunu şişlerdi kesin, cesedi de zaten bize çok yakın olan denize atardı artık.

"Git şimdi sen. Yarın ayılınca konuşuruz, içmişsin." Orta yolu bulup onu ikna etmeye çalışıyordum ama nafile.

"ELİF!" Bağırmaya başlamıştı manyak! "Daha yüksek sesle bağıracağım eğer hemen gelmezsen."

"Tamam, Allah'ın cezası tamam! Sen ilerle parka doğru, geliyorum."

"Bekliyorum aşkım." Senin o aşkım diyen ağzına köpekler... Hemen giyinip telefonumu ve anahtarımı cebime aldım. Üstüme de bir hırka geçirip parmaklarımın ucunda merdivenlerden indim. Dış kapı çok ses çıkaracağı için mutfak camından verandaya çıktım. Bahçe kapısının çıkardığı gıcırtı gecenin sessizliğinde yayıldı.

Kapıdan çıkar çıkmaz hafif adımlarla koşturmaya başladım. Gültekin Parlar Parkı'na gelince beni bekleyen Mehmet'i gördüm. Hemen yanıma geldi. Leş gibi alkol kokuyordu, bir iki adım uzaklaşıp aramıza mesafe koydum.

"Elif'im..." deyince hemen sözünü böldüm. "Burası meydan, biri görür, burada konuşamayalım."

"Tamam. Gel sakin bir köşeye geçelim," diyerek önüme düştü. Ben de yaptığım aptallığın farkında olarak onu takip ettim. İlçedeki, Meslek Yüksek Okulu'nun az ilerisindeki çocuk parkına girdik. Burası gündüz çoluk çocuk dolu iken bu saatte sadece sokak köpeklerinin olduğu ıssız bir yerdi.

"Ne istiyorsun?" diye çemkirdim hemen.

"Seni Elif'im."

"Bak Mehmet, sarhoşsun ama yine de anlatacağım ve anlamanı umuyorum. Ben seni sevmiyorum ve istemiyorum."

"Evlenmeden önce öyle demiyordun ama."

"O zaman da sana seni sevdiğimi söylemedim. Ben Emre'yi tanımadığım için korktum sadece ve bir hata yapıp seni aradım. Ama evlenince anladım ki Emre kötü biri değil. Mutluyum hayatımdan, rahat bırak bizi."

"Mutlusun?" Güldü ve alay ederek, "Mutlusun ama kocanla yatmıyorsun!" dedi.

Sanem'e içimden okkalı bir sövdüm. Sonra da "Kim demiş? Az önce yanından kalktım," diye yalan söyledim.

"Sanem ayrı odalarda kalıyorlar demiş. Yalan söyleme Elif. Sevmiyorsun sen de o deliyi."

"Ağzını topla! Kocama deli falan diyemezsin! Senden bin kat akıllı o! Ayrıca Sanem geldiğinde öyleydi o. Aradan kaç gün geçti. Artık her anlamda kocam o benim." Yalanın Allah'ı yok diye boşuna dememişler, iki saniyede senaryo yazmıştım.

"Yalan söylüyorsun Elif," dedi ağlamaklı sesiyle. "Yapmadım de Elif'im lütfen!"

"Aaa, asıl deli sensin be! Kocam o benim. Niye yapmayayım?"

"Bunu bana nasıl yaparsın lan? Sürtük!"

"Sürtük anandır, yavşak! Sen kimsin ki hem?"

"Seviyorum lan ben seni!" diyerek koluma yapıştı. Ardı ardına bacaklarına tekme geçirmeme rağmen beni çocukların oynaması için parkın merkezine yerleştirilmiş olan büyük, gemi oyuncağın içine doğru çekiştirmeye başladı. Ben ona küfür ve hakaret edip bırakması için bağırırken o "Yatmadın onunla, biliyorum. Şimdi yalanın ortaya çıkacak!" diye saçmalıyordu. Emre'ye böyle bir şeyi yapamazdım. Onu düşünce gözlerim doldu. "İMDAT!" diye bağırdım.

Saniyesinde, Hızır yetişmiş gibi Mehmet yumruğu yiyip yere düştü. Arkamı dönünce gayet sakin duran Emre'yi gördüm. Emre, Mehmet'e bir kez daha vurmak için ona yaklaşırken yerde yatan Mehmet, avucuna aldığı kumları Emre'nin gözüne fırlattı. Gözlerini kapatmak zorunda kalan Emre'yi belinden tutup yere çaldı ve yumruklamaya başladı. Emre'yi dövüyordu it! *Benim delimi!* Yerde taş aramaya başladım. Bulamayınca hemen kaldırımın kenarından yarısı sökülmüş parke taşını çıkarıp Mehmet'in kafasına geçirdim. İlk başta sendelese de Emre'nin üstünden kalkmadı. Ben de taşı bir kez daha şiddetli bir şekilde kafasına vurdum. Yarılan kafasından kanlar akarken Emre'nin üstünden kayıp yere düştü. Eliyle kafasını tutup yattığı yerden bir bana bir de elimdeki taşa bakıyordu. "Harbi onu seviyorsun," dedi acıyla sırıtarak. Hiç cevap vermedim.

Yerden kalkan Emre, Mehmet'in boğazına ayağıyla basıp "Karımdan uzak dur! Ben iki kez uyarmam!" dedi. Sonra da bir güzel tekmeyi geçirdi yüzüne. Mehmet'in burnu kırılmadıysa kendini şanslı saymalıydı. Emre, beni bileğimden tutup eve doğru hızlı adımlarla yürütürken ondaki hasara baktım. Dudağının bir kenarı patlamıştı ve elmacık kemiklerinin moracağı şimdiden belliydi.

Eve kadar çıtımı çıkarmadım. Emre direkt odasına çıkınca ben de ecza dolabında lazım ne varsa boşaltıp odasının önüne geldim. Derin bir nefes alıp kapıyı tıkladım. Ses gelmeyince tereddütle kapı kulpunu çevirdim ve başımı içeri uzattım. Üstündeki kotla tişörtü çıkarmış, altına bir şort giymişti.

"Yaralarına pansuman yapmak için..." diyerek elimdekileri gösterdim. Cevap vermedi ama yatağa oturdu. Dudağını temizlerken, "Sandığın gibi değil," diye açıklamaya başlamıştım ki "Evden çıktığından beri seni takip ediyorum," diyerek beni şaşırttı.

"Nasıl anladın evden çıktığımı peki?"

"Birkaç gündür tuhaf davranıyordun? Telefonun ekran ışığı yandığında senin rengin değişiyordu. Ben de tetikte olmaya ve seni izlemeye başladım." Bana kalsa yüzüme bile bakmıyordu oysa.

Şaşkınlıkla açtığım gözlerimle ona baktığım sırada devam etti. " Ve en başından beri her konuştuğunuzu duydum."

"O zaman neden daha önce müdahale etmedin?"

"Eğer o herifle gitmek isteseydin seni durduracak değildim. Yani iddia ettiği gibi onu seviyor olsaydın..."

"İyi de neden?"

"Çünkü ben, seni sevecek falan değilim. Bence öyle bir ailede büyüdükten sonra kendi aileni kurmayı ve sevilmeyi hak ediyorsun. Cidden ailen çok kötü, sana acıyorum ama daha fazlası asla olamaz."

Sözleri kalbimi yakıp geçerken bir damla yaş sol gözümden düştü. "Belki de sevilecek bir yanım yoktur," diyebildim sadece.

Emre oturduğu yerden sıkıntıyla bana baktı. "Elif, benden ne istiyorsun? Allah'ını seversen, sen zorla evlendirildin."

*Biri de beni sevsin istiyorum,* diyen içimdeki haykırış kırılmaktan korkup ses bulamadı. Sadece, "Haklısın," diyebildim. Ama gözyaşlarım dökülmeye devam edince Emre ellerini saçlarına geçirip saçlarını karıştı ve sıkıntıyla nefes verip "Baba, başıma ne işler açtın?" diye söylendi. Ben gitmek için yeltenince kolumu tutup "Cidden ne istediğini söyle. Senin ne hissettiğini falan anlamamı bekleme benden," dedi.

Yatağa yanına oturdum ve yüzüne bakıp hep merak ettiğim şeyi sordum. "Neyin var? Niye deli diyorlar sana?"

Gözlerime uzun uzun bakıp "Sana güvenmiyorum. Seninle bunu konuşmayacağım," dedi.

"Neden güvenmiyorsun peki?"

"Sözünde durmadığın için. Sana, birlikte olmadığımızı kimseye söyleme dedim ama birine söylemişsin ki bu geceki it, bunu biliyordu."

"Şey... Hafta sonu beni görmeye gelen arkadaşım evi gezmek istedi. Ayrı odalardaki kıyafetlerden anladı işte."

"Sonuçta güvenilir değilsin."

"Yemin etsem de söylemez misin? Karınım ben senin."

"Geçici bir süre için, babam vefat edince boşanacağız."

"Söylemeyeceksin yani?"

"Söylemeyeceğim."

Aklıma gelen muzip fikirle gülümseyerek, "Önemli değil," dedim. "Sen söylemezsen ben de Selçuk'a sorarım. Anladığım kadarıyla o, benden sır saklamayacak biri."

"Selçuk'la ne zaman konuştun?"

"Hiçbir zaman, sahi o kim? Her kimse senin hakkındaki her şeyi bildiği kesin."

"Benim benden daha dengesiz olan psikoloğum."

"Tahmin etmiştim. Doktorunla muhakkak konuşacağım," dedim inatla.

Birden ayağa kalkıp hiddetle "Hayır!" dedi.

"Nedenmiş?" diye karşılık verip omuz silktim.

Dişlerini sıkıp "Ben öyle istiyorum da o yüzden!" dedi.

"Niye senin isteklerine boyun eğeyim ki?"

Kömüş gibi adımı böğürdü. "ELİF!"

Gıcık etmek için, "Bence onunla konuşmam en iyisi zaten. Doktorun hastalığını daha detaylı anlatabilir bana," dedim.

Birden beni yatağa yatırıp "Sen çok oluyorsun!" dedi ve üstüme çıktı. Kalbim korkudan deli gibi atarken onunla inatlaştığım için kendime bela okudum. Elleriyle bileklerimi yatağa sabitleyip "İyi bir dersi hak ettin!" dedi.

"Emre, özür dilerim. Ben, sadece kızdırmak için dedim. Lütfen bırak beni."

Kulağıma eğildi. "Benimle birlikte olmaktan korkuyor musun?"

"Evet," diyerek doğruyu söyledim.

"Ben de korkuyorum," diye fısıldadı kulağıma ve üstümden kalkıp yanıma yatarak konuşmaya devam etti. "Şu an aşamadığım tek sorunum bu. Seni istiyorum ama seni boğup öldürmeden bunu nasıl yaparım hiç bilmiyorum."

Emre'nin hastalığının kadın düşmanlığından ibaret olmadığını tahmin etmiştim. Beni boğma ihtimalini de biliyordum. Yeni bir şey söylemiş sayılmazdı. Daha fazlasını öğrenebilmek için, "Neden beni boğasın ki?" diye sordum.

"Bilmiyorum. Kriz geçirince ne yaptığımın farkında olmuyorum. Sanrı gördüğüm bile oluyor. Öfke kontrolüm de yok."

"Daha önce birlikte olurken birine zarar verdin mi?"

Tavana sabitlediği bakışlarını bana çevirdi. "Elif, insanlar bilmediği şeyden korkarlar. Ben kimseyle birlikte olmadım."

Bu nedense çok hoşuma gitmişti. İlk kurban olma ihtimalim değil tabii ki hoşuma giden ama başkasıyla birlikte olduğunu söyleseydi çok üzülürdüm. İçimde pırpır eden sevincimi kendime saklayarak, "Ama Kilimli'deki herkes senin boğduğun kadınları konuşuyor," dedim.

"Bana yaklaşan kadınlar onlar."

"Nasıl yani?"

"Bir adam gelip sana asılsa ve seni taciz etmeye başlasa ne yaparsın?"

"Bu akşam Mehmet'e yaptığım gibi kafasının pekmezini akıtırım."

"Ben de ümüğünü sıkıp öldürmek istiyorum işte."

"Sen de mi namusunu koruyorsun?" diye sorduğum an saçmaladığımı da fark ettiğim andı. Gözlerini devirerek yine bakışlarını tavana sabitledi. Sabah ezanı okunurken, Emre'nin benim yüzümden gece uyuyamadığını fark ettim. Üstelik yarın işe gidecekti.

"Benim yüzümden uykusuz kaldın."

"Biraz öyle oldu. Şimdi, odamdan çıkar mısın? Dinlenmem gerek."

"Tamam. İyi geceler."

"Sana da koca meme," dedi ben kapıdan çıkarken.

Sabah kalktığımda -daha doğrusu öğlene doğru- Emre çoktan gitmişti. Mutfağa indiğimde boş kahvaltı tabaklarını masada bulunca zeytin, peynir ve domates yediğini anladım. Yazık benim delime, tüm gün bunlarla mı duracaktı? Zaten öğlen ne yediği belli değildi. Hemen işe koyulup börek yaptım. Yanına da pudingli kek ve peynirli poğaça yaptım. Hepsini piknik sepetine doldurdum ve üstüme yazlık bir elbise giyip ayağıma da burnu açık topuklu ayakkabılarımı geçirdim. Sepet kolumda, dükkâna kadar yürüdüm. Yeni evli olduğum ve dışarı neredeyse hiç çıkmadığım için yol boyunca gören tanıdıklar hal hatır sorup durmuşlardı. Mahallemizin büyüklerinden olan Maide teyze, "Evine hayırlı olsun demeye gelmek istiyoruz. Müsait olduğun bir gün söyle bana kızım, olur mu?" dedi.

"İstediğiniz vakit gelin, ne demek."

"Tamam, o zaman ben diğerleriyle konuşur sana haber ederim."

Sonunda dükkâna girdiğimde kimseler yoktu. İçeri doğru bir iki kez "Kimse yok mu?" diye bağırdım. Ses gelmeyince dükkânın içine doğru ilerledim ve arka tarafta bir kapı görünce açıp içeri girdim. Minik ve karanlık bir holdü burası ama ben adım atınca otomatla aydınlandı. Tam karşımda atölyenin kapısı duruyordu. Elimle saçlarımı düzeltip kapıyı açtım ve toz içindeki atölyeye adım attım. Gözlerim, gürültülü atölyede Emre'yi arıyordu. Sonunda ahşap malzemeleri kestikleri tezgâhın başında yarı çıplak çalışan Emre'yi gördüm. Büyük bir parça ahşap malzemeyi yuvarlak testere ile ikiye yarıyordu.

Altında sadece eski bir kot vardı. Gözünde koruyucu gözlük ve ağzında beyaz toz maskesi vardı. Çıplak göğsünden karın kaslarına akan teri, "İnsan mısın be mübarek?" diye iç geçirmeme sebep oldu. Bu erkekse atölyede çalışan diğer eciş bücüş tipler neydi? Önceden yapılıp olmamış eskizler mi? Tövbe demeliydim çünkü günaha giriyordum, sonuçta hepsi insandı. *Belki Emre insan değildir.* Hangi insan evladı bu kadar yakışıklı olabilirdi ki zaten? Ben vücudunu süzerken birden o dönen yuvarlak testere durdu ve bana bakan Emre ile göz göze geldim.

Ben kocaman gülümsedim. Ama o, bir hışımla yüzündeki maskeyi ve gözlüğü çıkarıp bana doğru yürümeye başladı. Yanıma gelince kolumdan tutup az önce, hole açılan bir kapı aralığından gördüğüm mutfağa soktu beni ve kapıyı kilitledi. Ne oluyor bu adama arkadaş?

"Ne işin var burada?"

"Börek getirdim."

"Kim istedi ki senden?"

"Sabah doğru düzgün kahvaltı edememişsin diye-"

"Ben, sen yokken de aynı kahvaltıyı ediyordum!"

"Emre, ne yaptım ki ben? Niye böyle yapıyorsun?"

"Ulan içeride benden başka altı adam daha var! Ne halt yemeye geliyorsun buraya?"

"Yemek getirdim dedim ya!" İyice sinirlerim gerilmişti.

"Onun için mi bu kadar süslendin?"

Salaktı bu adam. Onun içindi her şey; ama anlamıyordu kömüş! "Süslenmedim! Bir elbise giyip geldim işte!" diye direttim.

Sinirle dişlerini sıktı ama cevap vermedi. Gözleri göğsüme kaydı, özellikle dikkat etmiştim yakası kapalı giyinmeye ve elbisenin önündeki düğmelerini ümüğüme kadar iliklemiştim. Yanıma yaklaşıp elimdeki sepeti ve çantamı alıp tezgâha bıraktı ve üstten başlayarak düğmelerimi bir bir açmaya başladı. Üçüncü düğmede, elimi göğsüme koyup olumsuz anlamda kafamı salladım. "Sadece görmek istiyorum," dedi. Yüzüme değil yere bakıyordu.

"Tamam ama burada olmaz. Akşam-"

"Neyse boş ver, saçmalıyorum zaten. Üstünü başını düzelt ve eve git."

Kafamı sallayıp düğmelerimi ilikledim. O kapıyı açıp çıkınca ben de peşinden çıktım. Beni dükkânın kapısına kadar geçirdi. Az önce olanları sindirmeye çalışırken hâlâ Emre ile ilgili pek çok şeye anlam veremiyordum.

Akşam sofrayı kurup onu beklemeye başladım. Elbiseyi üstümden çıkarmamıştım ama üsten iki düğmesini açıp dekoltemi açıkta bırakmıştım. Sofraya oturduğunda yine derin donduruсu modundaydı. Hep böyle mi olacaktı? Aramız biraz iyi olsa hemen sonrasında benden uzaklaşıyordu. Dekoltemi dikizlememek için resmen kendisiyle savaşıyordu. Ben de onu, bu dertten kurtarmak için düğmelerimi ilikledim. Sessiz sedasız yemek faslından sonra odasına çekildi.

Sonraki günler yine Emre'nin bana tamamen ilgisiz olduğu günlerin devamı oldu. Neyse ki üç gün sonra Maide teyze, eski mahallemin kadınlarını kızlarını toplayıp oturmaya geldi de bir iki insan yüzü görüp muhabbet edebildim. Ablam -sağ olsun- yardıma gelmişti ve akşamdan zeytinyağlı sarma sarmış, bir sürü pasta, börek yapabilmiştik. Ferah ferah oturalım diye terasa kurduk masayı çünkü çok kalabalıktı misafirler. Tüm tanıdıklar gelmişti. Eğer Emre kovmasaydı, şimdi annem de bu kadınların içinde olurdu. Ama üzülmedim. Annem her yaptığıma kulp bulacak, her sözüme kaş göz edip tüm günü bana zehir edecekti. Ağzımla kuş tutsam anneme yaranamayacağımı çoktan anlamıştım ve onu memnun etmeye çalışmaktan vazgeçişim Emre'den çok daha önceydi.

Terasta genç yaşlı tüm kadınlar oturmuş muhabbet ediyor, tabaklarındaki ikramları yiyorlardı. Hepsi birer ev hediyesi getirmişti. Akşamüzeri Türk kahvesi yaptık ablamla. Kahveler eşliğinde yapılan son muhabbetleri gözlerimi fal taşı gibi açarak dinliyordum.

Bu kadınlarda mahremiyet ya da özel hayat kavramı yoktu herhalde. Hele yaşı büyük olan teyzeler neler anlatıyorlardı öyle... Bu sohbete cinsel içerik için sınır koyacak olsam +18 demezdim. O yetmezdi çünkü. Ben yirmi üç yaşındayım ama şaşkınlıktan ağzım açık kalmıştı duyduklarıma. Filiz gibi genç, bekâr kızlar da sohbeti benim gibi iğrenerek ve kırmızı bir yüzle dinliyorlardı. Evli olmama rağmen benim de onlardan bir farkım yoktu zaten.

"Kız benim iki yanımda Nazan var ya?"

"Eee?"

"Onlar önlük fantezisi yapmışlar?" Acaba o neydi? Ama benim sormama gerek yoktu, bir meraklı teyze sormuştu bile.

"O ne ki gız?"

"Hani böyle süslü mutfak önlükleri var ya? Beyaz fırfırlı mırfırlı, hizmetçiler takıyor ya filmlerde, onlardan işte. Onu giymiş sadece. Üstünde başka hiçbir şey yok. Önden önlük mini elbise gibi ama arkasını dönünce..." Kadınlar kahkaha atarken ben, içimden, "Allah'ım sana geliyorum!" diye feryat figan ediyordum.

"İşte sonra da kocası bunu mutfak tezgâhına yaslayıp ahahaha..." Allah'ım iğrenç! Nimet pişiyor mutfakta ama ya! Ben daha bunun etkisi atlatamamışken bir yıllık evli Zeynep, kayınvalidesinin yanında bir anısını anlattı.

"Kız bak onu ben de denerim. Çabuk olur önlüğü giyip çıkarması."

Asuman abla, "Aceleniz ne kız?" dedi.

"Abla benim ne acelem olacak? Ne kadar geç o kadar iyi." Yine bir kahkaha tufanı koptu. "Ama benimki aceleci. Bir keresinde daha bir aylık bile evli değilken bir fantezi gecelik almıştım. Böyle çok seksi bir şey. Her yerinden ince ince ipler geçiyor. Burak, atlayacak üstüme ama bekle dedim, sana sürprizim var. Adam yatakta beni bekliyor, ben de yan odada bu ipli geceliği giyeceğim diye uğraşıyorum. Şaşırdım ben bunun iplerini geçirirken, yarım saati buldu giymem. Ama giydim yani sonunda. Yatak odasına seksi bir giriş yaptım bir de ne göreyim; herif horlayarak uyuyor."

Kahkahalar kulağımda çınlarken edepsiz sohbet tam gaz devam ediyordu. Kimse cinsel tecrübelerini paylaşırken çekinmiyordu. Hatta taktik verenler ve karşılaştırma yapanlar bile vardı. Bunlar hep mi böyleydi ya? Belki de aynen böylelerdi ama ben markette çalıştığım için yakın zamanda kimseye oturmaya gitmemiştim. Bize geldiklerinde ise annem sürekli iş verirdi, mutfaktan çıkamazdım. Ama isabet olmuştu bunca zaman bunları duymamış olmam. Ablam bile, "Ben asla hayır demem," diyerek sohbete katılmıştı.

Çiçek teyze, "Hiç mi istemediğin olmadı kız?" diye sorunca ablam, "gece vardiyasından dönüyor mesela bazen. Uykumdan uyandırsa da hayır demem. Günah bir kere yok demek. İstemesem de hayır demem," diye cevap verdi. Neydi bu, ödül mü? İşe gittin geldin, ödülün de benim mi? Tövbe tövbe! Ama muhabbet ilerledikçe gerçekten sebepsiz yere kocana hayır, dersen günaha girdiğini öğrendim. Bildiğin, o istediğinde kabul etmek farz olmuştu sanki. Alah'ım sen kimden yanasın? Allah'ı sorgularken çarpılacaktım şimdi.

Ama altın golü atıp beni sahaya gömen, benden bir iki yaş büyük Yeliz'in sorusu oldu. "Elif, asıl hikâyeler sendedir şimdi? Yeni evlisin sen?" Evet... Sıçtı Cafer bez getir, bulaşmasın tez getir. Ne diyecektim ben şimdi?

"Ay kız, kıpkırmızı oldun!" dedi Zeynep. Emre'yi çıplak hayal etmek bile kızarmama yetmişti. Üstelik daha önce hiç görmediğim bir şeyi hayal bile edemezken... Şu an, Emre'nin hastalığına şükrediyordum, artık evde giydiğim kıyafetlerin yakalarını zımbalayacaktım. Emre göğüslerimi görüp fikrini değiştirirdi falan, neme lazım! Kapatıp önlem almak en iyisiydi. Beni bu saçma düşüncelerden Fikriye teyze kurtardı. "Gız, gocan bayram etmiştir. Memelerin goynuna sığmıyor, maşallah." Bir de üstüne yüzüme "Tütütü..." diye tükürdü. Yüzümü buruşturdum iğrenerek ama bana ulaşamayan sahte tükürükten değil, söylediği şeyler yüzünden.

Sultan abla, "Ne nazlanıyorsun kız? Sanki yalan?" dedi. "Anlat hadi, ilk görünce ne dedi?"

"Özel hayatımı ben sizin kadar rahat anlatamayacağım! Çok ayıp!"

"Kız biz anlatıyoruz ya!"

"Ben de onu diyorum ya işte, bence siz de anlatmayın."

"Bu yeni evli ya, çekiniyor," dedi, Maide teyze. "Ama akşam adamın tepesinden inmiyordur." Onlar kahkaha atarken ben de çok yerinde bir karar aldım. Bir daha kadınları oturmaya ancak Cuma Kuran'ına çağıracaktım, bir de okuması için Firuze ablayı da çağırdım mıydı tamamdı. Kur'an okunurdu, peşine pasta börek yenirdi, en son da insan gibi muhabbet edip dağılırlardı. Evet evet, en makulü buydu. Bu neydi arkadaş? Hepsi azgındı bu kadınların! Azıcık din iman iyi gelirdi bunlara, belki yola gelirlerdi.

Herkes gittikten sonra sofrayı kurup Emre'yi bekledim. Eve geldiğinde her zamanki gibi önce duşa girdi, sonra da masaya kuruldu. Ben de karşısına oturup derin düşüncelere daldım. Emre'ye, salı günü, Kapuz Plajı'ndaki kadınlar gününe gitmek istediğimi nasıl söyleyecektim? Filiz önermişti gidelim diye. Evde gün boyu sıcak ve sıkıntıdan patlamak yerine denize girmeyi çok istiyordum ama Emre yüzüme bile bakmazken bunu ona nasıl diyecektim ki? Bana aniden sorduğu soruyla bakışlarımı önümden kaldırıp onun yüzüne baktım.

"Niye yemiyorsun?"

"Bugün misafirler vardı ya, onlarla gün boyu yiyip içtim zaten." Bana bakıyorken fırsatı kaçırmayıp sordum. "Salı günü Kapuz'a gidebilir miyim?"

Biraz bana bakıp ölçtü tarttı. Sonra "Tamam, seni ben bırakıp alırım," dedi. Bana güvenmiyor muydu?

"Gerek yok. Ablam ve Filizlerle gideceğiz zaten."

"Ablan ve seni ben bırakırım."

"Otobüsle gideriz biz."

"Otobüse binmeyeceksin."

"Nasıl? Anlamadım?"

"Benimle evli olduğun süre boyunca toplu taşıma araçları yasak."

"Niye?"

"Elif, ne çok sordun? Sus da bir yemeğimi yiyeyim."

"Sana iyi zıkkımlanmalar!" deyip sofradan kalktım. Hayvan! Yine içimdeki dertlere dert eklemişti. Yine de yatağa girince Emre niyetine yastığa sarıldım. Onunla uyumayı hayal ediyordum ama birlikte olmayı istemiyordum, ben de bir gariptim.

Ertesi sabah yine konuşmuyorduk. Aslında taze ekmekleri ne ara aldığını deli gibi merak ediyordum ama gururumu ezip soracak değildim. O, işe gittikten sonra ablam arayıp pazar günleri kurulan sosyete pazarına gitmeyi teklif etti. Gittik. Ablamla pazarda dolaşırken moralim yerine gelmişti.

Zaten pazarın girişinde beş liraya kıyafet satan bir satıcı vardı ki, cenazen olsa moralin yerine gelirdi. Adam çok komik bağırıyordu.

"HANIMLAAAAAAR! YİYİN KOCALARINIZIN PARALARINI! ÇATIR ÇATIR YİYİN, KOCALARINIZIN PARALARINIIIII!"

Pazarcının bağırmasına cevap veren kadınlar da ayrı komikti. "Koca mı kaldı evladım. Rahmetli oldu benimki üç yıl evvel."

"Başın sağ olsun teyzeciğim. ABLALARIM BEŞ BEEŞŞ! ABLALARIM BEŞ BEŞŞŞ! NE ALIRSAN BEEEŞŞ!"

Tezgâhtaki her şey çok güzeldi. Zaten o çok bilindik zincir mağazaların ihraç fazlası ürünleriydi bunlar. Tezgâhtan denizde giymek için şortlar, tişörtler aldım. Terlik ve plaj çantası da aldıktan sonra hem çok şık hem de acayip ucuz iç çamaşırları olan bir tezgâhtan alışverişe başladık. Ablam nerde seksi ve dantelli bir şey varsa benim önüme atıp göz kırpıyor "Al, al utanma. Yeni evlisin sen şimdi," diyordu. Bilmiyordu ki yakın zamanda boşanacağım ve açılmadan iade olmuş olacağım.

Eve döndüğümde yorgunluktan bitmiştim. Ama biraz dinlenip aldıklarımı denedim. Yeşil çapraz askılı bir elbise üstüme çok yakıştı. Onu çıkarmadım. Aslında sırt dekoltesi abartılı olduğu için bu mini elbiseyi evden başka yerde giymezdim ama almasam olmazdı. Elbise on liraydı sadece. Almayanı döverlerdi be! Akşam zile basınca portmantonun aynasında görüntümü kontrol edip kapıyı açtım. Ayakkabılarını çıkarma uğraşında olduğu için henüz bana bakamamıştı. Başını yerden kaldırınca bakışları üzerimde kilitlendi. Cevap vermezse kafasını tekrar yaracağıma dair içimden yemin ederek, "Hoş geldin," dedim.

"Ho-hoşbulduk." Kekelemişti. İşte adamı öyle kekeme ederler, Emre Efendi! Sırıtmamak için yanaklarımın içini ısırıyordum ama ben arkamı döndüğümde sırtımı gördüğü için ayağı halıya takılınca kahkahamı tutamadım.

"Ne gülüyorsun koca meme? Düşüyordum az daha." Sözde sitem ediyordu ama o da gülümsüyordu şimdi. Bu elbiseyi aldığım pazarcı kadını bulup iki katı daha para versem ancak teşekkür edebilirdim.

"Düz yolda yürüyemiyorsun, tabii ki gülerim," diyerek bir omzumu silktim. Yemek boyunca bana baktı, hem de yüzüme. Ben de her göz göze gelişimizde ona gülümsedim. Akşam da televizyon karşısına yan yana oturduk. Yeni yıkandığı için mis gibi duş jeli kokuyordu. Biraz yüz bulsam kedi gibi yanına sokulup o kokuyla sarhoş olmak isterdim. O da televizyon yerine sık sık bana bakıyordu, çok hoşuma gitmişti bu hali. Demek ki evde, eşofmanla ve tişörtle dolaştığım için adam benden tarafa bile bakmıyordu.

Gece yatmaya giderken bu kez o, "İyi uykular," dedi.

"Sana da deli," diyerek yanağını öptüm. Bu kez hiç itiraz etmedi, ben de eksik kalmasın diye diğer yanağını da öptüm. Yutkundu. "Ateşle oynuyorsun, haberin yok, Elif."

"Alt tarafı yanağını öptüm. Yabancıyla bile tokalaşırken öpülür yanaktan."

"Bana daha önce senin kadar çok yaklaşabilen bir kadın olmadı ama."

"Belli oluyor. Mesela biri seni öptüğünde sen de onu öpersin ama sen bunu bile bilmiyorsun. O yüzden inanırım kimsenin senin yanağını öpmediğine."

"O it, hiç öptü mü seni?" Mehmet'ten bahsediyordu, nerden çıkmıştı şimdi? Olumsuz anlamda kafamı salladım. "Yanağından bile mi?"

"Hayır, yanağımdan bile öptürmedim." Hiç inandırıcı gelmiyordu belki söylediklerim ama doğruyu söylüyordum. Açıklama yapma ihtiyacıyla, "Yanağını öpünce erkekler kafalarını çeviriyorlardı. O zaman dudağını öpmüş oluyordun. Ben de

Mehmet'ten de öyle bir şey beklediğim için yanağını bile öpmedim. Lisedeyken -sen de bilirsin- erkekler, kızlara hep öyle saçma şakalar yaparlardı," dedim.

"Bilemem. Çünkü ben endüstri meslek lisesine gittim. Yani erkek lisesi olduğu için hiç kız yoktu."

"İşte şimdi neden beni hâlâ yanağımdan bile öpmediğin anlaşılıyor."

Ona yanağımı çevirdim. Tedirgince yaklaştı ve dudaklarıyla hafif bir öpücük bıraktı önce. O minicik temasla tüm tenime hızla yayılan sıcaklık içime işlemiş, kasılan midemi çözmek isteyen kalbim ise atışlarını sayamayacağım şekilde hızlanmıştı. Yaşadığım heyecanı ve içime sığmayan büyük mutluluğumu gizlemeye çalışarak diğer yanağımı çevirdim. Bu kez ıslak bir şekilde, bastırarak öptü yanağımı. Artık saklayamadığım heyecanımdan ötürü kıpkırmızı olmuştum, kulaklarım alev alev yanıyordu ve avuçlarım terlemişti. O da hızlı nefes alıyordu ama ya hastalığı nedeniyle nefesi sıklaştıysa ne olacaktı? "Emre, iyi misin? Yani öfkelendin mi? Kriz-"

"İyiyim," diyerek sözümü böldü. "Çok garip bir kızsın Elif. Senden ne nefret ediyorum ne de iğreniyorum. Diğer tüm hem cinslerinden farklısın benim için."

"Bunlar iltifat yerine geçmiyor yalnız. Çok güzelsin falan gibi cümleler öğren," dedim gülerek. İyi olması içimi rahatlatmıştı.

"Yalan söylemek huyum değil," diyerek sırıttı pis pis.

"Domuz!" diye karşılık verip odama girdim ve kapıyı çarptım. Çirkin diyordu bana, hem de kaçıncı kez!

Ertesi sabah sofrada ekmek keserken, "Ekmekleri ne ara alıyorsun?" diye sordum. Cevabı bir aylık evlilik hayatım boyunca en çok merak ettiğim şeydi. Hevesle ona baktığımı gördüğünde sırıtmaya başladı. İlla kıvrandıracaktı beni. "Söylesene ya?"

"Söylemezsem ne olur?"

"Elinin körü! Gece mi kalkıyorsun?"

"Evet, eğlenmeye çıkıyorum. Bir iki arkadaş bara gidiyoruz, dönüşte de ekmeği alıyorum işte." Çok ciddiydi suratı, hiç yalan söylüyor ya da kafa yapıyor gibi değildi. Gerçi karı kızla işi olamazdı. Valla ben bu hastalığı sevmeye bile başlamıştım. "İçmeye mi gidiyorsun?"

"Ben içmem."

"Eee, o zaman niye gidiyorsun?"

"Dans eden kızları izlemeye." Hâlâ çok ciddiydi.

"Ne? Ama hani-"

"Kadınlara bakmayı seviyorum, sevmediğim bana yaklaşmaları," diyerek sözümü kesti.

Kıskançlık krizim o saniye tutunca beynim çevrim dışı kalmıştı ve sinirle gururumu hiçe sayarak, "Gitmeyeceksin bir daha!" dedim.

"Sen kimsin ki?"

"Çift nikâhlı karın!" Onun lafını ona satmıştım.

"Geçici karım, boşanacağız unuttun mu? Sana sebep rutinimi değiştirmem," dedi ve kahvaltısı bittiği için sofradan kalktı. Peşinden kapıya dek takip ettim onu. Hep yaptığı gibi para bırakmaya yeltenince, "İstemez! Dans eden karılara takarsın gece!" dedim ve evin kapısını suratına çarparak onu dışarıda bıraktım. Hayvan herif! Sapık!

Akşam yemeğinde, bu kez ben onunla konuşmadım ama pek de umurunda değildi. Erkenden yatmaya çıkmıştı yine. Tabii, geceleri uyuyamıyordu ya... Tüm gece uyumayıp evden çıkarken onu yakalamak için bekledim. Sonunda sabaha karşı banyonun kapı sesi uyandığını haber verdi. Alt kata salona inip berjere oturdum ve salonun açık kapısından merdivenleri gözlemeye başladım. Ben de Elif'sem hiçbir yere gidemezdi.

Biraz sonra merdivenlerden giyinmiş olarak indi. "Nereye?" diye sorduğumda benden tarafa baktı.

Şaşkınlıktan uyku mahmurluğuna rağmen kocaman açtığı gözlerini bana dikip sordu. "Bu saatte ayakta ne işin var?"

"Onu boş ver de sen nereye?"

Beni ve sorumu umursamayıp dış kapıya yöneldi. Bir koşu yanına gittim ve o, ayakkabılıktan ayakkabılarını alırken dış kapı ile arasına geçip "Hiçbir yere gidemezsin!" dedim.

"Elif deli misin? Çekil önümden."

"Deli sensin! Ama çekilmiyorum, sen de dışarı çıkamazsın!"

"Geç kalıyorum." Bir yandan da gülmeye başlamıştı. Neden bu kadar eğleniyordu ki? Onu bekleyen kişi kimdi ki bu kadar mutluydu?

"Kim bekliyor seni?"

"Kimse. Ezan okunacak çık önümden." Kapıya, ellerimi iki yana açarak yaslanmıştım.

"Ezan ne alaka?" Laf salatası yapıp beni kandırmaya çalışıyordu ama yemezler.

"Namaza gidiyorum, Elif. Sana da tavsiye ederim, sakinlik ve huzur veriyor. Sana bayağı lazım çünkü çok kıskançsın." Artık en içten şekilde gülüyordu bana; tabii alaycılık da vardı gülüşünün içinde.

"Nasıl ya?" Bildiğin kandırmıştı beni ve girdiğim kıskançlık krizi nedeniyle çok pis rezil olmuştum.

"Çok komiksin kıskanınca. Dün, gün boyu aklıma geldikçe sana güldüm. Şimdi de namazda gülmezsem iyidir. Artık çık hadi önümden."

"Ben kıskanmadım ki... Şey diye... İşte sen evin rızkını orda burada yiyorsun diye kızdım sadece."

"Eminim öyledir," dedi gülümseyerek. Ne güzel gülümsüyorsun sen öyle, delim benim. Ben kapının önünden çekilince yola koyuldu hemen. "Allah kabul etsin," dedim ve arkasından "Simit al bugün!" diye bağırdım.

"Tamam!" diye bağırıp koşar adım bahçe kapısından çıktı ve müezzin de "Allah-u Ekber…" diyerek ezanı okumaya başladı. Koşsa ancak yetişirdi. Neyse ki sabah ezanı uzun sürüyordu. Ben de madem kalktım, sevabı da bol diyerek evde kıldım namazı. Neden bilmem, sabah ezanını duyup da namaz kılmadığımda garip bir şekilde eksik hissediyordum. Yani diğer dört vakti hep duyup hiç umursamadığım için onları kılmamak olağan olmuştu ama sabah namazı benim için ayrıydı.

Emre eve dönüp simitleri bıraktıktan sonra yatmaya gitti. Benim uykum kaçmıştı. O yüzden denize gitmek için hazırlık yapmaya başladım, malum bugün salıydı. Dün zeytinyağlı sarmaları hazırlamıştım. Poğaçayı ve böreği de hazırlayıp fırına verdim. Büyük bir piknik sepetini hazırlayıp içine koydum yaptıklarımı. Emre kahvaltıya kalktığında sepeti görüp "Bu kadar erken mi gideceksiniz?" diye sordu.

"Yok canım. Hem daha plaj çantamı hazırlamadım. Sekiz gibi bizi almaya gel. Erken gidip yer tutmak lazım, sonra çok kalabalık oluyor."

"Ehliyetin var mı?"

Ağzım dolu olduğu için olumsuz anlamda kafamı salladım.

"Olsa kendin gidebilirdin. Seni ehliyete yazdıralım hemen."

Hem mutlu olmuştum hem de heyecanlanmıştım. Araba kullanacaktım ama ben bisikleti bile doğru düzgün kullanamazdım. Ha bire bir yerlere çarpardım ya da düşerdim.

"Kaza yaparım ben. Arabanı bir de ben hurdaya çıkarayım istemezsin. Bisikletin direksiyonuna bile hâkim olamam ben."

"Bisiklette direksiyon yoktur da ondan. Gidon onun adı."

Ukala, laf sokmuştu bana ama "Araba önemli değil, yol kenarından denize düşüp ölme de," dediğinde çaktırmasa da beni önemsediğini anlamıştım. Yine işe giderken iki yanağına öpücüğü hak etmişti. Onu yolcu edip yanaklarını öptüm, tereddütsüz o da beni öptü.

"Hayırlı işler deli."

"Sağ ol, koca meme." Ona dil çıkardığım da gülümseyerek, "Asıl deli sensin. Çocuk gibisin," dedi.

Emre, söylediğim saatte gelip bizi aldı ve plaja bıraktı. Ben bagajdakileri alırken ablam ve Nil, plaja giden merdivenleri inmeye başlamışlardı. Emre, "Sakın plajdan giyinmeden çıkma," diye uyardı. O yokken de ben üstüme bir elbise geçirmeden plajın üst kısmındaki büfe ve masaların olduğu park kısmına gitmezdim zaten. "Biliyoruz, o kadarını," dedim. Bagajda bıraktığım poşeti işaret edip "Bunu unuttun," dedi.

"O, öğlen yemeniz için."

"Sağ ol, iyi eğlenceler."

Yine yanağını öpüp "Önemli değil ve teşekkürler," dedim.

Alaycı bir tavırla, "İyi alıştın beni öpmeye," diyerek beni utandırdı. Ama gerçekten onu öpmek çok hoşuma gidiyordu.

Bakışlarımı kaçırınca beni kolumdan tutup kendine çekti ve boyum ondan kısa olduğu için alnıma bir buse kondurdu. Kolumu bırakınca yüklendiğim sepet ve poşetler ağırlık yaptığı için merdivenlere yöneldim. Bir yerden müzik sesi mi geliyordu yoksa kalbimde çalan marşın sesi miydi o?

Ablam plajın girişinde "Nerede kaldın?" diye çıkıştığında ben aptal aptal sırıtıyordum. Giriş için paraları ödeyip demir turnikelerden geçtik. Şemsiye, şezlong ve kabin kiralayıp henüz birkaç kişinin olduğu plajda gözümüze kestirdiğimiz denize en yakın yerde kumsala kurulduk. Hemen üstümdeki elbiseyi çıkardım ve suya atlayıp yüzmeye başladım. Nil var diye ablam gelemedi. Yoksa bizim evde annem hariç herkes yüzmeyi bilirdi. Zamanında okuldan kaçıp haziran ayı boyunca az denize gitmemiştim. Zaten marketteki haftalık iznimi de salı günü kullanırdım. Yazları ablamla hep gelirdik. Perşembe ve salıları plaj yalnız kadınlara açıktı.

Saat ona gelirken Filizler de geldiler. Nil'i onlara emanet edip plajı oluşturan koydan çıkacak kadar çok açıldık ablamla. İkimiz de ev kızı olmamıza rağmen iyi yüzücülerdik. Annem, çocukları yazın camiye yollayalım dedikçe babam duymazdan gelip üçümüzü de denize getirirdi. Sekiz dokuz yaşlarında hepimiz yüzmeyi öğrenmiştik. O zamana kadar da kollukla ya da simitle yüzerdik. Kıyı da Nil olmasa açıkta demirlemiş Ro-Ro'ya kadar bile yarışırdık ama anne yüreği, dayanamadı. Ablamın aklı kızında olduğu için döndük. Ablam, Nil'i simide oturtup kıyıda, yüzdürmeye başladığında çok tatlıydılar. Boşanmayacak olsak sadece çocuk için bile korkumun üzerine gidebilirdim. Gerçi artık boşanmayı istemiyordum, Emre de istemezse bırakmazdım ölene dek ben o deliyi.

Filizler aktardan havuç yağı, kakao yağı ve saf zeytinyağı karışımı almışlardı. Hem güneşlenirken doğal yollarla bronzlaşabilmek için hem de tuzlu suyun cildi kurutmasını engellemek için iyi oluyor dediler. Aptal kafam, öğlen vakti onu sürüp güneşin altına yattım. Bronzlaşacağım ya(!) Dün geceden beri ayakta olduğum için uyuyakalmıştım. Ablamlar da beni uyandırmayı unutmuşlardı. Daha plajdan çıkmadan sırtım yanıp acımaya başlamıştı. Akşama bizi plajdan eniştem almaya gelince Emre'yi arayıp eniştemle döndüğümüzü söyledim. Hiç sorun çıkarmadı, demek ki kıskançlıktan yasaklamıştı toplu taşımayı.

Emre, yemekte bana bakıp "Suratında tüp mü patladı?" diyerek alay etti. Kıpkırmızı bir suratla komik göründüğümün farkındaydım. Sandalyeye yaslanırken yüzümü buruşturdum. Yanık kremini sırtımın her yerine sürememiştim ve bu da Emre'nin gözünden kaçmamıştı.

"Yanık kremi sürmedin mi?"

"Sürdüm ama sırtımın her yerine ulaşamadım."

Cevap vermedi ama yemek bittikten sonra ben bitap şekilde L tipi koltukta uzanırken "Doğrul. Sırtına krem sürelim," dedi. Koltuğa yan oturup ona sırtımı döndüm. Beyaz bol tişörtümün içine sırtım acıdığı için iç çamaşırı giymemiştim. Emre, tişörtü omuzlarıma sıyırdığında gerginlikten ve heyecandan ölebilirdim. İlk söylediği "Bikinin izi nerde? Üstsüz mü güneşlendin?" oldu. Tabii ki üstsüz güneşlenmemiştim; bikinin arkasını açarak yüzükoyun yatmıştım. Emre'ye de aynı açıklamayı yaptım.

"Yüzükoyun yatarken kopçamı açmıştım." Bana cevap vermeyip kremi sürmeye başladı. Yanıklar ferahlarken tenime değen eli benim alev almama sebep oluyordu. Kremi her yere sürüp "Tamam," dedi. Çok tuhaf bir elektrik vardı aramızda.

Gece yatarken, kreme rağmen yanma hissinin verdiği acıdan duramıyordum. Sadece alt çamaşır giyip yatağın tül perdelerini çektim ve yüzükoyun yattım ama bu kez de bacaklarımın önü yatağa değdiği için canım yanıyordu. Hava da cehennem gibi sıcaktı. Özellikle nem, adam öldürür cinsten boğucuydu. Su içip durmama rağmen bir türlü suya doyamıyordum. Zaten zeytinyağlıları da biraz tuzlu kaçırmıştım. Hatta ablamlar plajda yerken "Kocasını seven yemeği tuzlu yaparmış," diyerek bana takılmışlardı. Şişedeki su bitince yataktan kalktım ve üstüme pazardan aldığım, siyah, şifon bir pareo geçirip mutfağa indim. Mutfağın tüm dolaplarının altından geçen led aydınlatmalar olduğu için lambayı yakmadan buzdolabına yöneldim ve içinden soğuk şişesini çıkarmak için eğildim.

Tam o anda mutfağın lambası yandı. Eğildiğim yerden arkama bakınca elinde kendi boş su şişesini taşıyan Emre'yi gördüm. O da tencere bitene dek sarmaları yemişti. Belli ki içi yandığı için de su içmeye gelmişti. Ama benim üstümde, içimi tamamen gösteren pareodan başka şey yokken nasıl önüme dönecektim? Dahası Emre'nin üstünde de sadece çamaşırı vardı ve önüne yine Kızılay çadırını kurmuştu.

Beni yarı çıplak görmesin diye, "Işığı kapatır mısın? Gözümü alıyor," dedim. Hemen yanındaki anahtara basıp ışığı kapattı. İki su şişesi çıkardım dolaptan. Doğruldum. Önümü dönmeden tekini ona uzattım. Mutfak, ledlerin loş ışığıyla da olsa aydınlık sayılırdı ve bu çok utanç vericiydi.

Hızlıca yan dönerek kapıya yöneldim ama mutfaktan çıkamadan beni bileğimden tuttu. Fazla yakındık... "Bana sözün vardı," dedi. Gece gece ne sözünden bahsediyordu acaba?

"Ne sözü?" diye mırıldandım.

"Atölyede, evde gösteririm-"

"Anladım," diyerek sözünü kestim. Niye göğüslerime takmıştı? Biraz büyük olabilirlerdi. Tamam, çok büyüktüler. Ama olsun, her kadında vardı. Acaba göğüs fetişisti falan mıydı?

"Şimdi her yanım yanıyor. Sonra sözümü tutsam," diye bahane uydurdum.

"Tamam, öyle olsun bakalım." Bileğimi bırakınca kapıya yöneldim ama benden daha önce mutfaktan çıkmak için önüme geçti. O, bana arkasını döndüğü için ben de göğüslerimin etrafına doladığım kollarımı indirdim ve o an mutfağın lambasını yakıp bana döndü. Hemen kollarımı yeniden vücuduma doladım ama görmüştü göreceğini, sırıtıyordu. Mutfak kapısının pervazında dikildiği için mecbur yanından geçtim. Kömüş, hiç çekinmeden hafifçe sürtündü bana.

Merdivenleri koşarak çıktım. Kapımı kilitleyip şişedeki suyun yarısını tek dikişte içtim. Koridorda ayak sesleri duyunca benim kapıma geliyor sanıp korktum; çünkü onun odası merdivenlere yakındı. Neyse ki banyonun kapısı açılınca rahat bir nefes aldım. Ama duştan akan suyun sesine karışan inlemelerini duyunca iğrenerek yüzümü buruşturdum. Akşam işten geldiğinde duşa girmişti zaten. Şimdi gecenin bir yarısı sebepsiz yere -inleyerek- yıkanmasının tek bir açıklaması vardı ve anlamamak için gerzek olmak gerekirdi. Üstelik onu rahatlatan şeyin, az önce, mutfaktaki görüntüm olduğuna da emindim. Pis hayvan!

Sinirle yatağa geri yattım. Çok ayıp ve yanlıştı yaptığı şey. Ne kadar terbiyesizdi! Tüm erkekler iğrençti işte, sıfatı güzel olsa ne yazardı?

Birden saçmaladığımı fark ettim. Adam benim kocamdı, aslında onunla birlikte olmam gerekirdi. Günaha bile giriyordum onunla yatmayarak. Aman, o da istemiyordu ki? Gerçi bu gece istediği ortadaydı işte. Elif kızım, herif seni düşünerek kendini memnun etmeye başladı. Yakında bizzat senin onu memnun etmeni istemesi an meselesi. Ayvayı yedin!

Normal şartlarda boğulmaktan korkuyor olmam gerekirdi ama ben -beni nişanlıyken korkuttuğu için- sadece birlikte olmaktan korkuyordum. Boğulmak şu an en son derdimdi. Yine bacaklarımı sıkıca kapatıp sıkıntıyla gözlerimi yumdum.

# 6

Sabah eşofman altımla birlikte bol bir tişört giyip kahvaltıyı hazırladım. Beni çekici bulmasını ya da bana bakmasını istemiyordum ama aksi gibi benden gözünü ayırmıyordu. Sofraya oturduğunda ilk kez ben demeden "Günaydın," dedi. Onunla konuşabileceğimi ya da yüzüne bakabileceğimi sanmıyordum. Onun utanması gerekirken ben utanıyordum. İşe giderken beni yanaklarımdan öptü. Ben onu öpmeyince de yanağını uzattı. Mecburen, çekinerek de olsa öptüm. Çok lazımmış gibi bunu da ben öğretmiştim üstelik ona.

İşten geldiğinde, akşam her zamanki rutinlikte geçti. Benim aksime o, hiçbir şey olmamış gibi rahattı. Banyodayken onu duyduğumu bilmiyordu tabii. Yarın pazara gidecektim ama pazar yeri yakın olsa da elimde ağır poşetlerle yürüyebileceğim bir mesafe değildi. Televizyonun karşısında yine mobilya çizimi yaptığı sırada, "Ben yarın pazara gideceğim," dedim.

Başını yaptığı işten kaldırmadan "Git," dedi.

"Ama pazardan buraya poşetleri tek başıma taşıyamam."

Bu kez bana dönüp "Yani?" diye sordu.

"Pazardan sonra beni arabayla alıp eve bırakır mısın?"

"İstersen birlikte de gidebiliriz." Öküz, bana sürtündükten sonra birden kibarlaşmıştı. Menfaati için bana yanaşmaya çalışıyordu ama yemezler. "Fark etmez, sen bilirsin," dedim umursamaz görünerek. "İşin yok mu?" diye ekledim aynı havayla.

"Bir saatten fazla sürmez, herhalde," dedi sorgulayarak.

"Annenle hiç pazara gitmedin sanırım. Kadınlar pazarda çok dolanırlar. On yere bakmadan bir kilo domates almayız biz."

"Annem ben dört yaşındayken vefat etti, hatırlamıyorum

yani. Ama babam hep der; annen pazarda her gün gördüğü kapı komşusuyla bile muhabbet eder, on saatte pazardan çıkamazdı diye." Gülümseyerek anlatmıştı, sanırım annesinden nefret etmiyordu.

"Anneni seviyor muydun?"

"Tabii ki de seviyordum, hatta hâlâ seviyorum. Herkesin annesi seninki gibi değil."

"Biliyorum ama sen kadınlardan nefret ediyorsun."

"Annem başka, küçükken kâbus gördüğüm geceler, annem olsaydı korkmazdım diye düşünürdüm."

"Annen ölünce üzüntüden mi hasta oldun?"

"İlk doktorum öyle olduğuna eminmiş ama Selçuk da öyle olmadığına emin."

"Nasıl yani? O zaman niye dört yaşında durduk yere hasta olasın ki?"

"Durduk yere değil, travmatik bir olay yaşadığımı düşünüyor. Annemin ölümden sonraki bir ayı hiç hatırlamıyorum dolasıyla başıma ne geldiğini de bilemiyorum."

"Peki, baban bilmiyor mu?"

"Annem, otobüs kazasında öldü. Ölüm haberi geldiğinde ben babamın yanındaydım. Cuma günüydü, beni alıp cumaya götürmüştü, çok net hatırlıyorum. Babamın haberi alınca ne kadar ağlayıp üzüldüğünü de hatırlıyorum. Ama sonra film kopuyor. O ara yok, bir sonraki anım, annemin camiide yapılan kırkından. Mevlide gelenlere karton külahlardaki şekerleri ben dağıttım. Ama üst kata -yani kadınların yanına- çıkamadım, korktum. Bir kadın yanağımı sıkmak isteyince de çığlığı bastım.

"O ara baban, sana ne olduğunu hiç sormadı mı?"

"Annem öldükten sonra iki yıl kadar hiç konuşamadım. Konuşmayı unutmuşum. Sonra altı-yedi yaşımda yeniden konuşmaya başladım. Dört yaşıma kadar bir problemim yokken annem öldükten sonra ergenliğe kadar geceleri altıma kaçırdım. Peşimi hâlâ daha hiç bırakmayan kâbuslar da cabası."

"Ergenlikte iyileştin mi peki?"

Acı bir gülümsemeyle, "Ben, deli lakabını o ara aldım," dedi.

"Nasıl yani?"

"Çok bile konuştum, Elif. Bu kadarını bilmen yeterli."

Anlattıkları içimi acıtmıştı. Doktor Selçuk'u tanımıyordum ama onunla aynı fikirdeydim. Bence de yaşadıklarının sebebi annesinin ölümünden fazlasıydı.

"Biri seni taciz etmiş olabilir mi?"

"Hem babam hem de ilk doktorum bu ihtimali düşünmüşler ama vücudumda öyle bir belirtiye rastlamamışlar. Zaten erkeklerden değil, kadınlardan korkuyordum. Doktor da annem öldüğü için diğer kadınlara düşmanlık beslediğimi düşünmüş. Selçuk da annemden ya da ölümünden nefret etmediğim için sebebin bu olmadığını, hatta sebebi bulursak kâbusların kesileceğini düşünüyor."

"Bunları bana anlattığın için teşekkür ederim. Yani bana artık güveniyorsun, sanırım."

"Bilmem. Güvenilir olup olmadığını zaman gösterecek, Elif."

"Ben, söz veriyorum; bu kez güvenini boşa çıkarmayacağım."

"Ama hâlâ tutulmamış sözlerin varken sana nasıl inanayım?" Bakışları göğüslerime inmişti. Birden muhabbetin seyri değişmişti resmen.

"Benim uykum geldi. İyi geceler," diyerek koltuktan kalktım. Yanından geçerken kolumu tuttu. Allah'ım lütfen yine göğüslerimi açmam için tutturmasın. Ben içimden dua ederken o, "İyi geceler öpücüğü yok mu?" dedi.

"İyi alıştın beni öpmeye," diyerek onun lafını ona kapak yaptım. Yanağımı uzun uzun ve ıslak öptü. Yok arkadaş; herif niyeti bozmuştu belli.

Emre'nin bu akşam bana kendiyle ilgili bir şeyler anlatması çok hoştu ama cinsel anlamda bana yaklaşması ödümü koparıyordu. Adamdan hem hoşlanıyordum hem de korkuyordum. Kapım tıklanınca yattığım yerden sıçradım. Gelmişti işte! Adamı yanağından şapur şupur öpersen o da seni tam manasıyla öpmek isterdi böyle!

Üstümde kısa, penye bir gecelik vardı, giyebileceğim bir şey ararken kapının arkasından konuştu. "Elif, orada mısın?"

"Buradayım, bekle bir dakika," diye seslendim. O da kahvaltıyla ilgili bir şeyler söylemeye başladı ama giyinme odasına girdiğim için anlayamamıştım. Giyinmekten vazgeçip kapıyı açtım ve aralık kapının arkasına saklanarak, "Efendim?" dedim.

"Kahvaltıya diyorum, bu sabah o kadar erken kalkmayalım. Madem pazara da gideceğiz..."

"Tamam, olur." Oh be! Bu muymuş yani? Kapıyı kapatıp derin bir nefese aldım.

Ertesi sabah, geç kalkıp uzun uzun kahvaltı ettik. Ben sofrayı toplarken Emre, "Benim beyaz tişörtüm nerde? Üç haftadır bulamıyorum," diye sordu.

"Yıkadım, astım. Getiririm şimdi." İki kişi olduğumuz için bir makineyi dolduracak kadar beyaz çamaşır ancak birikmişti. Yeni yıkadığım çamaşırları, terasa kurduğum çamaşırlığa asmıştım.

"Nerde? Söyle ben alırım," deyince boşta bulunup terasta dedim ve anında pişman oldum çünkü benim iç çamaşırlarım da vardı orada. "Ama ben veririm, gerek yok gitmene." Arkasından yetişebilmek için koşup terasa çıktım. Eline düz beyaz bir sutyenimi almıştı bile ve beni görünce ıslık öttürdü. "Sandığımdan da büyükler ha?" dedi. Utançtan, terastan aşağı atlayabilirdim, tabii aynı zamanda sinirden onun üstüne de atlayabilirdim. Arsızca askısından tuttuğu sutyenimi havada sallıyordu.

"Ver şunu!" Almak için yeltenince kolunu yukarı kaldırdı. Zaten ondan kısaydım ve uzanmak imkânsız olduğu halde salak gibi zıplayıp almaya uğraşıyordum. "VER DEDİM!"

"Vermezsem ne olur?" Gıcık şey benimle alay ediyordu. Önce sutyeni alabileceğim kadar aşağı indiriyordu, ben yakalamaya yeltenince de yine yukarı kaldırıyordu.

Artık zıplamaktan vazgeçip "Pis sapık!" diye isyana geçtim. "Göğüs fetişisti, ne olacak?"

"Göğüslerden iğrenirim aslında," dedi, sutyenimi bana atarak. Sutyeni alıp arkama sakladım. "Benimkilere niye bu kadar meraklısın o zaman?"

"Ben de bilmiyorum, sanırım hoşlanmadığım küçük göğüslermiş. Çünkü seni istemeye geldiğimizde, sen koca memelerini yüzüme dayayınca fark ettim; büyük olunca iğrenç değil, hoş gözüktüler."

"Ne manyak adamsın be! Yapmadım ben öyle bir şey! Yakam kazara açılmıştı, o gün. Hem biraz yüzün olsa, o günden hiç bahsetmezdin! Bana söylediklerin yüzünden hâlâ bana yaklaşmandan korkuyorum!" Bağırmak iyi gelmişti, daha güçlü hissediyordum.

Sonunda arabaya binip pazara gittik. Bazı tanıdıklar, yanımda Emre var diye sadece selam verip geçiyorlardı ama ben daha uzaklaşmadan "Deliyle evlendirdiler," ya da "Yanındaki deli kocası," diye fısıldaşıyorlardı. Çok gururuma dokunuyordu. Emre, benden biraz önde yürüdüğü için fısıldaşmaları duymuyor ya da umursamıyordu. Yine de Emre'yle pazarda gezmek keyifliydi. Ben alıyordum, o ödeyip taşıyordu. Önceden annem alır, ben taşırdım.

Tam bunu düşündüğüm esnada pazarda komşumuz Nihal abla ile dolaşan annemi gördüm. İstem dışı elinde poşetler olan Emre'nin sağ koluna yapıştım iki elimle. Emre, önce kolundaki ellerime sonra da bana baktı. Annemin olduğu yere baktığımda, annemle göz göze geldik. Emre de annemi görünce "Boş ver, artık onlarla işin yok," dedi ve koluna tutunduğum için beni de sürükleyerek başka yöne çekti. Annem nefretle bakıyordu bana. Ben ona ne yapmıştım ki? Ağladım ağlayacaktım ama pazarda olduğumuz için tuttum kendimi. Zaten pazardan alacağımızı almıştık, poşetleri bagaja yerleştirip markete gittik. İşi başından aşkın Eski iş arkadaşım Ayşegül, beni fark etmedi bile. Ben seslenince de sadece el sallayabildi. Henüz erken olmasına rağmen, kasa önünde kuyruk vardı. Biz alışveriş yaparken Necla yanımıza geldi. Sözde benimle muhabbet ediyordu ama iki de bir de Emre'ye asılıp "Değil mi ama? Sen ne düşünüyorsun?" diye saçma sapan sorular soruyordu.

Emre, tüm dişilerden nefret ettiği için Necla'dan tarafa bakmıyordu bile, hatta onun ısrarcı tavrından rahatsız olmaya ve öfkelenmeye başlamıştı. Necla hâlâ konuşuyordu. "Spora mı gidiyorsun? Kaslardan belli de. Ama yanlış anlama Elif'ciğim sakın. Ben de gideceğim de memnun musun, gittiğin yerden diye soruyorum."

O, ısrar edip kırıttıkça Emre dişlerini sıkmamaya başlamıştı. Boynunda beliren bir damar da hiç hayra alamet değildi. "Necla, bizim biraz acelemiz var. Daha Emre, işe gidecek. Sen şöyle çekil de biz hızlıca alışverişimizi yapıp çıkalım, olur mu?" diyerek kibarca Necla'yı kovdum. Aslında koparana kadar Emre'ye asıldığı için ona kızmam gerekirdi ama Emre'nin ona bakması söz konusu değildi. Hatta onu oracıkta boğmaması bile mucizeydi. Emre'nin kolunu tutup "Sakin ol," dedim.

Burnundan nefes verdi. "Bana ne yapıp yapmayacağımı sen söyleyemezsin." Yine buzdolabı Emre olmuştu ama alışveriş bitip beni eve bıraktığında poşetleri mutfağa kadar taşıdı. Giderken, "Teşekkürler ve iyi günler," dedim arkasından. Kapıdan yeni çıkmıştı ve geri döndü. "Teşekkür edecek ne var ki?"

"Alışverişte bana yardım ettin."

"Zaten öyle olması gerekirdi, yani bir gereklilik için teşekkür edilmez." Niye böyle ciddi şekilde bunu sorguluyordu?

"Edilir, nezaketen etmek gerekir. Yemek yapmak da benim gerekliliğim ama sen, teşekkür etmediğinde bu kabalık oluyor."

"İlla teşekkür etmek mi istiyorsun?"

"..."

Bu konuşmanın sonunun nereye varacağını bilemediğim için sustum.

Bana yaklaşıp bedenimi kapı pervazıyla kendi vücudu arasına sıkıştırdı; kalbim de göğüs kafesime sıkışmış olmalıydı ki yerine sığamıyordu. Eğilip önce yanaklarımı öptü; sonra da yüzümün birçok yerini... Kalbim, dudaklarımı öpmesi ihtimaliyle sıkıştığı kafesten pır pır uçacakken kulağıma eğilip "Niye artık sana öfkelenemiyorum?" diye sordu.

"Bilmem," diyebildim sadece. Bana âşık mı oluyordu? Belki öyleydi, belki de değildi ama şu an bana âşık olmasına bile sevinemiyordum. Çünkü biliyordum ki yakın zamanda benden farklı şeyler bekleyecekti.

"Teşekkür etmek istiyorsan sadece öp." Kalbimin kanat çırpışı duyulacak diye çekinerek iki yanağından hafifçe öptüm.

"Yüzün yanmışken bile güzelsin," dedi. İlk kez iltifat ediyordu.

"Teşekkür-"

"Ne dedim sana ben; teşekkür etme." Pis fırsatçı! Tekrar yanağını uzatırken, "Bu kez gerçekten öp," dedi. Yanaklarını hızlıca ama istediği gibi bastırarak öptüm. Yeni uzayan sakalları dudaklarıma batmıştı ve bu kadar utanmam hiç normal değildi. Neyse ki bu kez aldığı öpücükten memnun olup gitti.

Sonraki günler, işe ve yatmaya giderken yanaktan öpüşmemiz dışında rutindi. Yine sabahtan akşama kadar evde sıkıntıdan patlıyordum. Emre de yorgun argın gelip yemekten sonra ya çizim yapıyor ya da direkt yatmaya gidiyordu. Ama yemeklerim için, ellerine sağlık, demeyi alışkanlık haline getirmişti sonunda. Genel olarak bakıldığında bayağı ince bir adam olmuştu. Ben, bu inceliğin sebebini bildiğimden mesafemi koruyordum.

Pazar akşamı Emre, eve çok yorgun geldi, yemekten hemen sonra da yatmaya çıktı. Ben de güzel bir film bulup onu izledim, bitince de gerinip odama gitmek üzere kalktım. Emre'nin odasından bağırma sesleri ve tuhaf homurtular geliyordu, sanki biri Emre'yi boğazlıyordu. Kapıyı tıkladım ama Emre bağırmaya devam etti. Çekinerek kapıyı araladığımda, yatakta bağırmaya devam ettiğini gördüm. Korkup hemen ışığı açtım. Emre'nin yanına yaklaştığımda hâlâ uyuyor olduğunu anladım. Yarı çıplak bedeni ter içinde kalmıştı, saçları terden ıslanmıştı ve bağırarak yatakta çırpınıyordu. Kâbus görüyordu!

Kolunu dürtüp ona seslenmeye başladım. "EMRE! EMRE! Emre uyan! Hadi!" Birden bağırarak uyandı ve boğazıma sarılıp beni boğmaya başladı. Şimdi ben yatakta yatıyordum, o üstüme çıkmış beni boğuyordu. Dilini iki kat yapıp ısırmıştı. Büyük bir hırsla kafasını sallıyordu. Ellerini boynumdan sökmeye uğraşırken boşa çabaladığımı fark ettim. Nefes alamayacak duruma gelmeden önce birini arayıp yardım istemek için eşofmanımın cebindeki telefonu çıkardım. Arama yapmaya çalıştım ama gözlerim kararıyordu. Telefon elimden yatağa düşerken tek yapabildiğim homurtu şeklinde, "Boğuluyorum," diyebilmek oldu. Sonrasında tek hissedebildiğimse, beni yutan kocaman bir karanlıktı...

"Elif! Elif!"

Adımı sayıklayan Emre'nin sesiyle gözlerimi açtığımda hâlâ onun yatağındaydım. O da saçları terden alnına yapışmış halde, yüzünde büyük bir endişeyle bana bakıyordu. Gözlerimi açtığımda rahatlayarak nefesini bıraktı. Boynumun acısıyla elim oraya gidince, "Dokunma hiç, hastaneye gidiyoruz," dedi.

"Gerek yok," dedim. Konuştuğumda gırtlağım yanınca, boğulurken sadece boynumun değil, boğazımın da hasar görmüş olduğunu anladım. Yine de gerek yoktu hastaneye gitmeye. Eğer gidersek herkes Emre'nin beni boğduğunu öğrenirdi ki bu en son isteyeceğim şeydi.

"Sana sormuyorum! Üstümü giyineyim çıkalım." Dolabını açıp yanımda giyinmeye başladı. Canımın yanmasına aldırmadan yatakta doğrulup oturdum. Emre öyle kötü gözüküyordu ki, elleri titriyordu resmen...

"Neden ölmedim?" diye merakla sordum.

"Önce bayılırsın, sıkmaya devam etseydim ölebilirdin ama." Normal bir şeymiş gibi söylemeye çalışıyordu ama sesinde daha önce onda hiç rastlamadığım bir şey gizliydi; hüzün...

"Neden bıraktın beni? Daha doğrusu nasıl bıraktın?"

"Telefonundan birisi Elif diye adını bağırdı. Adını duyunca kendime geldim." Tişörtünü kafasına geçirdikten sonra birden bana dönüp bağırmaya başladı. "ODAMA NİYE GİRDİN? HADİ BEN BİR MALLIK YAPIP BU GECE KAPIMI KİLİTLEMEYİ UNUTTUM, SEN NE HALT ETMEYE YANIMA GELİYORSUN?"

"Bağırıyordun, kâbus görüyorsun diye..."

"GÖRÜYORSAM GÖRÜYORUM! BEN HEP KÂBUS GÖRÜRÜM!"

"Benim yüzümden kriz mi geçirdin?"

"Kriz değildi, bir an uyandığımı anlayamadım. Sanki kâbus devam ediyormuş gibiydi. Senin, sen olduğunu bile anlamadım. Adını duyunca uyandığımı fark ettim. Neyse, yürüyebilecek misin arabaya kadar?"

"Emre, ben ciddiyim. Doktora falan gitmeyeceğim. Rezil oluruz herkese. Ölmedim, ciddi bir şeyim de yok. Kimse bilmesin daha iyi."

"Sen geri zekâlı mısın? Nerden biliyorsun bir şeyinin olmadığını?"

"Bak, hastaneye gidersek hastane polisi kim yaptı diye sorar illa ki. Polis de seni alır o zaman."

"Alırsa alsın, bundan sana ne? Elif, seni boğuyordum az önce! Niye hâlâ beni düşünecek kadar aptalsın?"

"Çünkü evliyiz biz, aile olduk artık ve annem, kol kırılır yen içinde kalır, derdi hep. Annemle babam, beni defalarca dövdüler. O zaman bile polise gitmemişken şimdi, kendinde bile değilken yaptığın bir şey için el âleme seni de kendimi de rezil edecek değilim!"

"Elif, aptalsın yemin ederim! Bu zekâyla sana deli koca bile fazla! Milletin dediklerine göre mi yaşayacaksın? Onu geçtim, hâlâ benimle evli kalmayı mı düşünüyorsun?"

"Evet, ayrıca aptal olan da sensin. Pire için yorgan yakıyorsun. İyiyim ben, korkma alışkındır bünyem dayağa köteğe, bir şey olmaz bana."

Emre cevap veremeden kapı çaldı. Saat gece yarısına geliyordu, kimdi ki bu saatte? Olsa olsa benim aradığım kişi olabilirdi. Kimi aradım diye yataktaki telefonumu bulup baktım. Arama rehberimin başında olan ablamı aramıştım, eminim ki gelen de oydu. Emre, kapıyı açmak için odadan çıkınca ben de odama koşturdum. Makyaj setinin içindeki kapatıcı ve fondöteni bulup boynumdaki izleri kapatmaya başladım. Ablamlar bahçe kapısından eve gelene dek vaktim vardı sadece, acele etmeliydim. Denizde yandığım için yüzüm soyulmuştu. Boynum ve yüzüm arasındaki renk farkı azdı ve soyulmuş yüzüm yüzünden anlaşılmıyordu. Saçlarımı da derleyip toplayıp aşağı indim hemen.

Emre, çoktan kapıyı açmış iki polisle beraber gelen ablam ve eniştemle konuşuyordu. Ablamın korkulu gözleri ağlamaktan kızarmıştı. Ablama -tüm oyunculuğumu kullanarak- "Hayırdır abla? Bu saatte, polislerle... Kötü bir şey mi oldu birine?" diye sordum.

Emre bana dönüp, "Seni öldürdüğümü düşünüyor," dedi, benim oyunumu sürdürerek. Polisler ablama tip tip bakarken ablam, "Sen aradın beni, boğuşma sesleri vardı hatta boğuluyorum dedin," dedi. Beni sağ görmenin verdiği rahatlamayla ağlayarak bana sarılmayı da ihmal etmemişti. Onun gözünde daima koruması gereken küçük kız kardeşiydim.

"Öncelikle gördüğünüz gibi ölmedim. Ve, ben mi seni aramışım?" diye şaşkınlıkla sorup cebimden telefonumu çıkardım. Bilmiyormuş gibi kontrol ettim. "Aaa üstüne oturduğum için aramış olmalı, yanlışlıkla olmuş," dedim.

Ablam inatla, "Ondan mı korkuyorsun? Boğuluyorum dedin telefonda," diye diretti.

"Abla saçmalama! Emre'yi olmamış bir şey için suçlaman çok ayıp! Film izliyorduk, sesler de oradan gelmiştir. Ayrıca polisi arayıp gelene kadar önce beni geri arasaydın tüm bunlar olmazdı."

Emre, "Elif, ablan senin için endişelenmiş ve benim önceki vukuatlarımı düşünürsek haksız da sayılmaz," diyerek ablamın içinde kalan tüm endişelerini yok etti.

Polislerden biri bana dönüp "Bir şeyiniz yok yani. Boğulmadınız, değil mi?" diye sordu. Kapı eşiğine gelip ışığa geçtim, boynumu gösterdim. "Öyle olmuş gibi mi görünüyor?"

Polisler, bizlik bir şey yok, diyerek gittiklerinde ablamları içeri davet ettim ama Nil'i komşuya bıraktıkları ve saat geç olduğu için onlar da gittiler. Kapıyı kapatıp içeri geçtiğimiz de Emre, "Niye yalan söyledin?" dedi.

"Evliyiz. Evde olan evin içinde kalır."

"Zaten eninde sonunda boşanacağın bir evlilik için mi, hayatını riske ediyorsun?"

"Eğer sen istemezsen, ben artık boşanmayı istemiyorum."

"NE? Elif, ben normal değilim. Benim evlenmem en baştan hataydı!"

"Olabilir, kimse mükemmel değil ki... Kübra diye bir arkadaşım var, onun kocası her akşam içer, eve gelmez. Komşumuz Nihal ablanın kocası da minibüs şoförü ve minibüse binen hemen her liseli kıza askıntı oluyor. Daha çok var böyle, sayarım. Benimki de deli olsun kaç yazar!" Dolan gözlerimi tutmaya çalıştım ama gözlerimi kırpınca aktılar. Boşanmayı hiç ama hiç istemiyordum. Beni boğmaya çalıştığının farkındaydım fakat isteyerek yapmadığını da biliyordum. Ondan ayrı kalma düşüncesi beni ellerinden daha şiddetli bir hızla boğuyordu. Yokluğunda nefes alabileceğimi sanmıyordum artık.

"Ailenin yanına dönmek istemiyorsan sorun değil. Bu evi sana bırakırım. Daha önce dediğim gibi nafaka da bağlarım."

"Ben..." Gözyaşlarım artık tane tane dökülürken sonunda söyledim. "Ben evi değil, seninle yaşamayı istiyorum ama sen beni istemiyorsan..." Yine akan sümüğümü elimin tersine silince şaşkınlıkla açtığı gözleri, gülümseyerek kısıldı. Tişörtünün ucuyla burnumu sildi, sonra da iğrenerek yüzünü buruşturdu ve tişörtü çıkardı. Çok yakındık ve ben, beni boğmaya çalışmasıyla yaşadığım korkunç olaydan bile ona sığınmak istiyordum. Beline sarılıp kafamı sıcacık, çıplak göğsüne yasladım. Bana sarıldığında beni öldürecek olsa bile buna değerdi. İlk kez yalnız hissetmiyordum, ağlarken sarılabileceğim biri vardı.

"Akşam işten döndüğümde evde olman hoşuma gidiyor, yani seni istemiyor değilim."

Burnumu içime çekip "Boşanmayacağız o zaman," dedim.

"Boşanmayacağız," diye beni onaylayınca iki göğsünün arasından, tam kalbinin üstünden öptüm. Geri çekilip "Yat hadi," dedi. Az önceki yakın temasımız yüzünden yanaklarım alev alev yanıyordu ve merdivenleri çıkarken kaçamak bakışlarımızın buluşması, bu yangının tüm bedenime yayılmasına neden olmuştu. Odasına girerken bana dönüp "Kapını kilitlemeden yatma," dedi ve kendi odasına girip kapısını kilitledi.

Kapımı falan kilitlemedim çünkü bana saldırmayacağını biliyordum. Evlenmeden önce hep, beni boğmasından korkmuştum. Şimdi ise ondan uzak kalmaktan korkuyordum. Bu gece yaşadıklarımdan en çok canımı sıkan, az önce beni öpmeden yatmaya gitmesi olmuştu. Yatakta oturup Allah'a, Emre'ye sağlık versin, diye ağlayarak dua ettim. Apaçık ortadaydı, daha küçücük çocukken başına bir şey gelmişti ya da kötü bir şeye şahit olmuştu. Terden sırılsıklam olacak kadar kötü kâbuslar görmesi ondan korkmamı imkânsız kılıyordu. Zamanında her ne olduysa, zarar gören Emre olmuştu. Ona karşı hissettiğim en kuvvetli duygu merhametti.

Ertesi sabah uyandığımda, Emre çoktan gitmiştir diye düşünürken, onu mutfakta kahvaltı yaparken buldum. Demek ki o da geç uyanmıştı. Ama bir tuhaflık vardı, çok yakışıklıydı. Aslında hep yakışıklıydı ama şimdi üstüne üstlük şıktı, işe bu tarz giyinerek gitmezdi.

"Nereye gidiyorsun?"

"Doktora gideceğim. Saat onda randevum var."

"Tamam, hazırlanayım birlikte çıkalım."

"Sen gelmiyorsun."

"Sana sormadım ki?"

"Elif!"

"Dün az kalsın beni boğuyordun. Bence biraz daha mahcup olup söylediklerime karşı çıkmaman gerek," dediğimde homurdansa da itiraz etmeyi kesti. Ben de ufak tefek atıştırıp hemen giyindim. Aşağı indiğimde beni arabada bekliyordu.

Devlet Hastanesi'nin dar koridorunda Doktor Selçuk Gündoğan'ın kapısının önünde bekliyorduk. Üstteki monitörde sıradaki hasta "Emre Karaelmas" diye yazınca beni koridorda bırakıp içeri girdi. Doktoruyla tanışabilecek miyim diye meraktan ölüyordum ama sanırım şimdi yeri değildi. On dakika sonra Emre, elinde bir dosya ve bir iki kâğıtla dışarı çıktı. Hastaneden dışarı çıkıp bahçede bekleyen bir taksiye yönelince, "Araba var ya," dedim.

"Seni eve gönderiyorum."

"Sen niye gelmiyorsun?"

"Ben birkaç gün hastanede yatacağım."

"Niye, doktor mu dedi?" Bana cevap vermeyip taksiye doğru yürüyünce, "O zaman sen yatış yapmadan gitmem," dedim.

"Olmaz."

"Emre, bak ben çok inadımdır ve gitmiyorum!"

"Tamam ama zaten seni içeri bile almazlar."

"Olsun kapısına kadar gelirim." Burnundan nefesini verip arabayı park ettiği yere yöneldi. Kumandayla kilitli kapıları açıp bagajdan küçük bir bavul çıkardı. Nasıl olup da doktorun onu önceden yatıracağını bilebilirdi ki? Hastaneye geri girdik ve psikiyatri servisine çıktık. Kilitli kapılarıyla ve aşırı güvenlikli haliyle çok korkutucuydu burası. Gündüz vakti lambalarla aydınlatılan karanlık koridor, demir parmaklıklı kapılar, kolları sökülmüş pencereler, ilaç aldıkları için ruh gibi gezen hastalar...

Emre'yi de burada kilitli düşününce eline yapıştım. "Gitme!"

"Elif, saçmalama!"

"Gitme, lütfen! Buraya sağlam beni koysan ben bile fıttırırım. Ne olursun gitme! Ben doktorunla konuşurum, yatırmasınlar seni buraya!"

"Doktorla konuşacak bir şey yok. Ben kendim istedim yatmayı. Selçuk gerekmediğini düşünüyor zaten. Hem ilk kez yatmıyorum psikiyatri servisine, alt tarafı birkaç gün tedavi görüp çıkacağım." Bavulu nasıl önceden hazır ettiği anlaşılmıştı şimdi, kafasına koymuştu önceden.

"Evde içsen ilaçları olmaz mı?"

"Sadece ilaç değil, gerekirse şok tedavisi göreceğim." Elektrik mi vereceklerdi ona? Artık ölsem burada bırakmazdım onu. İkna olabileceği ciddi bir bahaneye ihtiyacım vardı. Aklıma asla üzemeyeceği babası gelince, "Baban peki? Ona söyledin mi? Adamcağız iyileştin diye seviniyordu şimdi duysa nasıl da üzülür. Yazık hasta adamcağıza, hem alt tarafı bir rüya gördün diye mi tüm bu saçmalık?" diye sıraladım cümleleri.

"Hayır, Elif. Seni boğmaya çalıştım diye."

"Boğulan benim. Ben sorun etmiyorum, sana ne oluyor ya? Yürü evimize gidiyoruz."

"Elif!"

"Bir daha söz uyurken yanına gelmem ya da kapımı hep kilitlerim." Türkiye'de psikiyatri servisleri çok berbattı. Gerçi dünyanın diğer yerlerinde nasıl olduğunu bilmiyordum ama bonibon verir gibi antidepresan verilen hastalar, açılamayan pencereler, kilitli odalar... Bu muydu yani çare? Buraya kimi koysan çok değil üç güne zaten psikolojisi bozulurdu.

Emre, tuttuğum elini çekmek isteyince iki elimle birde yapıştım. "GİDEMEZSİN! VERMİYORUM İZİN!"

"Elif, bırak elimi çok ayıp. Deli olan ben miyim sen mi belli değil! Gören de, buraya seni yatırmaya geldik zanneder!"

Son kozumu kullanmak için kulağına doğru yükselip "Sözümü tutarım, hemen şimdi. Eve döner dönmez," diye fısıldadım. Lütfen, işe yarasın, Allah'ım lütfen.

Kocaman açtığı gözleriyle bana baktı. "Bunu söyleyecek kadar mı gitmemi istemiyorsun?"

"Daha fazlasını bile yaparım, yeter ki gitme."

"Tamam. Selçuk'a vazgeçtiğimi söyleyeyim de yatış kâğıtlarımı iptal etsin, eve dönelim."

Tuttuğum elini bırakıp sıkı sıkı beline sarıldım. "Birlikte üstesinden geleceğiz. Ben eminim," dedim. Hiçbir şey demeyip beni omuzlarımdan tutarak kendinden uzaklaştırdı. Doktorun muayenehanesine yürürken iki elimle koluna sarıldım, hâlâ gidecek diye korkuyordum. İçerideki hasta çıkınca hiç beklemeden doktorun yanına girdi ve birkaç dakika sonra geri geldi.

"Tamam, eve dönüyoruz." Yüzümde kocaman bir gülümsemeyle yine koluna girdim ve küçük bavulu bagaja koyduktan sonra arabaya binip evimizin yolunu tuttuk.

Eve girdiğimizde kalbim deli gibi çarpıyordu. O daha söylemeden üstümdeki kolsuz, beyaz gömleğin düğmelerini açmaya başladım. Ne yaptığımı anlayınca daha ikinci düğmede ellerimi tuttu.

"Yapma, istemiyorum."

"Ama eve dönmeyi bu yüzden kabul ettin."

"Hayır, sen dönmemi çok istediğin için döndüm."

Ben istediğim içindi yani sadece. Az önceki heyecanımı geride bırakacak bir mutlulukla kalbim -mümkünmüş gibi- daha da hızlı atıyordu. Benim aksime Emre'nin canı sıkkın gibiydi. Üst kata yönelip "Uyuyacağım, ses yapma," dedi. Niye birden yine derin dondurucu Emre olmuştu ki?

Akşama dek evde yapacak hiçbir şey yoktu. Ben de mutfağa geçip yemek yapmaya başladım ve fark ettim ki, Emre'nin en sevdiği yemeği bile bilmiyordum. Sarmayı sevdiği kesindi, acaba başka neleri çok seviyordu? Önüne ne koysam yemişti şimdiye dek. Hiç, bunu da yemem ben, dememişti. Izgara köfte hazırlayıp terastaki şöminenin mangalında pişirdim, yanına da bir sürü salata ve meze hazırladım. Terasa kurduğum sofra iştah açıcıydı ama Emre hâlâ uyuyordu ve benim onu uyandırmaya içim elvermiyordu. Öte yandan ızgara köfteler soğursa bir şeye benzemezdi.

Odasının önüne gidip kapıyı tıkladım. Ses gelmeyince kapı kolunu çevirdim. Kilitli olmasını beklerken açık bulunca şaşırdım açıkçası. Odaya girdiğimde bu kez bebek gibi sessiz sakin uyuyordu. Hava sıcak olduğu için pikeyi üstünden atmıştı, yanaklarımı tekrar kızartacak şekilde yalnızca iç çamaşırı vardı üstünde. Yüzükoyun yattığından güzel sırtı seyirlik bir manzara gibi tüm ihtişamıyla önümde duruyordu. Uyandırmak için yatağa yanına çıktım ama şeytana uyup vazgeçtim ve yanına yattım. Uyanmaması için dua ederek sırtına sarıldım. Benden tarafa dönünce uyandığını zannedip küçük çaplı bir korku yaşasam da hâlâ uyuyordu. Bir bacağını ve kolunu üstüme atmıştı. Ben de fırsattan istifade hep hayal ettiğim şeyi yapıp beline sarıldım ve kafamı, göğsüne yasladım. Hayalimden bin kat daha güzeldi hiç bitmesini istemediğim bir şarkıya ritim tutmuş gibi çarpan kalp atışları dinlemek. O büyüleyici ritim mi, yoksa aklımı başımdan alan teni mi sebep oldu uyuyakalmama, bilmiyorum; fakat öyle güzeldi ki koynunda uyumak, ebedi uykuya huzurla burada dalabilirdim.

"Elif?" diye soran sesiyle gözlerimi açtım. Sanırım o da benim gibi yeni uyanmıştı çünkü kolunu bacağını üstümden çekmeyi ancak akıl edebilmişti. "Ne işin var yatağımda?" diye sordu çattığı kaşlarıyla. "Hatta koynumda?"

Onun bu sözü üstüne, "Seni uyandırmaya geldim. Birden vantuz gibi yapışıp yanına çektin beni," diye sitemle söylendim. Gururumun kırılmasını göze alıp "Sırtın çok güzeldi, dayanamayıp sarıldım," diyecek değildim.

"Sen hiç akıllanmaz mısın? Saatler önce bu yatakta boğuluyordun!"

"Uyandırınca delleniyorsun diye sesimi çıkarmadan yattım ben de n'apayım? Hem uykunda adımı sayıklıyordun." Olmamıştı öyle bir şey ama Emre'nin bu yalanıma tepkisini merak ettim.

"Hayır, olmadı öyle bir şey!" Çok eğlenceliydi onun kafasını karıştırmak. Bir türlü söyleyip söyleyemediğine emin olamıyordu.

"Oldu. Elif'im, Elif'im deyip duruyordun."

"Beni o itle karıştırma!" diyerek hışımla yataktan kalktı. Mehmet'ten bahsediyordu. Mehmet'in bana yazdığı mesajları okumuştu. Mehmet pek çok mesajında Elif'im yazmıştı bana. Ben de en güzel anlarına limon sıkılmış birinin küskünlüğüyle, "Sofrayı kurdum, onu haber vermek için gelmiştim," diye mırıldanıp odadan çıktım.

Hâlâ tamamen sönmemiş olan mangalda köfteleri ısıttım hemen. Ne de olsa ben bu evde sadece bu işler için vardım. Köfteleri tabaklara koyarken giyinmiş vaziyette Emre geldi ve ben yokmuşum gibi yemeğini yiyip gitti. Evden çıkarken nereye gittiğini bile söylememişti. Miraç'ı aradım hemen, havadan sudan konuşup Emre orada mı diye ağzını yoklamaktı amacım. Zaten o da bir süre sonra "Emre abi geldi, abla. Şimdi kapatalım, sonra konuşuruz," diyerek telefonu kapatınca sormama bile gerek kalmadan amacıma ulaşmış oldum.

Akşam geldiğinde ilk kez anahtarıyla kapıyı açtı. Duştan sonra yine ben yokmuşum gibi yemeğini yiyip kalktı ve odasına çekildi. Buzul çağı Emre gelince, derin dondurucu Emre'yi özler, buzdolabı Emre'yi ise mumla arar olmuştum. Çok can sıkıcıydı bu durum, ne olmuştu ki birden bire? Üstelik bu durum koca bir hafta boyunca da devam etti. Sanki ben evde yoktum. Gururuma dokunduğu için ben de artık onunla aynı sofraya oturmuyor, o gelmeden yiyordum. Evlendiğimiz ilk günden bile kötüydü aramız, ilişkimiz sıfır iletişim şeklindeydi. Niye böyle olduğumuzu düşünüp duruyordum. Ama bir sonuca ulaşabilmiş değildim. Mehmet'i kıskanmış olabilirdi ama bu, o kadar çok uzatılacak bir mevzu değildi. İkinci ihtimal daha olasıydı; odasına tekrar girdiğim için kızmış olabilirdi. Ne olursa olsun sıkılmıştım bu hallerinden. Tam bir ilerleme kaydediyorduk sonra hop bir daha başa ya da şu an ki gibi daha da kötüye dönüyorduk.

# 7

Mahalleden arkadaşım Menekşe arayıp evimi görmek istediğini söyleyene dek hayatım monotonluğun tezini yazacak kadar tekdüzeydi. Menekşe evlenecekti; bizim mahallenin kadınları benim evimi çok övünce, o da merak etmişti. Beğenirse mobilyalarını Emre'ye yaptırtacaktı. Gerçi evlenmesine bir hafta olduğunu söylemişti. O kadar kısa zamanda anca hazır mobilya alınırdı. Sipariş üstüne mobilya yaptırmak için çok kısa bir süreydi. Menekşe niye bir hafta içinde evleniyordu? Tabii ki kocaya kaçtığı için... Salak kız, on sekiz yaşındaydı ama evlenecekti. Annemlerden hababam dayak yiyen ben bile kocaya kaçmamıştım, bu kızlara ne oluyordu acaba? Kaldı ki Menekşe'nin annesiyle babası kızları okusun diye evlenmesine müsaade etmemişlerdi. Kız aklı kaz aklı diyen atalarımız kesin böyle kızları görüp de bu lafı demişlerdi.

Menekşe evi hasetle süzdü. Bu kızın kem gözünden sonra ev başımıza yıkılmazsa iyiydi. Eşyalarım çok sıradanmış, onun tarzı değilmiş miş miş... O gün "Zevk meselesi tabii," diyerek başımdan savdım ama iki gün sonra Çiçek teyzelere oturmaya gittiğimde bu sidikli Menekşe, "Kaçtım falan ama her şeyin hayırlısı. Anne babanın rızası olunca illa hayırlı olmuyor ki. Bak Elif'e, delinin tekine vermişler zavallıyı," diye konuşmaya başladı. Olay Maide teyzenin "Annenlerin rızasını alsaydın, kızım," demesiyle buraya gelmişti. Ben tek kaşımı kaldırıp ona bakınca, "Yanlış anlama canım. Ben sana çok üzüldüğüm için söylüyorum," dedi.

"Sen, benim kocamı ne kadar tanıyorsun ki hakkında yorum yapıyorsun? Ne hakla yanımda kocama deli deme cüretini gösterebilirsin?" Ayağa kalkmış, saydırıyordum buna. Zaten ben varım diye Çiçek teyzelere gelmeyen anneme canım sıkılmıştı. Bu sidikli de şimdi tuz biber ekmişti üstüne.

"Yanlış anladın valla. Seni düşündüğüm için söylüyorum. O deli adamla kim bilir neler yaşıyorsundur," dedi. Ben cevap veremeden Filizler beni geri oturtup sakinleştirmeye çalıştılar, tatsızlık çıkmasın diye uzatmadım. Ama mal mülk delisi Menekşe'den nasıl intikam alacağımı biliyordum. Kaçtığı çocuğun ailesi zengindi fakat kayınpederi Oflu Hacı, var yemez diye nam salmıştı.

Kınasına giderken zümrüt yeşili tuvaletime yakışan pırlanta takı setimi taktım. Kına kadınlar arasında olduğu için gözlerim annemi aradı ister istemez. Ablam, "Yine migreni tutmuş, gelemeyecek," deyince içimin bir tuhaf olmasını engelleyemedim. Ben kimseye, hele de aileme küs kalabilecek birisi değildim. Ama kına ilerledikçe annemi bile unutmuş eğleniyordum. Arada Menekşe'ye misilleme yapmayı da ihmal etmedim tabii.

Cimri kaynanası eline çeyrek altın yerine elli lira bırakınca duyabileceği bir sesle, "Bu da yeni adet mi? İyi ki kayınvalidem yokmuş, kayınpederim iki elime iki yarım Reşat bıraktırmıştı çünkü," dedim. Menekşe kırmızı tül örtünün altından bakışlarını bana çevirince "Yanlış anlama tatlım. Ben senin için söylüyorum," diye ekledim.

Düğünde ise altın golümü atmak üzere lacivert renkli, gözlerime çok yakışan bir tuvalet giydim. Bu kez elmaslı olan diğer takı setimi taktım. Emre bunlara dünyanın parasını ödemişti. Baba-oğul, daima bana çok cömert olmuşlardı. Emin amca hasta olduğundan, hediye vermek üzere Emre'yle gidiyorduk düğüne. Tüm bu bilgiyi, Emre'nin, "Babam aradı, düğüne ben de gitmeliymişim," demesi üzerine sorduğum soruların cevaplarından öğrenmiştim. Altınların içinden Oflu Hacı'nın taktığını bulup kutuya koydum. Kim ne taktı biliyordum çünkü düğün kasetleri asıl bu iş için vardı. Arabada kutuyu Emre'ye uzatınca bana bakmadan, "Ben çeyreklik aldım zaten," dedi.

"Ama onlar çeyreklik takmadılar. Bu da Oflu Hacı'nın taktığı gram altın."

"Boşuna kadınlardan nefret edip korkmuyorum. Aptallar sizden korkmaz asıl," diyerek gözlerini devirdi ama çeyreklik kutusunu bana verip bendeki kutuyu almayı da ihmal etmedi.

Bu arada giydiği spor, yazlık ceket ile Emre de çok şık ve tatlı olmuştu. Keşke hâlâ onu yanağından öpebiliyor olsaydım, şimdi böyle içim giderek yandan bakışlar atmazdım ona. Ama aramıza buz kütlesi koymuştu resmen. Onu öpmeme izin vermesi şöyle dursun, konuşmuyordu bile benimle.

Düğün salonuna girdiğimizde annemleri görünce duraksadım. Emre, niye durdum diye bana baktı; sonra da gözlerimi diktiğim yere bakıp annemleri görünce belimden tutup beni yürüttü. Ablam, eniştem ve biz bir masaya oturmuştuk. Tufan, kafaya taktığı araba için eniştemden borç istemiş, eniştem vermeyince de küsmüştü, annemler de bu yüzden ablamlara uzak oturmuşlardı. Tam karşılıklıydı masalarımız ve tek derdim ailemdi; çünkü annem bana nefretle bakmaktan hiç çekinmezken babam, bizi görmemek için sırtını dönmüştü.

Gelinle damat ilk danslarını yaparken başka çiftler de dansa kalkmaya başladılar. Emre de ayağa kalkıp bana elini uzatınca şaşkınlıktan öylece ona bakakaldım. O da bileğimden tutup kaldırdı beni. Niye dansa kalkmıştık ki? Dans ederken arka masaların birinde arkadaşlarıyla oturan ve bize dik dik bakan Mehmet'i görmemle gizem çözüldü. Mehmet içindi tüm gösteriş, benim için değil. İçimde bir anda umutla beliren mutluluk solunca Emre'nin elini bıraktım. Bıraktığım elini de belime sarıp iki eliyle beni kendine çekti. Ben de mecbur iki elimle omuzlarına sarıldım. Kulağıma, "O itin, sana bakan gözlerini oymamı istemiyorsan, dur durduğun yerde," dedi.

"Mehmet umurumda değil, görmemiştim bile onu. Bunu mu büyütüyordun günlerdir?"

"Görmediğini biliyorum ve artık annenleri de kafana takma," diyerek boynumla omzumun birleştiği yere hafif bir öpücük bıraktı. Allah'ım bu neydi şimdi? Tüm bedenim yanıyordu. Öptüğü yer yüzünden aşağılarda varlığını bile bilmediğim bir yerin karıncalanması normal miydi? Bu kadar insanın arasında tüm bunları hissetmek utanç vericiydi. Emre, dans bittikten sonra beni belimden tutarak masamıza getirirken, "Kıpkırmızı olmuşsun, iyi misin?" diye endişeyle sorunca, üzerimde bıraktığı etkiden bihaber olduğunu anladım.

İlerleyen saatlerde Emre, Mehmet bakıyor diye ceketini bana giydirmeye çalıştı. Neyse ki şalım vardı çantamda, onu çıkarıp omuzlarıma attım ve Emre sustu. On gündür benimle hiç konuşmayan bir adama göre bu akşam fazla dırdırcıydı.

Bir ara Menekşe'nin düşen duvağını takmak için gelin odasına çağırdılar beni. Kendi saçlarımı yapmaya bayılırdım, gelirdi elimden böyle işler. Saçıyla uğraşırken bakışları boynuma kayan Menekşe, "Dün taktığın kolye başkaydı," dedi.

"Evet, ben iki set beğendim ve Emre ikisini de aldı."

"Benimkine benziyordu dünkü, oradan anladım zaten," derken boynundaki kolyeye uzandı eli.

"Doğru ama seninki benimkinin minyatürü gibi," diyerek alay edince, "ben bunu beğenmedim. Bunu bana sormadan almışlar," diye karşılık verdi.

"Üzülme canım. Altınları sana verirler nasılsa, onları bozdurur istediğini alırsın." O, aç aile hayatta altınları Menekşe'ye bırakmazdı. Zaten yanımızdaki görümcesi de beni hemen haklı çıkardı.

"Altınları annem istedi. Eşya için o kadar borç var. Babam sizin borcunuzu mu ödeyecek? Hem nerede görülmüş altınların geline bırakıldığı?"

"Valla bana bıraktılar," dedim. "Kuruşuna bile dokunmadan kocam keseyi bana hediye etti. Üzülme tatlım. Bir büyüteç alırsın sen de taşları görmek için. Tek taşa bak, toz şeker tanesi gibi," diyerek Emre'nin beni istemeye geldikleri gün hediye getirdiği büyük tek taşımla karşılaştırdım. "Allah deli meli herkese benimki gibi cömert koca nasip etsin," dedim. Duvağı takma işi bittiği için mars olmuş Menekşe'yi orada bırakıp salona döndüm. Aslında nispet yapacak biri değildim ama Menekşe, kocama durduk yere dil uzattığı için bunu fazlasıyla hak etmişti.

Düğün bitip eve döndüğümüzde ise Emre yine buzul çağına dönmüştü. Öyle ki, ertesi gün Emin amca rahatsızlandığı için hastaneye gittiğimizde benimle konuşmasına sevinir olmuştum. Doktor gerekli tedaviyi yapıp ilaçları verdikten sonra eve döndük. Adamcağız tek başına yataktan zor kalkıyordu, evinde onu yalnız bırakmak doğru olmazdı. Emre'ye, "Baban bizimle kalsın," dedim.

"Çok inat, istemiyor."

"Biz onda kalalım o zaman. Bu halde yalnız bırakılmaz."

"Onu da teklif ettim. Evine git, diye kızdı bana."

"Ben söylersem bana kızmaz. Sen söylemeyi bilememişsindir," diyerek Emin amcanın kapısını tıkladım. Kapıyı aralayıp kafamı uzatınca, "Gel güzel, kızım," dedi.

"Emin babacığım, biz bir iki gün sende kalsak olur mu? Yoksa aklımız burada kalacak."

"Emre mi yolladı seni?"

"O kim ki? Ohoo... Kedi oldu senin deli oğlun bana," dedim. Hasta adamı öksürene dek güldürdüm ve sonunda kalmamızı da kabul etti. Ama bir sorun vardı; tek katlı bu müstakil evde, Emin amcanınki ve Emre'nin eski odasından başka oda yoktu. Karısından hatıra diye ellemediği eski salon takımı klasik koltuklardan oluştuğu için yatak gibi kullanılamıyordu. Yemekten sonra bulaşıkları yıkarken Emre, sıkıntılı bir şekilde yanıma gelip "Ayrı yatarsak babam anlar ve üzülür," dedi.

"Sorun değil benim için," dedim. Çaktırmıyordu ama bu kadar kolay kabul etmeme, o da şaşırmıştı. Emre'nin çift kişilik eski yatağına temiz nevresimleri geçirip yattım. Odaya geldiğinde ışığı kapatıp yanıma yattı. Kalbim bando takımı kurmuştu; jonglörlüğünü de kafamdaki düşünceler yapıyordu. Benden uzağa yattı, yatağın ta bir ucuna. O, bana sarılmayı istemiyorsa ben hiç istemiyordum. O yüzden ben de arkamı dönüp diğer uca geçtim.

Sabah uyandığımda nasıl olduğunu hiç bilmiyorum ama koyun koyunaydık. Bu kadar yakından yüzünü incelemek tuhaf bir huzur veriyordu bana. Gözlerini açınca onu izlediğimi anlamasından korkup "Tembel hayvanların ağaca sarıldığı gibi sarılmışsın bana. Bırak da kalkıp kahvaltı hazırlayayım," diye çemkirdim. Ama bırakmadı beni. Aksine daha sıkı sarıldı. "Daha saat çok erken," dediğinde ona içimde günlerdir biriken kırgınlıkla baktım. Bakışlarımdaki ifadeyi, "Ne var yine?" diye bıkkınlıkla sorgulayınca açtım ağzımı yumdum gözümü.

"Öyle kafana göre günlerce suratıma bakmayıp sonra bana sarılamazsın!" diyerek onu ittim ve yataktan kalktım. Kömüş! Ne sanıyordu beni acaba? Onun keyfine göre yaşayacağımı falan mı düşünüyordu? Dengesiz, hep aynı şeyi yapıyordu. Önce beni ümitlendiriyordu sonra da kendini geri çekip üzüyordu. Şaşkınlık ve uyku mahmurluğu karışık yüz ifadesiyle arkamdan bakakalmıştı.

Kahvaltıdan sonra Emre işe gidince Emin amcanın evini temizledim öğlene dek. Temizlik bitince de akşam yemeği için hazırlıklara başladım. Emin amca da yanımda oturmuş televizyon izliyordu. Babasına hiç çekmemişti bu Emre. Emin amca, muhabbeti tatlı adamdı, kadın kuşağı programları bile onun sayesinde eğlenceli olmuştu.

"Bak bu kadın, dört senedir burada. Bu programa ilk geldiğinde talip olmayı düşündüm bu kadına ama o eşek sıpası kabul etmedi. Evlenemezsin, dedi hıyarağası."

Güldüm. "Emin amca niye dinledin ki sen onu? Kazık kadar adam oldun, git istemiyorsan diyemedin mi?"

"Evlat sonuçta, kovulmaz ama ben de evlendirip başımdan attım işte," diyerek güldü. Sonra ciddiyetle sordu. "Senin başını yakmadım inşallah? Ben, evlenmeyi istemediğini seni istemeye gelirken öğrendim. Sen bağırınca o akşam..."

"Yok," dedim gülümseyerek. "O, ben Emre'yi tanımadığım içindi," diye de ekledim. O akşam öyle bağırdığım için şimdi çok utanıyordum. Emin amcayı üzdüğüm için Emre bana kızmakta haklıydı.

"Bak kızım, doğruyu söyle bana. Sana kötü davranıyorsa-"

Sözünü kesip "Babacığım, ben kimseye pabuç bırakmam. Kaldı ki Emre de uyumsuz biri değil, inan iyiyiz biz," dedim. Oğlun buzul çağı diyemezdim, hasta adama. Gerçi yalan da dememiştim. Emre ilgisizdi ama kötü falan değildi. "İyi, siz mutlu olun da," dediğinde konu kapanmış oldu.

Akşama Emin amcanın kardeşi, Faruk amca, ağabeyine göz kulak olmak için Gökçebey'den geldi. Çocukları evlenip gitmişlerdi ve onun da karısı vefat etmişti. İki kardeş biz birbirimize yarenlik ederiz, deyip bizi evimize postaladılar. Faruk amca, "Aşçılıktan emekliyim ben, abimin diyet listesine sizden iyi uyarım, dert etmeyin," diyerek göndermişti bizi. Eve geldiğimizde Emin amcayı özlediğimi hissettim. Ne güzel onunla iki kelime konuşup gülüyorduk, şimdi yine yalnız kalmıştım.

İki gün sonra Emin amca daha da fena olduğu için hastaneye kaldırıldı yine. Bu kez hastanede yatacaktı, Faruk amca da yanında refakatçi olarak kalıyordu. Ziyarete gittiğimizde özel odada kalan Emin amca, Emre'yle özel konuşmak istediği için bize dışarı çıkmamızı söyledi.

Emre, odadan çıktığında suratı beş karıştı. Babası öleceği için çok üzgündü sanırım ve biraz da sinirliydi. Ama ölüme isyan olmazdı, hepimiz bir gün ölecektik. Arabayla eve dönerken Zonguldak'ta hemen her yolu bölen tren yollarından Kapuz'dakini, tren geçeceği için kapatmışlardı. Tren geçtikten sonra, yol açılır açılmaz arkamızdaki araç kendi hayatını da bizimkini de tehlikeye atarak bizi solladı. Emre zamanında frene basmasa kaza olurdu. Camı açıp öndeki aracın şoförüne küfür etti ve öndeki araç durunca o da inmek için yeltendi. Direksiyonu tutan elini bileğinden yakaladım. "Gitme lütfen, boş ver," dedim. Önce bileğindeki elime baktı, sonra da çattığı kaşlarıyla bana. Bakışlarından ürküp hemen elimi çektim. Neyse ki Emre inmedi, kornoya basıp öndeki aracın devam etmesini sağladı.

Eve geldiğimizde ise direkt işe gitti. Akşam geldiğinde de yemek bile yemeden odasına çıktı. İnsan onu seven ve tek ebeveyni olan babasını kaybedeceğini bilince bu kadar kederleniyordu demek ki. Benim babam değildi ama Emin amcanın hastalığı beni de çok çok üzmüştü. Emre'yi çok seviyordu, onları gördükçe beni hiç sevmemiş olan babam aklıma geliyor ve istemeden de olsa hüzünleniyordum.

Emre işteyken evi temizliyordum ve üst katın koridorundaki banyoyu yıkarken, çamaşır suyu olmasın diye kıyafetlerimi çıkardım. Eylül ayı gelmesine rağmen hava hâlâ çok sıcaktı. Sadece beyaz atletim ve iç çamaşırımla olduğum halde bunalmıştım. Ben duşakabini durularken kapı açılınca çığlığı bastım. Emre'ydi gelen ama ödüm kopmuştu yine de. Ne işi vardı bu saatte evde? Korktuğum için elimdeki armatürü düşürmüştüm ve üstüm ıslanmıştı. Beyaz atletim üstüme yapışmıştı ve içimde sutyen yoktu. Dahası altımdaki de sosyete pazarından ablamın önüme attığı seksi donlardan biriydi. Kısacası her yerim meydandaydı ve utançtan ölebilirdim.

Emre'nin kafasının yarısı beyaz boyayla kaplıydı. Bana, "Ne işin var bu banyoda?" dedi kızarak.

"Banyoyu yıkıyordum. Asıl senin ne işin var bu saatte burada?"

"Boyahanede kazara bir kutu boya başımdan aşağı devrildi."

"Geçmiş olsun. Benim işim bitti zaten, sen yıkan," diyerek banyodan çıkmak için kapıya yöneldim. Bir an önce yanından kaçıp giyinmekti amacım ama "Dur," dediğinde midem heyecandan ve stresten düğüm olmuş vaziyette kalakaldım. Kalbimin gümbürdemesinden hiç bahsetmiyorum bile. Üstündeki tişörtü çıkarıp altındaki eski kotla kalınca heyecanla karışık bir korku göğsüme yerleşti. Banyoya girerken elinde olan siyah poşetten tiner çıkarıp banyo lifine döktü ve lifi bana verip "Sırtımdaki boyayı çıkarsana," dedi. Arkasını dönüp duşakabinin içine girdiğinde boynundan aşağı yağlı boya benzeri, beyaz boyayla kaplı sırtını lifle ovmaya başladım. Boyanın çıkıp çıkmadığına emin olamadığım için sırtına su tutup geçmeyen bir iki ufak noktayı uzun tırnaklarımla kazımak için sırtını kaşıdım.

O an "Ah..." diye inleyerek önüne döndü ve beni kendisiyle duvar arasına sıkıştırdı. Elimdeki armatürü alıp yuvasına astı ve sıcak su başımızdan aşağı akarken, beni belimden tutup kucakladı ve yukarı kaldırdı. Sırtım duvardaydı, düşmemek için bacaklarımı beline doladım. Zaten ıslak olduğu için içimi olduğu gibi gösteren atletimi başımdan çıkarıp attı. Şimdi hep merak ettiği göğüslerim gözlerinin önündeydi, hatta biri artık avucunda sayılırdı. Hızla atan kalbimi duymaması için dua edip utanarak gözlerimi kapattım. Tenime değen her zerresi akan su gibi ılık ılık içime işliyor, ruhumun el değmemiş topraklarını keşfediyordu. Dudaklarımı öptüğü an şaşkınlıkla gözlerimi açtım. İlk öpücüğü çok masumdu ama gözlerini gözlerime dikip arzuyla baktıktan sonra ateşli bir hal aldı. Düşmemek için ellerimi omuzlarına çıkarıp yine gözlerimi kapattım. Beni yakan heyecandan hızlı hızlı nefes alıyordum ve hızla inip kalkan göğüs kafesim nedeniyle göğüslerim çıplak göğsüne sürtünüyordu. Bu da onun, daha da istekle dudaklarımı keşfine sebep olmuştu.

Dudaklarımı bıraktığında derin bir nefes alabildim ama şimdi de boynumu öpüyordu ki bu benim tuhaf hissetmeme sebep olmuştu. Ellerimi ne ara ensesine çıkarmış saçlarını karıştırıyordum, farkında bile değildim. Dudakları göğüslerime değdiği an, soluğum inilti olarak çıktı boğazımdan. Doğrulup bana baktı ve alnını alnıma dayayıp "Canını mı yaktım?" diye sordu. Konuşabileceğimi ya da yüzüne bakabileceğimi hiç sanmıyordum. Ben cevap vermeyince beni kucağından indirip "Sırtımı liflediğin için teşekkürler," dedi. Bu kibarca, artık çık git, demekti. Ben de dediğini yapıp çabucak banyodan çıktım. Kendi odamın banyosuna girmiş, hâlâ hissettiğim heyecanla zangır zangır titreyerek yıkanırken, bu da neydi, diye düşünüyordum. Dahası, neyin başlangıcıydı? Üstelik korkum aklıma bile gelmemişti. Boynumu öptüğü an her şeyi unutup ona teslim olmuştum. Teninin tenime değmesiyle başlayan tutkulu çekimi şimdiden özlüyor, kendimden utanıyordum; ve bu utancın en büyük sebebi, fazlasını yaşadığımızı hayal ediyor olmamdı.

Banyodan çıktığımda Emre'nin evden çoktan gittiğini anladım. Çok kibar ve tatlıydı beni öperken. Deli adam, canımı yaktığını sanmıştı. Saçlarımı taramak için tuvalet aynasının karşına oturdum ve o an neden öyle düşündüğünü anladım. Boynum mosmor olmuştu, bu kadar kısa sürede hem de. Beni boğmaya çalıştığında bile böylesine kötü gözükmemişti. Hiç acımıyordu ama nasıl olmuştu birden böyle? Bunları görsem ben de canımın yandığını zannederdim. Yaşadıklarımızdan dolayı içim içime sığmadığı için aşağı inip verandaya çıktım. Elime de bir aşk romanı alıp okumaya başladım. Okul hayatım boyunca kitap okumuşluğum yoktu ama evliliğim öyle sıkıcı geçiyordu ki, aşk romanlarına tutulmuştum. Ne yapayım, gerçek hayatta aşk olmayınca ben de hayal dünyamda aşkı arar olmuştum. Verandadaki sandalyelerden birine oturmuş, bir diğerine de ayaklarımı uzatmıştım. Keyfime diyecek yoktu. Saçlarım da sıcak havada birazdan kururdu nasılsa.

"Elif! Elif!" Adımın seslenilmesiyle kafamı kitaptan kaldırdım. Bahçe kapısının demirlerinin ardında, kucağında Nil ile ablam duruyordu. Hemen oturduğum yerden kalkıp demir kapının sürgüsünü çektim ve kapıyı açtım. "Hoş geldiniz," diyerek sarıldım ablama ve Nil'i kucağıma alıp onu da öptüm.

Verandaya doğru yürürken ablam sürekli gülüyordu. Neydi bu kadar komik olan? "Abla Allah mutluluğunu daim etsin de nedir bu kadar komik olan?"

"Sensin tabii ki, ne olacak. Tam yeni gelin gibi gözüküyorsun."

"O ne demek be?"

"Saçın ıslak, boynun sömürülmekten morarmış. Ahahaha!" Ablam bana bakıp bir kahkaha daha koyverirken utançla yandı yüzüm.

"Sandığın gibi değil. Bir kere Emre şu an işte."

"Aaa evet, onu da az evvel çarşıda gördük, onun kafası da ıslaktı. Evden geliyorum, dedi. Boya dökülmüş başına, değil mi?"

Ben, sanki mümkünmüş gibi daha da kızarırken, ablam elini yumruk yapıp omzuma vurdu. "Banyo fantezisi ha? Kız bir de kadınlar konuşurken masum köylü ayaklarına yatıyordun, zilli."

Daha kocamla birlikte olmadan rezil olmuştum. Ablam bir sandalyeye oturup "Tamam kız, sustum. Çok utandın sen de hemen!" diyerek sitem etti. Sonra da "Ben asıl başka bir şey için geldim. Turşu kuralım diyorum. Önceden annem yapardı biliyorsun. Şimdi, Tufan bizim için bu eve gelemezler, demiş. Annem de tatsızlık çıkmasın, kendi turşunu kendin yap, dedi. Kısacası Tufan Bey'in gönlü olsun diye 'Bize bu aralar gelme, kızım' demek istedi."

Muhabbetin değişmesine canı gönülden sevinerek "Olur," dedim.

"Ben apartmandayım malum. Senin evin bahçeli, burada yapsak olur mu?"

"Tabii ki olur."

"O zaman kalk pazara gidip sebzeleri alalım. Bugün Perşembe. Hazırlan hemen, boynundakini de kapatmayı unutma." Yine kıkırdamaya başlamıştı.

Ablamın dediğini yapıp boynumdaki morluğu ipek bir şalla kapattım. Pazardan kilo kilo kornişon salatalık, benim çok sevdiğim kırmızı tatlı biberlerden bir de patlıcanla domates aldıktan sonra alışverişimiz bitti ama yükler taşınacak gibi değildi. Bugün olanlardan sonra Emre'yi asla arayamazdım. Ablam eniştemi arayınca gerek de kalmadı zaten. Eve geldiğimizde evvela bahçedeki mangalı yakıp biber ve patlıcanları közledik, sonra da konserve yaptık. Salatalık turşusu kurmak en kolayıydı. Zor olan domates sosuydu ama ablam becerikli kadındı ve onun yardımıyla kavanoz kavanoz, o çok sevdiğim sosun konservesini yaptık. Hava kararırken işimiz ancak bitti.

Bahçe kapısında ablamları yolcu ederken Emre geldi. Onu görmemle kalbimin teklemesi bir oldu. Ablamla selamlaşıp eve girerken benden tarafa bile bakmadı. Ablam gidince ben de Emre'yle beraber eve girdim. O, yine üstü başı toz olduğu için duştayken sofrayı kurdum büyük umutlarla. Ama Emre masaya oturunca mutfağa kaçtım, yüzüne bakamazdım şimdi. Utancıma bir de gururumun kırılması eklenmişti tabii. Hiçbir şey olmamış gibi davranıyordu ki en çok bu dokunuyordu bana. Kendimi daha değersiz veya kullanılmış hissedemezdim sanırım.

Gece kafamı yastığa koyar koymaz aklımın içinde dönüp duran sıfatlar yüzünden ağlamaya başladım. Ben yemek ve temizlik yapmak için bu evde olan bir fazlalıktım, şimdi bir de olsam olsam odalığı olurdum. Benimle birlikte olsa bile asla yüzüme bakmayacak ya da beni sevmeyecekti. Bu da daha aşağılık hissetmeme sebep olacaktı. Kendi kendime bir söz verdim. Beni sevdiğini söyleyene dek onunla birlikte olmayacaktım; aksi takdirde çok üzüleceğimi biliyordum çünkü. Sevilemeyecek kadar mı kötü bir insandım acaba? Bunu da düşünmeden edemiyordum. Öyleydi belki de... Öz annem babam sevmemişti ki beni, elin oğlu sevsin, sahiplensin, elleri saçlarımda okşar şekilde gezinsin... Ağlamam şiddetlenirken parmaklarım boynumda morartacak kadar öptüğü yerlere gitti. Yine de sevmiştim beni öpmesini... Nasıl oluyordu da yüzüme bile bakmayan bir adam içime içime işliyordu?

Sabah uyandığımda ona kahvaltı sofrasını kurup odama çıkmak için merdivenleri tırmanmaya başladım ve merdivenlerin başında karşılaştık. Beni kolumdan tutup durdurdu. Eliyle çenemi kaldırıp boynumu inceledi ve "Çok acıyor mu?" diye sordu sakince. "Acımıyor hiç," diyerek doğruyu söyledim. Beni bırakıp aşağı indi ve bu da tüm hafta boyunca aramızda geçecek olan tek konuşma oldu. Ben de en başta beni uyardığı gibi haddimi bilip gözüne mümkün mertebe gözükmüyordum.

Evde yalnızlıktan duvarlar üstüme üstüme geliyordu, kafayı yememek için kendime meşgale arar olmuştum. İlçe Milli Eğitim Müdürlüğü'ne gidip kurslara baktım. Şöyle ahşap boyama gibi bir kurs varsa hemen yazılacaktım ama sadece çocuk gelişimi kursu vardı. Neyse, kurs kurstur diye düşünüp kayıt yaptırdım. Benim amacım iki insan yüzü görüp sosyalleşmekti zaten.

Akşam olduğunda, yemeğe Emre ile oturdum bu kez. Ona kursa gideceğimi söyleyecektim. Hoş, umurunda olmazdım ama yine de nezaketen söylemek gerekirdi. Çorbalarımızı içerken, "Ben kursa başlayacağım," dedim.

Beni şaşırtarak "Ne kursu, nerden çıktı şimdi?" diye sordu hemen. Kaşlarını çatmış bana bakıyordu. Çocuk gelişimi kursu desem, çocuk istediğimi zannedebilirdi. O yüzden "Ahşap boyama kursu," diyerek yalan söyledim. "Evde tüm gün çok canım sıkılıyor," diye ekleyerek ikinci sorusunu da cevapladım. Kafasını yine çorbasına indirip "Çok canın sıkılıyorsa gel dükkânda çalış," dedi. Alay ediyordu benimle, ben ne anlardım marangozluktan? Günlerdir kendimi fazlalık gördüğüm bu evde, şimdi bu gerçeği yüksek sesle dile getirdiğini düşünüp "Kurs ücretsiz. Ayrıca sadece, gitmeni istemiyorum, desen anlardım!" diye çemkirdim.

"Ben ciddiyim," dedi, kalbimi bir saniyelik de olsa durduran bakışlarla gözlerini gözlerime dikerek.

"Oraya yemek getirdim diye kıyameti koparmıştın. Hem ben ne anlarım mobilya yapmaktan?"

"Saçmalama! Seni atölyeye sokacak değilim herhalde. Dükkân kısmından bahsediyorum. Ön tarafta, gelen müşteriyle ilgilenmek için birine ihtiyaç var. Hastalanmadan evvel babam bakardı oraya. Babam, gelen müşteriler genelde kadın olduğu için oraya illa bir bayan eleman al, diyor. Benim kadınlardan hoşlanmadığım ise gün gibi ortada ama sana alıştım. Bence bu yönünle iş için en uygun aday sensin."

O konuşurken, ben şaşkın bir şekilde ağzımı açmış dinliyordum. Ciddi ciddi iş teklif ediyordu. Elimde olmadan gülümsemem yüzüme yayıldı. Bir haftadır gülmeyi bile unutmuş yanak kaslarım mutlulukla gerinirken midemde sebepsiz bir hareketlenme baş göstermişti yine. Evde tek başıma sıkıldığım günler geride kalmıştı. Kurs sadece haftada üç gün iki saatti ve altı üstü iki ay sürecekti. İş ise haftada altı gün ve akşama kadardı. Şapşal şapşal sırıtan suratıma bakıp "Markette kasada değil miydin?" diye sordu. Heyecandan ve mutluluktan evet bile diyemedim, kafamı salladım sadece. "O zaman pos ve yazar kasayı kullanmayı da biliyorsun. Tamamdır, işe alındın," diyerek masanın üzerinden bana elini uzattı. Elini sıkarken "Sigorta artı asgari ücret, bir de öğlen yemeği," diye de ekledi.

"Evde ev işi yaparken bile daha çok veriyordun ama," diyerek şakayla itiraz ettim. Gülümsedi. Uzun zaman sonra hem de... Yerine gelen keyfim, onu aynı evin içinde yaşarken bile özlediğimi fark etmemle hafif burkulsa da umursamamaya çalıştım. "O parayı eve bırakıyordum, şimdi patronunum. Maaşlı ve sigortalı çalışanım olacaksın."

Ben de ona, içimde biriken tüm mutlulukla gülümsedim. "Gerek yok sigortaya, zaten eşin olduğum için senin sigortandan faydalanıyorum."

"Bu şekilde emekli de olursun. Ayrıca babamın prensibidir, sigortasız işçi çalıştırmaz."

"Anlaştık o zaman," diyerek hâlâ havada asılı olan, bana uzattığı elini sıktım. Ellerimizin buluşması ikimizi de banyodaki hatıraya taşımıştı. Hemen gözlerini kaçırıp elini çekti ve yemeğine döndü.

İşe başlıyor olmanın verdiği mutluluk diğer dertlerimi törpülüyordu. Öyle ki, o an tek derdim, yarın işte giyeceğim kıyafetti ve bunu düşünüyordum sadece. Sonunda havalar hâlâ sıcak olduğu için yazlık, uzun bir elbisede karar kıldım. İçim içime sığmadığı için sabah erkenden uyanıp poğaça yaptım. Kahvaltıdan sonra poğaçaları bir kaba koyup yanına atıştırmalık bir şeyler daha ekledim.

Hazırlanmak için odama çıktığımda makyaj yaparken Emre kapıma dayanıp "Hadi acele et biraz," diye söylendi ama öyle mutluydum ki, o bile bozamazdı bunu. Evden çıkarken elimdeki poşeti gösterip "O ne?" diye sordu.

"Öğlen yemeği," dedim. Gözlerini devirse de elimdeki poşeti alıp taşıdı. Yan yana yürürken elimi tutmadı fakat benimle aynı hizada olmaya özen gösteriyor, eskisi gibi önden önden gitmiyordu. Dükkâna girince bana kısaca etrafı tanıttı. Yazar kasa ve pos makinesini kullanmayı zaten biliyordum. Ayrıca bana dükkândaki kasanın anahtarını da verdi. Elime kartelaları tutuşturup hangi ürünün kaç para olduğunun yazdığı fiyat listelerini de bir çekmeceden çıkarıp önüme koydu. "Bak, bu listede malzemenin bize geliş fiyatı var, burada da piyasadaki satış fiyatı. Maliyetin %10 altına düşmemek kaydıyla, bu fiyat aralığında, müşteriyle pazarlık edip indirim yapabilirsin. Bunu senin inisiyatifine bırakıyorum. İşçilik bu listede yazdığı gibi ürüne ve parça sayısına göre değişiyor ve işçilik maliyetleri pazarlığa tabi değil. Aman, gözünü seveyim batırma bizi."

"Tamam, anladım. Korkma, ben sıkı pazarlıkçıyımdır."

"Göreceğiz bakalım. Hayırlı olsun."

"Sağ ol," diyerek tüm cesaretimi topladım ve onu bir yanağından öptüm. O da başımı tutup düşünmeme bile fırsat vermeden dudağımdan öptü. Kimse yoktu etrafta ama yine de önyüzü tamamen cam olan dükkânda böyle bir şey yapması iki kat fazla utanmama sebep olmuştu. Dudaklarımız ayrıldığında, "Ben atölyeye geçiyorum. Sakın arka tarafa geçip beni sinirlendirme. İhtiyacın olursa ara ya da mesaj at, ben gelirim. Kolay gelsin," diyerek iç kapıya yöneldi. "Sana da," dedim arkasından, neye uğradığımı şaşırmış vaziyette.

Önce, Emin amcanın zamanında hep yaptığı gibi, köpüklü suyla camları sildim. İçerideki teşhir mobilyalarının tozunu aldıktan sonra da yerleri paspasladım. Kadın eli diye bir gerçek vardı çünkü dükkânın havası değişmişti ben silip süpürünce. En son da mutfak ve tuvaleti temizleyip semaverde çayı demledim. Mutfaktaki mini buzdolabında sudan başka şey yoktu. Öğlen ne yiyorlardı acaba? Öğlen için her gün buraya yemek getirmeyi kafaya koymuştum. Her şey bittikten sonra Emre'ye,

"Çayı demledim, alıp içebilirsiniz," diye mesaj attım ve kendi çayımı alıp masamdaki patron koltuğuna kuruldum. Çay almaya, Emre, -kıskançlığından olsa gerek- kuzenim Miraç'ı yollamıştı. Miraç yanıma gelip "Hayırlı olsun abla," dedi içtenlikle gülerek.

"Sağ ol, kuzen."

"Patron koltuğuna da yakıştın ha!"

"Öyle mi? O zaman al şu telefonumu, bir resmimi çeksene şöyle." Telefonumu ona verip koltuğa iyice kuruldum ve elime çay kupasını aldım. Birkaç poz çektikten sonra "Tamam, sağ ol. Emre, kızmasın sana, git hadi sen," diyerek telefonumu aldım. Hemen çektiği fotoğraflardan beğendiğim birini hesabımda paylaşıp "Artık Karaelmas Mobilya'da çalışıyorum," yazdım açıklama kısmına.

Bir saat sıkıcı geçen bekleyişin ardından ilk müşterilerim geldi. İki kadındı gelenler ve biri 5-6 aylık hamileydi. Bebek odası yaptırmak için gelmişlerdi. Önce karteladan malzemeyi beğendiler, sonra da renkleri. Onlar kataloglardan model bakarken çocuk isteyip istemediğimi sorguladım. Tabii ki istiyordum. Emre'nin daima soğuk nevale olarak kalacağını bildiğime göre çocuk çok iyi olurdu. Canım sıkılmazdı bir kere. Hem ben bebeğimi severdim, bebeğim de beni severdi ve yalnız olmazdım artık. Ama kızım olursa ve Emre ondan nefret ederse çok kötü olurdu. Baba sevgisi görmemiş bir kız olarak bunun eksikliğini çok iyi biliyordum. En iyisi kendimi işe güce verip kafamı böyle şeylere takmamaktı. Hamile kadının sesiyle düşüncelerimden sıyrıldım.

"Kaça olur peki?"

"Hemen bakıyorum." Daha ezberleyemediğim için fiyat listesini kontrol ettim ve hesap yapıp söyledim. Fiyatı öyle uygun buldular ki, pazarlık bile yapmadılar. Sipariş için isim, soy isim ve bir miktarda kapora aldıktan sonra müşterileri yolcu ettim. İlk satışımı yapmıştım. Biriyle, ki o biri Emre oluyordu, bu mutluluğumu paylaşmak istiyordum ama çalışan Emre'yi kızdırmayı da istemiyordum. Sonunda mesaj atmakta karar kılıp "İlk siparişi aldım. Bebek odası yapacaksınız," dedim. Cevap gelmedi ama on beş dakika sonra yarı çıplak haliyle nefsimi sınayarak yanıma geldi. "Ölçüler var mı?" diye sordu.

"Evet ve bunu beğendiler," diyerek kataloğu gösterdim. Hiç pazarlık yapmadan bin lirayı da kabul ettiler."

"Ne? Elif, dalga mı geçiyorsun? Bu malzemeden sadece gardırop bin lira eder."

"Ama listede öyle yazmıyordu," diyerek listeyi incelemeye başladım. Bir alt satırı okuyarak yanlış söylemiştim. Dudağımı ısırıp çatık kaşlarının altından bana bakan Emre'ye baktım. "Özür dilerim. Yanlış yere bakmışım. Ama hemen müşteriyi arayıp söylerim."

Ben daha telefonu elime almadan "Olur mu hiç öyle şey? Söylemişsin bir kere. Artık bu da zararına olacak, yapacak bir şey yok," dedi. "Bir dahakine daha dikkatli ol ve mümkünse o listeyi ezberle." Ölçülerle malzemenin yazdığı kâğıdı alıp gitti.

Öğlene dek pek gelen giden olmadı. Bir iki kişi sadece fiyat sorup gitti. Öğlen mutfakta işçilere poğaça ve kahvaltılıklardan bir şeyler hazırlayıp Emre'ye mesaj attım. Yanıma, mutfağa geldi Miraç'la. Miraç benim hazırladıklarımı arka tarafa taşırken, Emre benimle mutfakta yemek yedi. Buradaki bir önceki anımız aklıma gelince utançla gerildim ama o, sessiz sedasız yemeğini yedi ve beklemediğim bir kibarlıkla, "Ellerine sağlık," deyip gitti. İş olayı ilişkimize de iyi gelmişti. Hâlâ soğuktu ama buzul çağı sona ermişti. Şimdi sadece mesafeli, buzdolabı Emre vardı karşımda.

Öğleden sonra ellili yaşlarında kalantor bir adam gelip Emre'yi sordu hemen. "Buyurun ben yardımcı olayım?" dedim.

"Kızım, bana patron lazım. Ben öyle ufak iş için gelmedim. Pazarlık yapacağız."

"Ben eşiyim ve pazarlık için tam yetkim var." Sabah ki fiyaskodan sonra kendimi göstermem gerekiyordu.

"Emin'in gelini sen misin? Aslında geldim düğününüze ama birden çıkaramadım seni."

"Evet, benim."

"Bak, görüyor musun Emin'i? Deli diye adı çıkmış oğluna gül gibi gelin almış. Ne güzel, ailecek işin başındasınız. Bizim oğlanlar otuzuna girdi de hâlâ başlarını bağlayamadık."

"Hayırlısı o işler. Siz ne bakmıştınız?"

"Müteahhidim ben. Emin de Emre de bilirler beni. Üç tane lüks apartman diktik yüksekokulun oraya. Onların hepsinin mutfak, banyo dolapları ve portmantolarını yaptırmak istiyorum. Şimdi iyi bir fiyat de bana da pazarlık edelim, madem patron sensin."

Amca, neşeli bir insandı. Hemen çay ikram ettim. Sonra da yaptığı apartmanlar lüks diye en iyi malzemeyi gösterdim. Pahalı bulunca, kendi evimin mutfağının fotoğraflarını gösterdim. Yapılmış mutfağa hayran kaldı ve az evvel pahalı bulduğu malzemeyi kabul etti. Yine banyo ve portmantolar için de Emre'nin en şık tasarımlarını gösterdim ve ekledim: "Ama illa bunlar olmak zorunda da değil. Emre, sadece sizin dairelerinize özel başka tasarımlar da yapabilir ve bu sizin farkınız olur. Madem daireler lüks diye anılacak. Müşterileri hayran bırakmak şart, değil mi?"

"Haklısın da, şimdi bir de güzel bir fiyat de bana bakayım."

Bu kez listeyi on kez kontrol edip hesap makinesi ile önce sadece bir dairedeki masrafı hesap ettim. %15 kâr payı koyup fiyatı söyledim ve pazarlığa tutuştuk. %13'te kabul etti. Toplam yetmiş iki daire vardı ki, bu da turnayı gözünden vurduk demekti. Sözleşmeyi imzalamak için illa Emre'yi isteyince arayıp çağırdım. Emre ile selamlaşıp mevzuya girdi. Emre, kopardığım fiyatı duyunca çaktırmadan bana baktı. Müteahhit Rıza amca ile detayları konuşup kontrat imzaladılar. Rıza amca gidince Emre bana dönüp ağzı yüzünün bir tarafına kaymış vaziyette güldü.

"Sabahki olayı affettirir mi bu?" diye sordum.

"Ne diyorsun sen? Sana bu iş için komisyon versem ancak ödeşmiş oluruz. Aferin, tam satıcı çıktın sen. Bu kadar pahalı malzemeyi müteahhide nasıl sattın? Onlar hep ucuzuna kaçar."

Gülümseyerek "Meslek sırrı," dedim.

O da gülümseyerek "Hem de iyi fiyattan," diye ekledi. "Bu para bizi ihya eder ve boş dairelerde çalışmak hep daha iyidir. Müşterinin dırdırını çekmezsin. Uğurlu geldin," diyerek beni koltuğunun altına aldı ve alnımı öptü.

Kanat takmış uçan kalbime niye söz geçiremiyordum acaba? Ben de parmaklarımın ucunda yükselip dudaklarına minik bir öpücük kondurdum. Birden beni kolumdan tutup mutfağa götürdü ve ne olduğunu anlayamadan kapıyı kilitledi. Anlık bir tereddütle gözlerime baksa da duraksamadan dudaklarımı öpmeye başladı. Bir an kendimi ona kaptırıp gitmek istesem de, yakalanacağız endişesi beni sardığı içim ellerimi çıplak göğsüne koyup onu ittim. Şaşkınca bakışları haklıydı çünkü ilk ben onu öpmüştüm. Açıklar şekilde, "İş yerindeyiz," dedim.

"Biliyorum."

"O zaman neden eve kadar sabretmiyorsun?"

"Evde kendimi durduramam çünkü." Sebep bu muydu? Burada istese de ileri gidemezdi. Bakışlarımı ondan kaçırınca benden tamamen uzaklaştı ve kapıyı açıp gitti. Bu durumda kalmış olmak içime dert olmuştu. Keşke tuhaf davranışlarının ardındaki sebepleri bilebilseydim.

Akşam evde yine sessizliğe gömülmüşken öğlenki dileğim gerçek oldu. Bilgisayarında çizim yaparken maksat muhabbet olsun diye "Ne çiziyorsun? Bugünkü bebek odasını mı?" diye sordum. Cevap vermedi. Ben de, çok sinir olduğum bu dengesiz halleri sebebiyle elime geçirdiğim kırlenti kafasına vurup bağırmaya başladım. "Ruh hastası! Dengesiz deli! Bir daha sakın benimle konuşma! SAKIN! Öyle kafana göre beni öpüp sonra da görmezden gelemezsin! ANLADIN MI?"

Cevap vermeden öylece yüzüme bakıyordu ve bu daha da çok sinirlenmeme sebep olmuştu. Kırlenti koltuğa fırlatıp sordum. "Senin derdin ne? Allah aşkına söyle! Niye bir yaptığın diğerini tutmuyor?"

Ayağa kalkıp tam karşımda dikildi ve "Derdimi mi merak ediyorsun?" diye sert bir ifadeyle sordu.

"Evet," dedim onu cesaretlendirmeye çalışarak.

"Derdim ne biliyor musun? Babam çocuk yapmamızı istiyor! Ve ben ona bu konuda söz verdim. Söyle bana şimdi bana Elif, çocuk istiyor musun?"

Şaşırmış vaziyette Emre'ye bakıyordum. Bunun için miydi tüm o tuhaf tavırları? Bana yaklaşması da bunun içindi tabii.

Banyoda olanlar aklıma gelince hem utandım hem de bir kez daha kırılan gururumu onarmak istercesine kızdım.

"Bana sorana kadar kendine sordun mu bu soruyu? Sen çocuk istiyor musun, Emre? Bu, öyle baban istedi diye kendini evlenmeye mahkûm hissedip fedakârlık yapmaya benzemez! Evlenirken vazgeçtiğin sadece kendi hayatındı ama çocuk bambaşka bir şey! Ben on numara, beş yıldız anne olurum da sen baba olabilir misin? Bence bunu sor önce kendine! Ha bir de sakin unutma, doğacak çocuğun *kız* olma ihtimali de var!" Arkamı dönmüş gidecekken kolumu tuttu.

"Hangi sorumluluğumu yerine getirmedim ki böyle diyorsun?" dedi alınmış bir şekilde. Ona döndüğümde dip dibe olduk birden.

"Babalık ne kocalığa ne de ev bakmaya benzer. Babanın sana gösterdiği ilgi, şefkat ve sevgiyi kendi çocuğuna -kız bile olsa- verebilir misin? Babası tarafından bir kez bile öpülüp sevilmemiş bir kız olarak söyleyeyim sana, ben kefene de girsem bunun eksikliğini içimde hissedeceğim. Şimdi sen, bana göz göre göre kızın da aynı kaderi yaşasın diyorsun ama olmaz!"

"Bilmiyorum, yani kız ya da erkek, hiç küçük bir çocukla ilgilenmem gerekmedi. Ama Elif, babam-"

Sözünü kestim. "Babana ben derim şimdilik hazır hissetmiyoruz diye."

"Adam hasta. Ölüyor. Sen de hazır hissetmiyoruz mu diyeceksin? Benimle yatmak istemiyorsan sorun değil. Biraz araştırdım, aşılama diye bir yöntem var. Doktora gitmemiz yeterli. Yapalım çocuk, olsun bitsin."

Elindeki bileğimi sertçe çekip kurtardım. Salondan çıkarken sinirle bağıra çağıra söylendim. "ADAMA BAK YA! HADİ KEK YAPALIM DER GİBİ ÇOCUK YAPALIM DİYOR!"

Arkamdan, "Doğal yollarla yapacak olursak kekten kısa süreceğine söz veririm," dedi. Olduğum yerde durup döndüm. "Allah belamı versin, sana boşuna deli demiyorlar! DELİ!"

"Seninle insan gibi konuşmaya çalışıyorum! Deli dürtecek şimdi seni göreceksin! Hem çocuk da aradan çıkmış olur belki."

"Zaten sen damızlık boğaydın ya tek seferde nokta atışı yapacaksın! O işler öyle kolay olmuyor canım!" Ablamdan biliyordum, altı aylık uğraşın sonunda Nil'e hamile kalabilmişti.

"Madem uzun sürüyor, biz de hemen başlarız." Ne olduğunu bile anlayamadan beni salonun duvarına yasladı.

"Çekil üstümden!" diye utanarak çemkirdim.

"Korkuyor musun benden?" Bu eve ilk geldiğimiz zaman da aynı soruyu, aynı şekilde sormuştu ama bu kez durumlar farklıydı. Gayet rahat bir tavırla, "Korkmuyorum," dedim.

"İlk sorduğumda korkudan titriyordun. O günden bu güne ne değişti?"

"Seni tanıyorum artık ve bana zarar vermeyeceğini biliyorum."

"Nasıl bu kadar emin olabilirsin ki? Unuttun mu, ben dengesiz bir deliyim."

"Daha ilk gün kafanı yardım ama bana hiçbir şey yapmadın. Tarafımdan test edilip onaylandı; zararsızsın."

"O gün haddini bildirmedim diye mi bu kadar rahatsın yani?"

"Evet ve seninle çocuk falan yapmayacağım. Çekil üstümden şimdi." Bedenlerimiz arasında biraz mesafe bıraksa da gitmeme müsaade etmedi. Ellerini duvara, iki yanıma dayamıştı. "Elif, ben çocuklardan değil, kadınlardan nefret ediyorum. Küçücük bir kız çocuğuna da kadın gözüyle bakacak değilim. Eğer kızımız olacak diye dert ediyorsan, etme."

"Sorun sadece bu da değil ki. Seninle benim aramda mutlu bir evlilik yok. Çocuk büyürken birbirleriyle hiç konuşmayan anne babasını gördükçe psikolojisi bozulur."

Bu söylediğime cevap vermek yerine ellerini indirdi. Öyle düşünceliydi ki, kafasından geçenleri merak ettim. Cevap vermeyeceğini bildiğim halde "Ne düşünüyorsun?" diye sordum. Beni şaşırtarak. "Haklısın," dedi. "Benim yüzümden bir çocuğun psikolojisi bozulsun istemiyorum. Ben o yollardan geçtim ve cidden çok zordu."

Yanımdan giderken ona, "Eğer yine eskisi gibi beni görmezden gelip susacaksan ben boşanmak istiyorum. Baban vefat edince tabii," dedim. Bana dönüp duygusuzca, "Ben böyleyim," diye karşılık verdi. "İşteki çalışanlarla da oturup muhabbet etmem. Buna alışamayacaksan sorun değil, boşanırız."

Boşanmayı bu kadar çabuk kabul etmesi içimi yakmıştı. Hayvan! İki kelime de olsa seninle konuşurum demiyordu da hemen boşanmayı kabul ediyordu. Gece yatağımda yine içim çıkana kadar ağladım. Ondan uzaklaşmak istemiyordum. Hatta kendimi onun koynunda uyurken hayal etmekten bir türlü alıkoyamıyordum beynimi. Çoktan benim için vazgeçilmez olmuştu ama beni sevmiyordu ki ben onun için vazgeçilmez olayım.

Çocuk konusunda bile beni bir inek gibi görmüştü. Aşılama dediği yöntemi veteriner ineklere yapıyordu, biliyordum. Köydeki halamın inekleri vardı ve boğanın spermlerini ineğe aşılıyorlardı. Böylece gebe kalma oranı doğal yollardan, çok daha yüksek oluyordu. Gerçi Emre, kendisi bir kömüş olduğu için beni inek gibi görmesi normaldi. Banyoda olanları düşününce karar verdim; beni sevmesini geçtim, aslında hiç arzulamamıştı bile. Tek derdi babasını mutlu edebilmekti o kadar.

Ertesi gün işe giderken bu kez iç savaşımdan ötürü benim ona baktığım yoktu. Zaten onun umurunda da değildim. Boşanacağız diye üzülmem aptallıktı. Biz gerçekten evli bile değildik ki.

Dükkânın arka tarafında ardiye tarzı bir yer vardı, kafamdaki düşüncelerden kurtulmak için müşterinin olmadığı erken saatlerde orayı düzeltmeye başladım. Modası geçmiş bir fırınlı ocağı buraya atmışlardı. Hiç kullanılmamış beyaz, eski tip ocak, muhtemelen zamanında teşhir ürünüydü. Ardiye ve atölye kapısı yan yanaydı, aramak yerine kapıyı tıkladım. İlk etapta içerideki aletlerin sesinden duymadılar ama yumruklamaya başladığımda Emre kapıyı açtı.

Yine yarı çıplak ve terliydi. Allah'ım beni mi sınıyorsun? Bu heriften nasıl boşanacağım? Bu göğse kafamı koyup doya doya yatmadan ölmek istemiyordum. "Ne var?" diye sorunca dağılan dikkatimi topladım. "İçerideki fırın çalışıyor mu?"

"Evet de demode olmuş şeyi ne yapacaksın?"

"Eğer onu buradaki mutfağa kurarsan öğlene su böreği yersiniz. Bundan sonra öğlenleri sulu yemek de yapabilirim."

Çaktırmasa da böreği duyunca gözleri ışıldadı. "Tamam," dedi hemen. "Sen öne geç, biz hallederiz." Beni çalıştırdığı işçilerden bile kıskanırken nasıl sevmiyordu anlamış değildim.

"Ben de markete gidip yufka ve diğer malzemeleri alacağım zaten," dedim. Bana verdiği parayı artık asgari ücretle çalıştığım için hiç itiraz etmeden aldım. Gerçi her sabah evin ihtiyaçları için para vermeye devam ediyordu ama olsun, fazla mal göz çıkarmazdı. Boşanınca kendime küçük bir bijuteri açmayı düşünür olmuştum son günlerde.

Ben marketten döndüğümde fırın kurulmuştu. Müşteri yokken böreği hazırladım, öğlene doğru da fırına verdim ve çayla muhteşem oldu.

Öğle yemeğini beraber yedik. Emre tek kelime konuşmadan yemeğini yedi ve gitti.

Akşamüstü dükkâna gelen bir adam illa Emre'yle görüşmek istedi. Ben de Emre'yi aradım ama telefonunu açmadı. Bu kez atölyenin kapısını tıklayıp içeri başımı uzattım.

"Emre?" diye seslendiğimde Miraç, "Abla o namaza gitti," dedi.

"İyi de bugün Cuma değil ki?"

"O her öğlen ve akşamı camii de kılar." Kocamla ilgili bu bilgiye vakıf olmayışım canımı sıksa da çaktırmadım. "Sabahları da gidiyor zaten, unutmuşum. Gelince söyle misafiri var," diyerek durumu toparlamaya çalıştım. Atölyenin arka tarafında ayrı bir çıkış kapısı vardı ve Emre'nin gün içinde atölyeden ayrıldığını bu sebeple fark edememiştim hiç.

İçerideki adama çay ikram edip "Namaza gitmiş, gelir birazdan," dedim. Emre, beş dakika sonra geldi. Bereket yarı çıplak değildi, üstünde temiz bir tişört vardı. Adamla selamlaşıp benim koltuğuma oturdu. Ben de mecbur mutfağa geçip Emre'ye de çay getirdim. Ahbabıydı bu adam belli ki. Emre'ye "Maşallah evlilik yaramış. Kilo almışsın," dedi. Adam demese fark etmezdim, hakikaten öyleydi. Göbeklenmiş falan değildi tabii ki ama beli kalınlaşmıştı ve yanaklarındaki çökükler dolmuştu. Bu da onu daha yakışıklı yapmıştı. Adam kafasıyla beni işaret edip "Yenge bakmış sana belli," dedi. Ne pişirsem homini gırtlak indiriyordu mideye, normaldi bu. Emre, gülümsemekle yetince adam da lafı uzatmadı. Emre'ye ödeme yaptı ve konuşmalarından anladığım kadarıyla bu adama, senetsiz sepetsiz borç vermişlerdi. Bu durumda -yani hiç bir belge yokken- parayı aldığın kişiye vermek en doğrusuydu.

Akşam eve gittiğimizde orman kebabının ikinci tabağını yiyen Emre'ye takıldım. "Böyle yemeğe devam edersen şişko olacaksın."

"Sırf yemeklerin için bile seninle sonsuza dek evli kalabilirim," diyerek beni şaşırttı. Ben de Emre'nin eşref saatine denk gelmişken sordum. "Peki, en çok hangi yemeği seversin?"

"Bilmem, sen ne yapsan güzel oluyor valla. Babam yapardı yemekleri bizde, ben de bulaşıkları yıkardım. Yemeği beğenmeyip söylendiğimde 'Evlen o zaman. Karının yaptıklarını yerken, babam beni iyi ki evlendirmiş, dersin.' diye söylenirdi. Gerçekten öyle oldu. Evlendiğimiz sabahki kahvaltıya oturduğum an babam geldi aklıma." İkimiz de gülüyorduk. Yemeklerime bile olsa iltifat etmesi çok hoştu.

"Peki, hangi yemekleri sevmezsin?"

"Hımm... Yeşil mercimekten bir yemek yapıyorlar. Askerde hababam o vardı. Kara şimşek diyorlardı yemeğe, ondan nefret ediyorum. Kereviz, bamya ve kapuska yemeğini de sevmem. Şimdilik aklıma başka gelmiyor."

"O saydıklarını seven insan yüzdesi bayağı bir düşüktür sanırım." Yine umutla dolmama sebep olacak şekilde gülüştük. Ama sen öyle tatlı tatlı gülersen ben, senin o gülen ağzını yerim ki...

Bu akşam çok güzel geçmişti, çaktırmasa da boşanmayı istemediği için olsa gerek, hafiften aramızı ısıtmaya başlamıştı. Ertesi sabah dükkâna doğru yine yan yana yürürken bir sokak köpeği ben fark etmeden bacağıma sürtündü. Korkuyla yerimde zıpladım. Emre halime gülüp "Ödlek şey seni," dedi. "Eve kesinlikle köpek alacağım. Sen benim sözümü dinlemedikçe onunla korkuturum seni artık. Ne de olsa benden artık korkmuyorsun."

"Köpeklerden korkmuyorum bir kere. Aniden bacağıma sürtündüğü için öyle oldu."

"Tabii tabii... Eminim öyledir. Gel buraya ödlek." Birden elimi tutunca sanki kalbim, merdivende bir basamağı kazara boş atlamışım gibi mideme düştü. Parmaklarını parmaklarıma geçirdi ve dükkâna kadar öyle yürüdük. O sokak köpeğini bulup sahiplenecektim. Eğer köpek özgür kalmakta kararlıysa bile bir kilo lop et alıp hediye edecektim. Bu devirde bir kilo et, altın fiyatıyla yarışıyordu. Bunu düşünürsek, köpeğe yapacağım kıyak az buz değildi hani...

Gün boyu neşem hiç kaybolmadı, sürekli şarkılar mırıldanıyordum. Öğlene doğru ben mutfaktayken, Emre yanıma geldi. Fırına kek koyduğumu görünce sırıttı, anlamamış gibi "Pişmiş kelle gibi ne sırıtıyorsun be?" dedim.

Arkadan belime sarılıp tüm tenimi elektriklendirerek yumuşak bir şekilde boynumu öptü. "Kek ne zamana pişer?"

"Yarım saate olur."

"Yarım saate cidden çocuğu yapabiliriz bence."

"Sen hâlâ orada mısın? Yok çocuk falan kardeşim!"

"Kardeşim? Sen iyice beni asker arkadaşın sandın. Bence bazı konularda evliliğimize bir ayar çekmeliyiz."

"Ayarsız olan sensin. Sen kendin tutarlı ol, ben zaten kolay uyum sağlarım."

"Öyle mi?" diyerek eliyle dizimde biten elbisemin eteklerini yukarı çekti ve bacağımı okşadı. Bu kez hiç itiraz etmedim. *Korkma, burada ileri gidemez.* Kendime sürekli bu cümleyi tekrar ediyordum. Diğer eli de belimden göğsüme kayınca kendimi tutamayıp "Çocuk için mi?" diye sordum. Boynumu koklayıp içimi arzuyla kaplayan bir mırıltıyla "Hayır, seni istiyorum sadece," dedi. "Çocuk konusunda seninle hemfikirim; benden baba olmaz."

Beni arzuladığına emin olunca heyecanıma, içime sığmayan bir mutluluk da eklendi. Tabii ki benden baba olmaz demesi, bu mutluluğu törpülemişti ama ona karşı hissettiklerimden en azından birinin karşılıklı olması dönüp ona sarılmamı ve çekinerek de olsa dudaklarını öpmemi sağladı. Sevmese bile o da beni çekici bulmuştu, bu da bir şeydi. Öpüşüme hemen beni nefessiz bırakacak bir istekle karşılık verdi. Nefes almak için ayrılıp "Yine benimle konuşmayıp yüzüme bakmazsan kafanı kırarım! Hem de bu kez dikiş falan atılması gerekir ona göre," diye tehdit ettim.

"O köpeği bulup seni ona yem ederim, akıllı ol," diyerek o da alaycı bir şekilde beni tehdit etti. Bilmiyordu ki ben o köpeği evlat edinecektim. Hayvan tek hareketiyle aramızdaki tüm buzları eritmişti. Yine dudakları dudaklarımı bulunca tüm düşüncelerimi rafa kaldırdım ve yalnız ruhumun bu harmoni de kendini ona teslim ederek sarhoş olmasına izin verdim.

Yine kısa sürede gurumu kıracağını düşünürken tam tersi olmuş, mutluluğum katlanarak devam etmişti. Öğlen yemeğinde kekleri yerken gülmekten boğulacaktım. Emre, elindeki keki gösterip konuştu. "Çocuk bundan tatlı olsa da yenmez. Kek de ağlayıp zırlamaz, altına kaçırmaz." Saçma sapan kek ve çocuk karşılaştırması yapıyordu. İstediğinde çok kafa bir adam olabiliyordu, bugün bunu öğrenmiştim.

"Sus, lütfen. Gülerken ölüp gideceğim öbür tarafa," dedim.

"Gülmeni seviyorum." dediği an bu kez heyecandan boğulma tehlikesi geçirdim. Ne demişti o? "Gülmeni seviyorum." Belki bir gün seni seviyorum da derdi. Gülmemi sevdiğimi söylediği için, ağzımdakini yutup boğulma tehlikesini atlattığımda ona kocaman sırıttım. "Ben de sen gülünce seviniyorum," diyebildim sadece. Yine heyecandan avuçlarım terlemişti.

Akşam eve el ele dönerken arada bakışlarımız buluşuyor ve birbirimize utangaç bir şekilde gülümsüyorduk. Yemekte sürekli bana bakıyordu ama bu hiç hoşuma gitmemişti çünkü şimdi evdeydik ve dükkândaki öpüşmenin devamını ister diye korkuyordum. Hem hazır hissetmiyordum hem de hâlâ beni sevdiğini ya da değer verdiğini sanmıyordum. Hâl böyleyken daha fazla üzülmemek adına ona karşı gardımı asla tamamen indiremiyordum.

Neyse ki televizyon izlerken bir kırlenti dizime koyup ona yatmak dışında bir şey yapmadı. Ben de kendimle ciddi bir iç savaş verdikten sonra saçlarını okşayıp karıştırmaya başladım. İzlediğimiz yarışma programı bitince de yatmaya odalarımıza gittik. Eskisi gibi yine bana iyi geceler öpücüğü veriyordu ama bu kez dudağımaydı öpücük.

Sonraki günler el ele işe gidip gelmekle ve genelde siparişler hakkında konuşmakla geçti. Artık en azından aramızda iletişim olduğu için halimden memnundum. İş de rahattı ve evin dışında bir hayat, bana çok iyi gelmişti. Dükkândaki düzeni de öğrenmeye başlamıştım. Emre, haftanın yedi günü çalışıyordu ama altı işçisinin yarısı cumartesi, diğer yarısı da pazar günü izinliydi. Ben de pazar günleri izinliydim.

İlk tatil günümü, altın günü yapan ablama yardıma giderek değerlendirdim. Aslında altının fiyatı uçtuğu için tüm kadınlar bir miktar para alıp vererek gün yapıyorlardı. Misafirler gelince sohbet koyulaştı. Menekşe, kocasının ailesinden dert yanıp durduğu için trend topic konu kayınvalidelerdi. Dolayısıyla edepsiz muhabbetler çok şükür yoktu. Kadınlar yakındıkça şaşkınlığım artıyordu. Bu kadar mı zordu kocanın anasıyla anlaşmak arkadaş? Bende sadece kayınpederim Emin amca vardı ki o da babamdan iyiydi. Annemin komşusu Çiçek teyze "Elif, sen de katılsana güne," diye önerdi.

"Teşekkürler ama gerek yok."

"Para biriktirmiş olursun kızım. Varken savurmak kolay, yokken bulması zor," diye nasihat etti.

Menekşe, "Ay ne yapsın o üç kuruşluk para için günü, kocası altınları olduğu gibi ona bırakmış," diye yumurtladı. Herkes çok şaşırmıştı, ablam da tabii. "Öyle mi?" diye sordu.

Mal varlığım söz konusu olduğu için utanarak "Hımm," diyebildim sadece. Herkes Emre'yi takdir etti, sanırım bu takı olayında paralar ve altınlar hep borca harca gidiyordu.

Filiz "Emre'nin dükkânında çalışıyormuşsun, doğru mu?" diye sorunca muhabbet değişti bereket versin. "Evet," dedim heyecanla.

"Maaş var mı?" diye soran Asuman ablaya gülerek, "Evet, asgari ücret artı sigorta," dedim.

Sanem'le annesi de ablamlarda misafirdiler ve Sanem, aile arasında, haftaya yapılacak nişana ısrarla beni de davet etmişti. Mehmet olayı yüzünden kendini affettirmeyi istiyordu. Aslında bu zamana kadar sahip olduğum en iyi arkadaşım olduğu için mutlu gününde yanında olmam gerekirdi ama Emre ne derdi? Sonuçta Sanem'in nişanlısı Cenk ile Mehmet kuzendi ve illa ki o da nişanda olacaktı. Sanem'e söz vermeyip Emre'ye soracağımı söyledim.

Emre'nin bana bakışları değişmişti ve hoşuma da gidiyordu beni süzerek bakması. Huzur bulduğum, birbirini takip eden sakin günlerim hızla geçerken hâlimden memnundum. Sabah dükkânı temizliyor, ardından mutfakta öğlen yemeği için hazırlık yapıyor, öğlene doğru da yemekleri pişiriyordum ve gelen müşterimle ilgilenip faturaları düzenliyordum. Emre'nin rutinin de çözmüştüm. Sabah, öğle ve akşam namazlarını camide, ikindiyi atölyedeki malzeme odasında, yatsıyı ise evde kılıyordu. Namaz kılması normaldi, sonuçta hatırlayamadığı geçmişine dair kâbusların arasında sıkıştığı için iç huzuru arıyordu. Babası, Emin amca da namazında niyazındaydı. O değil de Emre, deli meli dini imanı bir bütün, namusuyla iş güç sahibiydi ve dişini tırnağına takmış çalışıyordu. Bizim boş gezenin boş kalfası Tufan da yan gelip yatardı ancak.

Bir akşam yemekten sonra koltukta Emre'ye yanaştım. Malum nişana gitmek için izin isteyecektim. İstediğini kocana yaptırabilmek için kadınlığını kullanmanın nasıl bir şey olduğunu henüz bilmiyordum ama deneme yanılma yoluyla zamanla öğreneceğime emindim. Kalbimin çaldığı bando mızıka eşliğinde sırnaşarak boynuna sarıldım. İlk önce şaşırsa da hemen beni kucağına çekerek boynuma gömülmüştü bile. Daha ağzımı açamadan sırtımı koltukta, onu da üstümde buldum. Hemen konuşmazsam Emin amcanın bir dileği daha kabul olacaktı. Kalbimdeki bando gerilim müziğine geçince damdan düşer gibi sordum. "Sanem'in nişanına gidebilir miyim?"

Hemen üstümden kalkıp doğruldu. Bir daha kadınlığımı kullanmak mı? Tövbe! Pisipisine gidiyordum az daha. "Ne zaman?" diye sordu.

"Bu hafta sonu."

"Bu kız, Mehmet itiyle arkadaş değil mi?"

"Aaa şey... Aslında nişanlısı Cenk ile Mehmet kuzenler."

"Yani o it de orada olacak." Kafamı sallayıp onayladığımda, "Ya ben de gelirim ya da gidemezsin," diyerek istediğim cevabı verdi.

"Birlikte gidiyoruz o zaman," dedim gülümseyerek ve boynuna sarılıp iki yanağını öptüm. Beni tekrar koltuğa yatırıp boynumdan aşağı, gümbürdeyen kalbime doğru öpücüklerini sıralamaya başladı. Asıl ulaşmak istediği yerde ona engel olan tişörtümü yukarı çekip başımı yakasından geçirerek çıkarttı. Bedenimi saran ateş ve içimi ısıtan heyecanı körükleyerek sutyenimden taşan göğüslerimin arasına gömüldü. Biraz sonra kafasını kaldırıp sırıtarak bana baktı. Niye sırıtıyordu ki? Şu an sırıtılacak bir şey yapmıyorduk sonuçta.

"Neye gülüyorsun? Söyle beraber gülelim," diyerek en iğrenç öğretmen klişesini kullandım.

Sırıtması kıkırdamaya dönüşürken, "Burnum göğüslerinin arasına sıkıştı az önce, az daha boğuluyordum," dedi ve kahkaha attı. Çok utanmış ve hem göğüslerimle alay ettiği hem de anın büyüsünü bozduğu için kızmıştım. "O zaman olur olmadık şeylere burnunu sokma!" diyerek koltuktan kalktım. Tişörtümü giyerken üst kata, odama çıkmak için yöneldim, arkamdan hâlâ gülüyordu uyuz şey.

Hafta sonu, Sanemlerin evindeki nişana giderken, Emre, elimi tutmuş bırakmıyordu. Evdeki Mehmet hariç herkesle selamlaştıktan sonra mutfağa, Sanem'in yanına gittim. Benim nişanımdaki ruh halimin tam tersi şekilde Sanem'i tatlı bir telaşla içine sığmayan bir mutluluk sarmıştı. Sanem'le beraber salona girdiğimde Mehmet'i görmezden gelerek Emre'nin yanına oturdum. O da yavrusunu kanatları altına alan kartal misali beni koltuğunun altına aldı. Bu sahiplenici tavrı ona ait hissetmemi sağlıyordu ve gün geçtikçe hiç kopmayacak bağlarla bağlanıyordum.

Nişan kesildikten sonra Sanem'in kız kardeşiyle pastaları dağıtmaya başladık. Emre, telefonu çalınca salondan kalkıp bir yere gitmişti ve gecikince merak edip evin içinde onu aramaya koyuldum. Sonunda balkonda bulduğumda yanına girdim.

"Tamam. Size de," deyip telefonu kapattı.

"Kötü bir şey mi var? Babana bir şey mi olmuş yoksa?"

"Onu da nerden çıkardın?"

"Uzun konuşunca..."

"Ben değil, amcam uzun konuşan. Bir türlü kapatmadı. Babam özlemiş bizi. Yarın ziyaretine gidelim mi?"

"Tabii ki, biz de onu özledik zaten," dedim gülümseyerek. Belime sarılınca ben de ellerimi sert göğsüne yerleştirdim. Dudakları dudaklarıma hafifçe değdiği an ona teslim olup karşılık verdim. Yabancı bir evin balkonunda, heyecan veren bir tutkuyla öpüşüyorduk. Kırılma sesiyle birbirimizden ayrılır ayrılmaz Emre, elimden tutup içeri soktu beni. Balkon kapısının az ilerisindeki komodin devrilmiş, üstündeki biblolar da yere düşmüştü. Koridorun sonunda ise salona kaçan Mehmet vardı. Hem çok utanmış hem de yakalandığımız için korkmuştum. "Terbiyesiz bizi dikizlemiş!" diye söylendim. Emre ise halinden memnun bir şekilde, "Boş ver iyi oldu," dedi. Çok şükür, başka olay çıkmadan da evimize döndük.

Ertesi gün işten erken çıkıp hastaneye, Emin amcayı ziyarete gittik. Emin amca birbirine kenetli ellerimize bakıp "Maşallah, Allah aranızdaki muhabbeti bozmasın," diyerek okuyup üfledi bizi ama baş başa kalamadıklarından olsa gerek, Emre'ye torun falan soramamıştı. Bir ara Emre kantindeyken kapı tıklandı ve içeri otuz yaşlarında bir adam girdi.

"Geçmiş olsun Emin amca, nasılsın?"

"İyiyim çok şükür. Allah bundan aşağı etmesin."

"Emre yok mu?"

"Kantine kadar gitti, gelir şimdi." Adamın gözü bana takılınca, "Siz de hoş geldiniz, Elif Hanım," dedi.

"Tanışıyor muyuz?" diye sordum uzattığı elini sıkarken.

"Düğününüzde görmüştüm sizi. Belki oradan hatırlarsınız. Ben Emre'nin doktoru Selçuk. Aslında sizinle tanışmayı uzun süredir bekliyordum çünkü sizinle özel olarak konuşmak istediklerim var."

Ben de Emre hakkında merak ettiklerimi sormayı istiyordum. "Tabii ki, ne zaman isterseniz konuşabiliriz."

"Şimdi, sizin için müsait midir?"

"Elbette."

Selçuk Bey'in peşine takılıp odadan çıktım. Alt kata, muayenehanesinin olduğu odaya girdik. Yanında çalışan kız bize çay ikram edip odadan çıktı ve yalnız kaldık. Çay eşliğindeki havadan sudan muhabbetleri es geçip "Emre'nin nesi var?" diyerek pat diye sordum.

"Emre'de misojinizme bağlı olarak anksiyete bozukluğun bir çeşidi olan sosyal fobi, obsesif-kompulsif bozukluk, travma sonrası posttravmatik stres bozukluğu var." Doktor bir sürü şey saymıştı ama hiçbirini anlamamıştım. Misojinizm hariç tabii. O, kadınlardan nefret etmesi demekti, onu bizzat kendim araştırıp öğrenmiştim.

"Tüm bunlar ne demek?"

"Emre, dört yaşındayken üzerinde travma etkisi yaratan bir olay yaşamış. O olayın düşlerde ve günlük yaşamda tekrar yaşanması, olayı hatırlatan durumlardan kaçınmaya yol açan aşırı uyarılma, kaygı ve kolayca irkilmeyi içeren anksiyete bozukluğu yaşıyor. Kısaca, geçmişi, peşindeki gölgesi gibi. Dahası travma sebebiyle anılarını bastırmış ve hatırlamıyor. Bu bir çeşit savunma mekanizmasıdır aslında. Ama şu aşamada Emre için hatırlaması daha iyi olurdu. Sorunu bilseydik, çözüm bulabilirdik çünkü. Sana nasıl davranıyor?"

Duyduklarımı kavramaya çalışıp cevap verdim. "İlk başlarda çok soğuktu, yokmuşum gibi davranıyordu. Ama şimdi daha iyi, en azından aramızda iletişim var."

"Sana karşı soğuk davranışlarının sebebi sosyal fobisi. Tanımadığı biriyle göz göze gelmekten korkar ve çekinir sosyal fobisi olanlar. Ama Emre'de bu durum sadece kadınlardan ibaret. Hatta tüm hastalığının getirdiği etkiler sadece kadınlarla olan ilişkilerinde mevcut. Romantik veya cinsel ilişki kurmak amacıyla biriyle tanışmaya çalışmaktan korkuyordu hep. Benim sana asıl sormak istediğim; ilişkiye girip girmediğiniz? Emre bu konuda benimle konuşmayı kesinlikle reddediyor."

Bir anda utançtan kıpkırmızı kesilip "Kusura bakmayın ama özel hayatımız konusunda ben de kocam gibi ketum olacağım. Bu sizi ilgilendirmez," diyebildim.

"Tabii anlıyorum. Kocam, diyorsun; bu onu sahiplendiğin anlamına mı geliyor?"

"Elbette, evliyiz en nihayetinde."

"Emre bana son geldiğinde sana zarar verdiği için hastaneye yatmak istedi. Sonra da sen istemediğin için vazgeçtiğini söyledi. O gün vakit olmadığı için enine boyuna konuşamadık. Neden hastaneye yatmasını istemedin?"

"Alınmayın ama hastanenin psikiyatri koğuşu korkunç. Orada kimseyi tedavi edemezsiniz. Sadece daha da hasta olur insan." Doktor sözlerim üzerine gülümseyerek "Dobrasın," dedi. Benim en belirgin özelliğim buydu zaten.

"Evet, öyleyim."

"Öyleyse lütfen açıkça söyle; tek sebep psikiyatri servisimizi beğenmeyişin mi? Yoksa ona değer vermen mi?"

"Tabii ki ona değer veriyorum." Niyeyse bunu yüksek sesle söylemek beni utandırmıştı.

"Aranızda romantik bir bağ olduğunu söyleyebiliriz o hâlde. Âşık mısınız peki?" Bunu kendime bile itiraf edememiştim ki doktora söyleyebileyim. Cinsel hayatımızı sorduğu zamanki kadar çok utanmıştım. Ben cevap vermeyince, "Elif Hanım, bunlar önemli ayrıntılar olmasa emin olun özel hayatınıza burnumu sokmam," diyerek diretti. Emre'nin iyiliği için "Sanırım ona âşık oluyorum," diye itiraf ettim.

"Öyleyse bana yardımcı ol, lütfen. İlişkiye girdiniz mi? Bu sorunun cevabı çok önemli."

Doktor bile olsa yabancı bir adamla bunları konuşmak beni germişti. Selçuk Bey'den tarafa bakmadan, kafamı olumsuz anlamda salladım. "Peki, kim kaçıyor?" diye bir soru daha sordu. Ben yine cevap vermeyince "Emre mi?" dedi. "Hayır, ben," diye mırıldanarak doğruyu söyledim.

"Sebep?"

"Nişanlıyken birkaç kez beni korkuttu, şimdi de aynı şeyleri yaşamaktan çekiniyorum."

"Seninle birlikte olmamak için yaptı bunu."

"Nasıl? Anlamadım."

"Seninle birlikte olmaktan ve kendini kaybedip seni boğmaktan korkuyor. Obsesif-kompulisif bozukluğu, yani takıntısı sebebiyle senden kaçıyor. Çünkü onun en büyük takıntısı jinefobisi."

"Bu aralar benden kaçmıyor, hatta beni kovalıyor. İyileşiyor mu yani?"

"Kovalıyor derken?"

"Mecazen. Yani işte..." Yine bir utanç dalgasına tutulmuştum. Doktor çekmecesini açıp biraz karıştırdı ve bir defter çıkarıp "Lütfen söyle; ne kadar ileri gidebildiniz?" diye merakla sordu.

"Öpüşüyoruz," dedim. Başka şey istesem de söyleyemezdim utancımdan.

"Öpüşmekten ileri gidebildiniz mi peki?" Bu soruyu duyunca nasıl utandıysam artık, doktor kendi kendine "Evet," diyerek not aldı. Adam niyeyse bu ayrıntı ile çok mutlu olmuştu. "Emin amca ile evlilik kararını beraber verdik. Tabii daha çok Emin amcanın ısrarıyla oldu. Ama ben de her kadının korkunç olmadığını Emre'ye göstermenin en iyi yolunun bu olduğunda hemfikirdim. Cinsellikle ilgili fobilerini yenmesinin yolu da buydu tabii. Emin amca, bu kararı aldıktan bir ay sonra oluşturduğumuz kriterlere uygun bir gelin adayı bulduğunu, hatta bir kaza sayesinde pürüz çıkmadan sizi evlendirebileceğini söyledi."

"Ne kriteriymiş bunlar?"

"Emre'nin ona özel ilgi gösterecek birisine ihtiyacı vardı. Merhamet gösterebilecek, Emre'ye katlanabilecek kadar güçlü ve korkusuz... Emin amca senin için 'İyilikle dolu bir kalbi var ama hakkını savunmaktan da asla geri durmaz,' dedi ve bence bu hepsinden önemliydi. Emre'yi hastaneye bırakmak istemeyişin bile onun için doğru kişi olduğunu gösteriyor."

"Peki, benden ne istiyorsunuz şimdi?"

"Birlikte olmak için Emre'nin üstüne gitme ama o sana geldiğinde olabildiğince yardımcı ol ona. Bunu aşarsa son engelin üstünden atlamış gibi olacak. Ama seni uyarmam gereken hususlar var. Emre'nin fobileri var; nazar boncuğu ve göğüslerden midesi bulanıyor ve kusuyor." Bunları biliyordum ama benim göğüslerim istisnaydı, onları fazlasıyla seviyordu. Doktor ilk kez sıkılarak "Bir de... Kolpopfobi diye bir fobisi var ki jinefobisi ya da erotofobisini aşsa bile burada sıkıntı yaşayabilirsiniz."

"Lütfen anlayabileceğim şekilde anlatır mısınız?"

Jinefobi, kadınlardan korkması; erotofobi de seksten korkması demek. Kolpopfobi ise kadın cinsel organından korkmak demek. Yani gördüğünde krize giriyor ve öfke nöbeti geçirip kendini kaybediyor. Hem de bir fotoğraf bile yetiyor bunun için. Gerçeğini gördüğünde sanrı görerek gerçeklikten kopabilir ve sana ciddi zararlar verebilir. Boğmak nedense tercihi."

"Ve siz bunu bildiğiniz hâlde, evlendiğimiz sabah ona beni bağlamasını söylediniz öyle mi?" Öyle sinirlenmiştim ki doktor falan dinlemeyip adama bağırdım.

"Bunu Emre mi söyledi?"

"Hayır, sizinle konuşurken duymuştum ama konumuz bu değil. Nasıl bu kadar ciddi problemleri varken ona beni bağlamasını söylersiniz?"

"Çünkü asıl korktuğu sizsiniz yani kadınlar. Ona zarar veremeyeceğini bilirse kendini güvende hissedip sakin kalabilir."

"Hastalarla uğraşa uğraşa siz de kafayı yemişsiniz! Benim hayatımı riske etmek umurunuzda bile olmamış!" Ben doktora saydırırken kapı açıldı ve içeri Emre girdi. Beni es geçip masasının arkasındaki sandalyede oturan Selçuk'un yakasına yapıştı. "Sana karımdan uzak dur demiştim."

Emre, doktora yumruk atmak için elini kaldırınca "Ben konuşmak istedim," dedim hemen. Emre bana dönünce, "Neyin var diye merak ettim. Sen de anlatmıyordun, doktorunu görünce konuşmak istedim," diye açıkladım. Selçuk'u bırakıp beni kolumdan çekerek odadan çıkardı. Doktor arkamızdan "Sorun değil Emre, özre gerek yoktu," diyerek kinayede bulundu. Üst kata çıkana dek hiç konuşmadık. Babasının odasına girmeden kolunu tutup onu durdurdum. "Bana kızdığın için yine susacak mısın?"

"Sana değil, o ite kızdım. Yatıp yatmadığımızı sordu değil mi?" Cevap vermeyince onay vermiş gibi oldum ve Emre, öfkeyle ellerini saçlarının arasından geçirdi. O anda bir kriz geçiriyordu ve bu krizin adı kıskançlık kriziydi.

"Doktor o, kıskanılacak bir durum yok yani ortada," diyerek onu sakinleştirmeye çalıştım.

"Biliyorum. Selçuk, evli ve karısını da çok sever. Ama elimde değil Elif, kıskanıyorum."

"Sebep? Yani beni sevmiyorsun ki kıskanasın."

"Bunun aşkla sevgiyle ilgisi yok. Tuhaf biliyorum ama babam ya da oyuncaklarım gibisin. Küçükken de oyuncaklarımı paylaşmazdım ya da babamı asla kimseyle paylaşamam. Sen de bir şekilde sadece bana özel ol istiyorum. Bu bir çeşit takıntı. Benden başkasına gülmeni bile istemiyorum." Adam hastalık derecesinde kıskanç olduğunu itiraf ediyordu ama niyeyse bu benim çok hoşuma gitmişti. Gülümseyerek, "O zaman ben de gülmem başka kimseye," dedim. Neyseki aramız bozulmamıştı, sarılıp alnımı öptü.

Emin amcanın yanına geri girdik ve bir saat kadar oturup eve dönmek için yola çıktık. Çarşıdan geçerken Emre, durakta bekleyen bir arkadaşını ve eşini arabaya aldı. Onlar arka koltuğa kurulunca selamlaştık. Emre'yle arkadaşı kalıplaşmış şekilde "Nereden böyle?" diye karşılıklı sorduklarında sinemadan döndüklerini öğrendik. Emre'nin arkadaşının eşi "Film süperdi, bence siz de muhakkak gidin," dediğinde içime öküz oturduğu için cevap veremedim. Bizim daha evde bile oturup film izlemişliğimiz yoktu ki. Emre'nin liseden arkadaşıydı adam ve bir buçuk yıllık evliydiler ama çift olarak aramızda dağlar kadar fark vardı. Biz, sinemaya gidebilecek ya da yemeğe çıkabilecek bir çift değildik maalesef. Eve geldiğimizde de hâlâ içimde bunun derdini taşıyordum. Yatmaya üst kata çıkarken Emre, "Bu akşam çok sessizsin," dedi. Dönüp ona baktığımda "Yanlış anlama, sonunda susmuş olmandan asla şikâyetçi değilim," diye ekledi sırıtarak.

"KÖMÜŞ!" diyerek odamın kapısını suratına çarptım. Kendimi yatağa atıp yine dertlere gömüldüm. Emre'nin sandığımdan da fazla derdi vardı. Deli lakabını durduk yerde almamıştı yani. Ama rahatsızlığını öğrenince, onu deli diye yaftalayanlara kızmadan edemedim. Ne yaşadığını ne biliyorlardı da hemen ötekileştirip dışlıyorlardı? Toplum olarak bu yanlışı hep yapıyorduk aslında. Aklıma beni kıskanması gelince, sırf kıskançlığından bile olsa beni sahiplenmiş olması huzurlu hissetmeme yetti. Yalnız olmadığımı kendime hatırlatıp ağlamadan uyumayı başardım.

Sabah dükkânın önüne geldiğimizde yine o köpek yanımıza geldi. Bu kez eğilip köpeği sevdim. Emre, korkmadığımı görünce şaşırdı. "Sırf elimi tutmak için numara mı yaptın?" dedi gülerek.

"Ne alakası var? Asıl sen yapıştın bana," dedim savunmaya geçerek. Emre gözlerini devirip dükkânın kapsını açmak için anahtarlarını çıkardı ve cam kapının en altında olan kilide anahtarı sokmak için eğildi. Köpek aniden yanağını yalayınca bu kez o boşta bulunup irkildi ve küfretti, ben de kahkahayı koy verdim. "Sevdi seni, korkma ödlek."

Kapıyı açıp doğruldu ve kinayeyle, "Ben de seni *seveceğim* şimdi," dedi. Seveceğim yerine başka şey ima ediyordu, edepsiz. "Sapık deli," deyince "Koca meme," diye karşılık vererek beni koltuğunun altına aldı. Ben de onun beline sarıldım. İçeri girerken tam karşıdaki fırının kapısında, üstünde beyaz fırıncı üniformasıyla oturan Tufan'ı gördüm, dik dik bize bakıyordu. Emre, baktığım yere bakıp "Ne işi var bunun burnumuzun dibinde?" diye söylendi. Tufan'ı tanıyordum ve sadece huzurumuzu bozmak için orada işe girdiğine emindim.

# 8

Tufan'ın varlığı ilk başta canımı çok sıkmış olsa da, gün boyu dükkândaki yoğunluktan onu çarçabuk unuttum. Tüm gün bayağı bereketli geçmişti. Emre, öğlen yemek yerken, "Ayağın uğur getirdi," dedi. Bunu ondan duymak çok hoşuma gitmişti. Aramızdaki buz dağını yıkan köpeğe de yemek artıklarını verip besliyordum. Akşam çıkarken Emre köpeği gördüğünde, "Bu it de iyice yerleşti dükkânın önüne. Hoşt!" diyerek kovdu.

"Ya ne kovuyorsun hayvanı? Ne zararı var sana?"

"Dükkânın önünde durursa tabii ki zarar, müşteri korkar, yaklaşamaz."

"Bir şey yapmıyor ki korksunlar."

"Elif, olmaz, burada besleyemezsin."

"Eve gelsin bizimle o zaman. Lütfen..." Tüm şımarıklığımla koluna yapıştım.

"Evde köpek mi beslenirmiş?"

"Bahçede besleriz, kocaman bahçe var. Hem biz yokken evimizi bekler."

"Bahçeyi talan eder."

"Bir kulübe yaparsın sen, orada kalır."

"Heh, zaten ben de bunca işimin içinde, bir it gelse de ona kulübe yapsam diyordum!"

Dudaklarımı büzmeyi düşündüm ama öyle yapan kızların ağzına pideci küreğiyle vurasım geldiği için vazgeçtim. Daha fazla yalvaracak değildim, kolundan çıkıp önden önden yürümeye başladım. Hemen peşimden gelip kolumdan tuttu, beni kendine çevirdi. "Tamam başımın belası, tamam. Ama o it gece havlayıp beni uyutmazsa ya da bahçe köpek pisliği kokarsa hesabını senden sorarım." Sırıtmamı engelleyemeyerek "Anlaştık," dedim. Sonra da köpeğe dönüp, "Gel hadi!" diye çağırmaya başladım ama hayvan gelmiyordu. Ne kadar uğraştıysam da biraz bizi takip edip yeri olarak benimsediği çarşı esnafının kaldırımından öteye geçmiyordu. Pes edip üzülerek "Gelmiyor," dedim.

Emre, gözlerini devirip, "Yarın işe arabayla geliriz. Akşama da etle falan kandırıp ketenpereye getirir, arabaya sokarız," dedi.

Sırf beni mutlu etmek için istemediği köpeği eve getirmenin yollarını araması akşama dek onunla normal bir çift olabileceğimizi ümit etmeme sebep olmuştu. Akşam yemekten sonra benimle ilgilenmek yerine çizim yapmak için bilgisayarı eline alınca suratımı asıp koltuğa oturdum öylece. Ancak boş hayaller kurardım ben zaten.

Suratsız halimi fark edip, "Televizyonu açsana," dedi.

"İzleyesim yok, sen de çalışıyorsun hem." Laptopu kapatıp televizyonu açtı ve yanıma oturdu. "Oldu mu?" diye kinayeyle sordu. "Ben bir şey demedim ki oldu mu diye imada bulunuyorsun," diye kendimi savundum.

"Beş karış astığın suratın öyle demiyor ama. Var mı izlemek istediğin bir şey?"

Deli cesaretiyle gün boyu hayal ettiğim karelerden birini gerçeğe dönüştürmek için, "Film izleyelim mi?" diye sordum. Bana bakıp, "Olur ama filmi ben seçersem," dedi. İlk kez beraber film izleyecektik, ne olsa izlerdim. İçimdeki sevinci bastıramayarak kocaman bir gülümsemeyle, "Olur," dedim.

Laptopta film arayışı bitince, "Siccin'i izleyeceğiz," dedi sırıtarak. Amacı beni korkutmaktı ama ben öyle inden cinden, hayaletlerden korkmazdım. Kesmeli biçmeli iğrenç korku filmlerinden nefret ederdim sadece. O yüzden "Tamam," dedim umursamaz bir tavırla. Emre, laptopu televizyona bağladı ve ışıkları kapattık. Hava soğumaya başladığı için battaniye getirdim. Emre, yanıma yatıp battaniyenin altına girdi ve sırıtarak, "Korkunca altına saklanmak için mi aldın bunu?" diye sordu.

"Ne alakası var, Eylül ayındayız sonuçta, hava soğuk oluyor akşamları artık."

"Tabii tabii, eminim ondandır." Film başladığı için cevap vermeyip sustum. Bir büyüyle cinlerin musallat olduğu bir aileyi anlatan film -hakkını vermem gerek- ürkütücüydü. İlk sahnede, büyü yaptıran bir kadının yanındaki arkadaşının içine cin girip konuşmaya başladı ve birden kafasını çevirdiğinde gözleri bembeyazdı. Boşta bulunup "Ay!" diye bağırdım. Emre halime gülüp eğlenince kendimi topladım hemen, ödlek değildim sonuçta. Bir iki sahnede irkilip Emre'nin sırıtmasına sebep olsam da beklediği gibi battaniyenin altına falan kaçmadım. Film bitince aklıma gelenler yüzünden, "Emre, sakın sana sen küçükken büyü yapmış olmasınlar, cinli falan olmayasın sen de," dedim.

"Babam da düşünmüş onu," dedi ciddiyetle. "Sonra bir derin hocaya gittik. Cinin biri musallat olmuş bana. Bak bunları anlatıyorum ama aramızda kalacak," diye uyardı. Nefesimi tutmuş dinliyordum. Korkudan sadece kafamı sallayabildim. O da aynı ciddi ifadeyle anlatmaya devam etti.

"Gördüğüm cin dişi ve sarı, yere kadar uzanan saçları var. Onu ilk kez çocukken gördüğümde çok güzel diye düşünmüştüm ama sonra hoca okudukça çirkinleşti ve gerçek yüzünü gördüm, ayakları tersti. Şimdi onu sadece ara sıra görüyorum ve o dişi cin hâlâ etrafımda, hissedebiliyorum. Nazar boncuklarıyla beslenip daha da güçleniyor. O yüzden nazar boncuğu görünce kusuyorum." Daha önce buna benzer şeyler duyduğum için anlattıkları aklıma yatıyor ve korku yavaş yavaş iliklerime kadar işliyordu.

"Hoca okuduğu için mi artık gelmiyor?"

"Gelmediğini kim söyledi? O geldiği için kâbus görüyorum. Seni boğmamı da o söyledi, etrafımdaki kadınları kıskanıyor çünkü."

"Ondan mı uzak duruyorsun kadınlardan? Ama doktorun bir sürü hastalık saydı."

"Doktor bilimsel düşündüğü için böyle şeylere inanmıyor da ondan."

"Namaz kılınca gidiyor diye mi beş vakit kılıyorsun?"

"Yok, aslında farz diye ama bir bakıma evet. Bak, adından bahsettik diye geldi. Şimdi de burada, tam arkanda." Korkarak kafamı hemen arkaya çevirdim. Arkamda bir şey göremeyip önüme döndüğümde televizyonun loş ışığında gördüğüm Emre'nin gözleri tıpkı filmin ilk sahnesindeki gibi yok olmuş, geriye sadece gözlerinin akı kalmıştı

"AAA!!!" Çığlığı basıp irkilerek olduğum yerde zıpladım. Aynı anda gözleri geri gelen Emre kahkahayı bastı. Korkudan zangır zangır titrerken sinirlerim boşaldığı için ağlamaya başladım. "İyi misin? Şaka yaptım sadece," dedi. Ağzımdan bir hıçkırık çıktı cevap olarak. Filmin de etkisiyle anlattığı her şeye inanmıştım. Işığı açtı ve su getirdi. Titremem elverdikçe suyu yudumladım. Tamamen sakinleştiğimde bana hâlâ sırıtarak bakan Emre'ye, "Hayvan! Dangalak! Öyle şeyle insan mı korkutulur? Geberiyordum korkudan!" diye çıkıştım.

"Sen de amma ödlek çıktın. Hem saçma sapan 'Sen cinli misin?' diye sorarsan ben de öyle işletirim seni. Aptallığından oldu hepsi. Neyse ben yatmaya gidiyorum."

O daha koltuktan kalkamadan koluna yapıştım. "Gidemezsin!"

"Nedenmiş?"

Hâlâ korkuyordum, alay etmesini göze alarak itiraf ettim. "Tek başıma o koca odada uyuyamam, korkuyorum."

"Elif, biraz mantıklı ol. Korkuyorsan ışıkları açıp yat."

"Bana ne ya! Yalnız kalmam ben!"

"Senin yatağına gelmeyeceğim, sen de benimkine gelmeyeceksin. Unut bunları! Kesinlikle olmaz! Yine kâbus görüp seni boğabilirim."

"O zaman burada yatalım," diyerek açılıp yatak olabilen koltuğa koydum elimi.

"Ne fark eder ki? Yan yana olacağız yine."

"Babanda da beraber uyumuştuk, o zaman boğmamıştın ve kendin demiştin, beraber uyuyalım diye. Şimdi de ben istiyorum."

"Of! Allah'ım sana geliyorum! Tamam!" diye kabul etti ama yine kalkmış bir yere gidiyordu.

Telaşla "Nereye?" diye sordum, beni yalnız bırakıp gidecek diye ödüm kopmuştu. Sanırım filmden sandığımdan fazla etkilenmiştim. Bezmiş bir şekilde "Işığı kapatacağım," dedi.

"Hayır, açık kalsın."

"Ben ışıkta uyuyamam," diyerek ışığı kapattı ve yanıma yatıp battaniyenin altına geldi. Işığı kapatınca bahçedeki ağaçların gölgeleri salona akın etti. Her biri hareket ediyor ve bence insansı şekiller alıyorlardı. Onları görmemek için gözlerimi sıkı sıkı yumdum ve Emre'nin bir koluna yapıştım. Kolunu benden kurtarınca beni terslediğini düşündüğüm için bir anlık da olsa utandım ama başımı kaldırıp, beni kolunun üstüne yatırınca ben de sıkıca beline sarıldım. Koluna yattığım için kokusunu soluyordum ve korkumu en gerilere iterek öne çıkan bir duygu bu kokudan mest olmuştu. Diğer elini kendi kafasının altına koyup tavana dikti düşünceli bakışlarını.

Derdini az çok tahmin edip "Korkma, beni boğmayacaksın," dedim.

"Ben bile kendime güvenemiyorken sen nasıl bu kadar eminsin?"

"Biliyorum işte," deyip moral vermek için yanağını öptüm. Yan dönüp bana baktı ve hiç duraksamadan dudaklarımı öpmeye başladı. Kokusuyla mest ettiği beni dudaklarıyla da esir alıp kendine mühürlemişken, beklemediğim bir anda mührü bozup "Selçuk ne kadarını anlattı?" diye sordu.

"Hemen her şeyi sanırım. Bir sürü terim söyledi, çoğunu unuttum bile. Oblisif-komplesif mi ne varmış, ondan kaçıyormuşsun kadınlardan."

Emre gülümseyerek "Cahil, obsesif-kompulsif bozukluk doğrusu," diye beni düzeltti.

"Ben de bu geceki korkudan sonra kesin obsesif-kompulsif olurum. Artık iki deli gül gibi yaşar gideriz."

"Sen bence zaten hafif çatlaksın ama bu gece korkacak bir şey yoktu. Film saçmalığın daniskasıydı. Benim anlattıklarımın alayı yalandı. Niye korkuyorsun ki?"

"Filmde dediler ya bu gerçek hayatta İstanbul'da yaşanmıştır diye."

"Sen de yedin mi? Yahu Siccin'in, cin ile alakası bile yok. Siccin Sûresi, tartı ve ölçüde hile yapmayın, der. Siccin'in kelime anlamı bile 'Karanlık, dar mahzen' demek, cin ile alakası bile yok. Tartıda hile yapanlara Siccin'de hapsolma cezası verilecektir, diye buyruluyor."

"Hımm," diyebildim sadece. Cehaletimden utandım. Bir de zekiyim, uyanığım diye geçinirdim.

"Şimdi, Selçuk sana hakkımda tam olarak ne anlattı, onu söyle."

Kolları arasındayken bunu konuşmak utandırsa da "Şeye bakamadığını," dedim. En az utanç verecek şekilde çabucak söyledim. Keşke doktorun dediği terimleri ezbere bilseydim. O şekilde denildiğinde ayıp bir şey söylemiş gibi olmuyordu çünkü.

"Peki, ne düşünüyorsun bu konuda?" diye sıkıntılı bir şekilde sordu.

Tüm duygu ve düşüncelerimi bastıran bir utançla, "Hiçbir şey," diyebildim.

"Belki de seninle asla birlikte olamayacak bir kocan var. Bunu dert etmiyor musun yani?"

"Ben de pek hevesli değilim o işe açıkçası."

"Arabada olanlar yüzünden mi?"

"Sadece arabadaki değil; istemeye geldiğinizde söylediklerin, sonra bu eve ilk geldiğimizde olanlar... Ben istemezken birlikte olacağımızdan çok korktum hep."

"Şimdi gerçeği biliyorsun, hâlâ neden korkuyorsun?"

"Bilmiyorum, hem artık korkmuyorum; yani, sanırım. Banyoda beni öptüğünde korkularım aklımın ucuna bile gelmedi."

"Ben de unuttum, zaten fobilerimin biri bile aklıma gelmediği için o kadar ileri gidebildim. Selçuk duysa bu kadarını yapabildiğimi, sevinçten ters parende atardı. Tek derdi beni biriyle halvet edebilmek. Manyak herif."

"Peki, niye illa şey yapmanı istiyor?"

"Ona kalırsa, bir kadın tarafından cinsel tacize uğramış olma ihtimalim çok yüksek. Ama babam, o zamanlarda etrafımda kadın olmadığını söylüyor. Ben de komşu kadınlardan hiçbiriyle ilgili, özel bir korku yaşamadım. Neyse işte, biriyle birlikte olursam her şeyin benim için yoluna gireceğine inanıyor, Selçuk."

"Baban torun istediğinde, kafaya koymuştun benimle birlikte olmayı. Bu konuda bir sürü fobin varken nasıl olacaktı ki?"

"Bakmadan da yapabileceğime inanıyorum," dediğinde utançtan kızarıp kafamı eğdim sadece. Eliyle çenemi kaldırıp "Banyoda olanlar hoşuna gitti mi?" diye sordu. Aslında, utandığım için bunu cevaplamazdım ama aklıma doktorun sözleri geldi. Onu yüreklendirmemi söylemişti.

"Evet," diye tüm benliğimi saran bir utançla mırıldandım.

Yine dudakları beni keşfe başladığında üstündeki tişörtü çıkardı ve beni de soymaya başladı. Üzerimden çıkardığı her parça ile içime bir parça kor ateş daha düşüyor ve beni esir alıp ona sualsiz tutsak ediyordu. Dudakları çok sevdiği göğüslerime indiğinde kendini kaybetmiş ellerim, saçları arasında arsızca dolaşarak onu daha fazlası için yüreklendiriyordu. Aşamadığımız sınıra gelince, yanımdan kalkıp banyoya gitti. Üstümden çıkardıklarını bulup geri giydim. Islak saçlarla yanıma geldiğinde az önce ne yaptığını çok iyi biliyordum. Yanıma yatıp bana sarıldığında tereddütsüz kafamı, çıplak göğsüne koyup beline sarıldım.

Sıkıntıyla iç çekip saçlarımı öptü. "Bunu senden belli aralıkla istesem sorun olur mu?"

"Hayır." Daha fazlası için ileri gitmeye korkuyorken ona sımsıkı sarılıp uyumak hiç vazgeçmek istemediğim bir şeydi. "Ben de senden her gece beraber uyumayı istesem sorun olur mu?" diye sordum.

"Üzgünüm ama olmaz." Asıl üzülen ben olmuştum. Reddedilmenin verdiği onur kırıklığıyla aniden dolan gözlerimi saklamak için sırtımı döndüm. Arkadan belime sarılıp boynuma tüm benliğimi esir alan bir öpücük bıraktı. "Peki, sadece bu şekilde seviştiğimiz geceler olabilir aslında. Bu gece kâbus görmeyeceğimi biliyorum çünkü."

Sevinçle bir anda ona dönüp "O kadarı da yeter," diyerek boynuna sarıldım.

Sabah Emre'nin kollarında uyanmak hayal ettiğimden çok daha güzeldi. Onu uyandırmak için yanağından öptüğümde, gözlerini aralayıp dudağımdan öptü. Sabah busesinin ardından en tatlı gülümsemesiyle "Günaydın," dedi.

"Günaydın," diye karşılık verdim onun gülümsemesinden bana bulaşan neşeyle. Güne gözlerimi onu görerek açardım da günüm nasıl aydın olmazdı ki? Güle oynaya Yaptığımız kahvaltının ardından işe, akşam köpeği de eve getirebilmek için arabayla gittik. Gün boyu Emre'yi özlediğim için olsa gerek öğlen, mutfakta buluştuğumuzda, öpüşüp koklaşmaktan doğru düzgün yemek yemeye fırsat bulamadık.

İş çıkışı Emre, arabanın arka koltuğuna, mobilyaları taşırken kullandıkları naylonlardan serdi. Köpeği etle kandırıp oraya çektik ve en nihayetinde eve getirdik. Hayvan, ilk başta arabada olduğu için huzursuzlansa da araba hareket edince kafasını açık camdan çıkarıp etrafı izledi. Onu bahçeye indirdiğimizde etrafı keşfe çıkmak için koşturmaya başladı. Ben de yemek artıklarını bir kaba koyup getirdim. Yemeğe başladığında onu severken Emre bana bakıp "Adını ne koyacaksın?" diye sordu.

Biraz düşünüp "Aşk," dedim.

Emre, uzaylıymışım gibi bana bakıp sordu. "Aşk mı? Köpek için bundan daha salakça bir isim olamazdı herhalde."

"Niyeymiş? Aşkım o benim. Çok tatlı, onu sevmek bile insanı sakinleştiriyor."

"Köpek erkek bir kere. Hiç aşk olur mu adı?"

"Çok biliyorsan sen söyle bir şey."

"Madem seni sakinleştirdiğini düşünüyorsun, adı Lustral olsun."

"Hımm. Kulağa güzel geliyor. Önceki köpeğinin adı mıydı?"

"Hayır. Önceki ilaçlarımdan birinin adı. At bir tane Lustral, sakinleşirsin."

"Köpeğe ilaç adı mı koymak istiyorsun?"

"Evet. Kulağa hoş geldiğini sen söyledin." Köpeğe isim bulma işine ortak olduğu için mutluydum, ilaç adı da olsa kabul edip "Tamam. Lustral olsun ama ben kısaca Lust diyeceğim," dedim. Emre, bana sırıtarak baktı. "Lust ne demek biliyor musun?"

Olumsuz anlamda kafamı sallayınca "İngilizce'de şehvet demek," dedi. İngilizce bilmesine şaşırıp "İngilizce'yi nerede öğrendin? Okulda mı?" diye sordum.

Açık yüreklilikle "Ben endüstri meslek lisesine gittim, sonra da iki yıllık mobilya ve dekorasyon okudum. Ne gezer bende İngilizce," dedi. "Brad Pitt'in 'Yedi' filminde geçiyordu. Yedi ölümcül günahtan biri de Luxuria, yani İngilizcesi ile Lust'tı. Bence bizim oğlana da çok yakıştı. Adı Lustral olsun ama kısaca Lust diyebiliriz." Köpeğe edepsiz de olsa bir isim bulmuştuk sonunda.

Akşam aklımdaki tek soru, bu gece beraber uyuyup uymayacağımızdı. Tabii bunu ona doğrudan soramıyordum. Zaten bir iki saat sonra bilgisayarda çizim yapmaktan kızarmış gözlerini ovuşturup kalktı ve ben de peşinden öylece bakakaldım. Yine kendi odasına gitmişti yatmaya. Yalnız başıma yatağıma girince hüzün çöktü yine içime. Niye beraber uyuyamıyorduk ki? Dün uyumuştuk işte ne güzel. Kendimi tutmaya çalışsam da bir iki damla gözyaşım firar edince yastığım ıslanana dek ağladım.

Sabah suratımı asmış şekilde mutfağa indiğimde Emre'nin kahvaltı hazırlamış olduğunu gördüm. Gülümseyerek "Günaydın," dedi. Yanına gidip "Sana da," diye karşılık verdiğimde, belimden tutup asık suratımda güller açmasını sağlayan bir buse bıraktı dudaklarıma. Tadı bende kalan buse bittiğinde "Hâyırdır, bu sabah erkencisin," dedim.

"Cici itimiz Lust uyutmadı namazdan sonra." Bu cümleyi söylerkenki tonlaması gülmeme sebep oldu.

"Hiç gülme. O köpek tüm bahçeye pislediğinde göreceğim ben seni. Her yer köpek pisliği kokacak."

"Eee, ne yapacağız? Tuvalet için gezdirmek mi gerekir?"

"Gerek yok, arka bahçede uzak bir köşeye yapması için eğitmemiz yeterli. Yoksa o çok sevdiğin verandanın orta yerine yapar."

Kahvaltıdan sonra Lust için su ve yemek koydum bahçeye. Zavallı hayvan biz çıkarken peşimizden gelmek istese de Emre, onu bahçeye kilitledi. Bahçenin etrafı yüksek duvarlarla örülüydü. Lust, tıpkı ben işe girmeden önceki gibi tüm gün evde yalnız olacaktı. Bu şekilde empati kurunca "Bahçeye niye kilitledik onu? Biz gelene dek o da sokaklarda dolaşabilir," dedim.

pek kapısı yaparız."

"Alışsın eve önce bir, sonra bahçeye girip çıkması için köpek kapısı yaparız."

İşe gittiğimizde oturup köpek nasıl eğitilir diye araştırdım. İşime yarayacak şeyleri not alırken görsellerde bizim köpeğimizin benzeri çıktı karşıma. Lust, Bernese Dağ Köpeği cinsindendi ve bakımı için daha bir sürü şeye ihtiyaç vardı. Aşıları, temizliği, kaybolma ihtimaline karşı tasması... Onu bağlamayı asla düşünmüyordum. O yüzden zincir ya da ipe gerek yoktu ama tasma şarttı. Ben internetten veteriner kliniği aratırken kapı açıldı. Müşteri geldiğini düşünerek hemen ayaklandım ama gelen Tufan'dı.

"Ne işin var senin burada?" diye çıkıştım hemen. Emre, onu burada görürse hiç iyi olmazdı.

"Sana da günaydın abla!"

"Bela mısın Tufan? Emre keser seni, git hemen!"

"Aşk olsun abla, şurada komşu esnafız. Böyle mi ağırlıyorsun? Anladık aileni bir deli için bir kalemde sildin attın da..."

"Kime deli diyorsun sen! Benim kocama benim yanımda nasıl deli dersin? Emre'ye kalmadan ben ayağımın altına alacağım şimdi seni! Çık git!"

"Laflara bak! Tabii buldun deliyi parmağında oynatıyorsun. Paraları, altınları üstüne yapmış. Biz o fare deliğinde çürüyelim, sen dubleks evde keyif sür. Annem milletin evine temizliğe gidiyor, babam yerin altına giriyor. Hiç mi vicdanın sızlamıyor lan?"

Söyledikleri kanıma dokunmuştu çünkü evdeki durumları biliyordum. Ev kirasını benden aldığı parayla öderdi babam. Şimdi cidden zorlanıyor olmalıydılar. Ailem, ne kadar kötü olursa olsun ayrılmaz bir parçamdı. Yine de Tufan'a yüz verecek değildim. "Siz benden vazgeçtiniz ya bir kalemde. Ben niye vazgeçmeyecekmişim? Git, defol şimdi!"

"Senin nankör sıfatın için gelmedim buraya. Patron paspas sopası istemem için yolladı. Bizimkinin sapı kırıldı da."

Tufan'a cevap vermeyip arka tarafa geçtim ve sopayı paspasıyla ona verip "Defol, daha da sakın gelme. Hediyem olsun o size!" dedim.

"Nankör! Annem, her gün emzirdiğim sütlerim haram olsun

diyor. Boşuna demiyormuş! Babam da endişeleniyordu, deli seni dövüyor mu, diye."

Giderken son söyledikleri boğazımda düğüm olmuştu. Her ne olursa olsun, evlenip annemlerle görüşmemek paralel evrene geçiş yapmak gibi olmuştu. Hiçbirini unutmasam da dertlerim çok geride, gölgeler arkasında kalmışlardı. Yeni ve bambaşka bir hayatım vardı artık. Annemin bana nefret beslemesine mi yoksa babamın ilk kez benim için endişelenmesine mi üzülsem bilemedim bir an. Tufan, eski dertlerimi yeni hayatıma sokmuş, beş dakikada beni yine mutsuz etmeyi başarmıştı.

Tüm gün kafamda tonla sorun vardı ve öyle düşünceliydim ki, Emre, öğlen arası yemekte "İyi misin?" diye sordu. Sadece kafamı sallamakla yetindim. "Hiç de öyle iyi gözükmüyorsun ama," diye diretti. Çekinerek, "Annemler," dedim.

"Eee?"

"Zordalarmış, ona sıkıldı canım." Emre izin verirse, anneme birkaç bin lira para vermek istiyordum. En azından bir iki ay elleri rahat ederdi.

"O zaman niye araç kredisine başvurmuşlar? Hem zordalar hem de araba almak istiyorlar, ilginç."

"Ne?"

"Senin o eli uzun kardeşin o yüzden karşıdaki fırında çalışıyor. Fırının sahibi Nurullah amcayla konuştuk dün. Kredi çekebilmeleri için birinin sigortalı bir işte olması gerekiyormuş. Babanın sigortası olmadığı için de bu sülük fırına girmiş. Araç kredisi çekeceklermiş."

Duyduklarımı hazmedemiyordum. Beni evlendirmemek için bunu yapmamışlardı ama Tufan, şımarık bir çocuk gibi araba istedi diye elde avuçta yokken kredi çekeceklerdi. "Sigortalı çalışan yetiyor mu?" Bildiğim kadarıyla kredi almak öyle kolay değildi. Bankalar, kırk karga görmeden bir taş atmazlardı.

"Bir de bir araziniz mi ne varmış? Onu ipotek etmişler, Miraç söyledi."

"Yok ki bizim arazimiz falan." Şaşırmıştım, benim bilmediğim neyimiz olabilirdi ki? Emre, bilemem dercesine omuz silkti.

Öğleden sonra çay almaya gelen Miraç'ı tuttum kolundan. "Annemlerin ne arazisi varmış da bankaya ipoteklemişler?" diye sordum. Sanki zavallı Miraç'tı suçlu da, ondan hesap soruyordum.

"Abla, babamın amcası öldü; yani Nurcan halamın da amcası. Almanya'da yaşayan var ya hani? Çocukları Alman karısından olan."

"Bildim, bildim."

"İşte onun köyden aldığı tarım arazisi kardeşlere pay edildi. Çocukları Almanya'dan gelip uğraşmak istememişler. Satmak için avukat tutsalar arazinin ederi kadar masraf oluyormuş. Kardeşlere kaldı işte arazi. Bildiğin gibi kardeşlerin hepsi de ölü. Onlardan da yeğenlere, yani babamla halama kaldı."

"Anladım. Peki, Tufan'a araba alacakları doğru mu?"

"Evet. Görmüyor musun, Tufan çalışmaya başladı. O tembel ucunda araba olmasa çalışır mıydı?"

"Doğru." Ailem, beni zerre umursamayıp evlendiriyordu, sonra da bundan ötürü bana gönül koyuyorlardı. Benim için çekmedikleri krediyi Tufan için çekmeleri ise cabasıydı.

Akşam eve gider gitmez kafamı dağıtmak için yanımıza koşan Lust'ı sevmeye başladım. Adının hakkını veriyordu, tabii ki Lustral olarak. Hemen sakinleşip dertlerimi unutmuştum onu severken.

Üstüne bir de Emin amcayı ziyarete gidince eski neşem geri geldi. Emin amca, yine çok sevecendi ve tatlı sohbetine doyum olmuyordu. Selçuk Bey yine ziyarete gelince bir tatsızlık çıkacak diye endişelenmedim değil ama sadece Emin amcayla biraz muhabbet ettiler. Sonra da gayet sakin bir şekilde Emre'yle konuşmak için dışarı çıktılar. Emre'nin amcası da sigara içmek için gittiğinde Emin amcayla baş başa kaldık. Emin amca, "Seninle biraz konuşalım mı güzel kızım?" dedi. Hemen yatağın yanı başındaki sandalyeye oturdum.

"Emre nasıl?"

"İyi."

"Kızım, nasıl denir bilmem ama her şey yolunda mı? Emre'ye soruyorum ama cevap vermiyor." Kızararak sorduğu soru ile beni de utançtan kızartmıştı. Anlamamış gibi yapıp "Yolunda, iyiyiz biz," dedim.

"Bak, Emre çok farklı bir çocuk. En nihayetinde böyle olması benim hatam. Karım ölünce onun üzüntüsüne düştüm. Emre'ye komşular, yakınlar baktı neredeyse bir ay. Ben Emre'nin konuşmadığını karımın kırkında, camide kriz geçirdiğinde fark ettim. Yani başına ne geldiyse, ben çok sonra anladım. İlk doktoru, Muharrem Bey, fiziksel muayenede taciz ya da tecavüz belirtisi çıkmayınca -Allah'a çok şükür- annesinin ölümü yüzünden böyle olmuştur, annesinin yerine başka kadınları koyamadığı için kadınlardan kaçıyor, dedi. El bebek gül bebek baktım ona. İki sene hiç konuşamadı. Beraber uyurduk hep, yalnız uyumaya korkardı yavrum."

Emin amca, gözünde biriken yaşları sildi parmaklarının ucuyla. "Hemen her gece karabasan boğardı kuzumu. Ürkek bir çocuktu, kimseyle konuşmaz, oynamazdı. Ama asıl ergenliğe girdiğinde her şey daha da fena oldu. Krizler o zaman şiddetlendi. Çocukken sadece bağırıp bir köşeye çekilir ağlardı. Saldırganlıktan ziyade ürkeklik vardı. Ergenlikte öfke nöbetleri eklendi bir de krizlerine. Kendini her kaybettiğinde etrafındaki kadınlara saldırmaya başladı. Mobilyacıyı TTK'dan emekli olduktan on sene sonra açtım. Emre on dört yaşlarındaydı. Bir yıl sonra dükkâna gelen genç bir kadını boğmaya çalıştı."

"O kadar erken mi emekli oldunuz?" Diğer anlattığını bildiğim için kafama bu takılmıştı.

"Emre hastalanınca mecbur emekli oldum. Çocuk kimselere emanet edilmezmiş, acı bir şekilde öğrendim. Ama şimdi bu dünyadan göçerken, yavrumu sana emanet ediyorum kızım." Ağlayarak söylediği cümleler beni de ağlatmıştı. "Sen her sabah dükkânımın önünden geçerken bana selam verirdin. Deli Zarife'nin günaydınına da cevap verir, onunla sabırla muhabbet ederdin."

Bahsettiği yaşlı, deli kadını hatırlamıştım. Para vermeden kaldırımdan geçene kaldırımın kenarındaki çiçeklikten toprak atardı. Askerde oğlu öldüğü için delirmişti. Ama benimle sadece konuşurdu ve geçmeme müsaade ederdi. Herkes o kadından nefret ederdi, bense daima üzülürdüm yaşadıklarına. Bunun için mi Emin amca, Emre için istemişti beni?

"O yüzden mi ben?" diye sordum.

"Ben senin gönlünün ne yüce olduğunu biliyorum. Lütfen onu bırakma. Gitmeni istese de gitmeyeceğine söz ver. Gözüm açık gider yoksa."

"Söz veriyorum. Onu, ölene kadar bırakmayacağım."

"Gönül isterdi ki yavrumun yavrusunu da göreyim ama takdiri ilahi buymuş. Sanmam o kadar yaşayabileceğimi."

Yine utandığım için kızarmış ve kendime çok kızmıştım. Emre, kesinlikle haklıydı; ben çok bencildim. Adamcağız son günlerini oğlunun mutluluğu ile geçirmek istiyordu sadece. Bense aptal egolarıma teslim olmuştum ve sırf ilanı aşk etmedi diye Emre'den kaçıyordum. Bundan sonra ödleklik ya da gurur yapmayacağıma dair kendi kendime söz verdim. Emre odaya girince ağladığımı anlamasın diye camdan dışarıyı seyretmeye başladım.

Eve dönmek için arabaya bindiğimizde, "İyi misin?" diye sordu.

"Evet. Babana üzüldüm sadece."

"Doktoruyla konuştum. İyiymiş. Mide ameliyatı benim sandığımın aksine işe yaramış."

"Nasıl yani?"

"Babam, yalan söylemiş. Yani hâlâ hasta ama öyle, iki üç aylık ömrüm var, demesi hikâye. Yediğine içtiğine dikkat ederse ve hastalık nüksetmezse sorun yok, dedi doktor."

"Niye yalan söylemiş ki böyle bir konuda?"

"Beni apar topar evlendirebilmek için, niye olacak? Önceki doktoru kadındı. O yüzden ben hiç konuşmamıştım onunla. Kadın doktor doğum iznine çıkınca erkek doktor gelmiş yerine. Ben de doktorun değiştiğini duyunca görüştüm işte. Az değil babam da."

"O zaman çocuk yaparsak torununu görebilir."

"Utanmadan sana da mı aynı duygu sömürüsünü yaptı? O yüzden mi ağladın?"

"Adam hasta, dediğin şeye bak!"

"Babamı benden çok sevip düşünemezsin. Ama sanki hastalığa sırf beni bir şeylere zorlayabilmek için tutulmuş gibi. Baksana, sana bile utanmadan ne demiş."

"Bence abartıyorsun. Senin mutlu bir aileye sahip olduğunu görmek onun da hakkı."

"Sence mutlu muyuz yani?" Bunu gerçekten merakla sormuştu.

"Evet. Benim kendi ailemden çok daha iyiyiz. Şiddet yok aramızda bir kere." Emre, cevap vermek yerine arabayı bilmediğim bir sokağa soktu ve boş, düz bir araziye çekti. Bana dönüp "Kullanmak ister misin?" dedi.

Şaşkınlıkla sordum. " Ne?"

"Araba kullanmayı öğrenmelisin bence. Madem aile olduğumuzu düşünüyorsun, bazen beni arabaya atıp hastaneye yetiştirmen gerecek."

"Taksi çağırırım."

"Ya taksi bulamazsan?"

"Eniştemi ararım, onlar gelir."

"Of Elif, çok sıkıcısın. Araba kullanmak gerçekten eğlencelidir, gerekmese de denemelisin bence."

"Tamam." O, arabadan inince ben de indim ve yer değiştirdik. Sürücü koltuğuna oturmak bile bambaşka bir heyecandı.

Pedalları işaret edip "Soldaki debriyaj, ortadaki fren, sağdaki de gaz pedalı," diye tanıttı. "Debriyaja bas şimdi." Emre, bir sürü daha direktif verdi ve sonunda araba öne atılır gibi olsa da hareket ettirdim. Araba hareket edince hafif bir çığlık atıp hemen frene bastım. Kahkaha atmaktan kendimi alamıyordum çünkü çok heyecanlı bir şeydi ve adrenalinin hissettirdiği duygu bir kez kanıma girmişti. "Sürücü kursuna gitmek istiyorum," dedim.

"Tamam, yazdırırız seni."

"İş ne olacak peki?"

"Kurs haftada birkaç gün ve birkaç saat ancak olur. Hem Pazar günleri ben sana direksiyon çalıştırırım."

"Ama sen pazarları da çalışıyorsun."

"İki işçi daha alacağım atölyeye. Bereket getirdin, siparişleri yetiştiremiyoruz. Hem ben de biraz olsun dinlenirim."

Ağzım iki kulağımda sırıttım ve sadece "Tamam," diyebildim. Eve döndüğümüzde bizi yine havlayıp zıplayan Lust karşıladı. Emre hemen eve girerken ben Lust'la biraz oynayıp oyalandım. Köpeğe, internetten öğrendiğim taktiklerle eğitim vermeye uğraştım ama pek de başarılı olamadım. Sonuçta oyun oynamış ama hiçbir şey öğrenememiş bir Lust vardı.

Ertesi gün Lust'ı veterinere götürdük. Kontrol edildi, aşıları yapıldı. Lust, beni daha çok seviyor, Emre'yiyse daha çok sayıyordu sanki. Küçük çocuk yetiştirmeye benziyordu bu. Hani çocuklar da annelerini daha çok sever ama babalarını sayıp çekinirler ya, onun gibiydi. Emre, onu eğitme konusunda benden daha başarılıydı. Tabii ki o da tek günde tuvaletini yapacağı yeri öğretemezdi ama benim aksime, sözünü geçirebiliyordu en azından.

# 9

Atölyeye iki işçi daha alınınca ilk kez beraber pazar günü kahvaltı keyfi yaptık. Aslında pazarları birlikte çok kahvaltı etmiştik ama bu şekilde saat onda sofraya oturup yayıla yayıla kahvaltı etmek ilk kez nasip olmuştu. Havanın güzelliğinden istifade edip terasa kurmuştum sofrayı. Keyif çaylarımızı içerken Emre sofradan kalktı ve biraz sonra tavlayla geri geldi. "Biliyor musun?" diye sordu tek kaşını kaldırarak.

"Hem de çok pis," dedim ben de sırıtarak çünkü tavlada iddialıydım. Tavlayı açtı ve liman manzarasına karşı oynamaya başladık. İlk pulunu kırdığımda dudağını büzerek "Gerçekten biliyorsun oynamayı demek," dedi.

"Ne sandın, deli bebe?"

"Çenen değil, sen oyna koca meme."

"Hıh!" diyerek omuz silktim ve zarları attım. Düşeş gelse bu kadar işime yaramazdı. Dubara atmıştım ve onun iki pulunu kırdıktan sonra tüm kapıları kapatmıştım. Zaferle sırıtıp "Emre Bey, sizi tatile yolluyoruz," dedim. Bu cümle tavla kültüründe rakip oyuncunun zar dahi atmaya hakkı olmaması demekti. Ben pulları toplayıp kapı açana dek beklemek zorundaydı. Emre de artık iyice hırslanmıştı. Ama daha o taşlarını içeri bile sokamadan ben pullarımın hepsini toplayınca mars oldu. "Hem de üç sayıyla mars oldun, dikkatini çekerim," diye hava attım zarı.

"Sus da oyununu oyna. Her zaman gösterme çirkefliğini."

"Tabii canım," diyerek iyice dalgaya aldım onu. Bir sonraki eli o aldı ama totalde çekişmeli geçen oyunda beşe üç yendim onu. Tabii ki de havamı atmazsam olmazdı. "Emre'ciğim senin tişörtünün kolunun altı mı sökülmüş ne?"

"Ha ha ha(!) Çok komik, şanslıydın sadece."

"Tabii tabii. Erkekliğine laf söyletme ama ders almak istersen ben buradayım, çekinme gel abisi."

"Ulan iyicene kahvehane arkadaşına bağladın ha! Gerçi suç sen de değil, bende. Tavla oynamak yerine başka şeyler yapmamız gerekirdi." Masanın üstünden bana doğru eğildi. Tek kaşı kalkık, imayla bakıyordu. Cesur olmam gerektiğini kendime hatırlatıp gülümsedim. Dudaklarımı öperken Lust'ın ısrarlı havlaması bizi ayırdı. Terastan aşağı baktığımızda demir kapının önünden başka köpeklerin geçtiğini gördük. Lust çıldırmış gibi kapıyı tırmalıyordu.

"Gitmek istiyor sanırım," dedim. Emre, beni kafasıyla onayladı ve beraber aşağıya, bahçeye indik. Emre, kapıyı açtığı an hayvan diğer köpeklere yetişmek için koşmaya başladı. "Akşama dek gezer gelir," dedi Emre, bana bakarak. Bense hâlâ dönmez endişesiyle Lust'ın ardından bakıyordum.

Akşam olduğu hâlde Lust gelmeyince camın yanına kurulup beklemeye başladım. Emre, hâlime acıyıp "Hadi kalk arayıp bulalım," dedi. Sevinçle Emre'ye sarıldım ve hazırlanıp çıktık. Parkta onu ararken sonunda balıkçı kulübelerine giden yolun başında Lust'ı hiç de uygun olmayan bir durumda bulduk. Ben kıpkırmızı olup arkamı dönerken Emre, "Köpekler bile yapıyor anasını satayım!" dedi.

Emre'nin söylediği cümleye gülmeden edemedim. Ben kahkaha atarken, o sırıtarak "Ne o çok mu hoşuna gitti?" diye sordu.

"Yoo... Ne alakası var? Söylediğin saçma diye güldüm sadece. Köpekler bile derken? Köpek yapamaz diye bir kanun mu var?" Aslında verdiği tepkiye gülmüştüm, çok tatlıydı şaşıran hâli.

"Yapar yapmasına da, sanki bizimki adının hakkını vermeye uğraşıyor, baksana." Yan gözle şöyle bir bakınca "OHA!" dedim. Mübarek sanki insandı; tepkileri, sesleri... Dişi köpek efendi efendi dururken Lust'ın tepkiler hiç de normal değildi. "Tövbe... Tövbe..." diye mırıldandım.

"Köpeğe şehvet diye isim koyarsan böyle olur."

"Ben değil, sen koydun bir kere!"

"Ben Lustral koydum. Lust diyelim diyen sendin."

"Canım, isimle ne alakası var hem! Bunlar da mübarek bir ayrılamadılar. İnsanlar sizden kısa yapıyor be! Ayrılın artık."

"Ne o, canın mı çekti? Bırak hayvan işini görsün. Günahtır ayırmak." Emre, edepsiz edepsiz sırıtıp duruyordu.

Utançtan "Ne alakası var ya?" diyebildim sadece. Kulaklarımın yanması hiç normal değildi.

"Kızardın," dedi Emre gülümseyerek. Niye kulaklarım yanıyordu, belli olmuştu. Bakışlarımı ayaklarıma indirip ayakkabılarımı incelemeye başladım. Biraz sonra Emre "Gel bakalım Lust Efendi," diyerek Lust'ı tasmasından tuttu. Bitmişti işleri ve dişi köpek, çoktan başka yöne yollanmıştı bile. Lust, bahçeye girer girmez yemek kabına koşunca "Tabi karı-kız yordu seni değil mi?" diyerek alay etti Emre. Niye bu olay Emre'yi bu kadar eğlendirmişti, anlamış değildim. Ta ki gece birden odama gelene dek…

Pijamalarımı giyinmek için soyunmuşken odamın kapısı açıldı. "Giyiniyorum," diyerek elimdeki pijamaları üstüme tuttum. Hâlâ bana doğru gelmeye devam edince "Çıkar mısın lütfen! Üstümü değiştiriyorum," diye yineledim. Ama Emre, umursamadan yanıma gelip elimdeki pijamaları aldı ve yere bıraktı. Sadece iç çamaşırlarımla kalmıştım karşısında. Bikiniyle olduğumu farz etmeye çalışarak derin bir nefes aldım. Emre, tam karşımda tişörtünü ve kotunu çıkardı. Büyük günün geldiğini düşününce korkudan boğazım kurudu, zorlanarak yutkundum.

Doktor cesaretlendirmemi söylemişti, Emin amca torun istemişti, ablam kocana hayır demek günah demişti... Ama hiçbirisi şu an korkumun üstüne çıkamıyordu. Hem hâlâ beni sevdiğini söylememişti. "Beni çıplak görebilir misin?" diye sorunca "Aşkından ölüyorum," dese bile yapamayacağımı anladım. Yine de doktorun kafamda dolanan cümleleri yüzünden başımı öne eğip olumlu anlamda salladım. Gözlerimi sıkı sıkı yummuş, beni saran karanlıkla korkumdan saklanmaya çalışıyordum. Beni ittiğinde refleksle gözlerimi açtım ve sırtım yumuşak yatakla buluşunca yanıma gelerek, "Bence sen de beni çıplak görmeye hazır değilsin," dedi.

Dudaklarımızda başlayan serüven, bedenimi her biri, bir öncekinden daha tutkulu öpücüklerle keşfe çıkmasıyla devam etti. Üstümüzde iki parça kumaş ile karşılıklı korkularımız bizi dizginlediği için ön sevişmeden öteye geçmedik yine. Emre, banyodayken bendeki eksiliğin ne olduğunu bulmaya uğraşıyordum. Henüz yeterince ileri gidemediğimiz için miydi bilmiyordum ama ben, kadınların abarttığı o hazzı yaşamıyordum. Onunla öpüşüp sevişmek hoşuma gidiyordu ama hâlâ daha fazlasını istiyor değildim.

O banyodan çıkmadan pijamalarımı giyinip yatağa girdim. Belinde havluyla banyodan çıktı. Yatak odasından çıkıp gidince içimde oluşan hüzünle ağlamaya başladım. Ne sanıyordum; benimle seviştiği için beni seveceğini mi? Ben hâlâ ağlarken önce yatak odasının ışıkları kapandı, sonra da kapısı... Hemen ellerimle gözlerimi sildim. Aptal kafam, sadece üstünü giyinmek için odasına gitmişti. Yanıma yattığında içimi garip bir heyecan kapladı, ilk kez bu yatakta birlikte uyuyacaktık. Ondan tarafa dönüp beline sarıldım. Yüzümü kavrayıp dudaklarıma bir buse bıraktı. Dudaklarıma ulaşan gözyaşımın tuzlu tadını almış olacaktı ki, "Ağladın mı?" diye sordu.

"Evet," diye itiraf ettim.

"Neden?"

"Yatmak için odana gittiğini düşündüm."

"Beraber uyumaya niye bu kadar taktın bilmiyorum ama sözüm söz. Böyle gecelerde birlikte uyuyabiliriz." Aklıma geçen sefer söylediği 'Bu gece kâbus görmeyeceğime eminim' sözleri gelince lafımı tartmadan pat diye söyledim.

"Sevişince kâbus görmüyorsan neden her gece sevişmiyoruz?" Cümleyi kurduktan sonra ne söylediğimi fark ettim ama laf ağızdan bir kez çıkmıştı.

"Bilmem, her gece yapmak istemeyebilirim. Artık yirmi altı yaşımdayım, on altı değil."

Az önce sorduğum soru yüzünden kendi utancımda kavrulurken Emre, yeni bir utanca davetiye çıkaran konuşmamızı başlattı.

"Niye banyo yapmadın?"

"Daha bugün yıkandım ben. Ter falan mı kokuyorum?" Rezil oldum diye öyle paniklemiştim ki, sorunun altında yatan manayı anlamadım bile.

"Hayır, öyle değil. Elif, bunu da sana ben öğretecek değilim herhalde."

"Ben bir şey yapmadım ki," diyerek kendimi savundum.

"Az önce aramızda olanları unuttun sanırım?"

"Yani birlikte olmadık ki?"

"Ama yani yine de..."

"Kendinle bir tutma beni, ben erkek değilim."

"Nasıl denir… Bir şeyler hissetmiyor musun?"

"Bir şey yapmıyoruz ki, neyi hissedeyim?" Bunu sitem etmek için değil, gerçek olduğu için söylemiştim. Onu küçümsediğimi sanmasını istemediğim için "Şikâyetçi değilim asla, zaten henüz istemiyorum daha fazlasını," diye ekledim.

"Anladım ama bu işte ters bir şeyler var. Yani senin de aynı hazzı duyman gerekirdi. Ulan ben bilmiyorum, sen bilmiyorsun... Bana dul kadın lazımdı!"

Bu söyledikleri hiç hoşuma gitmemişti. Beni yetersiz mi buluyordu? Sanırım, bu konularda tecrübesiz ve cahil oluşumdan memnun değildi. Moralim bozulup sessiz kalınca "Şaka yaptım sadece," diyerek burnumun üstünü öptü.

Muhabbet değişsin diye, merak ettiğim başka bir konuyu açtım. "Niye seviştiğinde kâbus görmüyorsun?"

"Çünkü zaten kâbuslarda biriyle sevişiyorum, yani sanırım."

"Ne? Sanırım derken?"

"Uyandığımda olan olmuş oluyor demek. Kâbusları bölük pörçük hatırlıyorum. Net olarak hatırlayamıyorum asla." Küçük ve korkmuş bir Emre'nin hayali gelince gözümün önüne, sıkıca boynuna sarıldım.

"Buradayım, gitmiyorum bir yere," dedi alaycı bir ifadeyle.

Onun aksine ben ciddiyetle, "Asıl sen korkma, ben yanındayım," dedim. Sıkıca sarılarak gözümün kenarını öptü. "Elif, eğer seks konusunda biraz daha bilgi edinirsen ve bana yardımcı olursan... Çocuk yapabiliriz. Tabii istersen."

"Beni bağlaman gerekecek mi?"

"Ne?! Hayır tabii ki. Bana zarar vermeyeceğini biliyorum."

"İlk günden kafanı kırdım. Yerinde olsam o kadar emin olmazdım," diyerek kıkırdadım.

"Bak sen bak..." Elini pijamamın üstünden içeri soktu. Beni gıdıklamaya başlayınca gülüp ondan kaçmaya çalıştım ama zaten hemen eli koynumda hareketsiz kaldı. "Oha, sutyen yok mu?" diyerek göğsümü elleyince "Uyurken takmıyorum, rahatsız ediyor," dedim. Birden çok utanmıştım.

"Koca meme olmak zor ha?" Alay edip gülüyordu pislik. Ben de "Deli olmaktan kolay valla," diye lafı yapıştırdım.

"Senin de devreler yanık, ben sana diyeyim. Boşuna dememişler; hacı hacıyı Mekke'de, hoca hocayı Tekke'de, deli deliyi dakkada bulurmuş diye." Hayran olduğum bir güzellikte gülmeye devam edince boşta bulunup "Gülerken bu kadar mı tatlı olunur?" deyiverdim.

"Ne?"

"Hiç." Sevişirken bu kadar utanmamıştım. Alenen nikahlı kocama asılıyordum.

"Deli meli, aklını alıyorum baksana." Söylediğinde haklı olduğu için verecek cevabım yoktu. Emre'ye bakmaya, sarılmaya, öpmeye, koklamaya doyamıyordum.

"Biraz yakışıklı olabilirsin," dedim. Herif, gökten insan suretinde inen melekler gibi yakışıklıydı. Biraz diyerek yalanın Allah'ı yok deyimine anlam kazandırmıştım.

"Yalancı koca meme. Ben gayet yakışıklıyım hatta bu en çok şikâyetçi olduğum şey. Çünkü kadınlar bakınca rahatsız oluyorum, obsesyonlarımdan biri depreşiyor ve tedirgin oluyorum. Senin aksine ben, doğruyu söyleyeceğim, sen evlendiğimizden beri güzelsin."

"Öncesinde çirkin miydim?"

"Yani... Seni istemeye geldiğimiz gün gözlerin kırmızıydı. Bir gariptin. Ertesi gün ise tüm suratın şişti. Çok çirkindin be!"

"Ağlamaktandı o bir kere."

"Niye o kadar ağladın? Dayak yüzünden mi?"

"Hayır. Seni tanımıyordum ve ben... Korktum işte... İstemediğim için ağladım."

"Korktuğun gibi biri mi çıkmadım yoksa beklediğinden yakışıklı mı çıktım da fikrin değişti."

"İlk başta beni tehdit ettiğin için yakışıklılığın umurumda bile değildi. Ama evlenince benimle hiç uğraşmadın bile. Yani korktuğum gibi çıkmamış oldun."

"Hımm. Sen de beklediğimden çirkef çıktın."

"Neyim çirkef be benim! Kurban ol sen bana be! Sen asıl kendine bak!"

Muzip bir gülümsemeyle, abartılı bir şekilde düşünüyormuş gibi yaparak "Acaba... Bu tavrın olabilir mi?" dedi.

Haklı olduğu için olsa gerek verecek cevap bulamayıp "Hıh!" diyerek hırsla arkamı dönüp yattım, anında sırtıma sarılarak beni koynuna çekti. Allah'ım lütfen, şu an hissettiğim bu sıcaklık asla eksik olmasın. Bedeninden yayılan sıcaklık buz tutmuş tüm ümitlerimi birer birer çözüyor ve bana gelecek için birbirinden tatlı kareler sunuyordu. O, asla ait hissedemediğim, içindeyken özlemini duyduğum baba ocağı gibiydi. Baba ocağında özlemini duyup eksikliğini hissettiğim her duygu; onun güçlü kolları arasında, huzur kokan teninde, yuvamda hissettiren göğsünde saklıydı. Nasıl güven ve huzur verdiğinin farkında mıydı acaba? Gözlerimi kapatmak istemiyordum çünkü yaşadıklarım, gördüğüm en tatlı rüyadan bile güzeldi.

Sabaha karşı uyandığımda yanımda yoktu ama saate bakınca namaza gitmiş olduğunu anladım. Döndüğünde yine yanıma yatınca nasıl mutlu olduğumu kelimelerle anlatamam. Şunun şurasında uyuyacağımız bir iki saatti fakat yine de benim yatağıma dönmüş olmasından memnun, yarı çıplak bedenine sarıldım. İki saat sonra çalan alarm ile uyandığımda yüzünün her bir detayını ezberleyebilmek için onu yakından incelemeye başladım. Aslında kahvaltı hazırlamak için aşağıya inmem gerekiyordu ama onun kollarının arasından çıkmaya hiç mi hiç niyetim yoktu. Sabah şekeri niyetine davetkâr dudaklarından uzun bir buse aldım. Uyanıp "Günaydın," dedi ve ben cevap veremeden o beni öpmeye başladı. Sabah sabah yatakta öpüşüp koklaştığımız için kahvaltıya vakit kalmadı ve pastaneden poğaça alıp dükkânda kahvaltı etmek zorunda kaldık. Gün boyu onu düşünmekten işe güce aklımı veremiyor, aklıma gülüşü ya da komik hâlleri geldikçe aptal bir sırıtışla kendi başıma gülümsüyordum. Böyle bir anımda akşama doğru, ablam, kucağında Nil'le dükkâna geldi. Ben pişmiş kelle gibi sırıtışımı gizlemenin telaşındayken ablamda bambaşka, aceleci bir telaş vardı.

"Hoş geldin abla," diyerek sarıldım.

"Hoş bulduk. Elif, ben senden bir şey rica edecektim."

"Rica ne demek ablacığım?"

"Biliyorum sen de çalışıyorsun ama kayınvalidem kalp krizi geçirmiş. Hastaneye kaldırmışlar. Acil Ereğli'ye gitmemiz gerek."

"Geçmiş olsun, durumu nasıl Döndü teyzenin peki?"

"İyiymiş ama hastaneye yatırmışlar orada. Yanında birkaç gün refakatçi olarak kalmam gerek, Murat da çalışıyor. "Ben dönene dek Nil'e bakabilir misin?"

"Abla dert ettiğin şeye bak. Tabii ki bakarım. Sakın gözün arkada kalmasın."

"Gerçi sen de çalışıyorsun ama... Bilemedim şimdi."

"Emre'ye derim ben, sen dönene dek bensiz idare eder burada. Boş ver, sen düşünme bunları."

"Çok sağ ol valla, bacı gibisi yok." Sarılıp görüştükten sonra Nil'i ve ufak valizini bana bırakıp gitti ablam. Akşam, atölyeden çıkan Emre kucağımda Nil'i görünce öylece bakakaldı.

"Küçük bir misafirimiz var," dedim şaşkın bakışlarına cevaben. Ablamın gitmek zorunda kaldığını açıklayıp "Birkaç gün ben işe gelmesem idare edebilir misin?" diye sordum.

"Sorun değil." Emre sakin davranıyordu ama biraz da soğuktu Nil'e karşı. Eve dönerken Nil'in valizini o taşıdı ama Nil'i taşımayı teklif bile etmedi. Bahçede bizi havlayarak karşılayan Lust, Nil'in korkmasına sebep olunca çocuk kucağımda çığlık atıp ağlamaya başladı.

"Tamam teyzesi, tamam. Bir şey yapamaz sana." Eve girmiştik ama Nil hâlâ ağlıyordu. Bunda yanında annesinin olmamasının ve yabancı bir eve gelmiş olmasının etkisi de vardı. Emre soğuk bir şekilde "Hep ağlayacak mı bu?" diye sordu. Emre'nin Nil'e karşı takındığı soğuk tavrına çok kızmıştım. "Çocuk o Emre! Tabii ki ağlayacak."

Nil'e oynaması için oyuncaklarını verince sakinleşti. Yanımda mutfakta oynarken ben de yemekleri hazırlayıp Emre duştan çıkmadan sofrayı kurdum. Ama tavrına kızdığım için onunla oturmayıp önce Nil'i doyurdum. Nil, peşimden ayrılmıyordu ve bu durumdan asla şikâyetçi değildim; çok tatlıydı badi badi peşimde dolaşması. Sofrayı toplayıp bulaşıkları makineye dizerken, Nil, "Bu ne?" diye etraftaki adını bildiği eşyaları soruyor, oyun oynuyordu. Ben de tatlı tatlı itiraz etmesi hoşuma gittiği için onunla oynayıp bilerek yanlış cevaplar veriyordum. Bardağı gösterip sorduğu soruya "Hımm... Çatal," diyerek yanıt verdim.

"Hayır, deyze. Badak o." Yarım yamalak tatlı konuşmasına, gülüşme seslerine bayılıyordum. İşim bitip arkamı döndüğümde kapı eşiğinde durmuş yüzünde yine ifadesiz bir soğuklukla bizi izleyen Emre'yle karşılaştım. Bir çocuğa sevgi besleyemeyen kalpsizliğine kızdım, Nil'i kucağıma alıp yanından geçip gittim.

Prensesim, küçücük ellerini boynuma sarıp hemencecik uyudu. Çocuk istediğimin farkına varmıştım fakat aynı zamanda Emre'den baba olmayacağını da anlamıştım.

Sabah hâlâ kızgın olduğum için günaydından başka kelime etmedim Emre'e. O, işe gidince akşama dek rahat rahat Nil'le oynadım. Bir ara bahçeye de çıktık ve onu, Lust ile tanıştırdım. Ben Lust'ı okşayıp sevince o da çekinse de korkmadan yanına yaklaşabildi. Ablam ise saat başı arıyor, Nil, özleyip huysuzlanmasın diye onunla konuşmasa da bana ne yaptığını soruyordu.

Emre eve, gün boyu evi gülüşüyle ısıtan yeğenime attığı bakışlarla buz gibi bir hava estirerek geldi. Nil, eve iyice alıştığı için artık çekinmiyor, salondan mutfağa koşturup duruyordu. Salonda çizim yapan Emre bir şey demese de homurdanınca Nil'i alıp yukarı çıktım. Odama geldiğimizde henüz erkendi ve Nil'in uyku vakti gelmemişti. Halıya oturup birlikte bebekleriyle oynamaya başladık. Bir ara tuvaletim gelince onu yalnız bırakıp banyoya girdim; zaten o da oyuna dalmıştı. Ama çıktığımda Nil yoktu ve odanın kapısı açıktı. Odaya kucağımda Nil varken girdiğim için kapıyı tam örtmemiştim. İlk aklıma gelen merdivenler oldu ve hemen "NİL!" diye bağırarak odadan çıktım. Nil, merdivenlerin başındaki korkuluğunun yanındaydı. Ne olduysa kaşla göz arasında oldu ve bana dönünce korkulukların arasından kayıp aşağı düştü. Nil'in çığlığı benimkine karışırken korkuluğun yanına koştum. Aşağı baktığımda, kucağında Nil'le bana bakan Emre'yi gördüm. Gerilen sinirlerim bir anda boşaldı, ağlamaya başladım.

Emre aşağıdan "Ağlama, yok bir şeyi. Tuttum onu," dedi. Nil de Emre'nin boynuna sarılmış, korkudan ağlıyordu. "Sen de sus, teyzesi kılıklı," deyince ağlamam arasında güldüm. Merdivenleri inip yanlarına gittiğimde Nil, korkulukları gösterip "Deyze bak, ordan düştüm," dedi. Hâlâ iç çekerek ağlıyordu kuzum. Onu almak için kucağımı açınca Emre'nin tişörtünü sıktı ve bana gelmedi. Emre bana dönüp "Çocuk bile anladı senin ona göz kulak olamadığını. Git su getir de içirelim, kendin de su iç. Korkudan rengin atmış," dedi. Maalesef haklıydı, küçücük çocuğa sahip çıkamamıştım işte. Mutfakta su içerken aklıma, kucağında Nil'le Emre'nin görüntüsü kazınmıştı. Ne de yakışmıştı kucağına çocuk...

Suyla geri döndüğümde salonda, koltukta oturuyorlardı. Nil, şimdi daha sakindi. Emre'nin kucağındaki Nil'e suyu içirirken "Çok teşekkür ederim. Ya sen yetişemeseydin... Düşünmek bile istemiyorum," dedim.

"Zaten bana bakıyordu."

"Nasıl yani?"

"Yatmaya, odama çıkacaktım. Merdivenlere bir geldim, korkulukların arasından bana bakıyor. Ben merdivenleri çıkıp onu alana dek, o kayıp aşağı düşer diye düşünüp aşağıda bekledim. Teyzenin yanına git, dedim diye biraz korktu sanırım benden. Sen de Nil, diye bağırınca irkilip düştü."

"Niye durduk yere senden korksun ki? Bağırdın mı yeğenime? Doğruyu söyle bak!"

"Hayır ama biraz sert konuşmuş olabilirim."

"Bağırmadan nasıl sert konuşuluyor acaba? Yalan söyleme, bağırıp korkutmuşsun çocuğu işte."

"Bağırmadım, bak böyle yaptım." Emre, kaşlarını çatıp çok sert bir ifadeyle baktı. Ona bakan Nil, dudaklarını büzse de ağlamadı ama dikkatle baktığı Emre'den korktuğu aşikârdı. Emre'nin ensesine bir tane patlatıp "Yapma şöyle çocuk korkuyor," dedim.

"O elini..." Emre, şimdi gerçekten kızmıştı. Dişlerini sıkarak sonunu getirmediği bir cümleyle söylendi. Cevap vermeyip Nil'i kucağından almaya yeltendim fakat Nil bana gelmedi. Çocuğu bakışıyla korkutmuştu, bana gelmek için Emre'den ürkek bakışlarla onay istiyordu. Emre, ona bakan Nil'e "Yok sana teyze falan. Merdivenin yanında ne işin vardı?" diye kızdı.

"Korkutma çocuğu, kömüş! Gel kızım sen. Döverim ben onu, sen korkma." Yine Nil'e kucağımı açmış bekliyordum. Emre hiçbir şey demedi ama yine kaşlarını düşürüp kötü kötü Nil'e baktı. Nil, bir bana bir ona bakıyordu. Sonunda bakışları bende karar kılıp Emre'yi işaret etti. "Deyze vur ona."

Ben, şakadan koluna vurmak için Emre'ye elimi kaldırdım ama Emre anında elimi yakaladı ve sıkmaya başladı. "Bıraksana deli!"

Emre, Nil'e "Kim kimi dövüyor?" diye sordu. Nil, astığı yüzüyle Emre'ye elini kaldırıp "Deyze bırak!" diye avazı çıktığı kadar bağırdı. Emre, elimi bırakıp "Bu sana çekmiş. Baksana hiç geri adım atmıyor," dedi.

"Niye korkacakmışız ki senden? Ama bana benzemez Nil. Ablam gibi baksana; ela gözlü, kahverengi saçlı."

"Huyu aynı sen, şimdiden çirkef."

"Huyu da benzemiyor bence. Nil, iki yaşında ama hâlâ tam konuşamıyor. Ben on bir aylıkken konuşmaya başlamışım."

"Geveze olacağın oradan belliymiş desene."

"Sen kendine bak, buzdolabı. Bu arada kesin karar aldım, çocuk falan yapmayacağım seninle. Sen çocuğu sevemezsin bile, ancak kömüş gibi bağırıyorsun."

"Bence de yapma. İkinci gün çocuk bir yerden aşağı düşüp ölür kesin. Sen böyle dikkatsizken..."

"Sen korkuttun diye düştü bir kere." Asıl suçlu kapıyı açık bıraktığım için bendim ve Emre sorduğu bir iki soruyla bunu açığa çıkardı.

"Çocuk bir başına merdivenlere gelene dek neredeydin, peki?"

"Tuvalete gitmiştim beş dakikalığına."

"Bu boyda bir çocuğun kapı koluna ulaştığına inanmamı bekleme sakın. Deliyim ben, salak değil."

"Kapıyı açık unutmuş olabilirim," dedim mırıltıyla.

"Çocuk sayemde şu an tek parça ve hayatta; ama benden baba olmuyor, senden anne oluyor, öyle mi?"

"Haklısın. Ablama anlatınca kıyameti koparacak." Basit bir hatanın sonuçları çok kötü olabilirdi. Bu yüzden ablam da bana kızmakta haklı olacaktı.

"Emanetin canı burnunda olurmuş," diyen Emre, bir şey okuyup kucağındaki Nil'e üfledi. Benim anlamaz bakışlarıma cevaben "Ayetel Kürsi'yi okudum. Allah kazadan beladan korusun diye. Malum senin aklın beş karış havada, çocuk Allah'a emanet geziniyor ortalıkta."

Aslında söyledikleri doğruydu ama yine de, beni çok geren ve üzen hatamla alay etmesi sinirimi bozmuştu. "Ver kızı, gidip yatacağız biz," dedim. Ama Nil'e bakınca kafasını Emre'nin göğsüne koyup çoktan uyumuş olduğunu gördüm. Tartışmamız çocuğa ninni gibi gelmişti anlaşılan. Emre, tek kaşını kaldırmış bana imalı imalı bakıyordu. "Uyumuş zaten. Çocuğu da ben uyuttum yani." Yine Nil'i almak için uzanınca "Ben taşırım," diyerek kalktı. Nil'i yatağa yatırdıktan sonra gideceğini düşünürken beni kolumdan tutup kendine çekti. Dudaklarımı öperken, beklemediğim bu hareketi yüzünden kalbim birden hızla atmaya başladı. Az evvel yaşadığım korkulu gerginliği bile unutmuş öpüşüyorken, siyah taytla sarılı kalçama okkalı bir şaplak attı. Acıyla iç çekişim ağzının içinde kaybolurken onu itip dudaklarımızı ayırdım. "Ayı, yavaş biraz!"

"O, enseme attığın tokadın cevabıydı," deyip odadan çıktı. Hemen taytı sıyırıp boy aynasında kalçama baktım, beş parmağının izi kıpkırmızı şekilde çıkmıştı. "Eşek herif!" diye kendi kendime söylendim.

Sabah kahvaltıda, dün attığı şaplak yüzünden, çattığım kaşlarımın altından ona kötü kötü bakıp durdum. En sonunda yalancı bir tatlılıkla "Karıcığım bir yerin mi acıyor, bir sorun mu var?" dedi. Dalga geçiyordu ama ilk kez bana tatlı bir söz söylemişti. Bunun hoşuma gitmesi içimi acıttı. Gerçeğini duyamayacağım için alayla bile olsa söylediği *'karıcığım'* ile kendimi avutuyordum.

Gözlerim dolduğu için konuşamayıp olumsuz anlamda başımı salladım ve apar topar sofradan kalktım. Arkamda şaşkın bir Emre bırakarak ilk kattaki banyoya girdim. Klozete oturup bir süreliğine içimde dondurduğum acılarımı eriterek gözyaşları ile akıttım. Aşkım, tatlım, hayatım... Bunları ondan hiç duymamıştım ve duyabileceğimi sanmıyordum. Aramızda zannettiğim gibi duygusal bir bağ yoktu belli ki. Beni öperken ya da sevişirken amacı sadece cinsel doyumdu. İstem dışı iki bacağımı sıkı sıkı kapatıp kendime çektim. Bunun gerçek olmamasını istiyordum tüm kalbimle; ama mantığım ısrarla "Aptal olma. Sadece ihtiyaçları için seninle sevişiyor," diye bastırıyordu. Sonunda mantığıma yenilen kalbim hıçkırıklarımla parçalara ayrılmaya başladı. Uyuyan Nil'in yanına gittim ve yatağa girip ona sarıldım sıkı sıkı. En azından şimdi, sarılacak biri vardı yanımda. Ümitlerimin üstüne kapanan dış kapının sesiyle de Emre'nin gittiğini anladım.

Dertlerim mi beni uykuya çekiyordu, yoksa dertlerden kaçarken mi uykunun kucağına düşüyordum, bilmiyordum. Ama her uyandığımda, yaşamak için başka bir güzel neden bularak uyanıyordum. Bu sefer ki güzel uyanma nedenim Nil'di. Çocuklar gerçekten mutluluk dağıtıyorlardı, tüm sıkıtımı unutturmuştu. Ablama, Nil'in düştüğünü söyleyecektim ama önce iyi olduğunu görmesini istiyordum; bu yüzden görüntülü arama ile aradım onu.

"Nil, bak anne."

"Kızım... Böceğim nasılsın?" Ablam kızına öpücükler yollarken bile ağlamaya başlamıştı. Kızını düşürdüğümü öğrendiğinde Ereğli'den buraya ışınlanarak gelirdi artık.

Nil, telefonun ekranına parmağıyla dokunup "Anne, anne istiyom," diye ağlamaya başladı.

Ablam "Niye beni gösterdin ona? Bensiz durmayacak şimdi," dedi gözlerini bir mendille silerek.

"İyi olduğunu gör diye. Abla..."

"Efendim."

"Bir şey diyeceğim ama sakin ol."

"Murat'a mı bir şey oldu? Doğru söyle!"

"Eniştem iyi. Bu, Nil'le ilgili."

"Ay Elif, korkutma da söyle! Nil, hasta mı oldu?"

"Yok, yok. Çok iyi şimdi. Ama dün gece merdivenin başındaki korkuluklardan aşağı düştü. Emre tuttu hemen. Yani düşmedi aslında, çünkü havada yakaladı." Ben son cümleleri kurarken ablamın yüzü şekilden şekle girmişti. Eli ağzında hayretle bana bakıyordu.

"Elif, Nil oraya gelene kadar sen neredeydin?"

"Beş dakika tuvalete gitmiştim, çok özür dilerim abla. Şimdi yanımdan ayırmıyorum inan ki."

Ablam hem ağlıyor hem de bana kızıyordu. "Ya düşseydi! Sana emanet ettim ben canımı! Murat işten izin alsa daha iyiydi. O, becerip yemek yediremezdi ama hiç değilse bir kat aşağı düşmesin diye yanında olurdu!"

"Abla, ne desen haklısın. Çok çok özür dilerim."

"Elif, düşüp ölse özrün ne işi yarardı! Allah razı olsun Emre'den. Deli dedik çocuğa, senden akıllı çıktı!"

Nil'in -Allah göstermesin- öldüğünü düşününce ben de ağlamaya başladım. Kucağımdaki Nil, yüzümdeki gözyaşlarımı minik avuçlarıyla silip "Ağlama deyze," deyince ablam "Tamam, ağlama sen de," dedi. Allah korumuş meleğimi, olmamış bir şey. Ama Elif, çok dikkatli ol. Ben, Adana'dan görümcen gelene dek, iki gün daha refakatçi kalmak zorundayım."

"Tamam abla. Söz, gözüm gibi bakacağım, aklın kalmasın."

"İnşallah. Emre'ye teşekkür ettiğimi söylemeyi unutma. Hadi öptüm sizi."

"Anneye öpücük yolla tatlım." Nil, avucunu öpüp annesine el salladı. Telefonu kapatıp Nil'e sıkı sıkı sarıldım. Gün içinde Nil'in oynarken ya da yemek yerken pek çok fotoğrafını çekip içi rahat etsin diye ablama yolladım. Nil, Lust'a iyice alışmış, bahçede Lust'ın kuyruğunu yakalamak için peşinden yürüyüp duruyordu. Biz bahçede oynarken dükkâna ait nakliye kamyonuyla Emre geldi.

"Erkencisin," dedim.

"Sabah kötü görünüyordun, seni merak ettim. Bir de azgın itimiz, kışın üşümesin diye kulübe yapacağım. Atölyede yaptık zaten, burada sadece parçaları toplayacağım."

"Kolay gelsin o zaman sana." Beni merak edip gelmesi, aşkım demese bile sevinmeme sebep olmuştu. Ayakaltından çekilmek için Nil'i de alıp verandadaki sandalyelerden birine oturdum. Emre, kamyondan malzemeleri indirip bahçede birbirine monte etmeye başladı. Kırmızı çatılı kulübe minik bir eve benziyordu. Sıra Lust'ı yeni kulübesine sokmaya gelince de tasmasından tutup onu çekti. Lust biraz çekinse de, Emre ona yol vermeyince içeri girmek zorunda kaldı. Lust, küçük kulübesini keşfederken Emre kamyondan alet edevat çıkarıp demir kapıya yöneldi. Biraz sonra çıkan kıvılcımlardan, köpek kapısı için demir kapıyı kestiğini anladım.

Emre, çalışırken ben de ona sofrayı hazırladım. Yarım saat kadar sonra eve geldiğinde ter içindeydi. Tişörtünü çıkarıp bir omuzuna asmıştı. Niye bu kadar çekiciydi yarı çıplakken? Uzamış saçları dalgalar şeklinde alnına dökülmüştü. Ona, ağzı açık ayran budalası gibi bakışımı yakalamıştı.

"Bir şey mi var?" diye sordu.

"Yoo..." Hemen kendimi toplayıp lafı değiştirdim. "Lust, anlayacak mı orada kapı olduğunu?"

"Gösterdim, çıkıp gitti bile."

"Ne, gitti mi?"

"Korkma kaybolmaz, acıkınca ya da yorulunca döner."

"Ya başka köpekler de o kapıdan girerse."

"Lust, izin vermez. Boşuna bahçeye boydan boya işemedi herhalde."

"O iyi olmuş da bir de bahçenin orasına burasına kaka yapmamayı öğrenirse harika olacak." Emre kızmasın diye bahçeden Lust'ın kakalarını toplayıp çöpe atıyordum.

"Bence daha gerek yok. Şimdi dışarıda yapacaktır."

"Umarım."

"Neyse, ben duşa gireceğim." Emre üst kata çıkarken bayıldığım sırtını izledim. Aklımdan, kucağımdaki Nil'den utanmama sebep olacak, edepsiz şeyler geçti.

Yemekten sonra Nil, koltukta oturan Emre'nin kucağına çıkıp Emre'nin burnunu göstererek "Mu ne?" dedi.

"Burun." Emre'nin Nil'in oyununa itirazsız katılması çok hoşuma gitmişti.

"Mu ne?" Nil, minik parmağını Emre'nin sol gözüne soktu. "Sen parmağınla çıkarmadan önce gözümdü." Emre tek gözünü kapatıp ovuştururken Nil, Emre'nin bu haline gülüyor, bense ikisine birden gülüyordum. Emre kolumdan tutup aniden beni de dizine oturttu. "Sen niye gülüyorsun? Gözüm çıktı benim! Sen de gülme, teyzesi kılıklı. Besle kargayı oysun gözünü. Dün ben olmasam, amele sümüğü gibi yere yapışıyordun Nil Hanım."

Ben gülmeye devam edince Emre yanağımı ısırdı. "Kömüşsün Emre!"

"Çocuk evine döndüğünde anne babasına kömüş diyecek. Bana kömüş deyip durma yoksa sana kömüş gibi bineceğim en sonunda."

"Hayvanlık yapma sen de o zaman. Niye ısırıyorsun? Canım yandı."

"Gel, öpeyim de geçsin." Emre beni yanağımdan öpünce, Nil, Emre'nin suratına tokadı patlattı.

"Ne oluyor ya?" Emre, Nil'e hayretle bakarken "Deyze menim!" diye çatık kaşlarla söylendi Nil.

"Yok ya! Benim karım." Emre, inatla beni ıslak ıslak tekrar öptü.

"Bıyaaak!" Nil, Emre'nin saçlarını çekerken Emre, hiç oralı olmadan sıkı sıkı bir daha yanağımı öptü. "OH! Elif, benim." Emre, bana yanağını uzattı. "Bak o da beni öpüyor." Ben öpmeyince "Öpsene kız!" diye çemkirdi.

"Ağlar çocuk. Olmaz."

"Asker tokadı çarptı o cadı az önce bana. Bir şey olmaz, öp hadi."

Nil'in kıskanç tavırları çok tatlı olduğu için Emre'nin yanağını öptüm. Nil, Emre'yi burnundan tutup benden ayırmaya uğraşıyordu. Sonunda Nil ağlayınca Emre'nin dizinden kalkıp onu kucağıma aldım. Aslında biraz da uykusu geldiği için huysuzluk ediyordu.

"Bugün Lust'la çok koşturdu o yüzden yoruldu, uykusu geldi. Biz yatıyoruz, sana iyi geceler," dedim. Nil, Emre'den beni kıskandığı için sıkı sıkı boynuma sarılmıştı.

"Tamam. İyi geceler size."

Nil'le yatağa yeni yatmıştık ki kapı tıklandı. "Gir," dedim ve Emre, odaya girip ışığı açtı. Nil, yatakta diklenip Emre'ye baktı. "Giiiit!" diye bağırması çok sürmedi.

"Hayırdır?" dedim.

Elindeki kitapları komodinin üstüne bırakıp "Seni ehliyet kursuna yazdırdım. Söylemeyi unutmuştum," dedi.

"Ne zaman başlıyor?"

"Pazartesi akşamı ilk dersin var." Emre, ona gitmesini buyuran Nil'e inat, yanıma yattı.

"Yaaa giiiit!" Bana sarılan Nil'e misilleme yaparak Emre de belime sarılmış, "Benim karım. Elif benim, gitmiyorum!" diyordu inatla. Nil, üstümden geçip Emre'yle aramıza girdi. Sırtını bana dayayıp küçücük ayaklarıyla Emre'yi itmeye başladı. Emre de ben de kahkahalarla gülmeye başlamıştık. Emre, gülerken boşta bulunup zaten ucunda yattığı yataktan aşağı düştü. Nil, bana sarılıp "Deyze menim," derken benim kahkahalarım artık odayı çınlatıyordu.

Emre düştüğü yerden kalkıp "Teyzen benim," diyerek beni birden kaldırıp omuzuna attı. Nil, arkamızdan ağlarken Emre "Aldım gidiyorum teyzeni. Sen yalnız uyu da aklın başına gelsin," diye seslendi Nil'e.

"Çocuğu ağlatıp durma Emre! İndir beni." Emre, lafımı ikiletmeyip beni yere bıraktı ve iki yanağımı öpüp "İyi geceler," dedi. Ben de onu öpüp "Sana da," diye karşılık verdim. Ağlayarak başladığım gün, kahkahalarla mutlu bir şekilde sona ermişti. Aslında tek bir gün bile, zorluklar karşısında hemen pes edip vazgeçmek için çok uzun bir süreydi.

Ertesi akşam, Emre'yle birlikte eniştem de geldi ve Nil'le hasret giderdiler. Eniştem, Nil'in düşmesi olayına ablamdan daha soğukkanlı yaklaşarak bana hiç kızmamıştı. Nil, babasının gitmesine müsaade etmeyince o uyuyana dek bekleyip sonra evine gidebildi. Ablam Ereğli'den dönene dek Emre ve Nil'in "Deyze menim!" - "Elif benim!" atışmaları dışında dişe dokunur bir şey olmadı ve sonunda sağ salim, annesine teslim edebildik kızı.

# 10

Pazartesi işten erken çıkıp heyecanla kursa gittim. Hâlâ benim kadar eliyle beyni arasında koordinasyon kopukluğu olan birine ehliyet vermeyeceklerini düşünüyordum ama ilk yardım, motor gibi dersleri okuyup öğrenmek kolaydı.

Kurstan çıktığımda kapının önünde Emre'yi bulmayı beklemiyordum.

"İşten çıkınca seni almadan eve gitmek istemedim," dedi. Elimi tutup parmaklarını parmaklarıma geçirdi. Avucundaki sıcaklık tüm tenime yayılırken her şeye rağmen onunla mutluydum. Nikâhta keramet var diyen eskiler haklıydı. Evlenmeden önce nefret ettiğim Emre'yi, efsunlanmış gibi nikâhtan sonra hemencecik sahiplenmiştim. Emre'nin her kadını büyüleyebilecek yakışıklılığının etkisi de büyüktü elbet.

Öyle ki yemekten sonra bulaşıkları yıkarken yanıma gelip arkadan belime sarılınca dizlerim tutmayacak kadar büyük bir heyecana kapılmıştım. Derin bir nefes alıp içimdeki heyecanı bastırarak sakince, "Bir şey mi istiyorsun?" diye sordum. Kulağıma, nefesi beni gıdıklayacak şekilde "Evet, seni istiyorum," diye fısıldadı. Ellerimi yıkayıp ona döndüğümde, elimden tutup beni yatak odasına götürdü. Dudaklarımız mühürlenmişken içimdeki heyecan, mutluluğuma karışıyor ama onun usul dokunuşlarıyla sakinleşiyordum. İç çamaşırlarımız kalana dek soyunup yatağa girdiğimizde Emre, beni öpmeye ara verip "Bir şeyler öğrendin mi?" dedi.

"Hayır." İnternete yazsam önüme bir sürü iğrenç şey çıkardı ve ben, iyice soğurdum.

"Belki de birlikte öğrenmeliyiz." Emre tamamen soyunmak için doğrulunca gözlerimi kapattım. Kalbimin korkuyla sıkışması hiç de hayra alamet değildi. Emre'nin öpücükleri benim için bu kez mutluluğun değil de dehşetin habercisiydi. "Gözlerini aç istersen," deyince, ağlamamak için kendimi sıkmam gerekti. Gözlerimi açmadım ve hemen "İstemiyorum," diye çıkıştım. Elleri belimden aşağı kayıp iç çamaşırımın kenarlarına geldi. Çamaşırımın kenarlarına parmaklarını geçirince, içimde yükselen panik su yüzüne çıktı.

"Hayır, hayır, HAYIR! Bırak istemiyorum! BIRAK!" Sıkıca yumduğum gözlerimden yaşlar akarken Emre zaten ilk hayır deyişimde çektiği ellerini yanaklarıma koydu.

"Elif, sakin ol. Aç gözleri, bıraktım tamam."

"Olmaz, çıplaksın."

Ellerini çekip yanımdan kalktı ve "Aç şimdi gözlerini. Giyindim," dedi. Gözlerimi açıp ona baktığımda pijamasını bile geri giymişti. Onun giyinikliğinde, çıplaklığımla kendimi savunmasız hissedip kollarımı göğüslerime sardım. Yanıma yatıp yorganı üstümüze çekti, sarılıp "Neyin var Elif?" dedi. Ben cevap vermeyip göğsünde ağlamaya devam edince de "Bu hiç normal değil. Senin de bir sorunun var," diyerek endişeyle bana baktı.

Artık isteksizliğimin, beni evlenmeden korkutmasıyla alakası yoktu. İstemiyordum işte, bu kadardı yapabileceğim açıklama. Saçımı öpüp "Bence senin de bir doktora görünmen gerek," dedi. Ben ağlarken yanımda kaldı ama sakinleşip ağlamayı bıraktığım an yanımdan kalktı. O giderken içimde oluşan acıyla "Bu kadar olacağım hep senin için, asla daha fazlası değil," dediğimde durup bana döndü. Yatağa geri girip "Seni boğmaya çalışırsam adını söyleyip kendini bana tanıt," dedi ve sarılıp yanağımı öptü. Sıcak teni, soğuk bedenime değince duyduğum güvenle ona daha çok sokuldum.

Sabah uyandığımda hâlâ koyun koyunaydık. Bana eskisinden çok daha anlayışla yaklaşan Emre, sanırım beni dert ederek düşünceli bir hale bürünmüştü.

Bir haftadır işe giderken elimi tutması dışında bana dokunmamıştı bile ve dolayısıyla ayrı uyuyorduk. Pazar günü kahvaltıda, "Çok durgunsun bugün," deyince sadece omuz silktim. O, hep durgundu ve benim asıl canımı sıkan da buydu zaten.

"Kahvaltıdan sonra hazırlan, eğlenceli bir şeyler yapmaya gidelim," dediğinde nereye gideceğimizi merak etsem de çok meraklıymış gibi görünmemek için sormadım.

Evden çıkıp arabaya bindik. Biraz gittikten sonra geniş bahçeli bir ortaokulun önünde durdu Emre. "Hadi sana direksiyon dersi vereyim de neşen yerine gelsin," deyince elimde olmadan sırıttım. Emre'nin direktifleriyle hareket edip arabayı kullanmaya başladım. Bunu öyle çok sevmiştim ki, doyumsuzdum direksiyondayken. Üç saatin ardından Emre, "Yeter artık," dese de bırakmayı istemiyordum.

"Baksana, gidiyor ve ben kullanıyorum," dedim sevinçle.

"Yine kullanırsın korkma. Yeter ama şimdilik. Daha öğlen babamı ziyarete gideceğiz." Emin amcayı ziyarete gideceğimizi unutmuştum.

"Tamam, dönelim ama en azından okulun bahçesinden de ben çıkarsam arabayı."

"Öyle olsun bakalım. Nasılsa etrafta kimse yok." Pazar olduğu için bahçe bomboştu. Ben arabayı bahçenin çıkışına yöneltirken bahçe kapısından yeni giren bir grup genç kaldırıma çıktılar. İçlerinde bana kıskançlık ve nefretle bakan Tufan da vardı.

Tufan'ın bakışlarını görünce rahatsız oldum. Ehliyetsiz araba kullanıyorum diye kesin beni polise şikâyet ederdi. Arabayı okul bahçesinden çıkardıktan sonra durdurdum. Emre, anlayıp arabadan çıktı, peşine ben de indim ve arkama bakıp Tufan'ı görmeye çalıştım. Okul bahçesine futbol oynamaya gelmişti arkadaşlarıyla. Yolcu koltuğuna oturup Emre'ye "Beni şikâyet ederse ne olur?" diye sordum.

"Ne için şikâyet edecek ki?"

"Ehliyetim yok ama araba kullanıyorum diye."

"Sen sürücü adayısın şimdi. Biz de trafiğe kapalı bir alanda direksiyon çalışıyorduk. Bunda illegal bir durum yok."

"İyi bari."

"Sıkma tatlı canını." Az önce canıma bile olsa tatlı mı demişti o bana? Elimde olmadan kocaman sırıttım.

Emin amcayı ziyarete gittiğimizde Emre, bir ara yine ortadan yok oldu. Döndüğünde bana yaklaşıp "Biraz gelsene şöyle," dedi. Odadan çıkıp koridorun bir köşesine geçtik. Sıkıntıyla "Ben az önce Selçuk'u aradım," dedi.

"Eee?"

"Bence senin de yardıma ihtiyacın var. Onunla konuşmak istersen-"

"Elin herifiyle seks hayatımı istesem de konuşamam. Anlatamam ben," diyerek lafını böldüm.

"Eşi de psikolog onun. Hatta aile danışmanı gibi bir şey. Onunla konuşmak ister misin peki?"

"..."

Ben sessiz kalınca Emre, "Elif, bunda yanlış bir şey yok. Psikologla görüştün diye deli olmazsın korkma," dedi.

"Biliyoruz o kadarını."

"O zaman yarın sabah erkenden doktora gidelim. Ben Selçuk'la görüşeyim, sen de eşiyle görüş."

Kafamı olumlu anlamda sallamakla yetindim. Ertesi sabah erkenden hastaneye yollandık. İlk benim sıram geldi ve Doktor Begüm Gündoğan'ın ekranında adım yanınca Emre'yi geride bırakıp odaya yöneldim.

İçeri girip doktorun karşısına oturdum. Açıkçası hamile bir kadın görmeyi beklemiyordum. Çok güzel yeşil gözleri vardı. İnce dudaklarına yakışan yüz hatları naifti.

"Hoş geldiniz..." Ekrana bakıp "Elif Hanım," dedi.

"Hoş bulduk."

"Elif Karaelmas. Bir dakika... Emre?"

"Evet, eşim."

"Sorun Emre'yle başa çıkamaman mı?"

"Hayır, zaten gayet sakin biri. Sorun bende."

"Peki, dinliyorum o hâlde."

"Onunla birlikte olmaya korkuyorum."

"O seninle birlikte olmaya korkuyor, değil mi? Yanlış söylediniz sanırım."

"Hayır, o ileri gitmek istedi ama çok korktum, yapamadım." O duyguyu ve anı hatırlayınca gözlerim dolmuştu.

"Selçuk bunu duyunca çok şaşıracak. Neyse, biz seninle

ilgilenelim şimdi. Neden korkuyorsun? Canının yanmasından mı?"

"Bilmiyorum. O da var belki ama ben hep acıya karşı dirayetli olmuşumdur. Şimdi niye böyle oldum, anlamadım."

"Bu durumu vajinismus diye adlandırıyoruz. Ama şimdi önemli olan bunun altındaki sebepleri bulmak. Sana çok özel sorular soracağım. Lütfen bunları dürüstçe cevapla ve sakın utanma."

"Tamam." Bana cidden kıpkırmızı olmama sebep olacak bir sürü özel soru sordu. Emre'yle aramızda geçen her özel detayı anlatmak mecburiyetinde kaldım. Sonra da cinsel tavsiyeler verdi ki bu çok çok daha fazla utandırdı. Ama kendi vücudumla ilgili hiçbir şey bilmediğimi de öğrenmiş oldum. Yine de içimdeki sıkıntı olduğu yerdeydi. Hâlâ yapamazdım, biliyordum. Bunu Begüm Hanım'a da söyledim.

"Verdiğiniz bilgiler için teşekkür ederim ama yine de o kadar cesur hissetmiyorum."

"O zaman bana Emre'yle ilgili endişelerini anlat. Hasta oluşu mu canını sıkan?"

"Hayır, çok iyi biri. Bana karşı da hastalığına rağmen daima kibar."

"Seni en çok üzen hareketi ne peki?"

Derin bir nefes alıp yüksek sesle söylemenin daha çok içimi yakacağını bilerek, "Beni sevmiyor oluşu," dedim. "Yani biliyorum, bir kadın olduğum için beni sevemez ama yine de..." gözlerim dolduğu ve bir yumru boğazıma takıldığı için gerisini getiremedim.

"Emre için diğer hem cinslerinden farklı olduğuna eminim. Ama yine de Emre, seni sevip sevmediğini fark edebilir mi, bilmiyorum. Bunu Selçuk'a sormak gerek."

"Hayır, lütfen. Konuştuklarımızın tamamı aramızda kalsın."

"Ama sana sevgisini gösterirse bence senin problemini çözebiliriz."

"Belki ama ya o zaman Emre daha kötü olursa? Ya onu hastaneye yatırırlarsa?" Artık yüzümü yıkayan gözyaşlarıma aldırmadan ağlıyordum.

"Asıl sorun bu mu? Emre'nin tekrar krize girmesinden mi korkuyorsun?"

Doktor söyleyene dek bunu sorun ettiğimi bile fark etmemiştim. "Sanırım, yani aşk dolu olmasa da Emre'yle mutlu bir düzenimiz var. Yanında güvende ve huzurlu hissediyorum. Bunun bozulmasını istemiyorum ve en önemlisi, onsuz kalmak istemiyorum."

"Bence bu konuda endişelerin yersiz. Emre, ileri gitmeye cesaret ettiyse kendine güveni tamdır. Anlattıklarından onun sana değer vermeyişinin sorun olduğu aşikâr. İzin verirsen Selçuk'u arayıp Emre'ye bu konuda akıl vermesini-"

"Hayır! Olmaz. Çünkü eğer birilerinin direktifiyle bana, beni sevdiğini söylerse bunun benim için bir anlamı kalmaz. Lütfen aramızda kalsın."

"Anlıyorum. Zaten siz izin vermedikçe bilgilerinizi paylaşmam."

"Teşekkürler."

"O zaman sabırla onun hiç tanımadığı aşkı tatmasını ve tanırsa sizinle paylaşmasını bekleyeceksiniz."

"Beklerim."

Bana ayrılan süre dolduğu için sıradaki hasta girerken ben çıktım. Emre, ortalıklarda yoktu ama biraz sonra o da Selçuk Bey'in odasından çıktığında, o da benim gibi durgundu. Arabaya binene dek ikimizin ağzını da bıçak açmadı. Arabada bana bakmadan gözü yolda, düşünceli düşünceli sordu.

"O herifi sevmiş miydin?"

"Kimi?" Bir an afalladığım için neden bahsettiğini anlayamadım.

"Mehmet'i."

"Hayır. Sanem, Cenk'le çıkıyordu. Ben, Sanem'in en yakın arkadaşıydım, o da Cenk'in sürekli beraber gezdiği kuzeniydi. Bizimki Sanem'le Cenk'in yanında fazlalık olmamak için başlayan bir şeydi.

"Peki, birini sevdiğini nasıl anlarsın? Yani ona âşık olduğunu..."

"Bence, o olmazsa nefes bile alamayacağın kişidir sevdiğin kişi. Yanında huzur bulduğun ve hep güvendiğin... Seni en çok seven ve senin de en çok sevdiğin insandır. Ben platonik aşka, gerçek aşk demem mesela. Çünkü bence gerçek aşk platonik değildir, bir harmonidir. İki eksik parçanın bir araya gelerek oluşturduğu anlamlı bütündür, kendine uymayacak parçaya uzaktan bakanınki olsa olsa hayranlık olur. Sözün özü, aşk iki kişiliktir."

"Anladım. Peki, âşık oldun mu hiç?"

"Niye soruyorsun şimdi tüm bunları?"

"Hiç... Sadece anlamaya çalışıyorum."

Eve gidene dek ikimiz de hiç konuşmadık daha. Emre çok düşünceliydi ve onun bu hali beni de düşünmeye sevk etmişti. Doktorun söylediklerini kafamda evirip çeviriyordum. Farkına bile varamadığım korkumun sebebi; Emre'nin tekrar kriz geçirip hasta olması ve benden uzaklaşmasıydı. Dahası beni sevdiğini duymadan kendimi duygusal anlamda hazır hissedemezdim. Sevmek demişken, Selçuk ne demişti de Emre aşkı sorgular olmuştu ki?

"Geldik."

"Efendim."

"Eve geldik diyorum. İstersen in artık arabadan."

"Hıh? Tamam." Kafamda onca sorun varken eve geldiğimizi fark etmemiştim bile.

Dinlenmek için salondaki koltuklara yayıldık. Bana bakıp "Çok düşüncelisin," dedi.

"Sen de öyle."

"Selçuk kafamı karıştırdı."

"Ne dedi ki?" Merakla oturduğum yerde diklendim.

"Siz ne konuştunuz, onu anlat önce. Neyin varmış? Benim hastalık bulaşıcı mıymış yoksa?" Son cümleyi acı bir sırıtışla söylemişti.

"Hayır tabii ki. Sadece seni kaybetmekten çekindiğim için korkuyormuşum."

"Niye beni kaybedesin ki? Bir halt anlamadım." Kaşlarını kaldırmış, şaşkınca bana bakıyordu.

"Tekrar kriz geçirip hastaneye yatırılmanı istemediğim için olmuş."

"Kriz geçireceğimi düşünsem sana hiç yaklaşmazdım. Kendimi hazır hissettiğim için o kadar ileri gittim."

"Siz ne konuştunuz?" diyerek konuyu değiştirdim.

Uzun süre cevap vermeden sustu. Sonunda konuştuğunda, sadece "Boş ver," dedi.

"Nasıl boş ver? Ben anlattım ama."

"Şöyle söyleyeyim. Beraber uyumamız gerektiğini düşünüyor ve bence biraz haklı. Ama sen korkarken-"

"Korkmuyorum," diyerek hemen sözünü böldüm. Sonra da çok hevesli göründüğümü fark edip utanarak "Yani birlikte uyumakta bence de bir sakınca yok. Bundan niye korkayım ki?" diye ekledim.

"O zaman bir yastığa baş koyma dönemimiz başladı diyebiliriz."

Gülümseyerek "Aynen," dedim. Özlediğim dudakları dudaklarımla buluşunca bir haftanın ardından kalbim tekrar pır pır etmeye başladı. Dudaklarımızı ayırıp alnını alnıma dayadı ve "Herkesten farklısın benim için," dedi. Daima dışlanarak büyümüş bir evlat olarak kocası tarafından özel kılınmak nasıl bir sevinmemi sağladıysa, birden boynuna sarılıp "Sen de benim için çok özelsin," dedim.

"Öyle mi? Ben, senin gözünde deli olduğumu sanıyordum. Öyle bağırıyordun ya kardeşine; senin yüzünden delinin tekiyle evleniyorum diye." Bunu sitem ederek değil, tek kaşı havada alay ederek söylemişti. Laf sokuyordu aklı sıra ama hiç bozuntuya vermeden cevapladım.

"Hâlâ delisin ama artık *benim delimsin.*" Uzanıp bu kez ben öptüm dudaklarını.

Kendini geri çekip "Sence Nil'le normal miydik?" diye sordu.

"Normal derken? İçinde senin olduğun hiçbir şey normal olmuyor da," dedim gülümseyerek.

"Ciddi bir şey soruyorum. Baba olabilir miyim sence?"

"Nil'le iyi anlaştınız aslında, tabii beni paylaşamadığınız kısmı yok sayarsak. Öte yandan Nil iki yaşında, artık büyüdü denebilir. Ama yeni doğan bir bebek, geceleri bizi uyutmadan ağlayacak, bir sürü başka derdi de olacak. Buna katlanabilir misin?"

"Bilmem, o kadar küçük bir bebeği yakından bile görmedim."

"Bir de bebek çok hassas olacak. Dokunurken ya da kucağına alırken bile dikkatli olman gerekecek. Emre, tek başıma bir bebeği büyütebilir miyim bilmiyorum hiç. Eğer bana yardımcı olacağına söz verirsen olur ancak."

"Tamam, anlaştık."

"Aaay!" Ne olduğunu bile anlamadan Emre, beni omuzuna atmıştı ve merdivenleri çıkıyorduk. "Emre, saçmalama! Şimdi olmaz! Hâlâ... Yapamam işte!"

"Biliyorum Selçuk da aynı şeyi söyledi; ona zaman ver, dedi. Ama bu yapabildiğimiz kısma kadar yapmamıza engel değil ve bir haftadır tombulları çok özledim."

"Tombullar?"

"Koca memelerinden bahsediyorum, koca meme."

"Çok saçma bir kere, tombullar ne alaka? Hani koca memeydim?"

"Evet, sen koca memesin, bu onlara taktığım isim. Türküsü bile var; tombul tombul-"

"Tamam, tamam! Anladım, sus!" Lafını kesip türkünün göğüs ölçüme uygunluğu sebebiyle yüzümü buruşturdum. Beni yatağa atıp kendi tişörtünü çıkardı, üstüme eğilirken "Seni bu şekilde beklemem gerekeceği ölsem aklıma gelmezdi," dedi. İstemeden de olsa yine çok utanmıştım oysa cesur olmam gerekti. Bluzumu çıkarıp "Merhaba tombullar," dedi. İtiraz ederek "Çok saçma-" diye başladığım cümleyi "Şişt! Sen sus koca meme, ben tombullarla konuşuyorum," diyerek böldü. "Eee... Söyleyin bakalım beni özlediniz mi çünkü ben sizi çok özledim. Ve küçük bir uyarı tombullar, burnumu sıkıştırıp beni boğarsanız sizi ısırırım."

Dişlerini gösterip hırlarken oyun oynayan küçük çocuklar gibiydi. Çok eğlendiği her halinden belli, göğüslerime gömülürken canavar misali garip sesler çıkarmaya başlamasıyla kahkaha krizine girdim. Göğüslerimi öperken bir ara kafasını kaldırıp yüzüme baktı. Dağılmış dalgalı saçlarıyla çok tatlıydı ve muzipçe sırıtıp "Bence tombullar da beni seviyor," dedi.

"Yapma ya(!) Nereden anladın?"

"Bana tepki veriyorlar," diyerek utançtan yine kulaklarımın yanmasına sebep oldu. Utanmama aldırmadan dudaklarımı öpmeye başladı ve her zamanki gibi bir ön sevişme yaşadık.

Emre'nin aşırı neşeli hâlleri bulaşıcıydı. Ben de istemeden ona ayak uydurmuş, yemekte her dediğine gülüyordum. Bulaşık yıkarken bile beni yalnız bırakmamış, mutfak masasına oturup çizimlerini yanımda yapmıştı. Bu Emre'ye bayılmıştım ve buzul çağı Emre geri gelmesin, bu tatlı hallerine nazar değmesin diye totomu kaşıyordum.

Akşam yatağa girmeden önce giyinme odasına uğradım. Hiç giyinmediğim ama düğün hazırlığı alışverişinde aldığım gecelikler gözüme takıldı. En usturuplusunu bulup giyindim. Uzun ve hafif göğüs dekolteli, siyah gecelikle bayağı çekici olmuştum. Emre'yi şaşırtmak ve suratındaki o şapşal ifadeyi görmek için üzerine sabahlığımı geçirip giyinme odasından çıktığımda Emre, çoktan yatağa yatmıştı ama bereket uyumuyordu. Ellerini kafasının altına koymuş tavana bakıyordu. Sabahlığı çıkarırken beni görsün diye yalandan öksürdüm. Ama dalıp gitmişti ve benden tarafa bakmadı bile. Ben de tekrar öksürdüm, bakmamakta ısrar edince sonunda yalandan bir öksürük krizine girdim.

Şaşkınlıkla bana dönüp "İyi misin? Su falan ister misin?" diye sordu.

Sonunda ilgisini çekebilmiştim. "Gerek yok, öyle gıcık, öksürük takıldı boğazıma ama şimdi geçti," dedim ve ona arkamı dönerek sabahlığı çıkardım. Sonra da yavaşça önüme dönerek gülümsedim. Beni baştan ayağa süzüp "Şifreli yayın gibi devamını gösteremeyeceğin film için reklam yapma," dedi, ağzı yana kaymış sırıtır şekilde.

O, bu kadar açık sözlü olunca utandım. "Ne alaka canım..." diye mırıldanarak ışığı kapatıp yatağa girdim. Beni kendine çevirip göğsüme yattı. "Tombulları sergileyen bir şey giydiysen hakkını vermen gerek. Bu gece yastığım onlar," dedi ve gözlerini kapattı.

Sabah, uyandığımda hâlâ başı göğsümde mışıl mışıl uyuyordu. Saçlarını okşayıp uyurken onu izlemeye başladım. Bu adam benim kocam mıydı sahi? Erkek güzeliydi maşallah, benim delim. Ben sinemde yatan kocamı izlerken çalan alarm Emre'nin gözlerini aralamasına sebep oldu. Uyku sersemi "Günaydın koca meme," dedi. Sonra zaten yattığı göğsüme bir öpücük bırakıp "Size de tombullar," diye ekledi.

"Sana da günaydın sapık. Bence yeni bir obsesyonun daha var artık; göğüsler."

"Hâlâ diğer kadınlardan ve onlara ait her şeyden nefret ediyorum. Bence bu sadece sana özel ve Selçuk bunun obsesyon olmadığına emin. Toplumun genelinde yaygın bir hastalıkmış bu."

Çok merak etmiştim. Yatağın başlığına yaslanıp oturmak için biraz doğruldum. Dolayısıyla Emre de kafasını göğsümden kaldırdı. "Neymiş hastalığın?" diye sordum. Emre "Boş ver," diye geçiştirirken dekoltemde hissettiğim ıslaklıkla başımı eğip göğsüme baktım ve tiz bir çığlık attım.

"AAA!"

"SUS!" Emre, iki eliyle kulağını kapatıp bana kocaman açtığı gözlerle bakıyordu. Parmağımla göğsümü işaret edip "Salyanın göğsümde ne işi var?!" diye bağırdım.

"Gece uyurken ağzımın suyu akmış, ne var bunda?"

"Bir de ne var bunda diyor ya! İğrenç!"

"Aslında uyurken pek ağzım akmaz. Yorgunken olur arada ama sanırım dün gece tombullara o kadar yakın uyuduğum için ağzımın suyu aktı." Pis pis sırıtıyordu.

"Sil şunu!"

"Amma dırdır ettin ha!" Emre, pijamasının koluyla göğsümdeki salyayı sildi. Her halükarda duşa girecektim ama yine de salyaya değmeyi istemiyordum. Ben kalkmış banyoya doğru giderken arkamdan "Ben senin sümüklü hallerine bu kadar tepki göstermemiştim, hatırlatırım," dedi.

Sonbaharın gelişiyle Zonguldak'ta hiç dinmeyen yağmurlar başlamıştı. Açtığımız şemsiyenin altında el ele, çifte kumrular gibi işe gittik. Dükkâna girince dışarısına nazaran sıcak olduğu için, "Sıcak ve kuru bir yer sonunda," diyerek üstümdeki montu çıkardım. Emre, ısıtıcıyı açıp "Böyle daha iyi mi?" diye sordu. O benim üşümemi mi dert etmişti? Ne de tatlıydı, düşünceli delim benim. "Evet, teşekkürler. Kolay gelsin."

"Sana da güzelim." Arka tarafa geçen Emre'ye el sallarken, alışamadığım tatlı sözleri yüzünden suratımda salak bir sırıtış vardı. Gün boyu bendeki mutluluk, iki de bir kapıya çıkıp karşı dükkândan bana kötü kötü bakan Tufan'a rağmen hiç gitmedi. Eve dönerken yine aynı şemsiyenin altındaydık. Emre, bu kez bir elini omzuma koyup beni kendine yaklaştırdı. Yol boyu bu anın mutluluğundan sarhoş olduğum için, Lust havlayana dek eve geldiğimizi anlamadım bile. Yağmurdan dolayı kulübeden çıkamıyordu ama biz geldik diye havlamaktan da geri kalmamıştı. Ben yine üşüdüğüm için kollarımı birbirine doladım.

"Üşüdün mü?" diye sordu.

"Evet, biraz ama ıslandık ya ondandır, geçer birazdan."

"Sen sofrayı hazırla ben kaloriferi yakıp geliyorum," dedi ve tekrar dışarı çıktı. Kömür memleketinde yaşıyorduk. Gerçi merkeze doğal gaz gelmişti ama buralara henüz gelmemişti. Zaten engebeli arazi de doğalgaz döşenmesini hayli masraflı hale getiriyordu bölgede.

Üstümü değiştirip mutfağa geçtiğimde genel temizliğin şart olduğunu fark ettim. Artık eve eskisi kadar vakit ayıramıyordum. İş ve ehliyet kursu zamanımı alıyordu ve yemek yapmaya bile zor zaman buluyordum. Ehliyet kursu bitince yine eskisi gibi olabilirdi ama şu aralar sık sık temizlik yapamadığımdan camlar bile kirlenmişti.

Emre, yarım saat kadar sonra geldi. Eli yüzü kapkara olmuştu, direkt banyoya yıkanmaya geçti. Banyodan çıkana dek ev ısınmıştı bile, petekler sıcacık olmuştu. Yemekte meraktan "Kaloriferi hep sen mi yakacaksın?" diye sordum.

"Evet. Bir şey yok zaten onu yakmakta. Sobaya benziyor. Ne o sosyete, hayatında hiç soba görmedin mi?"

"Kim, ben mi? Ben sobalı evde büyüdüm bir kere. Ayrıca biz kim, kaloriferli evin kirasını ödemek kim?" Yoksullukta yarışsak Emre'yi açık ara farkla geçerdim, eminim. Üstelik sevgi yoksulluğu da buna dâhil. O, babasının kollarında pışpışlanırken ben babamdan dayak yiyerek büyümüştüm. Baba dediğin Emin amca gibi olmalıydı oysa. Emin amcayı düşününce "Babanı bayram için hastaneden çıkarabilir miyiz?" diye sordum.

"Var benim de kafamda öyle bir şey. Hem amcam kurban kesmek için Gökçebey'e dönecek. Çocukları geliyor ya bayramdan bayrama."

"E ne güzel, babanı bize alalım. Hastane köşelerinde kaldı adamcağız."

"Kabul eder mi bilmiyorum ama etmezse yine biz onun evinde kalırız."

Emin amcanın bendeki yeri apayrıydı ve bizim evde kalacak olmasına çok sevinmiştim. "Ne zaman hastaneden alırız babanı?"

"Doktoruyla konuşmak gerek önce." Sonuçta sırf biz bayramda beraber olacağız diye Emin amcanın sağlığını yok sayamazdık. Tabii bir de bayram temizliği olayı vardı. Emin amca hastaneden çıkmadan temizliği bitirmem gerekti. Kadın mı tutsaydım acaba? Bunu düşünce annem geldi aklıma ve içim burkuldu. Tufan, sahtekâr pisliğin tekiydi ama yine de bazı konularda haklıydı. Benim hiç harcamadığım bir kese altınım varken annem el âlemin evine temizliğe gidiyordu, hem de bu yaşta.

Nasıl daldıysam düşüncelere, elini yüzümün önünde sallayıp "Sana diyorum," dedi.

"Efendim?"

"Alışverişe gidelim mi, yarın?"

"Ne alışverişi?"

"Bayram alışverişi, üst baş alalım. Çok kalabalık olunca giremiyorum mağazalara. Her yerde kadınlar..."

"Anladım. Olur tabii ama iş?"

"Apartmanların işini bitirdik sayılır, ön tarafa da arada Miraç bakar, bir gün işi asabiliriz."

"Tamam." Annemleri düşündüğüm için tüm keyfim kaçmıştı bir anda. Aslında Emre'yle alışverişe gidecek olmama sevinmem gerekirdi. Ama şu an ki ekonomik rahatlığım içime vicdan azabı olmuştu.

"Ne oldu? Birden durgunlaştın."

"Havadandır, sürekli yağıyor ya..."

"Böyle mi bundan sonra? Söylemiyor muyuz sıkıntımızı? Tamam, bana uyar. Ama bana niye benimle konuşmuyorsun diyemezsin bir daha."

Emre, sandalyesini geri itip sofradan kalkmaya yeltenince "Otur, tamam, söyleyeceğim ama kızmak yok," dedim telaşla.

"Dinliyorum," diyerek geri oturdu.

"Annemler."

"Ne olmuş?"

"Onlara yardım etmek istiyorum. Ama kızacaksın biliyorum, ondan bir şey demedim."

"Niye onlara yardım etmek istiyorsun ki? Onlar seni umursamıyor bile."

"Ne olursa olsun onlar benim ailem ve üstümde emekleri, hakları var. Bu yaşıma kadar onlar sayesinde geldim. Analık hakkı zaten ödenmezmiş. Ben temizliğe yardımcı birini tutmayı düşünürken elli yaşındaki annem milletin evine temizliğe gidiyor." Yine kör olası gözlerim dolmuştu.

"Ne kadar?"

"Ne, ne kadar?"

"Ailene ne kadar vermeyi istiyorsun, kafandaki miktar ne?"

Bu kadar kolay kabul etmesine hâlâ anlam verememişken "Bilmem," diyebildim sadece.

"O it Tufan'a araba alırlar vereceğin parayla." Doğru söylüyordu, annem yine temizliğe gitmek zorunda kalırdı. Ama kirayı ödeyip gıda yardımı yaparsak para Tufan'a gidemezdi.

"Buldum. Para vermeyelim, birkaç ayın kirasını ödeyelim ve yiyecek, giyecek, yakacak falan alalım."

"Bu daha mantıklı. Bayramda da etin yarısını yollarız. Biz iki kişiyiz zaten yiyemeyiz istesek de."

"Kurban kesecek miyiz?"

"Tabii ki. Allah'a şükür bunun için durumumuz var."

Bu zamana dek durumumuz iyi olmadığından baba evimde hiç kurban kesilmediği için biraz tuhafıma gitmişti doğrusu. Annemlere yardım edebilecek olmanın mutluluğuyla tekrar Emre'ye gülümsedim.

"Teşekkürler canım delim, bitanem," diyerek yanaklarını öptüm. Beni kucağına oturtup dudağıma bir buse bıraktı. Gözlerime bakıp "Sen yeter ki gül, güzelim benim," dedi.

O benim gözlerimin içine bakarken aileme duyduğum tüm kırgınlığım bir anda tuzla buz oldu. Dizinde oturduğum Emre'ye sarılıp sığındım ve başımı boynuna gömüp kokusunu içime çektim. O da bana sıkıca sarılıp kulağıma "Cadaloz gözükmeye çalışıyorsun ama çok yufka yüreklisin. Ben senin yerinde olsam, onlarla asla konuşmazdım. Zorla evlendirdiler seni," dedi.

Kafamı boynundan kaldırıp gözlerinin içine baktım. "Tam da bu sebepten onları affettim." O, bana şaşkın şaşkın bakarken açıkladım. "Eğer beni dövüp zorla sana vermeselerdi; şimdi gözlerine bakıp bulduğum huzuru asla tadamazdım. Kollarındaki güveni hissedemezdim. Kokunu içime çekip mutlu olamazdım. Seninle olmasaydım hep yalnız kalırdım."

Gözyaşlarım ilk kez mutluluktan akıyordu. Yüzüme düşen saçlarımı eliyle geriye itip, kulağımın arkasına soktu ve hiç beklemediğim bir şey yapıp gözyaşlarımı teker teker öptü. Aileme, Emre'nin kocam olmasına vesile olmuşlarken nasıl hâlâ kızabilirdim ki?

En son burnumun ucunu öpüp "Ben de babama duacıyım, bu konuda," deyince "Neyimi seviyorsun mesela?" diye sordum. Belki ilanı aşk ederdi bana, belli mi olurdu?

Biraz düşündü, sonra konuşmaya başladı. "Yemeklerin, tombullar. Sonra bir de sadakatin var. Bence en çok bu önemli. O gece, Mehmet'le gitmedin, seni boğmaya çalıştığım halde bunu kimseye demedin, deli oluşumu bile sahiplendin. Sana güveniyorum."

Söyledikleri çok güzeldi ama içinde ilanı aşk yoktu. "Bu kadar mı?" diye sordum.

"Güven problemi yaşayan biri için bu çok önemli bir adımdır. Sana güveniyorum, daha ne istiyorsun?" Beni sevmeni istiyorum be delim... Sana âşık olduğum gibi senin de bana âşık olmanı. Evet, henüz kendime bile itiraf edemediğim şey açıklığa kavuşmuştu; ben gönlümü Emre'ye çoktan kaptırmıştım. Buruk bir gülümsemeyle "Haklısın, bu kadarı yeterli," dedim.

"O zaman gözlerindeki bu hüzün niye?"

Kafamı, bilmem, dercesine salladım ve dayanamayıp ilk duygularını açan ben olmamak için dizinden kalkıp sofrayı toplamaya başladım.

Gece yatağa girerken bu kez pijamalarımı giydim. Yatağa yanına girdiğimde birden, benim yastığıma koydu kafasını.

"Kendi tarafına geçsene," diye uyardım.

"Olmaz, bir yastıkta kocayacağız."

"O yastıklar, bunlar gibi tek kişilik değil bir kere."

"Hangi yastıklar?"

"Bir yastıkta kocayın denilen yastıklar işte."

"Sen de yastıkları alırken onlardan alsaydın. Ben sana bu kadar yakınken uzak durmayı sevmiyorum."

"Neyi seviyorsun peki?" Seni, de; hadi lütfen... Seni seviyorum de...

"Sana sarılmayı seviyorum." Belime sarılıp beni kendine çevirince ben de kafamı göğsüne koyup kalbini dinlemeye başladım. Teninin kokusu, kalbinin ritmiyle birleşip beni etkisi altına almıştı. Uyku bastırırken "Haklısın, o yastıklardan almalıyız," diye mırıldandım.

"Elif?"

"Hıı?"

"Seni boğmaya çalışırsam, adını söyle."

"Tamam."

"İyi geceler koca meme."

"Sana da deli."

# 11

Sabah, Emre namaza kalktığında gözlerimi araladım. Gülümseyerek, "Uyu sen, geleceğim ben," dedi. Kafamı sallayıp gözlerimi kapattım ama kendi telefonumun çalan alarmıyla yeniden uyandığımda yanımda yoktu. Üstüme bir hırka geçirip alt kata indim. Evde görünürde kimse yoktu ama sıcak ekmekler kilerdeydi. Nasılsa buralardadır, diye düşünüp sofrayı kurmaya başladım.

Az sonra peşinde havlayan Lust ile mutfak camının önünde gördüm onu. Sabah sabah dışarıda ne işi vardı? Sormak için camı açtığımda, o benden önce lafa girip "Lust'a yiyecek bir şeyler versene," dedi. Emre'ye yemek artıklarını uzattım. Artıkları Lust'ın yemek kabına döküp geri geldiğinde, "Bu saatte bahçede ne işin vardı?" diye sordum.

"Kalorifer kazanını yaktım."

"Namazdan sonra uyumadın mı yani?"

"Hayır ama önemli de değil. Şimdi kışa yaklaştık ya ezan gitgide daha geç okunuyor."

"Uykusuz kalma da. Bütün gün o dönen bıçağın başındasın, Allah göstermesin kaza bela çıkar." Hemen kulağımı çekip kafama vurdum.

Emre gülümseyip "İnsanın kendini bilmesi büyük erdem," dedi. Hiçbir şey anlamamıştım. Kaşlarımı kaldırıp ona bakınca "Tahta kafa olduğu diyorum, kabul etmen erdemdir," diyerek çocuğa anlatır gibi tane tane açıkladı.

"Vivivivi!" Ben de ona ağzımı eğdim. Birden belimden tutup dudaklarıma yapışmasını beklemiyordum tabii ki. Öpüşmemiz, ayaklarımı yerden kesip beni kendi etrafında döndürmesiyle son bulmuştu. Mutfakta gülüşme seslerimiz yankılanırken annemin bana hiç okumadığı peri masallarından bir sahneyi yaşıyordum adeta. Onunla günlük işler bile masalsı bir hâl aldığı için hayat gailesi artık zor gelmiyordu.

İş yerinde bayram dolayısıyla bir yoğunluk vardı. Ne alaka, sizin dükkân kıyafet ya da şeker mi satıyor demeyin hiç. Kadınlar, liste başını portmanto ve ayakkabılığın çektiği dükkândaki teşhir ürünlere talip olmuşlardı. Bir de zigon ve orta sehpalar peynir ekmek gibi gidiyordu. Dükkân kısmında teşhir namına eşya kalmamıştı neredeyse. Emre öğleden sonra bir ara yanıma uğrayınca ona da bu durumu açıkladım.

"Dükkânın neredeyse boş kaldı."

"Dalga mı geçiyorsun? Adım atmaya yer yok burada."

"Öyle gözüküyor ama öyle değil. Tüm sehpaları sattım. Hatta üç güne yetişmek üzere bir sehpa siparişin var. Giriştеki iki ayakkabılık ve portmantoyu da sattım. Ön yüzü aynalı, doksana yüz seksenlik ufak bir portmanto için de sipariş aldım. Hatta camekânın yanındaki kurulu mutfağı bile sattım. Sehpalar ve dolaplar bu akşam, mutfak da yarın teslim edilip kurulacak.

"Elif, iyi hoş da dükkân bomboş kalır o mutfağı sökersek."

"Ya ben de biliyorum ama ölçüler tuttu. Teşhir ürün olduğu için müşteriye fiyatı da uygun geldi. Kadının bayrama misafiri gelecekmiş, eski mutfağından kurtulmak istiyormuş. İşte kısacası beğenip aldılar mutfağı. Ne deseydim, burası boş kalır şimdi satamayız mı?"

"Yok canım, sen de haklısın ama şaşırdım birden. Madem öyle yeni ürünler yaparız biz de bayramdan sonra. Komple dükkânı yenileyelim bari."

"Buradaki eşyalar ne olacak?"

"Satabildiğini sat, uygun fiyattan. Yine de kalırsa ardiyeye koyarız." Emre, böyle söyleyince karşı duvardaki beyaz, klasik tarz mutfak dolapları gözüme takıldı. "Bunu da satacak mıyız?"

"Evet"

Dolaplar sanki annemin minik mutfağı için yapılmıştı. "Bunu ben satın alabilir miyim?"

"Ne yapacaksın ki onu?"

"Anneme bayram hediyesi."

"Annenler kirada değil mi? Bu dolaplar, mutfak duvarına monteleniyor, tezgâh da yapıştırılıyor. Niye ev sahibine eşya alıyorsun ki?"

Bizim ev sahiplerimiz iyi insanlardır. Annemler uzun süre daha orada kiracı olurlar. Hem ev sahibi bu dolabın ederi kadar kirayı almaz annemlerden, onlar da bir iki ay kira ödememiş olurlar. Annemin de güzel bir mutfağı olmuş olur."

"İyi, öyle olsun bakalım."

"Ben, yarın kasaya parayı koyarım bu mutfak için."

"Koca meme, saçma sapan şeyler söyleyip asabımı bozma. Ne parası? Ayrıca montaja ben gitmem. Miraç'ın yanına birini daha veririz, onlar giderler."

"Olur, tamam."

Emre, arka tarafa geri giderken hemen ablamı arayıp haber verdim. Annem benimle konuşmadığı için ablamla haber yollayacaktım. Ablamdan, annemle ilgili haber beklerken benim için stresli anlar başladı. Annem kabul etmezdi kesin, çok gururlu kadındı ve biraz da kinci. Küstü mü tam küserdi. Sadece beş dakika sonra ablam geri aradı ama o beş dakika bana beş asır gelmişti.

"Abla! Annem ne dedi?"

"Bu ne heyecan kızım?"

"Çatlatma da söyle!"

"İlk baş kabul etmedi. İstemiyorum onların hiçbir şeyini dedi."

"Yaa..."

"Ama sonra ben, Elif'in ne suçu var, Emre'den korkusuna sizinle konuşamıyor, dedim ama pek inanmadı bana. Tufan her gün görüyormuş sizi el ele, kol kola ve yememiş içmemiş annemlere anlatmış salak. Ben de araları şimdi iyi, zaten o yüzden Emre izin vermiş, diye açıkladım. Yanında Çiçek teyze vardı, ben telefondan ikna etmeye uğraşırken o da annemin yanından bastırdı. Sonunda ikna oldu annem de."

"Gerçekten mi?"

"Evet."

"Süper! Abla çok sağ ol."

"Ama annem Emre'nin gelmesini istemiyor."

"Sorun yok, Emre de istemiyor zaten. Miraç gidecek bizim eve."

"Tamamdır o zaman. Dur, ben anneme onu da haber vereyim."

"İyi, öptüm seni ve Nil'i. Nil nasıl?"

"Biz de seni öptük teyzesi. İyi ama Nil'in ağzına biber süreceğiz, terbiyesizleşmiş iyice."

"Ne oldu ki?"

"Hep bu televizyondan sanırım, istediği şey olmayınca koca meme diye bağırıyor. İlk başta kafa mama gibi bir şey diyor sandık, sonra Murat, meme dediğini fark etti. Şimdi onu terbiyeye uğraşıyoruz. Yanında televizyonu kesinlikle açmıyoruz artık."

"Hımm... İyi yapmışsınız. Kesin televizyondandır o." Ulan Emre, ulan deli!

"Neyse, daha annemi arayacağım. İyi günler sana."

"Sana da ablacığım." Telefonu kapatıp alt dudağımı ısırdım. Bizde sadece üç dört gün kalan Nil böyle olduysa, ileride olacak çocuğumuzun vay halineydi. Tüm öğleden sonra içim içimi yedi, Emre'ye kızmak için fırsat kolluyordum ve eve giderken o fırsatı yakaladım.

"Ne oldu koca meme? İşten çıktığımızdan beri bir suratsızsın."

"SUS! Sus, sakın bana bir daha koca meme deme!"

"Ne oluyor be? İki gece beraber yatınca sen de delirdin."

"Hep bu zevzek zevzek konuşmalarından oldu bunlar zaten!"

"Ne oldu onu söyle de bir bilelim! Sır perdesi gibi neyi gizliyorsun?"

"Ne gizlemesi canım? Dünya âleme duyur benim memelerimi! Nil, evde birine kızınca koca meme diye bağırıyormuş! Küçücük çocuğa öğrettiğin şeye bak!"

"Yuh! Ciddi misin? Ben, ilk kömüşü öğrenir diye düşünmüştüm oysa. Hem o bacaksız, suya bile 'Buu' diyor. Koca memeyi nasıl demiş?"

"Ablamlar da ilk başta anlamamışlar. Kafa mama falan diyor sanmışlar. Sonradan ne dediğini çözmüşler. Ablam anlarsa büyük rezillik! Umarım bu durumdan bir ders çıkarmışsındır."

"Çıkardım tabii ki. Bir daha sana yalnız değilken koca meme demeyeceğim."

"Allah'ım Allah'ım! Sana geliyorum Ya Rabbim!" Emre'yi geride bırakıp öfkeyle önden önden yürümeye başladım. Kısa sürede yetişip beni kolunun altına aldı. "Ne var ki bunda? Sen de bana deli diyorsun, ben bir şey diyor muyum?"

"Şimdi demiyorsun ama en başta deli diyorum diye yaptıklarını unutmadım."

"Şimdidir önemli olan. Geçmişe göre mi yaşayacağız? Ben seninle sadece bu anı yaşamayı ve geleceği hayal etmeyi istiyorum, öfkeli panter."

"O ne be öyle? Panter manter! Vazgeçtim, koca meme bile daha iyi."

"Ben de onu diyorum; koca memesin sen, sana başka deyiş yakışmaz."

"Güzelim dedin ya dün, bence o yakışmıştı."

"Zaten güzelsin ama koca meme deyip seni sinirlendirmek daha eğlenceli."

"Kömüş!"

"MÖÖĞ..." Emre, möleyip bir kömüşün boynuzlarını salladığı gibi kafasını salladı bana ve burnumu öptü. Kafamı kaldırınca karşıdaki çiçekçinin önünde duran Cenk ve Mehmet'i gördüm. Mehmet, tip tip bize bakarken sırf kıskançlığından canımızı sıkacak diye endişeleniyordum.

Mehmet'i gördüğüm için gülümsemem yüzümde donmuştu. O ise bizi görmezlikten gelip çiçekçiye girdi. Cenk, nişanına beraber gittiğimiz için Emre'yle tanışmıştı ve meydandaki yapay şelalenin önünden bize el sallayınca Emre, elini kaldırıp onun selamını aldı. Eve o taraftan gideceğimiz için mecbur karşıya geçtik ve Cenk'in yanına gelmiş olduk. Cenk gayet samimi bir şekilde Emre'nin elini sıktı ve halimizi, hatırımızı sordu.

"Nasılsınız çifte kumrular? Nereden böyle?"

"İyiyiz, işten eve gidiyoruz. Sen nasılsın? Sanem ne yapıyor?" diye sordum.

"Ben de iyiyim. Sanem, düğün hazırlıkları nedeniyle biraz gergin. Dün perde seçmeye, ben gelmesem olur mu dedim diye arıza çıkardı."

"Sen de çiçekle gönlünü mü alacaksın?"

"Aslında iyi fikirmiş ama biz Mehmet için buradayız. Bu akşam Mehmet'e kız istemeye gideceğiz, çiçek yaptırıyoruz."

İçin için öyle sevinmiştim ki, yüzüme yansımasın diye yanaklarımı ısırdım. Mehmet'ten tamamen kurtulmuştum. Ağzım kulaklarımda gülümseyip "Hayırlı olsun. Allah tamamına erdirsin," dedim. Emre de "İyi akşamlar, size kolay gelsin," dedi ve Cenk'i geride bırakıp evimize doğru yürümeye devam ettik. Emre, artık tutmaya uğraşmadığım gülümsememe bakıp "Pek sevindin," dedi.

"Aynen, huzurumuzu bozacak diye korkmuştum çünkü."

"Kimse huzurumuzu bozamaz, korkma." Öyle ciddi söylemişti ki bu cümleyi, üstüne başka şey söyleyemedim. Biraz önce benimle şakalaşan Emre gibi değildi. Oysa aramıza mesafe koyması benim için en büyük huzursuzluktu. Bahçeye girdiğimizde havlayarak yanımıza gelen Lust'la oynamaya başladığımda tüm kötü düşünceler kısa süreliğine de olsa yok oldu.

"Pati ver Lust! Hadi pati ver, oğlum!" Emre'nin eğilip uzattığı eline Lust ön ayaklarından birini koyunca hayretle "Bunu ne ara öğrettin?" diye sordum.

"Biz bu sabah oynadık onunla, buna da biraz çalışmıştık ama çok akıllı, hemen öğrenmiş baksana."

"Acaba ben sorsam bana da pati verir mi?" Emre, Lust'ın bacağını bırakıp "Dene," dedi.

Ben de yere eğilip avucumu açtım ve "Pati ver Lust!" dedim. Lust, ayağını elime koyunca da hayvancığın korkmasına sebep olacak bir çığlık attım. "AAY! Yaptı! Aferin benim oğluma!"

Lust'ı sevip doyurduktan sonra ben eve girdim, Emre ise kalorifer dairesine gitti. Evin erkeği olarak evimizin bacasını o tüttürüyordu. Evin dişi kuşu olarak ocağı da ben tüttürdüm ve yemek yapmaya başladım. Yemekte sohbet muhabbet yerindeydi. Emre bir söylüyor, ben bin gülüyordum. Çok değil, birkaç ay önce Emre çok komiktir deseler "Hadi oradan be!"

derdim ama şimdi, günlerimiz güle oynaya geçiyordu. Gece yatarken yine bana sarılıp göğsüme yattı.

"İyi alıştın sen," diyerek ona takıldım.

"O yastıktan almadığın sürece burada uyumaya devam edeceğim."

"Bak yine ağzın falan akarsa bu kez elimden kurtulamazsın."

"Dilinden kurtulamadık zaten. Dır dır dır başımın etini yedin. Uykum var, sus artık koca meme."

"Sen kime sus artık diyorsun?"

"Allah'ını seversen, yarın kaldığın yerden devam edersin, şimdi uyusak..."

Bir hışımla onu göğsümden itip sırtımı dönerek yattım. Arkadan belime sarılıp "Keşke hemen darılacağına hemen sussan," dedi. İyice sinirlerim bozulmuştu. Gerçekten kızdığımda yaptığım gibi hiç tepki vermedim. Bir şeye çok sinirlendiysem hiç karşılık vermezdim. Ne bir sözle ne de bir hareketle tepkimi belli ederdim. O kişiyi yok saymak ve cevap vermemek de bu tepkisizliğimin başını çekiyordu.

Ertesi sabah kahvaltıda sessizliğim dikkatini çekmiş olacak ki, "Hayırdır, dilini mi yuttun?" dedi. Ben cevap vermeyince de devam etti. "Daha öncede söylemiştim, susmandan asla şikâyetçi değilim, hatta bu hâlini çok sevdim."

Yine cevap vermeyip o konuşurken yüzüne bile bakmadım. Dün gece, söylediklerini yutacak değildim. İlk başta umursamasa da işe giderken yol boyu söylediği hiçbir şeye cevap vermediğimde ona küsmüş olduğumu idrak etti. Dükkândan içeri girdiğimizde ben montumu çıkarırken o arkamdan söyleniyordu. "Elif, cidden dün sana sus dedim diye çocuk gibi susup küsecek misin? Şu an yaptığın saçmalık resmen!"

Onu hiç takmayıp masama oturdum ve bilgisayarı açtım. Bilgisayar açılırken ajandaya bakıp bugün teslim edilmesi gereken işlerin listesini buldum ve kâğıdı ondan tarafa bakmadan Emre'ye uzattım.

Kâğıdı elimden hışımla alıp "Tamam, sen bilirsin! Ama senin uzun süre susamayacağına kalıbımı basarım. Ben susarsam tam susarım. İki yıl hiç konuşmamışım, rekor bende yani," diye saçmalayarak gidince gülümsemem yüzüme yayıldı. Dur bakalım Emre Bey, bunlar iyi günlerin. Ben de Elif isem, bana sus dediğine seni bin pişman edeceğim.

Öğlen yemeğinde tek kelime etmedim yine. Bu kez o da konuşmadı ama iki de bir bana ters ters bakıp duruyordu. Bense o yokmuş gibi davranmaya devam ettim. Öğleden sonra iş yerindeki tek farklı olay; annemlerin evinden gelen Miraç'la konuşmamdı. Mutfak nasıl oldu, annemin ve babamın tepkisi ne? Beğendiler mi? Miraç'ı yine sorguya çektim resmen. Annem çok mutlu olmuş ve çok beğenmiş dolapları ama babam evde yokmuş öğrendiğime göre. Yine içimi sebepsiz bir hüzün kaplamıştı. Aileler garipti, ne yaparsan yap geride bırakılamıyordu ya da bir kalemde hayatından silip atamıyordun. Söküp atabilecek olsan da söktüğün yerde sızısı kalıyordu.

Akşam işin bitmesine yarım saat kala çiçekçi geldi dükkâna. Çiçekleri Mehmet'in yolladığını düşündüm bir an için ve ödüm koptu. Çiçekçi çocuk "Elif Karaelmas?" diye adımı sorar şekilde söyleyince "Kim soruyor?" diye saçma bir cevap verdim.

"Ben soruyorum ya abla," dedi on beş yaşlarındaki çocuk.

"Yani çiçekler kimden?" diyerek sorumu düzelttim.

Çocuk çiçeğin üstündeki zarfı gösterip "Burada yazıyordur abla," dedi.

"Olmaz, kimden olduğunu bilmeden alamam."

"Abla, ne çok sorun çıkardın. Bahşiş vermemek için mi yapıyorsun anlamadım ki."

"Ne alakası var?" Askıdan çantamı alıp içinden cüzdanımı çıkardım. Çocuğa bahşiş verip çiçekleri aldım ama çiçekçiyi yollamadım. "Dur sen az, kartı okuyayım. İstemediğim birisi yolladıysa çiçeği geri götüreceksin." Çiçekçi çocuk gözlerini devirse de bekledi. Bismillah deyip kartı minik zarftan çıkardım. Okudukça yüreğime bir sıcaklık, yüzüme ise gülümseme yerleşti.

*Özür dilerim Elif.*
*KÖMÜŞLÜK yaptım dün gece.*
*Başımın etini yemeni özledim.*
*Sen susunca başım rahatladı ama*
*gönlüm ağrımaya başladı...*
*EMRE*

Delim, yerim ki ben seni... Bekleyen çiçekçi çocuğa, "Tamam, sorun yok, Çok teşekkürler," dedim. Çocuk, "Hele şükür," diye söylenerek gittiğinde Emre'den geldiğini öğrendiğim çiçeklere alıcı gözüyle bakmaya başladım. İki farklı renk orkidenin aranjmanıydı. Kartı alıp tekrar tekrar okudum ve her okuyuşumda içimden, dükkânda bir tur koşmak veya dans edip zıplamak geliyordu ama cam olan ön vitrinin caddeye bakması beni frenliyordu. Üç kelime kafamda dolanıp duruyordu; *Gönlüm ağrımaya başladı...*

Söylemese de beni seviyor muydu? Âşık olsa söyler miydi? Acaba ilk nasıl ve nerede itiraf ederdi? Kafamda, her biri heyecandan nabzımı yükselten sorular dolanıp durduğu için Emre'nin atölyeden çıkışını dört gözle beklemeye başladım. Sonunda yanıma geldiğinde ona gülümseyip, "Özrün kabul edildi," dedim. O da rahatlamış bir şekilde bana gülümseyip, "Harika, barıştık o hâlde," dedi.

"Evet, çiçekler için teşekkürler."

"Ben sana ne demiştim?"

"Bilmem, ne demiştin?"

"Evde başka şekillerde teşekkür edebilirsin, unuttun mu?"

"Sapık kömüş!"

"Alıngan cadı!"

Kucağımda güzel çiçeklerimle, tatlı tatlı atışarak kol kola evin yolunu tuttuk. Gece, çiçekler için teşekkür öpücüğüm git gide ateşli bir hâl aldı. Bu kez bana dokunurken yandığımı hissediyor, yumuşak dudakları dudaklarıma nefesini bırakırken onunla soluyordum. Beni ileri gitmek için hiç zorlamadı ama yavaş yavaş her şeyin normale dönebileceğini ilk kez bu gece anladım. Tüm sorunlarımızı sonunda halledebilirdik, ihtiyacımız olan tek şey zamandı. Bedenlerimiz de ruhlarımız gibi birbirine ısınıp alışıyordu.

Kolları arasında uyurken yarın onunla çıkacağımız alışverişte bir yastıkta kocama yastıklarından almayı aklıma not ettim. Ama alışverişte, hangi mağazaya sorsam o yastıkların tedavülden kalktığını söylediler. Kıyafet alışverişinde Emre'yi sıkmamak için her aldığımı ilk girdiğimiz mağazan seçtim. Onun alışverişi ise benimkinin aksine uzadıkça uzadı. Bizim deli zor beğenenlerden çıktı ve ne göstersem bir kulp buluyordu. "Bunun yakası çok açık, onun rengi çirkin, o kazak beni kaşındırır..." Liste uzayıp gidiyordu. Sonunda fıttıran ben oldum.

"Al ne alacaksan artık! Bu topuklularla üç saattir senin için mağaza mağaza geziyorum! Seç bir şeyler yoksa ben seçiyorum seninkileri de ve sen de bayramda onları giyiyorsun!"

"Tamam, sen seç."

"Ne?"

"Duydun işte, sen seç, kabulüm. Ben kararsızımdır biraz, rahmetli anneme çekmişim."

"Tamam. Ben beğeniyorum o halde," diyerek Emre'ye çok yakışan spor tarzda bir gömlek, ceket ve pantolon beğendim. Ayakkabıcıya geri dönüp Emre'nin "Cık! Bunu beğenmedim," demesine aldırmadan bir çift de ayakkabı aldım ve alışveriş sonunda bitti. Bir şeyler yedikten sonra da Emin amcayı ziyarete, hastaneye gittik. Bizi görünce yine yüzünde güller açtı. Emre'yle kurbanlık hayvan için konuştular. Adamcağız hasta yatağında kurbanlık bir öküze biri Emre diğeri kendi için olmak üzere iki ortaklık yer bulmuştu. Konuşmanın bir yerinde Emre "Niye yer arıyorlar ki? Bizim bahçede keseriz," deyince inanamayarak gözlerimi kocaman açtım. Bizim bahçede hayvan mı kesilecekti? Ben dayanamazdım öyle bir şeyi görmeye. Ama Emin amca "Hay aklınla bin yaşa," deyince mecburen sustum. Emre, doktorla konuşmaya gidince Emin amca beni Emre'yle ilgili sorguya çekti.

"Nasıl davranıyor sana? Canını sıkmıyor ya?"

"Yok babacığım. Biz mutluyuz, her şey yolunda."

"Öyle olsun bakalım. Ama seni üzerse hemen de bana. Ben kulağını çekerim."

"Tamam, söylerim ama Allah bozmasın çok iyiyiz."

"İyi olun zaten. Bunlar en güzel zamanlarınız. Çocuklar olunca dertler başlıyor."

Eveeet... Konu yine çocuğa gelmişti. Ben ne cevap vereceğim diye düşünürken, Emre odaya gelince kurtuldum. Emre, gülümseyerek "Doktor, arife günü çıkmana izin verdi. On gün boyunca bizde kalacaksın," dedi.

Emin amca itiraz için ağzını açınca, "Çok iyi oldu böyle. Hem kurban da bizim bahçede kesilecek, sizi ziyarete gelenleri daha rahat ağırlarız," diyerek itiraz etmesini önledim. Emin amca da daha fazla uzatmadan kabul etti. Bayramda tüm aile bir arada olacağımız için çok sevinçliydik. Emin amcayı pek çok sebepten ötürü seviyordum ve şu sıralar en ağır basan sebep; kocamın, *benim delimin* bu dünyada var oluşuna vesile olmasıydı. Emre iyi ki vardı ve benimdi. Faruk amca, arife günü kendi evine döneceği için onunla vedalaştık. Hastaneden ayrılırken ilk kez Emre'nin yüzünde o -babasını geride bıraktığı için oluşan- hüzünlü ifade yoktu çünkü birkaç gün sonra yanımızda olacaktı.

Alışveriş poşetleriyle eve döndüğümüzde ikimize de yorgunluk kahvesi yaptım ve koltuğa yayılmış kahvelerimizi içerken "Patron?" dedim.

"Efendim."

"Bana bayrama dek izin verir misin?"

"Sebep?"

"Bayram temizliği."

"Elif, kusura bakma ama olmaz."

"Şaka mı?"

"Ciddiyim Elif, görmüyor musun, yoğunuz. Hem nereye ne sipariş var, tarihler vesaire hepsini sen biliyorsun. Sonra işçilere bayram ikramiyesi yatırılacak. O kadar işimin arasında bankada sıra bekleyemem ben."

"Evi bok götüyor, o ne olacak peki?"

"Evde hiçbir şey yok, abartma. Hem birini tutacağım diyordun, ne oldu o iş?"

"Yardım için bir kadın tutsam bile başında durmam, hatta böyle büyük bir ev için insaniyet namına yardım etmem gerek."

"İki kadın tut o zaman. Temizliği herkes yapar ama bana dükkânda sen lazımsın. Patron diye sordun, patron olarak konuşuyorum. Tüm çalışanların izinli olacağı arife öğlene dek izin yok."

"Gaddar kapitalist!"

"He he ondan." Beni hiç takmadan kahvesini yudumlamaya

devam etti. Annemle konuşuyor olsaydık, temizlik için tutacağım kadınlarla o durabilirdi. Aslında alışverişte annemlere aldığım hediyeleri bırakmaya gidip onunla konuşup barışmak en mantıklısıydı ama Emre'nin tepkisi ne olurdu acaba?

"Emre?"

"Efendim, yine ne var?"

"Annem bize gelebilir mi peki?" Bana kaşlarını kaldırarak bakınca "Ben işteyken evde iki yabancı kadını bir başlarına bırakamam, annem gelirse eve göz kulak olur," diye açıkladım. Elindeki fincanı sehpaya bırakıp biraz düşündü. Sonunda "Ben gelmeden gitmiş olsun ve bahçeme girmesine müsaade ettiğim tek köpek Lust, yani Tufan iti bahçeden içeri bile giremez," dedi.

"Tamam," diyerek kabul ettim çünkü bu da bir gelişmeydi. Asıl zor olan ise annemi ikna etmekti. Belki de konuşmak için beni eve bile almazdı. Böyle düşününce yine kalbim burkuldu. "Ben akşam olmadan annemlere gideyim o zaman. Aldığımız hediyeleri veririm hem," dedim.

"Tamam ama önce istersen markete uğrayalım. Hem bize hem de ailene bayram alışverişi yapalım."

"Olur, kanatsız meleğim benim," diyerek boynuna sarıldım ve iki yanağını öptüm.

"Deliden meleğe terfi ettiğime göre senin için bayağı önemli bu olay."

"Evet, anne-baba sonuçta. Atsan atılmaz satsan satılmaz."

"Zamanında onlar seni sattılar ya neyse... Hadi kalk o zaman. Ama ben gelmem sizin eve, peşin peşin söyleyeyim."

"Tamam, hiç sorun değil." Annemin de Emre'yi eve koymayacağına emindim zaten.

Markette reyonları dolanırken eski iş arkadaşım Necla, geleneği bozmayıp yine Emre'ye asıldı. Emre görmezlikten gelmeye çalışsa da bir süre sonra gerilmeye başladığı için yine Necla'yı kovdum. Üstelik bu kez hiç de kibar değildim.

"Necla, gömleğinin düğmeleri mi koptu?"

Necla, eğilip düğmelerine baktı ve "Yoo, onu da nerden çıkardın?" dedi.

"Düğmelerinin yarısı açık da oradan çıkardım!"

"Ne alaka?"

"Ya sabır! Necla, senin süt ve süt ürünleri reyonunda olman gerekmiyor mu?"

"Anons mu oldu? Ben mi duymadım?" Bir anda, müdürün onu anons ettiğini ve duymadığını sanarak endişeye kapıldı. Hiç fırsat vermeyip gelişi için hazırlık yaptığım lafı doksana çaktım. "Evet, kaşar bitmiş. O yüzden seni çağırıyorlar!"

Mars olmuş Necla'yı geride bırakıp alışverişe devam ettik. Emre'ye bağlandıkça daha da kıskanç oluyordum. O kimseye bakmasa da delime bakan kadınların gözlerini oymak için düşündüğüm canice fikirlerle ciddi anlamda baş etmem gerekiyordu. Ben Necla'yı dövmeden ya da Emre, Necla'yı boğmadan alışverişimiz bitti ve aldıklarımızı arabaya yükleyip annemin evinin yolunu tuttuk. Emre, poşetleri merdivenlerden yukarı, kapıya dek taşıdı. Gitmeden önce omuzlarımdan tutup "Kötü bir şey olursa hemen beni ara," dedi. Endişelerime rağmen kafamı sallayıp onayladım. Bana sarıldı. Sıkıntılarımın içinde gün gibi açan bir öpücüğünü saçlarıma kondurdu ve merdivenlerden inmeye başladı. Annemle yüzleşmeyi birazcık daha ertelemek için, Emre arabayla gidene dek onu izledim. Derin bir nefes alıp tüm cesaretimi topladım ve içimdeki kötü hisleri kovmaya çalışarak zile bastım.

Kapı, gergin ve kısa bekleyişimin ardından annem tarafından açıldı. Beni görünce yüzü değişti hemen. Hem şaşırmış hem de vakur bir duruş takınmıştı. Kaşlarını çatarak "Niye geldin?" diye sordu. Bir an heyecan ve gerginlikten niye geldiğimi bile unuttuğum için cevap veremedim. Kafamı yere eğip düşünürken poşetleri gördüm ve elimle yerde duran yığınla alışveriş torbasını gösterip "Bunları getirmeye geldim," dedim.

Annem zehir gibi "Dilenci miyiz biz? İstemiyoruz hiçbir şeyini senin! Kapından kovdun sen bizi, daha ne yüzle benim kapıma geliyorsun?" dedi.

Gözlerim dolmuştu. Ha ağladım ha ağlayacaktım ama annemin haksız sözleri, içimdeki itiraz nidalarının ses bulmasını sağladı. "Yalan! Ben kovmadım sizi, Emre kovdu."

"Sen de kocana, ne yapıyorsun bey, demedin hiç."

Emre'ye, *bey* diye hitap etmek, bir an içimde gülme isteği

uyandırsa da kendimi tuttum. "Emre, ilk başlarda benimle konuşmuyordu bile. Korkuyordum ondan, siz de o gece gördünüz. Benim bir suçum yok ki."

İçeriden ev sahibemiz Asuman abla "Kimmiş gelen Nurcan, gapıda galdın," diye seslenerek hole çıktı. Beni görünce içtenlikle gülümseyip "AAA! Hoş geldin Elif," dedi.

"Hoş bulduk, Asuman abla."

"Eee Nurcan, ne demeye gapıda dikiyon gızı, içeri alsaya."

Annem, çatık kaşları altından gözlerini kısarak baktı bana. "Yok onun bu kapıda işi! Bizi kapısından kovdu, kocası."

"Sen deyon, gocası kovmuş! Gızın suçu ne? Gızı, zorunan gocaya veren de siz, gocasıya sebep gönül goyan da siz! Alemsüyüz valla." Asuman abla, bastırınca annem geri adım attı. "Geç içeri, mahalleliye rezil olmayalım bir de," dedi.

Eve girmeden poşetleri hole bırakmaya başladım. Asuman abla "Bak gız, göriyan mı? Eli golu dolu gelmiş," diyerek sevgi dolu bir ifadeyle kafasını sağa sola salladı. İçeri girince annemin elini öpmeye yeltendim ama çekti elini. Biliyordum böyle gurur yapacağını ama yine de elimde değildi üzülmemek.

Asuman abla ile sarılıp selamlaştım. Sonra da poşetlerden, içinde yiyecek olanları mutfağa taşımaya başladım. Bu bahaneyle yeni mutfağı da görmüş oldum. Açık renk dolaplar, annemin minik mutfağını bile ferah göstermişti. Arkamdan "İki parça dolap hediye ettin diye, seni baş tacı yapacağız mı, sandın?" diyen annemin sesiyle irkildim.

"Nasıl olmuş diye bakıyordum sadece?"

"Niye geldin? Kocan olacak deli önceden kızıyordu da şimdi nasıl müsaade etti? Yoksa kapı dışarı mı etti kız seni?"

"Ne alakası var anne? Emre'ye deli falan deme ayrıca!"

"Ay bak görüyor musun? Tufan, doğru söylüyormuş. Yollarda el ele, kol kola yürüyorlar her gün diye. Ancak deli yaraşırdı sana zaten. Deliden başkası seni ne etsin?"

Annem yine ömür törpüsü gibi başlamıştı ama sözlerinde canımı sıkan tek şey, Emre'ye iki de bir deli demesiydi. "Kocama deli deyip durma!"

"Bak edepsize! Annesinin yanında kocam diyor. Ayıptır arsız, ahlâksız!"

İçimden ya sabır çekip cevap vermedim. Annem söylenmeye devam ederken içerden Asuman abla "Gız ne galdınız içerde?" diye seslenince sonunda salona döndük. Annemlere aldığım hediyeleri verdim. Annem, hâlâ gururundan ödün vermiyordu ama Tufan'a pahalı bir spor markasının ayakkabılarından aldığımı görünce bana dönüp "Üst baş da aldın mı Tufan'a?" diye sordu. Kafamı onaylar biçimde salladım. Anneme birkaç da küçük ev aleti almıştım. Asuman abla "Bak, hayırlı evladı görüyon mu? Beni zorunan deli gocaya verselerdu, aneyle babayle hayatta gonuşmazdum. Bu gız gelmiş hediyelerle, sen hâlâ burun gıvırıyon Nurcan," diyerek beni savundu.

Hemen "Emre'ye deli deme lütfen Asuman abla," dedim.

"Aferin gı. Bak gocasını da sahiplenüvemüş."

Annem yan gözle bana bakınca "Anne, bayram geliyor. Bayramda da küs mü kalacağız?" dedim.

"Bu zamana dek aklın neredeydi?"

"Diyorum ya, Emre'yi ancak ikna ettim."

"Valla ben affetsem, baban affetmez. Adamcağız o akşam sinirden hastalandı. Resmen kapısından kovdu bizi o deli. Tufan'ın arkadaşlarının yanında dedikleri de ayrı bir dert. Tufan da hayatta izin vermez buraya girmene. Diyeceğini dedin, vereceğini verdin. Git şimdi babanla Tufan gelmeden, evde akşam akşam huzursuzluk çıkmasın."

"Tamam ama sen bize gelir misin anne?"

"Niye kovulduğum kapıya geleyim? Yüzsüz müyüm ben? Asla!"

"Benim yardıma ihtiyacım var. Tufan demiştir sana, Emre'nin dükkânında çalışıyorum."

"Hımm... Dedi, havandan geçilmiyormuş kurum kurum kuruluyormuşsun."

Burnumdan nefes verip annemi takmadan devam ettim konuşmaya. "Çalıştığım için bayram temizliği yapamıyorum."

"Bir de ananı evine gündelikçi tutmaya geldin yani? Tü yazıklar olsun sana!"

"Anne, bir dinler misin? Yok, öyle bir şey. Ben, temizlik için iki kadın tutacağım ama ben evde yokken birinin kadınlarla durması gerek. İlk ablama demeyi düşündüm ama ablamın küçücük çocuğu var. Zaten kendi evinin temizliğiyle de uğraşıyor. Deseydim kırmazdı beni, biliyorum, ama onun da işi başından aşkınken ayıp olur. O yüzden senden rica etmeye geldim."

"Yani işin düştü de uğradın kapıma."

"Anne, tam tersi. Bu olay, Emre'ye karşı bahanem oldu da gelebildim."

"Kovulduğum kapıya dönmem ben! O deliyle karşılaşmak istemiyorum!"

"Son kez söylüyorum, deli deme! Ayrıca Emre evde olmayacak. Ben bile olmayacağım. Lütfen kabul et, temizlik ancak iki gün sürer."

"Biz öyle sizin gibi iş sahibi değiliz. Ben gündeliğe gideceğim zaten vaktim yok."

"Aslında o sebeple geldim biraz da... Gitme gündeliğe hiç."

"Sen mi ödüyorsun bizim faturalarımızı? Nasıl da rahat gitme diyor?"

"Öderim, ver faturaları bana." Annem hiç oralı olmadı ama zaten yarın tüm gün dükkânın faturaları ve işçilerin ikramiyelerinin yatırılmasıyla uğraşacaktım. En fazla 100-150 liralık faturayı da öderdim. Annem tepki vermeyince "Gerçekten diyorum, ver ödeyeyim," dedim.

Annem "Neyse tamam, gerek yok, gelirim ben. Ama git şimdi babanlar gelir birazdan," deyince kalktım. Asuman abla ile vedalaştım ve beni kapıya kadar geçiren anneme sarıldım. Beni itmedi ama sarılmadı da... Hakikaten inatçı bu kadın. "Faturaları ver, parasında değilim. Sen bayram arifesi yorulma sıra bekleyerek," deyince eski şifonyerin ilk çekmecesinden faturaları bulup verdi. Ben de faturaları cüzdanıma koyarken Emre'nin duysa çok kızacağını bilmeme rağmen, on gün önce aldığım maaşımla birlikte cüzdanımdaki tüm parayı çıkarıp anneme uzattım. Yine o vakur duruşunu hiç bozmayıp "Dilenci değiliz biz!" dedi.

"Biliyorum. Ama zaten bunu benim evimde durup gündeliğe gidemeyeceğin için veriyorum. Vaktini benim için harcayacaksın sonuçta."

"İstemiyorum o delinin tek kuruşunu! İstemez, git şimdi."

"Anne, birincisi, Emre'ye deli deyip durma; ikincisi, bu para benim maaşım. Çalışıyorum diye maaş veriyor bana."

"Senden ev karısı olmaz. Bol buldun diye saçma parayı, herif torbayla altını bana hediye etti diye sağda solda görgüsüz gibi hiç deme! Girer evine hırsız da görürsün gününü. 202 Evler'de bir yeni gelinin evine hırsız girmiş, karı koca evde yoklarken üç günlük gelinin tüm altınlarını alıp gitmişler. Akıllı ol. Sonradan dizine vurmak yaramaz bir işe."

"Tamam anne. Şimdi sen bunu alır mısın, lütfen?" Parayı tekrar uzattım ve alınca ayakkabılarımı giymeye başladım. Birden "Gerçekten deli mi?" diye sordu.

"Hayır, yok ciddi bir şeyi Ama önceden varmış. İlaçlar ve gördüğü tedaviyle iyileşmiş çok şükür."

"Tufan'ın anlattığına göre rahatın yerinde. Arabayı kullanıyormuşsun hanım ağa gibi."

"İyiyim, iyiyiz çok şükür şimdi. İlk başlar zordu ama şimdi alıştık birbirimize. Araba olayı da, ehliyet kursuna yazıldım, o yüzdendi."

"İyi, sen mutlu ol da... Hepiniz evladımsınız benim. Ben hiçbirinizin kötülüğünü istemem. Ben oğlanı, neyi var diye komşuları Günay'a sormuştum, normal dediydi o da. Sonra Emin'i de herkes çok iyi insan diye pek bir methetti. Biz, seni hiç düşünmedik değil. İlk başlarda da olur öyle zorluk biraz. Birbirinizi tanıyıp huyunu suyunu öğrendikçe geçer. Ben de babanı hiç tanımıyordum evlendiğimizde, eskiden hep öyleydi evlilikler. Var mı bir şey?" Başıyla ve bakışıyla karnımı işaret etti.

Bir anda kızarıp olumsuz anlamda kafamı salladım sadece. Annem "Korunmayın, yapıverin çocuk ne olacak? Öyle ablan da bir sene korundu sonra çocuk yapacağız diye altı ay uğraştılar. Haliniz vaktiniz yerinde, biz üç taneyi yoklukta büyüttük. Siz bir taneyi köşkte mi büyütemeyeceksiniz?" diye başladı hemen. Annemin en büyük savı "Gençken çocukları yapın ki hemen büyüyüp aradan çıksınlar. Yaşlılıkta küçük çocukla uğraşmayın sonra," idi. Anneme hiç birlikte olmadığımızı söylemeyi düşünsem de hemen vazgeçtim. Ayıptı bir kere, utanırdım. Ayrıca Emre, söyleme kimseye demişti. Annemle vedalaşıp eve doğru yürümeye başladım. Bahçede beni havlayarak karşılayan Lust sayesinde Emre hemen dış kapıyı açtı.

"Hoş geldin," deyip dudaklarımı öptü. Eve girdiğimizde dikkatle yüzüme bakıyordu. Ne var der gibi gözümü kırptım. O da cevaben "Ağlamamışsın. İyi gitti sanırım?" diye sordu.

"Sayılır, annemle barıştım ama babam ve Tufan benimle konuşmazmışlar, annem öyle dedi."

"Babanı bilmem de o zibidiye üç kuruş para ver, kapında köpek bile olur, haysiyetsiz!"

"Emre çok ayıp!"

"Ne? Yalan mı?"

"Değil ama Tufan'ı iki de bir de köpeğe benzetmen ayıp. Lust duyup alınacak sonra." Son sözlerimle Emre'nin çatık kaşları gevşedi, yüzüne geniş bir gülümseme yayıldı. "Manyak, ben de diyorum bu ne diyor?"

"Şaka yapıyorum, kocacığım."

"Hımm... Öyle mi karıcığım?" Emre, bana sarılıp boynumu öpmeye başladı. O, beni ne zaman boynumdan öpse içimdeki edepsiz Elif uyanıyordu. Boynuma kondurduğu o hafif öpücükler ruhumu çekip beni ona esir ediyordu. Çoktan teslim olmuştum. Hole en yakın yer olan salondaki koltuğun üzerinde sevişiyorduk. Ellerimi, onun sert, çıplak göğsünde gezdirirken hem utanıyor hem de avucumun altında hızla atan kalbini böyle heyecanlandıran kişinin ben olduğumu bilmenin sevincini yaşıyordum. Sıcak bedeni bedenimi sararken onu doyasıya öpüp koklamanın keyfini çıkarıyordum. Her sevişmemizde git gide daha edepsiz oluyordum. Bunda doktorumun bana verdiği bilgilerin de etkisi vardı tabii. Evliliğimiz güzel gitse de arada sıra tuzu biberi olan kavgalar da çıkmıyor değildi.

Gece yatağımıza yatarken Emre, kaşlarını kaldırıp üstümü işaret etti ve "Siyah geceliğe ne oldu? Artık hep pijamalarla yatıyorsun," dedi.

"Böyle daha rahat."

"Hımm, öyle olsun bakalım. Ama Necla'yla evlenseydim kesin her gece çok seksi gecelikler giderdi."

"Necla nerden çıktı be!" Bir anda kulaklarımdan duman çıkartabilecek kadar çok sinirlenmiştim. O Necla şıllığı, bugün markete gittiğimizde göğsünü bağrını açmıştı, Emre'nin de aklına kazınmıştı belli ki. "Aklın kaldıysa o şıllıkta, hiç bekleme git!"

"Yoo... Aklım kalmadı ama kıymetimi bilmiyorsun, hatırlatayım dedim." Benim aksime Emre çok sakindi, yatağın kendine ait tarafında yatmış sırıtıyordu.

"Ne demek o şimdi?"

"Havada kaparlar beni demek. Bence daha çok çaba harcamalısın beni elinde tutmak için."

"Gidecek it, bağlasan durmazmış! Ne istiyorsan yap! Hiç de uğraşmam bir kere."

"Ne çok kıskandın sen de."

"Ne kıskanacağım seni be! Allah'ın delisisin, kim sana niye baksın?"

"Aynı zamanda Allah'ın boş gününde özene bezene yarattığı bir kuluyum. Ondan olabilir mesela." Hâlâ ukala ukala sırıtıyordu ve bu beni daha da sinirlendiriyordu.

"Ulan, onlar sana baksa da sen onlara bakamazsın ki!" Yani hâlâ öyle olduğunu umuyordum. Acaba benimle seviştiği için başka kadınlara da yaklaşmaya mı başlamıştı? Bu soru, kabaran kıskançlık damarıma bir de endişeyi ekledi. Emre'yi havada kaparlardı. Beni aldatacak olursa önce kafasını kırardım. Ama sonra, gururum müsaade etmediği için yanında durmaz giderdim. Ben kafamda bunları kurarken, Emre ciddi bir şekilde, "Evet, senden başkasına bakamam," dedi. "Ama bakabilecek olsam da bakmazdım, haram bir kere. Ama sen helalimsin, o yüzden kimden neyi saklıyorsun? Çıkar şu çiçekli böcekli pijamaları da azıcık gözüm gönlüm açılsın be... Hıh?"

"Ama gecelikler çok açık ve saten, üşüyorum. Hem sen niye pijamayla yatıyorsun o zaman? Benim de gözüm gönlüm açılsın. Sen de seksi bir şeyler giy. Hıh?"

"Ben sana sarılır, seni ısıtırım merak etme ve benim en seksi halim yarı çıplakken oluyor sanırım," diyerek pijamasının üstünü çıkarıp attı. "Bak, gözün gönlün açıldı mı?" diyerek göz kırptı. Ben cevap vermeyince vücudundaki kaslardan bahsederek "Ben bunları yapmak için salon çocukları gibi spora, vücut geliştirmeye para akıtmadım. Aksine para kazanmak için çalışırken oldu bunlar. Her türlü kazançlıyım, hem zamanım bana kaldı hem de param."

"Anladık anladık, şahanesin!"

"Sen de bir içim susun. Hadi şimdi, sıra sende," diyerek çapkınca öpücük yolladı. Emre'nin bu sevimli halleri tüm sinirimi yatıştırdığı için elimde olmadan gülümsedim, sonra da gözlerimi devirip giyinme odama gittim. Mürdüm rengi bir geceliği askıdan alıp giyindim. Giyinme odasından çıktığımda Emre, ıslık öttürüp yanına yatmam için yorganı açtı. Üşüdüğüm için sırtımı ona dayadım ve kollarını kollarıma sarınca onunlayken hissettiğim huzura ve güvene şükretmeden edemedim.

Sabah yine iş güç vardı. Erkenden dükkândaki işleri halledip işçilerin ikramiyelerini ve faturaları yatırmak için bankaya koştum. Dönüşte yorgancının önünden geçerken dün alışverişte hiçbir yerde bulamadığım çift kişilik yastıklar geldi aklıma. Yorgancıda karı koca çalışan orta yaşlı bir çift vardı. Üç yastık ve onlara uygun yastık kılıfları sipariş ettim, arife günü alabileceğimi söylediler. Dükkâna gelince kendime bir çay koyup koltuğa yığıldım ama bu sefer de müşteriler yüzünden çayımı bile bitiremedim. Bir de işçilere öğlen yemeği yapmam gerekiyordu. Bu kez yorgunluktan bittiğim ve vakit olmadığı için kahvaltılık bir şeyler hazırlayıp kızartma yaptım. Emre'yle mutfakta yemek yerken onun da terden saçları ensesine ve alnına yapışmıştı. Onun işini düşününce benimki birden gözüme kolay gözüktü.

"Çok mu yoruldunuz?"

"Anamız ağladı ama hâlâ bitmedi yetiştirilecek siparişler. Sen akşama dükkânı kapatıp eve git, biz iş bitene dek buradayız."

"İşçiler laf etmiyor mu?"

"Bizde kimsenin hakkı da parası da kalmaz. Herkes çalıştığının karşılığını alır. O yüzden daha çok çalışmaya ses çıkaran çalışanımız olmadı hiç. Miraç bilir, ne kadar çalışırsan o kadar para alırsın."

"Helal olsun patron. Markette on üç saat çalışırdım, yine de asgari ücret bile vermezdi o koca totolu patron."

"Ama seni pek övdü."

"Anlamadım?"

"Babam sordu seni patronuna, nasıl biri diye. Ben, evlenmemek için senin de Tufan gibi hırsız olabileceğini öne sürdüm. Babam da aksini savunup patronuna seni sordu. Adam, çok dürüst, çalışkandır, daha kasasından bir kuruş açık çıkmadı, en hızlı da o çalışır dedi; yani o koca totolu patronun yüzünden evlenmemek için son bahanem de uçup gitmişti."

"Ben de senin için deli dedim ama bildiğin gibi kimse takmadı beni bir tarafına. Gerçi dün annem dedi ki, komşunuz varmış, Gülay diye biri. Ona sormuş seni. Yok bir şeyi demiş o kadın da."

"Çöpçatanımız bolmuş desene."

"Öyle olmuş valla."

Yorgunluk bile tatlı geliyordu onunlayken. Akşam tek başıma eve gitmeden önce temizlik malzemesi aldım. O yorgunluğun üstüne güç bela da olsa poşetleri eve getirebildim. Ablamdan numarasını aldığım kadınlarla temizlik için iki günlüğüne anlaştım. Emre'nin gelmesine daha vakit olduğu için yatak odasından başladım temizliğe. Kimsenin, temizlik için bile olsa dolaplarımı, çekmecelerimi karıştırmasını istemiyordum. Üstelik annem hırsızlık konusunda haklıydı. En iyisi yatak odamı kendim silip süpürüp kapısını kilitlemekti. Annem göz kulak olsa da kadınlar iki kişi olacaktı ve hiç tanımıyordum onları, önlem almak en iyisiydi. Annem zaten iğneme bile dokunmazdı. Bunu biliyordum çünkü Tufan dışında bizim evde kimse öyle şeyler yapmazdı. O kime çekmişti acaba? Gerçi birine çekmesine gerek de yoktu. Şımarık yetiştirilip terbiye edilmediği için böyle olmuştu.

Emre, eve üstü başı talaş ve boya tanecikleri kaplı olarak gece vakti geldi. Bitanem, yorgunluktan doğru düzgün yemek bile yiyemedi. Gece yatarken de kafasını yastığa koyar koymaz uyudu. Ertesi sabah yine namazla kalkmıştı ama. Ben de annemi arayıp kadınların bugün bize geleceğini haber verdim. Anahtarı bırakmak için annemlere gidecektim ama Emre'nin hatırlatması ile annem bizim eve gelinceye dek evde beklemeye başladım.

"Bahçede köpek var. Lust burayı sahiplendi. Bence anneni ve kadınları eve al, öyle işe gel. Hiçbir şey yapmasa da havlayıp korkutur onları."

"Haklısın, bak ben onu hiç düşünemedim."

"Deliyiz kızım biz, aptal değil. Sen o fıkrayı biliyor musun?"

"Ne fıkrası?"

"Anlatayım hemen. Adamın biri yolda giderken, arabasının lastiği tam tımarhanenin önünde patlar. Sonraki işlem malum; kriko, stepne, bijon anahtarı derken söktüğü dört bijon yuvarlanıp yağmur mazgalına düşer. Mazgal açılacak gibi değil, sürücü de çaresiz kaldırıma çöker. Olayı en başından beri tımarhanenin penceresinden izleyen bir hasta, çaresiz adamın halini bir süre daha acıyarak izledikten sonra 'Sen ne yapıyorsun orada öyle?' der. Adam 'Sorma birader, lastik patladı ve değiştirirken bijonları mazgala düşürdüm,' deyince 'Düşündüğün şeye bak! Sök öbür lastiklerden birer tane. Hepsi üç bijonlu olsun, seni lastikçiye kadar idare eder,' diye akıl verir. Adam bir lastiklere bakar, bir de deliye ve hemen işe girişir. Her şeyi tamamlayıp bagaj kapağını kapatan sürücü akıl hastanesindeki adama seslenip 'Senin ne işin var tımarhanede?' diye sorar. Deli hemen cevabı yapıştırır. 'Biz burada delilikten yatıyoruz kardeşim, salaklıktan değil.' Benimki de delilikten yani, salaklıktan değil, Elif Hanım."

Başından itibaren meraklı bir tebessümle dinlediğim fıkranın sonuna hayretle güldüm. "Yerim ben seni delim," diyerek ancak uzanabildiğim çenesini ısırdım.

"Manyak kadın, ne yapıyorsun? Harbi yiyor beni! Ama ben seni yersem bitiririm ona göre," diyerek birden beni kucağına aldı. Ani hareketi yüzünden çığlık atıp düşmemek için bacaklarımı belinin arkasında kenetledim. Beni duvara yaslayıp ellerini belimden çekti. Ben de sabit kalabilmek için kollarımı omzuma dayayıp destek aldım. Tişörtümün düğmelerini açarken "Bakalım burada ne varmış?" diye meraklı bir edayla sordu. Önce kahkaha atsam da, sonra aklıma Necla için söyledikleri gelince bir elimi göğsüme koyup "Git Necla'nınkilere bak!" diye laf soktum.

"Onunkilerden midem bulandı. Onu kovmasaydın marketin ortasında kusardım. Ayrıca tombullarla arama giremezsin." Elimi çekip kafasını açıkta bıraktığı dekoltemden içeri soktu ve "Bırrrr, burr!" diye garip garip sesler çıkararak hızla nefesini üflemeye başladı. Gıdıkladığım için kahkahalar atarak Emre'yi saçlarından çekiştirerek kendimden uzaklaştırmaya çalıştım ama pek de başarılı olduğum söylenemezdi. Beni kurtaran şey bahçe kapısının çalan zili oldu. Emre, beni yere indirince tişörtümün düğmelerini ilikledim ve otomata bastım.

Temizlik için kadınlar gelmişti. Annem gelmemişti daha ve Emre, karşılaşmamak için o gelmeden evden gitti. Lust, Emre'nin tahmin ettiği gibi kadınlara havladı, hatta birisi korktuğu için onu kovaladı. Lust'ı zor da olsa sakinleştirip kadınları eve aldım. Annem de biraz sonra gelince, köpeklerden korkmadığı için Lust'a "Hoşt!" deyip havlamasını umursamadan eve girdi. Annemle kadınları evde bırakıp ben de işe gittim. İşteki yoğunluk bayram geçene dek sürecekti. Akşam yine Emre, atölyede kaldığı için eve tek döndüm.

Ertesi gün de aynı rutinle geçti. Akşam eve dönerken yorgancıdan yastıkları ve kılıfları aldım. Eve geldiğimde temizlik bitmişti. Kadınlara paralarını ödeyip Lust onları korkutmasın diye bahçeden geçerlerken onlara eşlik ettim. Ev pırıl pırıl olmuştu. Annem mutfak dolaplarındaki tüm tabak çanağı makinede yıkamış ve dolapları sildirmişti. Ama neyi nerden aldıklarını unuttukları ve düzenimi bozmak istemedikleri için yerleştirme işi bana kalmıştı.

Akşam Emre, dün geceye nazaran çok daha erken geldi. Boyum uzanamadığı ve annem, merdiveni ayakaltından kaldırdığı için üst raflara tabakları koyamadım. Sandalyeyle bile yetişemiyordum. Tezgâha çıksam, o da camdı ve kırılabilirdi.

"Emreee! Emre!"

"Ne var? Yemek hazır mı?"

"Hayır daha değil. Şunları yukarı koyar mısın?"

Emre, benim indiğim sandalyeye çıkıp uzattığım tabakları yerleştirirken boyumla ve benimle dalga geçmese eksik kalırdı.

"Yetişemedin mi bücür?"

"Evet, ne olmuş? Sende boy var da ne oluyor sanki? Boy sırık, akıl fısırık," diye lafı yapıştırdım. Onunla alay ettiğim halde söylediklerime güldü.

"Güzel laf, sanki benim için söylenmiş."

Atışıp dursak da daima iyi anlaşıyorduk. Yatak odasına girdiğimizde Emre yataktaki değişikliği fark edip "Almışsın yastıkları," dedi.

"Evet, artık göğsümde uyuman için bahanen kalmadı."

"Ben bulurum bir şeyler," diyerek çapkınca tek kaşını havaya kaldırsa da, ikimiz de yorgunluktan geberdiğimiz için hemen uyuduk.

Gece, Emre'nin kolunun benimkine çarpmasıyla uyandım. Yine kâbus görüyor, yattığı yerde çırpınıp duruyordu. Hemen abajuru yakıp, onu uyandırmaya çalıştım. "Emre, Emre!"

Seslenmem fayda vermeyince kolunu dürtmeye başladım. Omuzuna attığım çimdik ile sonunda sıçrayarak ve bağırarak uyandı. Uyandığı halde sağa sola bakıp yaralı bir hayvan gibi bağırıyordu. Beni boğma ihtimalini umursamayarak, bağıran Emre'nin kucağına oturdum. Terden alnına yapışmış saçlarını geri itip, beni kucağından itmeye çalışınca "Benim, Elif," dedim. İlk önce kafasını sallamayı bıraktı sonra gözlerinden dökülen iki üç damla yaş ile bana bakıp şaşkınca "Elif..." dedi.

"Evet, benim."

Adımı tekrarlayarak kafasını yastığa bıraktı. Sürekli "Elif, Elif, Elif, Elif..." diyordu. Ben de yanına yatınca küçük bir çocuk gibi kafasını göğsüme koyup belime sarıldı, ben de boynuna sarılıp saçlarını okşamaya başladım. Adımı sayıklarken göğsümde hissettiğim ıslaklıkla ağlamaya devam ettiğini anladım. O, ağlayarak göğsümde tekrar uyurken benim yüreğimi yakıp gözyaşlarımı akıtan; ona, kimin ne yaptığı sorusuydu. Kim delimin peşinde hâlâ kâbuslarla dolanıyordu? *Kim ve neden?*

Sabah uyandığımda hâlâ koynumda uyuyordu. Saçlarını okşayıp biraz onu izledim sonra istemeye istemeye de olsa kafasını yastığa bırakıp sabahlığımı giyindim ve kahvaltı hazırlamaya indim. Kilerdeki sıcak ekmekler Emre'nin yine sabah namaza gittiğini gösteriyordu. Demek ki delim namazdan dönüp yine bağrıma sığınmıştı. Onun dün geceki hâlini hatırladıkça içim burkuluyordu. Ben bile bu gizemi kafama takıp dert ederken Emre, nasıl hatırlayamadığı o boşluk için kâbuslar görüp korkmasındı ki?

Ben çayı bardaklara doldururken Emre, uyku mahmuru mutfağa girdi.

"Günaydın."

"Günaydın tatlım." Pardon, bir saniye... Bana tatlım mı dedi?

İçimdeki zıplayıp hoplama isteğini bastırarak kocaman bir gülümseyişle ona sarıldım. Karşılık vererek saçlarımı öptü. "Dün gece... Dün gece seni korkuttum mu?"

"Evet, korktum ama senden değil. Korktuğum, senin sağlığındı. Senin için endişelendim."

"Korkmana gerek yok, bitanem. Bildim bileli hep yoklar kâbuslar beni." Bugün şanslı günümdü; tatlım, bitanem... Güzel sözleri yüzünden şımarmama az kalmıştı.

"Artık yalnız değilsin, ben varım yanında," dedim ve hemen "bitanem," diye ekledim. Kahvaltıdan sonra da bu sabah peşimize takılan Lust'la birlikte işe gittik. Arife günü olduğu için öğlene dek çalıştık. Emre ve işçiler de imalatla değil, teslimat ve montajla meşguldüler.

Öğleden sonra Emin amcayı hastaneden aldık ve evimize getirdik. Akşam yemeğini yerken Emin amcanın yüzünde güller açıyordu. Emre'yle aramdaki soğukluğun artık yok olduğunu o da fark etmişti. Yemekten sonra ben çayı koyarken Emre, mutfağa yanıma gelip "Ben çıkıyorum," dedi.

"Nereye?"

"Hayvanı getirecek adam evi bulamamış. Yolun başına gidip adamı buraya getireceğim."

"Tamam." Kurbanlığın bizim bahçede kesilecek olması hâlâ alışamadığım bir durumdu. Biraz sonra Emre, bahçe kapısını tamamen açtı ve mutfak, eski bir kamyonun farlarından yayılan ışıkla doldu. Emre ve kamyondan inen bir adam, siyah bir kömüşü kamyonun kasasından bahçeye indirdiler. Adam, yularından çekerken hayvan, bahçedeki otları yeme derdindeydi. Lust ise bir iki havlasa da kocaman kömüş üzerine doğru yürüyünce susup kulübesine çekildi. Bu ayrıntı gülümsememe sebep oldu. Arka taraftaki kömürlüklerden birine hayvanı soktular. Adam kamyondan bir balya ot indirip Emre'yle tokalaştı ve arabasına binip gitti. Emre, camda beni görünce el salladı, ben de ona el sallayıp tüm sevimliliğimi takınarak öpücük attım. O, balyayı alıp hayvanın bağlı olduğu kömürlüğe giderken ben de çayları salona getirdim. Emin amca merakla "Geldi mi büyük baş?" diye sordu.

"Geldi. Arkadaki kömürlüğe koydular."

"Nasıl büyük mü bari?"

"Bizim köpeği korkutup kulübesine kaçırtacak kadar büyüktü."

Emin amca gülerken Emre yanımıza geldi. "Allah muhabbetinizi artırsın. Ne kaynatıyorsunuz?"

Emin amca "Kömüşü soruyordum Elif'e," deyince Emre'yle göz göze geldik ve kahkaha atmamak için yanaklarımın içini ısırdım. Emre'yse eliyle ağzını kapatıp sırıtmasını saklıyordu. "Büyük, büyük." Emin amca, anlamadan durumu kurtardık şükürler olsun, zira oğluna kömüş dediğimi öğrense çok utanırdım.

Bir ara çayları tazelemeye mutfağa gittim. Dönerken salon kapısında Emin amcanın "Eee var mı bir tıkırtı?" demesiyle olduğum yerde kalakaldım.

Benim saf delim ilk önce anlamadı. "Ne tıkırtısı baba? Bir ses mi duydun?"

"Torun diyorum, var mı?"

"Baba!"

"Eşek sıpası, utandığına göre uğraşıyorsunuz demek ki. İyi, iyi aferin. Önceden sorduğumda kızıyordun, şimdi ise kızarıyorsun. Bu da Doktor Selçuk Bey evladıma ne kadar teşekkür etsek azdır, demek. O iyi etti seni. Bak, maşallah hiçbir şey kötü gitmedi. Kızı boğarım diyordun, korkuyordun-"

"Denedim ama boğmayı."

"Ne?"

"Bir kez oldu. Kriz değildi ama kâbus görürken uyandırdı beni. Ben de beni boğan şey o sanıp onu boğmaya çalıştım. "

"Nasıl oldu da Elif hâlâ yanında peki?"

"Bayıldı sadece, sonra-"

"Onu demiyorum, niye babasının evine dönmedi?"

"Çok merhametli. Kızmadı bile bana, benden korkacağına benim için korkuyor, endişeleniyor... Baba, ben teşekkür ederim, gerçekten dediğin gibi oldu, evlilik iyi geldi. Onunla mutluyum."

"Bak gördün mü, ben sana demiştim bu kız altın parçası gibi, sonradan dua edersin bana diye. Efendi, hamarat, hanım hanımcık-"

"Orada bir dur. Elif, hanım hanımcık falan değil, tam bir cadaloz."

Kapı eşiğinden dinlediğim konuşmada, beni övüp utandırdıkları kısımlar geride kalınca salona adım attım. "Demek cadalozum öyle mi?" Çattığım kaşlarımın altından *görürsün sen* bakışı attım. Emre, babasına bakıp parmağıyla beni işaret etti ve "İşte tam da bunu diyorum, baba. Felaket çaçaron, şimdi sen varsın diye yırttım ama sen olmadığında başımın etini yiyecek," dedi alaycı bir şekilde.

Emin amca gülüp "Oğlum, karımdan korkmuyorum diyen adam yalancıdır. Ben de rahmetliden korkardım, evde mum gibiydim valla," dedi. İç çekip "Keşke o da senin mürüvvetini görebilseydi," diye ekledi.

"Görüyordur zaten babacığım," dedim elini tutup. Diğer elini elimin üstüne koyup "Doğru, haklısın kızım," dedi. Gece odamıza çekildiğimizde Emre, yatakta sırnaşınca "Emre, baban aşağıda!" diye fısıltıyla uyardım.

"Sen kendin dedin, aşağı katta. Çok uzakta yani."

"Bir azgınlığın eksikti! O da oldu, tam oldun!"

"Elif, hadi ya! Bir şey yapmıyoruz ki zaten. Arife akşamı yıkanacağım zaten."

"Yuh! Bu kadar açık sözlü olmasan keşke!"

"Kadın, deli etme beni!" deyip üstüme çıktı. Kıkırdayıp "Sen zaten delisin ki," dedim.

"Evet ama bu başka türlü bir delilik," deyip göz kırptı.

Dudakları dudaklarıma değdiği an Emin amcayı çoktan unutmuştum. Bir ara kafasını boynumdan kaldırıp kulağıma

"Sana deli oluyorum..." diye fısıldadı. Sevişmemizin heyecanına bir de bu sözü ondan duymanın heyecanı eklenmiş kalbimi sararken ona, seni seviyorum, dememek için kendimi zor tuttum. İlk o ilanı aşk etmeliydi ki gerçek olduğuna inanabileyim. Aksi halde benim sözüme istinaden kibarlıktan *ben de* demesi mümkündü ki asla istemiyordum böyle bir şeyi.

Sabah erkenden kalkıp Emre ve babasını bayram namazı için yolcu ettim. Sonra da hummalı bir şekilde kahvaltı hazırlığına giriştim. Sofrayı eksiksiz donatmışken Emreler de geldiler. Bayramlaşıp Emin amcanın elini öptüm. O da küçük çocukmuşum gibi hırkamın cebine para koydu. İtiraz etmek için ağzımı açınca Emre'nin telaşla yukarı kalkan kaşlarıyla itiraz etmekten vazgeçtim. Emin amca, mutfağa geçince "Çocuk muyum ben?" deyip cebimden parayı çıkardım. Yalnız meblağ hiç de çocuğa verilecek cinsten değildi. Beş tane iki yüzlük banknot... Bir paraya bir de Emre'ye baktım.

"Sakın itiraz etme babama o konularda. Hemen alınıp darılır."

"Ama ne gerek vardı ki?" Ben hâlâ elimdeki paraya bakarken Emre, tek kaşı havada kurum kurum kurularak elini bana uzattı. "Öp bakalım," diye buyurdu.

"Anlamadım?" diyerek ben de alayla tek kaşımı yukarı kaldırdım. Elini öpecek değildim.

"Senden üç yaş büyüğüm, ayrıca kocanım. Her şekilde elimi öpmen gerek."

"Yok ya! Çok biliyorsun sen!"

"Ama harçlık var işin ucunda." Bu kez muzipçe sırıtıyordu.

"Sağ ol ama istemiyorum paranı. Baban yeterince harçlık verdi."

"Elimi öpmeyeceksin yani?"

"Yaşlı mısın sen? Niye senin elini öpeyim?" İlk başta şaka yaptığını düşünüyordum ama ısrar ettikçe ciddi olduğunu anladım.

"Yaşlı olmam gerekmez. Kocanım ve bu, bana saygı gösterdiğinin ifadesi olacak."

"Sen kendini tahta yeni çıkan padişah falan mı sanıyorsun?"

Uzattığı elini indirdi. "Boş ver," dedi. Ciddi ciddi bozulmuştu. Niye bu kadar önemsediğini anlamasam da gönlü kırılıp darılmasın diye "Bayramın mübarek olsun," deyip elini öptüm, sonra da iki yanağına öpücük kondurdum.

"Senin de bitanem," deyip o da beni öptü. Birden keyfi yerine gelmişti. Evlenmeden önce "Asla yapmam!" dediğim ne varsa şimdi yapıyordum. Yakında Emre'nin ayaklarını da yıkarsam hiç şaşırmazdım kendime. Ama bana bitanem demesi tüm yelkenlerimi suya indirmeme yetiyordu.

"Bu da bayram harçlığın." Bana siyah, kadife bir kutu uzattı. Küçük kutuyu açınca, "Ne gerek vardı?" demeden edemedim. Bir tam Reşat altın vardı kutuda. Eski zamanlarda para olarak kullanılan altın şimdi çok şık otantik bir çerçeveyle sarılıp pandantif olmuştu. Otantikliği bozmamak adına zincir yerine de siyah deri bir ip kullanılmıştı.

"Elimde olsa dünyayı ayaklarının altına sererim," deyip ucunda altın olan siyah deriyi boynumdan geçirdi. Alnımı öpüp burnuma da bir buse kondurdu. Son olarak dudaklarıma yaklaşınca içimi korkulu bir heyecan kapladı. Emin amca mutfaktaydı ve kapısı olmayan holde, ona yakalanma olasılığımız çok yüksekti. Emre, beni öpmeyip birden doğrulunca, ben de onun baktığı yere baktığımda çoktan yakalanıp rezil olduğumuzu anladım. Emin amca da bizim kadar utanmıştı; mırıltıyla "Emre, telefonum ceketimin cebinde kalmış, versene," dedi. Emre, portmantoda asılı ceketin cebinde telefonu ararken ben de mutfağa kaçtım. Emin amcanın yüzüne tekrar nasıl bakacaktım acaba?

Gerginliğimizi unutturan şey, Emin amcanın kahvaltıdaki neşesi oldu. Adam bizi yan yana ya da dip dibe gördükçe mutlu oluyordu. Askerde geçirdiği bir bayramı anlatıp Emre'nin de benim de kahkahalara boğulmamızı sağladı. Kahvaltıdan sonra ise yavaş yavaş misafirler gelmeye başladılar. Emin amca hastaneden yeni çıktığı için ziyaretçisi çok fazlaydı. Bir de kurbanlık bizim bahçede kesilecekti ve ortaklar da eve dolmuştu. Gelene gidene hizmet edip ikramda bulunmaktan oturmaya fırsatım bile olmuyordu.

Evimize, bayram ziyaretine ilk ablam ve Murat eniştem gelmişlerdi. Annem, yapılan bir iyiliğin altında kalmayı sevmediğinden ablamla, bana bir tepsi el açması baklava yollamıştı.

İkram ettiğim herkes baklavayı çok beğendi. Emre, hemen her gelen konukla birlikte iki dilim baklava yiyordu. Böyle giderse on seneye göbekli amca olurdu. Gerçi delime göbek bile yakışırdı, pofuduk pofuduk yaslanırdım göbeğine. Evlilikte gençlik, güzellik eninde sonunda geçip gidecek şeylerdi. Önemli olan bir ömür boyu aynı sevgi ve saygıyla birbirine bağlanabilmekti. Emre'yi bilemezdim ama ben, kel ve göbekli olacak olsa bile, sadece benim delim olduğu için onu sevmeye devam ederdim... Gelecekle ilgili garip düşüncelerimi bölen şey, Nil'in evi saran çığlıkları oldu.

Nil, çok çikolata yediği için ablam fazlasına izin vermiyor, Nil de huysuzluk ediyordu. Çikolataların durduğu konsolun yanına gelmiş, yetişemeyecek olsa da elini uzatıp ağlıyordu. Ablam, çocuk yetiştirme konusunda çok hassastı ve ağladığı için çocuğa istediğini verip asla çocuğun kötü davranışını ödüllendirmezdi. Çocuk, küçük yaşta *hayırı* öğrenmeli ve bu konuda terbiye edilmeliydi, ona göre. Aslında haklıydı ama şimdi de sanki Nil'den çikolata esirgiyormuşuz gibi hissediyordum. Emre, kalabalık misafir grubu Nil'in çığlıklarından rahatsız olmasın diye Nil'i kucağına aldı. Nil'e kaşlarını çatıp sert sert baktı. "Ağlamayacaksın," diye sert bir ses tonuyla uyardı. Nil, korkacağına Emre'yle çoktan yüz göz olduğu için "Bıyaaak!" diye bağırmaya başladı.

Emre "Bırakmıyorum, ne yapabileceksin?" diye Nil'le inatlaşırken Nil bombayı patlattı." Bıyaaaak kofa meme!"

Ablam, kıpkırmızı olup "Nil!" diye uyaran bir tonda bağırınca Nil, sırf annesinin bağırmasından mahcup olduğu için dudaklarını büzüp Emre'nin omuzunda ağlamaya başladı. Nil'le mutfağa geçince ben de peşlerine takıldım. Emre, peşinde beni görünce "Teyzesi, Nil'e dondurma koysana," dedi.

"Emre, hasta olur. Hem ablam yasak dedi."

"Ablan, çikolata için çok yedi, alerji oluyor dedi. Kaymaklı dondurma çıkar sen. Çok olmazsa ve biraz dışarıda eritirsek hasta olmaz." Emre, potansiyel baba adayı olma yolunda bugün benim gözümde epey yol almıştı. Dediğini yapıp bir kâseye iki kaşık dondurma koydum ve biraz bekletip erittim. Nil, Emre'nin kucağında oturmuş elinde kaşık, yüzünde dinmiş gözyaşlarıyla dondurmasını yiyordu. Emre, peçete alıp ağlamaktan burnu akmış olan Nil'in sümüğünü çekip "Aynı teyzesi gibi sümüklü," dedi.

"Eniştesi gibi salyalı olmasından iyidir," diyerek lafı yapıştırdım.

"Sümük neyse de senin gibi uzun dilli olmasa bari."

"Niye olmasın? Teyzesi gibi herkese hak ettiği cevabı yapıştıracak benim kızım."

"Sonra da ebediyen evde kalacak."

"Niyeymiş? Bak ben evliyim."

"Seni de ancak benim gibi bir deli alırmış, sendeki bu çeneyle..."

"Kömüş! Bugün dikkat et de seni kesmesinler." Dondurmasını bitirmiş olan Nil'i alıp mutfaktan bir hışımla çıktım. Emre, arkamdan "O dediğin, imkânsız," dese de dönüp cevap vermedim.

Son ortak da gelince hayvanı çimlerin üzerinde, naylon serilen yere getirdiler. Asla bakamazdım ben öyle şeylere ama mutfakta yemek yaptığımız için camdan hayvanın kesileceği yer direkt görünüyordu. Ben de görmemek için storu indirdim. Tekbir sesleri yükselip hayvanın hırıltılı sesleri kapalı cama rağmen mutfağa dolunca çok kötü hissettim. Ortaklardan biri de ablamlardı. Eniştem, büyük, plastik kap istemek için mutfak camını tıklayınca istemesem de storu ve camı açtım. Hayvanın kesildiği tarafa bakmamaya gayret ederek kapları uzatırken Emre'nin "Elif!" diye seslenmesiyle mecbur o tarafa döndüm. Emre, hayvanın kesik başının yanında dikiliyordu ve gözüme takılan bir ayrıntı, hayvanı onun kestiğini ispat ediyordu. Ondan başka kimsenin üstünde kanla yıkanmış naylon bir önlük yoktu. Transa girmiş şekilde Emre'nin üstündeki kanlara bakarken o, "Bıçak setindeki satırı da Murat abiyle yollasana," dedi.

Eniştemin "Elif," diye uyarmasıyla harekete geçebildim ve satırı enişteme verip camı yine kapattım. Katil Emre! Ben kasap gelip kesecek sanıyordum oysaki. Sonuçta bu, dini bir vecibe idi ve deneyimli birinin yerine getirmesi gerekirdi ama bu kişinin Emre olması hayli canımı sıkmıştı. Daha önceden, hayvan kestiğini bilsem asla ona terlik falan fırlatmazdım. Şöyle bir düşününce, Emre'yi daha hiç tanımazken çok fütursuzca davranışlarda bulunmuştum. Hâlbuki biraz aklı başında olsam, deli denilen bir adama karşı biraz daha çekingen olmam gerekirdi ama ben yürek yemiş gibi ona diklenip durmuştum.

Eti parçalara ayırıp pay ettikten sonra Emre eve girdi. Leş gibi kan kokuyordu, koku midemi bulandırdığı için yüzümü ekşittim. Hâlâ Emre'nin bir canlıyı boğazını keserek öldürdüğüne inanamıyordum. Elleri ve üstü başı kan olduğu için "Bana temiz kıyafet hazırlasana," dedi. Peşi sıra üst kata çıktım ve o banyoya girerken ben de temiz kıyafet çıkardım. Banyonun kapısından "Kıyafetleri, yatağın üstüne bıraktım," diye seslendim. Korkmama sebep olacak şekilde aniden yarı çıplak şekilde kapıyı açtı.

"Teşekkürler," dedi ve endişeyle ekledi. "Sen iyi misin? Rengin solmuş gibi."

"Değilim iyi falan. Psikopat mısın sen Emre? Hayvanı sen niye kestin? Kasap çağırsaydınız olmuyor muydu?"

"Çoğu kasap bugün fazla yere kesime gideceği için işi aceleye getirip dini vecibelere uymadan kesim yapıyor. Hatta bazısı işini bilmediğinden, hayvan eziyet çekiyor. Ben bu konuda gayet iyiyim. Niye kesmeyeyim asıl? Bu mu seni rahatsız eden yani?"

"Evet, psikopat bir katile benziyorsun. Üstün başın kan revan içinde. Yoksa sen psikopat falan mısın?"

"Psikopat demek ne demek onu bile bilmiyorsun."

"Biliyorum işte, etrafındakilere zarar veren, kaba saba, tehlikeli aptal, manyaklara psikopat deniyor."

"Yanlış. Toplumdaki cahil çoğunluğun sandığı o. Doğrusu; empati ve vicdanı gelişmemiş kişiler olacak. Psikopatların, beyinlerinde, duygularımızın oluştuğu ve duygusal hafızamızın yer aldığı amigdala bölgesi hasarlıdır yani bu biyolojik bir bozukluktur. Ben psikopat olsam pek çok duyguyu yaşayamazdım. Ama öte yandan psikopat olsam çok daha zengin ve başarılı olurdum. Psikopatların çoğu duygular olmadan işe odaklanabildikleri ve sadece kendi çıkarını düşünen bir yapıya sahip oldukları için işlerinde çok başarılı olurlar. Bir psikopata aptal ya da manyak demen senin salaklığını gösterir; çünkü onlar zekidirler."

"Sen bunları nerden biliyorsun?"

"Lise de kavga çıkardıkça okul arkadaşlarım bana psikopat derlerdi. Ben de öyleyim diye düşünüp o zamanki doktoruma söyledim. O da bana bunları anlatıp alakası olmadığını söyledi. Şimdi lütfen, bir saat sonra etini afiyetle yiyeceğin hayvanı kestim diye bana surat asmayı bırak."

Verecek cevabım olmadığı için "Hıh!" deyip yatak odasından çıktım. Haklıydı, ben vejetaryen falan değildim. Hatta şimdi mutfağa, misafirlere öğlen yemeği için kavurma yapmaya iniyordum. Tüm gün gelen giden eksik olmadı; sonuçta bayramdı bugün. Herkes bayramlaşmak ve görmediklerini görebilmek için ziyarete gidiyordu. Ben de görüşmediğim ailemle görüşüp barışmak istiyordum. Bu sebeple Emre'ye "Annemlerle bayramlaşmaya gidelim mi?" diye sordum. Emre cevap veremeden Emin amca "Gidin tabii kızım, asıl gitmezseniz ayıp olur," dedi.

Emre, ilk kez babasına karşı sert bir tavır takındı. "Olmaz, baba! Bu konudaki fikrimi biliyorsun. Hem sen hastayken bir kere ziyaretine geldiler mi ki ben onlara bayram ziyaretine gideyim." Bana dönüp "Sen çok istiyorsan, seni annenlere bırakırım, bayramlaşıp dönersin," dedi.

"Tamam," diyemedim çünkü babamın tepkisini kestiremiyordum. Önce annemi arayıp sormam gerekirdi. "Anneme sorayım da müsait mi değil mi diye..." Annemin cep telefonu yok diye evi aradım ve beklemediğim bir şekilde telefonu Tufan açtı.

"Alo."

"Alo, Tufan. İyi bayramlar, annemi verir misin?"

"Yok senin annen falan! Arayıp da rahatsız etme bizi!"

"Tufan, gıcıklık yapma da annemi telefona çağır!"

"Kırık iki dolap verdin diye annem seninle konuşacak mı sanıyorsun? Kendin arabalarda gez, bize bayram hediyesi elbise al. Hadi la oradan, yok öyle yağma! Arama bizi, babama derim valla! Zaten senden de deli kocandan da nefret ediyor!"

"Geri zekâlı Tufan, sen-"

Telefonu yüzüme kapatmıştı hayvan! Bu çocukta ciddi zekâ problemi vardı. Biraz sakinleşip ablamı aradım ve anneme benim geleceğimi haber vermesini istedim. Ablam, beni geri aradı ve annemin "Gelmesin şimdi, sakın," dediğini söyledi. Mal Tufan, babama aradığımı söylemiş, ne yalan söyleyip neyi abartıysa babam çok sinirliymiş. Bayram günü de neşemi kaçırmayı başarmıştı Tufan salağı. Hep böyle olmamış mıydı zaten? Ben neye mutlu olup ümitlensem, ailem hevesimi kursağımda bırakmanın bir yolunu bulmuştu...

Bayramın sonraki günleri de benzer şekilde bol ziyaretçiyle geçti. Bayramın üçüncü günü, Emre ve babam bir çay ocağında karşılaşmışlar ve Emre orada diye babam kalkıp gitmiş. Bunu da Emin amca anlatınca öğrenmiştim; yoksa Emre hiçbir şey anlatmayıp sadece o gün surat asmakla yetinmişti. Babam, tüm bayram öfkeli olduğu için ailemle bayramlaşmaya gidemedim. Sadece annemle, ablamların evinde bir iki saat görüşüp konuşmuş ve bayramlaşabilmiştim.

Bayram biter bitmez, Emin amca, kendi evine geçti. Faruk amca, Gökçebey'den dönmüştü ve Emin amca da daha iyi olduğu için doktorun da onayı ile hastaneye geri yatmamıştı. Biz gitmesini istemesek de Emin amca "Balık da misafir de üç günde kokarmış," deyip evine döndü. Aslında biz işe gidince hasta adamcağız evde tek kalırdı bu sebeple kardeşiyle kendi evine gitmesi daha mantıklıydı. Ama biz, onunla vakit geçirmeyi sevdiğimiz için gitmesini istemiyorduk. Altmış yaşında adam genç ile genç, yaşlı ile yaşlı olup muhabbet ediyordu, çok hoşsohbetti.

# 12

Eylül ayı sona erene dek hayatımız, Emre'yle oluşturduğumuz yeni monotonlukta devam etti. Tek farklılık arada Emin amcanın dükkâna bizi ziyarete geldiği günlerde oluyordu. Ekim ayı ise sonbahar yağmurlarının ve soğuğun tamamen hâkim olduğu şekliyle sürüp gidiyordu. Bu arada Emre'nin pazarları verdiği direksiyon dersleri sayesinde sonunda ehliyetimi alabilmiştim. Motor ya da ilk yardım gibi yazılı sınavları çok rahat verebildim ama direksiyon sınavı çok stresli geçti. Avuçlarım o kadar çok terlemişti ki, direksiyon ellerimden kayıp duruyordu. Yine de sınavdan hakkıyla seksen beş aldım.

Ehliyeti yeni aldığım için çok hevesliydim. Ablamla çarşıya, alışverişe gideceğimiz vakit arabayı alıyordum. Tufan, beni arabanın şoför koltuğunda her gördüğünde nefretle bakıyordu. Mümkün olsa bakışlarıyla arabayı hava uçuracaktı, kıskançlığı o derece elle tutulurdu. Ama onu umursamadan, hatta bana ettiği onca şeyden sonra "Oh olsun!" deyip kendi hayatımın tadını çıkararak yaşıyordum. Emre ile çok mutluyduk, en kötü atışmamız onun bana "Koca meme!", benim ona "Deli!" dememden ibaretti. Sevişmelerimizde ise arsızlığı iyice ele almıştım. Adamı öpüyor, yiyip bitiriyordum, televizyon izlerken bile kucağından inmiyordum. Yorgunsa da o benim dizime veya göğsüme yatıyordu. Öylece televizyon izliyorduk.

On yedi Ekim, Cumartesi gününe dek her şey normaldi. Öğleden sonra dükkânda oturuyordum, dükkânın önünden peş peşe üç ambulans acı acı çığlıklar atarak geçti. Tüm esnaf gibi ben de merakla ve telaşla dükkânın önüne çıkıp ambulansların peşinden ne tarafa gittiklerine baktım. Karadon'a giden yol ayrımına girdiklerinde ambulansları gören herkes anlamıştı;

maden kazası vardı... Kilimli'de madenler, Karadon Mahallesi'nde yer alırdı. Mahalle pek çok yönden Kilimli'nin kalbiydi. Siyasetçiler ya da yöneticiler bu mahalleden çıkardı hep, ayrıca yine Kilimli'nin başarılı ilk ve ortaokullarından biri de Karadon'unki idi. Bu madenci mahallesinden her yıl Fen Lisesi'ne en az üç öğrenci girerdi ve tabii pek çok öğrenci de Anadolu liselerine girmeye hak kazanırdı. İş sahalarının orada olması ve devlete ait TTK (TÜRKİYE TAŞKÖMÜRÜ KURUMU)'da çalışan işçilerin iyi para kazanıyor olması, mahalleyi siyasette etkinleştiriyordu. Zamanında sineması bile olan ve kalabalık nüfusu ile sadece iş sahası değil, hayat dolu bir yer olan mahalle, devletin TTK'ya yeni işçi almayıp kurumu özelleştirmesiyle hızla göç vermişti.

Bugün eski günlerinden eser bile yoktu. İlk sebep işsizlikti, Zonguldak işsizler cenneti olabilirdi ya da cehennemi... Burada iş bulmak zor, çalıştığın işten paranı alabilmek çok daha zor, düzenli şekilde ve zamanında paranı alabilmek ise imkânsızdı... Sigorta yapan işveren zaten yok gibi bir şeydi. Özel maden ocaklarında durum son yıllarda daha da vahim olmuştu. Suriyeli mülteciler yok denecek paraya çalıştıkları için zaten asgari ücretle yer altına inmeye razı yerli işçiler işsiz kalmıştı. İşsizlik dolayısıyla durgunlaşan piyasa, esnafa ve tüm bölge ekonomisine sekte vurmuştu ve bu kötü durumdan, il olarak, savaştan kaçan bu zavallı insanları sorumlu tutuyorduk. Devlet, onları bu topraklara kabul ettiyse bunun ekonomik ya da sosyal sonuçlarını da hesap etmeliydi. Çoğu evsiz olan mülteciler, hem kendileri perişan bir hayat sürüyordu hem de güvenliğimizi tehdit ediyorlardı. Çünkü savaşın göbeğinden gelen bu insanlar için biraz para uğruna cinayet işlemek bile kabul edilebilir bir işti. Çoğu dileniyordu zaten ve fırsatını bulduklarında hırsızlık yapmaktan ya da tenhada yakaladıkları birini gasp etmekten asla çekinmiyorlardı. Gerçi yaşadıkları yoksulluğu ve sefilliği düşünürsek, onların da tek yaptığı hayatta kalabilmek için uğraşmaktı.

Babam, deneyimli ve kalifiye işçi olmasından ötürü Suriyeli ucuz işçilere rağmen işini kaybetmemişti. Ya kaza onun çalıştığı özel ocakta olduysa? Hemen dükkâna geri girip atölyeye daldım. İçime bir kurt düşmüştü ve yüreğimi kemiriyordu. Emre, beni görünce elindeki çivi tabancasını bırakıp yanıma geldi. "İyi misin?" diyerek beni omuzlarımdan tutup sarstı. Kelimeler boğazımda düğüm olup genzimi yakıyordu ama bana verdikleri acıya rağmen, bir türlü çıkışı bulamıyorlardı.

"Elif, titriyorsun. Ne oldu?"

"Babam," diyebildim sadece. Babamın benimle konuşmazken ölmesini istemiyordum. Ölümü düşününce gözyaşlarım boğazımdaki düğümle birlikte çözüldü. "Emre, bir ocakta kaza olmuş, ya babamınkiyse?"

"Dur, hemen telaşlanma. Bir öğrenelim de." Biz ön tarafa geçerken arkasına dönüp "Sabri Usta, burası sana emanet," diye seslendi. Tuvalete girip lavaboda elini yüzünü yıkadı, sonra da ardiyedeki askıdan kazağını alıp üstüne giydi. Onu izlerken elimde olmadan ağlıyordum. "Sakin ol, bir sürü ocak var. Ne belli babanınki olduğu da hemen ağlıyorsun? Haliloğulları'na bir soralım, onlar bilirler nerede ne olmuş."

Doğru söylüyordu ama içimdeki sıkıntı, bana bir şekilde babamın başına bir şey geldiğini ispatlamak istercesine artıyordu. Haliloğulları, bir iş adamın şirketler topluluğunun adıydı ve onların da pek çok maden ocağı vardı. Böyle bir kazadan ilk onların haberi olurdu. Emre, dükkânın önüne yeni çıkmıştı ki bir iki genç adam koşar adım Tufan'ın çalıştığı fırına geldiler. Hemen sonrasında da bağırarak ağlayan Tufan fırından dışarı çıktı.

O "BABA! BABAM!" diye feryat ettikçe ben donup kaldım, gözyaşlarım bile donmuştu. Tufan'ı eski model bir arabaya bindirirlerken, Emre hızla karşıya, fırının önüne gitti ve Tufan'a haberi getiren adamlardan biriyle konuşmaya başladı. Yanıma döndüğünde "Göçük, babanın ocağında olmuş. O da göçük altında kalan dört işçiden biriymiş ama TTK'nın arama kurtarma ve tahliye ekibi çalışmalara başlamış. Ocak ağzına kadar gelebilmişlerse sağ olma ihtimalleri yüksekmiş. Hemen ümitsizliğe kapılma yani," diyerek bana sarıldı. Ona sığınıp ağlamaya başladım yeniden. Biraz olsun ümit edebilmek gözyaşlarımı çözen şey olmuştu. Montlarımızı giyip araya bindik ve Karadon'da, babamın çalıştığı özel ocağın bulunduğu yere gittik. Ortalık ana baba gününe dönmüştü. Kalabalıkta herkes bir oyana bir bu yana gidip geliyordu. Sadece göçükte yakını olanlar tıpkı benim gibi oturmuş, gözlerini göçükte kalanların çıkarılacakları yere dikmiş bekliyorlardı. Tufan'ı arkadaşları zor zapt ediyorlardı, babamın patronuna küfredip duruyordu. Tabii adam burada yoktu, linç edilmek istemiyor ise burada olmaması gerekirdi zaten.

Emre, önümüzden geçen bir adamı durdurup onunla konuşmaya başladı. "Durum ne abi? Grizu mu göçük mü?"

"İkisi de değil. Degaj olmuş."

"O ne demek peki?"

"Bir boruda su düşün, borunun ağzı kör tıpayla kapatılmış. Sonra tıpa suyun basıncına dayanamayıp atarsa ne olur?"

"Tazyikli su önüne kattığını alır görür."

"Hah işte o. Burada boru yerine kömür damarı var, su yerine de kömür. Göçük olacak olsa kaçar kurtulurlardı çünkü tavan çökmeden önce, destek olan kütükler çatırdar. İçerideki madencilerden ikisi tecrübeli, onlar anlardı ve göçükten kaçabilirlerdi ama degajı çok önceden anlayamazsın."

"Şimdi durum ne?"

"Herkes kürekle kömürü kaldırmaya uğraşıyor. Ayağa yakın yerde olan varsa muhtemelen sağ çıkar ama arına yakınlarsa..."

"Anladım," dedi Emre ve yanıma oturup bana sarıldı. Dayımın arabası az ileride durdu ve içinden dayımlarla birlikte annem, ablam ve eniştem indiler. Ayağa kalkıp annemlerin yanına gittim. Önce ablamla sarıldık, sonra da annemle. Annem ağlayarak "Elif, doğruyu söyle Elif!" diye feryat etti. "Anne, daha belli değil hiçbir şey, sağ olabilirlermiş."

TTK'da madenci olan eniştem "Ben bir bakayım, siz de sakin olun. Allah'tan ümit kesilmez," deyip kömürü kaldırmaya uğraşanların arasına karıştı. Eniştem devlete ait maden ocağında çalıştığı için, iş güvenlikleri çok daha iyiydi. Özel ocaklarda denetim olmadığından ve işverenler daha çok kâr elde edebilmek için her şeyde kolaya ve ucuza kaçıyorlardı. İnsan hayatı bu kadar ucuzdu işte.

1992 Kozlu, kömür madeni faciası ve daha niceleri asla ders olmamıştı. 3 Mart 1992 tarihinde Zonguldak, Kozlu ilçesindeki taşkömürü maden ocağında saat 19.45 - 20.00 arasındaki zincirleme grizu patlamaları nedeniyle meydana gelen madencilik kazası, taşkömürü madenciliği tarihinin en büyük felaketlerinden biri, ayrıca Zonguldak'ta kömür madenciliğinin 150 yıllık tarihinin en büyük felaketiydi. Olay sonucunda 263 madenci şehit olmuştu. Patlama ile yer altında çıkan yangınların denetim altına alınamaması ve ocağın bütün katlarındaki göçükler ve ulaşım yolları tahribatı nedeniyle ocak yüzey açıklıklarından kapatılmış, bu nedenle kazadan kurtulanların ifadelerini temel alan soruşturmada kazanın oluşma nedenleri tam olarak açıklığa kavuşturulamamıştı. Ocak, 26 Mart 1992 günü tekrar açılmış ise de yangının kızışması üzerine bir kere daha kapatılmıştı.

Tüm bunları, lisedeyken yapılan bir anma töreninde okuduğum metinden ezberlemiştim. Söndürülemeyen alevler... Yanarak ölürlerken üstüne beton dökülen 263 madenci... Tüm şehir yanmasın diye hayatları feda edilmiş 263 kişi... İnsanoğlu, nasıl da hafızası zayıf bir varlıktı. Bunu ve daha nicesini nasıl unutuyordu... Ve devlet, işçiyi korumayıp tabiri caizse taşeron şirketlere nasıl peşkeş çekiyordu? Nasıl? Nasıl oluyordu da diri diri gömülen binlerce madenci şehidinin ruhlarını hiçe sayarak, fütursuzca "Bölge halkı böyle şeylere alışkın. Bu mesleğin kaderinde maalesef bu var," diyerek ölüm, işçinin kaderi ilan edilebiliyordu! Ama Zonguldak halkı, tarımla geçinen, eğitim düzeyi düşük köyleri dışında asla bu tarz siyasileri ödüllendirmedi. Ölmek sizin kaderiniz, bunu biliyorsunuz zaten, denilmesini sineye çekmedi. Zonguldak, tüm Karadeniz kuşağı boyunca, işçi yanlısı partilerin tek kalesi oldu.

Çok değil, 17 Mayıs, 2010 yılında, Karadon'da, TTK'nın özelleştirilen bölümünde grizu faciası yaşandı ve 30 madenci daha hayatını kaybetti. Üstelik mühendis, gaz sızıntısı nedeniyle uyarı lambasının yandığını haber vermiş ve bizi buradan çıkarın demişti. Cevap; çalışın yok bir şey, olmuştu ve yine diri diri yanan, diri diri gömülen bedenler, hayatlar, ümitler...

Tüm bunları düşünüp acılı ailelere bakarken ne kadar süre geçtiğinin farkında bile değildim. Sonunda birisi "SEDYE GETİRİN!" diye bağırınca herkes ayaklandı. Biz de koşup ambulansın yanına geldik. Sedyede kömürden kapkara olmuş şekilde yatan adam babam değildi ama yaşıyordu ve bu da babamın da sağ olabileceği ihtimalini yükseltiyordu. Yaralı madencinin ambulansı ve yakınları yeni hareket etmişti ki ikinci kez "HEMEN SEDYE YOLLAYIN!" diye bağırıldı. Sedyedeki sağ salim kurtarılan adam babam olsun diye dua edip duruyordum. Sedye ambulansa yaklaşınca kapkara babamı bıyıklarından tanıdım. "BABA!" diye feryat ederken sağlık görevlileri bizi uzaklaştırdılar ve babama oksijen maskesi taktılar. Yaşıyordu... Annem "Sürmelim, Velim!" diye ağlıyordu. Ambulansa sadece bir kişi binebiliyordu, o da önüne. Hepimiz perişan olduğumuz için eniştem gitti ambulansla. Biz, arabaya yönelirken Emre, ablam ve anneme "Siz de bizimle gelin," diye önerdi.

Tufan, üzüntüden iyice kafayı yemişti. "Sen kimsin de lan senin arabana binecekmişiz?"

Annem "TUFAN! Yeri değil böyle şeylerin! Baban canıyla cebelleşiyor orada!" diyerek Tufan'ı azarladı. Yine de bizim arabaya tek binen ablam oldu. Biz hastaneye gitmek üzere hareket ederken ocaktan bir beden daha çıkarıldı ama bu kez ölü... Ailesinin feryatları göğü delerken hiç tanımadığım bir adam için dökülen gözyaşlarım içimi yakarak aktı.

Hastanede babamı acil müdahale odasına aldılar ve biz de beklemeye başladık. Biz beklerken bir ambulans daha geldi. Bu kez ambulanstan siyah ceset torbalarında iki beden indirildi ve morga götürülmek üzere asansöre koyuldu. Eniştem ambulansta refakatçi olan işçi şefiyle hastanenin acil kapısında kısa bir konuşma yaptı. Şefin kömür kaplı yüzünde, gözyaşları derin izler bırakmıştı. Konuşurken öyle çok titriyordu ki, yeni yaktığı sigarasını parmaklarının arasında zar zor tutuyordu. Eniştem yanımıza dönünce Emre "Başka kurtulan yok mu?" diye sordu.

"Dört kişiydiler zaten. Kayınpeder ve arkadaşı Kamil abi, tecrübeleri sayesinde doğru yöne, yani ayağa doğru kaçmışlar. Dolayısıyla da onların üzerinde 5-6 ton kömür varmış sadece. Ama diğer iki işçi gençler, biri 21, diğeri 24 yaşında. Arından uzağa kaçmayı akıl edemedikleri için kat be kat daha çok kömürün altında kalmışlar ve boğulmuşlar maalesef."

Emre, anladım anlamında başını sallamakla yetindi. Babam diri diri gömülmüştü resmen. Ama çakıl gibi hava alabilir yapıda olan kömür sayesinde nefes alıp dayanabilmişti. Biraz sonra doktor, acil müdahale odasından çıkınca hepimiz dikkat kesildik. Doktorun gülümseyen yüzü bile içimi rahatlatmıştı. "Geçmiş olsun. Hastamızın durumu iyi. Kaburgalarda ezilme ve sağ el bileğindeki çatlak dışında sorun yok. Onlar da iyileşemeyecek şeyler değiller. İçinizi ferah tutun."

Doktor, sözünü bitirir bitirmez "Görebilir miyiz peki?" diye sordum. Doktor, cevap veremeden Tufan "Sen kimsin lan babamın yanına gidebileceğini sanıyorsun? Adam seni görünce sinirlenip tansiyonu çıksın diye mi?" diyerek üstüme yürüdü.

Emre, saniyesinde aramıza gidip "Seni Elif'e yaklaşmaman konusunda uyardım," dedi. Tufan, ağza alınmayacak en pis küfürlerle Emre'nin ölmüş annesine sövdü. Emre'de hiç düşünmeden Tufan'a peş peşe yumrukları çaktı. Eniştem ayırana kadar Tufan'ın ağzı burnu kanlar içinde kalmıştı bile. Ben, Emre'yi hastanenin bahçesine çıkarıp sakinleşsin diye bekleyemeye başladım. Artık güneş batmıştı ve alacakaranlıkta bize doğru gelen Emin amca ve kardeşini hiç fark etmemiştim. Faruk amca "Emre?" deyince onları fark ettik. Emin amca, endişeyle bana bakıyordu. Emre'nin suratsız halini babama bir şey oldu diye yorumlamıştı, belli ki. "Babam iyi," dedim hemen. Faruk amca başıyla Emre'yi işaret edip "Eee bu niye böyle?" diye sordu.

"Tufan'la kavga ettiler," demekle yetindim. Emin amca, hiçbir şey demeden bakışlarıyla Emre'yi yanına çağırdı ve Faruk amca ile benden uzak bir köşede onunla konuşmaya başladı. Geri geldiklerinde Emin amca "Siz, evinize dönün kızım. Şimdi, hastanede tekrar tatsızlık çıkmasın. Hem zaten baban uyuyormuş. İyi olduğunu da biliyorsunuz. Eve yolladıklarında, evde ziyaret edersiniz artık," dedi. Tekrar kavga edilmesi, en son isteyeceğim şey olduğu için kafamı sallayıp onayladım. Ablama, önemli bir şey olursa haber vermesini tembihleyip eve döndük. Gece, bu kez ben Emre'nin göğsüne sığınıp koynunda ağlaya ağlaya uyudum. Bugün olan her şey çok fazlaydı.

Ertesi gün işe gitmemiştik, evde haber bekliyorduk ve öğlene doğru ablam arayıp babamın taburcu edildiği müjdesini verdi. Telefonu kapatır kapatmaz Emre'ye "Babam, hastaneden çıkmış. Akşam ziyaretine gidebilir miyiz?" diye sordum. Göz kapaklarını kapatarak beni onaylayınca şaşkınlıkla "Sen de gelecek misin?" dedim.

"Evet," demekle yetindi.

"Çok teşekkür ederim," diyerek onu öpücük yağmuruna tuttum. Akşama dek babamla barışabilmek için dua edip, babamın sevdiği yemeklerden yaptım ve saklama kaplarına koydum. Yol üstünde bir de geçmiş olsun çiçeği yaptırdık ve annemlerin kapısına geldik. Merdivenleri tırmanırken her şey yolunda gitsin diye Allah'a yalvarıyordum. Emre'nin elinde yemekler olduğu için zile ben bastım. Kapıyı, bizim gibi babamı ziyarete gelmiş olan ablam açtı. Ablam elimizdekileri alıp "Siz salona geçin," dedi.

Gerginlik hem benim için hem de Emre için hat safhadaydı. Yine de hiç beklemeyip küçük salonumuzdan içeri girdik. Yüzü morluklarla dolu olan Tufan, bizi görür görmez oturduğu kanepeden ayağa fırladı ve bağırmaya başladı. "Ne yüzle bizim eve geliyorsunuz lan! Defolun gidin!"

Emre, tekrar Tufan'ı dövmesin diye "Babamı ziyarete geldik," dedim. Babam, televizyonun karşısındaki açılmış çekyatta yatıyordu. Yattığı yerden "Nurcan!" diye anneme seslendi. Annem mutfaktan salona gelip bizi görünce kaşları çatıldı. Babam "Nurcan, yolla şunları! Benim Elif diye kızım yok. Kapısından beni kovdurduğu günü daha unutmadım!" dedi.

"Baba-" diye itiraza başlayacak oldum ki annem, "Dün, babasına üzülen çocuğu dövüp bugünde onun evine nasıl gelirsiniz? Defolun evimizden!" diye beni böldü. Emre, elimi tutup beni kapıya götürürken annem, arkamızdan söylenmeye devam ediyordu.

"Sen adamı kanser edersin Elif! Utanmadan bir de kardeşini döven adamı koluna takıp da gelmiş! Babanı iyice hasta edip öldürecek misin sen? Ne zaman bir şeyi düşünmüştün ki bunu düşünüp de elin delisini alıp bize gelmemeyi akıl etmeni bekliyorum senden! Sen, olmasaydın keşke! Sütüm, emeğim haram olsun! Tufan'ımın yüzünü ne hale getirdi bu deli, sen de kenardan izledin! Niye? Tufan'ı kıskanıyorsun küçüklüğünden beri çünkü!"

Annem sayarken biz evden çıkmış, merdivenleri iniyorduk. Merdivenlerin yarısında dayanamayıp arkama döndüm. "Niye beni sevmiyorsun anne? NİYE?" diye gözyaşlarıyla sordum.

"Sevilecek biri değilsin de ondan. Seni kimse de sevmez!" deyip kapıyı çarptı. Emre, bana destek olup merdivenleri inmemi sağladı.

Eve geldiğimizde rahatlamak için duşa girdim. Sonra da giyinme odasında gözüme takılan ve hiç giymediğim o beyaz, saten geceliği giydim. Ruhum öyle yorgun ve yalnızdı ki, beyaz bunu en iyi anlatan renk olabilirdi. Erkenden yatağa girdiğimizde Emre, kafamı koluna koyup başımızdaki gece lambasını yaktı.

"Niye anneni bu kadar kafana takıyorsun ki?"

"Duymadın mı? Seni kimse sevmez, dedi. Acı olan ne biliyor musun? Haklı."

"Değil."

"Biliyorum, ablan var diyeceksin. Evet ama o başka. Sonuçta onun en çok sevdikleri Nil ve eniştem. Ben... Ben çok sevilmeyi isterdim, annem ve babam tarafından. Dünyada en çok sevdikleri üç şey olsaydık, kardeşlerimle. Ama onlar sadece Tufan'ı seviyorlar. Zamanında bu yüzden Tufan'ı çok kıskanırdım. O yüzden annem haklı, beni kimse sevmiyor..."

"Ben, seni seviyorum. Hem de bu dünya üzerindeki her şeyden ve herkesten daha fazla."

Az önce kendime acıdığım için dolan gözlerim, mutluluktan akıttılar bir iki damla. Kocaman bir gülümsemeyle "Gerçekten mi?" diye sordum. Bu anı dondurup her çıkardığımda aynı güzel duyguları tekrar tekrar yaşamak üzere bir şişede saklamak istiyordum.

"Evet. Babamdan bile çok seviyorum seni. Artık inanırsın sanırım."

En değerlim dediği babasından bile fazla sevdiğini söylemesi bunu, bana acıyarak değil de içinden gelerek söylediğinin kanıtıydı. Günlerdir içimde tuttuğum ve her dilimin ucuna gelişinde geri yuttuğum kelimeleri özgür bıraktım ben de. "Ben de seni seviyorum. Dünden beri hep yanımda olduğun için teşekkür ederim."

"Ben sana ne demiştim?"

"Teşekkür etme, öp demiştin." Dudakları dudaklarıma değip sıcak nefesini solurken kalbim yerinden çıkacak kadar heyecanlı ve mutlu hissediyordum. Bir eli baldırımdan yukarı kayıp geceliğimi belimde topladı. Boynuma sıra sıra sıcak öpücüklerini kondururken onunla tek vücut olmayı istiyordum. Hiç konuşmadan gözlerime uzun uzun baktı ve "Bekle," deyip yataktan kalktı. Banyoya girince yine beni öylece yarım bıraktığını düşündüm ama bu kez çabuk çıkmıştı ve hâlâ pijaması üzerindeydi. Bana gülümseyip öpücük attı ve gardıroba yöneldi. Merakla yatakta doğrulup ne yaptığını anlamaya çalışıyordum. Elinde seccadeyi görünce "Cidden şimdi mi?" diye sordum.

"Bu farklı, zifaf gecesi namazı kılacağız. Git, abdest al, gel."

Çok şaşırsam da dediğini yaptım ve giyinme odasına gidip geceliğin üstüne ferace giydim. Başıma da bir tülbent bağlayıp Emre'nin kendi seccadesinden biraz daha geriye serdiği seccadeye geçtim. Bana iki rekât namazı kısaca anlattı ve hem birbirimize sahip olduğumuz için Allah'a şükretmek adına, hem de bu gece bir sorun çıkmasın ve evliliğimiz hayırlı geçsin diye zifaf gecesi namazını kıldık. Namaz bittikten sonra Emre, kısaca dua edip kalktı ama ben, şu aralar duygusal anlamda çok dolu olduğum için Rabbimle uzun uzun dertleşmek istiyordum. Duam, Emre'nin "Hadi artık!" demesiyle yarıda kesildi. Kafamı ona çevirip "Dua ediyorum, görmüyor musun?" diye çemkirdim.

"Yeter ettiğin dua. Allah, her zaman seninle ve içinden geçenleri biliyor. Ama benim artık sabredecek halim kalmadı."

"Azgın kömüş!" deyip ona kızsam da duamı kısa kestim. Ferace ile başımdaki örtüyü çıkardığım gibi beni kucağına alıp yatağa getirdi. Hiç beklemeden geceliği başımdan çekip aldı. Heyecandan ve utançtan kızarmıştım ve yine kulaklarım yanıyordu. Kendi pijamalarını da çıkarıp üstüme eğildi.

Yine boynumdan başlayıp göğüslerime doğru bir yol çizdi

ve ıslak, minik öpücükleriyle beni benden aldı. Gözlerim kapalı, dudaklarının değdiği her yer, dağlanmış gibi kor ateşle yanarken bu gece durmayıp son sınırı da geçecek olmanın verdiği o bilinmezlikle karışık heyecan ve beklentiyle iç çekişlerim artıyordu.

İç çamaşırımın iki yanında Emre'nin nasırlı ellerini hissedince aklıma kriz geçirebilme ihtimali geldi ve korkudan utancımı bile unutup gözlerimi açtım. O an, daha önce kimsede görmediğim sevgi dolu safirleri ışıldarken göz göze geldik. Gözlerimden, bir sahipleneni ve seveni olmayan küçük kız çocuğuna bakıp, "Korkma, ben iyiyim," dedi. "Bakmadan da yapabileceğimi düşünüyorum derken ciddiydim. Asıl sen hazır mısın?"

Gözlerimi kapatarak onu onayladım.

"Seni seviyorum, her şeyim. Dünya üzerinde sevdiğim tek kadın..." Tek vücut olmadan önce kulağıma fısıldadıkları öbür boyu duymayı beklediğim şeyler olduğu için hissettiğim sızıyı yok saymama sebep oldu. Onun olurken mavileri maviliklerime kenetlenmiş, göz bebeklerinden hem onun ruhunun hem de kendi kanadı kırık çocuk ruhumun derinliklerini görebiliyordum... Ben oydum, o da ben...

Sonunda yan yana yattığımızda hâlâ çok utanıyordum. Tam anlamıyla karı-koca olmuştuk. Benim bu düşüncemi sesli bir şekilde dile getirircesine alnımı öpüp, "Artık gerçekten kocanım ve sen de gerçekten karımsın," dedi.

# 13

Uyandığımda, öğlen ezanı okunuyordu ve ilk aklıma gelen şey, işe geç kaldığımız oldu. Gece, o ilk seferden sonra Emre, beni pek çok kez uyandırmıştı. Sabaha dek birkaç saat arayla birlikte olup durduğumuz için de öğlene dek uyuyakalmıştık.

"Emre! Emre, uyan!"

"Hımm..."

"Kalk, işe geç kaldık. Öğlen olmuş."

"Biliyorum, saatten haberim var. Boş ver, yat uyu." Sarılıp beni kendine çekti. Niye işe gitmediğimizi anlayamadığım için "Ama niye gitmiyoruz ki?" diye sordum.

"Çünkü daha sana doyamadım." Hâlâ gözünü açabilecek kadar bile ayılmamıştı ama anlaşılan *bazı uzuvları* ondan önce uyanmıştı ki beni dürtüklüyordu.

"Emre... Yeter artık! İşe gidelim." İşe gitmezsek yataktan çıkamayacaktık ve benim kasıklarım sızım sızım sızlıyordu. Bugün sandalyeye oturabilirsem kendimi şanslı sayabilirdim. Emre'den kaçmaya çalışırken beni kollarının arasına hapsetti.

"Nereye koca meme?"

"Banyoya gireceğim."

"Beraber girelim."

"Olmaz."

"Niye?"

"Çünkü çıplak olacaksın."

"Yıkanırken genellikle öyle olur." Gözü kapalı benimle alay ederken muzipçe sırıtışı tüm yüzüne yayılmıştı.

"Ve genellikle yalnız yıkanmak çoğu insanın tercihidir." Onun genellemesine karşı kendi genellememi oluşturup kollarından sıyrıldım. Sabahlığımı üstüme geçirip banyoya kaçtım.

"Öyle olsun bakalım koca meme." Banyonun kapısını kapatmadan, yataktaki yarı çıplak hali gözüme çok davetkâr gelse de henüz kendimde o cesareti göremediğim için duşa girdim. Banyodan çıktığımda yatakta ya da odada yoktu. Ama yatağın üstüne attığı ıslak havludan, onun da koridordaki banyoda yıkandığını anladım. Pasaklı deli, odayı dağıtmıştı. Kirlileri toplayıp dün kirlettiğimiz ve yüzümün kızarmasına sebep olan nevresimleri değiştirdim.

Giyinme odasına gidip bir hayli düşündükten sonra krem rengi bir kazak ve altına da koyu renk bir kotta karar kıldım. Ben yine aynı bendim ama bu sabah farklı hissediyordum. Her şey gözüme daha bir güzel geliyordu, çok mutluydum ve çok ama çok özel hissediyordum. Deli Emre'nin karısı, dahası tek kadınıydım. Onun da beni sevdiğini öğrendikten sonra dünya başka güzel gözükmeye başlamıştı gözüme. Kuşlar bu sabah cıvıldaşırken en sevdiğim şarkıyı söylüyorlardı sanki. Ve gökyüzü, onun gözlerinin tonunda bir maviydi bu sabah; ya da ben gözlerinde kaybolmuştum dün gece.

Yalnız olmadığımı bilmenin dinginliği, içimdeki uçarı küçük kızı durdurmak yerine daha da heyecanlandırmıştı. "Artık başını yaslayıp ağlayabileceğin bir omuz var ya da dertleşebileceğin bir dostun var. Niye duruyorsun! Oyna, zıpla, dans et..." diyordu. O küçük kızı yıllardır ilk kez bu kadar mutlu görüyordum. Genelde hep karanlık köşesinde bir başına ağlardı ve yalnızlıktan yakınırdı. Yüreğimde eksik kalan her şey Emre ile tam olmuştu. Tam da bu sebepten her şeyim oydu.

Mutluluktan dolan gözlerimi makyajım akmasın diye elimi sallayarak serinlettim. İçimdeki küçük kız dizginlerimi eline aldığı için merdivenlerden zıplaya hoplaya inerek mutfağa geldim. Emre, kahvaltıyı hazırlamıştı bile ve çayları dolduruyordu. Beni görünce "Ben de tam seni çağırmaya gelecektim," dedi. Sofraya hayretle bakınca "Elimden geldiğince hazırladım işte," diye ekledi.

"Gayet iyi olmuş da... Bu kibarlığı ender gördüğüm için şaşırdım."

"Hiç bu kadar mutlu uyanmamıştım da ondan."

"Erkek milleti değil misiniz?"

İçtenlikle kahkaha attı. "O da var tabii ama benim mutluluğum sadece ondan değil."

"Nedenmiş peki?"

"Ergenliğe girdiğimden beri asla yapamam diye düşünüyordum. Tedavi tamamlanıp krizler bittiğinde bile sırf bu yüzden tam olarak iyileştiğime inanmadım asla. Şimdi omzumdan bir yük kalktı. Gayet sağlıklı ve normal bir erkek gibi karımla birlikte oldum. Travmatik hiçbir şey yaşamadan ve sana zarar vermeden hem de."

"Ondan o kadar emin olma," dedim imayla çünkü sandalyeye otururken yüzümü buruşturmak durumunda kalmıştım.

"Bir sorun mu var?"

"Sorun değil, sadece ilk sefer diye işte. Tüm gün işte oturacak-"

"İşe gitmeyeceğiz."

"Ama öğleden sonra bile olsa gidebiliriz. Siparişler-"

"Takma kafana bunları. Sabah camide babamla karşılaştık. O işe gidecek bugün, senin yerine. Atölyede de ustabaşı zaten işleri yürütür."

"Babana ne dedin peki?" Stres ve utançtan dudaklarımı kemiriyordum. Emin amcaya bir böyle rezil olmadığımız kalmıştı.

"Kâbus gördüm, uykusuzum dedim. Bensiz, senin de işe gitmeni istemediğimi söyledim, o kadar."

"İyi bari."

"Elif, babama öyle bir şeyi söyleyecek değilim herhalde."

"Ne bileyi ben, seninki zafer misali bir şey oldu. Bekleyen çok; baban, doktorun. Sahi, ona söyleyecek misin?"

"Selçuk'a mı? Balayından dönüşte söylerim ama balayımda gereksiz sorularıyla beni rahatsız etmesini istemiyorum."

Çiğnediğim zeytin ekmek boğazıma takıldı. Boğulmamak için çay içip zeytini çekirdeğiyle yuttum. O da çatalını geri bırakıp endişeyle "İyi misin?" diye sordu.

"İyiyim, iyiyim de balayı mı dedin sen?"

"Evet. Şimdi mevsim sonbahar, denizi olan yere gitsek de denize giremeyiz o yüzden Kapadokya'ya gidelim bence. Ama illa Akdeniz'de bir yere gitmek istersen de fark etmez."

"Yoo, Kapadokya'yı iyi düşünmüşsün. Hep görmek istediğim bir yerdi zaten. Burada zaten her yer deniz, kıyıda bir yer olmasa da olur."

"Artık Antalya'ya da seneye gideriz aşkım." Senin aşkım diyen dilini yerim ki ben, delim benim. Balayı da düşünürmüş, bileydim bu kadar incelip, yontulmamış kalastan, estetik şekilde oyulmuş sehpa bacağına döneceğini, ben çok daha önceden seninle olurdum. Ben aptal aptal sırıtarak ona bakarken "Eee balayına ne zaman gidiyoruz?" diye sordu.

"Hemen gitmeyelim. Bence iki üç gün sonra gidebiliriz."

"Neden?"

"Nevşehir'i ve peribacalarını çok merak ediyorum ve tüm balayını bir otel odasına tıkılıp geçirmek istemiyorum."

"Anlamadım desem."

"Yani anla işte... Azıcık birbirimizden hevesimizi alalım ki Nevşehir'e gidince yataktan çıkamama durumumuz olmasın."

"Kendi namıma, hevesimin -benim kuş uçtuğu müddetçe- sönmeyeceğini söyleyebilirim. Balsın bal." Bana öpücük atınca gülmeden edemedim, harbi deliydi bu adam. "Ama dediğin gibi olsun, üç gün sonraya rezervasyon yaptıralım. Hem yolculuk hazırlıkları için sıkışmayız hem de beraber inceleye inceleye güzel bir otel seçeriz."

"Tamam, olur. Ben, eski konakları falan çok seviyorum. Büyük, lüks ve yeni bir binada olan oteller yerine, eski ve restore edilmiş, butik bir oteli tercih ederim."

"Tamam ama 'Niye bu otelin havuzu yok.' diye sızlanmak yok sonra."

"Söz, zaten havuzları sevmem, deniz tercihimdir."

"Keşke ilk başta balayına gitseymişiz. O zaman beraber denize de girebilirdik."

"Ne yalan söyleyeyim, ben gitmedik diye çok sevinmiştim. Ödüm kopuyordu senden ve seninle baş başa kalmaktan."

"Öyle olması gerekiyordu," demekle yetindi. Biraz durduktan sonra "Ama balayına dek işe gitmek yok madem Nevşehir'de gezmek istiyorsun..." dedi.

"İyi de ne deriz millete?"

"Patron benim, onlara ne? Babam bu aralar iyi çok şükür,

amcam da yanında, onların ikisi bakar dükkâna. Zaten atölye de bensiz bir müddet daha işler. Biz de tatile çıkıyoruz, deriz."

"Her şeyi düşünmüşsün."

"Sen gece hep uyuduğun için... Düşünecek vakit çok oldu."

"Uyutmadın ki uyuyayım. Kaç kez uyandırdın, sayamadım bile. Sayende son on bir saatte üç dört kez banyo yaptım. Artık balayında da yıkanmaktan yüzgeçlerimiz çıkarsa hiç şaşırmam!"

Eliyle ağzını kapatmış kahkahalarla gülerken erkek güzelimin gülüşüne bir kez daha hayran olmuştum. Yakışıklılığı bir yana, bir tek kötü alışkanlığı yoktu. Bana hep saygılı ve iyi davranmıştı, insanlık ne demek onunla öğrenmiştim. Kavgasız, gürültüsüz, huzur dolu bir yaşamı bu evde görmüştüm. Şu saatten sonra yüzünün ya da bedeninin güzelliğinin benim için zerre önemi yoktu. Ben onun yüzünü bile gölgede bırakacak gönlünün güzelliğini sevmiştim. Yalnız benim oluşunu ve yalnız onun oluşumu... Büyülü bir bağ gibiydi; teninden tenime ve ruhundan ruhuma işleyen... Başka kimsenin teniyle kirlenmemiş, ilk kez birbirine açılan gönül gözleriydi bizimkisi.

Şu an -aramızda Mehmet'le tensel hiç ama hiçbir şey geçmemesine rağmen- kendime onunla çıktığım için kızıyordum. Bana sevgilim ya da aşkım diyecek tek adam Emre olmalıydı. Başkasından bu sözleri duymak ya da Mehmet'in öyle seslenişlerini hatırlamak şimdi hakaret gibi geliyordu. Aşkla hoşlanmayı birbirinden ayırt edemeyecek yaşta olduğum için onunla çıkmak gibi bir aptallık yapmıştım. Şimdi, beni o kızla aldattığı için ayrıldığımızda ağladığım günler aklıma gelince... Bin yıl önce gibiydi ve ne gereksiz gözyaşları dökmüştüm meğer.

Kahvaltıdan sonra Emre'yle internetten otellere baktık. Ölü sezon olduğu için çoğu otelde boş yer vardı. Gönlüme göre eski bir konaktan butik otele dönüştürülmüş bir yerde oda bulduk. Emre, internetten telefon numarasını aldığı oteli aradı ve üç gün sonrası için bir balayı süiti rezervasyonu yaptırdı. Bu iş bitince de bana dönüp "Eee, ne yapmak istersin şimdi?" diye sordu.

Onunla yapmayı uzun süredir istediğim şeyi söyledim. "Sinemaya gidebiliriz, istersen tabii."

"İyi, kalk gidelim, ne bekliyoruz? Hem alışveriş merkezine gitmişken, tatil için de alışveriş yaparız."

"Sana kıyafet almak ölüm gibi Emre. Tüm günümü seninle ziyan etmek istemiyorum, zor beğeniyorsun."

"Senin zevkin hoşuma gitti. Söz, sen ne istersen bu kez hiç itirazsız onu alacağım." Teslim olmuş gibi ellerini havaya kaldırdı.

"Anlaştık, o zaman." Anlaştığımızın bir göstergesi olarak elini sıkmak için elimi uzattım. Elimi tutup çığlık atmama sebep olacak şekilde aniden beni kendine çekti. Koltukta, beni altına almış öperken, aklıma gelen muzip fikirle koltuk altlarını gıdıklamaya başladım. Gülmekten üstümdeki hâkimiyetini kaybedince ben onun üstüne çıktım ve karnının üstüne oturup fırsat bulduğum her yerinden onu gıdıklamaya başladım. Kurtulmak için beni belimden tutup ayağa kalktı. Düşmemek için onu gıdıklamayı bırakıp boynuna sarıldım.

"Akşam seni gözünden yaş gelene dek gıdıklayacağım," diye tehdit etti. "Ama şimdi sinemaya gitmek istiyorsan evden çıkalım yoksa hiç çıkamayacağız." Çapkınca göz kırpıp burnumun üstünü öptü. Kafamı sallayıp onaylayınca beni kucağından indirdi. Montlarımızı giyip evden çıktık ve bahçede yanımıza gelen Lust'ın yanına eğildi Emre. "Oğlum, ben de hallettim o işi. Artık yavrularımızı hep beraber büyütürüz."

"Şu an köpekle konuştuğunun farkındasındır umarım," diyerek ona takıldım.

"Ohoo... Benim kendi kendime konuştuğum bir dönem bile vardı; yani bu iyi halim. Hem Lust aileden sayılır, köpek demeyelim lütfen."

"Eve ilk geldiğinde it diyordun?"

"Onun dişi köpekle olan performansı beni derinden etkileyip gaza getirdiği için artık ona saygım sonsuz."

Emre, mutluysa her şeyle eğleniyordu ve sürekli gülmemizi sağlıyordu. Onunla günler, bir ömür sıkılmadan geçip giderdi.

"Delisin sen."

"Aksini kimse iddia etmedi," diyerek göz kırptı. Lust'ı geride bırakıp garajdaki arabaya bindik. Emre, bir kibarlık daha yapıp arabayı benim kullanmamı teklif etmişti. Hâlâ hevesimi alamadığım için hemen direksiyona kuruldum ve yola çıktık.

Bizim dükkânın önünden geçerken Emin amcaya korna çaldım. Kafamı diğer tarafa çevirmemle fırının önünde sigara içip nefret dolu gözlerle bana bakan Tufan'ı görmem bir oldu. Ama bugün öyle mutluydum ki, ailemden kimse keyfimi kaçıramazdı. Dükkânlar geride kaldıktan sonra telaşla "Eee, baban gördü gezmeye gittiğimizi," dedim.

"Biliyor zaten, ona haber verdim tatile çıkacağımızı ve onun için alışverişe gideceğimizi."

"Eee hani kâbus görmüştün, sormadı mı?"

"Zaten ben de kâbus yalanını bahane ettim. Biz o işi yeni yaptık, şimdi de balayına gideceğiz diyemeyeceğim için kâbuslar bunalttı, kafamı dağıtmak için hava değişimi iyi gelir dedik, tatile gideceğiz, dedim."

"İyi bari." Emin amca, torun sorup utandırıyordu zaten. Bir de böyle utanmak istemiyordum. Bebek fikri aklıma gelince korunmadığımız için aklıma takılan soruyla "Acaba hemen hamile kalır mıyım?" diye Emre'den ziyade kendimle konuşur gibi yüksek sesle sordum.

"Bilmem, aslında babam torunumu görmeden ölmek istemiyorum demeseydi, bence çocuk için erken sayılırdı."

"Baban istemese bebek istemiyorsun yani?" Şaşkınlıkla ona bakıyordum.

"Bana değil, önüne bak. Kaza yapacaksın şimdi," diyerek beni uyardı. "Ayrıca Nil kadar tatlı olacaksa tabii ki bebek istiyorum ama çocuk zırıltısı olmadan sesinle bir iki yıl geçirmek de güzel olurdu. Ama şimdi babam torun diye beklerken ne kadar çabuk yaparsak o kadar iyi."

Hâlâ aralarında beni paylaşamamalarından ötürü bir çekişme mevcuttu ama Nil, Emre'ye, Emre de Nil'e alışmıştı. Emre'yi kucağında bebeğimizle hayal ettikçe anne olmak için sabırsızlanmaya başlamıştım.

Alışveriş merkezinde de ister istemez, sanki bir günde hamile kalmışım gibi bebeklerle ilgili ne varsa gözüme takılıyordu. Çocuk karyolaları, -gerçi bizim bebeğimize babası en güzelini kendisi tasarlayıp elleriyle yapardı- bebek battaniyeleri, zıbınlar, patikler... Hele bebek kıyafetleri, insanı çocuk yapmak için ayrıca heveslendiriyordu.

Önce, alışveriş yapıp kışlık üst baş aldık, Emre söz verdiği gibi pürüz çıkarmadan beğendiklerimi deneyip aldı. Ama bu kez de ben bir şey beğenemeyip mağaza mağaza gezince Emre isyan etti. Ben de onun fikrini alıp alışverişimi tamamladım. Bu bile ayrı romantik olmuştu. O, benim için kıyafet beğenmişti, ben de onun için beğenmiştim.

Sinemaya geldiğimizde Emre, yine yerli yapım bir korku filminin afişine bakıyor sanıp korktum ama "Unutulmaz Aşk'a girelim mi?" diye sorunca derin bir nefes verip "çok güzel olur," dedim. Film, bir kitaptan uyarlanmıştı ve gerçek aşkınızın ne kadar zaman geçerse geçsin ya da her ne olursa olsun sizi bulacağına dair güzel bir hikâyesi vardı.

Emre'yle sinemada izlediğimiz ilk film bu olduğu için çok mutluydum. Sinema çıkışı biletleri bana uzatıp "Saklamak istersen..." dedi.

"Yok, canım, at gitsin." Aslında öyle söylemeseydi saklardım, şimdi romantik bir aptal gibi gözüküp benimle alay etmesini istemiyordum. Yemek yemek için alışveriş merkezinin en üst katına çıktık. Bowling oynayanlar gözüme takılınca bir yandan da onları izlemeye başladım. Emre'nin "Arkadaşın Sanem ve nişanlısı Cenk'le geliriz bir gün istersen, kalabalık oynamak daha eğlenceli olur," diyen sesiyle bakışlarımı ona çevirdim. "Sıkılmazsan... Balayından dönüşte bir akşam bowling oynamak isterim, tabii."

"Cenk, iyi çocuk. Sanem'in de sarılmak ya da bana yaklaşmak gibi büyük hareketleri yok. Zaten yanımda sen varken rahatım."

"Sanem, hoş geldin ya da merhaba deyip sana sarılınca da kötü mü hissediyorsun? Sana o niyetle yaklaşmaz çünkü."

"Niyet önemli değil, posttravmatik stres bozukluğu yüzünden güvensiz ve savunmasız hissediyorum. Özetle korkuyorum, korkunca da tepkim kontrolsüz öfke oluyor."

"Buna rağmen benimle birlikte olabilmeni takdir ettim şu an. Selçuk Bey artık sana madalya takar."

"Seninle her şey kolay oldu. Sen farklısın çünkü, sana güveniyorum. Adın bile kendime gelmeme yetiyor. Tabii bir de seni çok seviyorum ki bu benim için gerçekten çok çok yeni bir his. Bir kadını sevebilmek..."

Kâbuslarında ne gördüğünü ya da neden ergenlikte ona deli demeye başladıklarını çok merak ediyordum ama bu güzel günümüzü, onun hastalığıyla geçirdiği kötü günlerinin anılarıyla gölgelemek istemediğim için sustum. Eve gelince hummalı bir şekilde bavul hazırlama işine girişmiştim ki, Emre'nin beni yatağa çekiştirmesiyle işim yarım kaldı. Tıpkı dün gece gibi yine uykusuz geçen gecenin sabahı isyan bayrağını çektim. "İki gün sonra da böyle uykusuz mu yola çıkacağız? Bence artık bir uyku düzenimizin olması gerekir."

"Sen bana dayanamıyorsun kadın, ne yapsam ikinciyi mi alsam? Sen uyurken kuman beni memnun eder." Beni kızdırmak için söylüyordu ve amacına ulaşmıştı.

"Kumayla git balayına da o zaman!" diyerek ona sırtımı döndüm.

"Kıskanırmış da benim karım," diyerek boynuma sıra sıra öpücükler kondurmaya başladı. Ne ara ona teslim oldum da tekrar birlikte olduk, hatırlamıyorum bile.

Uykusuzluktan bavulları esneye esneye hazırladım. Dinlenmek için oturduğum koltukta içim geçmiş. Akşamüzeri Emre'nin "Elif!" diye seslenmesiyle uyandım. Uyku sersemi ona bakarken "Boynun tutulacak, niye burada yattın?" dedi.

"Öyle içim geçmiş, saat kaç?"

"Beş buçuk."

"Ne çok uyumuşum..."

"Keşke yatakta yatsaydın. Ben de dükkâna biz yokken olan yapılacak işlerin çizimlerini bırakmaya gidip geldim, sen hâlâ uyuyorsun. Bu arada ben acıktım."

"Yemek de yapamadım ama hemen hazırlarım bir şeyler."

"Boş ver, sen kendin hazırlan. Yemeğe çıkalım, olur mu?"

Sevinçten olur bile diyememiş, kocaman bir gülümsemeyle kafamı sallamıştım. Şık, sade bir elbise giydim; Emre de kravat takmasa da takım giydi. Beni yemeğe, evlendiğimiz yer olan Bab-ı Zer'e götürmesi ise çok ince bir davranıştı. Koy manzarasına karşı yemeğimizi yerken balayında gezeceğimiz yerleri planlamaya başladık. Yemekten eve döner dönmez ise anladım ki değil üç gün, üç yüz gün balayına geç gidecek olsak yine de birbirimize doyamazdık.

Balayımızın ilk günü için Zonguldak'tan ayrılmadan önce Emin amcalarla ve ablamlarla vedalaştık. Sabah erkenden arabamızla yola çıktık. Onunla romantik bir balayı geçireceğimiz için içim içime sığmıyordu. Bir an önce, pek çok aşk hikâyesine mekân olmuş peribacalarının diyarında, kendi romantik sahnelerimin başrolü olmak için sabırsızlanıyordum.

Yağmur arabanın camlarında damla damla birikmeye başladığında, mide bulantım geçsin diye sadece damlalara odaklandım. Hâlâ Batı Karadeniz'in engebeli yollarındaydık ve çocukluğumdan beri olduğu gibi beni yine araba tutmuştu. Kusmamak için dişlerimi sıkmış, sadece burnumdan nefes alıp vererek dayanmaya çalışıyordum. Emre, bana dönüp "Yüzün sarardı," dedi endişeyle. "Kusacaksan arabayı sağa çekeyim."

Beni düşünmesi, şu hasta halimle bile gülümsememe sebep olmuştu. "Nasıl da beni düşünürmüş? Romantik koala, seni gidi seni..." Küçük bir çocuğa söyler gibi tatlı tatlı söylüyordum.

"Seni de düşünüyorum ama tabii şu aşamada araba daha önemli. Döşemelerden kusmuk kokusu hiç çıkmıyor, biliyor musun?"

Bir anda verdiği cevap yüzünden mide bulantımı tamamen unuttum. Arabayı benden çok önemsediğini söylemek gibi bir hata yapmış olamazdı herhalde. Bu lafını, evliliğimiz boyunca, her kavgamızda, temcit pilavı gibi ısıtıp ısıtıp önüne koymazsam bana da Elif demesinler. Hatta kadın demesinler çünkü her kadın, balayına gidilirken yapılan bu denyoluğu, tıpkı benim yaptığım gibi zaman aşımına uğramayan öküzlükler kategorisine koyar ve gerekli durumda hatırlatarak, kendi kömüşünün -kocasının- yüzüne vururdu. "Anlamadım? Ne dedin sen?"

"Yani kusacaksan arabada kusma. Araba kusmuk kokar ve yine bu arabayla yola devam edeceğiz. Eziyet olur yol bize. Iyk! Şimdi aklıma gelince bile midem kalktı."

"Haa, yani ben burada gebersem de umurunda olan arabanın döşemeleri öyle mi?"

"Tam olarak öyle demedim, sen söylediklerimi çarpıttın sanki." Kafası karışmış şekilde bana bakıyordu.

"Öyle dedin işte! Arabam daha önemli dedin."

"Senden önemli demedim. Sadece dürüst olup midenin bulantısından ziyade ne zaman kusacağını merak ettiğimi söylemek istedim."

"Anladım ben seni. Zaten bu arabanın diğeri hurda oldu diye beni sana verdiler. Ama sen, arabayı geri verseler daha mutlu olacakmışsın!"

"Valla beş dakikadır boş yere kafamı şişirdiğini düşünürsek, arabam bende kalsa daha iyi olurmuş. Ortada sebep yokken niye dırdır ediyorsun ki?"

"Bir de dırdırcı oldum şimdi!"

"Yalan mı?

"Düşüncesiz kömüş!"

"Romantik koaladan iyidir. O ne be öyle? Romantik(!) Zaten Allah etmesin, hiç sevmem öyle vıcık vıcık şeyleri. Koala desen -Allah'ın gücüne gitmesin ama- koca kulaklı çirkin bir hayvan. Kömüşün kendine özgü bir gücü kuvveti var, kömüş iyidir yani!"

"Öküzlüğün kitabı yazılacak olsa seni kaynak gösterirler herhalde! O, tüm gün yonttuğun kalasları yontarken azıcık da kendin yontulsaydın keşke!"

"Sen, sanki Leydi Diana'sın da! Asilzadesin, kibarlıktan kırılıyorsun, benim gibi kaba adamın yanına hiç yakışmadın(!) Ulan, sen mahalle karısının en önde bayrak sallayanısın be! Sana, ben yani mahallenin delisi, fazla bile."

"Hahahayt! Güleyim de boşa gitmesi bari! Ben sana kat kat fazlayım asıl!"

"Bir altmışlık boyunla mı? Götten bacaklı!" Ağzı kulaklarında gülerek boyumla alay ediyordu.

"Sana Allah boy vermiş, gerisini koyvermiş. Boyun olsa ne yazar soğuk nevale! Ben en azından insan canlısıyım. Sonra gayet de güzel ve seksiyim. Ben, plajdan bikiniyle geçerken bakanı kumdan daha çok yakıyorum bir kere!"

Beklemediğim şekilde aniden frene bastı. Emniyet kemerim takılı olmasa Emre'nin deyimiyle ön cama amele sümüğü gibi yapışıyordum. Neye bu kadar kızmıştı ki, hâlâ mevzuya uyanamamıştım. Ama gözlerindeki öfkeli bakışı ve sıktığı dişleri tırsmama yetmişti. Tane tane ve sakin kalmaya çalıştığı her halinden belli bir şekilde, "Plaja kadınlar günü dışında da gidiyor muydun?" diye sordu.

Korkudan üç buçuk atsam da doğruyu söyleyip "Ablam, eniştemle çıkmaya başlayana dek giderdik. Sonra eniştem ablama izin vermedi, ben de haliyle tek gidemedim," dedim.

"Kaç yaşına kadar yani?" Burnundan soluğunu verip gözlerini kapattı.

"18."

"Baban boynuzlu mu da sizi iki kız yolluyordu?"

"Ağzını topla! Yoksa torpidodaki levyeyle senin ağzını bir dağıtırım, ömür billah toplayamazsın! Geri kafalı, plaja gittik diye yollu mu olunuyor da babama öyle diyorsun?"

"Yanınızda baban ya da Tufan var mıydı?" Tüm hakaret ve öfkeme, az önceki soğuk tavrıyla karşılık vermişti.

"Çalışmadığı zamanlar babam da gelirdi. Tufan'ı da biz istemezdik. Salak, rezil ederdi bizi sürekli."

"Seni gören gördü yani! Sen de bununla övünüyorsun?"

"Emre, saptırma işine geldiği şekilde! Ben nerede ne giyileceğini gayet iyi bilirim. Ayrıca senden yıllar öncesinde olmuş bir olay için bana hesap sorman çok saçma!"

"Elif, bir hususta anlaşalım; ben asla ailen kadar müsamaha göstermem böyle bir konuda. Kim bilir kaç adamın hayal dünyasını süsledin, Allah bilir!"

"İğrençsin!" Sinirden gözlerim dolmuştu. Ama şimdi gururumdan, etimi koparsalar bir damla gözyaşı dökmezdim.

"Gerçek bu kızım! İğrenç olan ben değilim, diğer tüm erkekler. Ben bakamıyorum bile. Sırf kadınlar var diye öyle kalabalık plajlara asla gidemem. Tenha sahillerde yüzerim hep."

Kollarımı göğsümün üstünden birbirine dolayıp cama döndüm hışımla, o da arabayı çalıştırdı tekrar. Emre'ye çok kızgındım ama asıl kızdığım, söylediklerindeki haklılık payıydı. Türkiye'de plaja kızları kesmeye gelenlerin haddi hesabı yoktu. Aslında plajda bikini giymek kadar doğal bir şey yoktu ama Türkiye'de bu bile sorun oluyordu. Benimki kadar büyük göğüslerle bikini giymek şık değil, ucuz dururdu. Ben sırf bu yüzden bile rahat rahat güneşlenebileceğim kadınlar günü hariç bikini giymezdim. İlk başta Emre'ye ne kadar çekici olduğumu ispatlamak için düşünmeden kurmuştum o cümleyi, şimdi de yüzümde patlamıştı.

Bunları düşünürken uyuyakalmışım. Emre beni bir dinlenme tesisinde uyandırdı. "Elif, kalk hadi. Bir şeyler yiyelim."

Ona öyle kızgındım ki, hiç cevap vermeden arabadan indim ve yüzüne bile bakmadan, onunla birlikte dinlenme tesisine yürüdüm. Garson gelip "Ne alırdınız?" diye sorduğunda Emre bana dönüp "Ne istersin?" dedi. Yine ellerim koynumda bağlı cevap vermeyince "Ya sabır!" çekip, benim adıma da sipariş verdi. Sessiz bir gerginlikle yemeğimizi yiyip tekrar yola koyulduk. Batı Karadeniz'in engebeli yollarını geride bırakmış olsak da, dolu mide ile bulantım arttı. Çok kıymetli arabası kirlenmesin diye Emre'ye "Sağa çek, kusacağım," dedim. Dediğimi hemen yaptı, arabanın kapısı açtım ve daha inemeden yarım saat önce yediğim her şeyi kapının önüne çıkardım. Peçete ve su almak için doğrulup arabanın içine döndüğümde Emre, gözlerini kısarak kapatmış ve yüzünü buruşturmuştu. "Kapıyı kapat hemen. Koku gelmesin." Öküzdü! Yemin ederim öküzdü! İnsan bir "İyi misin?" diye sorar ama nerde... Kustuğum yeri su dökerek temizledim ve bir hışımla kapıyı sert bir şekilde kapattım.

"Çüş! Yavaş kızım!"

Cevap vermeyip ağzımdaki iğrenç tat gitsin diye su içtim ve ağzıma naneli sakız attım. Sakız çiğnemeyi pek beceremezdim. Sakızı sessiz sedasız çiğneyebilenlere hep şaşırmışımdır zaten. Ben mübarek, filmlerdeki abartılı sokak kadını tiplemeleri gibi şakır şukur çiğnerdim. Emre, çattığı kaşlarıyla bana döndü. "Allah'ını seversen bir de yollarda böyle sakız çiğneyerek büyüdüm deme bana!"

İnadımdan "Öyle büyüdüm! VAR MI?" diye diklendim.

"VAR LAN VAR! KANIMA DOKUNUYOR!" Resmen kükredi. Balayı daha başlamadan zehir olmuştu. Sakızı çıkarıp çöpe attım. Herif, benimle olduktan sonra on katı daha kıskanç olmuştu. Geçmişi düşünüp geleceği kuruyor, mutlaka kıskanacak mevzu buluyordu. Muhakkak bu da rahatsızlığının bir parçasıydı ama aşmak için ne yapmak gerekti, ben onu bilmiyordum. Kusmanın verdiği fiziki yorgunluğa bir de dertlerin ruhsal ağırlığı eklenince, uyuyup kaldım yine. Uyandığımda, beni araba koltuğundan kucağına almaya uğraşıyordu. Ne yapmaya çalıştığını anlayınca "Bırak beni, kendim yürürüm. Uyandım zaten," dedim.

"İyi, kendin bilirsin? Ben de seni taşımaya meraklı değilim."

Niye balayım hiç de hayal ettiğim gibi geçmiyordu? Resepsiyondaki işlerimizi halledip odamıza çıktık. Konak, tam da hayal ettiğim gibi kesme taştan, duvarları çeşit çeşit sanat eserleriyle dolu, inşa edildiği yılların kültürünü yansıtan bir yerdi ve Nevşehir'in zengin etnik unsurlarıyla döşeliydi. Şimdiden sabah olsa da Kapadokya'yı gezsek diye sabırsızlanıyordum. Eşyalarımızı yerleştirince Emre, bana dönüp "Lobiye, akşam yemeğine inelim, sonra da erkenden yatarız. Ben çok yorgunum," dedi. Ona hâlâ kızgın ve kırgın olduğum için onaylamakla yetindim. Açlıktan kolumu kemirecektim neredeyse. O yüzden yemek yemeyi istemiyorum tribini atabilecek durumda değildim.

Lobideki asalet ve ihtişam, yörenin derin kültürünü bir kez daha gözlerimizin önüne seriyordu. Aklımdan "Allah, tüm turistik öğeleri bu yöreye bahşetmiş. Zonguldak'a da kültür turizmi için hiçbir şey kalmamış," diye geçirmeden edemedim. Buraya gelmeden bir gezi programı oluşturmuştuk ve görülmesi gereken yerler, bir haftaya sığmamıştı. Zonguldak'a bir misafirimiz gelse üç günde görmesi gereken her şeyi görebilirdi oysa. Tabii doğa ve deniz turizmi açısından İç Anadolu'daki Nevşehir'den daha avantajlı olsak da güneşli ve yağışsız gün sayısının azlığı, deniz turizmine; sanayi bölgesi olduğumuz için hava kirliliği ise doğa turizmine olanak vermiyordu.

Ben, kendi iç dünyamda sadece lobideki atmosferiyle bile beni etkileyen Nevşehir'e olan beğenime yoğunlaşmışken yemek faslımız sessiz sedasız devam ediyordu. Ana yemek servis edilirken, yanına şarap çeşitlerinden hangisini alırsınız diye sorulduğunda Emre uzun bir aradan sonra ilk kez konuştu. "İçmiyoruz," dedi.

Şef garson, balayı çifti olduğumuz için özel olarak ilgileniyordu bizimle. Adam ısrarla şaraplarının lezzetini anlattıkça Emre, "Teşekkürler ama içmiyoruz," deyip durdu. Sonunda garson pes edip "Nasıl isterseniz, efendim," diyerek çekilince, eski sessizliğimize gömüldük. Herhalde dışarıdan görenler, ne nemrut çift diyorlardı bizim için. Gerçi o an ikimiz de cidden öyleydik.

Odaya döndüğümüzde, Emre duş aldı hemen. O çıkınca da ben girdim duşa. Çıktığımda kıbleyi bulmuş, yatsıyı kılıyordu. Onu namaz kılarken gördükçe kendimi suçlu gibi hissediyordum. Emre, cennetin kim bilir hangi katında Huri'lerle gününü gün ederken, ben cehennemde ızgara tava ediliyor olurdum artık. Neyse Allah büyüktür, affeder deyip geçtim yine ama içten içe bahanemi ben bile samimi bulmuyordum.

Yalnız, adam namaz kılarken bile çekiciydi. *Elif kızım, sen iyice kudurdun! İbadet ediyor adam, kollarındaki kaslara ne bakıyorsun? Ya da niye dua okurken hafif hafif kımıldayan dudaklarıyla ilgili hayal kuruyorsun?* Sakinim, sakiniz... Kasıklarımdaki hareketliliği yok sayıp yatağa girdim. Biraz daha onu izlersem, o secdedeyken üstüne atlayacaktım. Tövbe Allah'ım, valla bu fikirler hep şeytanın işiydi, o sokuyordu aklıma. Bu gece şeytan bizzat karşıma dikilip 'Kendin fantezileri kurup kurup suçu bana atıyorsun!' dese haklıydı. Ama Allah'ım sen de çok güzel yaratmışsın, sen böyle güzel yarattığın için dayanılmaz olmuş, benim bir suçum yok ki…

Sonunda yanıma yatağa geldiğinde hâlâ küs olduğumuz için -çok lazımdı ya balayına gelirken küsmüştük- arkasını dönüp yattı. Ben yol boyu uyurken o, direksiyon sallamıştı ve yorgundu, biliyordum; ama yine de uyusun istemiyordum. Yani en sonunda yine uyurduk ama önce bir barışma seksi yapabilirdik. Işıkta uyuyamadığını bildiğim için kumandayı alıp televizyonu açtım. Televizyon açılınca homurdansa da benden tarafa dönmedi. Bir müzik programı bulunca sesini açtım. Bu kez hışımla bana dönüp "Amacın ne senin?" diye sordu.

Gayet masum bir şekilde "Gördüğün üzere, televizyon izlemek," dedim.

"Tüm gün senin kıçında pireler uçuşurken ben araba kullandım! Uyuyacağım, kapat şunu."

"Kapatmazsam ne olur?"

"Baba, niye daha uysal birisi değil de ELİF? Niye?" Kendi kendine söylenip babasına sitem ediyordu. Keyfi bilirdi, istediği kadar tartışabilirdik. Yeter ki uykusu açılsın, gerisi bendeydi zaten.

Bizim mahallenin, azgın teyzelerine benzeme yolunda hızla ilerliyordum ama Emre'ye giden her yol mubahtı. *Döktüğün kaşlarına, öfkeli bakışlarına kurban olsunlar...* Bana sert bakışlar atarak iç çekti, sonra da sakinleşmek için hep yaptığı gibi yapıp soluğunu burnundan hızlıca bıraktı. Yine sırtını dönüp yatınca ben de kaybettiğimi anlayıp televizyonun sesini normal seviyeye getirdim. Niye o beni istediğinde açıkça söyleyebiliyordu da, ben onu istediğimde söyleyemiyordum? Yine de asıl canımı sıkan, bana sırtını dönmüş olmasıydı. En ufak tartışmamızda yine aramıza buz dağları koyacaksa vay halimeydi.

Kötü ruh halimin üstüne televizyondaki programda Ünzile şarkısı çalmaya başlayınca ben de ona sırtımı dönüp sessiz sedasız hayal kurmaya başladım. Emre'nin bir zorunluluktan değil de, beni markette görerek ve âşık olarak beni istediğini hayal ediyordum. Bu şarkı da hayatımın her hüzünlü sahnesinde bir yerden kulağıma çalınıp fon müziği oluyordu. Belimde elini hissedince, dalıp gittiğim için irkildim hafiften. Arkadan bana sarılıp çalan şarkıya eşlik etti, sözlerini kulağıma fısıldarken nefesinin sıcaklığı tüm bedenimi ısıtıyordu...

"Ünzile insan dölü
On kardeş beşi ölü
Büyüdükçe un ufak
Ve gelir de görücü
İnci gibi dişi
Görücü bilir işi
Söğüdüm ağlar gider

Olur hatun kişi
Varmadan sekizine
Ergin oldu Ünzile
Hem çocuk hem de kadın
On ikisinde ana
Bir gül gibi al ve narin
Bir su gibi saydam ve sakin
Susar kadın Ünzile"

Ne zaman bir derdim olsa ve düşüncelere dalsam, en sonunda hep yine annemle babamın niye beni sevmediğine üzülüp ağlıyordum. Tufan uğruna benden kolayca vazgeçtikleri yeniden aklıma geldiği için gözyaşlarım sessiz sessiz yastığıma düştüler. Yanındayken bile anneme hasret büyümüş olmak canımı yakıyordu. En yakınım, tek sırdaşım olması gerekirken, bana düşmanıymışım gibi davranması ağırıma gidiyordu. Nasıl anne olunur kısmını annemden öğrenememiştim ama nasıl anne olunmayacağını biliyordum sayesinde. Emre'nin mırıltılı sesinden şarkı sözleri daha bir hüzünlü ama bir o kadar da candan geliyordu. Kelimeler en derindeki yaralarıma değip kabuklarını soyuyordu...

Şarkı bitince yine kulağıma fısıldayarak, "Hâlâ bu şarkıda ağlıyor musun?" diye sordu usulca.

"Evet."

"Anlıyorum..."

"Anlayamazsın, kadın olmak gerek onun için."

"Hâlâ benimle evlendirdikleri için ailene kırgın mısın?"

"Daha çok benden bir çırpıda vazgeçtikleri için kırgınım."

Sol gözümü öpüp "Özür dilerim," dedi.

"Ne için?"

"Önceden olmuş bitmiş bir şey için gereksiz kıskançlık ettim. Ama sen de beni anla... Başkasının sana kötü gözle baktığını düşündükçe..."

"Salak değilim, doksan beden göğüsle halk plajında el kadar bikini giymedim. Ben utanırım göğüslerimden. Ablam, kız kuzenler falan hep dalga geçerlerdi zaten. Mayo giyerdim. Sakıza gelince, asla dışarıda sakız çiğnemem."

"Niye yalan söyledin de beni kudurttun?"

"Sen cevabı soruda verdin işte; kudur diye yaptım." Yaşlı gözlerimle tezat şekilde kocaman gülümsedim.

Gözlerime bakıp "Sana bakıp yaşadıklarını düşündükçe, kendimi zayıf hissediyorum," dedi. "Başına gelen her zorluğu bir şekilde sırtlanıp gülümsemeye devam edebiliyorsun. Sana karşı zırhımı indirmeme sebep olan da şey de bu azmin oldu. Korkup kaçmadın hiçbir zaman. Bense hep en ufak şeyden en çok etkilenen olmuşumdur."

"Sen fazla iyisin de o yüzden. Güçlü olmak için kötü olmak gerek. Ben de isterdim el üstünde büyütülen prenses olmayı ama kaderde kendi ayakları üstünde durması gereken cadı olmak varmış. Baban seni koruyup kollamış hep, hakkını almak için kimseyle uğraşmak zorunda kalmamışsın. Oysa ben hep savaştım hayatla. O yüzden bu saatten sonra benden cici kız olmamı bekleme."

"Ben senin bu güçlü halini seviyorum zaten. Bana güven veriyor, Elif yanımda ve beni bırakmayacak diyorum. Varlığın, önceden almış olduğum her türlü ilaçtan daha çok rahatlatıyor kafamı."

Ona döndüm, parmaklarımı yeni çıkan sakalları üzerinde gezdirdim. Sıra dudaklarına dokunmaya geldiğinde elimi tutup avucumu öptü. Beni sevme şeklini bile seviyordum. Dudaklarını hafifçe dudaklarıma sürtüp alt dudağımı dişlerinin arasına sıkıştırdı. Ellerim ensesine çıkarken öpüşmemiz daha da derinleşmişti. Tişörtünü ucundan tutup yukarı çekince bana yardımcı olup üzerini çıkardı. Sonra da ben soyunmak için doğrulunca yattığı yerden, gözlerini aç bir şekilde bana dikerek izlemeye başladı. Birden beni altına alıp üstüme eğildi. Nasırlı elleri belimin kıvrımını takip ederek kalçalarıma indi; beni sabırsızlandıran bir yavaşlıkta hareket eden dudakları da göğsüme...

Benliğimi onunla bulmuş ama kendimi onda kaybetmiş vaziyette ellerimi saçlarının içinde gezdiriyordum. İki göğsümün arasını öpüp aynı hizada öpücükleri aşağı doğru sıralamaya başladı. Göbek deliğimi hafif bir ıslaklıkla öptüğünde huylandığım için kıkırdayarak kıpırdandım. Çenesini göbeğime yaslayıp dağılmış saçlarıyla gülümseyerek bana baktı.

"Şimdi hatırladım, seni gıdıklayacağıma dair sözüm vardı."

Ne yapacağını anladığım için hemen "Hayır, hayır!" dedim. Ama çoktan göbek deliğime üfleyerek garip sesler çıkarmaya başlamıştı ve gıdıklanmama sebep olan bu hareketi yüzünden kahkahalarla gülüyordum.

"YETER! EMRE, LÜTFEN... AHAHA HA HA!"

"Bir daha benimle laf dalaşına girecek misin?"

"Hayır, hayır!"

"Söz mü?"

"Tabii ki değil. Şimdi beni bırak diye yalan söylüyorum sadece." Hâlâ şen kahkahalarla gülüyordum. O da gülümseyerek bana bakıyordu.

Ellerini iç çamaşırımın kenarındaydı. "Şu an çok mutluyum ve kendimi, seni tamamen çıplak görmek için hazır hissediyorum. Ama yine de bir terslik olursa adını söyle bana."

Yapmasa daha iyiydi çünkü çok utanmıştım, bir terslik çıkacak diye korkmam da cabasıydı. Ama korktuğum hiçbir şey olmadı; hatta "Rüyalarımda gördüğüm şeyle alakası yok," diyerek beni daha da utandırdı.

"Tamam, yeter. Yorum yapmasan da olur."

Sırıtan ağzını toplamak için alt dudağının bir köşesini ısırıp "Kızarınca çok tatlı oluyorsun," dedi. Sonra tek kaşını havaya kaldırıp "Bahse girerim, sen beni çıplak göremezsin," diye iddialaştı. Beni gaza getirmeye uğraşıyordu ama yemezler. "Evet, haklısın."

"Ne? Senden böyle hemen pes etmeni beklemezdim doğrusu."

"Asıl ben, buna kanacağımı düşünmeni beklemezdim. Zekâma hakaret sayarım."

"Sen bilirsin ama biraz sonra banyoya beraber gireceğiz."

"Kim demiş?"

"Ben. Aslan gibi kocan!"

"Bak sen bak! Asıl bir hususta anlaşalım önce. Yıkandıktan sonra tekrar yapmak yok. Hep bu son, bu son diyorsun, duş alıyoruz ama sonra yine yapıyoruz. Ellerim buruş buruş oldu son üç gündür banyo yapmaktan. Mutasyona uğrayıp parmaklarımın arasında perde çıkacak diye korkuyorum. Kafadan sayıyı belirleyelim, en son yıkanalım bitsin."

"Sonrasında banyoda olacağımız için sorun olmaz. Seninle banyoda ilk öpüştüğümüzde başladığım işi tamamlamak istiyorum."

O günü düşününce dudağımı ısırıp Emre'nin boynuna sarıldım ve kurduğum hayalleri gerçekleştirmeye başladım. Birlikte olduktan sonra dediği gibi banyoya beraber girdik. Küvetin içinde Emre'nin kucağına oturmuş, avucuma aldığım banyo köpüğünü onun suratına üflüyordum. Gülüşürken "Yalnız şirin değil, seksi olman gerekirdi," dedi.

"Ben olduğum gibiyim valla."

"İşte zaten sorun orada. Olamamışsın sanki."

"Sen kendine bak asıl, banyoda sevişeceğiz dedin, banyoya girdiğimizden beri bana sırtını keseletiyorsun, sanki tellağım."

"Ama çok güzel oldu, ellerin dert görmesin."

"Ben sana aynı şeyi diyemeyeceğim maalesef. Derimi yüzüyordun kömüş!"

"Kirin çıksın diye yaptım. Sana da iyilik yaramıyor."

"Ümraniye çöplüğünde köpek miyim ki ben, senin beklediğin kadar kirim olsun."

"Çok konuşmaya başladın yine kadın."

"Hiç de-" devamını diyemeden dudaklarıma yapıştı ve küvetteki suyun hatırı sayılır miktarının taşmasına sebep olacak şekilde birlikte olduk. Yıkanıp yatağa girdiğimizde Emre'nin koluna kafamı koyup çenesini öptüm. O da alnımı öpüp "İyi geceler balım," dedi.

"Sana da aşkım."

# 14

Sabah uyandığımda odada son ses müzik çalıyordu. Emre de başımda dikilmiş, elinde, mikrofon rolü verdiği televizyon kumandasıyla şarkıya eşlik ediyordu. Eğlendiği her halinden belliydi. Ben de yatakta zıplayarak şarkıya eşlik etmeye başladım. O da yatağa yanıma çıkıp benimle zıplamaya başladı. Şarkı bitince hemen durdum. "Yatak çökecek, millet başka şeyden oldu sanacak."

"Ya da çok gürültü ettik diye bizi otelden atacaklar," diye daha olası bir ihtimali de o söyledi. O sabahki neşemizi tüm balayı boyunca koruduk. O gün kahvaltı ederken de keyifliydik, Göreme'yi ya da yer altı şehirlerini gezerken de... Her gittiğimiz yerde bir anımız olmuştu.

Avanos'ta çömlek yapmaya uğraşırken Emre kulağıma eğilip "O yaptığın aynı şeye benzemiş," dedi.

"Neye? Vazo yapıyorum, bardağa mı benzemiş yoksa?"

"Yok. Bardağa değil, şeye işte…" diyerek bakışlarını kendi üstünde aşağı indirdi.

Kıpkırmızı olup biri görmesin diye hemen yaptığım vazoyu bozdum. Beni sinir etmek için dalga geçtiğini anladığımda ise elimdeki çamuru suratına attım ve yine kahkahalarla gülmeye başladık.

Derin Kuyu'daki kiliseleri gezerken Emre'ye "Buralar sana uymaz," diye takıldım. O da "Burada da istavroz çıkaracağım. Maksat Allah'a yakın olmak olsun," diyerek güldü ve elini önce sağ sonra sol omuzuna, oradan da karnına ve alnına getirerek istavroz çıkardı.

Eline vurup "Yapma be! Günah," dedim.

"Niye günah olsun ki? Anlamını biliyor musun?"

"Haç yapıyorsun işte."

Gülümseyerek tekrar aynı hareketi yaparken anlattı. "Meryem anamız karnındaki Hz. İsa için, sağımdaki melek ve solumdaki melek şahidim olsun ki karnımdaki bebek alnımın akıdır, derken bu hareketi yaptı diye rivayet edilir. Ne kadar doğru tartışılır ama yine de bir başka hak din için hemen günah etiketi koyman yanlış. Unutma ki biz, tüm peygamberlere inanıyoruz."

"Anladım, sen hangi dine mensup olsan, dindar olacakmışsın."

"Evet, çünkü başıma gelen için 'Neden ben?' diye sorup isyan etmek istemiyorum."

Balayımızda hastalığı aklına gelip hüzünlenmesin diye alakasız şekilde "Hediyelik eşya alalım mı?" diye sordum. İtiraz edeceğine emindim çünkü.

"Hayır, yeter artık! Arabanın bagajı alçıdan minyatür peri bacası ve çanak çömlekle doldu."

Amacıma ulaşmış, dikkatini başka yere çekmiştim. Yine tatlı tatlı atışıyorduk.

Hacıbektaş ilçesinde cami ve külliyeleri ziyaret ettik, Göreme'de balonla uçup güneşin doğuşunu izledik. Erciyes'in küllerinden doğan şehrini gezerken büyülenmemek elde değildi. İlk Hristiyanlar, kendilerini tanrı ilan etmiş krallardan kaçarken buraya sığınıp tüflerin içine evler, yer altına ise gizli şehirler inşa etmişlerdi. Şehir bir kez gezip görülmekle doyulamayacak kadar harikaydı. Hele ki çok eğlenceli ve romantik geçen anlarımız sayesinde, masal gibi bir hafta geçirmiştik.

Balayı bittiğinde eve dönerken, yolda hiç uyumadım bu kez. Radyodan şarkı açıp detone olmayı umursamadan bağıra çağıra her şarkıya eşlik ederek yolculuk yaptık.

Akşam vakti, evimize vardığımızda bahçede Lust'ın eksikliğini hissettim hemen. Giderken onu, Emin amcalara emanet etmiştik. Emre, beni boş kulübeye bakarken yakalayıp "Yarın babamı görmeye gidince, Lust'ı da alırız," dedi.

Sabah çalan telefonumun sesiyle uyandım. Arayan ablamdı

ve telefonu açtığımda ağlıyordu. İlk başta babama bir şey oldu diye öyle çok korktum ki, ablam kayınvalidesinin öldüğünü söylediğinde bir an için rahatladım. Sonra eniştemin annesini ne kadar sevdiğini hatırlayınca yine çok üzüldüm. Ablamlar Ereğli'ye cenaze işlerini halletmeye gideceklerinden, Nil yine bizde kalacaktı. Telefonu kapatıp Emre'ye "Nil yine bizde kalacak," dedim. Eniştemin annesinin vefat ettiğini söylediğimde ise "Cenazeye biz de gitmeliyiz," dedi.

"Biliyorum ama ablam Nil'i şimdi oraya götürmek istemiyor. Hem daha rahmetlinin Almanya'daki kardeşleri cenazeye gelecek. Nerden baksan üç günü bulur, cenazenin kalkması."

"Erken gidip Murat ağabeye cenaze işlerinde yardım ederim."

"Sen bilirsin ama eniştemi aramadan gitme derim ben. Kadının ölmesi beklenen bir şeydi. Mezar yerine dek her şey ayarlanmıştı. Bence cenazeye gitsek yeterli."

"Tamam, ben bir arayayım, hem baş sağlığı dilerim." Emre, telefonunu alıp eniştemi aradı. Konuşma bittiğinde konuştukları şeyleri bana da söyledi. "Enişten de gerek yok dedi. Kalk hazırlan hadi, cimcimeyi almaya gidelim."

Hemen hazırlandım. Kahvaltı bile etmeden ablamların evine gittik. Nil, ağlayan anne babasına şaşkın şaşkın bakıyordu. Ablama sarılıp baş sağlığı diledim, enişteme başın sağ olsun derken, ben de ağladım. Bekledikleri halde çok perişan olmuştu annesinin vefatı yüzünden. Nil'i giydirip aldık ve arabalarına binip giden ablamları yolcu ettik. Emre'nin işe gitmesini beklerken o, Nil'i kucağımdan alıp eve doğru yürümeye başladı.

"İşe gitmeyecek misin?"

"Gideceğim ama önce sizi eve bırakayım. Hem kahvaltı da yaparım."

Nil, annesi babası gittiği için huzursuz olmuştu ve bizim eve geldiğinde de ağlamaya başladı. Emre, Nil'i koltuğa oturtup "Niye ağlıyorsun?" diye sordu. Nil, hıçkırıklar içinde "Anne istiyom, meme istiyom," diyordu. Emre, bana dönüp "Anne yok ama teyze var. Anne yarısı derler, idare et artık. Memeye gelinceee... O konuda şanslısın. Böylesini zor bulursun, en büyüğünden teyzeninkiler," diyerek sırıtmaya başladı.

Ablam, Nil'i sütten keseli nerdeyse dört ay olmuştu. Nil'in meme diye istediği aslında emzikti. Nil'in çantasından emziğini çıkarıp verdiğimde sustu. Emre'ye dönüp, "Meme dediği emzik ve keşke senin de ağzına tıkıp seni susturabileceğimiz bir şey olsa!" diye hışımla söylendim. Ben mutfağa gidip kahvaltı hazırlarken Nil'le Emre ilgileniyordu. Kahvaltı hazır olunca Emre'yi çağırmak için salona geldiğimde kucağında Nil'le çizgi film izliyordu. Kapının eşiğinde durup biraz onları izledim. Emre de Nil kadar dikkatle çizgi filme odaklanmış her sahnede mimikleriyle tepki veriyordu.

"Kahvaltı hazır."

Emre, gözünü televizyondan ayırmadan "Dur, bu bölüm bitsin geliyoruz," dedi.

"Emre, izlediğin şey bebekler için çizgi film. Renkleri anlatıyor."

"Olsun, yine de güzel ve komik."

"Beni deliyle değil kocaman bir bebekle evlendirmişler."

"Kocaman demek, öyle mi?" diyerek imayla sırıttı.

"Çocuğun yanında dediğin şeye bak! Kömüş!"

"Sanki anladı, sen asıl kömüş deyip durma. Bir sonrakine de anasına babasına öyle diyecek."

"Demez benim bitanem. Değil mi teyzesinin gülü?" Eğilip Nil'i aldım ve mutfağa doğru yürüyünce, televizyon görüş alanından çıktığı için Nil ağlamaya başladı. Emre, kalkıp televizyonu kapatınca da Nil, emziğini ağzından çıkarıp Emre'ye "Köfüş! Aç!" diyerek televizyonu gösterdi.

"Hah, ben demiştim. Bak, sayende kömüşü de öğrendi."

"Koca şeyden iyidir. Demeyeyim şimdi ben ama anladın sen."

"MEME?" diye söylemediğim yeri söyledi Emre ve Nil de elindeki emziği gösterip, "Meme," diyerek, emziğini ağzına geri koydu. Kafayı yemem an meselesiydi. "Çocuğun psikolojisini bozacaksın, deli olacak o da! Deme şu kelimeyi! Zaten teyp gibi her şeyi anında kaydediyor."

Emre, öfkeme karşılık gülümsemekten başka yanıt vermeyip sofraya kuruldu. Ben, Nil'i yedirirken Emre hem kahvaltısını yapıyordu hem de türlü türlü şebeklikle Nil ağzını açsın diye uğraşıyordu. Sonunda Nil'in zayıf noktası olan kıskançlığından faydalanarak kolayca yemeğini yedirdik. Minik lokmaları önce Emre'ye veriyormuş gibi yaptığımda Nil hemen ağzını açıyordu. Kucağımda Nil'le Emre'yi işe uğrularken beni yanağımdan öptü. Nil yine "Deyze bıyaaak! Kofa meme!" diye bağırıp, Emre'ye elini kaldırdı.

"Nil! Çok ayıp teyzeciğim bir daha öyle demiyoruz tamam mı?"

"Derse, ağzına acı biber sürerim zaten." Emre, çatık kaşlarla Nil'e bakıyordu ve bu Nil'in dudaklarını büzmesine neden olmuştu yine.

Emre'nin omuzuna hafifçe vurup "Korkutma çocuğu!" diye azarladım.

Nil, Emre'yi minicik işaret parmağıyla gösterip "Koykuttu. Vur, deyze," deyince Emre, canavar misali bir hareketle hırlayarak Nil'in o minicik parmağını ağzıyla kaptı ve yalandan ısırır gibi yaptı. Aslında canı yanmasa da ödü kopan Nil, çığlık atıp ağlamaya başladı.

"Emre, ayağımdaki topuklu terliğin tadını unuttun herhalde! Bir daha çocuğu korkutursan seve seve hatırlatırım ona göre!"

"Yalandan zırlıyor be! Canını yakmadım ki? Sırf sen bana vur diye yapıyor, az değil bu bücür."

"Küçücük çocuk ne anlasın? Kaşın çatık geziniyorsun etrafta o da korkuyor."

"Benden korksa her lafımda cevap verip el kaldırmazdı."

"Aferin benim kızıma, aynı teyzesi işte."

"Yok, yanlış dedin. Deyzesidir o."

"Manyak!" Emre'nin, Nil'in konuşmasını taklit etmesiyle gülmeye başladım. Emre de kucağımdaki Nil'in "Deyze menin! Bıyaaaak!" diyen çığlıklarını takmadan iki yanağımdan sıkıca öptü. Nil'i de öptüğünde Nil, iki eliyle yanaklarını sildi. Denemek için ben de bir yanağını öptüm ve Nil, diğer yanağını uzatınca Emre "Ben dedim sana, kastı bana bunun," dedi. Sonunda Emre işe gittiğinde, tüm gün Nil'le evde vakit geçirdim. O gündüz uykusundayken de, biz tatildeyken tozlanan evimi temizledim. Akşam için Emre'ye Sultan Kebabı da pişirdim.

Çalışırken böyle zahmetli yemeklerle uğraşacak vaktim pek olmuyordu madem evdeydim bugün, hakkını vermek gerekirdi ev hanımlığının.

Akşam Emre, eve girer girmez "Ooo mis gibi ne kokuyor?" diye sordu.

"Sana da iyi akşamlar kocacığım(!) Hoş geldin."

"Hoş buldum. Kusura bakma, kokuyu duyunca ben de kayış koptu. Öğlen yumurta kırıp yedik. Ben dâhil bütün atölye, senin işe dönüp öğlen yemeğini senin yapmanı bekliyor. Gerçi ben şanslıyım, akşama nasılsa güzel yemeklerinden yiyebiliyorum."

"Canım, hepsinin eşi ya da annesi eminim benim kadar güzel yemek yapıyordur zaten. Bu arada yine baban mı baktı benim yerime."

"Evet, iyi bu aralar. Maşallahı var."

"İyi olsun zaten, daha torununu sevecek."

"İnşallah." Dudağıma bir buse kondurup "Bu gece çalışmalara kaldığımız yerden devam o halde," dedi.

Kafamı sallayıp "Hem de tam gaz," dedim ama hiç de öyle olmadı. Yatma vakti geldiğinde Nil, Emre'nin yatağa girmesini engellemek için elinden geleni ardına koymadı. Ama Emre, iki yaşındaki çocukla bile inatlaşıp yatağa girdi sonunda.

"Gitmiyorum hiçbir yere. Boşuna ağzını yorma; BURADA YATIYORUM!"

Nil, sırtını bana dayayıp minik ayaklarıyla yine Emre'yi itmeye uğraşıyordu ama nafile uğraşı sonuç vermeyince "KÖFÜŞ! GİT!" diye bağırmaya başladı.

Emre ise inatlaşmaya devam ediyordu. "İstediğin kadar zırla, bacaksız. Karım o benim ve gitmiyorum. Sen karı koca ne demek biliyor musun? Ben teyzenin neyiyim?" diye çocukla tartışıyordu.

Nil, ikimizi de şaşırtarak "Deyzemin aşkısı, sen. Annemin aşkısı babam," dedi. Aşkı diyemese de ne demek istediğini anlamıştık.

Emre gülmesine ara verip "Akıl küpü, şu yaşta bildiğine bak," dedi. "Annenle baban ayrı uyuyor mu, peki?"

Nil olumsuzca kafa sallayıp yenilgiyi kabul etti. Ben de

çok hoşuma gittiği için tanıdığı kişileri sormaya başladım ona. "Anneannenin aşkısı kim?"

"Dede."

"Peki, Feride ablanın aşkısı kim?" Feride abla, ablamın karşı dairesinde oturan kapı komşusuydu. Ablamla yedikleri içtikleri ayrı gitmezdi.

"Mamut amca." Mahmut da onun kocasıydı ve Nil'in, Mahmut diyememesi Emre'yle beni gülme krizine sokmuştu. Sonunda Nil, sırtını Emre'ye dönüp boynuma sarıldı ve uyudu. Benim de tam gözlerim dalmak üzereyken Emre'nin "Elif, Elif..." diye fısıldamasıyla gözlerimi zoraki araladım.

"Hıh?"

"Hadi, kalk. Misafir odasına gidelim."

"Herif yine delirdi. Niye gecenin bir vakti oraya gidiyoruz?"

"Şey yapmaya, hadi kalk."

Gözlerimi kocaman açıp "Ciddi misin?" diye sordum.

"Evet, hadi kalk artık!"

"Tamam, sapık kömüş!" Fısıltılı atışmamız bitince ikimiz de yavaşça yataktan kalktık ve önceden Emre'nin uyuduğu odaya gittik. Odaya girmemizle Emre'nin tabiri caizse üstüme atlaması bir oldu. Yıkanıp tekrar Nil'in yanına yattığımızda yorgunluktan bitmiş durumdaydım. Emre "Sence Nil kadar tatlı olur mu, çocuğumuz?" deyince gözlerimi açmadan "Bence çok daha tatlı olur çünkü ikimizin ortak yapımı olacak ve babası taş gibi mübarek," dedim.

"Anası zaten afet-i devran. Kadınlardan nefret eden beni bile hizaya getirdi."

Eli kalçamdan yukarı doğru kayınca, eline bir şaplak atıp "Yeni yıkandık ve Nil uyuyor!" dedim.

"Tamam canım, ne vuruyorsun? Sadece şansımı denedim."

"İşte şansını fazla zorlama. Hadi iyi geceler."

"Sana da."

Sabah uyandığımda yatakta tektim. İlk aklıma gelen Nil oldu ve yataktan fırladım. Endişeyle evin içinde "Nil!" diye seslenerek dolanıp dururken alt kattaki salondan Nil'in kahkaha sesinin geldiğini duydum ama orada değildi, sesi daha derinden geliyordu. Salonun perdesini açınca bahçede, kucağındaki Nil'le Emre'yi gördüm. Beni görünce ikisi de el salladılar. Rahatlayarak derin bir nefes verdim. Şimdi fark ediyordum, kar yağmıştı. Çok değildi ama yer beyaz olmuştu en azından ve Nil, hâlâ hafif hafif yağan karı elleriyle yakalamaya uğraşıyordu. Lust da ikisinin etrafında gezinip duruyordu. Emre, üşenmemiş Nil'i beresinden atkısına dek sıkı sıkı giydirmişti. Bu ayrıntıyı fark edince gözlerimin dolmasına mani olamadım. Benim delim, harika bir baba olacaktı.

Kahvaltı için eve girdiklerinde, Emre'nin talimatıyla Nil, elindeki minik kartopunu sırtımdan içeri attı ve çığlık atmama sebep oldu. Ben ikisini birden azarlayıp kızarken sanki onlara söylemiyormuşum gibi gülüyorlardı. Emre'yi işe uğurlarken yine onu öpünce Nil hemen itiraz nidalarını koy verdi. Nil'in Emre'yle ortaklığı, Emre beni öpene kadardı.

Gece Nil, yine Emre'yi yataktan atma çabasındaydı. Emre'yi gösterip "Deyze, bu oksurdu," dedi.

Emre şaşkındı. "Ne öksürmesi be?" Hemen peşine ortalığı saran pis koku ile "Püf bu koku da ne böyle?" diye ekledi.

"Sanırım öksürdü demiyor, senin için osurdu dedi."

"Ne? Nil Hanım, çok akıllısın sen ama bir dahakine iftira atmadan önce kokunun yayılmasını bekle derim. Böyle senin yaptığın çok belli oldu."

Nil, bana dönüp "O yaptı, deyze," diye yine Emre'yi gösterdi.

Emre "Resmen iftira atıyor," derken şaşkınlıkla gözlerini açmıştı. Nil "Deyze yine yaptı," dedi ve biraz sonra tekrar koku etrafı sardı. Nil'in koku bombaları birkaç kez daha tekrar edince gazı olduğunu anladık ve çıkarmasına yardımcı olmak için sırtını sıvazlamaya başladım. Emre "Osursun diye destek veriyorsun, ilginç," dedi.

"Çocuk o daha ve bu kadar çok gaz çıkarması normal değil. Acaba bu sabah kara çıkardın diye ayağını mı üşüttü?"

"Dışarıda on beş dakika ancak kaldı. Suçu bana atma hemen."

"Aman tamam, demedim bir şey!"

Nil, sonunda rahatlayıp uyuduğunda biz yine sıvışıp misafir odasına gittik. Emre, burnundan derin bir soluk alıp ağzından verdi ve "OH BE! Mis gibi temiz hava," dedi. Ben gözlerimi devirince "Yatak odamızdaki hava İkinci Dünya Savaşı'ndaki gaz odalarını aratmıyor," diye ekledi. Ben ona gülümserken belimden tutup yatağa çekti. Boynuma gömülmüş öpücükleri sıralarken "Bu yatakta olması, bir zamanlar hayallerim olan şeyi gerçek yapıyor," dedi. Ne demek istediğini pek anlamamıştım ama duyduğum hafif ses ile daha fazla irdelemeye de fırsatım olmadı. Emre'yi üstümden yana atıp kulak kesildim. "Nil, ağlıyor!"

Yataktan apar topar kalkıp yatak odasına gittiğimde küçüğümü, yatakta oturmuş ağlarken buldum. Ben hemen Nil'i kucağıma alırken, Emre ışığı açıp yanımıza geldi. Nil'in ateşini kontrol ettik ama -çok şükür- ateşi yoktu, gazı yüzünden ağlıyordu. Bugün, biberonuyla, biraz fazla süt içmişti ve sanırım şimdi acısı çıkıyordu. Emre ile Nil'i battaniyeye yatırıp sallamaya başladık. Emre, gözleri fal taşı gibi açık Nil'e "Uyu kızım hadi, daha teyzenle sana kuzen yapma çalışmalarına devam edeceğiz. Uyu ki sana cici arkadaş yapalım," deyince gözlerimi kısarak Emre'ye baktım. Emre de yalandan yere abartıyla sırıtarak ninniye başladı.

"Uyusun da büyüsün ninni, teyzesi de bebek yapsın ninni... Eniştesi çok fena kudurmuş ninni, teyzenin tombulları çok güzelmiş ninni..."

Emre'nin ninnisini bölüp "Sen sus! Çocuğun bilinçaltını işgal ettin saçma sapan şeylerle, deli! Ben söylerim," diye çemkirdim ve Emre'ye karşı kendi ninnimi besteledim. "Dandini dandini dastana, bir kömüş girmiş bostana... Kov bostancı kömüşü... Yemesin teyzesini... Eeee... Eee..."

Emre sırıtarak "Yalnız, biz çocuk yapmadan önce ağzımıza ayar yapmalıyız," dedi.

"Sen ayar yap, ben gayet hanımefendiyim."

"Tabii canım... Kenar mahallenin gülü, ay pardon, kontesi diyecektim."

"Vivivivi..." Ağzımı eğdim. Kafamı battaniyede salladığımız Nil'e indirdiğimde sevinçle uyuduğunu gördüm. Sanırım çocuğa, bizim atışmalarımız ninni gibi geliyordu çünkü ne zaman tartışsak uyuyordu. Sonunda Nil'i yatırdığımızda Emre "Yarım kalmış bir işimiz vardı," diyerek tek kaşı havada gözleriyle misafir odasını işaret ediyordu. Böyle giderse Nil'e kuzen için çok beklemeyecektik.

Sabah yine ikisi erkenden kalkmışlardı ve beni de uyandırmak için rahatsız edip duruyorlardı. Ağzım kapalı uyurken Emre, burnumu sıkarak kapatıp beni uyandırdı. Ben kızınca "Kalk hadi, kahvaltı hazırla," dese de cevap olarak arkamı dönüp "Hıı..." diye homurdandım ve uyumaya devam ettim. Bu kez Nil, saçlarını yüzüme doğru sallayıp beni uyandırmaya çalıştı. Uykuya âşık birisi olarak dün gece çok az uyuyabilmiştim. Sonunda kazanan ben oldum ve beni rahat bırakıp gittiler. Bir saat kadar daha uyuduktan sonra kalktım. İkisi de pijamalarıyla birbirinden tatlı vaziyette televizyonun karşına oturmuş, çizgi film izliyorlardı. Onlara bu sevgi dolu bakışım, koltukta taze ekmeğe çikolata kreması sürüp yediklerini görmemle son buldu.

"EMRE!"

"Ne bağırıyorsun? Ne oldu?"

"Buranın hali ne? Her taraf ekmek kırıntısı ve koltuğa çikolata bulaşmış ya!"

"Allah Allah, tembellik edip yatmasaydın. Beni geçtim, küçücük sabi açlıktan ölüyordu."

Şaşkın bakışlarla bizi izleyen Nil'e baktığımda, ağzı yüzü çikolataya bulanmış şekilde elindeki ekmeği kemiriyordu.

"Teyzeciğim senin o halin ne öyle?"

"Çitola ye deyze." Elindeki ekmeği bana uzatmış, kendince ikram ediyordu.

Emre'ye dönüp "Ben kahvaltıyı hazırlayana dek Nil'i temizle ve o koltuğu süpür! Koltuktaki çikolata lekesi çıkmazsa ölümlerden ölüm beğen!" diye azarladım. Sehpanın üstündeki kavanoza uzanıp bir kaşık daha aldı ve "Ne büyüttün var ya... Bu arada unuttuysan hatırlatayım; biz mobilyacıyız, yani leke çıkmazsa döşemeyi yenileriz olur biter," dedi. Benim aksime gayet sakindi.

Ama kahvaltıya geldiklerinde dediklerim yapılmıştı. Şimdi de çikolatayla iştahı kesilen Nil, kahvaltısını yemiyordu ama. Sonunda çocuğun ağzına zoraki bir iki lokma sokabildik. Kahvaltıdan sonra Döndü teyzenin öğlen namazına müteakip kılınacak cenaze namazına gitmek için Ereğli'ye yola çıktık.

Vardığımızda Nil, annesine kavuştuğu için çok mutluydu, ablam ve eniştem de kayıplarını Nil'i bağırlarına basarak dindiriyorlardı. Emre, cenaze namazından sonra mezarlıkta da enişteme desteğini hiç eksik etmedi. Annemlerle aramız kötü olsa da ablamlarla kocaman bir aile olmuştuk. Böyle kötü günlerde bunu daha iyi anlayabiliyordum.

Sonrasındaki hafta evde Nil'in eksikliğini ikimiz de hissettik. Hatta bir akşam Emre, ablamlara oturmaya gitmeyi kendisi teklif etti, sırf Nil'i sevebilmek için. Ablam, Nil'in, Emre'ye "Köfüş" dediğini duyunca bana bakıp bıyık altından güldü. Ben, önceden kızınca Tufan'a ya it ya da kömüş derdim. Mutfakta çayları tazelerken ablam "Kofa meme de sen oluyorsun herhalde," deyip kahkahayı patlattı. Bense kıpkırmızı olmuştum ve mutfak zemininde bir delik açılsa da içinde kaybolsam diye dua ediyordum.

Bu aralar aldığım tek kötü haber adet olmam olmuştu. Sürekli birlikte oluyorduk ve hamile kalacağıma o kadar emindim ki, öyle olmadığını anladığımda klozetin üstüne oturup -biraz da adet olmanın verdiği aşırı duygusallıkla- ağladım. Tuvaletten çıktığımda kırmızı gözlerimi gören Emre "Ne oldu, niye ağladın?" diye sordu.

"Hiç..."

"Söyle!"

"Hasta oldum sadece."

"Geçmiş olsun, doktora gidelim mi? Neren ağrıyor?"

"Öyle değil, adet oldum."

Emre, birden kıpkırmızı kesildi. İlk kez böyle bir şey duyduğuna emindim ve ben de bunu ilk kez bir erkeğe söylüyordum. İkimiz de utanmıştık, aramızdaki sessizliği ilk bozan o oldu. Şakayla "Birlikte olamayacağız diye mi bu kadar üzüldün?" diye takılarak tuhaf gerginliği dağıttı. Üzüntümün asıl sebebini söylerken yine boğazıma bir yumru takıldı. "Hayır, hamile değilim diye üzüldüm."

Beni yatağa, yanına çekip koltuğunun altına aldı. "Üzülme, daha çok genciz ve yeni başladık denemeye. Ayrıca sen kendin demiştin 'Ablamlar Nil için aylarca uğraştı,' diye. Hem bu aralar yeni doğmuş başka bir bebekle idare edebiliriz bence."

"Ne bebeği?"

"Selçuk'un karısı doğum yapmış. Eşi bizi hem bebeği görmeye hem de akşam yemeğine davet ediyor."

"Tabii gideriz, çok mutlu olurum."

Ertesi gün iş çıkışı önce Selçuk Bey ve eşi Begüm Hanım'ın yeni doğmuş bebeklerine hediye aldık. Bir de pastaneden yeni doğan bebekler için yapılan süslü şekerlemelerden yaptırdık. Bebekleri erkek olduğu için şekerlemelerin süsleri de maviydi. Arabada giderken Emre'ye "Daha önce evlerine gittin mi?" diye sordum.

"Hayır, ilk kez gideceğim. Malum ben bekârdım, o evli. Bu işlerde sanırım çift olunca eve davet olayı baş gösteriyor."

"Tabii bir de biz, Karaelmas ailesi olarak Gündoğan ailesinin hastasıyız."

"Artık değiliz. Yok bir şeyimiz. Maşallah her gece ibreyi doksana vuruyoruz."

"Öf deli! Sakın orda da deme böyle şeyler!"

"Utandın mı sen?"

"Herhalde mantıklı olan herkes utanır. Tövbe tövbe..."

"Sence der miyim öyle bir şey?"

"Zamanında kardeşime, ablana biniyorum, ona binmek arabaya binmekten zevkli demişliğin var. O zaman delidir ne yapsa yeridir demiştin bana."

"O farklıydı, saçmalama. Sadece..."

"E haydi bakalım gerisinde ne uyduracaksın?"

Sıkıntıyla alt dudağını kemirip "Sadece eksik hissediyordum ve bir şekilde birlikte olduğumuzu duyurmak istedim," dedi.

"İyi de biz o zaman-"

"Biliyorum, yatmamıştık. Zaten demek istediğim de bu. Senin beni rezil etmenden korktuğum için yaptım."

"Niye öyle bir şey yapayım ki?"

"Bilmem. Bu yaşıma kadar hastalığımla ilgili kim ne öğrense beni aşağılamak için kullandı."

"Ben de ilk başta sana karşı ön yargılıydım. Ama biraz da senin yüzünden oldu, ilk konuşmamızda beni tehdit ettin."

"Sana kızmıştım ve blöf yapıyordum. Seninle birlikte olamazdım bile sadece palavra sıkmıştım. Gerçi şimdi gerçek oldu." Bana dönüp çapkınca göz kırptı.

"Sapık deli!"

"Bu sözü sadece senden duyunca kızmıyorum, hatta hoşuma gidiyor artık. Hele 'Delim' diyorsun ya, aşkım falan halt etmiş yanında."

"İlk başta telefona 'Deli' diye kaydettim diye gerçekten delirmiştin ama?"

"Şimdi de 'Delimmm' diye kaydetmişsin, bir şey diyor muyum? O sondaki 'm' harfi var ya... Yani beni sahiplendiğin o ek, işte o hoşuma giden. Sana ait olabilmek."

Gözlerim doldu birden. "Romantik deli."

"Sana deliyim ben artık."

Arabayı park edince geldiğimizi anladım ve ellerimle, dolu gözlerimi yelpazeleyip rimelimin akmasını engelledim. Apartmanın girişinde Gündoğan ailesinin zilini bulup zile bastık ve daireye çıktık. Emre, bebeği ilk gördüğünde "Gerçek mi bu diye?" sordu.

"Herhalde!"

"Hiç hareket etmiyor ama."

"Uyuyor çünkü."

"Çok küçük, aynı oyuncak bebek gibi."

Begüm Hanım gülümseyerek "Küçük beyimiz gelmek için biraz acele etti çünkü," dedi. "Yirmi gün önce dünyaya geldi."

Emre "Bizimki olursa biraz daha büyük olur, değil mi?" deyince Selçuk Bey, kaşlarını kaldırıp Emre'ye baktı önce. Sonra bana dönüp "Bebek mi bekliyorsunuz?" diye sordu.

"Maalesef henüz yok."

Begüm Hanım, "Olur, olur. Sıkıntı etmeyin bunu. Kafanızı buna takmayın. Stres çok etkili oluyor bu süreçte," dedi.

Selçuk Bey, şaşkınca, "Yani aranızda bir sorun yok, değil mi?" diye sordu.

Emre "Yok," demekle yetince Selçuk Bey "Emre, gel biz hanımları bebekle yalnız bırakalım," diyerek Emre'yi de alıp gitti. Adamcağız Emre'nin -onun deyimiyle- son engeli de aştığına inanamamıştı sanırım. Uyuyan bebeğin yanından salona döndüğümüzde Selçuk Bey'in ağzı kulaklarındaydı. Emre'nin dediği kadar vardı; az sonra ters parende atarsa şaşırmazdım. Eşine dönüp "Begüm, balayına bile gitmişler!" dedi.

Begüm Hanım, kibarlıkla "Çok normal çünkü evliler ve bugün, buraya arkadaşımız olarak geldiler, hastamız olarak değil," diyerek kocasını uyardı. Yemeğe oturduğumuzda doğuma giderken yaşadıkları heyecan ve aksiyonu anlattılar. Sonra bebeği ilk kucaklarına alışlarını... Acayip heveslenmiştim çocuk sahibi olmaya. Niye olmamıştı ki hemen?

Yemek sonrasında, uyanan bebeği kucağımıza alıp sevdik. Emre'nin kucağına bebeği koyarken "Allah'ım öyle küçük ki... Kafası avucum kadar. Bir şey olursa ya?" diyerek endişesini dile getirdi.

Selçuk Bey "Sizin kızınız olursa, artık bizim oğlana alırız," diyerek bir klişeye imza attığında Emre gözlerini devirmekle yetindi. Gerçekten arkadaş ziyareti gibi olmuştu ve çok hoşuma gitmişti.

"Çok tatlılar, inşallah hep böyle mutlu kalırlar," dedim eve dönerken.

"Amin. Bebek çok küçüktü bu arada. Seni çok yedirelim hamileyken, doğunca çocuk ele avuca gelsin en azından."

"Sonra şişko olayım değil mi? Sen de başka kadınlara bak!"

"Sanki bakabiliyorum da? Unuttun herhalde. Yüz kilo da olsan senden başkası hoşuma gidemez."

"Delim benim, aferin sana. Arada bir ben senin bu hastalığı çok seviyorum."

"Manyak mısın? Ben, yıllarca neler çektim, sen biliyor musun?"

"Tahmin edebiliyorum az çok ama anlatmadığın için bilemiyorum."

"Eve gidince hatırlat, niye bana deli demeye başladılar, anlatayım."

"Tamam," dedim hemen. Çok merak ettiğim ama Emre üzülür diye soramadığım şeylerden biriydi bu da.

Eve gidince yakasına yapışmış gibi olmasın diye yatağa yatana dek sormak için bekledim. Yatağa girince kafasını yastıktan alıp göğsüme koydum ve abajurun ışığında güzel yüzünü inceleyerek hafif kirli sakallarını okşamaya başladım. Ben bir şey demeden "Liseye dek hasta derlerdi sadece," diye anlatmaya başladı.

"İlkokulda da ne sınıftaki kızlara yaklaşırdım ne de kadın öğretmenlere. Ama yaşım büyüdükçe daha çok çekinir oldum. Önceden sadece korkardım, bir köşeye büzülüp kriz geçirene dek ağlardım. Büyüdükçe tedirginliğim arttı ve daha çok korkar oldum. Öte yandan aklım ermeye başladığı için farklı ve kusurlu olduğumu fark etmeye de başladım ve bu da öfke nöbetlerimi başlatan şey oldu. Ortaokulda kızlardan kaçıp dururdum, hem bu yüzden hem de babamın o aralar yeni açtığı marangozhanede vakit geçirmeye bayıldığımdan erkek lisesi olan endüstri mesleğe gittim, ağaç işleri bölümünü seçtim ikinci sınıfta da. Her şey daha iyiydi etrafta kızlar yokken, derslere de bayılıyordum zaten, sürekli atölyedeyiz."

"Eee sonra ne oldu?"

"Ergenliğe girdim. Ödüm kopuyordu ya kadınlardan, kızlardan... Hâlâ devam ediyordu bu durum ama bir yandan da yanıyordum anası satayım... Sınıftaki çocuklar -tabii o zamanlar bilgisayar her evde yok- dergi, CD falan alıp veriyorlar. Dergilerden birine bakayım dedim ve... Bir ay hastanede yatmak zorunda kaldım. Okulda midemde ne varsa hepsini kusmuşum sonra da bayılıp kendi kusmuğumun içine düşmüşüm. Düşerken kafamı yere vurup yarmam da ayrı... Sınıftakiler bu durumu fark ettiler ya, ne erkekliğimle alay etmedikleri kaldı ne de hastalığımla. Piç Kamil derler, bilir misin bilmem; bir otobüs şoförü var."

Olumsuz anlamda kafamı salladım, o da devam etti anlatmaya. "Bizim sınıfın fırlaması oydu, çıbanbaşı yani. Hastaneden okula döndüğüm gün deli damgasını o yapıştırdı bana.

Ama en çok ağırıma giden erkekliğime laf demesi oldu. Gey diye adımı çıkardı, aksini ispatlamak için birileriyle çıkmayı çok istiyorum ama elimde değildi, yapamıyordum. Yaklaşamıyordum bile kızlara. Hormonlarım benim aksine karı-kız diye şaha kalkmış gidiyor. Gece rüyalarımda gördüğüm kâbusların şekli değişmeye başladı. Önceleri sadece beni boğan eller görürdüm. Sonra bir de iğrenç, kıllı bir şeyin görüntüsü eklendi rüyaya."

"Dergi de gördüğün müydü?"

"Değildi, zaten ilginç olan da o. Dergideki temizdi ve farklıydı işte... Sonra biriyle birlikte oluyorum rüyamda, bilmiyorum kim ama bildiğim tek şey bu çok yanlış çünkü içimi tarifsiz bir korku kaplıyor. Yani hem korkuyorum hem de rüyamda seks yapıyorum. Yüzü asla yok ama küçük, iğrenç göğüsleri var ve tabii bir de beni boğup duran ellerinin güdük parmakları..."

Emre'yi sıkı sıkı göğsüme bastırdım. O da, pijamamın açık yakasından, burnunu iyice iki göğsümün arasına gömdü ve derin bir şekilde kokladı. "Huzur kokuyorsun."

Saçlarını okşayıp ona gülümsedim. Birbirimize sarılırken "Selçuk, haklı bence. Sana kesinlikle bir kadın cinsel tacizde bulunmuş," dedim.

"Elif, sorun şu ki o ara etrafımda kadın yokmuş, babam öyle hatırlıyor. İlk doktor asla anlayamadı zaten. İkinci doktor ergenliğimin derdinden, geçmişimi kurcalamadı bile. Selçuk'la tanıştığımızda ise olayın üstünden yıllar geçmişti. Yani olmuş bir şeyler ama ne?"

"Kendini zorluyor musun hatırlamak için?"

"Önceden en büyük derdim buydu. Şimdi pek de umurumda değil açıkçası."

"Neden?"

"Çünkü seninle birlikte olmaya başladığımdan beri kâbuslar yok, mışıl mışıl uyuyorum. Babam yine kusuruma rağmen benim normal bir hayat yaşamam için gerekeni yaptı ve bana, seni, verdi."

"Ben de sana bir bebek verebilirsem..."

"Ya ben on yıldır o işi yapamadım, şimdi sen bir ayda hamile kalmadın diye mi üzülüyorsun? Kafana takma bence, Begüm Hanım'ın dediği gibi stres yaparsan kötü etkilenirsin."

"Biliyorum ama elimde değil."

Alnıma bir buse kondurup daha sıkı sarıldı. "İyiki varsın."

"Sen de..."

İş yerinde, günüm hep yoğun geçiyordu, yine de boş kaldığım en ufak anda aklıma Emre'nin dün gece anlattıkları geliyordu. Nasıl ahlaksız bir kadın, küçücük çocukla cinsel bir münasebette bulunmak isterdi? Hem de annesini daha yeni kaybetmiş, dört yaşında bir yavrucakla... Aklım almıyordu böylesi bir sapkınlığı.

Müşteri gelince yine düşüncelerime ara vermek zorunda kaldım. Bizimle aynı işi yapan çevre esnafı kıskandıracak kadar iyiydi işlerimiz. Aylık ortalama, beş ila on bin lira arasında kâr kalıyordu, cebimize. Müşterinin bizi tercih etmesinin ilk sebebi Emre'nin dürüst oluşuydu. Asla müşteriye yalan söylemiyordu ve abartılı kâr payı koymuyordu. Emin amca, milletin deli diye damgaladığı oğlunu, aslında pırlanta gibi yetiştirmişti. Atölyede çalıştırdığı işçiye eziyet etmiyordu ama patron olarak ağırlığını da koymuştu.

Bir de Emre'nin yaratıcılığı ve pratik zekâsıyla yaptığı kendine ait çok güzel tasarımları vardı. O çok bilindik mobilya markaları görseler havada kapardı, o derece güzellerdi. Emre de bunun farkındaydı ve hemen hepsinin patentini almış durumdaydı. Pratik zekâsı, mekâna göre mobilya tasarımı yaparken de ortaya çıkıyordu. Maalesef her ev düzgün bir mimariye sahip olamıyordu. Kiminin iç duvarı eğri, kiminin her tarafı kolon, kiriş dolu, kimi öyle küçük ki yatakla dolabı aynı anda koymaya yer yok... Emre, hepsine tek bakışta çözüm üretebiliyordu. Müşteri memnun olunca da kendiliğinden reklamımız olmuş oluyordu.

Emre, sen uğurlu geldin deyip duruyordu ama aslında olan şuydu; ben Emre'den çok daha insan canlısıydım ve müşteriyle samimiyet kurabiliyordum. Bir de daha ilk günümde, bir müteahhitle anlaşmıştım ve orada çıkardığımız iyi ve uygun fiyatlı iş sayesinde pek çok müteahhit daha bizimle çalışmak istemişti. Aslında atölyeyi büyütüp, işçi sayısını arttırsak çok daha fazla kazanabilirdik. Öğle yemeğinde bu fikrimi Emre'ye de söyledim.

"Bence daha büyük bir atölyeye taşınmalıyız, birkaç işçi daha alırsak daha çok kazanırız."

"Yetmiyor mu kazandığımız?"

"Yetiyor da her müşteriye yetişemiyoruz. Artık gelen müşteriye üç aya dek doluyuz diyorum. Müşteri de başkasına gidiyor."

"İyi ya işte, onlar da kazanıyor. Aç gözlülük iyi bir şey değildir, Elif. Herkes ekmeğinin peşinde, yandaki esnaf da evine ekmek götürecek. "

"Ben, onun rızkına mani olalım demedim ki. Ticaret sonuçta bu, biz de büyüyebiliriz. Hem daha çok işçi alınca daha çok kişi iş sahibi olacak sayende."

"Fazla açılmamakta kâr var. Atölyeyi büyütmek sandığından çok daha masraflı olur. Doğru düzgün birikmişimiz kalmadı. Düğün ve evi döşeme işi babamın tüm birikimini yedi. Kredi çekmek gerekir işleri büyütmek için ki onu da ben asla yapmam."

"Niye? Borç yiğidin kamçısıdır derler."

"Kamçı sevmiyorum ben, demek ki?" diyerek ciddi muhabbetimize su koyverdi.

"Emre, düzgünce iş konuşuyoruz şurada. Lütfen iki dakika ciddi olur musun?"

"Peki, iş kadını Elif Hanım. Buyurunuz?" Eliyle konuşmam için beni göstererek işaret verdi. Hâlâ alay ediyordu. Onun bu tavrını takmadan devam ettim. "Bence krediyi rahatça ödeyebiliriz. İşler çok iyi çünkü."

"Ya bir şeyler ters giderse? En basiti ekonomi zırt pırt dalgalanıyor ve biz ekmek satmıyoruz ki insanlar ne olursa olsun almak zorunda olsunlar. Hatta kriz çıkarsa, en çabuk vazgeçecekleri şey eşyalarını yenilemek olur. O riske değmez."

"Korkak mısın acaba? Gidip en kötü senaryoyu kurdun. Tamam, kredi çekmeyelim, altınlar var."

"Onlar senin, bin kez dedim."

"Tamam canım, ben de sana veririm demedim ki. Beni dükkâna ortak yap, ben de yatırıma ortak olayım."

"İstiyorsan dükkânın tamamını üstüne yapayım ama altınları riske etme, dursunlar köşede."

"Niye bu işleri büyütme olayına bu kadar soğuk baktın, anlamadım hiç?"

"Elif, dünyanın bin bir türlü hali var ve seni düşünmek zorundayım. Bir kaza bela olup ölsem, atölye eskisi gibi işleyemez. Şu aşamada bu çok da fark etmez ama işleri büyütürsek çok fark eder ve batarsın."

"Ağzından yel alsın! Hem -Allah göstermesin- sen ölsen, iş güç mü düşüneceğim?"

"Eee, o zaman hepten battın. Demek ki küçük kalırsak, öyle bir durumda daha az zararla kurtulabilirsin."

"Niye en kötüsünü düşünüyorsun hep?"

"Gerçekçiyim sadece ve... Şimdi çok olası olmasa da -olur da- tekrar sıyırırsam yalnız kalacaksın. Tüm bunları, en ufak ihtimaline dek düşünmezsem iyi bir koca olmuş olmam."

"Harika bir kocasın ve mükemmel de bir insan." İşyerinin küçük mutfağında, oturduğum tabureden kalkıp kucağına oturdum. Yüzünü avuçlarımın arasına alıp yüzünün her yerini öpmeye başladım. Sıra dudaklarına geldiğinde ise edepsizliği ele alıp ısıra ısıra öpmeye başladım.

Kafasını geri çekip "Kudurdun mu kadın? İşyerindeyiz, ekmek teknesinde cenabet edeceksin bizi sonra siftah bile yapamayacağız daha," diyerek alay etti benimle. Çok utandım birden. Kucağından kalmak isteyince, iki koluyla belime sarılıp müsaade etmedi.

"Utandırmak için demedim. Sadece beni zora sokuyor o şekilde öpmen. Çünkü senin aksine, ben dayanamıyorum ve devam etmek istiyorum."

Burnunu boynuma sürtüp beni koklamaya ve her zaman aklımı başımdan olan minik öpücüklerini boynuma sıralamaya başladı. Böyle giderse cidden işyerinin mutfağında birlikte olacaktık. Ellerini, belimden yukarı kazağımın içine sokmuş, göğüslerime dokunuyordu hafifçe. Nefes nefese kalmıştık ve

Emre yine dudaklarımızı ayırıp, alnını alnıma dayadı. "Daha cumaya gideceğim Elif, rahat dur."

"Aaa delinin zoruna bak! Sen boynumu öptün."

"Biliyorum ama sen niye 'dur' demiyorsun?"

"Belki ben de duramıyorum? Ya da durmanı istemiyorumdur."

"Akşam eve gidelim; dur diye yalvartacağım seni."

"Kömüş!"

"Harbi kömüş gibi olacağım yatakta, bekle."

"Hem namaza gideceğim diyor hem de dediği edepsiz şeylere bak!"

"Ne alaka? Kızım, namaz kılınıyor diye o iş yapılmayacak olsa imamın altı çocuğu olmazdı."

İçten kahkahalarla kucağında sarsılırken iki yanağımı da sıkı sıkı öptü. "Çok tatlısın," diyerek en son da hafifçe burnumu ısırdı.

"Sen de cidden çatlaksın."

"Eee adam dediğin lakabını taşımalı. Deli dedilerse deliyim ulaaan!" Kadir İnanır'ın "Ben Kadir, deli Kadir," repliğini taklit ederek söylemişti ve bu yine kahkaha atmama neden oldu. Onunla ölene dek hiç sıkılmadan günler çabucak geçerdi. İlk günlerdeki buz gibi hallerini hatırlayınca şükrettim hemen. Ya hep öyle devam etseydi ilişkimiz, ne sıkıcı oldurdu. Bu düşünceyle kulağımı çekip havayı öptüm ve "Şeytan kulağına kurşun," diyerek -bu kez uyanıklık edip- Emre'nin kafasına vurdum.

Sakince "Öncelikle, ne oluyor? Hayırdır, sen de mi oynattın? İkincisi az önce bana tahta kafa mı demek istedin?" dedi.

"Şimdi..." diye başlayıp zaman kazandıktan sonra "öncelikle mutluluğumuz bozulmasın diye öyle yaptım ve..." dedim ve kucağından kalkıp "Evet, tahta kafa sensin!" diyerek mutfaktan kaçtım. Mutfaktan çıktığı an, işyerine özel o sakin resmiliğine büründü. Zaten hemen sonra da cumaya gitmek için işçilerle çıktı.

Dükkân yeni yüzüyle daha davetkâr olduğu için müşterimiz boldu, öğleden sonra ne Emre'nin ne de benim kafamızı kaşıyacak vaktimiz olmadı. Ama eve gittiğimizde daha akşam yemeğinde başlamıştı bakışmalarımız. Yemekten sonra direkt çizim yapmaya başlayınca biraz hayal kırıklığı yaşasam da gece yatak odamızda "Sen kime tahta kafa diyordun, bakayım?" diyerek beni kovalamaya başlayınca beklediğim oldu.

Yatak odasında oradan oraya kaçarken, tek yakalanma sebebim gülmem olacaktı. Kahkaha atmaktan kaçamıyordum. Gerçi ben daha yakalanmadan Emre durup "Sen bilirsin," dedi. "Çocuk istemiyorsan tamam. İstiyorsan ben yataktayım, gelirsin."

O yatağa yatıp, ellerini ensesinin altında birleştirince ben de tıpış tıpış yatağa girdim. Ve o an "Hırrrr!" diye bir ses çıkarmasıyla üstüme atlaması bir oldu. Hem korkup -bahçedeki Lust'ın bile havlamasına sebep olacak- bir çığlık atmıştım hem de gülmeye kaldığım yerden devam ediyordum. O işin de -eminim- kendine has bir ciddiyeti, seksiliği falan olmalıydı ama biz onu yaparken bile gülüp oynaşıyorduk.

Kasım ayında adetim iki gün gecikince soluğu eczanede aldım. Beni eczanenin kapısında bekleyen Emre "Ne aldın ki benim girmemi istemedin?" diye sordu işten çıkmış eve dönerken. Hafif de olsa yine kar vardı yerde ve soğuğu bahane edip "Üşüdüm, evde söylerim," dedim.

Eve girer girmez Emre yine sorgu memuru gibi "Ne aldın? Sorunca kızarıyorsun, gerçekten çok merak ettim." diye başladı. Aslında sürpriz olsun istiyordum ama dayanamayıp söyledim.

"Test çubuğu aldım."

"Ne için?"

Çantamdan test çubuğunu çıkarıp "Gebelik testi için," dedim.

Emre, gözlerini kısıp işaret parmağıyla önce çubuğu gösterip "Onu..." sonra beni gösterip "Şeyine mi-" diye sormadan lafını bölüp "Hayır, tabii ki cahil! Sadece üstüne çişimi yapacağım," dedim.

"Ne?!"

"Evet."

"Çişten anlaşılıyor yani."

"Hımm."

"Çocuğumuzun varlığını sen işediğin için öğreneceğiz yani? Filmlerde hep anne-baba ultrasonda bebeği ilk görüyorlar ama."

"O romantik olsun diyedir."

"İyi yapıyorlarmış o zaman. Böyle de çok garip. Düşünsene yıllar sonra 'Yavrum, biz senin geleceğini annenin çişinden anladık.' Dediğini çocuğa."

Gözlerimi devirip ilk kattaki tuvalete girdim. Emre'yle aynı anda öğrenebilmek için işim bitince çubuğu alıp salona geldim. Beklemek ölüm gibiydi, salonda koltuğa oturmuş, çubuğun üstünde iki çizgi olmasını bekliyorduk. Bekledikçe umutsuzluğum arttı, hamile olsaydım çoktan iki çizgi olmuş olurdu, biliyorum ama yine de gözlerimi dikmiş bakıyordum. Emre, beni koltuğunun altına alıp "Zaten çocuğumuzu çişle öğrenmek garip olurdu," dedi ve beni sağ kaşımdan öptü. Ona sarılıp yine olmadığı için sessizce ağlamaya başladım ve o akşam adet olunca, içimdeki -testin hata verdiğine dair- son umut kırıntısı da yok oldu.

Aralık ayı boyunca her günümüz monotondu. Kar artık diz boyu olmuştu. Emre'nin kolunda, karda bata çıka işe giderken "Memleketin karı bile beyaz değil!" diyerek söylendim. Emre de kardaki islere bakıp "Hava bile kömür kokuyor, karın is olması çok normal. Baksana herkes sobada, kaloriferde taş kömürü yakıyor. İlçenin tepedeki evlerine teslimat yapıyoruz bazen, yukarıdan Kilimli çarşısı bacalardan çıkan dumanla sis altında resmen," dedi.

"Niye ÇATES (Çatalağzı Termik Santrali) atık sıcak suyu denize boşaltıyor hâlâ? Kaç yıldır o suyu ilçelere verecekler güya."

"Bürokrasi işte, geç işliyor her şey. O suyu kullansak ısınmak için hem hava kirlenmez hem de denize sıcak su boşaltılmadığı için denizdeki canlıların dengesi bozulmaz."

"Hem doğalgazdan on kat ucuz olur."

"Olursa her açıdan güzel olur zaten. Bakarsın seneye yaparlar."

"Yeni yıla az kaldı sahi. Bir hafta sonra yılbaşı. Eee, nerde kutlayacağız yeni yılı?"

"Bu yaşıma dek hiç öyle bir şey yapmadım."

"Aaa, ne demek yapmadım? O zaman bu sene herkesi bize davet edelim sen de gör."

"Herkes?"

"Baban, amcan, ablamlar hatta dayımlar. Aslında gelseler annemleri de çağırırdık ama onlar bizimle konuşmuyorlar bile." Yüzüm düşünce beni koltuğunun altına alıp "İyi, kutla bakalım," dedi. "Ama babam gelmez," diye de ekledi.

"Niye?"

"Gavur adeti der ve gelmez."

"Ben çağırırsam gelir, sen de şaşar kalırsın."

"Var mısın iddiasına?"

"Varım! Nesine?"

Kulağıma öyle edepsiz bir istekte bulundu ki "Oha! Oha! Büst! Çüş! Fantezi dünyana senin! Tövbe tövbe ya! Olmaz o, başka şey de!" diye tepkimi ortaya koydum.

"Ne o tırstın mı? Tabii kaybedeceğini anlayınca..."

"Ne alaka? Ben kazanacağım! Tamam, o olsun. Nasılsa ben kazanacağım ama... Ben kazanırsan tam tersi olur."

"Nasıl? Anlamadım."

"Anladın, anladın. Senin yapacaklarının tersini ben sana yapacağım."

"Tamam, anlaştık. Her türlü kârlıyım bu işte."

Biraz düşününce aptallığımın farkına vardım. "Pis fırsatçı! Ben başka şey isteyecektim ya! Böyle senin oyununa geldim."

"Geçti, girdik bir kere iddiaya." Pis pis sırıtıyordu.

Normalde telefon edip Emin amcaya sorardım ama bu kez işin ucunda iddia olduğu için ertesi gün börek yapıp ziyarete gittim.

Kapıyı açıp beni görünce "Ooo hoş geldin güzel kızım," deyip sarıldı.

"Hoş buldum, *babacığım*," diye son kısmı vurgulayarak cevap verdim. Hal hatır sorma faslından sonra getirdiğim böreklerin yanına Faruk amca çay getirdi ve içerken lafa girdim. "Ben, çok mutluyum ailenizin bir parçası olduğum için. Babacığım, siz de takdir edersiniz ki aile bağları çok önemli."

"Elbette kızım."

"Değil mi, amcacığım?" diyerek Faruk amcaya da sordum. O da kafasıyla onay verince "İşte bu bağları kuvvetlendirmek adına tüm aile bir arada olalım istiyorum. Siz de gelirsiniz değil mi?" diye sordum.

Emin amca "Tabii kızım seve seve," deyince çayımın son yudumunu içip "Oldu o zaman 31 Aralık gecesi sizi, bize bekliyorum," diyerek kalktım. Cevap vermelerine bile fırsat vermeden ikisine de sarılıp veda ettim ve evden kaçar gibi çıktım. Emin amca, tarihi duyunca şaşkına dönmüştü ama emri vaki yaptığım için kibarlığından bir şey diyememişti.

Yolda yürürken ellerimi çırptım sevinçle, bu iş tamamdı. Bekle beni Emre, "Bineceğim üstüne vuracağım kırbacı, vuracağım kırbacı." İçimden bu Türk film repliğini tekrar edip kendi kendime gülerken iki teyze beni gördü. Hemen toparlanıp kafamla selam verdim ama yakalanmıştım bir kere. Yanımdan geçip giderken kadınlardan biri diğerine "Kim ki bu gız?" diye sordu.

"Emin'in gelini."

"Oğlan deli ya gelin de üşütük demek ki. E akıllı gız deliyi ne yapsun?"

"Hea doğru diyon. Deliyle deliyi evermişler demek ki. Halbukim de düğünde normal gözikiyadı."

Emre'ye deli demelerine sinir olsam da benim hakkımda -az önceki halimi düşünürsek- çok da haksız olmadıkları için sustum. Ama teyzelere bozulan kafam, evimizin bahçesindeki karı küreyen Emre'yi görmemle yerine geldi.

"Hoş geldin. Sırıtmana bakarsak babam kabul etti sanırım."

"Aynen öyle. Bu gece göreceksin gününü. Hahahaaa!" Kötü kadın gülüşünü de yaptıktan sonra ellerimi birbirine sürttüm. Emre ise elindeki küreği kara saplayıp yanıma geldi ve kulağıma "Sabırsızlanıyorum," demekle yetindi. Bu iddiada bir terslik vardı, şapa oturmuştum.

Kaçmak için "Eee... Ama şimdi haksızlık olmasın. Daha yılbaşı gecesi gelmedi, Emin amca da söz vermedi. Bence yılbaşı gecesi baban gelene dek bekleyelim," diyerek Emre'nin ilginç fantezisini ertelemeye çalıştım.

İtiraz beklerken "Sen bilirsin," deyince de derin oh çektim.

Emin amca gelmeyi kabul etti diye beni bir telaş sarmıştı. İddiayı Emre kazansa da fenaydı aslında. Yukarı tükürsem bıyık, aşağı tükürsem sakal, ne yapsam bir çıkmazdayım. Ama iddiayı o kazanırsa en azından sorumluluk onda olurdu ve kafam rahat ederdi. Nasıl olmuştu da gaza gelmiştim? Son bir ümit ertesi gün Emin amcayı aradım işten.

"Alo, babacığım?"

"Efendim, kızım."

"Bize gelecektiniz ya onun için aradım. Ben size emri vaki yapmış gibi oldum. Sonuçta o gece yılbaşı ve siz de hacısınız, gelmek istemezseniz hiç sorun değil. Cidden darılmam."

"Gayrimüslim bayramını kutlamaya çağırmıyorsun ki bizi, sen ailecek toplanalım dedin. Bunda bir kötülük yok. Geliriz, geliriz."

Geleceğim diyen adama gelme diyemezdim. "Tabii siz bilirsiniz. Çok sevindim, iyi günler."

Elif, kızım ayvayı yedin! Keşke Emre kazansaydı, ben asla öyle şey yapamazdım. Of of!

# 15

Sonraki günler, olan oldu deyip yeni yıl akşamı için hazırlıklara giriştim. Bahçede dikili üç çam ağacı vardı. Hepsini zorla Emre'ye süslettirdim. Ağaçları ışıklandırmak led aydınlatma kablolarını, merdivenin tepesinde ağaca asmaya uğraşan Emre, hâlâ söyleniyordu.

"Babam, görünce beni evlatlıktan reddedecek." İşini bitirip merdivenden indi. "Senin yüzünden adamcağız, kanserden değil; vakitsizce kalpten gidecek."

"Ne çok konuştun! Çenen değil, elin çalışsın!" diyerek verandanın kenarlarına takılacak led kablosunu eline tutuşturdum. "Daha evi ışıklandırıp süsleyeceğiz."

Emre "Ya sabır!" çekip dediğimi yaparken çocukluğumdan beri hayalini kurduğum şeyi izliyordum şimdi. Şarap kırmızısı evimiz, filmlerdeki gibi olacaktı. Emre, hacı babası kızacak diye korkmasa, ben mutluyum diye gayet memnundu zaten. Bizim de Kurban'da Ramazan'da böyle bir âdetimiz olaydı keşke. Böyle bizim dini bayramlara özel süsler üretsek sosyetikler kapış kapış alırlardı, iyice ticaret kadını olmuştum. Emre işini bitirince merdivenden inip kablonun fişini prize soktu ve daha yeni batan güneş yüzünden aydınlık sayılan havaya rağmen bahçe ışıl ışıl oldu. Yün eldivenli ellerimi birbirine çırpıp çocuk gibi yerimde sıçradım. Lust da havlayarak yanımıza gelmiş bana eşlik ediyordu. "Çok güzel oldu değil mi, oğlum? Lust, beğendin mi?"

"Babam kesecek beni," diye hayıflanarak süslediğimiz ağaçlara ve eve baktı Emre.

"Teşekkürler aşkım," deyip beline sarıldım. "Baban çok kızarsa ben, seni teselli ederim merak etme."

"Sanki çocuğu emzikle mi kandırıyorsun koca meme?"

"Emzikten daha gerçekçi şeyler var seni kandırabileceğim," deyip boynumu yukarı kaldırıp göğüslerimi dikleştirdim sırıtarak. Gülümseyerek beni kolunun altına aldı ve "Tombullardan bile daha çok sevdiğim ne var sen de biliyor musun?" diye sordu. Olumsuz anlamda kafamı salladığımda verdiği cevapla bir kez daha yüreğimi ısıttı. "Gülen gözlerin."

Yeni yıl günü gelip çattığında evin içini de süsledim. Her yerde "Hoş geldin 2015" yazan süsler vardı. Ablam öğleden sonra gelip kek, pasta börek yapmama yardım etti. Nil'i de yanında getirmişti ve eve -birlikte alışverişe çıkacağımız için- erken gelmiş olan Emre'yle oynuyorlardı. Nil, Emre'yi iyice elinde kuklası yapmış Emre'nin boynundaki bir beni işaret edip "Mu ne?" diye soruyordu. Emre "Ben." deyince "Sen diyiiil, mu ne ya?" diye sorusunu yineledi. Emre "Ona ben deniliyor işte bacaksız." deyince de Nil, kulağından tuttuğu oyuncak tavşanla Emre'nin kafasına ardı ardına vurmaya başladı. Emre, tavşanla cebelleşirken "Teyzesi bitti bu başladı!" diye söyleniyordu.

Nil, ne kadar Emre'yle didişse de Emre'den ve benden ayrılamadığı için alışverişe onu da alıp gittik. Emre, alışveriş sepetinin önündeki araba şeklindeki oyuncağa koyduğu Nil'le reyon aralarında çaktırmadan hız denemesi yaparken ben çerezleri alıp onları yakaladığım yerde sepete atıyordum. Emre "Beni de iyice kendine benzettin," diye söylenerek pasta reyonundan yeni yıl için Nil'in beğenisiyle kocaman bir pasta aldı. Necla, bugün Emre'nin kucağındaki Nil'in yüzü suyu hürmetine olsa gerek bizi, tırnak etlerini yiyerek uzaktan izliyordu. Mutlu aile tablosu çizdiğimizin fazlasıyla farkındaydım. Zamanında "Necla alsa sevinirim,". dediğim Emre için şimdi Necla'nın üstüne atlardım. Kenafir gözlü! Uzak dursun kocamdan, oyarım yoksa o gözlerini.

Sıra içecekleri almaya geldiğinde Emre'ye takılmak için "Aaa sadece gazlı içecek ve meyve suyuyla olmaz. Alkollü bir şeylerde almak lazım. Biz içmiyoruz ama belki misafirler ister," dedim. Tahmin ettiğim gibi hemen yüzü gerildi. Çok eğlenceliydi onunla uğraşmak, gülmemek için dudaklarımı toplayıp kendimi sıktım. Kulağıma eğilip "Sen benim dayağımı hiç yemedin, ondan bu rahat hallerin! Saçmalayıp benim canımı sıkma!" diye hırladı.

"Aaa ne var bunda?" diyerek iyice morarmasına sebep oldum.

"Elinin körü var! Ben parayı el âlem zıkkım içsin diye, götümden ter çıkana dek kazanmıyorum! Haram, olmaz!"

"Bizim düğünde de ondan mı içki yoktu? Köyden gelen akrabalar sizi çok kınadılar haberin olsun. Dediler, damat bir duble rakıyı bize çok gördü."

"Başlarım tüm köyüne!"

"Ama belki ben de leblebinin yanında ağzımı iki yudum birayla ıslatmak istiyorum," dediğimde artık sırıtmamı durduramadığım için onunla kafa yaptığımı anladı. O da gülümseyip gözlerini devirdi ve "İyice maskara olduk elinde, koca mıyız mısır koçanı mı belli değil?" dedi.

Keyifli alışverişin ardından eve döndüğümüzde ablam, "Elif, ben iki dakika evime gidip üstümü başımı değiştireyim, perişan oldum," dedi.

"Tamam abla. Sen git, keyfine bak. Zaten canın çıktı."

"Nil size -yani Emre'ye- emanet."

Nil'in benim ihmalkârlığım yüzünden düşüşünü hiç unutmayacaktı anlaşılan. Ben gözlerimi devirirken kapıdan çıkmak üzere olan ablam arkasına dönüp "Fırındaki keke bak, birazdan olur o. Sonra da poğaçaları fırına koy," diye talimat verince "Biliyoruz o kadar herhalde," demeden edemedim.

Nil, Emre'yle evde çılgın gibi bir o yana bir bu yana koşuyordu. Fırından keki aldıktan sonra ben de akşama güzel görünmek için hazırlanmak üzere odama çıktım. Aşağı indiğimde Emre'den gülerek kaçan Nil, arkama saklandı. Onu kucağıma alınca elindeki kek dilimini fark ettim. "Nil, teyzeciğim kek yerken evde koşulur mu hiç!" diye kaşlarımı çatıp kızınca Nil hemen, yanımıza yeni gelen Emre'yi parmağıyla işaret edip "O verdi, deyze," dedi.

Öfkeli bakışlarımı Emre'ye çevirip "Her yer kırıntı olmuş, elektrik süpürgesini al ve derhal süpür etrafı," diye buyurdum.

"O istedi ama keki!"

Duymazlıktan gelip kucağımda Nil'le mutfağa yürürken, Nil elindeki kekten yere bir parça atıp "Züpür!" diye Emre'ye buyurdu.

Emre, arkamızdan "Külkedisi Emre'nin dramı," diye gülmeme sebep olacak şekilde hayıflanıyordu.

Akşam tüm kadro -tabi annemler hariç- gelmişti. Dayımlar, Miraç, teyzemin kızı ve kocası, ablamlar... Ama en tuhaf giriş Emin amcanınki oldu. Adamın beti benzi daha bahçeyi görünce atmıştı ama eve girince "Tövbe! Hasbinallah!" diye söylendi. Emre'ye yakıştıramadım edasıyla bakışları aşağılayıcıyken ben "Hoş geldiniz babacığım," deyip elini öptüm. Bana içtenlikle sarılıp "Hoş gördük kızım," dedi.

Gecenin gerisi klasik Türk ailesi yeni yıl programı tadında ilerliyordu. Tombala kesesini elinde döndüren Faruk amca, kardeşi Emin amca ile çok farklıydı. Emin amca, tombalaya kumar gözüyle baktığı için hiç tasvip etmeden uzaktan bizi izleyip çayını yudumluyordu. Faruk amca ise en canlı sesi ile yaşına inat "Birinci çinko!" diye bağırıp torbayı tekrar salladı. "Altın kızlar, altı. Var mı altı kimsede?"

"Aaa... Bende bende!" diye Emre atılınca Emin amca "La havle vela kuvvete illa billahil aliyyil azim," diye kendi kendine mırıldandı.

Tombalayı hiçbir iddia olmaksızın eğlencesine oynuyorduk, Emin amca niye bozuluyordu ki? Bir dakika ya, ben iddia mı dedim? Allah'ım Emin amca kanlı canlı karşımda, ben kazandım ve ben yapacağım. Acaba bu gece yorgunum desem Emre yer miydi? İkinci çinkoyu tamamlayan Emre'yle göz göze geldik ve onda o göz yoktu maalesef, cin gibiydi maşallah.

Tüm gece yedik içtik, eğlendik. Emin amca, Nil ve teyzemin kızı Tülay'ın üç yaşındaki oğluyla oynamaya başlayınca bizi unuttu. Ama Faruk amca, durur mu? Benim bugün markette yaptığım gibi o da kardeşini kızdırmak için "Ya Emre yeğenim, yok mu şöyle ağzımızı ıslatacak iki duble bir şeyler?" diye yüksek sesle sordu. Emin amca, oğlunun aksine tongaya düşmeyip "De git Faruk! Kurt kocayınca köpeklerin maskarası olurmuş diye boşuna dememişler," dedi ve hepimizi güldürdü.

Bir ara Emre, koşturan Nil'i tutup yanağından öpünce, Nil yine yanağını silip isyan çığlığını koy verdi. "Ya bıyaakkk! Oynıcam."

Emre, Tülay'ın oğluna gülümseyerek bakıp adını bilmediği için "O kim?" diye Nil'e sordu.

"Menim aşkısı Buyaa." Türkçesi "Benim aşkım Buğra," oluyordu.

Emre, kahkaha atıp enişteme döndü. "Murat abi, çekeceğin var haberin olsun?"

"Oğlum, belki senin de kızın olur, görürüz kim ne çekiyor?"

"Amin, inşallah. Olsun yeter ki, kız erkek Allah ne verdiyse kabulümüz."

Emin amca, tüm geceki tavrından bu sözlerle dolu dolu gözlere direkt geçiş yaptı. İyiki yeni yıl bahane olmuştu da toplanmıştık bir araya. Çocukların koşturması, ablam, ben ve Tülay'ın mutfakta yaptığımız muhabbetler... Erkeklerin salonda siyasetten futbola hızlı geçiş yapan klasik sohbeti... Her şey kocaman bir aile olduğumuzun göstergesiydi ve bu paha biçilemezdi.

Bir ara mutfakta ablam ve Tülay'a "Biz çocuk istiyoruz ama iki aydır karavana atıyoruz," dedim. Ablam "Aaa daha korunmuyorsunuz yani," dedi hemen. Zamanında söylediğim yalan yüzünden ablam ilk başlarda çocuk istemediğimizi sanıyordu.

"Evet, Nil'e alışınca biz de heves ettik ama olmuyor işte," diyerek eski yalanımın üstünü örttüm.

Tülay gülümseyerek "Acele etme. Nuray altı ay, ben bir sene uğraştım. Takma kafana, unut hatta. Öyle daha kolay," diyerek öğüt verdi.

Sonunda benim zorumla Emin amcanın bile katıldığı geri sayım ile yeni yıla girdik. Bir yarım saat daha oturduktan sonra hepsi zengin kalkışı yaptılar. Emin amca, bana sarılıp "Her şey için teşekkürler kızım," dedi.

"Ne demek." Ah be Emin amca, ah... Gelmeseydin ne güzel olurdu? Şimdi Emre'yle yatakta körebe oynayacaktık ve ebe Emre olacaktı. Etrafı toplama işini uzattıkça uzatmak istiyordum ama Emre de bana yardıma koyulmuştu ve salonu yarım saate topladık. Bahanem kalmadığı için tıpış tıpış yatak odasına çıktım. Abartıyla esneyip çenemi gererek "Bu gece çok yorulduk, sonra ben... Şey... Şey yaparım işte," dedim.

"Aaa olur mu hiç? Bir ödül kazandın ve onu alman gerekir." Hani üstüme binip kırbaç sallayacaktın?"

"Kırbaç falan iddiada zaten yoktu ki? O şakadandı."

"Ama bazı gerçekler var." Emre, ne ara hazırladıysa şifonyerin çekmecesinden ip, gri yapışkan bant ve uyku bandı çıkardı. Sonra da yatağa yatıp "Haydi! Ne duruyorsun bağla beni," dedi.

"Nereye?" diye bahane uydurdum yine. "Yer yok bağla-"

"Karyola dört direkli, baştaki ikisine kollarımı bağla işte. Ayaklarımı bağlamana zaten gerek yok."

Emre'nin anıları depreşecek ve kriz geçirecek diye hiç böyle bir şey yapmak istemiyordum. Keşke o beni bağlıyor olsaydı. Benim artık Emre'ye güvenim tamdı ve o zaman Emre için endişelenmem de gerekmezdi. İstemeye istemeye yarı çıplak Emre'yi bağladım. Sonra ağzını bantladım, göz bandını da takınca tamamdı. Şu an onun yerinde olsam ben bile ürkerdim ve onun bu konularda güven problemi vardı. Göz bandını yukarı kaldırıp bandı dikkat ederek açtım.

"Ne oldu?" diye sordu.

"Bunu yapmak istediğine emin misin?"

"Evet."

"Ya kötü bir şey olursa?"

"Sana güveniyorum, yap hadi! Keyfimi çıkar."

Tekrar ağzını bantladım ve gözlerini kapattım. Karnının üstüne oturup bir müddet öylece ne yapacağımı düşündüm. İddia gereği ona her istediğimi yapmakta özgürdüm. Elimi göğsüne koydum ve avucumun altında atan sıcak kalbini hissedince kalbindeki sevgi kalbime doldu. Onu öpüp koklayabilir ve ona asla doyamayacak olsam da, varlığının her zerresiyle sevgiye aç benliğimi doyurabilirdim. Mest olduğum kokusunu daha yakından duyabilmek için burnumu sürterek boynundan başladım öpmeye. Göbeğini, göğsünü, kollarını... Buselerimin her biri sadece ona sevgimin ispatı olabilecek kadar masumdu.

Buselerim varlığına doymaya yetmeyince yanına yatıp sıcak gövdesine sarıldım.

Bu hayatta bana verilmiş en değerli hediyeye sıkı sıkı sarılmış mutluluğumu düşünürken birden iplere asılınca panikle bandı hızla çektim. Sakalları ve bıyıkları banda yapışan Emre "Hass..." diye başlasa da kötü sözünün gerisini getirmedi. Göz bandını açıp "Kâbus mu gördün?" diye sordum telaşla.

"Sence uyuyor muyum?" diyerek Kızılay çadırını kafasıyla işaret etti. "Çöz beni, sabrımı tükettin burada!"

Ben ipleri çözmeye uğraşırken hâlâ söyleniyordu. "Her yerimi öp, sonra sadece sarıl yat, manyak kadın! Keyfimi sür dedim, beni süründür değil!"

Elleri iplerden kurtulur kurtulmaz çığlık atmama sebep olacak şekilde aniden beni altına çekti ve "Gel bakalım buraya, kim kimin üstüne biniyor ve kırbaç vuruyor," dedi. Boynuma gömülüp beni arzuyla öperken onu daha önce hiç bu kadar istekli görmediğimi fark ettim. Emre, sanki verdiğim her bir öpücüğün hesabını soruyordu benden. O derece korkutucuydu arzusu; ama yine de ona sahip olduğumu bilmek her şeye değerdi. En değerli varlığınızın en değerlisi olmak... İşte bu ruhumun ebedi arayışıydı... Eksik parçam ile bir olabilmek kırık kalbimin öteki yarısı ile tamir olması demekti...

İşyerindeki bilgisayarın monitörüne aptal aptal baktığımı keşfedince, elimde olmadan gülümsedim. 2015 yılı benim için, daha doğrusu bizim için çok güzel başlamıştı. Tatilde olduğumuz bir ocak günü de evde film eşliğinde kestane kebap keyfi yaparak ve tabii ki kendi konulu filmimizi salondaki L tipi koltukta kendi çapımızda icra ederek geçmişti. Bilgisayara aval aval bakmamın sebebi de, o anlardan karelerin gözümün önüne serilmiş olmasıydı. Hafızama kaydolmuş Emre'nin bel gamzelerini unutmaya çalışıp ekrandaki listeyi tekrar kontrol ettim. Eksik malzemeleri ajandama not alırken Allah'ın kaderime Emre'yi yazarak bana en büyük hediyeyi verdiğini düşünüyordum. Zamanında nankörlük edip bu kıymetli hediyeyi elimin tersiyle itmek istediğimi hatırlayınca kendime kızıp sinirle tırnak etlerimi kemirmeye başladım. Neyse ki babam elinin tersiyle bana daha hızlı geçirmişti de Emre'yle evlenmiştik ve dünyaya mutluluk sebebim olarak gelmiş bu adam, benim olmuştu. Bu arada maniküre gitsem hiç fena olmazdı, tırnak etlerim feci durumdaydı çünkü.

Malzeme listesini bitirip toptancıları aramak için telefonu elime aldım. Adamla konuşurken bile gözlerim hep tırnaklarımdaydı. Telefonu omzumla kulağımın arasına sıkıştırmış, havada tuttuğum tırnaklarımı inceliyordum. Kadın eli değil, katır tırnağı olmuştu mübarek! İş telefonları biter bitmez, kuaförümü arayıp akşamüzeri için randevu aldım. Emre'nin atölyede çalışmaktan sertleşmiş, nasırlı elleri bile yakında benimkilerin yanında narin gözükeceklerdi.

Akşam dükkânı yarım saat erken kapatıp kuaföre yollandım. Yetiştirilmesi gereken bir iş olduğundan, Emre ve işçiler hâlâ atölye kısmında çalışıyorlardı. Erimeye başlayan karın vıcık vıcık bir çamur içinde bıraktığı kaldırımda, üstüme çamur sıçramaması için dikkat ederek yavaş yavaş yürüyordum. Karın bu halinden nefret ediyordum çünkü hem yerler kaygan oluyor hem de beyaz masumluk yerine etraf çamur deryasına dönüyordu. Dükkânların önü tenteler sayesinde kuruydu, özenle oralara basarak geçiyordum, malum düşüp çanağı çatlatmamak gerekti. Çanak deyince niye bilmem, aklıma direkt Emre'nin sıkı poposunun görüntüsü düştü. Tabii... Hemen peşi sıra başka görüntüler de... Bizdeki bu azme rağmen hâlâ hamile kalamıyordum ya, en çok şaşırdığım da buydu işte. Boş bulduğum yerde adamın tepesinden inmiyordum, o da benim üstümden inmiyordu, çocuk sahibi olmak için daha ne yapmamız gerekiyordu acaba?

Ara sokaktaki Nurgül Kuaför yazan camekânda yansımamı görünce kızardığımı fark ettim. Üstelik bunda soğuk havanın payı yoktu, tamamen edepsiz düşüncelerim yüzünden kızarmıştım. Dükkânın saç boyası ile karışık parfüm kokan sıcaklığına adım atar atmaz dışarıdaki soğuğun etkisini hissettim. Ben paltomu çıkarırken Nurgül abla bana dönüp "Hoş geldin canım," dedi.

"Hoş bulduk," derken Sanem'in "Zaten orda burada karşılaşmasak arayacağın yok!" diyen sitemi kopup geldi. "Aaa!" diye şaşkınlık nidamı koyvermemle birlikte sarıldık. Nişanından sonra pek görüşememiştik maalesef ve düğün hazırlığı yaptığı için haklı olarak sitem etmişti. Kuaförün bekleme salonundaki yeşil, kısa arkalıklı, kadife koltuklara gömülüp muhabbete başladık. Sanem imayla göz kırpıp "Hâlâ tık yok mu?" dedi.

Nurgül ablanın bize söylediği Tük kahvesinden bir yudum alıp biraz utanarak biraz da hava atarak "Ohoo... Biz oraları çoktan geçtik yavrum. Şimdi pozisyon değişiklerine çalışıyoruz maçlardan önce," dedim. Şuh kahkahalarımız çınlarken, çalışan fön makinelerinin sesine şükrettim. Sanem "Ay çok fenasın, Elif!" diyerek yumruk yaptığı eliyle omzuma hafifçe vurdu. Kahvesini önümüzdeki alçak cam sehpadan alıp "Sorun yok yani?" diye tekrar etti sorusunu.

Derin bir iç çekip "Bir türlü kaleyi tutturamıyoruz sadece," dedim.

"Nasıl yani?"

"Gol olmuyor işte."

"Aman kızım, anlatacaksan doğru düzgün anlat şunu. Bu ne böyle futbol yorumcusu gibi!"

"Emre ha bire o futbol yorumu yapılan programları izliyor. Artık bilinçaltımı nasıl işgal ettilerse... Neyse, yani demek istediğim; hâlâ hamile kalamadım."

"Ay ben de kaleyi bulamıyoruz falan deyince... Tövbe estağfurullah... Aklıma başka şeyler geldi."

"Fesat mısın kızım?"

"Biraz olabilirim. Dün çeyiz alışverişi için bir kutu iç çamaşırı alınca kafa hep o yöne gidiyor tabii."

"Düğünden önce forma değiştirmeyin de..."

Yeni bir kahkaha tufanı bizi sararken Nurgül abla, Sanem'i saç boyası için çağırdı. Ben de manikür için çağırıldığımda yine yan yana sandalyelerde oturuyorduk ve fön makilerinin uğultusuna karışan yüksek sesli müziğe rağmen sohbetimize sansür uygulayarak kaldığımız yerden devam ettik. Sanem'i öyle çok özlemiştim ki, bunu fark edebilmek için onu görmem gerekiyordu belli ki. Bir daha arayı bu kadar uzatmamak için sözleştik; hatta bir gün çift olarak çıkmaya karar verdik. Ama uygun günü bulmak hayli zor olmuştu. Biz hafta içi çalışıyorduk, Sanemler ise hafta sonu gelinlik provası, düğün alışverişi gibi şeylerle doluydu. İkimizin de boş olduğu ocak ayının son günlerinden birinde anlaştık.

Emre'ye sormadan evet demiştim ama Emre'nin bana, bir gün Sanemlerle bowling oynayabiliriz, dediğini düşünce itiraz etmeyeceğini biliyordum.

Akşam sofrayı kurduğumda Emre ancak gelebilmişti. Yine üstü başı incecik talaşla kaplıydı ve ilk günümüzdeki gibi o eve gelince terliklerini yine önüne koydum. Ama o günden farklı olarak bugün, minnetle yüzüme bakıp "Teşekkürler, zifiri karanlıktaki tek ışığım," dedi.

Daha önce bana hiç böylesine bir iltifatta bulunmamıştı. Işıl ışıl mavilikleri, mutluluktan buğulanan maviliklerimde sabitlenmişken "Neyim ışık benim? Sen benim hayatımda parıldadın asıl," diyebildim.

Yüzümü avuçları arasına alıp "Sen hiç ayn-ur rıza ile baktın mı?" dedi.

Safça "O ne ki?" diyebildim.

"Kusur görmeden muhabbet ile bakan göz demek." Alnıma sıcak dudaklarıyla yumuşak bir öpücük kondurunca istemsizce gözlerimi kapattım ve mutluluğumun bir damlası sağ gözümden yüzüme aktı. Başparmağıyla gözyaşımı silip bu kez iki gözümü de öptü. Kulağıma "Göz bebeğim," diye fısıldadı ve daha çok kendiyle konuşur gibi devam etti. "Sen gönlüme düşmeden önce peygamber efendimizin eşi Hz. Aişe'ye niye böyle dediğini anlamazdım, şimdi anlıyorum."

Yüzümdeki elini tutup kafamı hafifçe çevirerek ayasını öptüm minnetle, başka türlü ona nasıl teşekkür edebilirdim hiç bilmiyordum. Beni incitmekten kokar gibi narin sözlerle seven erkek güzeli kocama öyle büyük bir aşk duyuyordum ki, bu mutluluğun elimden alınacağına dair yersiz bir endişe beni kuşatması altına aldı birden. Emre'nin beline sıkıca sarıldım, bedenim bedenine ne kadar yakın olursa, ruhum onun iyilik dolu benliğine o kadar yakın olacaktı sanki. Belindeki ellerimi çözüp ellerimi avuçları arasına aldı ve iki elimi de gözlerime mutlulukla bakarak defalarca öptü. Göz temasımız kesilip az evvel öptüğü ellerimi görünce birden yüzünün şekli değişti.

"Akşama bir yere mi davetliyiz?" diye merakla sordu.

"Hayır, onu da nereden çıkardın?"

"O zaman tırnakların niye boyalı? Hem de kırmızı."

"Ha... O mu? Maniküre gittim, yapmışken tam olsun diye oje de sürdüler."

"Maniküre gittin? Ananın evinde de maniküre gidiyor muydun?"

"Anamın evinde yokluktan hepimiz aynı tırnak makasını kullanıyorduk ama şimdi kocamın parasını ezmek tatlı geldi."

"Bak sen!" Alaycı bir ifadeyle sırıtıp duruyordu ama birden ciddileşip "Çıkar o kırmızı boyaları," dedi.

"Niyeymiş? Hayatta olmaz, daha yeni yaptırdım."

"Kırmızı çok dikkat çekici olmuş. Şimdi kendin çıkartmazsan ben çıkarmanı sağlarım."

"Ay çok korktum(!) Sen bu tavrınla ancak mahalledeki bebeleri korkutursun, bana sökmez."

Ağzı yüzünün bir tarafına kayarak sırıttı ve "Sen bu gece, o ojeleri kendin sileceksin. Silmezsen bana da Deli Emre demesinler."

"Demesinler zaten, sana sadece ben deli diyebilirim." Parmak uçlarıma yükselip yanağını sıkıca öptüm ve "Haydi git yıkan, sofra seni bekliyor kıskanç delim," diye ekledim.

Sofrada yarı çıplak oturan Emre yüzünden yediğim yemekten bir şey anlamamıştım. Önümdeki ekmekten utanmama sebep olacak şeyler düşünmeme neden oluyordu o geniş omuzları. Emre'nin bakışları ise ojeli parmaklarıma kilitlenmişti, oysa bu tavrı inat etmemin asıl sebebiydi, haberi yoktu. Ben kalıplara sokulmayı sevmezdim, yapacağım her şey içimden gelmeliydi. Bugün ojeden feragat etsem yarın kıyafetlerime karışırdı ki son zamanlarda "Senin kotların niye o kadar dar," diye söylenmeye başlamıştı bile.

Daha sofrayı toplarken arkadan belime sarılıp sıcak nefesini her kelimede kulağıma üfleyerek "Bırak tabakları şimdi," dedi. Bu üç kelimelik basit cümlede öyle anlamlar yüklüydü ki, davetini kelimeleriyle birleşen soluğundan anlamıştım.

Yemeğin başından beri asıl aç olduğum şeye doyabilmek için elimdekileri masaya geri bırakıp ona doğru yasladım.

Yatak odasına nasıl çıktığımızı hayal meyal hatırlıyorum, zira kokusuyla sarhoş olmuş şekilde, susadığım dudaklarına doymaya çabalıyordum. Ama nafile bir çabaydı bu, mümkünü yoktu ona doyabilmemin. Elleri tenimde iz bırakacak kadar etkili, geçtiği yerde özlemini bırakacak kadar yumuşak dokunuşlara sahipti. Her daim ayrı bir özenle öpüp kokladığı göğüslerime dudakları değdiği an vücudumun kavrulup kıvranmaya başladığı an oldu. Tek vücut olup ruhunun derinliklerine, maviliğinin kör kuyusu olan göz bebeklerine bakarken sanki onu tüm benliğiyle görebilmem için gözbebekleri büyüdüler. O karanlık kuyularda küçük bir çocuğun saklı kalmış ıstırabını, genç bir delikanlının eksik ve dışlanmış hissetmesini ve yetişkin bir adamın bana olan sonsuz aşkını görebiliyordum. Yine ben oydum, o da ben...

Aşkın depremiyle sarsılan vücudum, istemeden de olsa gözlerimi kapatmama sebep olunca Emre'nin benliğinin gizli saklı köşeleriyle bağlantım kesildi. Oysa onun ruhu öyle parlaktı ki, ışığının gözümü kamaştırması bile hoşuma gidiyordu. Öyle bir adamdı ki karısına besmelesiz el sürmeyen ve en değerli nimeti helaliymiş gibi hürmet edip el üstünde tutan... Üstüme yığılıp ağırlığı altında ezilmeme neden olurken ciğerimde kalan havayla nefes nefese mırıldandım. "Ben seni hak edebilmek için ne yaptım?"

Yanıma yatıp artık normale dönmüş gözbebeklerini bana dikti. "İnan aynı soruyu farklı şekilde benim de sorduğum oldu?"

"Nasıl, anlamadım?" Çetin bir ikilemde kalmıştım; o da beni hak edecek kadar iyi olmadığını mı düşünüyordu yoksa onu hak edecek kadar iyi olmadığımı mı düşünüyordu? Ama belli ki ikisi de değildi.

Sırıtıp "Bazen öyle inatçı oluyorsun ki Allah'ın seni, kişisel ceza olarak kaderime yazdığını düşünüyorum," diye cevapladı. Öfke ve kırgınlık damarlarımda dolanırken öfkem kazanan taraf oldu.

"Kömüş!"

Yataktan kalkmak için üstüme giymeye bir şeyler arıyordum, sonunda sabahlığımı bulup hışımla üstüme geçirdim. Banyoya yönelince dirseğini yatağa yaslayıp kafasını eline koyup haince sırıttı. "Nereye aşkım?"

"Banyoya, tekrarı için avucunu yalarsın!"

"Ojeleri çıkarmadan mı?" O sinsi sırıtışın ardından bunun çıkacağını hiç düşünmemiştim doğrusu. "Ben sana, o ojeleri çıkarttırırım demiştim."

Sinirden ellerimi yumruk yapıp hırlarken bir ayağımı da yere vurmadan edemedim. "Sinir şey! Ben yarın giyeceğim kıyafetleri bile ojelerime uygun ayarlamıştım!"

"Bana niye bağırıyorsun? Az önce gayet mutluydun hem, hatırlatırım."

"Bilerek yaptın! Sırf ojeleri çıkarayım diye."

"Olabilir. Ama madem çok sevdiğin boyalarını çıkarmana sebep oldu, bari devam edelim ki değsin. Yazık, tek sefer için ojelerini çıkarmış olma."

"Çok beklersin! Yok sana daha hiçbir şey!" Tuvalet aynasının çekmecesinde asetonu bulup karşısındaki pufa oturdum. Bacak bacak üstüne atmış, bir parça pamuğa döktüğüm aseton ile hem ojeleri siliyor hem de Emre'ye laf yetiştiriyordum.

Yatakta oturur vaziyette doğrulmuş, elleriyle kendini işaret ediyordu. "Bana, böyle bir adama hayır mı diyorsun?"

"Evet! Çünkü gıcıksın! Kendini beğenmiş ne olacak!"

"Gıcıklık konusunda yarışırız ama kocana hayır deme derim, günah, günah. Cık cık cık, sonra maazallah gözüm dışarı kayar, hali hazırda beni bekleyen hatta utanmadan ha bire mesaj atan Necla'ya giderim filan."

Sinirle iyice terbiyesizleşip "Nah gidersin!" diyerek el hareketi çektim. Hareketimle Emre, kahkahalara boğulup kendini yatağa geri bırakırken söylediklerini yeni yeni idrak edebiliyordum. "Necla sana mesaj mı attı?"

"Bu sabahtan beri yazıp duruyor."

"Niye daha önce söylemedin?"

"Birincisi umurumda değil, ikincisi onun evine gidip saçını başını yolmayacağından emin olabileceğim bir saatte söylemek daha uygun olur diye düşündüm."

"Yanlış düşünmüşsün! Saatin hiç önemi yok, her türlü kapısına gidip yolarım ben o yosmayı!"

"Elif saçmalama, ailesiyle yaşamıyor mu o? Rezillik mi çıkaracaksın?"

"Gerekirse evet!"

"Sebep?"

"Kocama yan gözle bakanın gözünü oyarım mesajını yakın çevreye verebilmek. Telefonunu ver bakayım ne yazmış?"

Emre'nin komodinin üstünden alıp bana uzattığı telefonu panter misali elinden kapıp gelen mesajlara baktım. Emre, Necla'nın kendini tanıttığı ilk mesajı dışındaki hiçbir mesajı açmamıştı bile. İyi ki de öyle yapmıştı, edepsiz edepsiz yazmış durmuştu. Sadece Emre'ye ilan-ı aşk etse neyse, açık açık evli olmanın önemi yok da demişti. Necla'yı bulduğum yerde saçından tutup yerde sürüklemeyi aklıma yazıp Emre'ye döndüm. "Doğruyu söyle çabuk, hasta olmasan gider miydin bu Necla'nın yanına?"

"Bilmem. Ama evde gül gibi karım varken gitmezdim herhalde. Tabii... Karım beni ihmal edip naz ederse işler değişebilirdi." Her kelimesini muzip bir sırıtma ile yapmacık bir şekilde söylemişti. Eğleniyordu benimle kömüş ama bu hali öyle tatlıydı ki Necla'ya olan öfkemi bile bastırdı.

"İyi tamam, anladık! Şunları çıkarıp geliyorum." Kalan son iki parmağımı havaya kaldırıp ona gösterdim. Pek büyük hevesle sürdürdüğüm ojelerimin son kalıntılarına da veda edip yatağa geri döndüm ve ne olduğunu anlayamadan üstüme çıktı. "Gel bakalım buraya kadın, sen kime el hareketi çektin az önce, hıh?"

Kesseler geri adım atmazdım, yapım öyle değildi çünkü. "SANA!"

"Ben şimdi hareketin âlâsını, sana bizzat uygulamalı göstereceğim." Yeniden dudakları dudaklarıma değdiğinde dünyam ondan ibaret olmuştu ve ona hayır demeyi düşündüğüm için bu kez tüm küfürleri içimden kendime ettim.

Ertesi gün Necla ve kafasından çıkaracağım kıvılcımlar temalı hayalimi Emre'nin ısrarı üzerine erteledim. Şimdilik sadece konuşarak uyaracaktım ve tekrar ederse onu dövmeme karışmazdı. Saat ona kadar dükkâna pek gelen giden olmuyordu. İşlerimi çabucak halledip bu kez yerdeki buza, çamura aldırmadan markete gittim. Kasanın fişini değiştiren Ayşegül beni görünce gülümseyip "Hoş geldin," dedi ama yüzümdeki ifadeyi fark edince "Kötü bir şey mi oldu?" diye ekledi hemen.

"Hoş bulduk canım. Senlik bir mevzuu yok. Bana Necla lazım, burada mı?"

"Evet, reyonların arasındadır. Eksikleri raflara yerleştiriyordu." Ayşegül sözünü bitirmeden ben Necla'yı aramaya koyulmuştum ve bulduğumda pişkince sırıtıp "Aaa n'aber canım?" dedi.

"Utanmıyor musun evli barklı adama asılmaya?"

"Ne?!"

"Emre'ye dün attığın mesajları gördüm! Ayağını denk al, ikinci kez uyarmam, şu ilçede insan içine çıkamayacak duruma gelmeni sağlarım ona göre! Benden yiyeceğin dayak en hafifi olur!"

"Yok, ben atmadım mesaj filan, Elif. Liseye giden kuzenler var, dün telefonum onlardaydı. Onlar şaka olsun diye, işletmek için..." Necla kıpkırmızı bir suratla uydururken ben çoktan arkamı dönmüş marketin çıkış kapısına varmak üzereydim. Bir kez uyarmıştım işte ve Emre'ye verdiğim sözü tutup, çok istememe rağmen, ona vurmamıştım.

Uyarım işe yaramış olacaktı ki, her gün kontrol etmeme rağmen haftalardır bir daha mesaj atmamıştı. Emre, beni aldatmazdı biliyordum ama o yosmayı dövmeyeyim ve rezillik çıkmasın diye mesaj attığını gizleyebilirdi. Bu yüzden her ihtimale karşı telefonunu karıştırmayı alışkanlık haline getirmiştim.

"Aşkım ustabaşı aramış seni, cevapsız çağrın var."

"Yine telefonumu mu karıştırdın?"

"Evet."

"Çok ayıp Elif, resmen güvenmiyorsun bana."

"Sana değil, Necla'ya güvenmiyorum. Yolacağım onu, içimde kaldı ama işte sana söz verdim. Hem sen Mehmet'i döverken ben sana karıştım mı?"

"O iti hiç hatırlatma! Yarın Cenklerin yanında olmayacağına da eminsin, değil mi?"

"Eminim, Sanem ve Cenk olacak sadece."

Ertesi gün Sanem ve Cenk'i alıp alışveriş merkezine gittik. Sanem'i bulmuşken alışveriş yapmamak olmazdı, kız modacı olacakmış da son anda yanlış bölüm seçip bankacı olmuştu sanki. Emre ve Cenk isyan edene dek alışveriş yaptık. Sonunda kahve içmek için yürüyen merdivenden çıkarken bir grup genç kız ayran budalası gibi Emre'ye bakıp gülüşüp kırıtınca iki elimle Emre'nin koluna sarıldım. Hepsi okul üniformalı, en büyüğü 17-18 yaşındaki kızlara öfkeyle dik dik bakmaya başladım. Sanem kulağıma eğilip "Adamın eli morardı, kan gitmiyor artık kolundan. Anladık herif senin," diyerek alay etti. Elimi hafifçe gevşetince Emre kolunu çekti ve omzuma dolayıp beni kolunun altına aldı. Evet, küçük zilliler istediğiniz kadar kıskanabilirsiniz.

Zincir bir markanın kahvecisine oturup Türk kahvesi sipariş ettik. Siparişleri alan garson erkekti, getirense bayan garsondu ve Emre'ye bakıp Sanem'in "Yuh!" demesine sebep olacak bir tonlamada "Başka bir arzunuz var mıydı?" diye sordu. Emre, garibim, sosyal fobisi ve jinefobisi su üstüne çıktığı için cevap vermek şöyle dursun geri çekilip bana doğru yaslanmıştı. "Yok!" diye sertçe cevap verip garsonu yolladım. Cenk, Emre'ye dönüp "İyi ki senin kadar yakışıklı değilim," dedi. "Sanem'in kıskançlıkları asla çekilmezdi o zaman."

Sanem alınmış gibi yapsa da biz gülerken o da bıyık altından sırıtıyordu. Keyifli bir sohbet eşliğinde onların evlilik hazırlıklarının nasıl gittiğini konuştuk. Oturacakları ev, Cenk'in ailesinden kalmaydı ve pek çok eksiği vardı, öte yandan alınan eşyaların parası yüzünden tadilat eksik kalıyordu. Mutfak çok kötüydü. Tamir edilebilir mi diye Emre'ye danıştılar. Emre de görmek için bir ara uğrayacağına söz verdi ve konu kapandı. Sonrasında hep birlikte bowling oynadık ve kızlar takımı olarak ezici bir mağlubiyet aldık. Ne Cenk ne de Emre hiç boş atış yapmamışlardı, lobutların hemen hepsini düşürüyorlardı, bizse topu daha ortadan atamıyorduk, hep yana gidiyordu musibet top.

Yemek kısmına geçtiğimizde midem kalktı. Bozuk köfte mi kızartıyorlardı anlamadım ki? Rengim değişince Sanem'e "Yemekten önce lavaboya gidelim mi?" diye sordum. Yüzüme endişeyle bakıp kafasıyla beni onayladı ve AVM'nin tuvaletine girer girmez ilk boş kabine kendimi atıp kusmaya başladım. Sanem'in yardımıyla doğrulup lavaboda elimi yıkayıp ağzımı çalkaladım. Aynadaki görüntüm korkunçtu, ruh gibi bembeyaz olmuştum. Sanem'in bana bakan endişeli yansımasını görünce gülümsemeye çalışıp "Midemi üşüttüm sanırım," dedim.

Sanem ise "Cık," diyerek kafasını yukarı kaldırdı. "Bence gol olmuş."

Midem heyecanla kasılıp kalbimin hızlı bir ritimle çarpmasına neden oldu. Bir küçük can olabilir miydi karnımda? Elim istem dışı, karnımın alt kısmına kaydı. "Sanem hemen gidip öğrenelim ama Emre'ye sürpriz yapmak istiyorum."

"Alışveriş merkezinden kaçıp gidecek değiliz herhalde. Hem önce bir yemek yiyelim sonra bir eczane bulup test çubuğu alırız."

"Tamam, yemek yiyelim önce. Ama test çubuğu ile bakmak istemiyorum, hastanede kan tahlili yaptıralım." Aklıma Emre'nin dediği "Çocuğumuzun olacağını çişten mi anlayacağız?" sözü gelmişti. Bir de sonradan hayal kırıklığına uğramamak için kesin bir yolla öğrenip emin olmak istiyordum.

"Tamam, özel hastanede hemşire kuzenim var. Onu arıyorum, geleceğimizi söyleyeceğim." Sanem kısa bir telefon konuşması yapıp bana döndü. "Tamamdır. Yemeğimizi yiyip çocukları atlattık mı, bitti. Ay çok heyecanlı ya! Teyze oluyorum belki de."

Sanem, bana kocaman sarıldı ve bana kız kardeşim gibi hissettiren kucaklaşmamız ablama özlem duymama sebep oldu. Kendimi toparlayınca tuvaletten çıktık. Hâlâ kızartma kokusu midemi bulandırıyordu ama kendimi tuttum. Siparişlerimiz gelmişti ve Emreler bizi bekliyorlardı. Yanına otururken Emre yüzüme dikkatle bakarak "Solgun görünüyorsun, iyi misin?" diye sordu. Hamile olma ihtimalim aklımdan çıkmadığı için bulantının verdiği tüm yorgunluğu yüzümden silecek genişlikte gülümsedim.

"İyiyim canım."

Yemeğin ardından masadakilere çaktırmadan Sanem'e kaş göz işareti yapmaya başladım. Mesajı alan Sanem "Biz, Elif'le benim bir iki çeyiz eksiğimi almak için Soğuksu tarafına geçeceğiz. Siz eve dönün isterseniz," dedi. Otobüse binmemi istemediğini bildiğim için hemen Emre'ye "Arabayı bize bırakırsan iyi olur. Hem aldıklarımızı rahat taşırız Sanem'le," dedim.

Emre, itiraz bile etmeden kabul edip arabanın anahtarını bana verdi. İkisi de kadınlara özel bir alışverişe çıkacağımızı düşündükleri için bizimle gelmeyi teklif bile etmediler. Oysa Sanem, seksi don alışverişini çoktan yapmıştı. Emre'ler alışveriş merkezinden çıkarken biz de otoparka indik. Sürücü koltuğuna yerleşip özel hastaneye yollandım. Hastaneye girer girmez heyecanım katlandı.

Sanem'in kuzeni Selinay bize yardımcı olup test sonucunun hızlı çıkmasını sağladı. Sonucu doktora göstermek gerekiyordu ama daha doktora kalmadan Selinay "Müjdemi isterim, hamilesin," dedi. Sanem yerinde zıplayıp bana sarılırken dudaklarımda kocaman bir sırıtışla gözlerimden yaşlar boşalıyordu.

Biraz toparlandıktan sonra doktorun yanına girdik. "Son regl döneminize göre hesaplarsak dört haftalık gebesiniz, tebrik ederim," dedi. Sanki ilk kez öğreniyormuşum gibi yine mutlu olmuştum. Aklıma her geldiğinde sevinirim ben böylesi güzel habere... Delimden bebeğim vardı, ikimizin bebeği... Doktor şimdilik gebeliğimle ilgili her şeyin normal olduğunu söyleyip yememem gereken şeylerin listesini verdi. Gazlı içecekler, çok acılı yiyecekler, cips, fastfood... Liste en sevdiğim yiyeceklerle uzayıp giderken bol bol tüketmem tavsiye edilenler listesine gözüm kaydı. Sebze, meyve, süt, yoğurt, yumurta... *'Güle güle lezzetli yemekler, merhaba sağlıklı beslenme.'* dönemi başlayacaktı hayatımda anlaşılan. Sağlıksız olan her yemek de çok lezzetliydi aksi gibi. Yoksa yasak elma misali, Adem oğlu ve Havva kızı biz insanlara zararlı olduğunu bildiğimiz için mi tatlı geliyorlardı acaba?

Doktorum, periyodik bir muayene cetveli oluşturup bana da bir çıktısını verdi. Kontrolleri aksatmamamı tembihledi ve vitamin hapı yazıp tekrar tebrik etti. Hastanede işimiz bittiği için arabaya binip doktorun yazdığı ilaçları almaya eczaneye gittik. Eczanede gözüme emzikler takılınca aklıma harika bir fikir geldi. Bir emzik ve çıngırak aldım. Sanem, ilk günden bebeğe alışveriş yaptığımı düşündüğü için benimle alay ediyordu ama benim aklımda çok daha güzel fikirler vardı.

Eve geldiğimde Emre'ye hiçbir şey çaktırmadım ve rutin bir akşamın ardından yatağa girdik. Ona söylememek için kendimi zor tutuyordum. Dilimin ucuna her geldiğinde sabredip çenemi tutabilmek için peş peşe Emre'yi yanağından öpüyorum. En sonunda yatakta kafasını benden kurtarıp "Yeter kadın! Derim soyuldu artık. Hatta bence yanağımın o bölgesinde daha sakal çıkmayacak hiç," dedi.

"Aman hemen şımar! Seni de sevmeye gelmiyor."

"Sev, sev de... Yani arada bırak da nefes alayım!"

"Kömüş!" Arkamı dönüp yattım, ben de Elif isem bunun intikamını çok eğlenceli bir şekilde alacaktım ondan. Planladığım şakayı düşününce gülümsedim ama çok uzun sürmediği mutluluğum.

"Her hoşuna gitmeyen lafımda kıçını dönme bana!" Popoma yediğim şaplak ile çığlığı bastım.

"Ay! Hayvan! Yavaş ayı! Öküz, kömüş, dümbük!"

"Höst! Yavaş gel! Döşemelik kumaşı zımbalar gibi ağzını zımbalarım senin, ne dedin sen öyle?"

"Her zamanki gibi kömüş, öküz yani adını!"

"Yok yok, onlar değil. Hayvanlar âlemi hariç bir şey daha dedin sanki."

"Dümbük dedim."

"Hâlâ ısrarcısın yani dediğinde?"

"Ne var ki dümbükte?" Emre fena kızmıştı, dümbük şaka yaparken ayarı olmayan ya da ne bileyim, dengesiz falan demek değil miydi?

"Dümbük, pezevenk demek!"

"Hadi ya..."

"Hem de öyle her karı satana dümbük denmez! Kendi karısını satana denir! Geri zekâlısın resmen!"

"Özür dilerim. Ama nereden bilebilirdim acaba? Ben senin gibi sözlük yutmuş gibi olamıyorum."

"Bu sokak jargonudur, sözlükte arayacağım son kelime olurdu herhalde. Bir daha anlamını bilmediğin şeyleri yırtık dondan çıkar gibi söyleme!"

"Anladık, tamam! Çocuk değiliz, azar çekiyorsun!"

"Sana bir ayar çekeceğim, göreceksin şimdi! Ettiğin küfrün farkında bile değilsin! Üstelik ucu sana dokunuyor, tövbe ya rabbim ya!"

"Özür diledim ya!" Gözlerim doldu dolacaktı biraz daha uzatırsa. Sakin kalmaya çalışarak gözlerimi kapattım, o da dibime kadar sokulup "Öp birkaç tane daha, belki o zaman özrünü kabul ederim," diye kulağıma fısıldadı.

"Eksik kalsın, yüzün eskir(!)"

"Hem edepsizsin hem de her lafa cevap veriyorsun! Niye biraz daha ağır başlı olmayı denemiyorsun? Bence bu güzelliğine bir de hanımefendilik yakışır."

"Böyle yanına yakışmıyorum yani?"

"Onu mu dedim ben şimdi? Biraz sakin ve yumuşak başlı olsan hayatımız daha mutlu ve kolay geçerdi."

"Sana daha önce de dedim, benden bu saatten sonra kuzu olmaz."

"Dişi kaplanım benim, o zaman sen de en azından kedi ol, gerekmedikçe çıkarma tırnaklarını."

"Tetikte büyüyünce o tırnaklar hep dışarıda oluyor. Zor, tedbiri elden bırakmak."

"Ben varım artık. Kendini korumana gerek yok, ben seni koruyup kollarım."

Nasıl küsüp kızacaktım ben bu adama şimdi? Boynuna sımsıkı sarıldım, hamileyim dememek için dilimi ısırmam gerekti. Her şey mükemmel şekilde olmalıydı ve delim, baba olacağını yarın, yani doğum günü olan 1 Şubat'ta sürprizim ile öğrenmeliydi.

Sabah, Emre namazdan dönünce hemen kalktım yataktan. Bugün pazardı, dolayısıyla Emre tüm gün evde olacaktı. O uyanmadan hazırlıklarımı tamamlamalıydım. Dün sipariş verdiğim pasta, eve geldiğinde teslimatı yapan kişi zile bastı. Emre'nin de zil sesine uyandığını tahmin etmek zor değildi. Kurduğum harika kahvaltı sofrasını son kez kontrol edip hediyemi yemek odasındaki çekmecelerden birine koydum.

Merdivenin basamaklarından çıkan takırtılar ile Emre'nin aşağı indiğini anladım ve mumları yaktım. Yirmi yedi yaşına basıyordu bugün, otuzuna üç kaldığını söyleyip onunla alay etmeyi kafama not ettikten sonra gelmesini bekledim heyecanla. Ama biraz uzun sürdü beni bulması çünkü normalde kahvaltıyı mutfakta ederdik. Sonunda geldiğinde "İyi ki doğdun, iyi ki doğdun... Mutlu yıllar sana..." şarkısını söyleyerek ellerimi çırptım. Yüzünde öyle güzel bir gülümseme vardı ki mutluluğuna elimi uzatsam dokunabilirdim sanki. Kim demiş mutluluk soyuttur diye? Orada, Emre'nin etrafında sarılıydı işte.

Boynuna sarılıp onu sabah şekeri niyetine uzun uzun öptüm. Beni kucağına alınca öpüşmemizin ikinci ve üçüncü aşamaya doğru hız kazandığını fark edip kendimi geri çektim. "Önce hediyemi vereyim."

"Ben, hediye olarak seni istiyorum. Boş ver başka hediyeyi."

"Balım, bu hediyeyi çok beğeneceksin ama. Benden bile çok sevebilirsin."

"Senden çok seveceğim? Hımm... Konuşmayan klonun mu var yoksa?"

"Emre!"

"Buldum, daha az konuşan bir üst modelin var o zaman. Hani telefonlarda da oluyor ya yeni modelde, eski sürümün eksik yönlerini iyileştiriyorlar."

Ona yapacağım şakayı düşünüp cevap vermekten vazgeçtim. Az sonra eğlenirken, intikam alacaktım nasılsa. Çekmeceyi açıp içinden kutuyu çıkardım ve Emre'ye uzattım. "Al bakalım, çok konuşan karından, senin de katkılarınla..."

Kutuyu açıp içindeki emziği ve çıngırağı çıkardı. "Ne bu şimdi? Koca bebek mi demek istedin bana? Ha-ha-ha, aman çok komik(!)"

"Hayır, tabii ki başka şey demek istedim. Emzik ve çıngırak neyi çağrıştırıyor sana?"

"Nil mi gelecek?"

"Nil'le ne alakası var?"

"O küçük cadı, emziği çok seviyor."

"Daha genel düşün! Sürprizimin içine ettin ya!"

Çıngırağı hafifçe kafasına vurarak sallayıp biraz düşündü sonra bana bakarken elindeki kutuyu ve çıngırağı yere düşürdü. Yutkunurken Adem elması boynunda zarafetle süzüldü. Gözlerimiz birbirini bulunca maviliklerinde sakladığı engin denizden, her biri birbirinden kıymetli mücevherler, güzel yüzünü süsleyerek parıldadı. Eliyle yüzünü kurulamaya çalışarak kocaman gülümsedi ve gülümsemesi ile birkaç parıltı daha gözünden düştü. Ben de ona yaşlı gözlerle gülümsedim ve bana sarılıp başımı sığınağım olmuş göğsüne yasladı.

"Doğum günün kutlu olsun."

"Bana alabileceğim en güzel hediyeyi verdin. Teşekkürler, Elif."

"Niye Elif dedin ki şimdi?" Aşkım dememesi canımı sıkıyordu.

"Çünkü adını söylemeyi çok seviyorum. Adın sana çok yakışıyor. Elif gibi zarifsin, dürüstsün ve adaletlisin. Yanına eklenen her ekle başka bir anlama bürünecek kadar derin anlamların var. Elif gibi tek ama güçlü... Birin içindeki bin güzelliksin, sen hanemdeki bereketsin. "

"Sana da Emre adı çok yakışıktı şimdi, tam bir âşık gibi konuştun."

"Uğruna *emre* olunur da ondan Elif'im."

Mehmet öyle dediği için bana hiç Elif'im demezdi. Şimdi nasıl olup da dediğini merak etsem de bu anı, o gudubetin adı ile gölgelememek için vazgeçtim. "Kahvaltı edelim mi? Bak sevdiğim tandır ekmeklerinden de yaptım."

Sofraya oturduktan sonra Emre, sürekli bebekle ilgili sorular sorup durdu. "Kaç aylık?"

"Dört haftalık henüz."

"Hangi seferde oldu acaba? Hesaplayınca yılbaşı zamanına denk geliyor. Sakın o gece olmuş olmasın?"

"Seni bağladığımız gece mi?"

"Hı hı."

"O manyaklığı niye yaptık hâlâ anlamasam da, bence de muhtemelen o gecedir."

"Selçuk yüzünden beni bağlamanı istedim."

"Ne?"

"Bir seansta sana güvenip güvenmediğimi sordu. Güveniyorum dedim ama pek inanmadı. Senin elini kolunu, gözünü, ağzını bağlasa ne yapardın dedi? Ne desem inanmadı bana, dahası benim de içime kurt düşürdü. Krize girer miydim onu öğrenebilmek için yaptım. Çünkü Selçuk'a göre öyle bir anda hatırlamadığım anılarımı hatırlayabilirmişim."

"Doktorun yatak odamızda ne yapacağımıza mı karar veriyor?"

"O, yapın demedi. Sadece en uç örneği verdi ve seni bağlasa korkup anıların su yüzüne çıkabilir dedi. Ben de içimde şüphe kalmasın diye kendimi denemek istedim o kadar. Ona bağlama olayını gerçekten yaptığımızı söylemedim tabii ki de. Ama şimdi baba olacağımı söyleyeceğim."

"Ben daha kimseye söyleyemedim, sadece Sanem biliyor."

"Dün onunla bunun için mi gittin?"

"Evet, hastaneye gittik ve idrar değil, kan tahlili ile bebişimizi öğrendik."

"Acaba kız mı olur erkek mi?"

"Fark eder mi?"

"Hayır, tabii ki. Sadece ona bebek odası tasarlamak için sabırsızlanıyorum."

"Sen şimdiden tasarla, cinsiyeti öğrenince renkleri seçeriz biter."

"Basit bir takım yapacak değilim ki sadece renkler ayrı olsun."

"Nasıl yani?"

"Kız olursa prenses odası tasarlayacağım. Yatak, at arabası şeklinde olabilir, dolaplar da kale şeklinde. Erkek olursa gemici konsepti düşünüyorum; yelken şeklinde cibinlik, tekne şeklinde yatak."

"Ayıptır sorması, ne zamandır bunları düşünüyorsun?"

"İlk birlikte olduğumuzdan beri."

"Ben de kendimi hevesli sanıyordum. Babamız benden betermiş."

"Annesi bu kadar güzel olunca babası ne yapsın?" Birden bakışları değişmişti.

Kahvaltımız bittiği için sofrayı toplamaya başladım ve o da bana yardım etti. İşimiz bitince "Ben hâlâ hediye olarak seni istiyorum." dedi belime sarılarak. İşte şimdi Emre'yle kafa bulmaya başlayabilirdim.

"Ama olamaz maalesef aşkım. O hediyeyi alınca öbür iş olamıyor."

"Bence ikinci bir hediyeyle ilk hediyeni kutlamalıyız."

"Anlamadın, demek istediğim hamile olduğum için artık o işi yapamayız."

"Harbi mi?"

"Evet, bebek düşer yoksa."

"Hadi be!" Suratındaki hayal kırıklığı ile harmanlanmış şaşkın ifade kahkaha atmama yeterdi ama kendimi sıkıp gülmedim. Bana geveze deyip duruyordu ve şimdi biraz daha kıvrandırmazsam olmazdı. "Doktor dedi, yapacak bir şey yok."

"Neyse canım, sen de bebek de sağlıklı olun yeter. Bekleriz dokuz ay, ne olacak."

"Dokuz ay on gün."

"Ama bir aydır hamilesin zaten. Sekiz ay, on gün yani sadece."

"Bir ay da doğumdan sonra loğusalık var. Yine dokuz ay on gün, neredeyse bir yıl ediyor."

"Çokmuş ya... Kesin olamıyor, eminsin değil mi?"

"Eminim. Neyse ben sabah erken kalktım ya uyku bastırdı. Sen de benimle yatar mısın? Sana sarılarak uyumak istiyorum."

"Tabii ki canım."

Yatak odasına girdiğimiz an Emre'nin arzulu bakışları altında soyunmaya başladım. Göz göze geldiğimizde "Hamilelikten sanırım, böyle bir ateş bastı beni," dedim.

Yutkunup gözlerini kapatmakla yetindi. Çok şekerdi bu şaşkın ördek haliyle ama acımak yoktu. Yanına yatıp sırtımı ona dayadığımda popomda onu hissettim. Dönüp sorar şekilde bakınca "Elimde değil," dedi, özür diler gibi.

"Ekim'e kadar sadece bekleyeceğiz. Peki, şey yapamaz mıyız?"

"Ney?"

"Yani önceden yaptığımız gibi oynaşamaz mıyız?" Herif kendini memnun etmenin yolunu yine bulmuştu.

"Olmazmış."

"O niye? Giren çıkan yok, bebeğe ne oluyor acaba? Bu velede şimdiden sinir oldum!"

"Çok ayıp Emre! Sevişirsek, benim hormonlarım yükselebilirmiş ve bebek yine zarar görürmüş. Göğüslerimi zaten unut, süt dolacağı için ellememek bile gerekiyormuş."

"Tombullar da yok yani." Yüzünde öyle kahrolmuş ve kaybetmiş bir ifade vardı ki bu kez kahkahamı tutamadım ve yattığım yerde tepinerek gülmeye başladım. Emre bana tuhaf tuhaf bakıyordu. "Karı deliden hamile kalınca sıyırdı. Deli mi dürttü diyeceğim, o banko zaten. Ne gülüyorsun kadın?"

"Çok safsın ona gülüyorum, kandırdım seni."

"Hamile değil misin?" Birden ciddileşip üzünsü tüm yüz ifadesine yerleşti.

"Yok yok, hamileyim. Orası doğru, şaka olan hamile iken seksin yasak olduğu."

"Nasıl ya?"

"Yani düşük tehlikesi yoksa -ki yok- gebeliğin son iki ayına dek seni çok yormayacak şekilde yapabilirsiniz, dedi doktor demek."

"Kafa buluyordun benimle! Bittin kadın sen, gel buraya." Birden beni altına çekip sırıtarak koyulaşmış gözlerini gözlerime dikti.

"Seni yormadan demek? Söz veremem ama deneyeceğim."

# 16

Neredeyse iki hafta olmuştu ama hâlâ sabahları uyandığımda yaşadığım bulantıya alışamamıştım. Ben kusmak için yatak odasının banyosuna koştururken Emre de tek hareketle yataktan kalkıp peşimden geldi. Niye geliyordu ki? Beni kusarken görmesini istemiyordum. Onu yollamak için "İyiyim ben, git yat sen," dedim.

"Banyoda -Allah göstermesin- kayıp düşersin diye korkuyorum."

"Olmaz bir şey. Zaten kusamıyorum, çoğu zaman sadece öğürüp duruyorum."

"Olsun meleğim benim, yanında olmazsam içim rahat etmez." Yüzümü avuçlarının arasına alıp iki gözümden öptü. Bu adamın beni böyle sevmesine gözümün dolmayacağı ve bu kadar sevilmeye alışacağım günler de olacak mıydı acaba?

Bulantım yine bastırınca Emre'nin ellerinden hızla çekilip hemen başında durduğumuz lavaboya eğildim ve o an midemde bir şey olmadığı için sarı su kustum. Öğürtüler pek çok kez sonuçsuz kalırdı oysa. Bu sabah Emre yanımdaydı ya, illâ kusacağım tutmuştu. Ben kusarken Emre, düşmemem için kolumdan tutmuş yanımda duruyordu ama iğrenip onun da kusması için birkaç saniye yetmişti bile. Beni bırakıp klozete koştu ve kusmaya başladı. Ben lavaboyu temizlerken o da tüm midesini boşalttığı klozetin sifonuna basıp doğruldu.

"İyi misin?" diye sordum.

Kafasını olumlu anlamda salladıktan sonra "Kusmuk kokusu midemi bulandırıyor. Kusan birini görünce ben de kusuyorum," diye açıkladı.

"O zaman ne demeye peşimden geliyorsun?"

"Ya başın döner ve banyoda düşersen? Seni bırakamam tek başına. Artık dokuz ay kusarız beraber yapacak bir şey yok."

"Korkma dokuz ay değil. Bulantılar üçüncü aydan sonra kesilmeye başlarmış, ablam dedi."

"Ablan, duyunca hamile olduğuna sevindi mi?"

"Hem de nasıl? Sen hâlâ babana demeyecek misin?"

"Elif nasıl diyeyim? Babam en nihayetinde, ayıp olur. Baba bak, Elif hamile, ben bıraktım onu hamile, demek gibi olur."

"Ne geri kafalısın? Ne alakası var? Babacım sana torununun geleceğini müjdelerim, de. Hiç olmadı kestirmeden dede olacaksın Allah'ın izniyle de. Bak bu ikincisi tam babanın stili, hacı işi oldu. Bence bu cümle ile söyle."

"Sana da eğlence çıktı bakıyorum da."

"Çıkar tabii. Doktoruna ertesi gün arayıp söyledin, senin oğlana arkadaş geliyor diye. Ama iki gözü toprağa bakan ve tek dileği torununun müjdesini almak olan babana hâlâ diyemedin."

"Sanki sen ananlara dedin de?"

"Ben sayende annemlerle konuşmuyorum ama ablama dedim ve o da eminim çoktan anneme demiştir bile."

"Ve buna rağmen o anan olacak kadın seni arayıp tebrik etmedi, öyle mi?"

"Emre, lütfen bu mevzuları açıp da sabah sabah üzme beni."

Bebeğimin varlığını öğrenir öğrenmez hayatımın merkezi o olmuştu. Daha ilk andan onu koruyup kollamak ve sağlığını garantiye almak için her hareketime dikkat etmeye başlamıştım. Annelik içgüdüleri, hormonlarım vasıtasıyla beni sarıp şu an sadece yarım santim boyu olan bebeğim için içimi ısıtan bir sevgi duymama sebep oluyordu. Annemin de bana zamanında bu kadar büyük bir sevgi besleyip beslemediğini merak eder olmuştum son günlerde. Eğer bir gün o da beni bu kadar çok sevdiyse şimdi nasıl olurdu da o büyük sevgi tükenebilirdi? Kendi bebeğime bağlılığım artarken anneme olan kırgınlığım da büyüyordu. Zaten tavan yapan hormonlar nedeniyle iyice duygusallaşmış her şeye ağlar olmuştum. Şuan olduğu gibi...

Emre, eğilip başparmakları ile gözyaşlarımı sildi. "Ağla diye demedim aşkım, özür dilerim."

Elimi umursamaz şekilde havada sallayıp "Seninle alakası yok zaten. Hormonlardan herhalde sürekli bir duygusallık var. Hiçbir şey bulamasam mutluluktan ağlıyorum," dedim.

"Dokuz ay musluklar açık olacak yani?"

Olumlu anlamda kafamı sallayınca "Eyvahlar olsun!" dedi beni mest eden gülümsemesiyle. "İstersen sen bugün işe gelme."

"Ben gayet iyiyim, sorun yok."

"Kustuğun için yorgunsundur."

"Emre, sen benden çok kustun, hatırlatırım."

Emre'nin aşırı korumacı hiçbir tavrını önemsemeden kahvaltıdan sonra giyinip yine el ele onunla işe gittim. Doğuma daha aylar vardı ve hiç de kendimi eve hapsedecek falan değildim. Mümkün olduğu kadar işime ve rutinime devam edecektim. Emre, yine bin kez "Kötü hissedersen haber ver, hemen." diye tembih ettikten sonra atölyeye geçti.

Zaten sabah bulantıları dışında gayet iyi sayılırdım. Bir de sanki burnum keskinleşmişti, normalde sevdiğim pek çok koku artık çok yoğun duyumsadığım için midemi bulandırır olmuştu. Özellikle kızartmalar başta olmak üzere ağır yiyeceklerin kokusuna katlanamıyordum. Öte yandan iştahım açılmış iki saat arayla yemek yiyordum hatta çalışırken masamda hazır bir tabağın üstünde, atıştırmalıklar bulunduruyordum hep. Minik, içi peynirli poğaçalardan ağzıma bir tane atıp muzlu süt yardımıyla yuttum. Evet, artık çok sevdiğim çaya ve kahveye kısa süreliğine elveda demiştim.

Ama süt, yoğurt ve ayrana aşerdiğimi düşünürsek bu durumdan şikâyetçi de değildim. Bir de tatlı krizlerim vardı tabii. Pastanede yapılanların ne kadar sağlıklı olduklarına emin olamadığım ve bebeğim için sağlıklı beslenmem gerektiği için evde renk renk mini kekler yapıp masamda hazır bekletiyordum çünkü sürekli canım tatlı bir şeyler çekiyordu.

Bu obur hallerime Emre'nin de desteği tamdı. Bulantılarımın geride kaldığı, hamileliğimin üçüncü ayında, yine işyerinde bir öğlen arası yemek yerken "Ye ye, yarasın aşkıma. Şimdi çok ye ki bebeğimiz tosun gibi doğsun." diye bana elleriyle menemene bandırdığı ekmek parçasını yediriyordu. Ayran yardımıyla zoraki dolu ağzımı yutup cevap verdim.

"Babası kömüş, çocuk kesin tosun olur zaten aşkım. O konuda hiç endişe etme yani."

"Valla anası da besili ineğe benzemeye başladı şimdiden."

"O ne demek ya?" Aslında daha şimdiden bebekle alakası olmaksızın yedi kilo almıştım. Bunu bildiğim için de alınıp "Yemeyeceğim daha!" dedim.

"Tavayı dibine dek süpürmezsen hatırı kalır." Kömüş hâlâ alay ediyordu benimle. Dokuz aya balon gibi şişerdim ben, şimdiden belli olmuştu. Bu kadar yersen olacağı o, diyen iç sesime "Sus sen zilli! Ne oluyorsa senin yüzünden oluyor zaten! 'Ay bir tane de vanilyalı mini kek ye ne olacak ki?' deyip durdun! Sana uyduğum için kilo alıyorum hep!" diyerek bir güzel azar çektim. Acaba Emre'nin bebeğini taşıyorum diye mi bu deli hallerim baş göstermişti?

Şüpheyle kendisine baktığı fark eden Emre, ağzı dolu olduğu için göz kırparak "Ne oldu?" der gibi sorguladı.

"İç sesime az önce zilli dedim ve kendi kendimle kavga ediyorum. Sanırım biraz tırlatmaya başladım."

"Normal o normal. Sen zaten ilk başta raporu eksik bir deliydin, vardı yani hafif kaçıklık. Şimdi, bir de benim bebeğimi taşıyınca tam olmuştur. Ama dikkat et, kalabalık yerde kendi kendine mırıldanma. Ben lisede çok yapardım, en çok o yüzden alay ederlerdi."

Şakalaşmamız içinde geçmişiyle ilgili bahsettikleri yüreğimi, sızlatmıştı. "Delim benim." diyerek ona sokuldum ve beline sarıldım. "Hangisi senin onda birin kadar olabilmiş de seninle alay etmişler?"

"Takmıyorum artık, geçmiş bir tarafımda değil. Evliyim, çok güzel bir karım var, mutluyum çünkü sevdiğim ve beni seven karım hamile. İşim, gücüm, evim, arabam var, borcum harcım yok, kafam rahat. Bana ne artık Ahmet, Mehmet hakkımda ne demiş?"

"Böyle düşünmene sevindim." Dudağıma bir öpücük bırakıp "Sen varken gerisi önemini yitiriyor," dedi.

"Bu arada artık küfür yok. Anne-baba olacağız, şimdiden her hâl ve tavrımıza dikkat edip örnek ebeveynler olmaya çalışmalıyız. Nil'in bizden öğrendiklerini düşününce senin bana koca meme demeyi bırakman gerek mesela."

"Ama öylesin. Hele hamile kaldığından beri iyice şişti onlar. Sütü kaymaklı montofon ineği gibisin maşallah."

"Sen de tam KÖMÜŞSÜN! Ben zaten artık hiçbir kıyafetim olmuyor diye depresyona girmenin eşiğindeyim, sen de tutmuş alay ediyorsun!"

"Ben koca meme demeyeceksem sen de kömüş demeyeceksin."

"Anlaştık." El sıkıştık ve elim hâlâ elindeyken "Ama baş başayken tombullarla istediğim kadar konuşurum." diye tek kaşı havada ekledi.

"Harbi delisin."

"Sana deli oluyorum kadın." Avucumdaki elimi çevirip yine beni ayamdan öptüm. İç sesim "Asıl zilli sensin, hem de şanslı zilli." deyince "Biliyorum." diye kendi kendime böbürlendim. Emre, harika bir baba adayı olmuştu şimdiden. Daima yanımda olmaya uğraşıyordu, gecesini gündüzünü bana endeksli yaşıyordu. Ben de bu fedakâr davranışlarından cesaret alarak bir gün, gecenin bir yarısı Emre'yi uyandırmak için dürttüm.

"Aşkım! Aşkım!"

"Hıh? Ne oldu?"

"Benim canım bir şey çekti." Utançtan kızararak başladığım cümlenin gerisini nasıl getireceğimi bilmiyorum.

"Aşeriyor musun? Ne istiyorsun hayatım?"

Dudağımı ısırıp itirafımı yaptım. "Seni."

"Kadın kudurdun mu?" diye sorduğunda hemen "Hormonlar yüzünden oluyorum böyle. Hamilelik hormonları yüzünden üçüncü aydan sonra böyle cinsel isteklilikte bir artış olabilirmiş." diye tüm suçu hamilelik hormonlarıma yıktım.

Gözündeki çapakları, tek eliyle burnunun kemerinden tutarak temizlemeye uğraşıp "Daha uyanamadım bile, sabah yapsak." diye mırıldandı. Küskün bir şekilde yüzüne bakıp "Bir de başım ağrıyor de, tam olsun!" diyerek sırtımı döndüm ona.

"Kadın, her tribinde bana kıçını dönüp durma." Arkadan bana sarılınca hemen olabildiğince sırnaşarak ona doğru döndüm. Dudaklarımız buluştuğunda bal dudaklarına olan özlemim bitecek gibi görünmüyordu ama ciğerimdeki oksijen tükenince nefes almak için geri çekildim. "Sayende uyanma sebebim güzelleşti. Önceden kâbuslar yüzünden uyanırdım şimdiyse güzel karım beni istediği için uyanıyorum." diyerek beni kolları arasında onun olmanın o özel hissiyle tekrar buluşturdu. Bedenlerimiz sonunda birbirinden ayrıldığında hâlâ nefesini düzenlemeye uğraşarak "Bu kadar şiddetle şey olman bebeğe zarar vermez mi?" diye endişeyle sordu.

Komodinin çekmecesinden doktorumun son kontrolde bana verdiği bilgilendirme broşürünü alıp ona uzattım. Parmağımla bir maddeyi işaret edip "Burayı oku," dedim. O da yüksek sesle gece lambasının loş ışığında okumaya başladı.

"Madde 7: Gebelik sırasındaki cinsel ilişkide gebenin orgazm olması anne karnındaki bebeği olumsuz etkilemez, tam aksine bebeğin hareketlerinin bu esnada arttığı ve NST de olumlu olarak etkilendiği bilinmektedir."

Emre kocaman açtığı gözleriyle bana bakarak sırıtıyordu. "Oha! Bildiğin bizim seks yapmamızı seviyor."

Olumlu anlamda kafamı sallayınca "O zaman doğduktan sonra da böyle devam eder umarım," dedi. "Yani geceleri zırlayıp zırt pırt uyanmaz ve seni benden çalmaz."

"Şimdiden bebeği mi kıskanıyorsun?"

"Biraz kıskanıyor olabilirim. Tüm ilgin onun üstünde, daha dünyaya gelmedi bile üstelik."

"Babası, sen onu hissedemediğin için öyle düşünüyorsun. Yani senin gerçekten baba olduğunu anlaman için onu kucağına alman gerek. Oysa ben onu daha şimdiden tüm benliğimle hissedebiliyorum."

"Öyleyse biz de tanışırız," diyerek yorganı açıp kafasını karnıma koydu. "Öhöm öhöm!" diye yalandan bir öksürükle sesini düzenleyip bebekle konuşmaya başladı. "Henüz cinsiyetini bilemediğimiz için sana hitap konusunda biraz sıkıntıdayım velet ama yine de merhaba demek istedim. Ben baban. Evet, evet. O, ananın ha bire yanında olan ve kıskandığın için çekemediğin adam. O benim. Memnun oldum. Bence anneni paylaşma konusunda anlaşabiliriz. Mesela doğduğunda tombullar hep sana rezerve olacak ama iki tombul var ve birini bana ayırırsan ben de ilkokuldayken karnen kötü olsa bile sana istediğin bisikleti alma kıyağını yapabilirim. Uzun vadeli düşünmeni tavsiye ederim. İş güç sahibi olana dek harçlığı hep benden isteyeceksin çünkü."

Kahkahamı koy verip "Deli, daha şimdiden çocukla pazarlık ediyorsun," dedim.

"Evet, az kalsın unutuyordum velet, bir de Deli Emre'nin çocuğu diye anılmaya şimdiden alışsan iyi olur." Bu son cümleyi alayın içine sakladığı bir hüzünle söylemişti. Karnımı öpüp göğsüme kafasını yasladı ve "Keşke onu üzmeyecek kadar normal olabilseydi geçmişim," dedi.

"Ben eminim ki o babasıyla daima gurur duyacak çünkü hiçbir arkadaşının babası, seninki kadar kocaman bir yüreğe ve temiz bir ahlaka sahip olamaz."

"İnşallah dediğin gibi olur ve benden utanmaz. Acaba cinsiyeti ne, çok merak ediyorum."

"Önümüzdeki ay kontrolde belli olabilir. Sanem ve ablam da senin gibi kız mı erkek mi diye meraktalar. İkisi de gelecek benimle."

"Ben de geleceğim kesin. Dayanamayıp iki türlü de çizimleri tamamladım. Sadece cinsiyeti öğrenip imalata başlaması kaldı."

"Sanem de cinsiyeti belli olsa da kıyafet alsak diye hazırda bekliyor."

"Sanem demişken, onların evinin mutfağına baktım geçen söz verdiğim gibi."

"Eee?"

"O mutfak tamir aşamasını çoktan geçmiş. Tüm dolaplar çürümüş nerdeyse. Diyorum ki biz düğün hediyesi olarak mutfağı yenilesek nasıl olur?"

"Sanem o kadar pahalı bir hediyeyi kabul etmez."

"Sürpriz yaparız o zaman. Evin anahtarının bir kopyasını tamir için bana teslim ettiler bile. Sen sadece Sanem'in mutfağında hangi renkleri istediğini öğren yeter. Kiminin parası kiminin duası demişler. Cenk de iyi çocuk ve evlenirken paranın nasıl uçup gittiğini çok iyi biliyorum."

"Babanın tüm birikimini harcamıştım, hatırlıyorum."

"Babam o parayı, yıllarca ben evleneceğim diye biriktirmişti zaten. O yüzden dert etme."

"Cömert babana torun müjdesini hâlâ verme sen de!"

"Ya tamam, cinsiyeti belli olsun bir yolunu bulup söyleyeceğim."

"İyi bakalım. Desene herkes bizimki küçük bey mi hanım mı diye merakla bekliyor."

"Aynen."

Biz cümbür cemaat bu kadar hevesliyken bir ay sonraki kontrolde bebeğimiz arkasını döndüğü için cinsiyetini göremedik. Doktor Hanım sevimli bir ses tonu ile "Bebeğimiz bize küs sanırım, arkasını dönmüş," deyince Emre hemen "Anası kılıklı," diye sadece benim duyabileceğim bir ses tonunda mırıldandı.

Emre'ye gülümseyip gözlerimi devirirken ablam da diğer yandan hayıflandı. "Ben ona bir sürü patik, hırka, battaniye örmek istiyorum. Niye önüne dönmüyorsun teyzeciğim? Neyse en azından battaniyeyi beyaz yünle örmeye başlayayım. Kız da erkeğe de uyar beyaz."

Sanem "Ama kız olur inşallah. Ben ona tütülü elbiseler, şeker pembesi etekler alacağım daha," diye heyecanla ellerini çırptı.

Emre, doktora dönüp "Sağlığı asıl önemli olan, nasıl o? Her şey yolunda mı?" diye sordu.

"Evet, gayet sağlıklı. Ama annemiz biraz hızlı kilo alıyor ve şuan kolestrolü normal olsa da ileriki aylar için endişe duyuyorum." Doktor kibarca az ye biraz diyordu ama ne mümkün? Eve döndüğümüzde ablamla geçen sene, Eylül ayında kurduğumuz turşulardan bir kavanozunu açmış kıtır kıtır televizyonun karşında yiyordum.

"Afiyet olsun."

"Soğ ol." diye ağzımdakini yutmadan cevap verdim.

"Montofoncuğum, doktor sana çok yeme demedi mi?"

"Doktoru bahane ediyorsun, aslında kilo aldım diye beni beğenmiyorsun değil mi?"

"Ne alakası var Elif? Sağlığın için dedim sadece."

Ağzıma bir turşu daha tıkıp "Yok yok, onlodom ben senö!" diye söylendim. Birden gözlerim dolmuştu.

"Yine ağlamaya başlama gözünü seveyim."

"Sıkıldın mı benden?"

"Nasıl sıkılayım? Baksana bir anın diğerine uymuyor. Hiç monoton bir hayat sürmüyoruz ki sıkılmaya vaktim olsun. Her anımız sayende aksiyon dolu."

"Sıkılmadın yani?"

Olumsuz anlamda kafasını sallayınca "Duba gibi oldum diye benden soğumadın mı peki?" dedim bu kez.

"Onu nerden çıkardın? Böyle yüzün daha güzel oldu hatta. Etli butlu daha bir ele avuca gelir oldun, seni her türlü beğeniyorum ben."

"Ya daha çok kilo alırsam doğuma dek."

"Alacaksın zaten ve ben senin o halini de seveceğim."

"Peki, doğum sonrası kiloları veremezsem de sever misin?"

"Tombulum diye severim seni hatta -ki tombulları nasıl sevdiğimi biliyorsun-." diyerek göz kırptı.

"Ben de seni göbekli, kel olsan bile severim."

"Biliyorum, güzeller güzelim benim, çocuğumun annesi."

"İnşallah haftaya olan kontrolde bebeğin cinsiyetini öğreniriz de kızımız ya da oğlumuz diye seslenmeye başlayabiliriz."

"İnşallah, bakalım."

Emre, aslında en çok merak edendi bu konuyu çünkü üst kattaki bir oturma odasındaki eşyaları şimdiden boşaltmayı kafasına koymuştu. Orası çocuk odası olacaktı. Oradaki mobilyaları konuşsaydık annemlere hediye edebilirdim. Çünkü hep alt kattaki salonu kullanmıştık ve bu eşyalar yepyeni duruyordu. Annemlerin evinde ise kırık çekyatlar vardı salonda. Hamilelikte annemi düşünüp de ağlamamam mümkün olmuyordu ne yazık ki. Bu hüzünlü hallerimin hepsini unutmamı sağlayan şey ise kontrolde doktorun "Sonunda küçük *bey* bize pipisini gösterdi." diye müjde vermesi oldu.

Emre'yle birbirimize gülümserken doktor "Artık mavileri almaya başlayabilirsiniz." dedi. Ultrasonun bir çıktısını alıp bize vermeyi de ihmal etmedi. Eve dönerken Emre "Boşuna kıskanmamışım şimdiden. Kız olsa neyse de başka bir erkek için bana ilgin azalacak desene." diye sırıtarak takılıyordu. Sanki hamile olduğumu yeni öğrenmiş gibi hepimiz tekrar sevinmiştik. Bu durum kız olsa da aynı olacaktı çünkü merakımızı giderebilmekti asıl olan, cinsiyet ayırımı değildi.

Eve gidince telefona sarılıp ablam ve Sanem'e haber verdim. Pembe elbise hayali kuran o değilmiş gibi Sanem "Bir tane minicik erkek deri ceketi vardı, onu alacağım hemen." diye çığlığı kopardı. Ablam "Nil ile kızı sevmiştik seninkiyle de azıcık erkek bebek severiz." diye mutlulukla tebrik etti. Ertesi sabah işe gitmek için kahvaltı ederken Emre, gururla bana bakıp "Bu sabah namazda babama dedim bebek beklediğimizi." dedi. "Akşama, amcamla bize ziyarete gelmek istiyorlar. Senin için uygun mudur?"

"Ne demek Emre? Başımızın üstünde yerleri var, sorman hata."

"Hamilesin ya yormaktan çekiniyorum seni."

"Düşünceli delim benim, yerim seni ben."

"Elif, gerçekten beni de yiyeceksin diye korkmaya başladım. Aşkım o yediğin kaçıncı poğaça?"

"Sana ne be? Kömüş!"

"Aaa çok ayıp! Küfür yok demiştin, unuttun mu?"

Yüzümü asıp trip atmakla yetindim çünkü bu kuralı ben koyduğum için beni kendi silahımla vurmuştu. İş yerine girdiğimde hamile olduğumu yeni öğrenen Miraç tebrik ederken yine sinirlerim zıplamıştı ama bu kez sakin kalmayı başarabildim.

"Abla dün annem dedi, oğlunuz olacakmış, hamileymişsin, çok sevindim. Tebrik ederim ikinizi de."

"Sağ ol canım."

"Valla abla, ben koruyordum sen, şişip ayı gibi kilo alıyorsun diye ama hamile olduğunu öğrenince içim rahatladı. Yoksa kilo alıyor olsan durumun vahimdi."

"Sağ ol Miraç, çok güzel moral veriyorsun!" diye dişlerimin arasından tısladım. Kızdığımı anlayan Miraç "Oldu, o zaman ben atölyeye geçeyim." diyerek Emre'yle beraber arkaya geçti. Sakinleşmek için koltuğuma oturup muzlu sütümden bir yudum içtim. Dükkânın kapısı açılınca müşteri geldi diye gayri ihtiyari kafamı kaldırdım ve Tufan'la göz göze geldik. Ben çattığım kaşlarımla Tufan'a bakarken o gülümseyip "Tekrar dayı mı oluyorum harbi?" dedi. Kafamı sallayarak onaylamakla yetindim.

"Tebrik ederim. Allah analı babalı büyütmeyi nasip etsin."

"Amin. Kim söyledi?"

"Ablam, anneme çoktan demiş. Ama annem, babamla bana dün dedi, oğlun olacakmış."

"Allah sağlıkla doğurmayı nasip ederse evet."

"Babam çok sevindi. Erkek torun geliyor diye gurur duyuyor."

Annem ve babamın erkek çocuk merakı yüzündendi demek ki tüm bunlar. Gözlerimi devirsem de birden mutlu olmuştum, sevinmelerine. Tufan'a masanın karşısındaki koltuklardan birini işaret edip "İşin yoksa otursana. Sana içecek bir şeyler getireyim." dedim.

"On dakika izin aldım patrondan. İçerim yani bir çayını. Ama... O senin içtiğin bulanık şeyden ise kalsın abla."

"Yok, sana tavşankanı çay getireceğim. Benim içtiğim muzlu süt zaten."

Tufan'a çay doldurup önüne bıraktım. Annem ve babamla aramız düzelir mi çok merak ediyordum. Tufan çayını yudumlarken "Babam nasıl?" diye sordum. "Tamamen iyileşti mi?"

"İyi ama hâlâ çalışamıyor. Birikmiş parayı yedik, bitti."

"Para mı lazım?" Bunun için mi gelmişti Tufan? Benim için ya da gerçekten bebek için geldiğini ummuştum oysa. Peşin hükümlü düşüncelerime inat Tufan "Yok ya ben varım! Çalışıyorum, bakıyorum eve." diye böbürlendi. Umursamaz Tufan bile dayı olacağını öğrendiği için gelmişti sadece. İçime dolan mutlulukla kocaman gülümseyerek takdir ettim onu.

"Aferin, adam oldun sonunda yani."

"Abla ayıp olup oluyor, adam değil miydik yani?"

"Oğlum adamlık hâlle, tavırla olur. Sen takmıştın araba diye gidiyordun. Sahi o iş ne oldu?"

"Banka kredi vermedi. Biz de arsayı satıp babam işsiz olduğu için o parayı yedik. Arabadan hevesim de geçti. Zaten arkadaşlardan Sabri, aldı bir yerli araba, onunla gezersek geziyoruz. Ama her gün arızalanıyor arabası. Öyle görünce hevesim kaçtı. İkinci el yerli araba değil de aldı mı sizinki gibi tam otomatik vitesli sıfır bir şey almak lazımmış. Seni görüyorum arada bir, fink atıyorsun sizin arabayla."

"Öğrendim kullanmayı, Emre öğretti."

"Deli meli iyi bakıyor sana. Maşallah şişmişsin!" Bugün, kilolarım Tufan'ın üstüne basa basa söylediği *maşallah* ile tekrar yüzüme vurulmuştu.

"Ya ne şişmesi be! Hamilelikten o bir kere!"

"Abla, annem dört buçuk aylık hamile dedi senin için. Saliha Abla var ya bizim mahallede... O, altı aylık hamile, valla senin yarın kadar."

"Ulan sus elimde kalacaksın şimdi! Tüm sinirimi senden çıkaracağım!" Bu neydi arkadaş, sabahtan beri şişko demeyen kalmamıştı. Şunu anlamıştım ki ben hep şişman olsaydım ve insanlar bu tarz tepkiler verseydi, çoktan katil olmuş olurdum. Allah'ım, ben zayıfken gördüğüm koca kalçalı teyzelere içimden "Oha!" dediğim için mi cezalandırıyorsun beni? Öyleyse ben sadece içimden dedim, kimseyi kırmadım bu şekilde. Saçma düşüncelerimi "Tamam, tamam. Zayıfsın, yersen(!)" diyerek böldü. "Neyse benim gitmem gerek." Çayının son yudumunu içip ayağa kalktı.

"Annemler... Konuşurlar mı bizimle sence?"

"Babamdı sana çok kırgın olan zaten. Annem, ablama seni sorup duruyordu yoksa. Babam da şimdi erkek torun geliyor diye affetti. Bence ara annemi, konuşur seninle."

"Tamam. Hadi kolay gelsin sana."

"Sağ ol, sana da abla." Tufan, karşı kaldırımdaki fırına geçerken içim mutluluktan kıpır kıpır olmuştu. Biraz sakinleştikten sonra tüm cesaretimi toplayıp evi aradım. Annemin açmasını beklerken babam açtı telefonu.

"Efendim."

"Baba, ben Elif." Derin bir nefes alıp "Nasılsın?" diye sordum.

"İyiyim. Sen nasılsın? Gözün aydın. Sonunda bir oğlumuz daha olacakmış."

"Evet."

"Çok mutlu olduk valla. Şimdiden onu gezdirdiğimi hayal ediyorum."

Keşke sadece erkek olduğu için sevinmeselerdi ama olsun. Yine de mutluluğumu paylaşıyorlardı sonuçta.

"Baba, akşama, annemi de alıp bize gelsenize."

"Yok, kızım. Sağ ol ama o kocan olacak adam kovdu bizi, daha unutmadık onu!"

"Ama hep mi böyle olacak? Emre, bir şey demez ve önceden olanlar için de ben özür dilerim, onun adına."

"Tamam, biz affettik büyük olarak ama gelirsek senin huzurunu kaçırır o."

"Emre mi? Asla, hele şimdi iyice el üstünde tutuyor beni."

"Tutsun tabii it! Erkek çocuk alacak kucağına." Emre, babamın sandığı gibi erkek çocuk delisi değildi ama cahil babama bunu açıklayamazdım şimdi.

"Bu akşam Emin Amcalar da gelecek hem. Emin Amca müsaade etmez tatsızlık çıkmasına zaten."

"İyi bakalım, çok ısrar ettin. Şimdi, bu halinle seni üzmek olmaz."

"Teşekkürler. Anneme selam söyle."

"Tamam, iyi günler."

"İyi günler."

Sonunda ailemle de aram düzeliyordu ama Emre'nin bu duruma itiraz etmesinden korkuyordum şimdi de. Benim yapımda yoktu, kin gütmek, küs kalmak, dargın yaşamak... Öğlen arası yemek yerken kızmamasını umarak Emre'ye akşama babamların da geleceğini söyledim. Beklemediğim bir uysallıkla "Sen mutlu olacaksan gelsinler, tabii." diyerek kabul etti. Akşam bir gerginlik çıkmasını önlerler diye ablam ve eniştemi de çağırdım. Nil eve girer girmez Emre'nin kucağına atlamıştı bile. Emre, omuza aldığı Nil'le evinde içinde koşturup dört dönerken Nil de çığlıklarla kahkaha atarak evi şenlendiriyordu. Ablam ikisine bakıp "Seninki alıştırma yapıyor." dedi. Öyle sevimli gözüküyorlardı ki geleceği düşünüp ellerim karnımdayken mutlulukla gülümsedim.

Emin Amca ile Faruk Amca geldiklerinde Emin Amca bana sıkı sıkı sarıldı. "Çok güzel olmuşsun kızım. Yüzün daha bir güzel olmuş, maşallah."

"Teşekkür ederim." Hamilelik ile şişen yüzüm daha hoş duruyordu. Aldığım kiloların yaradığı tek yer, yüzümdü zaten. Emin amca hemen salona geçmek yerine beni holün bir köşesine çekip cebinden çıkardığı iki altın bileziği koluma taktı. Daha "Ne gerek vardı?" diyemeden "Aslında doğumda hediye edecektim sana ama benim bir ayağım çukurda, bakarsın göremem o günleri kızım," dedi.

"Ağzından yel alsın babacığım."

"Öyle güzel kızım. Hayat böyle olmalı zaten, ben gideceğim torunum gelecek. Allah sırasız ölüm vermesin yeter."

Emin amcanın dedikleri içimi sızlatmıştı. Kapı tekrar çalınca diğer tüm duygularımı unutturan bir heyecanla endişe kapıldım. İnşallah bu akşam kavga gürültü çıkmazdı, tek dileğim buydu. Kapıyı açıp sanki hiç kavga etmemişiz gibi hepsiyle kucaklaştım. Emre, hole gelip kuru bir "Hoş geldiniz." dedi. İçimden bir ses, Emin amcanın onu zorla, annemlere hoş geldin desin, diye yolladığını söylüyordu. Annem de aynı soğuklukla "Hoş bulduk." demekle yetindi. Nil, koşarak hole girince Tufan "Dayısının güzeli de mi buradaymış? Gel bana dayıcım," diyerek kucağını açtı.

Nil, omzunu silkerek Emre'nin bacağına yapıştı. Ellerini havaya kaldırarak Emre'nin onu kucağına almasını bekliyordu. Emre, Nil'i kucağına alıp tek kaşı havada şekilde Tufan'a sırıttı. Nil, dayısı yerine Emre'yi tercih edince kazanan Emre olmuştu. Tufan "Nankör kedi, bir daha dayı havaya at dersen, o zaman görüşürüz seninle," diyerek sitem etti.

Annemler de salona yerleştiklerinde kadro tamamlanmış oldu. Emin amca ve babam muhabbet ediyorlardı. Sohbet edilip çaylar içilirken Emre ve Tufan hiç konuşmuyorlardı. Emre, yanında oturan Nil'le Legolardan bina yaparken Tufan da bir başına telefonuna gömülmüştü.

Ben, annem ve ablamla mutfaktaki yemek masasının köşem koltuğuna oturmuş doğum ve hamilelik hakkında konuşuyorduk. İkisinin doğum maceralarını dinleyince ödüm koptu. Acaba hiç normal doğuma bulaşmadan direkt sezaryen mi yapsaydım? Ama o da sağlıklı değildi. Biri hamile kadınlara, korkunç doğum maceralarının anlatılmasını yasaklayan bir yasa çıkarmalıydı.

"Ya bebeğin kafası büyük olursa? Sezaryen mi yapsam?" diye endişeyle sordum.

"Onun da kendine göre zorlukları var, ameliyat oluyorsun sonuçta," dedi ablam.

Annem "Bebek için de iyi değil diyorlar sezaryeni, bebeği de düşünmen gerek." deyince sezaryenden vazgeçtim. Herkes doğuruyordu, en nihayetinde ben de doğururdum.

Doğumun umduğumdan zor olacağını öğrenmem beni strese soksa da tüm aileyi daha doğmadan bir araya toplayan oğluma minnet duydum. Sonunda aklımın bir köşesinde hep duran ve yüreğimin daimi yarası olan ailemle barışmıştık işte. Anneme bebek odası yapacağımız odayı gösterdim ve eşyaları ister mi diye sordum.

"Kocana sormadan iş yapma. Buraya senin ve torunum için geldik, eşya için değil. O deli laf eder sana, bizim yüzümüzden."

"Anne, Emre'ye bir daha deli dersen bu kez ben küserim. Ayrıca Emre'nin kızacağını düşünsem demezdim sana zaten eşyaları al diye. Karışmaz bana öyle konularda."

"Aman ne kıymetli kocası var, görüyor musun Nuray? Toz kondurmuyor."

"Yeni evli sayılır onlar, annecim. Normal yani."

Annem "Hoş, damada deli diyorum da benim kızım akıllı mı? Valla Emre, bu Elif'ten akıllıdır." diyerek güldü. Annem her cadılığımı biliyordu ve yeri geldiğinde kocamın başının etini yiyeceğimin de farkındaydı.

"Aman biz iki deli mutluyuz. Siz kendi kocalarınıza bakın." dedim şakadan omuz silkerek.

Ablam "Kocanı bilmem de senin kayınpederin gibi kayınpeder isterdim valla." dedi, bileğimdeki bilezikleri gözüyle kaşıyla işaret ederek.

Annem "Bugün mü taktı onları?" diye hayretle sordu.

"Evet, zaten ben takmam ki bunları sarı sarı. Şimdi taktı diye kolumdalar."

"Bizim zamanımızda her gelin takardı böyle şakır şakır. Şimdiki gençler, gezip tozarken sahte boncukları, plastikleri takıyor da has altınları kasada yatırıyorlar."

Ablam, "Anne, beyaz altın falan olsa neyse de sarı altın be bunlar, çok demode artık." deyince annem, "Burmalı onlar, siz ne anlarsınız? Yeni yetmeler." diyerek burun kıvırdı.

Annem, Emre ve Emin amcanın beni el üstünde tutmasına mutlu olmuştu. Her zamanki gibi belli etmiyordu ama Emre'yle aramın iyi olmasına seviniyordu. İlk başta, içkisi-kumarı yok, halleri vakitleri yerinde diye beni düşünmeden verdikleri Emre tarafından kovduktan sonra endişeye kapılmıştı az da olsa. Ablama iyi mi diye beni sorup duruyormuş zaten. Hamileliğimdeki en büyük sıkıntım olan annem, beni hepten umursamıyor değildi sadece el üstünde tuttuğu Tufan hariç evlatlarına karşı biraz sert mizaçlıydı.

Kırgınlık, küslük kalmadığı için dertlerimden kurtulmuştum. Emre de bu kez sakin davranıp aileme saygıda kusur etmemişti. Gece yatarken teşekkür edip sıkı sıkı öptüm Emre'yi iki yanağından ve hemen "Etme teşekkür demedim mi ben sana kaç kez?" dedi.

"Ben de sana nezaket gereği teşekkür etmek gerekir diye öğretmedim mi?"

"O zaman babamı mutlu ettiğin için ben de sana teşekkür ederim."

"Baban zaten beni her gördüğünde altın takıyor. Babanın hediyeleriyle bir iki yıla kuyumcu dükkânı açılır. Benim ona teşekkür etmem gerek asıl."

"Biz nişanlıyken babam, bana kızıp duruyordu sana ters davranıyorum diye. O kızdıkça seni benden çok seviyor diye kıskanıp daha da uyuz oluyordum sana."

"Yuh artık! Sen oğlusun niye beni daha çok sevsin ki?"

"Hep senin tarafını tutuyordu ama."

"Ben haklı olduğum için olabilir mi?"

"Bana delinin teki diye bağırdığını düşünürsek çok da haklı olamazsın."

Boynuna sıkı sıkı sarılıp "Delinin teki değil, benim delimsin." diye mırıldandım. Alnıma bir buse kondurup "Seni seviyorum." dedi.

"Biliyorum..." Hatta şu hayatta emin olduğum tek şey aramızda sevgiyle örülü kuvvetli bağ idi.

Hamilelik ilerledikçe aldığım kilolara rağmen belirginleşen karnım ile yeni bir bağ da Emre ile oğlumuz arasında oluşuyordu. Çocuk odasını boşaltıp oradaki eşyaları dükkânın kamyonuyla anneme yollamıştık. Emre, beyazın ağırlıkta olduğu gemici konsepti çocuk odasını büyük bir özenle yapıyordu.

Ben de zıbın ve kıyafet alışverişi yapıp duruyordum ablamla. Ablam yeni doğan reyonundan aldığım pijamaların yarısını elimden alıp "Gereksiz bu kadarı." dedi. "Çok hızlı büyüyecek ilk aylar. Zaten bir sürü hediye de geliyor, çoğunu hiç giydiremeden kocaman olur çocuk."

Ablamın tecrübesine güvenip bebek için alışverişi bıraktım ve kendime hamile kıyafeti bakmaya başladım. Daha altı aylıktı bebeğim ama bana dokuz aylık hamileler için olan kıyafetler ancak olmuştu. Giyinme kabinin aynasından kendime bakınca yüzüm asıldı. Gıdığım vardı ve hamileden çok obeze benziyordum. Başka kadınların kolu bacağı incecik durur, sadece karnı ve biraz da göğsü büyürdü hamileyken, ben topyekûn şişmiştim. Zayıflamam gerekiyordu ama hamilelerin her sporu yapması da doğru değildi Hatta bazı sporlar tehlikeliydi bile. Sonunda hamileler için sağlıklı olan pilateste karar kılıp hafta sonu erkenden kalkıp internetten açtığım videolar eşliğinde çalışmaya başladım. Yarım saat sonra uyanıp aşağı inen Emre beni görünce hayretle "Ne yapıyorsun?" diye sordu.

"Pilates." dedim kısaca.

"Şu an fizik kurallarını zorluyorsun. Denge kuramına yeni bir bakış açısı getirmiş bile olabilirsin. Topun üstünde dengede duran daha ağır ve büyük bir top, ilginç. Düşüp sakatlanmadan in hemen, o toptan!"

"Sen de fiziğine büyük bir katkı sağladın az önce. Kömüşlükte dördüncü boyuta ulaştın!" Tüm hevesim kaçmış şekilde toptan inip yere oturdum. "Kilo vermem gerek, köstek olmasan!"

"Sebep?"

"Yanında karın değil de komşu teyze gibi duruyorum."

"Saçmalama. Hangi komşu teyzede seninki gibi güzel gözler var? Ya da böyle tatlı dudaklar?" Başparmağını dudaklarımın üstünde gezdirip beni öpmeye başladı. Yüzüm avuçları arasındayken, "Doğumdan sonra istersen amuda kalk zayıflamak için ama şimdi hem sana hem de bebeğe bir şey olur diye beni endişede bırakma lütfen," deyince plates sevdamı da doğumdan sonraya erteledim.

Emre'yle bebek için çıktığımız alışveriş ise komediydi. Ana kucağından pusete pek çok şey alınması gerekiyordu ve Emre çoğunun ne işe yaradığını bile bilmediği malzemelerin fiyatları karşında şaşırıp kalmıştı. Eline aldığı naylon poşetle sarılı fırçayı havaya kaldırıp "Bu ne için lazım?" dedi.

"Biberon temizleme fırçası."

"Yemin ederim, bebek lazımlığı fırçası sandım."

"Bebeğin lazımlığa yapması için en az iki yaşında olması gerekir."

"Peki, bu kutu ne işe yarıyor?"

"Emzik kutusu."

"Ulan ne çok ıvır zıvır var, hepsi de pahalı mübarek! Mobilyacılığı bırakıp ben de böyle bir dükkân açayım bari. Minicik bebek arabasına yerli araba kadar fiyat biçmişler. Bebek büyüyünce Tufan'a veririz bunu, ikinci el araç pazarında satıp kendine bir LPG'li alır."

"Of sanki yok paran da söyleniyorsun?"

"Var çok şükür de resmen soygun yapıyorlar."

"Korkma şimdi hepsini almayız, hamileliğimin sekizinci ayında babyshower yapacağım. Orada zaten çoğunu hediye ederler."

"O ne be?"

"Bebek doğmadan beni görmeye gelecek kadınlar, kızlar. Ben de böyle parti gibi pasta, börek hazırlayacağım. Hediye olarak da genelde bu tarz bebek ıvır zıvırı geliyor."

"Doğmamış bebeğe don biçiyorsunuz yani?"

"Sen Bandırma Vapuru gibi karyola yaptın, biz don biçsek çok mu?"

"Yarın eve getirip kuracağım odayı. Bakalım evde nasıl duracak?"

"Sen yaptıysan mükemmel olacağına eminim." Gerçekten de çok güzel olmuştu çocuk odası. Odanın üç duvarı, duvar kâğıtlarıyla kaplıyken karyolanın dayandığı duvara Emre, özel bir boyayla deniz manzarası resmetmişti. Gündüzleri, güneşli bir gündeki deniz manzarası olan duvar resmi gece değişiyordu. Karanlıkta, resimdeki güneş, fosforlu boya sayesinde ay gibi parıldıyordu ve resim birden denizde yakamozların parıldadığı gece manzarası olmuştu.

Odayı ablama ilk gösterdiğimde ışıkla değişen resme o da benim kadar şaşırdı. Nil ise ablamın kucağında ışığın anahtarıyla oynayıp değişen manzara resmine gülerek bakıyordu. Emre, yanımıza gelince Nil, annesinin izin vermediği gemiden karyolayı Emre'ye gösterip "Ona bincem." dedi. Emre, Nil'i kırmayıp annesinden aldı ve beraber yelkenli şeklindeki yatakta oynamaya başladılar. Gece annesiyle gitmek istemeyince de yine bizimle kaldı. İkimizin arasına yatmış bilmiş bilmiş sorular soruyordu.

"O gemi kimin?"

"Teyzenle benim bebeğimiz olacak, onun odası orası da."

"Ne belli gelceği? Gelebilemeyebilir." İki küçük avucu havaya açmış dudaklarını bilemem der gibi büzmüştü.

"Tatlım bak, bebeğim burada. Hamileyim ve bebek doğunca gelmiş olacak." Nil'in elini alıp karnıma koydum.

Nil karnıma bakıp "Ordan nası çıkcak peki bebek?" diye sordu. Çok şükür, oraya nasıl girdi diye sorup bize ecel terleri döktürmemişti.

"Doktor karnımı açıp alacak." diye anlayabileceği şekilde anlatmaya çalıştım. Zaten Nil, o kısımdan çok, çocuk odasıyla ilgileniyordu. "Gemiyi beğenmezse ben alabilir miyim?"

Emre, Nil'i iki yanağından öpüp "Teyzen bir dahaki aya doğum günün var." dedi. "Sana da doğum günü hediyesi olarak bir oda yapmamı ister misin?"

"İsterim, Emre. Deyzem yaramazlık yapıyo zaten. Ona oyuncak yapma. Ben hep uslu duruyom."

Nil sayesinde tekrar gülerken Emre'nin kocaman kalbi ve içimi ısıtan merhametiyle dünyanın en iyi babası olacağına emindim. Tıpkı onu yetiştiren babası kadar harika bir baba...

Hatta babalık konusunda öyle hevesliydi ki babasını geçeceğine kanaat getirmeye başlamıştım. Hemen her hafta yeni bir oyuncak alıyor ve çocuk odasındaki oyuncak kutusuna ya da raflara yerleştiriyordu. Yine bir akşam elindeki torbalarla bahçeye girdiğinde ben de Lust'a yemek veriyordum. Ağustos sıcağından ötürü hamilelik benim için iyice zorlaşmıştı. Eğildim yerden bin bir güçlükle doğrulup ona döndüm.

"Hoş geldin."

"Hoş buldum. Niye eğilip bükülüp kendini yoruyorsun?"

"Hayvanı aç mı bıraksaydım?"

"Ben gelene dek beklesin it. Ben verirdim yemeğini, suyunu."

"İt deme lütfen! Adı var, Lust! Ve açlıktan havlıyordu garibim, nasıl beklesin seni."

"Tüm gün dişi köpeklerin kıçını koklamazsa hemen acıkmaz."

"Ne?"

"Yine bir Lust klasiği yaşadık bu sabah. Atölyenin arka kapısının önünde dişi bir köpek için bildiğin sıraya girmiş üç köpek. Bu Lust Efendi de başı çekiyordu. Kilimli'de becermediği dişi köpek kalmadı resmen itimizin."

Emre'nin içten serzenişine gülüp "Mal sahibine çekermiş," dedim.

"Hadi be oradan! Ben bunun gibi gördüğümle aşna fişne etseydim babam evlatlıktan reddederdi beni. Bence yemeğine şap koyalım ya da kesin çözüm, hadım ettirip kısırlaştıralım."

"Bence sen yapamıyorsun şu aralar diye Lust'ı kıskanıyorsun." Hamileliğin son iki ayına girmiştim ve doktorun uyarısına uyup artık birlikte olmuyorduk. İlk günler pek takılmasa da şu sıralar köpeğimizin aşırı aktif cinsel hayatını kıskandığından şüpheleniyordum.

Karnımı iki eliyle tutup "Umarım doğduğunda uslu bir çocuk olursun." dedi.

"Bana çekerse zor." dedim.

"Yaramaz mıydın küçükken?"

"Hem de ne yaramaz! Mahallede oğlanlarla kavga tutuşurdum ha bire. Hepsini de döverdim valla. Akşama çocuğunun kolundan tutan bizim kapıda alırdı soluğu. Sizin kız, bizim oğlanın kolunu ısırmış, kafasını şişirmiş, dudağını patlatmış..."

"Ya da kafasını yarıp kanatmış!" Saçlarını açıp terlikle kafasını yardığım yerdeki izi açığa çıkardı.

"Bir kere oldu sadece." diye hemen savunmaya geçtim.

"Yok, bir de her gün dayak yeseydim senden(!) Gerçi o Mehmet itinin kafasını kaldırımdan taş söküp yardığını gördükten sonra kendi kafamdaki yarığa şükrettim."

"Yalnız o gece ben olmasaydım, dayak yiyordun."

"Kum attı o puşt gözüme! Yoksa benim dengim bile değil o yavşak!"

"Biliyorum, deli kuvveti var çünkü sen de." Sırıtarak söylediğim cümleye maziye gönderme yaparak tek kaşı havada cevap verdi. "Deli mi dedin sen bana?"

Tekrar gülerken bebek karnımda kıpırdanınca hemen Emre'nin ellerini alıp karnıma tuttum. Oğlumuz tekme atınca yüzüne kocaman bir gülümseme yayıldı ve "İyi ki bugün ona top almışım. Baksana futbolcu olacak bizimki." dedi.

Gülümsemesi içime işlerken onda en çok sevdiğim şeyin iyi yürekli kalbi olduğuna karar verdim. Cenk ve Sanem'in mutfaklarını bedavaya yenilemişti. Üstelik Sanem ve Cenk ile yeni tanışmıştı. Sanem, mutfağı görünce teşekkür ede ede bir saat ağlamıştı, omuzumda. Akşama da Nil'in doğum günü vardı. Bugün Nil'e söz verdiği çocuk odasını gidip kurmuştu. Yine de elindeki torbalardan birindeki pembe bir kutudan anlaşıldığı üzere Nil'e başka hediyeler de almıştı.

"Nil, odasını beğendi mi?"

"Bayıldı. Beni, annesini, babasını... Hepimizi unuttu. En son ablan onu oyuncak attan indirmeye uğraşıyordu." Emre, kızımız olsaydı yapacağı prenses odasını Nil için yapmıştı. Sindirella'nın balkabağından at arabasını, yatak şeklinde dizayn etmiş ve önüne de hayli büyük bir tek boynuzlu oyuncak at yerleştirmişti. Nil'in en sevdiği çizgi filmde, tek boynuzlular anlatılıyordu dolayısıyla o atın üstünde uyumak istemesi bile doğal olurdu.

Akşama doğru hazırlanıp ablamlara gittik. Nil, üstündeki kostümle minik bir prenses gibi olmuştu. Kuzenimizin oğlu Buğra ile yeni odasında oynuyorlardı. Bizi görünce ilk başta pek takmasa da Emre, ona aldığı hediyeleri gösterince "Emre gee-miiiş!" diye iki elini havaya kaldırdı. "Hayırsız, teyzen de geldi. Değil mi?" deyince "Deyzem de gee-miiiş!" diye bir nara da benim için attı.

Emre, Nil'i kucağına alıp "Öpebilir miyim yanaklarını?" diye sordu. Nil, kafasını sallayıp Emre'ye yanağını uzattı. Emre, Nil'i öpüp kendi yanağını uzattı. Nil, öpmeyince "Kocaman oyuncak yatak yaptım sana. Hâlâ mı öpmüyorsun beni?" diye sitem etti.

"Şeşekkür ederim Emre." diyerek sonunda Emre'yi öptü. Ben öptüğümde ise Emre'yi kıskandıracak şekilde beni hiç düşünmeden öptü, Nil. Sonra da Emre'nin kucağından yatağa atlayıp Buğra ve diğer misafir çocuklara Emre'nin hediyesi oyuncaklarını göstermeye koyuldu.

Doğum gününde oradan oraya koşturan çocukları, Emre'yle, tatlı bir heyecan içinde izliyorduk. Bizimki de böyle koşturacak diye içimden geçirmeden edemiyordum. Nil, üç yaşına basmıştı ve pastadaki mumları komik bir şekilde üfleme uğraşı çok tatlıydı. Emre, Nil ile benim fotoğrafımı çekmeye uğraşırken kameraya baksın diye Nil'e sorular soruyordu.

"Kaç yaşındasın şimdi sen?"

Nil "Üç." deyip eliyle beş yapınca salondaki herkes gülmeye başladı. Doğum gününde annemler de vardı ve yine hiçbir sorun olmadan akşam sona ermişti. Ailemle aramın düzelmesi hep içimde bir yerlerde var olan kırgınlığı daha az hissetmemi sağlıyordu. Çocuğumun anneannesi ve dedesinden uzakta büyümesi fikri hoşuma gitmiyordu çünkü. Ama dayısından uzak büyüse de sorun olmazdı hatta daha iyi olurdu. Mal Tufan, çocuğa hemen el hareketi, küfür falan öğretirdi ziraa, eminim.

Annemle aramın düzelmesi her türlü iyi olmuştu. Doğuma giderken yanımıza alacağımız çantanın hazırlığından, baby showerdaki ikramlıkların yapımına dek her işime yardıma geliyordu. Baby shower için hazırladıklarımızı terastaki masaya dizerken "Hep gavur adeti bunlar." diye söylendi. "Benim bildiğim, bebek doğunca millet hediyesiyle görmeye gelir. Şimdi doğmamış bebeği senin kanında mı görüp de hediye verecekler, anlamadım ki?"

"Anne, bebeğin eksiklerini anne-babası alırken zorlanmasın diye doğmadan önce yapılıyor."

"Ay sanki biberonu bebek doğduktan sonra hediye etseler olmaz yani."

Ablam "Anne, kız heves etmiş yapıyor. Kırmasana hevesini." diyerek bana arka çıktı.

"Sen de onun gibi sosyetik takılıyorsun ya ondan kardeşine yandaş olursun tabii."

"Kocam maden işçisi anne, neyim sosyetikmiş acaba?"

"Nuray, kıza bir doğum günü ettiniz sanki sünnet düğünüydü. Kızım yazık paralarınıza. İkinize de diyorum bak. Yarın öbür gün evlatlarınız anamız babamız bize parti etmişti diye sizi anmaz. Biriktirin paraları, alın çocuklarınıza birer daire. İşte o zaman 'Anamızdan babamızdan Allah razı olsun.' diye anarlar sizi."

"Ama biz de milletin doğum gününe heves ederek büyüdük." dedim hemen.

"Sen zaten küçükken ne görsen isteyen arsızdın."

Annem yine ömür törpüsü misali söylenmeye başlamıştı. Onun da huyu böyleydi işte, olduğu gibi kabul etmek gerekti annemi. Ben de eskisi gibi kafama takmadan cevap bile vermedim. Gelen misafirler ufak tefek de olsa bir bebek ıvır zıvırı alıp gelmişti. Herkes yiyip içerken muhabbet ve dedikodu gırla gidiyordu. Edepsiz sohbetlere önlem olarak cemaatçi Firuze Abla'yı da davet etmiştim ama altın kızlar Sultan Abla, Fikriye ve Maide Teyze'ye tabii ki engel olamamıştım.

Fikriye Teyze "Gız gene bu vakitler, geçen yazında, burada oturuyorduk. Sen de naz ediyodun gocanla ne ediyonuz diye sorunca. Bak, bir yıla şişti garnın." dedi.

Sultan Abla "Aldı tabi bizden taktikleri..." deyince bir kahkaha tufanı koptu.

Maide Teyze "Ay Elif, geçen sene sorduk, demediydin. Ne dedi gocan memelerini görünce?" diye bir yıl önceki soruyu yineledi.

Firuze Abla "Hasbin Allah..." diye söylenip yüzünü buruşturdu ama Asuman Abla "Firuze hiç öyle ayıplar gibi bakma." dedi.

"Kız senin, iki çocuğunun kırkı birbirine karışmış olmasa neyse diyeceğim de. Seni de biliyoruz yani."

Bu muhabbetlerin en cahili olarak "Kırkı karışmak ne demek?" diye sordum. Arada benim memelerimin boyutunun ve

Emre üzerindeki etkisinin konu alındığı soruyu da geçiştirmiş oldum tabii. Zeki kızım vesselam.

Asuman Abla hemen açıklamaya başladı. "Firuze'nin büyük oğluyla küçüğü arasında bir yıl bile yok. On ay mı ne var? Yani daha ilk bebeğin kırkı çıkmadan hamile kalmış demek oluyor."

Sultan Abla "Zaten bu istemem yan cebime goy diyenlerden gorkacan." dediğinde ben bile gülmeden edemedim.

Annem "Ar damarınız çatlamış hepinizin. Herkes ediyor da siz ettiğinizi niye anlatıyorsunuz, diye ayıplıyor kadın sizi." dedi.

Benden sadece üç yaş büyük olan Zeynep "Aman Nurcan Abla, herkes hobisinden eğlencesinden bahseder." dedi. "Hani erkekler bir araya gelince futboldan falan konuşur ya bu da onun gibi. Bizim bedavaya tek eğlencemiz bu, ne yapalım?"

Firuze Abla "İki cüz okuyun, hem sevaba girersiniz hem de boş lakırdıdan kurtulursunuz!" diye lafı yapıştırdı.

Maide Teyze de kapalıydı ve hemen "Bir tek siz inanıyorsunuz Allah'a zaten! Sizi de biliyoz biz; Allah'ın peygamberin adıylan kitap dergi aboneliği yapmaya uğraşıyonuz hele!" diyerek girişti lafa.

Ortalık fena birbirine girmek üzereydi. Gerilim hat safhaya gelmişti, annem ve ablamla ne yapacağız der gibi bakışıyorduk. Sonunda ablam bana buldum der gibi göz kırptı ve az sonra laptopa taktığı iki artı bir ses sistemi ile terasa girdi ve hâlâ tartışan kadınların sesini bastıracak bir sesle Kaptaş Türküsü'nü açtı. Zonguldak'ın Ereğli ilçesine ait türkü sesi yükseldikçe kadınlar kavgayı unutup teker teker kalkıp oynamaya başladılar. Annem, küskün oturan Firuze Abla'yı bile "Ama kırma beni, ben ev sahibi olarak üzüldüm." diyerek zorla oynamaya kaldırdı. Karnım burnumda olduğu için oturmuş oynayanları izliyordum. Türkünün sözlerinin edepsizliği, eskilerin de bizim mahallenin kadınları kadar fena olduğunu ispatlıyordu.

Kaptaş'ın altı bayır
Yanıyom cayır cayır
Ana beni evlendir
Hem sevaptır hem hayır

A benim dedecüğüm
Yanıyor yürecüğüm
Yürecüğüm yanar iken
Oh deyve evlatcuğum
Alaplı'nın üstünden
Karga geçiyor karga
Kız ben seni alacam
Dalga geçmiyom dalga
A benim söm söm yavrum
Bi yolcuk öpsem yavrum
Öpmeynen bi şey olmaz
Birazcuk sevsem yavrum
...

Kayadan öküz bakar
Öküzün alnı sakar
Ereğli'nin kızları
Kibritsiz kandil yakar
...

Neyse ki bir kavga çıkıp ben, stresten erken doğum yapmadan her şey tatlıya bağlanmıştı. Bir daha edepsiz teyzelerle cemaatçi ablaları aynı ortama sokmak mı? TÖVBE!

Kadınlar oynayıp fazla ve kötü enerjiyi üzerlerinden attıktan sonra Firuze Abla ile Maide Teyze hariç herkes mutluydu. Onlar birbirlerine küs oturuyorlardı, iki küçük çocuk misali. Annemin ısrarı üzerine sarılıp barıştıklarında ise sanki az evvel birbirine giren ikisi değilmiş gibi nezaketten kırılacaklardı.

"Bebeğe de Elif'e de bir hayır dua et de biz de 'Amin.' diyelim Firuze'ciğim."

"Maide Abla, sen büyüğümsün, sen varken bana düşmez."

"Senin ilmin ben de yoktur, lütfen."

"Estağfurullah, sen büyümüz olarak daha bilgilisindir."

Onlar birbirlerine kompliman yaparken oturduğum yerde azcık sağa doğru eğrilip ablamın kulağına "Kız abla, az evvel, bunlar birbirlerini parçalamak için pençelerini çıkarmamışlar mıydı?" diye sordum.

"Öyleydi. Hatta üstündeki leopar desenli bluz ile Maide Teyze tam bir dişi kaplandı."

Annemin dirseğiyle dürtmesi üzerine doğruldum. Etrafa bakınca göğe açılmış ellerden duanın başladığını anladım. Annemin dürtmesindeki şifre "Dedikoduyu bırakın da amin deyin!" idi. Misafirler gittiğinde annem ve ablam ortalığı bana bırakmadan topladılar. Onlar çıkarken Emre eve geldi ve Nil'e bizde kalması için ısrar etmeye başladı ama Nil "Şekeycim üssülür." dedi.

Anlamaz şekilde baktığımızda ablam açıkladı. "Atın adını Şeker koydular, babasıyla. Önceden illa bizimle uyurdu, şimdi kendi odasında uyuyor. Şekercim tek başına korkuyor, onunla uyuyacağım diyor."

"Bak sen Nil Hanım'a?" Emre gülümseyerek Nil'i kucağına aldı. "Nil, ben de çok korkuyorum ama bu gece bizimle uyusan olmaz mı?"

"Deyzem senle uyur Emre, korkma."

Biz kahkaha atarken Emre "Ama teyzen de çok korkuyormuş. Hem bizim çocuğumuz yok, biraz seni severiz." dedi.

"Emre gidin doktoya, deyzemin gögekinden bebeğinizi alın. Ben annemle babamın bebeğiyim. Annem ağlar, babam da beni çaldın diye seni döver."

Emre, Nil'in burnunu ufacık ısırıp Nil'i çığlık atmasına sebep olurken kahkahalarımızın arasında "Akıl küpü, maşallah" dedi.

Böylesine tatlı, akıllı ve mutluluk dağıtan bir varlık bizim evimizi de şenlendirecek ise çektiğim tüm ağrılara, aldığım kilolara ve kilolara bağlı olarak maruz kaldığım alaylara fazlasıyla değerdi. Gerçi alay edenlerden bazıları hayatımdaki gereksiz insanlar oldukları için umursadığım da söylenemezdi.

# 17

Ağustos sonunda Sanem ve Cenk'in düğününde beni görüp yanındaki çarpık bacaklı nişanlısına, "Ayı var aşkım, oradan geçmeyelim bizi yer." diyen Mehmet gereksizi de kilomla dalga geçenlerden biriydi. Sekiz aylık hamileydim, tabii ki kilolu olacaktım, bunu dert etmezdim ama nişanlısıyla oturdukları masadan bize bakıp sırıtmaları sinirimi bozmaya başlamıştı. Normalde düğünde kısa bir süre durup giderdim ama Sanem'e ayıp olur diye onu da yapamıyordum. Mehmetlerin oturduğu masaya öldürücü bakışlar atarken Emre "Niye umursuyorsun?" deyince boşta bulunup "Ne?" dedim.

"İkisinin mutluluğu niye seni rahatsız ediyor?" dedi, ciddi bir endişeyle.

"Allah mutlu etsin, mutluluklarından bana ne. Ama kilomla dalga geçiyor pislikler!"

Kulağıma eğilip "Bana egoist deme ama... Bu salondaki en yakışıklı adam kim?" diye sordu.

Etrafa bakmama ya da düşünmeme bile gerek yoktu. Emre ilçenin sadece delisi olarak değil ayrıca en yakışıklısı olarak da nam salmıştı. "Sensin."

"Peki, benim beğendiğim tek kadın kim?"

Yanaklarım kızarırken ışıl ışıl gözlerine baktım. Ben cevap vermeden o "Sensin." diyerek alnıma bir buse bıraktı.

Ona karşı hissettiğim duyguların tek somut ifadesi kirpiklerime takılıp kalan ama düşmeyen damlalardı. Onun uğruna dökülecek gözyaşı bile öyle değerliydi ki akıp giderse ziyan olacak diye tutuyordum kendimi. Kolunu omzumun üstüne atınca ona sığındım. Gıdığım vardı ama hâlâ beni çok seviyordu işte. Düğün bitene dek daha da ne Mehmet'i gördü gözüm ne de başkasını. Sanem ve Cenk'e mutluluklar dilerken kendi düğünüm bittiğinde hissettiğim yersiz endişeleri hatırladım. Ne çok korkmuştum Emre'den, ne çok üzülmüştüm aşk evliliği yapamadım diye...

Salondan çıkarken Emre'ye baktığımda yüzü kızarmıştı ve çok kötü bir şey görmüş gibi yüzünü buruşturmuştu. Baktığı yöne dönünce bizden tarafa bakmasa da yelloz Necla'yı tanıdım. Emre, niye birden bir kabahat işlemiş gibi kızarmıştı? Necla da bu gece çok güzeldi inadına. Koyu renk ruju ve siyah uzun tuvaleti ile mankenler gibi salonda süzülüyordu. Bense ancak topaç gibi oradan oraya vururdum yürürken. Kıskançlık beni kıskacında kıvrandırırken kafamda binlerce farklı senaryo kuruyordum. Eve vardığımızda kafamda kurdurduklarımın kurt olup içimi kemirmesine dayanamadım ve çantamı koltuğun üstüne fırlatıp damarımda yükselen kıskançlıkla bağırdım.

"Ne bakışıyordunuz o yellozla?"

"Ne?"

"Soruma soruyla cevap verip zaman kazanmaya çalışma! Anladın işte bal gibi de!"

"Elif sakin olur musun? Bebeğe bir şey olacak."

"Ha bana bir şey olsa umurunda değil yani, öyle mi?"

"ELİF! Lütfen kes artık!"

"Niye susacakmışım? En baştan beri aklımda, huzurumuz kaçmasın diye sormadım hiç sana, Necla senin numaranı nerden buldu?"

"Dalga mı geçiyorsun?"

"Soruma soruyla cevap verme! Nerden buldu numaranı?"

Sinirle elini düğün için giydiği takımın cebine atıp cüzdanını çıkardı. Cüzdanın içinden de bir kartvizit çıkarıp bana uzattı. "Herkese dağıttığımız bu kartvizitten olabilir, dükkânın internet sitesinde sabit telefonun yanında, benim numaram, GSM iletişim numarası olarak yazdığı için oradan almış da olabilir. Ya da dur! Hiç uğraşmasına gerek yok, zaten numaram dükkânın tabelasının altında da yazıyor! Yoldan geçerken almış da olabilir!"

Emre kızarak açıklamaya girişince sus pus olmuştum. Ama bu gece ikisi arasında sözsüz bir iletişim olmuştu, eminim.

Mehmet'in dediği gibi ayı emsali olmuştum, hiç çekici değildim, dahası seks hayatımızda yoktu şu aralar. Aklıma geleni dillendirmeye bile cesaretim yoktu. Necla'nın sırt dekoltesine ve üzerine oturan tuvaletinde belirgin şekilde dışarı vuran kalçalarına bakıyordu belki de. Ben baktığını görünce de yakalandığını sanıp kızardı.

"Necla ile aranda bir şey mi var?"

"Elif, bilmezmiş gibi saçmalama lütfen!"

"Neyi biliyormuşum?"

"Kusurlu olduğumu! Seninle birlikte olabilmem, sana alışmam, hamile olman... Bunlar babamın yıllardır ettiği dualara şimdi şükrettiği, doktorumun hâlâ şaşırdığı, benim bir gün yine eskisi gibi olacak diye korktuğum şeyler! Necla ancak beni korkutur ya da midemi bulandırır. Hüsnü kuruntu yapıp kendini de beni de üzme lütfen."

"Evet ama benimle birlikte olabildin ve şimdi başkaları da olabilir mi diye düşünebilirsin."

"Öyle bir adam mıyım sence? Sağlıklı bir erkek olsam seni aldatır mıydım yani? O kadar adiyim senin gözünde demek ki! Hamile karısını aldatacak kadar karaktersizim, öyle mi?"

"..." Verebilecek bir cevabım yoktu çünkü ona haksızlık etmiştim ve mahcuptum. Emre, her zaman bana beni sevdiğini gösterirken yaptığım nankörlüktü. "Özür dilerim." diye mırıldandım.

"Anlamadığım, böyle bir şey yapabileceğim izlemini sen de oluşturan ne?"

"Özgüven eksikliği sadece. Kilo aldım ve farkındayım, yanına yakışacak bir görüntüm yok."

"Tüm bu saçmalığı hamilelik hormonlarına bağlıyorum. Şimdi lütfen uyuyabilir miyiz? Hiç iyi hissetmiyorum, başım ağrıyor felaket şekilde." Tüm öfkem dinince fark edebilmiştim ki Emre hasta ve yorgun gözüküyordu. Garibim yatar yatmaz uyudu zaten.

Geceyi yırtan bir çığlıkla gözlerimi açtığımda Emre yanımda terden sırılsıklam olmuştu. Hâlâ gözleri kapalıyken bağıran sesi gırtlağını ve karanlığı uğursuz bir şekilde parçalıyordu. Işığı açıp uyandırmaya çalıştım. "EMRE! UYAN! EMRE!"

Kaç kez seslendim bilmiyorum, sonunda uzun bir nara atıp ellerini iki yanında çırparak yatakta diklendi. Sağ koluyla başıma şiddetli bir şekilde çarpınca dengemi kaybettim ve kafam yatak başlığına çarptı. Neyse ki başlık yumuşak kadifedendi.

Yine de çarpmanın şiddetiyle tok bir ses çıkmıştı. Emre de sese dönüp beni gördü. Elimde olmadan korktum çaresizce. Şimdi beni boğarsa bebeğe bir şey olabilirdi, ellerim onu korumak istercesine karnıma gitti. Ama korktuğum şey başıma gelmedi. Emre sık nefeslerini düzene koymak istiyordu ama daha da hızlı nefes alıp vermesi işini zorlaştırıyordu. Komodinin üstündeki su şişesini alıp ona su içirdiğimde sonunda derin bir soluğu sertçe havaya üfleyip kafasını yastığa bıraktı. Ellerine yüzüne gömmüş bir çocuk gibi ağlıyordu hıçkıra hıçkıra. Yanına yatıp beline sarıldım ve ben de acısını içimde hissederek ağlamaya başladım göğsünde. O, Necla uğursuzu bir şey yapmıştı bu gece, eminim ki Emre'nin bu gece hasta olma sebebi oydu.

Biraz sakinleşince bağırmaktan çatallaşan sesiyle "İyi misin?" diye sordu.

"Evet ya sen?"

"Değilim. Asla da tamamen iyi olamayacağım."

"Deme öyle, lütfen."

"Bu gece benden korktun. Gözlerinde korkuyu gördüm Elif. Çocuğumuz da benden korkacak, asla normal olamayacağım..." Tekrar gözlerinden sessiz yaşlar süzülmeye başlayınca kendi gözyaşlarımı engellemek için gülümsedim. "Aksine harika bir baba olacaksın, eminim ben. Şimdi uzun süredir birlikte olamadığımız için eskisi gibi oldu o kadar."

"Haklısın sanırım. Selçuk beni uyarmıştı bu durumla karşılaşabileceğim konusunda."

"Üzülme lütfen, beni de üzme."

"Göğsünde yatabilir miyim?"

Kocaman bir gülümsemeyle onayladım. Belime sarılıp kafasını göğsüme koydu. Ben de nefesi düzenli bir hâl alıp uyuduğunu anlayana kadar saçlarını karıştırıp şefkatle okşadım. Bu gece ona yakıştırdığım çirkinlikler için bir kez daha kendimden utandım. Onun böyle yorgun ve mutsuz olması beni de üzüyordu. Ama sabah neşeyle beni uyandıran bir Emre görünce tüm bunların arada sırada yoklayan kötü kâbuslardan öteye geçemeyeceğine karar verdim.

"Günaydın. Bak annesi, biri daha günaydın diyor."

"Günaydın hayatım ve… Tekme atıp beni uyandıran ufaklığımıza da günaydın."

Emre, iki elini karnıma koymuş bebeği seviyordu. Hamileliğimin son ayında bizi rahatsız eden tek şey hamileliğin zorluklarıydı o kadar. Artık son on gün kalmıştı ve işe gitmiyordum. Emre, evden çıkmadan beni okuyup üflüyordu ve her on beş dakikada bir arıyordu. Annem de aynı endişeyle hemen her gün bana uğruyor ve Emre, eve gelene dek gitmiyordu. Emre'nin anneme minnet duyduğu her hâlinden belliydi. Ben de her sabah uyandığımda acaba bugün doğurur muyum diye düşünüyordum?

Eve tıkılıp kalmıştım ve canım öyle sıkılıyordu ki annem ve ablam sık sık ziyaretime gelmeseler çoktan bunalıma girerdim. Sanem'in tüm mahalleyi ve arkadaşlarını yeni evine davet etmesiyle kısa süreli hapsimden kurtulmuş oldum. Pazar günü Emre, bin tane şey tembih edip beni arabayla Sanemlerin kapısına kadar bıraktı.

"İki adımlık yol, illa arabayla geldik."

"Yürürken yorulursun, boş ver."

"İyi bakalım, pimpirikli." Onu öpüp arabadan indim ve Sanemlerin evine girdim. Üç katlı, eski bir apartmanın orta katındaydı ev. Daireye girdiğim an, hep hayalini kurduğum basit ama sıcak evi gördüm. Çünkü benim iki katlı muhteşem evim, hayallerimin çok çok ötesindeydi. Asla şu anki kadar iyi bir ekonomik duruma sahip olabileceğimi düşünmemiştim.

Salona girip oturduğumda Necla'yı görmemle yüzüm düştü. Sanem'e hiç anlatmamıştım Necla ile ilgili olayları. Necla, Sanem'le eskiden aynı apartmanda oturuyordu yani Sanem evlenene dek komşuydular. Çok doğaldı bugün burada olması ama istemediğim ot misali burnumun dibinde bittiğini düşünmeden edemiyordum. Yine de onu görmezlikten gelmeye uğraşarak Sanem'le sohbete başladım.

"Ben gelemezsin diye düşünmüştüm."

"Emre ve annem eve kilitlediler resmen beni. Ben de bugün isyan ettim artık, Emre de beni kapınıza dek bırakıp eve döndü."

"Hâlâ korumacı yani."

"Hiç sorma." Biz konuşurken ayağa kalkıp gitmesi gerektiğine dair bir şey mırıldanan Necla, paltosunu ve çantasını alıp gitti. Demek ki o kadar da yüzsüz değilmiş, benim yüzüme bakamayacağını fark edip burayı terk etmesiyle rahat bir nefes aldım ben de. Sanem'e evini beğendiğimi anlatırken birden ona aldığım ev hediyesini, arabada unuttuğumu fark ettim. Sanem, önemli değil dese de zaten ancak beş dakika olan mesafeyi gidip gelmek sorun değildi benim için. Hem misafirler çok kalabalık olmuştu ve evdeki havasızlıktan bunalmıştım, eve kadar yürüyüp açılırdım biraz.

Eve geldiğimde bahçe kapısının açık olması dikkatimi çekse de Emre unutmuştur diye önemsemedim. Ama evin kapısını açıp içeri girdiğim an duyduğum çığlıklar ile ters bir şeyler olduğunu anladım. Holün salon kapısına yakın kısmında Emre, dilini ikiye katlayıp ısırmış duvara dayadığı Necla'yı hırsla boğuyordu. Necla'nın bugün üzerinde olan yeşil bluzun tüm düğmeleri açıktı ve siyah sutyeni gözüküyordu. Göz göze geldiğimizde Necla bakışlarıyla benden yardım dilendi.

"Emre! Emre! Emre, benim Elif! Ben geldim!" Yanlarına yaklaşmaya ben de çekiniyordum çünkü Emre kendini kaybetmiş gibiydi. Bana yapacağı en ufak hareket bebeğe zarar verebilirdi. İlkinde umursamasa da üçüncü kez adımı bağırdığımda ellerini çekmedi ama Necla'yı sıkmayı bıraktı. Kafasını bana doğru çevirip beni görünce ellerini çözüp iki yanına indirdi. Emre'nin elinden kurtulan Necla hemen benim arkama doğru kaçtı. Düzgün nefes almayı başarır başarmaz da yalan söylemeye başladı. "Bana tecavüz etmeye kalktı, Elif."

O yalanları sıralarken ben dikkatle sırtını duvara verip yere çöken ve başını kollarıyla sararak dizlerinin arasına alan zavallı delimi izliyordum. Zangır zangır titriyordu sanki kâbuslarından birini gerçekte yaşıyordu. "Elif, ben sadece Emre'den özür dilemek istemiştim. Kuzenlerim mesaj attı diye açıklarken birden-"

Emre'nin duvarın kenarına sinmiş halinden gözlerimi ayırıp Necla'nın yalanlarına, şemsiyelikten aldığım, uzun, siyah bir şemsiyeyle son verdim. Sırtına inen ilk şemsiye darbesiyle hem şok olan hem de acıyla çığlık atan Necla'yı öldüresiye dövmek istiyordum. Art arda şemsiye darbeleri indirirken olanca sesimle bağırıyordum.

"Yalancı! Yelloz!"

"Elif! Yeter, lütfen!" diye yalvarmaya başladığında vurmayı bırakıp şemsiyenin sivri ucunu göğsüne dayayarak "Bugün burada olanlardan bir tek kişiye bile bahsettiğini duyarsam seni hem rezil ederim hem de bu kez döverken kimse elimden alamaz!" diye tehdit ettim. Tehdidime kafasını sallayarak onay verdi ve bluzunun düğmelerini bile iliklemeden portmantodaki paltosunu alıp giydi. O ardına bile bakmadan kapıdan çıkıp giderken ben de hâlâ titreyerek yerde oturan Emre'nin başına geldim.

"Aşkım, Emre, bak ben geldim. Elif, karın."

Emre kafasını kaldırmadığında içime tarifi imkânsız bir korku yerleşti. Ya yine eskisi gibi olduysa... Bu sıkıntının yükünü dert ederken birden karnıma giren sancıyla iki büklüm oldum. Çığlığım holde yankılanırken yere düşmemek için duvara tutundum bir elimle. Bacaklarımda hissettiğim ıslaklıkla panik sahip olduğum her duyguyu alt etti. "Emre, lütfen bak! Emre doğum başladı. Lütfen kendine gel aşkım. LÜTFEN!" Tekrar eden sancı ile son yalvarışım çığlık şeklini almıştı. Artık telefonuma kadar yürüyebilecek halim bile kalmamıştı. Tek umudum Emre'nin beni duyabilmesiydi...

"EMRE! EMRE! EMRE!"

Ona adıyla kaç kez seslendim bilmiyorum ama sonunda kendi ismimi söylememin daha etkili olabileceğini akıl ettim.

"Benim Elif! ELİF! ELİF!"

Gözyaşlarıyla şükrettim kafasını dizlerinden kaldırınca. Sanki bir transtan yeni çıkmış gibi nerde olduğunu anlamaya çalışarak etrafına bakıyordu, süreci hızlandırmak için "Evindesin, korkma." dedim.

Beni görünce tek hamlede oturduğu yerden kalktı ve kollarını belime sararak bana destek oldu. Hâlâ alnında boncuk boncuk ter damlaları asılıydı. Şu doğumu hayırlısıyla bir yapayım, o Necla'nın kafasında saç bırakmayacağım!

Islak zemini fark edince yüzü endişeyle şekil değiştirdi ve az önce gömleğinin yenine sildiği terler tekrar belirdi. "Doğum mu başladı yoksa?"

"Evet, hemen hastaneye gitmemiz gerek."

"Tamam! Ne yapacağız şimdi? Ambulans mı çağırmak gerek?" Öyle paniklemişti ki çektiğim acı olmasa bu haline katıla katıla gülerdim.

"Emre, sakin olur musun?"

"Olurum, tamam. Sakinim." derin bir nefes alıp bana döndü. "Ne yapacağız peki?"

"Arabaya binip hastaneye gideceğiz hemen. Doğum için hazırladığımız çantayı almayı unutma."

"Tamam." deyip üst kata yönelince "Nereye?" diye sordum.

"Çantayı almaya."

"Çanta burada, portmantonun alt dolabında. Sen demiştin oraya koyalım, alması kolay olur diye. Unuttun mu?"

Çantayı dolaptan çıkarıp bana baktı. Elinde çantayla dikilirken şaşkın ördek yavrusu gibiydi.

"Emre, arabaya bineceğiz şimdi de."

"Tamam, tamam! Sakinim, anahtarlar neredeydi?"

"Montunun cebinde."

Emre, elini alnına vurup montunu üstüne geçirdi. Kapıdan çıkarken "Benim kol çantamı da al, kimliğim onun içinde." diye uyardım. Sonunda arabaya binmiş son sürat hastaneye yollanmıştık. Sancılar sürekli değildi, arada feci şekilde gelip gidiyorlardı. Yine bir sancıdan sonra yeni nefes almıştım ki Emre "Çok mu acıyor?" diye sordu.

"Yok acımıyor! KEYFİMDEN ÇIĞLIK ATIYORUM!"

"Tamam, bitanem. Sakin ol, geçecek. Özür dilerim, öyle saçma bir soru sorduğum için, acıdan altına kaçırmışsın, bendeki salaklık, sana acıyor mu diyorum."

"Ne altına kaçırması be?"

"Hole işemiştin ya?"

"Saftirik! O doğum suyu. Bebeğin içinde olduğu kese patladığı için geldi! O kadar çiş mi olur hem? İnek miyim ben?"

Emre gözlerini kocaman açıp bana döndü. "Hadi ya!"

"Hangi dünyada yaşıyorsun sen? Nasıl böyle bir şeyi hiç duymazsın?"

"Kadınlarla ilgili ne varsa uzak durmak, hayat felsefemdi yıllarca."

Yeni bir sancı girince konuşmamız benim çığlığımla yarıda kesildi. Emre, olabildiğince dikkatli ve hızlı kullanıyordu farkındaydım ama kadın doğum hastanesi, Rüzgârlı Meşe adında, Kilimli ve diğer pek çok ilçeye çok çok uzak olan bir yere kurulmuştu. Çığlıklarımın arasında sövmeyi de ihmal etmiyordum. "Doğum hastanesini ebesinin örekesine yapanın..."

"Oha! Elif!"

"Senin de başlarım ebene! Senin yüzünden hamile kaldım zaten! Sus, sen hiç ağzını açma! AAA!"

Sonunda hastaneye vardığımızda beni sedyeye yatırdılar ve o an Emre "Anaaa... Biz özel hastaneye gidecektik! Senin doktorun oradaydı!" diyerek elini alnına vurdu. Telaştan her zaman kontrole gittiğimiz özel hastane yerine sekiz kilometre daha uzakta olan devlet hastanesine gelmiştik. Hemen yanı başımızdaki hemşire üstümdeki ıslaklığa bakıp "Suyun mu geldi?" diye sordu.

"Evet."

"O zaman başka hiçbir yere götürmeyin hastayı, hemen doğuma alalım."

Tekrar ve dayanılmaz bir sancı daha saplandığında tek düşünebildiğim içimden bebeğin nasıl çıkacağıydı?

"Kesin, alın sezaryenle! Lütfen çıkarın şunu içimden! LÜTFENNN! AAA!"

Hasta bakıcı iki kadın beni soyup ameliyat önlüğü giydirdiler ve sedyelerle dolu bir odaya alıp yatırdılar. Burada pek çok kadın benim gibi doğum sancısı çekiyordu. Ebe gelip beni muayene etti ve "Bebek yola girmiş ve her şey normal gözüküyor, sezaryene gerek yok." dedi.

Gözyaşlarımla kafamı sallayınca "Sakin ol ve derin nefesler al. Arkadaşlar gelecek ve doğum tam anlamıyla başlayınca seni, çatala alacağız. Tamam mı?" diye güler yüzüyle sordu.

"Tamam." Çok korkuyordum ve hissettiğim acının tarifi

yoktu. Annemi üzdüğüm her an için kendimi suçlu hissettim. Bana kötü davrandı ve dövdü diye ona kızmaya ya da gönül koymaya hakkım yoktu. Beni doğurduktan sonra çöpe atmış olsaydı bile sırf bu acıya katlandığı için hakkını asla ödeyemezdim. Canından can vererek bir canlı dünya getirmek çok zordu ama anne olmak bu demek sadece bu demek değildi... İşte benim kapanmayan yaram bu sebeptendi.

Sonunda çatala alındığımda asıl acının yeni başladığını idrak ettim. Çığlıklarım arasında yorgun ve bitap düşmüştüm ama bir ses... Bir ağlama sesi ile "Sağlıklı bir erkek." diyen konuşmalar bittiğine sevinmeme ve onu görmeyi merak etmem ise tekrar canlanmama sebep oldu. Beni duymalarını dileyerek "Onu görebilir miyim?" diye sesim çıkabildiği kadar sordum. Güler yüzlü ebe, doğumhaneyi çığlıklarıyla inleten oğlumu yanıma getirdi. Her yeri kanla kaplı ve çok küçüktü. Bir kolumla ebenin de yardımıyla ona sarılıp alnına minik bir öpücük kondurdum. Gözyaşlarım görüşümü bulanıklaştırıyordu ve ne diyeceğimi bilemiyordum. Sadece "Merhaba, ben annen." diyebildim. Dokuz Ekim, ölene dek unutmayacağım bir tarihti çünkü ilk kez anne olmuştum. Bu öyle güzel ve tarifsiz bir duyguydu ki içime dolan mutluluk için tüm o acıları katlanılabilir kılıyordu.

Ebe, oğlumu kucağımdan alıp "Annesi, göbek bağını keserken Ali dedim ben. Sana sormadık, kusura bakma." dedi.

"Önemli değil, göbek adı da Ali olsun." Sahi ismi ne olacaktı? Emin amca, çok hasta olduğu için hep adını Emin koyacağımızı düşündüğüm için hiç kafa yormamıştım isim bulmaya; oysa ikinci bir ismi daha olabilirdi.

Beni odaya aldıklarında tüm akrabalarım yanımdaydı. Annemler, ablamlar, kuzenler, Sanem'le Cenk, Emin amcalar ve Emre. Emre'nin gözleri kıpkırmızıydı. Benim delim ağlamış mıydı? Birbirimize gülümsediğimizde ikimizin de gözleri doldu. Herkes geçmiş olsun deyip tebrik ediyordu. Hemşire kucağında yıkayıp giydirdikleri bebeğimle odaya girip "Annesi küçük bey acıkmış." dedi. Tekrar bebeğimi kucağıma aldığımda gözyaşlarıma hâkim olamadım. Nil, annesinin kucağından "Deyze çok çirkin senin bebekin o yüzden mi ağlıyorsun? Keşke hep gögekinde kalsaydı." dedi.

Emre, "Birileri kıskançlık krizine girmiş sanki," diye Nil'e takıldı. Hepimiz çok mutlu ve neşeliydik ama Emre hariç odadaki herkesi kovan hemşire ile yarım kaldı mutluluğumuz. Hemşire, bebeği emzirirken tutmam gereken doğru pozisyonu gösterdi. Göğsüm büyük olduğu için bebeğin burun delikleri kapanıyordu ve ememiyordu bir türlü. Açlıktan ağlayan oğlum da doğru pozisyonu becerebilmeme hiç yardımcı olmuyordu. Sonunda hemşirenin direktifleri sayesinde ilk kez emzirebildim oğlumu. Bu dünya üzerinde yaşayabileceğim en özel ve güzel duyguydu. Sırf bunun için bile Allah'a beni kadın yarattığı için şükrettim. Hemşire bizi yalnız bırakınca Emre, yatağın kenarına yanıma oturdu ve bir kolunu omzuma dolayıp saçlarımı öptü. "Geçmiş olsun göz bebeğim."

"Sağ ol. Sen nasılsın peki? Bugün çok kötü olmuştun."

"İyiyim, geçti gitti, üstünde durmayalım hiç o konunun. Kime benziyor sence?"

Göğsümü büyük bir iştahla sömüren oğluma dikkatle bakıp "Ben aracı olmuşum. Senin kopyan olmuş oğluşumuz." dedim.

"Aynen, tıpkı ben. Bak huyu bile aynı, nasıl çekiyor içine? Oğlum, annenin göğüsleri çok güzel değil mi? Biliyorum doyulmuyor hiç onlara."

"Deli." diyerek gülmeye başladım.

Birden derin bir nefes alıp ciddileşti. "Kızmazsan eğer bir şey söyleyeceğim?"

"Söyle."

"Biz, adını koyduk oğlumuzun."

"Emin mi? Sorun değil, ben de öyle düşünmüştüm zaten."

"Emin ismini ben koydum. Babam da yanına Muhammet'i ekledi. Yani Muhammet Emin koyduk adını. Sizinkiler itiraz etmediler ama sen istemezsen-"

"Hayır, çok beğendim. Muhammet Emin olsun oğluşumuzun adı. Göbek bağı kesilirken de Ali dediler adına."

"Sen doğumhaneyken bebeği getiren hemşire demişti."

"Emin... Babamın adıyla seslenmek garip olacak ama biz hep Emin diye seslenelim olur mu? Babamın hatırası yaşasın istiyorum daima."

"Baban kendi de yaşayacak daha uzun yıllar inşallah, karamsar olma lütfen."

"Haklısın, çok azimli bir adam sonuçta babam. Baksana beni zorla evlendirdi, torun diye tutturdu ve onu da kucağına aldı. Korkulur babamdan." dedi ve uyuduğu için emmeyi bırakan küçük Emin'imize bakıp "Öyle küçük ki ilk kucağıma verdiklerinde nasıl tutacağımı bilemedim ama kilosu, boyu her şeyi normal dediler." diye keyifle anlatmaya koyuldu. Sonra birden durulup "Elif, sana bir şey olacak diye çok korktum." dedi.

Dudaklarımın üstüne bir buse kondurup dudaklarını dudaklarımdan çekmeden öylece durdu bir müddet. Gözyaşları yüzüme damlarken Emre'ye deli diyerek nasibini kapatıp bana kalmasını sağlayan herkese içimden binlerce kez teşekkür ettim.

Tıklanan kapı ile toparlandık ve hemşirenin kapı dışarı ettiği herkes odaya akın etti. Ablam, loğusayım diye başıma kırmızı kurdeleli tacı geçirdi hemen. Emin Amca, gizli bir kuyumcusu olduğundan şüphe etmeme sebep olarak torununa bir tam altın hediye etti. Sanem ise ben doğumdayken odayı mavi tüllerle süslemiş ve bir sürü mavi bebek şeklinde şekerleme sipariş etmişti. Emre'nin hediyesi çiçekler de gelince ağrımı sızımı unutmuş bu günden hatıra kalsın diye fotoğraf çekilip duruyorduk.

Gece, tecrübesinden ötürü annem ve gitmeyi asla kabul etmeyen Emre refakatçi olarak yanımda kaldılar. Zaten ertesi gün doktor bir sorun olmadığını söyleyip bizi taburcu etti. Evimize geldiğimizde ablam ve Sanem'in boş durmadıklarını gördüm. Bir sürü ikramlık hazırlamış, her yeri mavi beyaz balonlar ve "HOŞ GELDİN EMİN BEBEK." afişiyle süslemişlerdi.

"Bir günde nasıl yaptınız bu kadar şeyi?"

Ablam "İlk kez teyze oluyoruz, yapacağız tabii." diyerek Emin'i kucağımdan aldı. "Teyzesinin yakışıklısı, evine hoş gelmiş."

Nil, annesinin bacağına sarılıp ağlamaya başladı. "Anne! Senin bebekin benim! Sevme onu!"

Annem, Nil'i kucağına alıp "Ananesinin gülü, sen de abla oldun, bak kardeş geldi sana." dedi.

"İstemiyom kardeş! Annemi istiyom, ben!"

Emre, Nil'i kucağına alıp bir kutu föndü çikolatası verdi. "Al, bak bunları sana Emin getirdi."

Nil, Emre'nin yardımıyla paketi açıp ağzına çikolataları tıktı ve dolu ağızla bize dönüp, "Şeşekkür edeyim, cici bebek. Hep uslu ol, aferin." dediğinde biz gülerken Emre, "Çok fena bu," diyerek sırıttı.

Tüm gün bebeği ve beni görmeye pek çok misafir geldi. Nil, annesi misafirlere çikolata tutunca "Menim onlar!" diye çığlığı basınca Emre, ilk kutuyu Nil'e bırakıp bir kutu daha aldı. Nil, bebeğe gelen her hediyeyi kıskanıyor ve "Evde benim de var." diyordu. Hepimizin sevdiği tek çocuk olmaya alışmıştı ve şimdi bu durum biraz kıskanmasına sebep olmuştu ama bu da normaldi.

Akşam, sonunda Emre ve bebeğimle baş başa kaldığımda güzel bir uyku çekmek istiyordum. Bebeği uyutup yattık ama dün gece hastanede annemin ilgilendiği bebeğimiz bu gece bizi rahatsız edip uyutmuyordu. Sabaha dek hiç susmadan ağladı. Ya acıkmış oluyordu ya altına yapmış ya da sebebini anlayamadığımız şekilde uyanmış. Dünyalar tatlısı oğlumuza Emre artık geceleri uyuz oluyordu.

"Emre! Emre!"

"Hıh?"

"Kalksana bebek ağlıyor! Bebeğe bakma sırası sen de."

"Bak, sen kendin dedin; sıra ben de. Ben kendi sıramda istediğimi yaparım."

Gözü kapalı yattığı yerde sıçramasına sebep olacak bir çimdik attım koluna. "Bebek ağlaya ağlaya helak oldu! Git uyut çocuğu!"

"Ağlıyor da niye? Bir insan saat başı yırtınır mı?"

"Konuşacağına git, çocuğu salla! Boğazı acıyacak yavrumun."

"Olmaz bir şey. Ağlasın, ciğerleri gelişir."

"Kömüş!"

"Aaa... Hiç yakışmadı, kötü örnek oluyorsun(!)" diyerek alay ettikten sonra tek gözü kapalı bebek odasına gidip bir dakika içinde bebekle döndü.

"Uyut diye yolladım seni! Niye onu buraya getirdin?"

"Beni emmeye uğraşıyor çünkü." Emre yarı çıplaktı ve kucağındaki Emin, babasının bir meme ucuna sıkı sıkı sarılmış, içine çekiyordu.

"Nasıl çekiyor içine?" diye Emin'e bakıp gülümsedi Emre. "Ama yanlış kaynaktan sondaj yapmaya uğraşıyorsun, ufaklık. Ananın güğümlerinde süt var, benden sana iş çıkmaz."

Emin'i göğsünden ayırıp bana uzattı. Emin, sahte de olsa emdiği memeden ayrılınca ağlamaya başladı ve Emre "Hemen zırla!" deyince "Azarlama oğlumu!" diye muhalif oldum. Emin, içi süt dolu memeye kavuşunca hemen keyfi yerine geldi. Emre, yatağa yanıma oturup Emin'i izlemeye başladı. "Aslında böyle sessiz sedasızken dünyanın en zararsız ve tatlı varlığına benziyor."

"Zaten öyle ki."

"Hadi be! Bildiğin ses ve koku bombası. Ya altına sıçıyor ya da zırlıyor. Bir haftadır toplam da uyuduğum bir günü bulmaz."

"Babası olarak katlanacaksın o kadar. Çocuk yapalım diye tutturan sendin. Hatta kekle bebek diye kıyas yapıyordun."

"Uykusuzluk devam edecekse kek tercihimdir."

"Ben de uyumuyorum ama senin gibi mızmızlık etmiyorum."

"İşe gidiyorum sabahın köründe. Sen öğlenleri, oğlun uyurken kestiriyorsun illâ ki. Ama ben, bir gün o tezgâhta uykusuzluktan elimi kolumu keseceğim kazara."

"Ay! Allah göstermesin! Uykusuzluk çok mu kötü oluyor?"

"Tabii... Elif?"

"Söyle aşkım?"

"Balım, ben geceleri artık bebeği sallamaya kalkmasam olur mu? Ben, babalık görevimi akşam işten gelince -sen sofrayı kurarken- bebeği kucağımda tutup pışpışlayarak yerine getirsem, nasıl olur?"

"OLMAZ! Yaparken geceleri beraber uykusuz kaldık, bakarken de anca beraber kanca beraber!"

"Ama niye ya! Gözlerime bak kan çanağı gibi. İşteki herkes 'Abi, gece beşik mi salladın?' esprisini yapıyor."

"Hayırsız baba! Tamam, yat zıbar! Bu gece daha kalkmasan da olur."

Yanağımı kocaman öpüp "Çok teşekkür ederim, en güzel karım." dedi.

"Kaç tane karın var acaba?"

"Hep uykusuzluktan bu aptallıklar, inan. Antidepresan ilaç yutmuş gibiyim, kafam yerinde değil."

"Öyle olsun bakalım. İyi uykular."

"Sana da." Emre hemen arkasını dönüp çok yorgun olduğu zamanlar da olduğu gibi hafif hafif hırlayarak uyumaya başladı. Yaşımız ilerledikçe bu hırlamanın horlamaya dönüşeceğine dair kesin bir hükme varmıştım. Kimse daima genç ve kusursuz kalamazdı. Mesela ben, çok değil bir yıl önce taş gibiydim oysa şimdi klasik tombul ev hanımı modeline dönmüştüm. Doğumdan sonra veririm dediğim kilolarımdan eksilen tek şey bebek olmuştu. Hatta doğumdan sonra da annem sürekli yiyip içmem için bir şeyler getirdiğinden kilo almaya aynen devam ediyordum. Daha yemeyeceğim diye kendime verdiğim sözü iki gün sonra dört kâse sütlaç getiren annem vasıtasıyla bozdum. İki kâse sütlacı mideye indirmiş üçüncüye hallenerek bakıyordum. Annem "Onu ye kızım, canın çektiyse içinde kalmasın. Sen loğusasın şimdi." dedi.

"Yok, yemeyeceğim, kilo alıyorum. Emre'nin dediği gibi montofon ineği gibiyim."

"Boş ver onun dediğini, erkekler boş konuşmaya bayılır. İneğe benziyorsun diye mi etrafında pervane oluyor, günde kırk kez arıyor. Ablan da evli ve ben Murat'ı daha çok severim damatlarımdan ama ben de yalan yok, bu Emre'nin sana düşkün olduğu kadar Murat, Nuray'a düşkün değil. Bak bir de onlar flört mü ne zımbırtıysa ondan ederek evlendiler. Ye sen ye. Sütün olur hem de yağlı yağlı, bebek iyi beslensin."

"Anne sütün yağlı yağlı olsun nedir, Allah aşkına! Sen de bana inek muamelesi ediyorsun."

"Kızım, ineğe buzağı neyse sana da yavrun o. Ne var bunda?"

Bunalımın eşiğine gelmiştim. Emre'ye kömüş diye diye ben mandaya dönmek üzereydim. Pilatese U dönüşü yapıp diyete başlamalıydım. Emre, her halimle beni seviyordu farkındaydım ama kendime olan özsaygımdan eski halime dönmek istiyordum. Kendimi salıp bu yaşta, on yıllık evli, üç çocuk annesi, ev hanımı tipiyle gezmek bana uygun değildi.

Ertesi gün pilates için ne zaman niyetlenip başlasam Emin ağlayıp uyandı ve doğru düzgün spor yapamadım. Akşam da Emre bir kilo, fındıklı, Zonguldak'a özgü beyaz baklava getirince benim zayıflama olayım hayal oldu yine.

"Emre hep böyle dobiş kalsam üzülür müsün?"

"Sağlığına zararı olmadıktan sonra üzülmem."

"İyi çünkü kilo verebileceğimi hiç düşünmüyorum."

"Bebek biraz büyüsün, işe döndüğünde eskisi gibi olursun bence."

"İşe dönecek miyim?"

"İstemezsen anlarım ama sensiz işler yürümüyor. İlk başlar diyordum ya uğurlu geldin diye. Şimdi fark ettim ki sadece talih değil, sen çok disiplinli bir sistem oturtmuşsun. Akıllı kadınsın ve en çok da buna hayranım."

İş için beni bu kadar övmesi ve bana ev hanımı olup çocuğu büyüt mantığıyla yaklaşmamış olması onurumu okşamıştı. "Yerime birini al şimdilik, boş bırakma derim orayı."

"Yerini tutmayacak kimse ama bir adam alırız."

"Adam mı? Müşteriler genelde bayan ama-"

"Sakın kadın deme bana! O kara kadından sonra anladım ki bana uzak Allah'a yakın diğer tüm kadınlar!"

"Ne yaptı o gün?"

"Yapma dememe rağmen soyunmaya başladı. Ben... Olabildiğince Selçuk'un dediği gibi sakin kalmaya çabaladım ama yüzüme dokunmak için elini uzatınca kayış koptu. Öfkem, dizginlerimi eline aldı ve beni yönlendirdi."

"Niye böyle oluyor acaba? Ondan korktun mu?"

"Hem de küçük bir çocuk gibi."

"Neden? Yani o senden fiziksel olarak daha zayıf, sana ne yapabilir ki?"

"Aslında mantıklı yanım bunu biliyor ama beynimin içinde bir ses, bir çeşit içgüdü tehlike sinyalleri çalıyor. Bana dokunursa ya da yaklaşırsa zarar göreceğimden emin hissediyorum ve kendimi koruma kısmında ise kontrolden çıkıyorum. Rüyalarımdaki gibi birinin beni boğduğunu hissedip nefes alamıyorum."

"O yellozu, annemin halıları dövdüğü gibi süpürge sapıyla evire çevire döveceğim, korkma hayatım."

"Bulaşma lütfen. Uzak olsun yeter." Emre'nin yine rengi değişmişti yaşadıklarını hatırlayınca. Ben de onu daha fazla üzmemek için konuyu kapattım. Sonrasındaki günlerde ise oğlumuzun evimize getirdiği mutluluk sayesinde o tatsız olay hatırımıza bile gelmedi. Dedesi küçük adaşına her akşam uğrayıp -sanki şimdi oynayabilecekmiş gibi- bir oyuncak getiriyordu. Emin Amca, Muhammet diye sesliyordu daima ve torununu her kucağına aldığında gözleri doluyordu. Emre'nin ikisini keyifle izleyip arada da babasına takılıyordu.

"Baba, kıskanıyorum. Bu akşam sana hoş geldin dedim, bir sarılıp öpmedin şimdi torunu şapur şupur öpüyorsun."

"Eşek kadar adam oldun, kendi oğlunu mu kıskanıyorsun?"

"Kıskanırım, kimseyle paylaşmam ben seni. Bana ne, beni de öp işte." Emre, babasını yüzünde bulduğu her noktadan öpmeye başladı. Emin Amca ise "Deli misin oğlum? Kucağımda bebek var, düşer Allah göstermesin bir rahat dur." diyerek oğlunun elinden kurtulmaya uğraşıyordu.

"Deliyim tabii." diyerek güldü ve bana "Böyle bir fotoğrafımızı çeksene." diyerek telefonunu uzattı. Kucağında torunu ve yanında ona sıkı sıkı sarılmış Emre ile öyle mutlu bir tablodaydı ki Emin Amca... Gözlerim doldu fotoğrafı çekerken. Babasının iyilik dolu kalbi Emre de vardı ve geceleri uyanmak dışında olabildiğince bana yardıma uğraşıyordu. Bebeği daima beraber yıkıyorduk, Emre, oğlumuzu kucağına alıp tutuyordu ve ben de yıkayıp su döküyordum. Suyu sevdiği için türlü türlü şekillere giriyordu Emin ve Emre onun bu hallerine tatlı tatlı gülümseyip sürekli onu öpüyordu.

"Şebek ya! Tatlılığa bak." Bu kez Emin'i göbeğinden öpüp huylandırıp ağlattı.

"Yapma, ağlarken su yutacak."

"Öpmeden duramıyorum, biraz büyüsün ısıracağım tombik bacağından."

"Sakın! Daha kırkı çıkmadı yavrumun, morartma oğluşumu."

"Sünnet olurken ne yapacaksın?"

"Daha var sünnetine."

"Aslında babam da görse diyorum... Kırkı çıktıktan sonra sünnetini de yapalım."

"Daha çok küçük. Oldu olacak baban ölmeden mürivetini görsün diye bir de beşik kertmesi yapalım oğlanı."

"Abartma, bir şey olmaz. Şimdi zaten herkes bebekken yaptırıyor, çocuğun psikolojisi bozulmasın diye. Beni de iki aylıkken sünnet ettirmişler. İyi ki de öyle yapmışlar çünkü annemin ölümünden sonra babamdan başkasının bana dokunmasına bile tahammülüm yoktu."

"Anlıyorum ama babası baksana çok minik. Pipisi de minicik, nasıl kesecekler?"

"Ne miniği?" Hemen Emin'in kulağına eğilip "Anneni takma oğlum, küçük falan değil." dedi. Sonra Emin'in minicik pipisine bakıp "Aslında şimdilik ufak ama dert etme. Sonradan-"

"Yuh! Çocuk büyüdüğünde de böyle saçmalıklar dersen kafanı kırarım! Ne o, babamın Tufan'ı büyüttüğü zihniyet gibi!"

"Tamam, demem bir daha ama sen de kabul et lütfen, babamın sağlığı yerindeyken sünneti yapalım."

"Tamam dersem, ne zaman olacak?"

"Hemen kırkından sonraki hafta."

"O zaman kırkından önce yapalım. Kırkı ve sünneti için bir mevlit okuturuz evde."

"Teşekkürler, tombul güzelim benim."

"Ya deme şöyle tombul falan!"

Emre, önce küskünlükle büzdüğüm dudaklarımı öptü sonra da havluya sardığımız kucağındaki Emin'in burnunu. Sünnet için o kadar çok sevinmişti ki banyonun ardından hemen uykuya dalan Emin'i uyandırmamak için aşağı inip babasına telefon etti ve müjdeyi verdi. Daha oğluşum otuz beş günlük iken de sünneti oldu. Sadece operasyonun gerçekleştiği gece, uyuşturucunun etkisi geçince ağladı o kadar. Kırkındaki mevlitte Emin Amca iki yarım altın daha taktı torununa ve bana da bir burmalı. Vazgeçtim; bu adamın kuyumcusu değil gömüsü vardı.

Torununu öpmeye koklamaya doyamıyordu, Emre'de ikisini beraberken izlemeye. Kalabalık misafir alayı gidince dinlenmek için Emin'in de uyumasını fırsat bilip yatağa uzandım. Emre hemen arkadan sarılınca "Geberiyorum yorgunluktan." diye isyan ettim.

"Çok özledim."

"Ben uyurken yap o zaman ve beni uyandırmamaya gayret et, olur mu?"

"Bu velet kardeş yapmayalım diye seni bu kadar yoruyor bence. Hadi naz yapma lütfen."

"Tamam ama yorma beni."

"Söz yavruuum." Mahallenin en azgın sapığı gibi dişlerini sıkarak dediği yavrum kelimesi gülmeme neden olmuştu. Birlikte olurken sözünü tutmamış asla beni bırakmak istemiyordu.

"Hayır olmaz! Son dedin az önce ve sondu."

"Lan kaç aydır bekliyorum, acımıyor musun bana?"

Emin'in karşı odadan yüklesen ağlama sesi ile "Çocuk ağlıyor!" diyerek yataktan fırladım.

"Sen git yıkan ben bakarım."

"Acıktığı için ağlıyor."

"Biliyorum, o yüzden yıkan diyorum. Böyleyken emzirilmez yani haram değil ama iyi bir şey de değil."

"Tamam, ben iki dakika duş alıp geliyorum."

"Ben oyalarım onu."

Emre söyledikten sonra bu konuyu ablama da danıştım bir gün ve o da Emre'yle hem fikirdi. Bu daha çok manevi temizlik için dinimizce yapılması uygun görülmüş bir davranıştı. Emre'nin buna dikkat etmesi çok hoşuma gitmişti. Harika bir aile babası olmuştu benim delim. Ayrıca bu aralar azgın bir koca... Neyse ki bir akşam bebeği görmeye geldiğinde Emin Amca'ya biz de kalsın diye ısrar ettim ve Emre'nin elinden kısa süreli kurtulmuş oldum.

Emre, babası bizde kalınca eskiden uyuduğu misafir odasında babasıyla beraber kalmak istedi. Çocuk gibi babasıyla uyumak için yalvardı Emin amcaya. Sonunda Emin amca kabul edince Emre'nin sevinci de çocuk gibiydi ve o gece birlikte uyudukları son gece oldu. İki gün sonra gün yeni açarken telefonum çaldığında arayan Emre'nin muhtemelen namazdan dönerken simit ister miyim diye soracağını düşünüp telefonu uyku sersemi "Alo." dedim. Uzun bir sessizliğin sonunda Emre sadece ağlayarak "Elif... Babam..." diyebildi.

Yüreğim, Emre'nin çektiği acıyı paylaşarak sıkışırken asla

kabullenmek istemiyordum. "Emre, olmadı Emin Babam'a bir şey değil mi?"

"Hastaneye gidiyoruz ama bilinci yerinde değil Elif."

"Tamam, geliyorum hemen ben de."

"Sen bebekle kal..." Ağladığı için kesilen cümlesine derin bir soluk alıp devam etti. "Sadece eve dönmediğimde merak etme diye aradım. Ben babamla ilgilenirim."

Üzüntüme öfkem karışıp "O artık sadece senin baban değil! Onun iyi olduğunu görmeye benim de ihtiyacım var."

"İyi değil ama... Elif ölüyor..."

"Öyleyse vedalaşmaya, helalleşmeye gelirim." Emre'yle telefonun iki ucunda ağlarken en çok da torununu görmek isteyeceği geldi aklıma. Telefonu kapatıp ağlaya ağlaya üstümü giyindim. Sonra da sıkı sıkı minik Emin'i giydirip ablamı aradım ve durumu haber verdim. Ablam ve eniştem beni yalnız bırakmayarak arabayla almaya geldiler. Hastaneye gidene dek minik Emin'ime sarılıp dedesinin ölmemesi için dua ettim. Dedesi daha yeni bisiklet almıştı, verandada otururken torununun bisiklete binip gezdiğini izlemeliydi.

Hastaneye vardığımızda ablam "Sakin ol Elif, sen böyle yaparsan Emre nasıl dayansın? Şimdi senin Emre'ye moral vermen gerek." diye beni uyardı. Haklıydı da Emre için paylaşılmaz nimetiydi babası, onun kaybını ben anlayamazdım bile. Gözyaşlarımı silip kendimi biraz olsun toparlamaya çalıştım. Babasının yattığı odanın karşında bir duvarın kenarına sinmiş sarsılarak ağlıyordu. Bebeği ablama teslim edip yanına koştum. Odanın önünde bekleyen ve bazılarını komşu esnaf oldukları için tanıdığım on kadar adam "Geçmiş olsun." dediler.

Emre'yle aramızda sözsüz bir iletişim vardı ve sarıldığımız an, gözyaşlarımı daha fazla tutamadım. Onu teselli edebilecek tek kelime gelmiyordu aklıma. Öğlene doğru bir iki saat kadar Emin amcanın bilinci yerine geldi. Önce Emre girdi yanına ve bir saat sonra çıktığında "Seni ve Emin'i görmek istiyor." dedi sadece. Kucağımda Emin'le ağlamamak için kendimi sıkarak zayıf nefesler alan Emin Baba'nın yatağının başına geldim.

Beni görünce gülümsemesi tuttuğum gözyaşlarımı salıvermeme neden oldu. "Yanıma getir torunumu kızım."

Yorulmasın diye hemen dediğini yaptım ve Emin'i dedesinin hemen yanı başına yatırdım. Torununun bir elini alıp öptü sonra da yanaklarından defalarca öptü. "Anana babana, vatana millete hayırlı evlat ol. Sana vasiyetim budur, küçük Emin." dedi. Sonra da bana dönüp "Hakkını helal et, kızım." dedi.

"Helal olsun ama ne hakkım olacak ki babacığım? Asıl sen helal et."

"Helal olsun ama her şey göründüğü gibi değildir, kızım. Ben, senin hakkına girdim. Bu yaşımda sana ettiğim Ali Cengiz oyunlarını bilsen belki de yüzüme bile bakmazdın."

Ne demek istemişti tam olarak anlamamıştım ama yaptığı şeylerin Emre'yle beni baş göz etmek için olduğunu düşünüyordum.

"Biz evlenelim diye mi yaptınız peki?"

Tahminimi doğru çıkararak "Oğlumu bir başına bırakamazdım bu dünyada kızım." dedi ve o da ağlamaya başladı.

"Ben ömrümde ilk kez huzuru Emre'nin yanında buldum. İçiniz rahat olsun, ne yaptıysanız çok iyi ettiniz."

"Onu sana emanet ediyorum." Bir elime sıkı sıkı yapışıp buğulu gözleriyle yalvarmaya başladı bana. "Sakın onu yalnız bırakma. Annesinin ardından fena olmuştu ilk. Ruhu kırgın, zayıftır. Şimdi ben gidince fena olursa onu bir başına koyma. Yalvarırım, senden tek ve son dileğim; Emre'yi asla bırakma."

"Asla bırakmam, gözünüz arkada kalmasın."

"Allah razı olsun kızım." Önce torununu defalarca öptü, kokladı. Ardından da biz sarıldık ve beni iki gözümden öpüp "Ağlama hiç, üzülmeyin. Ben yıllardır özlemini çektiğim karıma kavuşmaya gidiyorum." dedi. Bizden sonra da Emin amcanın yanına benim tanımadığım yaşlı bir arkadaşı ile kardeşi Faruk amca girdiler. Emin amcanın yaşlı arkadaşı odadan hiç çıkmayıp başında Kur'an okumaya başladı. Koridora mırıltı şeklinde ulaşan ilahi ses hüznün yanında huzuru ve dinginliği sağlayarak sabır ihsan ediyordu. Emin amcanın bilinci tekrar kapandığında annemler hastaneye yeni gelmişlerdi. Emre'ye "Geçmiş olsun." dediklerinde Emre usulca başını sallayıp "Sağ olun." demekle yetindi. Babasıyla konuştuktan sonra sessiz sessiz ağlamaya devam etse de daha metanetli görünüyordu.

Koridorda ağlayan Emin'i susturmak için kucağımda sallarken bana bakıp "Perişan oldunuz kaç saattir hastane koridorlarında, hadi sizi eve bırakayım." dedi.

İlk başta çok itiraz etsem de üzgün olan Emre'yi daha çok üzmemek için sonunda kabul ettim. Ama bindiğimiz taksiye "Çarşıya." dediğinde anlamaz şekilde dönüp ona baktım. Soran bakışlarıma sadece "Kimliğin yanında mı?" sorusuyla karşılık verdi. "Evet, çantamda."

"Güzel." Taksiciye "Abi bizi noterin önünde bırak." dediğinde "Ne oluyor Emre?" diye sordum.

Emre, cevap vermek yerine Emin'i kucağımdan alıp notere çıkan merdivenlerde taşıdı. Noterde Emin'i kucağıma verip "Otur sen şöyle geliyorum." dedi. Beni merak içinde bırakıp gişedeki görevlilerle konuştu ve yanıma oturup bana sarıldı. Neler olduğuna hiç anlam veremiyordum ta ki bir avukat gelip Emre'yle selamlaşana ve vekâletname ile ilgili konuşmalarını duyuncaya kadar. Avukat daha önceden de Emrelerle icraya verdikleri senetlerin takibini yapmak üzere çalışmıştı. Şimdi de Emre'nin akıl sağlının şu an tam olduğuna dair raporu Emre'nin elinden alıp vekâletname için hazırlıklara koyulmuştu. Rapor bir dosyada rulo edilmiş şekilde Emre'nin montunun iç cebinden çıktığı için "Cebinde raporla mı geziyorsun?" diye sordum.

"Hayır. Raporu sen babamın yanındayken Selçuk'un da yardımıyla alelacele girdiğim heyetten yeni aldım."

"Niye tüm bunlar?"

"Elif, her şeyi sana devrediyorum. Buradan çıkıp bankaya gideceğiz ve birikmiş tüm parayı da senin hesabına geçireceğim."

"İyi de neden?"

"Öyle gerekiyor. Size bakamayacak kadar kötü olursam..."

"Olmayacak hiçbir şey..." Tekrar gözyaşlarım belirdiğinde bu kez sebep Emre'ye bir şey olmasından korkmamdı. Ama içi rahat etsin diye vekâletnameye imzamı attım. Sonra da dediği gibi bankaya gittik ve parayı bana devretti. Eve döndüğümüzde yemek yesin diye ısrar ettim. Beni kırmayıp iki üç lokma da olsa atıştırdı. Hastaneye geri dönmeye niyetlenirken amcası aradı ve biraz da Emre'yi oradan uzak tutmak için "Yarın gelin, uyuyor zaten." dedi. Erkenden yatağa girdiğimizde göğsüme yatan Emre'nin gözüne uyku girmeği için Emin ne zaman ağlasa o kalkıp baktı. Sadece emzirmem gerektiğinde beni uyandırıyordu o kadar.

Gece arabanın motor sesiyle gözlerimi açtığımda Emre'nin yanımda olmadığını görüp endişeyle yataktan kalktım ama ben daha telefonu elime almadan kapanan araba kapısı sesiyle birinin bahçeye geldiğini anladım. Camdan aşağı bakınca da eve girmek için verandaya doğru yürüyen Emre'yi gördüm. Üst katın koridoruna çıktım ve merdivenleri tırmanırken göz göze geldik. "Neredeydin? Baban?"

"Yok, babam hâlâ aynı. Ben eczaneye gittim."

"Ne eczanesi?"

"Nöbetçi eczaneye, adı neydi bilmiyorum."

"Onu sormuyorum. Gecenin bir yarısı eczaneden ne aldın?"

"Sence?" diyerek elindeki minik poşetten antidepresan olduğunu tahmin ettiğim bir ilaç çıkarıp iki tableti susuz şekilde yuttu.

"Uyuyabilmek için mi?"

"Biraz onun için biraz da ayakta kalabilmek için." Öyle yürek burkan bir hüzünle gözleri dolu dolu söylemişti ki bu cümleyi beline sarılıp ağladım. O da sıkı sıkı bana sarılıp "Elif, korkuyorum." dedi.

"Korkma, yanındayım."

"Ben dağılınca beni toparlamakla uğraşmanı istemiyorum. Emin'le ilgilen çünkü ben zaten arızalıyım ama onun önünde harika bir gelecek var. Oğlumuzun geleceğinizi düşün daima. Benim için bunu yap olur mu?"

"Niye böyle iç karartıcı bir konuşma yapıyorsun ki? Allah'a beş vakit secde ediyorsun ve senden bir sevdiğini alarak seni sınadığında buna sabır gösteremeyecek misin? Benden yıllarca ayrı ve uzak kalsan ne hissederdin?"

"Özlem hem de hiç azalmayacak bir özlem."

"İşte babandan aynı şekilde annenin özlemini çekmiş yıllarca. Şimdi kavuşacaklarını düşün sadece."

"İyi ki varsın Elif." Saçlarımı öpüp benimle yatağa girdiğinde bu kez kısa süre sonra uykuya daldı. Sabah ikimiz de iştahsız olmamıza rağmen birbirimize ısrar edip az da olsa kahvaltı edip sonra yine hastaneye gittik. Okunan Kur'an sesi durumun hâlâ aynı olduğunu gösteriyordu. Bu kez biz de odaya girip başında bekledik. Uyku halinde can verdiğinden hastane personeli Emre'nin babasına son birkaç kez daha sarılmasına müsaade edip bizi koridora çıkardılar. Biraz sonra da bir erkek hemşire Emre'nin eline Emin amcanın alyansını bıraktı. Emre, avucunu sıkıp sırtını duvara verdi ve gözyaşları ardı arkası kesilmez şekilde akmaya başladı.

Aile ve dostlar böyle günlerde lazımdı çünkü insan acıdan uyuşup ne yapacağını bilemez oluyordu ve cenaze işleriyle birinin alakadar olması da gerekti. Ertesi gün öğlen namazına müteakip Emin amcanın cenaze namazı Kilimli Ulu Camii'nde kılındı. Emre tüm üzüntüsüne rağmen metanetini koruyup taziyeleri kabul ediyordu.

Naaş defnedilmek üzere Emre'nin annesinin köyünün olduğu Devrek ilçesine götürüldü. Emin amca, eşinin yanına gömülmeyi vasiyet etmişti. Köyün küçük ve eski camisinde kılınan ikinci cenaze namazının ardından köy mezarlığına tabutu hiç bırakmayan oğlunun sırtında gitti Emin amca. Kadınlar olarak mezarlığı çevreleyen kısa duvarların ardından naaşın toprağa verilişini izliyor ve dualara katılıyorduk.

Mezar kapatıldığında Emre, arkasına dönünce kısa süreli göz göze geldik ve ona gülümsedim. O da bana karanlık günlerimiz başlamadan önce son kez hüzünle gülümsedi. Daha sonra bakışları benim biraz sağ tarafıma kaydı ve tüm cemaati korkutan o müthiş çığlığı attı. Elleriyle saçlarını çekip gözlerini kapatmış geri geri kaçarken yaralı bir hayvan gibi çığlıklarıyla soğuk kasım havasını deliyordu. Onu izlerken yapabildiğim tek şey kucağımdaki Emin'e sıkı sıkı sarılıp ağlayarak hayatımın aşkına, ruhumun diğer yarısı eşime çaresizce bakmaktı.

# 18

Bir sürü adam Emre'yi zapt etmek için uğraşırken Doktor Selçuk "Ambulans çağırın!" diye bağırdı. İçimdeki korku beni yutmasın diye sıkı sıkı oğluma sarılmıştım. Şu an anlıyordum ki, ben asla onu gerçek bir krizin pençesinde kıvranırken görmemiştim. Islak, sarı çamura zorla yatırdıkları adam benim yüreğimdeki yaraları saran, huzurun tarifi olan o adam değildi. İçindeki gizli zindanlarda zincirlediği canavardı şu an beni korkutarak kükreyen. Peki, nasıl olmuştu da yıllardır kilit altında olan o kâbus bugün hortlayabilmişti? Emre'nin göğü yaran çığlığından hemen önce baktığı istikamete bakınca köyden bir iki kadını gördüm. Kadınlar aralarında fısıldaşarak Emre'nin hastalığının dedikodusunu yaparken cenazeyi biraz daha geriden izleyen bir grup çocuk korkarak annelerinin eteklerine yapışmışlardı.

"Ne işin var senin burada?"

"Anane korkuyorum, eve gidelim."

"Gizli gizli mezarlığa gelirsen korkarsın tabii! Oh olsun sana, ölüler gece yanına gelsin de gör!"

"Ölülerden değil, o adamdan korkuyorum ben." diyerek Emre'nin olduğu yönü işaret etti.

"Düş önüme, evde vereceksin bunun hesabını!"

"Anane valla Seldalar dedi mezarlığa gidelim diye."

"Hiç öyle başkasına suç atarak elimden kurtulamazsın Fatma!" Yaşlı kadın elinden tuttuğu torunuyla uzaklaşırken Emre'nin çocukların korkulu rüyası olacak bir canavara dönüşmesi yüreğimi dağladı. İç çekişlerim, her zaman dayanağım olmuş olan ablamın omuzunda kaybolurken sıkı sıkı sarıldı bana.

"Sakin ol, Elif. Doktor sakinleştirici yapınca eskisi gibi olur korkma." Ablamın tesellisinin yanlış olduğuna dair öyle güçlü bir his vardı ki içimde Emre'nin asla eskisi gibi olamayacağını fısıldıyordu uğursuzca. Ambulanstan inen görevliler çamurun içinde kıvranan Emre'ye zorla iğne yaparken "Elif, gitme!" diyen ablamı dinlemeyip Emin'i ona teslim ettim ve koşmaya başladım. Ben, Emre'ye iyi gelirdim, beni görürse daha iyi olurdu belki. Emre'nin yanı başındaki Selçuk Bey "Elif, lütfen ailenin yanına dön, ben yapıyorum gerekeni." diyerek iğnenin etkisiyle yarı baygın şekilde sedyeye yatırılan Emre'ye ulaşmamı engelledi.

"Beni görürse iyi olur belki." diye çaresizce gözleri kaymış Emre'ye baktım.

"Yapılan sakinleştirici etkisini hızlı gösterdiği için seni duyamaz şimdi."

Ambulans kapısı, yüreğimin yarısıyla aramıza kara bir perde gibi kapanırken onu bir başına bırakmamak için "Ben de geliyorum." dedim.

"Ambulansla ben gideyim, doktoru olarak yapılması gerekeni en iyi bilen benim. Sen, ailenle arkamızdan gelirsin."

Eniştemin koluna yapıştım hemen. "Enişte biz de gidelim, hadi çabuk olalım lütfen!"

"Tamam, korkma. Aslan gibi delikanlı, olmaz bir şey."

Ablamla birlikte arabaya bindik, eniştem vakit kaybetmeden ambulansı takibe başladı. Bana yıl gibi gelen uzun yol hastane bahçesinde son bulduğunda Emin'i ablama bırakıp indim hemen. Sedyede verilen ilacın etkisiyle uyuyan Emre'ye sıkı sıkı sarıldım. Ayrılmak istemediğimde eniştem ve Selçuk Bey beni tutup uzaklaştırdılar. Koridorda ağlayan bebeğimi susturmak için bir o yana bir yana yürürken tek duam uyandığında Emre'nin eskisi gibi olabilmesiydi. Ama uzun bekleyişimizin ardından Emin'i doyurmak için girdiğim emzirme odasından çıktığımda eniştemle Selçuk Bey'i asık suratlarla fısıldaşırlarken görmemle bir şeylerin ters gittiğini anladım.

Yanımdaki ablama bebeği verip "Emre, nasıl?" diye sordum. Selçuk Bey sıkıntıyla çenesini kaşıyıp "Uyandı." deyince "Görmek istiyorum hemen." dedim.

"Elif... Uyandı ama hâlâ aynı."

"Ne demek aynı?"

"Hâlâ bağırıyor ve etrafındaki herkese saldırıyor. Beni tanımadı..."

"Beni tanır, yanına gideceğim!"

"Tamam. Zaten yatağa bağladık. Umarım dediğin gibi seni tanır."

Hem onu göreceğim ve iyi olacağını umut ettiğim için ona koşmak hem de mezarlıktaki çocukları korkutan o canavarla karşılaşacağımı bilip kaçmak istiyordum. Ben Emre'den değil, sıkışıp kaldığı anıları içinde onu acıyla çırpınırken görmekten korkuyordum. Demir kapı Selçuk Bey'in baş hareketiyle görevli tarafından açıldığında bağlandığı yatakta tavana bakarak olmayan biriyle konuşan Emre, varlığımızla dahi ilgilenmedi. Yanına yaklaşıp mırıltıyla konuşan Emre'nin hem ne dediğini anlamaya çalıyor hem de beni tanıması için uğraşıyordum.

"Emre, bak ben geldim. Elif."

"Babama diyeceğim seni... Babama diyeceğim... Baba..."

"Balım bak ben geldim, Elif." Elimi güzel yüzüne koyup gözlerini tavandan kendime çevirmek istedim. Yeri göğü inleten bir şekilde "BABA!" diye bağırmaya başladı. Korkuyla elimi, onu böyle görmeye dayanamayan kalbimin üstüne çektim. Selçuk Bey, beni odadan çıkarırken hâlâ "BABA!" diye bağıran Emre'den gözlerimi alamıyordum. Kapının bizi ayırmasıyla görüntüsü yok olsa da sesi kapalı psikiyatri servisinden çıkıp Selçuk Bey'in alt kattaki odasına inene dek kulaklarımda çınlamaya devam etti.

Kucağımda bebeğimle Selçuk Bey'in karşında öylece dikiliyordum. Sıkıntıyla burnundan nefesini verip "Elif, bir karar vermen gerek..." dedi. "Çok zor bir karar ama... Bu senin karar vermen gereken bir husus. Emre artık çok tehlikeli. Benim hastam olduğu günden beri onu hiç bu kadar kötü görmemiştim. Sana ya da bebeğe zarar verebilir... Şu an, onun hakkındaki tüm yasal sorumluluk sana ait ve hastaneye yatması şart."

Sicim gibi akan gözyaşlarımı umursamadan "OLMAZ!" diye bağırdım.

"Elif, mantıklı düşün. Bebeği boğarsa ne yapacaksın?"

"Yapmaz, Emre onu gözünden sakınır."

"Emre artık seni bile tanımıyor!"

Yüzüme vurduğu gerçekle bebeğimi bağrıma bastırıp hıçkırıklara gömüldüm. Ablam bana sarılıp "Elif, korkma, iyileşip geri gelecek." dedi. Korkma diye her söylenişte niyeyse içimi daha büyük korkular kaplıyordu. Mezarlıkta ablam ilk korkma dediğinde de biliyordum ki korkulu günler başlamıştı bile. Aklıma gelen şeyle, bir ümit Selçuk Bey'e "Mezarlıkta bir şey gördü... Eminim. O zamana dek bir şeyi yoktu sonra birden krize girdi. Onu bulursak iyileşir belki." diye hızlı hızlı sıraladım.

"Elif, olmayan bir şeyi görmüş olması daha olası. Şimdi sanrıları çok sık görmeye başladı ve tedavi için hastaneye yatması şart."

Ne diyeceğimi ve en sevdiğim iki kişi arasında kaldığım için ne yapacağımı bilmiyordum. Ama bir karar vermem gerekti şimdi. Selçuk Bey ikna etmek için açıklayarak konuşmaya başladı. "Bak, şu an bir kriz döneminde ve bunu atlattığında elbette ki eve dönecek."

"Ya atlatamazsa?"

"Sadece babasını kaybettiği için böyle olduğunu düşünüyorum. Belli ki benim taciz tezim yanlışmış. Bir ebeveynini daha kaybettiği için nüksetti krizler. Mezarlık ilk kötü anıları çağrıştırmıştır muhtemelen."

"Hayır." diyerek itiraz ettim. "Eniştemin annesinin cenazesine gittik. Enişte söylesene var mıydı bir problem?"

"Yoktu hatta bana o gün çok destek olmuştu."

Selçuk Bey sabırla anlatırken bir iç muhasebe de yapıyor ve zamanında inanmadığı sebepleri şimdi ispata uğraşıyordu. "Elif ama bu kez annesinin gömüldüğü mezarlığa babasını gömüyordu. Sanırım mezarın tamamen kapanması babasının asla geri gelmeyeceğini idrak etmesini sağladı ve krize tam da o esnada girdi."

"Bence birini gördü ya da bir şey bilmiyorum... Ama babası dün ölmüşken niye bugün krize girsin? Belki de oradaki kadınlardan birini tanıdı?"

" Ben de mezarlıktaydım hatta enişte ile hemen Emre'nin yanındaydık. Köydeki cenaze namazının ardından o kadınlar Emre'ye baş sağlığı diledi ve Emre gayet sakindi. Ben annesinin hayalini gördüğünü düşünüyorum."

Yenilmiş bir şekilde o geri gelene dek dinmeyecek hasretimin süresini sordum. "Peki, ne kadar kalacak burada?"

"Bir zaman dilimi veremem ama git gide krizin etkisinin azalacağını umuyorum. Bana emanet ettiğini düşün onu, hastanede bir başına kalacak diye düşünme. Her gün görmeye gelebilirsin. İnan, benim için alelade bir hasta değil, gerçek tek dostum Emre."

Emre'yi ardımda bırakmanın vicdanımdaki ağır yüküyle eve döndüm. Ama kapısından girdiğim yuvam dediğim o yer değildi sanki. Bahçedeki Lust bile hoplaya zıplaya havlamamış belki de benim iç dünyamın görmek istediği şekilde o da bana Emre'yi sorar gibi bakmıştı. Eve girdiğimizde eniştem "Ev niye soğuk?" diye sorunca kalbime batan buzlardan olmadığını anladım ürperme sebebimin. "Emre yakardı kalorifer kazanını." diyebildim gözlerim nemli.

Ablam "Murat, sen yakabilir misin? Çocuk hasta olur bu evde." deyince eniştem dışarı çıktı. Ablamın yardımıyla Emin'i doyurup altını temizledik ve uyuttuk. Üşümesin diye üstüne kat kat battaniye örtük yavrumun ama babasının sıcak göğsü yokken yine de üşüyecekti biliyorum. Eli yüzü kapkara eniştem eve girdiğinde ablama" Nuray, becerip de çalıştıramadım." dedi.

"Soba gibi değil mi? Tutuşmadı mı?"

"Ateş yakmak dert değil de bir sürü tuşu ayarı var, anlamadım ben hiçbir şey."

"Eee ne olacak şimdi? Buz gibi bu ev, bebek hasta olur."

"Bize gelsinler."

Bacamız bile tütmüyordu o yokken ve onunla ayrıyken kokusunun sindiği yastıkta uyuyarak özlemimi dindirebilirdim ancak. "Sağ olun ama ben evimde kalmak istiyorum." diyerek yanlarına gittim. Ablam "Olmaz öyle şey, bu halde seni bir başına bırakamayız." dedi hemen. Eniştem de ablamı onaylayıp "Nuray, haklı. Şimdi evde bir başına kalırsan duvarlar üstüne üstüne gelir. Ben eve gidip size bizdeki elektrik ocağını getireyim. Nil'i de komşudan alır gelirim. İlla kendi evinde kalacaksan da ablan yanında olsun. Birlik beraberlik güç verir," dedi bir abi gibi.

Elektrik ocağının gelmesiyle ev ısınırken benim içimi ısıtan Nil'in gülüşme sesleri oldu. Yatağın ucundaki sandıklı pufun içinden pijamalarımı alırken Emre'nin pijamalarını görünce sanki kokusuna doyabilecekmişim gibi içime çektim derin derin. Onun üstü başı çamur içinde kalmıştı ve pijaması yoktu o demir kapılı her renkten yoksun odada yatarken. Emre'nin küçük spor çantasını yarın ona götürmek üzere kıyafetlerle doldurmaya başladım. Çantanın öndeki küçük gözünden elime iki küçük kâğıt parçası geçince yere oturup histerik bir şekilde ağlamaya başladım. Bunlar ilk sinema biletlerimizdi. İki küçük kâğıt parçası beni perişan edecek şekilde en olmadık zamanda karşıma çıkmışlar içimdeki eksik parçanın değerini hatırlatıyorlardı. Ablam yanıma gelip ağlayarak oturduğum zeminden destek olup beni kaldırdı. "Elif'cim yapma böyle, çocuğun için dirayetli olmaya çalış."

Gece Emin'le benden çok ablan ilgilenmişti buna rağmen sabah erkenden kalkıp kahvaltı hazırlamıştı. Çatalı bile elime almadığım sofrada otururken mutfağın sıcak olduğunu fark ettim. "Kalorifer mi yanıyor?"

"Evet."

Birkaç saniyeliğine de olsa Emre'nin döndüğünü düşünüp kendimi mutfağın verandaya açılan kapısından bahçeye attım. Kalorifer dairesinin az ilerisinde odun kesen Faruk amcayı görünce yıpranan sinirlerim dizlerimin boşalmasına sebep oldu ve bahçeye yığıldım.

Ayıldığımda salondaki koltukta yatıyordum ve daha kardeşinin acısı tazeyken onun yerine bana üzülüp başımda endişeyle bekleyen Faruk amca vardı. Mutfağa doğru "Ayıldı kızım." diye seslenince ablam elinde suyla koşturarak yanıma geldi. İçimdeki derdin yangınını söndürmesini umarak yudumladığım su bile acı geliyordu. Faruk amca, hem benim evimin ihtiyaçlarıyla hem de Emin amcanın evindeki mevlitle ilgileniyor bana ve oğluma kol kanat geriyordu.

Öğlen kimseyi dinlemeyip hazırladığım çantayı teslim etmek için hastaneye ben de gittim. Selçuk Bey, solgun yüzüme endişeyle bakıp "Emre'yi şu haliyle görmesen daha iyi bence." dedi ve çantayı benden teslim aldı. Onu dinlemeyip kapalı psikiyatri servisine çıktığımda içimi ürperten çığlıkların Emre'ye ait olduğunu anlayınca gözyaşları içinde kapıdan döndüm. Onu o şekilde görmeye dayanamıyordum.

Faruk amcayla hastaneden döndüğümüzde annemler bizdeydi. Babam, kaloriferi yakmaya annem de yemeğimi, temizliğimi yapmaya gelmişti. Ablamın evinde bekleyen bir kocası olduğu için bu durumda onu daha fazla alıkoymak olmazdı zaten. Faruk amca da dükkân ve rahmetli Emin amcanın yedisine dek her akşam okunacak mevlitleriyle meşguldü. Annemlerin yanımda olmasına muhtaç olsam da Emre'nin durumuna zerre üzülmeyen Tufan'ın evime girip çıkması sinirime dokunuyordu.

Ne zaman evime gelse sanki cenazemiz yokmuş ya da Emre o kör kuyu gibi hastane odasında değilmiş gibi pervasız bir neşeyle salak saçma espriler yapıyordu. Yemeden içmeden kesildiğim için onunla kavga etmeye bile mecalim kalmamıştı. O, eve gelince odama kapanıp beni ayakta tutan yegâne varlığım oğlumla meşgul oluyordum.

Annemin yine "İki lokma bir şey ye Elif." diye ısrar ettiği bir sabah Tufan "Bırak anne yemesin. Şu son hafta bayağı bir zayıflayıp insana benzedi, baksana." demesiyle yine cevap vermeyip sofradan kalktım. Bu gün bir hafta olmuştu tam ve kendimce kafamda belirlediğim büyük gündü.

Emre'nin biraz olsun iyileşmiş olmasını umarak Emin'i de alıp hastanenin yolunu tuttum. Gittiğimde servisin kapısından bir hemşire tarafından resmen kovulunca Selçuk Bey'in odasına girdim sorgusuz sualsiz.

"Selçuk Bey, ne oluyor? Yine ziyaret saati beni içeri almıyorlar?"

Eşiyle karşılıklı öğlen yemeği yiyorlardı ve Selçuk Bey yerine eşi Begüm Hanım kadife gibi bir sesle açıklamaya başladı.

"Elif'cim, istersen önce bir otur sakinleş."

"Begüm Hanım neler oluyor? Siz de annesiniz, ben bu kış gününde bebeğimle yollara düşüp geldim, şimdi niye kocamı göremiyorum?"

"Göremezsin değil tabii ki... Ama... Görmesen daha iyi."

"Neden?"

"Öncelikle ciddi bir şey yok, bunu bilmeni istiyorum. Sadece Emre dün gece daha sakin olduğu için yatağa bağlanmadı ve... Kendine zarar vermiş ama ciddi bir yaralanma yok."

"Nesi var? Görmek istiyorum hemen."

Bu zamana dek hiç konuşmamış olan Selçuk Bey sıkıntıyla "Ensesini tırnaklarıyla çizmiş sadece." dedi. "Ama şimdi onu tekrar bağladığımız için daha büyük bir öfke krizine girdi. Biz de tekrar uyuttuk ve zaten yarı baygın gibi. Hemşireye ben söyledim seni içeri almamasını çünkü onu o halde görmeni istemiyorum. Bu aralar dişi sinek bile görse saldırmak için elinden geleni yapıyor."

"Uzaktan görsem. İyi olduğunu görmezsem uyuyamam ben bu gece."

Selçuk Bey, başını kabullenir bir şekilde öne eğerek onay verince bebeğimi Begüm Hanım'a emanet edip üst kata çıktık. Selçuk Bey kapıyı açtığında gördüğüm, yatakta gözleri yarı kapalı, ağzı açık yatan meczup adamla, mavi gözlerinden hayat taşan Emre'min alakası bile yoktu. Yanına gittiğimde ensesindeki çizikten başka yarası olmadığını görerek teselli buldum. Kendinde olmayışından istifade edip boynuna sarıldım ve her birinin şifa vermesini umarak yüzünün her yerine öpücüklerimi bıraktım.

Ben daha Emre'nin o bedbaht halinin görüntüsünü gözümün önünden atamamışken eve dönmek için bindiğim minibüste olan bir başka kötü olay, bu hayatta artık mutluluğun bana çok görüldüğünü düşünmeme sebep oldu.

Şoförün hemen arkasındaki koltukta oturuyordum ve yılışık bir şekilde "Merhaba, ben Kamil." diyen şoförün başta benimle konuştuğunu bile anlamadım. Ne zamanki "Delinin karısı sen misin?" diye sorunca öfkeyle çattığım kaşlarımı dikiz aynası vasıtasıyla ona çevirdim. O ise bakışlarıma aldırmadan terbiyesizce sürdürdü sözlerini. "Tekrar tırlatmış diye duydum. Geçmiş olsun, gerçi sen rahat etmişsindir."

"Anlamadım?"

"Çocuğun babasıyla daha rahat görüşürsün diyorum. Sözde kocan olacak Emre'nin liseden arkadaşıyım ben, biliyorum yani onun çocuğu falan olamaz. Yalnızsan bu aralar, vereyim numaramı uğrarım sana istersen."

Bu ahlaksız herif utanmadan bir toplu taşıma aracında bana bunları yüksek sesle söyleyip hem benim hem de Emre'nin namus ve haysiyetini ayaklar altına alırken tek düşünebildiğim, zamanında Emre'nin minibüse binmemi yasak etmesinin altında yatan sebebi öğrenmiş olmamdı.

İçine düştüğüm şaşkınlıktan damarımda kabaran öfke sayesinde sıyrılınca içinde Emin'in eşyaları olan ağır çantayla ne sürdüğü aracın hâlâ akan trafikte olmasını ne de yolcuların "Kaza yapacağız!" diyen serzenişlerini umursamadan kafasına vurmaya başladım.

"Emre'nin erkekliğine laf edebilmen için önce adam olman gerekir! Haysiyetsiz pislik!"

Kaza yapmamak için hemen frene basıp durunca da "Aç kapıyı!" diye buyurdum. Bu adama niye Piç Kamil dedikleri çok açık şekilde belliydi, o sıfat onun karakterini en güzel tanımlayan üç harf olmuştu. Kapı açılır açılmaz dedikodu yapmak için minibüsten inmemi bile beklemeyen yolculara aldırmadan Emin'i battaniyesine sarıp kendimi soğuğa attım. Minibüs gözden kaybolurken soğuk hava bile ateş püskürten sinirime etki edememişti. Böyle bir şeyi söyleme cüretini nasıl gösterebilirdi hâlâ aklım almıyordu. Sanki yeterince hissetmiyormuşum gibi içimdeki eksikliğe bir yenisi daha eklenmişti. Emre'nin beni koruyup kollamasını, yanında hissettiğim huzur veren güven duygusunu özlüyordum. "Emre olsaydı..." diye mırıldandım kendi kendime ve son görüntüsü gözümün önüne gelince dikildiğim kaldırıma çöküp ağlamaya başladım. Derdimi anlarmış gibi oğlum da ağlamaya başlayınca çantamdan telefonumu alıp ablamı aradım.

"Abla?"

"Efendim canım. İyi misin, sesin kötü geliyor?"

"Değilim iyi falan, Emre iyi olmadan da iyi olamam."

"Metanetli ol biraz canım benim. Elbette iyileşecek. Nil'le sana geliriz birazdan daha iyi hissedersin."

"Ben evde değilim. Zaten seni de onun için aradım. Minibüste Piç Kamil diye bir şoför bana askıntı oldu. Emre'yle alay edip bana resmen yollusun, telefonumu vereyim mi sana, dedi." Ablama olanları anlatırken tekrar yaşıyormuşum gibi bir hissedip midem kasılıyor ve ağlamam daha da şiddetleniyordu.

"Neredesin peki?"

"Emirgan'ın az aşağısında indim arabadan. Abla tekrar otobüse ya da taksiye binmek istemiyorum. Yine birisi öyle ahlaksız bir şey derse katil olurum bu kez. Kucağımda minicik bebek varken adam en iğrenç iftirayı attı bana!"

"Adam deme şu ite, iyice asabım bozuldu benim de. Bekle sen Murat gelir alır seni hemen."

"Teşekkürler."

"Ne teşekkürü bahtsız güzelim, görevimiz bu bizim. Üzme kendini sen hiç, biz varız yanında, kimse de yalnız sanmasın benim kardeşimi. Öptüm seni."

"Ben de."

Ablam kapattıktan sonra oturduğum kaldırımdan kalktım ve ağlamasın diye Emin'i hafif hafif sallayarak kaldırımda bir sağa bir sola ufak adımlarla dolanmaya başladım. On dakika sonra eniştem beni almaya geldiğinde yüzü öfkeden kıpkırmızı olmuştu. Ben arka koltuğa yerleşince "Kimdi sana o lafları eden yavşak?" diye sordu.

"Kamil diye bir adam."

"Kaç numaralı arabaydı?"

"Numaraya dikkat etmedim hiç."

"Görsen tanır mısın peki?"

Kafamı sallayıp onayladığım an eniştem arabayı çalıştırdı ve hız sınırını aşmadan gidebileceği en hızlı şekilde sürmeye başladı. Kilimli'ye geldiğimizde eve giden yolu es geçip Karadon Mahallesi'ne doğru yönelince "Nereye gidiyoruz?" diye sordum. Ama çok sinirli olduğu her halinden belli olan eniştem ağzını bile açmadı. Karadon'da Garaj denilen ve minibüslerin ilk kalktığı durak olan yere geldiğimizde park halindeki minibüslerin az ilerisinde, alçak taburelerde oturup çay ve sigara içen adamları gösterip "Hangisi o piç?" diye sordu. Arabanın camına yaklaşıp dikkatle inceledim ama hiçbirisi o değildi. Tam orada olmadığını söyleyecekken karşıdaki çay ocağından çıkınca parmağımla işaret edip "Orada, şimdi çay ocağından çıkan kahverengi kazaklı." dedim. Eniştem direksiyona tutunarak biraz daha öne eğilip yüzünü görmeye çalıştı, "Eminsin değil mi?" dedi.

Tekrar baktım ama o nemrut ifadeyi ya da velfecri okuyan kahverengi gözlerini unutmam imkânsızdı. "Eminim." diye yinelediğimde eniştem torpidodan levyeyi alıp arabadan indi.

Piç Kamil, elinde tuttuğu ince belli bardaktan çayını yudumlayıp yanına gittiği arkadaşlarına selam verirken, eniştem arkasından yaklaşıp acımadan levyeyi dizlerinin arkasına indirdi. İlk darbeyle acıyla bağırıp dengesini kaybetti ve elindeki bardak yere düşüp tuzla buz oldu. Dizlerinin üstünde yeni yeni sağladığı dengesini koruyamadan eniştem hızla ikinci darbeyi sırtına indirdi. Bu kez az evvel düşürdüğü bardağın kırıkları içine yüzükoyun düştü ve oturanlar ayaklanıp yetişene kadar sırtına şiddetli bir darbe daha indi. Eniştem, elinden levyeyi alıp onu durdurmaya çalışanlara, aradaki cama rağmen duyabildiğim bir sesle kükredi. "BIRAKIN ULAN!"

Yerdeki haysiyetsizi kaldırmaya çalışan adamlara dönüp kalın araç camı nedeniyle duyamadığım bir şeyler söyledi. Eniştem ne dediyse önce araya girenler çekildi sonra da o iti yerden kaldıranlar destek olmayı bırakıp bir başına bıraktılar onu. Konuşulanları duyabilmek için camı çok az indirdiğimde eniştemin hakkını asla ödeyemeyeceğimi anladım. Onun da ablam gibi merhamet dolu bir kalbi vardı, boşuna divane gibi sevmemişlerdi ablamla birbirlerini bunca sene.

"Abi ben ne bileyim senin baldızın olduğunu?" dedi yerde dizleri üstünde sürünerek uzaklaşmaya çalışırken. Eniştem yine o duyan herkesi korkutan sesiyle yeri göğü inletti. "Karımın ailesi benim de ailem, kardeşi benim de kardeşim, onun namusu haysiyeti benim de namusum! Sahipsiz mi sandın lan sen bizim kızımızı?"

"Yok, abi, valla öyle değil." diye yalvarmaya başlayan sürüngeni daha fazla konuşturmayıp az evvel ikisini ayıranlardan biri levyesini aldığı için yumruklarıyla benzetmeye başladı ve yüzüne art arda sayamayacağım kadar çok vurdu. İçine düştüğü cam kırıkları nedeniyle yüzü başta olmak üzere pek çok yerinde açılan yaralardan kanlar sızıyordu. Sonunda bayılınca bıraktı ve hâlâ dinmemiş öfkesi gözlerinde arabaya bindi. Arabayı tekrar çalıştırırken dikiz aynasından bana bakıp "Bir daha binme otobüse minibüse. Ehliyetin var, araban var!" dedi.

"Öyle de bebek de var. Onu arka koltuğa bir başına bağlayıp nasıl süreyim arabayı?"

"Sen de haklısın, bakma bana çok sinirliyim şimdi."

"Teşekkür ederim enişte."

"Ne teşekkürü Elif, asıl biz özür dileriz sen minibüslerde sürünürken haberimiz bile olmamış."

"Ablam da sen de elinizden geldiği kadar bana destek oluyorsunuz zaten daha ne yapacaksınız? Bugün şu yaptığın için bile senin hakkını ödeyemem."

"O yavşağın sadece tozunu aldım ben, bugün. Emre çıksın hastaneden o tozunu attırıp öttürür onu."

Emre'nin adı geçince yine sonbahar düştü gözlerime, eniştem de baharı müjdelemek ister gibi "Bu günler de geçip gidecek yine başınızda olacak inşallah, şimdi bu kısa süreli sıkıntı için helak etme kendini." dedi.

Evin bahçesine girdiğimiz gibi dış kapı ablam tarafından açıldı, yüzünde endişenin bin bir türlü ifadesi dolanıyordu. Beni görünce o ifadelerin hepsi kaybolup gözlerindeki nemde birikti. Ayakkabılarımı rahat çıkarabileyim diye Emin'i kucağımdan aldı ve daha içeri girmeden kapı ağzında fısıltıyla konuşmaya başladı. "Annemlere anlatmadım ben olanları bence sen de söyleme." Arabasıyla bahçe kapısından çıkan eniştemi işaret edip "Murat dedi ki Tufan duyarsa gidip aptal aptal ona buna dayılanır, bir de onu minibüsçülerin elinden almakla uğraşmayalım." diye izah etti soran bakışlarıma. Eniştem, Tufan'ı tanıyan biri olarak doğru söylemişti. Tufan, sadece dayak yiyip gelirdi o minibüsçüden zaten daha on dokuz yaşında olduğundan ne gücü yeterdi ne de kimse onu ciddiye alırdı. "Tamam." deyip eve girdiğimde elinde Emin'in oyuncaklarından biriyle Nil karşıladı beni. Suç işlemiş gibi elindeki oyuncağı arkasına saklayınca uzun zamandır ilk kez gülümseyebildim.

Ablam "Ben sana izin almadan oyuncaklara dokunmayacaksın demedim mi?" diye azara başlayınca Nil hemen savunmaya geçti. "Deyzem geldi, sorabilerem ona. Deyze, Emin'in oyuncaklarıyla oynayabilir miyim?"

"Oynayabilirsin güzelim."

"Bak, deyzem kızmadı." Arkasındaki oyuncağı çıkarıp evin içinde koşturmaya kaldığı yerden devam etti. Her şey bana Emre'nin eksikliğini hatırlatıp beni boğuyordu. Ya Emin'in de koşturup evin içinde dolaştığı günleri Emre hiç göremezse... Sadece Emin'inle ilgilenirken biraz huzur bulup mutlu olabiliyordum ama onun babasız büyümesi dayanamayacağım bir acı oluyordu içimde.

Emre'nin özlemiyle kavrulurken akşam Emin Amca'nın yedisi için yapılan mevlitte bir de suçluluk duygusunun pençesine düştüm. Emin Amca, bana Emre'yi yalnız bırakmamam konusunda söz verdirmişti ve ben daha onun toprağı kurumadan bu sözüme ihanet edip oğlunu bir başına bir hastane odasında bırakmıştım. Keşke hâlâ yaşasaydı Emin Amca, o zaman bunların hiçbirisi olmazdı, Emre yine yanımızda olurdu ve ben vicdanım ağır yükü altında eziliyor olmazdım.

Mevlide gelen kadınların ne acımıza ne de ölümüze saygısı yoktu anlaşılan çünkü ha bire birileri fısıldaşarak Emre'nin nasıl delirdiğini yalan yanlış birbirlerine anlatıyorlardı. Sözde fısıldaştıkları için benim duymadığımı sanıyor olmaları muhtemeldi ama tüm sinirimi onlardan çıkarmama yetecek kadar net duyuyordum her şeyi. Annem de eklenince muhabbete sabır taşım çatladı ve helva yiyen kadınlara çıkışmam da kaçılmaz son oldu.

"Nasıl oldu Nurcan Abla? Öyle birden durduk yere mi sıyırdı?"

"Öyle oldu valla, ne olduğunu anlamadık bile. Mezarı kapattılar sonra damat birden kapana basmış ayı gibi bağırdı, kaçmaya başladı."

"Ay kimden kaçıyordu ki?"

"Ne bilelim Zeynep, öyle boş havaya bakıp korktu, kaçtı."

"Cinlenmiş falan olmasın, evlerden ırak!"

"Sanmam Firuze, namazında niyazındaydı hep. İn cin niye ona musallat olsun."

Annem herkese cevap yetiştirip milletin abartıp kabartması

için fırsat verirken seyirci kalmadım. Cenaze evinde boş lakırdı eden tüm kadınlara dönüp "Ayıp! Ayıp! Dirinin acısına yoksa ölüye saygınız olsun bari!" diyerek azarladım.

Annem, misafirleri azarladım diye bana kızıp "Elif! Otur yerine!" diye çıkıştı. Annemin haksızken bir de bana azar çekmeye çalışması sinirlerimi iyice zıplattı. Zaten istesem de bir lokma dahi yiyemediğim helva tabağını oturan kadınların üstünden karşı duvara fırlattım. Sonunda çenelerini kapatmayı başardığım için oluşan sessizlikte sadece kırılan tabağın şıngırtısı yankılanırken ağlamaktan çatallaşmış sesimle bağırdım. "Önünüzdeki zıkkımlanarak kapatamadınız değil mi çenenizi? Size ne benim kocamın hastalığından! Konuşacak mevzu çıktı size diye sevindiniz tabii. Akbaba gibi üşüşmenizin tek sebebi benim üzüntümle dedikodu edebilmek! Sizin gibi dost, akraba, komşu olmaz olsun! DEFOLUN!"

Kadınlar birer birer kalkıp Emin amcanın eski salonunu terk ederken annem, benim adıma özür diliyordu. "Sinirleri bozuk şimdi, kusura bakmayın."

Haremlik selamlık ayrılmış olan misafirlerin benim kovmamla haremlik kısmı olan salonu boşaldı. Annem karşıma dikilip "Yaptığını beğendin mi? Ne olmuş merek ettilerse olanı biteni? Sanki kocan hasta değil de millet uyduruyor her şeyi!" dediğinde artık annemdir diyerek susamadım. "Sen de kapatacaksın ağzını! Senden yüz bulup konuşuyorlardı zaten! Bir daha kimseye benim ya da kocam hakkında tek kelime ettiğini duymayacağım!"

Annem hem alınmış hem de şaşırmıştı. "Bu da sıyırmış..." diye mırıldanıp kırıkları toplayan ablama yardıma geçti. Bağrışmamızı duydukları için olsa gerek yan odada oturan erkeklerden Faruk Amca ile rahmetli Emin Amca'nın yakın bir arkadaşı olan Hüseyin Amca salona geldiler. Boş salona ve yerdeki kırıklara bakıp "Hayırdır kızım?" diye sordu Faruk Amca.

"Emre nasıl delirmiş, onu merak ediyordu gelen kadınlar. Ben de delirdim, fırlattım attım tabağı, gördüler nasıl adam deliriyor!"

"İyi yapmışsın kızım. Cenaze evine dedikodu yapmaya mı gelinirmiş? Terbiyesizler!"

Annem elinde topladığı kırıklarla doğrulup "Şuna arka çıkıp yüz verme Faruk Bey." dediğinde bu kez Hüseyin Amca "Kızın haklı, bacı." diyerek savunmaya başladı beni. "İçerde ben Kur'an okurken de hiç susmadı ki kadınlar. Hiçbir şeye saygıları yok. Bari önlerindeki nimeti yerken sussaydılar."

Annem yenildiğini anlayınca elindeki kırıklarla mutfağa yollandı. Faruk Amca sırtımı sıvazlayarak kardeşinin acısı içinde yine bana teselli verebilmek için uğraşıyordu. "Üzülme güzel kızım. Millet hep konuşacak, sen dert etme bunları. Allah'ın izniyle bu günlerde geçecek."

Hiç de Faruk Amca'nın dediği gibi zor günler çabuk geçmiyor aksine her gün sinirimi yıpratacak başta bir olay peyda oluyordu. Kadınlar, yemeyip içmeyip ellerine geçen daha büyük dedikodu ile tüm ilçede tanıdığım tanımadığım herkese Emin Amca'nın yedisinde olanları abartarak anlatmışlardı. Emre'yi ziyarete gitmeye korkar olduğum için evimden hiç çıkmıyordum ama yine de beni ziyarete gelen Sanem sayesinde hakkımda konuşulanlar kulağıma geliyordu.

Sanem, sıkıntıyla "İyi dayanıyorsun valla." dedi. "Ben olsam bir kaçını dövmüş olurdum çoktan."

"Milletin ağzı torba değil ki büzesin, üzülüyordum önceleri ama şimdi hepsine o gün bağırdıktan sonra daha iyiyim."

"Ya bak, seni üzmek ya da sinirlendirmek istemiyorum ama... Bir şey duydum ve demezsem sana ihanet etmiş gibi hissederim."

"Benimle mi ilgili?"

"Hayır, daha çok Emre'yle ilgili. Şey... Necla var ya..."

"Eee?" Necla'nın adı geçince bile sinirden oturduğum yerde dikleşmiştim. Emzirdiğim Emin'i göğsümden ayırıp beşiğine yatırdım ve pür dikkat Sanem'i dinlemeye koyuldum.

"Necla, Emre'ye iftira ediyormuş. Annem söyledi bana da. Gördüğüne, Emre için 'Tecavüzcüydü, bana da bir kez saldırdı. Elinden zor kaçtım. O deliyi daha önce kapatmalıydılar.' diyormuş."

Doğum yaptığım gün, olanları hatırlamam bile Necla'yı yerlerde sürükleyerek dövmem için yeterli sebepti ama şimdi daha fenasını düşünüyordum. Onu kimseye bir şey söylememesi konusunda açıkça uyarmıştım ve o beni dinlememişti. Fazlasıyla rezil olmayı hak ediyordu. Üstelik "Adını çıkarıp birini rezil etmek bir Müslüman'a yakışmaz." diyerek artık beni durdurabilecek bir Emre de yoktu yanımda.

Sanem, yüzümdeki sert ifadeye bakıp "Elif, bak söyledim ama bir delilik yapma sakın." dedi hemen.

"Hak etmiyor mu şimdi bu kız rezilliği?"

"Ediyor fazlasıyla ama kavga çıkarıp dövmeye değmez bile."

"Önceden olsa döverdim ama şimdi keşke saçımı yolsaydı diyecek."

"Ne yapacaksın ki?"

"Yapınca gelir kulağına nasılsa. Baksana milletin işi gücü yok, bizi konuşuyor!"

Sanem, dediğine diyeceğine bin pişman olmuştu çünkü bir rezalet çıkarmamdan korkuyordu. Haklıydı da korkmakta Necla'yı insan içine çıkamaz şekilde rezil etmeyi koymuştum kafaya. Buram buram tüten öfkeme rağmen marketin en yoğun olduğu perşembe gününe dek sabrettim. Perşembe günü Emin'i kısa süreliğine anneme emanet edip markete gitmek için hazırlandım. Annem, soğuk havada üşütmemden endişelendiği için gitmemi istemiyordu.

"Babana de, ne istiyorsan alır marketten. Grip olursan çocuk emziriyorsun ilaç da alamazsın şimdi. Ay çocuğa da bulaşırsa bak sen işe!"

"Anne, yine iki dakikada felaket senaryosunu yazdın. Daha ben grip olmadan çocuğu hasta ettin. Hem alacaklarım özel şeyler diyemem babama."

"İyi, bakalım. Ama çabuk dön, uyanınca meme arayıp ağlıyor boncuk gözlü yavrum."

"Tamam, anne."

Annemi, atlatıp evden çıktıktan sonra kar yüzünden iliklerime kadar işleyen soğuktan kaçmak için kısa mesafedeki markete arabayla gittim. Necla'yı rezil etmeye gittiğimi bilse asla müsaade etmezdi annem bu yüzden ona türlü bahaneler uydurmuştum. Tabi gerçekten evin eksiği ve ihtiyaçlarını da almak gerekiyordu. Yoğunluktan dolayı tüm kasalar açıktı ve Necla da bugün kasalardan birinde çalışıyordu. Kendime şaşırdığım bir sabırla alacaklarımı alışveriş arabasına doldurup Necla'nın kasası önündeki sıraya girdim.

Sıra bana geldiğinde bakıştığımız ilk andan itibaren yüzü gerginlikte asıldı yine de renk vermemeye çalışarak "Hoş geldin." dedi.

Gayet sakin ama göz temasımızı hiç kesmeden "Hoş bulduk." dedim ve sepettekileri banda koymaya başladım. Bandı çalıştırıp aldıklarımı kasadan geçirirken benim rahat tavırlarımdan attığı iftirayı bilmediğimi sanıp sahte bir üzüntüyle "Bu arada başınız sağ olsun canım." dedi.

"Dostlar sağ olsun."

"Eşin de tekrar rahatsızlanmış ona da çok üzüldüm. Küçücük bebekle bir başına kaldın, geçmiş olsun çok çok."

Belki Emre, Sanem ya da annem haklıydılar yani kimsenin ayıbını yüzüne vurmayıp saklamak daha büyük bir erdemdi ama Necla, şu anki yüzsüzlüğüyle bile yapacaklarımı fazlasıyla hak ediyordu.

Sesimi kasalar önünde bekleyen tüm müşterilerin duyabileceği kadar yükseltip bir bir sayıp dökmeye başladım yaptıklarını. "Ne yüzsüz şeysin sen be! Nasıl olur da benim namazında niyazında kocama iftira edersin? Senin gibi yolluya bakmadı diye mi bu kuyruk acın? Evli olman önemli değil diye kocama yazdığın tüm mesajları çarşaf çarşaf önüne sereyim mi? Evde olmayışımı fırsat bilip kocamın önünde soyunduğunu ne çabuk unuttun?"

Kara gözlerini kocaman açmış beni şok içinde dinlerken son cümlem üzerine "YALAN!" diye bağırdı. "Asıl sen iftira atıyorsun. Ben, sana gelmiştim ama kocan bana saldırdı."

"Sanem'in evinde bir mahalle dolusu kadın şahitti. O gün benim evde olmayışımı fırsat bilip yanımdan kalkıp gittin eve. Hâlâ nasıl gözümün içine baka baka yalan diyebiliyorsun, yüzsüz!"

"Olmadı öyle bir şey! İftira ediyorsun, kocanın delirip yaptıkları yüzünden asıl mağdur olan benim. Hatta polise şikâyet edeceğim seni de o manyak kocanı da!" Markette çalışanından müşterisine herkes pür dikkat sessizlik içinde bizi izlerken

Necla, timsah gözyaşlarını dökmeye çoktan başlamıştı bile. Ama yağma yoktu bu kez! "İyi o zaman holdeki güvenlik kamerası görüntülerini internete koyuyorum. Nasılsa sen gelip kocamın önünde soyunmadın, kocam sana saldırdı ya(!)"

"Ne kamerası?" Necla artık gerçek gözyaşları dökmek üzereydi. Gözleri hızla etraftaki insanları tararken tekrar omuzlarını dikleştirdi ve "İzleyelim, varsa öyle bir şey benim masumluğum çıkar ortaya." dedi kendinden emin olmayan bir ses tonuyla. Blöf yapıp yapmadığımı anlamaya çalışıyordu ama bilmiyordu ki kartları en iyi oynayacak olan bendim. Olmayan kamera görüntüsünü izletmek için telefonumu çantamdan çıkarırken "Hem ses kaydı da var, burada izleyemeyen de sesini duyar." dediğim an ağlayarak telefonu tutan koluma yapıştı. Kısık sesle "Yapma Elif, abimler öldürür beni." diye yalvarmaya başladı.

"Günahsız Emre'ye iftira atarken sen bizi düşündün mü ki ben seni düşüneceğim şimdi!"

"Özür dilerim, lütfen. Yalvarırım..."

Bana dokunmasından bile iğrendiğim için sert bir şekilde kolumu elinden kurtardım. "Doğruyu söyle o zaman! Herkesin önünde Emre'ye attığın iftirayı anlat ve özür dile, ben de görüntüleri sileyim."

İlk önce mırıltıyla "Özür dilerim." dedi, ben kaşlarımı yukarı kaldırıp telefonumun ekranını açınca telaşla sesini yükseltip "Elif, ben özür dilerim. Emre'ye iftira ettiğim için özür dilerim." dedi. Onu kınayarak bakan bakışları tarayan yaşlı gözleri beni bulunca endişeyle kemirdiği dudağı büküldü. Arkamdaki kalabalığa dönüp "Görün kim kime saldırmış! Kim kimi taciz etmiş! Benim kocamın kimseye zararı yoktur, hepsi uydurma!" diyerek Emre'yi aklayarak duyurdum. Necla daha fazla dayanamayıp kasadan apar topar ayrılarak öğlenleri yemek yediğimiz marketin arka tarafındaki odaya kaçtı. Kalabalıktan hafif mırıltılar yükselmeye başlarken diğer kasalar tekrar işlemeye başladı. Boş kalan benim olduğum kasaya bir kız geçecekken Ayşegül kıza seslendi. "Sen böyle gel, oraya ben bakarım."

Ayşegül, kasaya gelip aldıklarımı geçirirken önce hiç konuşmadı. Tam beni yaptığımdan ötürü yadırgadığını düşünürken kısık sesle "İyi yaptın." dedi. "Çoktan hak etmişti. Gördüğüne kocan için sapık diyordu. Daha dün sizin dükkândan mobilya yaptıracağını söyleyen bir kadına 'Sapık oranın sahibi, elinden zor kaçtım.' diye sıkıyordu. Utanmadan rızkınıza da mani oluyordu yani. Yemin ederim hiç inanmamıştım ona. Kocan için de geçmiş olsun, tez zamanda iyileşir umarım."

"Sağ ol." derken gözlerimin dolmasına mani olamadım. Ayşegül hep sessiz sakin bir kız olmuştu ama asla doğruluktan ya da dürüstlükten vazgeçmemişti. Yemin etmese de sözlerine güvenim tamdı çünkü beş yıl beraber çalıştığımız süre zarfında daima gerçek bir dost olmuştu.

Marketten aldıklarımla eve geldiğimde yaptığımdan çok memnundum, içim rahatlamıştı ama bu ferahlık akşam çalan kapımızla yerini ağır bir yüke bıraktı. Annem çöpü çıkarırken bahçe kapısını açık unuttuğundan Lust'un havlamaları eşliğinde dış kapı yumruklanıyordu. Babam "Hayırdır, inşallah." deyip kapıyı açtığında peşinden gittim ben de. Kapı açıldığında ilk gördüğüm yüzü gözü morluk içinde ağlayan Necla oldu. Abisi olduğunu anladığım bir adam Necla'yı saçından tutup yüzünü bize göstererek ve bana "Elif, sen misin?" diye sordu. Anlamasam da başımı sallayarak onayladım. Adam Necla'ya tiksinerek bakıp "Ben yokken evimize gelip kocamın yanında soyundu, demişsin bugün markette. Bu da kabul etmiş hatta videosu varmış. Şimdi aç şu videoyu izleyelim ki bu kahpeyi vurduğumda zerre suçluluk duymayayım!"

Necla'nın aman dileyen bakışlarıyla göz göze gelince Emre'nin sözünü dinlemediğime bin pişman oldum. Necla rezil olsun, yaptığından utansın istemiştim sadece. Benim yüzümden dayak yesin ya da canından olsun asla ama asla istememiştim. Üstelik aile içinde şiddete maruz kalarak büyümüş birisi olarak şu an onunla çok rahat empati kurabiliyordum. Acıma duygusuyla vicdanım ağır bir yükün altında kalmıştı. Hemen "Yok öyle bir görüntü." dedim.

"Bugün markette öyle dememişsin ama!"

"Ben, sadece kocam Necla'ya saldırmadı dedim."

Babam araya girip "Ne oluyor?" diye sordu bana. "Sonra anlatırım, baba." deyip adama döndüm. "Necla, kocama platonik olarak âşıkmış."

"Evli adama göz koydun yani!" diyerek elindeki Necla'nın saçlarına asılınca "Evlenmeden önce." diye telaşla ekledim. "Platonik aşk yani uzaktan seviyormuş ve bir iki kez mesaj atmış Emre'ye. Sanırım Emre hiç cevap vermeyip benimle evlendiği için Necla kıskanıp kocama iftira atmış. Video falan yok, ben ilanı aşk ettiğin mesajı gösteririm dedim sadece." Anlattığım yalana inanmasını umarak Necla'yı en çok koruyabileceğim senaryoyu uydurup anlattım.

"Video nerden çıktı o zaman?"

"Ben ne bileyim? Milletin uydurmasıdır, arkadan duyamayan biri sallamıştır. Bizim eve bile hiç gelmedi Necla. İstesen al bak, kamera falan yok evin ya da bahçenin herhangi bir yerinde. Bırak, yeter kızı hırpaladığın."

"Madem kocana iftira etti niye düşünüyorsun şimdi bunu?"

"Dayak hiçbir şey için ceza olamaz çünkü. Hem bugün zaten özür dileyip yanlışını kabul etti herkesin içinde."

Kardeşine dönüp "Ulan kaç türlü daha utandıracaksın bizi?" diye beni bile korkutan bir sesle bağırdı. "Evli barklı adama iftira atmaya utanmadın mı lan?"

"Biraz sakin olun lütfen." diyerek Necla'ya vurmasını engellemek için lafa girdim.

"Nasıl sakin olayım bacım? Sen olsan ne yapardın bu rezile?"

"Canım olan olmuş, dayak çare mi yani? Hem Emre'yle ben evli değilken atmış mesajları. Ben okumuştum kötü bir şey yazmıyordu, inanın. İlanı aşk etmiş masumca duygularını sadece. Sonrasında karşılık göremeyince gururu kırılmış ve nefsine yenilip uydurmuş bir şeyler. Yaptığı yanlış değil demiyorum ama yeter kestiğiniz ceza Allah aşkına bırakın."

Annemin "Oğlum olmamış şey için bir öğün dövmüşsün kızı, bari şimdi bırak." demesi üzerine abisi sonunda saçlarını bıraktı. "Bak, bu yosmayı öldürmeyeyim diye korumuyorsun değil mi bacım?" diye sorguladı bir kez daha. "Hayır, canım ne münasebet. Koruyacak olsam mesaj attığını ya da iftira ettiğini demezdim." deyince sonunda ikna oldu.

Necla, buğulu gözleriyle bana sessiz, sözsüz ama içten teşekkürünü yollayarak abisiyle yanımızdan ayrılırken hemen telefona sarılıp Sanem'i aradım.

"Sanem, iyi akşamlar."

"İyi akşamlar. Elif ne yapmışsın sen? Necla'yı rezil etmişsin!"

"Ben de onun için aradım seni. Ettim ama keşke seni dinleseydim, çok pişmanım şimdi. Abisi çok feci dövmüş, kapımıza getirdi Necla'yı. Ben de daha fazla dayak yemesin diye elimden geldiğince yalanladım dediklerimi. Ama yine de bu gece evinde kalmasa daha iyi olur. Annenler hemen üst komşusu, söylesen de bu gece misafir etseler Necla'yı."

"Of Elif of! Ne yaptın sen? Abileri çok fenadır onun."

"Bilmiyordum ki. Bir anlık öfkeyle hareket ettim. Kızı vuracağım falan deyince anladım ne yaptığımı."

"Ben derim anneme, bırakmaz onların eline Necla'yı."

"Çok sağ ol. Bu da ders oldu bana, bir daha tövbe yapmam böyle kötülük kimseye."

"Ders çıkardıysan iyi bari."

Telefonla konuşurken annemin hesap soran bakışlarıyla karşılaşınca "Neyse canım kapatmam gerek şimdi, iyi akşamlar." dedim.

"Sana da canım, Emin'i öp benim için."

"Tamam teyzesi."

Sonunda telefonu kapattığımda annem ateş püskürmeye başladı hemen. "Ne oluyor Elif? Eski iş arkadaşın değil miydi o kız senin?"

"Öyleydi de pek de hayırlı bir arkadaş sayılmaz. Biz evlendikten bir süre sonra Emre'ye asılmaya ve mesajlar atmaya başladı. O zaman sadece uyarmıştım ama uyarımı önemsemeyip doğum yaptığım gün eve gelip Emre'nin önünde soyunmaya başlamış. Emre'nin de fobisi var öyle konularda Necla'yı kendinden uzak tutmak için boğdu zaten Necla'yı o gün Emre'nin elinden ben kurtardım. Şimdi de kalkmış Emre için 'Bana tecavüz edip öldürecekken elinden zor kurtuldum.' diyerek iftira atmaya başlamıştı. Bugün markette yüksek sesle gerçekleri anlattım, itiraz edince de kamera görüntüsü var, dedim. Olan biten bu yani."

Annem evvela gözleriyle durduğumuz holün köşe noktalarını tarayarak "Kamera mı var bu evde?" dedi.

"Yok kamera, onu Necla beni yalanlayamasın diye ben uydurdum."

"Beş karış boyunla iki orduyu, beş dakikada birbirine düşürürsün Elif! Yaptığın iş mi? Öyle milletin her dediğini kafaya takarsan yaşanmaz bu dünyada. Baban içerde köpürmüş bekliyor, gel de bir de ona açıkla bu durumu! Senin niye bir akıllı işin yok kızım?"

Annemin azarından ağlayan Emin'in sesiyle kurtuldum ve onunla ilgilenmek için odasına koştum. Babasının özene bezene onun için yaptığı karyolasından onu alıp emzirme koltuğuna oturdum. Bunca karmaşa ve derdin içinde huzur bulabildiğim ender dakikalardı Emin'le ilgilendiğim zamanlar. Yumuşak saçlarını okşarken gözlerini yummuş karnını doyurma çabasındaydı. Bir anda açtığı gözleri gözlerimle buluşunca babasına olan benzerliği sebebiyle o mavilikler hüznünde boğuldum. Her geçen gün biraz daha büyüyen oğlunu göremeyecek miydi Emre? Oğlumun dünyalara değişmeyeceğim kokusunu içime çekerken gücümün yavaş yavaş tükendiğini hissediyordum. Derler deryasında dibe çekiliyor ve her geçen gün daha çok kahrolup batıyordum. Beni saplandığım çamurdan sadece Emre çekip çıkarabilirdi ama onu da kaybolduğu o yitik, karanlık anılardan benim çekip çıkarmam gerekiyordu.

# 19

Her günüm işkence gibi geliyordu artık. Yatağın boş tarafını görerek uyanmamla başlayan gün, benim için o an kararıyor ve içinden çıkılmaz zifiri geceye dönüyordu. Emin için ayakta kalmaya çabalamaktan yorulmuş, o karanlığın orta yerine düşüp kaybolmak istiyordum. Güneş bir anlam ifade etmiyordu çünkü benim haneme asıl doğan güneşim zindan gibi bir delikte hapsolmuştu. Tüm bunlar yetmezmiş gibi bir de deviremediğim günlerin hayat gailesi eklenmişti sırtımdaki yüke.

Faruk Amca bir akşam yemeğe geldi bize ve yemeğin ardından benimle özel konuşmak istediğin için olsa gerek Emin'i sevmek için çocuk odasına çıktık. Tam tahmin ettiğim gibi oldu. Önce beş on dakika Emin'i sevdikten sonra ben Emin'i yatağına yatırırken sıkıntıyla lafa girdi. "Kızım nasıl diyeceğimi bilemiyorum ama... Sanırım ben sizin emanete sahip çıkamadım."

Dikkat kesilmiş dinlerken "O demek Faruk Amca?" diye anlamaz şekilde sordum.

"Dükkânı diyorum layığıyla çekip çeviremedim. Zaten ben ne anlarım esnaflıktan! Bugün boya aldığımız adam geldi ama ödeyecek para çıkmadı kasadan. Bir ay oldu ama inan sana verecek beş kuruş da yok kasada kızım. Hep faturalara, vergiye, giderlere gitti para valla."

"Faruk amcacığım zaten işletmenin gideri hiç eksik olmaz, yemin etmene gerek yok. Benim senin dürüstlüğüne güvenim tam ama müşteriden aldığınız parayı mı tahsil edemiyorsunuz?"

"Ben geldiğimden beri hiç teslimat yapılmadı ki. Senetli ya da taksitli borçlular borçlarını getiriyorlar da bu zamana dek gelen malzemeciye parasını ödeyebildim."

"Ne demek hiç teslimat yapılmadı?"

"Valla kızım atölyeye soruyorum ama hep bitmedi diyorlar. Bir gün işçilere azar çekeyim çalışsınlar dedim, ustabaşı beni azarladı. Sen gelsen bir baksan diyorum. Ben işten anlamadığım için beni saymıyorlar hiç, böyle giderse abimin yıllarının emeği, sizin ekmek tekneniz birkaç aya batar."

"Tamam, Faruk Amca sen mobilyacıdaki kimseye benimle konuştuğunu deme. Ben bir baskına geleyim, bakalım niye çalışmıyorlarmış."

"Peki kızım."

Faruk Amca durumu utana sıkıla izah edip gittikten sonra gecenin bir yarısı olmasına aldırmadan Miraç'ı aradım ve bize acil gelmesini söyledim. Sesimden korkmuş olacak hiç itiraz etmedi ve yarım saate bizim evin kapısını çaldı. Annem, olaylardan bihaber olduğu için gecenin bir yarısı Miraç'ı görünce şaşırarak "Ay hayır haber oğlum, birine mi bir şey oldu?" diye telaşa kapıldı.

"Yok, hala. Elif Abla bir şey konuşmak için çağırdı sadece."

Annem çattığı kaşlarıyla beni hedef alıp "Ne varmış bu kadar önemli de sabahı bekleyememiş?" dediğinde Miraç "Sanırım işle ilgili." diyerek niye yatağından kaldırıldığını bildiğini gösterdi. Rahat konuşabilmek için mutfağa geçtik, mutfak masanın üstüne dizdiğim ikramlıklara elini sürmeyip sadece süt dökmüş kedi gibi çayını yudumluyordu.

"Faruk Amca geldi bu akşam ve atölye çalışmıyormuş dediğine göre." diyerek lafa girdim.

"Emre Abi yok ya herkes tembellik peşinde."

"Ustabaşı kızmıyor mu tembellik edene."

"Kaç gündür işe doğru düzgün gelmiyor ki. Sabahları bir uğruyor sonra öğlene doğru namaza gideceğim diye atölyeden çıkıyor. Gidiş o gidiş bir daha akşama dek uğramıyor."

"Hiç mi çalışmıyor bunlar? Bir tane teslimat yapılmamış!"

"Abla çalışsalar bile özenmiyorlar, her yaptıkları baştan savma. Emre Abi, rahatsızlanmadan önce bir yatak odasını tamamlamıştı zaten. Sadece boyahaneye girip boyası atılacaktı ama angutlar onu da becerip yapamadılar. Boyanın bir yeri kalın bir yeri ince oldu bir de parçalar arasında renk farkı...

Anlayacağın berbat ettiler mobilyaları. Müşteri salak değil elbet görünce istemedi her yeri hata ve defo dolu mobilyaları. Yapabileceğimiz tek teslimat oydu, onu da ellerine yüzlerine bulaştırdılar."

"Ustabaşı başlarında olsa da aynı mı olurdu?"

"Yok, o anlar işten ve yapsa yapar zaten en düzgün şekilde."

"Tamam, sen iç çayını git evine. Sakin kimseye konuştuğumuzu deme."

"Tamam abla."

Ertesi gün ustabaşını da yakalayabilmek için erken saatte dükkânın yolunu tuttum. Faruk Amca, beni görür görmez üzerinden yük kalkmış gibi sevindi ama onun yanında çok oyalanmadan hemen atölyeye geçtim. Tam da Miraç'ın anlattığı gibi her biri köşeye kurulmuş keyif yapıyorlardı. Önceden sürekli işleyen aletlerin sesiyle dolan atölye şimdi orta yaşlıların sık sık gittiği kıraathanelere dönmüştü. Dört işçinin iskemlelerini çevirip kâğıt oynadıkları sunta parçasına yaklaşıp hem ilgilerini çekebilmek hem de korkmalarını sağlamak için "Şeytanınız bol olsun!" diye aniden bağırdım. Geldiğimi bağırdığımda ancak fark edebilen işçiler ve Ustabaşı Sabri Efendi hemen toparlandılar. Sabri Usta durumu toparlamak için "Mola bitti, herkes işinin başına." diye buyurduğunda şalterlerim attı.

"Ne işi Sabri Usta? İş mi yapıyorsunuz ki devamı olacak? Bin tane iş var biri teslim edilmemiş!"

Sabri Usta, el mahkûm ona muhtaç olduğumu düşünüyor olmalıydı ki hiç kendinden taviz vermeden burnu dik bir edayla "Ben kırk küsur yaşındayım, bu yaştan sonra yeni yetme, şımarık bir kızdan azar işitecek değilim!" dedi. "Bilmediğin işe burnunu sokuyorsun, bu atölyede kaç yıldır benim ustabaşı."

"Kaç yıldır Sabri Usta?" diye ciddi ciddi sorduğumda önce anlamadığı için afalladı. "Kaç yıldır bu atölyede çalışıyorsun? Söyle." diyerek sorumu yinelediğimde biraz düşünüp kafasında bir hesap yaptıktan sonra "On iki yıldır çalışıyorum, on yıldır da ustabaşıyım." dedi.

"Yani on iki yıldır buradan ekmek yiyorsun. Rahmetli Emin babamın hakkını vermediği oldu mu hiç? Ya da Emre'nin yaşına hürmette kusur ettiği?"

"Olmadı."

"Bunca yıl sonra senin şu ettiğine, yediği kaba pislemek denir! İşçiye azara gerek bile duymuyorum çünkü balık baştan kokarmış. Sen bunca yıldır evine ekmek götürdüğün kapıyı el bilip ilk fırsatta yüzüstü koyuyorsan işçiler ne yapsın?"

Yüzü kızarıp "Bak kızım-" diye açıklamaya giriştiğinde lafını kestim.

"Sabri Usta, gideceksen kapı orada! Benim beşikteki çocuğumun rızkımı kimsenin yemeğe hakkı yok! Emre iyileşip işin başına dönene dek indiririm kepenkleri olur biter. Benim birikmişim eşim dönene dek benim yağımı kavurur ama siz ne yaparsınız hiç bilmem!"

Sabri Usta alttan almayıp "Bunca yıllık tecrübemle işsiz kalmam ben. Kimi neyle korkutuyorsun?" dedi.

"Elbette işsiz kalmazsınız ama böyle rahat işi de bulamazsınız! Sigorta primini, mesaiyi, ikramiyeyi, maaşı tam ve gününde yatıracak esnaf Zonguldak'ta bulursanız bana da haber verin!"

Şimdi Sabri Usta'nın o vakur havası sönmüştü ama yine de burnundan kıl aldırmıyordu. "İstenmediğim yerde durmam! Benim gibi işinin ehli ustabaşını da sen bulursan haber ver!" diyerek çekip gitti. Atölyenin arka kapısı uğursuz bir sesle atölyedeki sessizlik içinde kapanırken diğer işçilere çattığım kaşlarımın altından baktım. Miraç dışında hemen hepsi benden büyük olan bu adamlar şimdi önümde el pençe duruyorlardı çünkü ustabaşı gibi onların tuzu kuru değildi. Tahminimce Sabri Usta'ya rakip esnaflardan biri iş teklif etmişti ki gözünü karartıp işi bırakmıştı. "Başka gidecek olan var mı?"

Kimseden ses çıkmayınca ellerimi belime koyup izah ettim olacakları. "Bakın, burası sadece bizim değil, sizlerin de ekmek teknesi. Atölye iş yapmamaya devam ederse mobilyacıyı kapatırım ve hepiniz işsiz kalırsınız. Buradaki herkes ekmeğinin peşinde, biliyorum. Bu iş olmazsa çocuğunuz mobilyacılarda iş bulamadığınız için madenlerde çalışmak zorunda kalacak ve o zaman asıl yaşam kavgası başlayacak sizler için."

Sözlerim üzerine çıt çıkmayınca "Bu sessizliği canla başla eskisi gibi çalışacaksınız diye yorumluyorum." dedim. Arkamı döndüğümde diğer işçilere, iyi oldu size, der gibi bakan Miraç'ı görünce aklıma gelen şey nedeniyle tekrar işçilere döndüm. "Bundan sonra yeni ustabaşınız Miraç."

Atölyedeki en kıdemli ve yaşça en büyük olan işçi hemen itiraz etti. "O anlamaz bile çoğu işin nasıl yapılacağından!"

"Ben ilk geldiğimde siz kâğıt oynarken o çalışıyordu. İş bileni çektim iş yapan olsun kâfi şu aşamada yeter bana."

Bozulsa da daha itiraz etmediğinde Miraç'a dönüp "Bundan sonra atölye işlemezse hesabını senden sorarım, ona göre! Herkes eskisi gibi iş bölümü içinde aynı şekilde çalışacak, çalışmayıp tembellik edeni arayıp bana söyleyeceksin, ben de hesabını kesip yollayacağım. Teslimatları bizzat takip edeceksin." diye tembihledim.

Miraç beklemediği bu terfi karşısında afallasa da başını sallayarak "Tamam abla." diye onayladı beni. "O zaman herkes şimdi işinin başına!" diye buyurup Faruk amcanın yanına geçtim. Teslimatı öncelikli işlerin listesini yapıp işçileri boş bırakmasın diye onu da uyardım. Tüm bu çabamın işe yaramasını umarak mobilyacıdan çıktım. Aslında Sabri Usta, en baştan nankörlük etmeyip yaptığı işe sahip çıksaydı bu duruma asla düşmezdik.

Eve döner dönmez hesap kitap yapmaya başladım. Asla kepenk indirmek istemiyordum çünkü Emre'nin geri döneceği umudum yokmuş gibi hissederdim dükkân kapanırsa. Hali hazırdaki borç ve faturaları hesap edince mal aldığımız yerlere ödeme yapabilmek için Emin'in geleceği olarak gördüğüm bankadaki birikmişin bir kısmını istemeye istemeye çektim. Zamanında beni dinleyip dükkânı büyütseydi bu giderlerin altından bile kalkamazdım. Bereket versin Emre benden daha ileri görüşlü ve garantici biriydi de müsaade etmemişti asla boyumuzdan büyük sularda yüzmemize. Ah be delim ah... Niye beni bir başıma koyup kendi karanlığına çekildin? Sensiz her şey aksak her iş ters ilerliyor.

Emre'nin yokluğu her gün büyüyen yaram olmuştu. Zamanla unutacağıma her geçen gün özlemi daha da katlanılmaz oluyordu. Doğumdan sonra uğraşıp veremediğim kiloları hızla sıkıntıdan eriyip giderken veriyordum artık. Annemler günden güne eriyen bana bakıp Emin için yiyip içmem gerektiğini söylüyorlardı sürekli ama elimde değildi, canımın yarısı ne yiyip içiyor bilmezken lokma geçmiyordu boğazımdan. Dertler bir değildi ki ayağa kalkabileyim. Biri olmasa diğerinin üzüntüsüyle yıkılıyor ve her geçen gün daha da yıpranıyordum.

Mobilya dükkânı, ilan ettiğim sıkıyönetimden sonra biraz olsun toparlamıştı. En azından bir iki teslimat hazır edilip müşteriye teslim edilmişti ama yine de kötüye gidiyorduk. Çünkü Emre yokken ortaya mükemmel işçilikte mobilyalar çıkamıyordu. Zaten geçen ay teslimatını yetiştiremediğimiz pek çok müşterimizi kaybetmiştik. O da yetmezmiş gibi bir de Sabri Usta, tahmin ettiğim gibi rakip dükkânlardan birine ustabaşı olmuştu ve daha önce Emre'yle yaptıkları kusursuz mobilyaların kendi elinden çıktığını iddia ederek müşterimizi çalıyordu. Emin amca, bunca yıl bu adamı besleyeceğine yılan beslese daha az zararı olurdu.

Dükkân hâlâ kendini toparlayamadığı için harcamaları sürekli bankadaki birikmişten yapıyordum. Emin amcanın kırkı için okunacak mevlidin şekerlerini de yine bu parayla ödedim. Dedikodu yapmaya yer arayan kadınları ne kendi evimde ne de Emin amcanın evinde ağırlamak istemediğim için kırkını camide yapma kararı aldım. Emin amcaya son vazifelerimi layığıyla yerine getirebilmek için şekerleri, ucuzuna kaçmayıp Zonguldak'ın merkezdeki en iyi pastanesine sipariş verdim. Çarşıya kadar bankadan para çekmek ve pastaneye gitmek için gelince evde bekleyen Emin'e rağmen arabayı hastaneye sürüp kısa süre için olsa da Emre'yi görmek istedim.

Mevlit için gerekenleri annem daha iyi bildiği için o da benimleydi. Hastaneye sürdüğümü anlar anlamaz "Evde el kadar süt kuzusu seni bekliyor." dedi.

"Ablam var yanında bir şey olmaz."

"Nil de yanında ama. Allah göstermesin o küçük cadı, aslanımın gözünü çıkaracak diye ödüm kopuyor. Çok kıskanıyor paşamı."

"Küçücük çocuğa üvey evlat muamelesi yaparsanız tabii kıskanır!" Annemler, Nil kız torun diye sürekli onu dışlayıp yerli yersiz azarlıyorlardı. Emin'i ise paşam ağam diye sevip yere göğe koyamıyorlardı. Benim minik prensesim ister istemez bu durumdan etkilenip arada Emin'i kıskanıyordu. Bu adaletsiz durumu ortadan kaldırabilmek için Nil'i kendi çocuğumdan ayırmadan sevgimi her fırsatta gösteriyordum. Annemler bu duruma da "Şımartma şunu!" diye tepki gösterdiklerinde bu kez ablam alınmıştı onlara. Allah'tan ablam da ben de bizimkileri çok iyi tanıyorduk da onların yaptığı bu cinsiyet ayrımı temelli torun ayırımcılığı bizim aramızı bozamazdı.

Arabayı hastane bahçesine park ederken annem hâlâ söyleniyordu. "Çocuk acıkıp ağlayacak evde, bunun aklına koca vurmuş diye tımarhaneye gidiyoruz!"

Annemin söylenmeleri günden güne artıp çekilmez olmaya başlamıştı zaten bir sürü derdim ve sıkıntım vardı oysa. Derin bir nefes alıp içimden ve içten bir "Ya sabır!" çekip arabadan indim. Bagajdan Emre için hazırladığım temiz çamaşırların olduğu çantayı alıp yüreğim onu göreceğim için pır pır ama hâlinin iyi olmadığını bildiğim için kan ağlar şekilde merdivenleri tırmanıp koridorları arşınlamaya başladım. İçimde heyecan hüznü bastırmış olacak ki farkında olmadan hızlanan adımlarımın farkına, arkamdan gelen annemin "Küçük çocuk gibi koşturuyorsun, sana yetişeceğim diye nefesim kesildi!" diye söylenmesiyle vardım.

Kapalı psikiyatri servisine geldiğimizde özlem kendinden başka her şeyi süpürüp götürdü. İçeri girdiğimizde Emre'nin yatağa bağlı olmadığını görünce yaşlı gözlerle yanına koşup boynuna sarıldım. Yatağına oturmuş elindeki deftere bir şeyler çiziyordu. Ona sarıldığımda irkilip korksa da "Benim, Elif." diye kendimi tanıtarak yüzünü okşadığımda itiraz etmedi. Konuşmadığı için beni tanıyıp tanımadığını kestiremiyordum. Onunla yalnız kalmak ve doyabilmek istiyordum sadece. Kapı eşiğinde bizi izleyen annemden kurtulmak için Emre'nin pijamasının üstüne dökülmüş yemeği bahane ettim. "Pijamanda salça lekesi var, değiştirelim mi?"

Emre, bana cevap vermediği gibi elindeki deftere geri dönmüştü. Annem "Uğraşma sen, maazallah bir şey yapar. El kadar sabi bir de anasız kalır." dediğinde "Babası ölmüş gibi konuşuyorsun! Hem Emre bana zarar vermez." diyerek kızdım.

"Bilmiş bilmiş konuşuyorsun ama bak nasıl bakıyor?" Kafasıyla işaret ettiği Emre, annemi yeni fark etmişti ve annemin, yani tanımadığı bir kadının varlığı nedeniyle gerilmişti. Bu beni tanıdığı anlamına gelebilirdi çünkü dibinde oturuyordum ama benden rahatsız olmamıştı. İçime dolan umutla onunla yalnız kalabilmek için daha da sabırsızlandım. "Anne sen kapıyı çek de koridorda bekle beni. Senden rahatsız oldu hem de pijamalarını değiştireyim ben."

Annem "Dikkat et, temkinli ol." diye uyarıp kapıyı kapatınca Emre'nin odak noktası olan defteri elinden çekip aldım. Önce defteri tekrar almaya yeltense de beline sarılıp boynunu öpünce bana baktı. Hiç de öpücüğümden korkmuş falan değildi. Aldığım bu cesaretle yaşlı gözlerime bakarken dudaklarında, cennetin saklı meyvesine dokunur gibi parmağımı gezdirdim. Işık saçan ruhunu çok derinlere gömdüğü için gözlerinde o eski parıltı yoktu, zifiri karanlıklar hüküm sürüyordu o ışıltı krallığında artık. Ona duyduğum özlemle ağlamam el verdiği kadar "Dudaklarını öpebilir miyim?" diye usulca sordum. Selçuk Bey, açıkça cinsel münasebeti hatırlatacak her şeyden onu uzak tuttuğunu belirtmişti ama masum bir öpücüğün kötü etkilere sebep olacağına inanmıyordum. Şansımı deneyerek dudaklarına küçük bir öpücük kondurdum önce. Tepki vermediğinde, yokluğunda özlemiyle kavrulduğum dudaklardan susuzluğumu giderebilmek için kana kana içmeye başladım. Ruhumla birlikte ona teslim ettiğim nefesimi geri alabilmek için durana dek hiç kaçmadı ama karşılık da vermedi. Cevap vermeyeceğini bildiğim hâlde "Beni hatırladın mı?. Ben Elif." dedim. Ona her kendimi tanıtmaya çalıştığımda gözyaşlarım içimdeki kor ateşten acıyı söndürebilmek için tüm benliğimi istila ediyordu. Yine beni umursamayarak defteri eline alınca "Hadi üstünü değiştirelim." diyerek onu soymaya başladım. Yine defterini elinden alınca huzursuzlansa bile çamaşırına kadar üstünü değiştirdiğimde karşı koymadı. Temiz pijama üstünü kafasından geçirmeden önce göğsüne küçük buseler bıraktım. Zayıflamıştı ve bu hâli daha çok suçluluk duymama sebep oldu. Deftere tekrar uzanınca "Ben gidince çizsen. Şimdi sana sarılmak istiyorum." diyerek oturduğu yatakta yatmasını sağlayacak şekilde onu ittim. Yine itirazsız yattı ve yanına uzandığımda kafasını yastıktan alıp göğsüme koydu. Saçlarını okşayarak son zamanlarda Emin'i uyutmak için sık sık söylediğim hüzünlü ninniyi mırıldanmaya başladım.

"Uyu yavrum yine sabah oluyor
Uyumazsan güzel rengin soluyor
Babacığın gelmiş bize bakıyor
Uyu yavrum yine sabah oluyor..."

Ninniyi Emin'e söylediğim her gecenin sabahında Emre'yi yanımızda görmeyi dileyerek uyuyordum. Şimdi gözyaşlarıyla mırıldandığım ninnideki dört gözle yolunu beklediğimiz babanın kendisi olduğunu biliyor muydu acaba? Emin hiç aklına gelmiyor muydu ya da oğlunu hiç özlemiyor muydu? Ellerim yumuşak saçlarından şakaklarına kayınca uzayıp birbirine karışmış sakallarında her biri en değerli mücevherim olan gözyaşlarının geçtiği izleri buldum. Artık şüphem yoktu, beni bugün tanıyordu ve ensesindeki kabuk tutan yara bile iyileştiğine işaretti. Selçuk Bey, onu her çözdüklerinde aynı yere yara açmaya devam ettiğini söylemişti. Şimdi bandaj bile olmayan yara iyileşmek üzereydi ama sanırım artık çizmek istediklerini ona verdikleri deftere çizdiği içindi ensesini tırnağıyla çizmekten vazgeçmişti. Birden ne çizdiğini çok merak ettim ve elinin altındaki deftere uzandım. Bileğimi tutup sıktı ve defteri arkasına sakladı hemen. Niye böyle davrandığını anlamasam da hâlâ göğsümden kalkmamış olması bile mutlu olmama yetiyordu.

Onunla sonsuza dek bu şekilde kalabilirdim hatta Emin'i de yanımıza alıp bu anı dondurmayı isterdim ama görevlinin çıkmam gerektiğini söylemesi üzerine yatakta doğrulup oturdum. "Bir dakika daha izin verir misiniz?" diye mırıldandığımda adam başıyla onaylayarak gitti. İlk görüşte hayran kaldığım güzel yüzünü avuçlarımın arasına alıp her bir yerinden, yalnızlığında avunmak üzere dudaklarımda mühürlü kalacak küçük hatıralar aldım. Boynu bükük çiçekler gibi gözlerini kapatmış, izin veriyordu onu öpüp koklamama. İçimdeki fırtınanın yağmurunda ıslanırken yüzü, doyamadığım dudaklarında soluğum yetişene kadar derinlere daldım. Elimin tersiyle yüzümdeki sonbaharın silmeye çalışarak doğruldum. "Seni seviyorum... Lütfen çabuk iyileş, evde Emin'le seni bekliyoruz."

Bana mı öyle geldi bilmiyorum ama Emin'in adı geçince kapalı gözlerini sıktı. Görevli tekrar gelince kirlileri toplayıp bana bakmayan gönlümün yarısına el sallayarak odadan çıktım. Koridorda bekleyen annem "Ne çok durdun içerde öyle, anlamıyor zaten bir şey!" diye söylendiğinde tek düşündüğüm Emin olmasaydı seve seve onunla deli divane olup karşı yatağına yatabileceğim olmuştu. Bunu yapardım ve asla onu, bugünkü gibi bir başına geride bırakmazdım. Annem ve babamın aksine ruhuma değen bakışlarıyla beni anlayan tek kişiydi. Ben, sadece onun göz bebeği olmuş, uğruna sayfalarca yazılan efsanelere konu olan ya da adamı şair edip binlerce sayfayı iki dizeye sığdırtan aşkın, sevmenin, sevilmenin ne demek olduğunu onun sayesinde öğrenmiştim.

Mevlitte, geçen sefer olanlardan ötürü olsa gerek "Amin." demek dışında kimse ağzını açmıyordu. Emre'nin görüntüsü gözümün önünden gitmediği için gözlerimdeki yaşlar iklimim olup yerleşmişti yüzüme. Camide kıldığımız namazın ardından ettiğim duada sadece bana verilen kıymetli hediyeyi geri istedim. Secdeyi ıslatan yaşlarımda yaradana yalvarışım sadece beşikteki bebeğimin babasız kalmaması içindi. O gece eve geldiğimde daha çok sabır gösterebilmek için iki önemli karar aldım.

İlki, camiden eve döner dönmez "Ağlaya ağlaya helak ettin kendini, gözyaşı pınarların kurudu." diyerek söze beni düşünürmüş gibi giren annemlerle ilgiydi. "Kızım ondan daha hayır gelmez sana. Aklı kalmamış adamı ne edeceksin? Zaten deliyle dinen de hukuken de nikâh olmaz. Bugün gördük hâlini, öyle boş boş bakıyor."

Babam "Biz sana sahip çıkarız kızım, boşan gitsin. Üzülmene değmez." dediğinde hayretten cevap veremedim. "Ev, araba, para senin üstüne nasılsa. O amcası mıdır nedir onu da yollarsın evine, Tufan geçer işin başına, sen de rahat rahat çocuğunu büyütürsün."

Adı geçince Tufan kurulduğu koltukta, telefonundan kafasını kaldırıp "Arabayı da altıma çektik mi tam patron olurum." dedi hevesle. Tufan'ın bu arsızlığı günlerdir yay gibi gerilen sinirlerimin zembereğinden öfke olarak fırlamasına sebep oldu. Bağırıp çağırmak yerine Emin'i üst kata çıkarıp yatırdım. Ardından annemlerin yattığı odaya girip eşyalarını topladım ve torbalara doldurdum. Ömrümü, biricik yârimi karanlık mahzenlerde, bir başına çürümeye bırakmamı söyleyen kimseyi görmek istemiyordum. Bu saatten sonra sözde kan bağım olan bu insanları görmeye gözlerim katlansa gönlüm isyan ederdi. Aile olmak kandan öte, candan olmak demekti.

Emre'nin özlemini ifade edemezken tüm bunları söyleyebildiklerine inanamıyordum. Zaten özlemini kelimelere dökmeye gerek yoktu, anlatmak için gözyaşlarım dökülürken. Bunu bile göremeyecek kadar kördüler, asla beni görmek için bakmamışlardı ki gözlerime şimdi ruhumun eksik parçasının ardından yaktığım ağıtı duyabilsinler. Eşyaları, Tufan'ın patronluğuyla ilgili hayaller kurup çenelerini boşa yordukları sohbetlerini keserek gürültüyle salonun ortasına bıraktım. Annem bir yüzümdeki ifadeye bir de yerdeki poşetlere bakıp "Evlerden ırak, buna da bir haller olmuş Veli." diyerek yanında oturan babamı dirseğiyle dürttü. Babam "Onlar ne olacak Elif? Emre'nin kıyafetlerini mi boşalttın?"

"Yoo... Sizin bunlar, evimden giderken sizi hatırlatacak iğne bile bırakmanızı istemiyorum."

"Ben sana dediydim Veli, deli deli bakıyor diye."

"Aksine aklım başıma yeni geldi! İstemiyorum sizin gibi çocuğumun babasını ya da çocuğumun babasız büyüyecek olmasını zerre umursamayan aileyi!"

Babam ayağa kalkıp "Kapından bir hava cıvayla kovup sonra da yalvar yakar barışmaya dönme sakın! Burada kaloriferini yakıyorum, annen evinin hizmetini ediyor kaç gündür, nankör!" dedi.

"Bir daha o aptallığı yapmam baba, için rahat olsun! Emre'nin evinde, onun parasıyla yaşıyorsunuz günlerdir ve ilk fırsatta, parası senin zaten boşan gitsin, dediniz. Asıl nankör sizsiniz!"

Annem gururundan ödün vermek istemese de Emin'den kopmak istemediği için "Bir anlık sinirle kalkma ayağa hemen! Bebeğe nasıl bakacaksın bir başına? Tamam, biz demedik say boşan diye." dedi, durumu toparlamak istercesine.

Hiç geri adım atmayıp "Dediniz ama." dedim. "Ben geceleri zor sabah edip onsuz sabahları bile karanlık görürken canının yarısını orada bir başına bırak dediniz!"

"Seni yetiştirirken nerede hata ettik diyeceğim ama huy

meselesi bu! Sen, hep böyleydin. Hiç aileni düşünen bir evlat olmadın, şimdi de hemen kocam köylü olmuş haspam! Kalkın gidiyoruz!"

Annem Tufan'ı kolundan tutup kaldırdı ve poşetleri yüklenip gittiler. Annemin evden çıkarken ettiği beddua ve küfürlerin hiçbiri zerre umurumda değildi. Ta ki "O deli de orada geberir gider inşallah!" diyene kadar. "Bahçedeki Lust'ı bile korkutan bir çığlıkla "DEFOL!" diye içimdeki isyana yol verdi sesim. Demir bahçe kapısını sertçe çeken babam sayesinde tüm kötülükler kapı dışarı edilmiş oldu. Evde kokan çöp poşetini dışarı atmış gibi daha ferah olmuştu evim. Ne zaman benim mutluluğumu, umutlarımı ya da varlığımı umursayıp düşünmüşlerdi ki şimdi aksi olacak olsun. İyi insan olmalarını beklemek aptallıktı sadece. Benim ailemden yana tek mutluluğum benden uzakta olmaları olabilirdi.

O gece aldığım ikinci hayırlı karar ise namaza başlamak oldu. Emre'nin son hali gözümün önünden gitmiyordu ve yokluğu kalbimi pençesinde sıkıp beni yavaş yavaş bitiriyordu. Bu dertlerden kurtulabilmek ve onsuz geçen her günü boşa geçmiş saydığım Emre'min tekrar bize dönebilmesi için yalvarıyordum yaratana. Dinmeyen acımı bitmeyen duama eklemiş yakarıyordum. Onun seccadesinde secdeye yatmak özlemiyle yandığım kokusunu bir yudum da olsa duymama vesile oluyordu. Gecenin gündüzün anlaşılmadığı o odada günün doğumuyla namaza kalmak istiyor muydu acaba? Hiç Emre'ye seccade getirmek aklıma gelmemişti. Tespihini de getirmek gerekirdi ama her bir boncuğuna onun elleri değdiği için mutlu olarak dokunduğum bu tespih yerine başka bir tane verirdim. Gittiği günden bu yana üstünden çıkan bir kıyafetine sarılıp uyuyordum. Bu gece de lekeli pijama üstüydü yalnızlığımın refakatçisi.

Sığındığım rabbim beni zor bir sınava sokmuştu anlaşılan ve sabır gösterdikçe ancak ışığı görebilecektim. Ama ya o sabır bende yoktu ya da sabır taşımı çatlatacak derecede güçtü yaşadıklarım. Aralık ayı olduğu için dükkânda envanter çıkarmak gerekiyordu ve Faruk amca bu işi hiç bilmediği için, Emin'i ablama bırakıp dükkâna geçtim. Kayıtlar, defterler, mal sayımı, fatura hesaplaması ve vergi borçları derken iş bitti ama ben de bitmiştim. Sene sonu olduğu için vergi borçlarını yıl değişmeden ödemek gerekiyordu. Artık müşterimiz hayli azaldığı için yapılan işler dükkânın giderlerini zar zor karşılar olmuştu. Vergi borcunu ödemek için hesaptaki son parayı da çekince elde avuçta kalmadı. Dahası işten çıkan Sabri Usta'ya ödenecek hayli yüklü bir tazminat da vardı. Sıranın kasadaki altınlara geldiğini anlayınca giyinme odasındaki dolabın arkasındaki kapağı kaldırdım ve gizli bölmesindeki çelik kasa ortaya çıktı. Şifreyi girmek için eğildiğimde yüreğime oturan bir ağırlıkla kapağın zaten aralık durduğunu fark ettim, kapağı korkarak tamamen açtığımda ise içinin bomboş olduğunu gördüm. İşte benim sabrımın son noktası bu olmuştu. Bunu Tufan'ın yaptığına kalıbımı basardım ama acaba ne zaman yapmıştı? İnşallah altınların hepsini yiyip bitirecek kadar önce çalmamıştır diye umuyordum.

Emin'i de alıp saat gece on bire yaklaştığı halde karakola gittim. Evime hırsız girdiğini ve altınlarımın çalındığını anlattım. Şüphelendiğim birisi olup olmadığını sorduklarında hiç tereddütsüz kardeşimin adını verdim. Önce evime gelinip parmak izi alındı. Şifre evlilik tarihim olduğundan, kasayı açmak hırsız için çocuk oyuncağı olmuştu. Bu yüzden kilitte bir zorlama yoktu. Dahası dış kapı ya da pencerelerde de hiçbir zorlama izine rastlanmaması eve girip çıkan birinin yaptığını doğruluyordu. Saat gece bire gelirken polis şüphelerimi haklı bulup yalnızca dört gün öncesine kadar benim evimde yaşayan kardeşimi evden alıp sorgu için karakola getirdi. Annemle babam da hemen peşindeydiler. Babam, Tufan'dan şüphelendiğimi söylediğim için bana saldırmaya kalktığında komiser yardımcısından iyi bir azar yedi. Tufan'ın parmak izi örnekleri de alınıp sorgulandıktan sonra karakolda işimiz bitmişti. Bundan sonrası parmak izi için sonuçları beklemek olacaktı ama komiser yardımcısına beklediğimiz takdirde tüm altınları harcama olasılığından bahsettim. Benden altınların fotoğraflarını istedi.

O gece sıkıntıdan gözüme uyku girmese de eve gidip yattım, ertesi gün ilk iş düğünde çekilen fotoğraf ve videoda rahatça görülen altınların görüntülerini verdim polise. Komiser "Altınları bozmak istedikleri her kim ise paçayı ele verecektir.

Ama kardeşin ama başkası olsun. Şimdi fotoğrafları tüm kuyumculara gönderiyoruz." diyerek teminat verdi.

Hırsızlık olayını duyar duymaz ablam ve eniştem destek için bize geldiler. Olanı biteni anlattığımda eniştem "Senin o paraya şimdi ihtiyacın var, değil mi?" diye sordu. Borç vermek isteyeceğini düşünüp "Sağ ol ama enişte borç istemiyorum." diye itiraz ettim hemen.

"Yahu kızım bir dinle! Ne borcu? Para verecek olsam sana borç vermem onu, helali hoş olsun derim. Ama ben başka şeyden bahsediyorum. Polis parmak izi için beklemek gerek dedi, demedin mi?"

"Evet."

"Ama altınları bozdurmaya kim gelirse anında yakalanacak."

"Öyle. Ama kuyumculardan henüz ses seda yok."

"Şimdi ben diyorum ki, biz bu süreci hızlandıralım."

"Nasıl?"

"Nuray, annenleri ara parmak izi sonuçlarını Elif'in tuttuğu avukatın torpille önceden öğrendiğini söyle."

"İyi de ben daha avukat tutmadım ki enişte."

"Kızım ne kıt çıktın sen de! Anlasana, rahat edip altınları bozdurmaya çabuk gitsin diye diyorum."

Eniştem ablamla beni karşısına alıp kafasındaki planı en ince detayına dek anlattı. Ablama söyleyeceklerini bir bir tembih ettikten sonra da annemleri arattı.

"Anneciğim geçmiş olsun, Tufan'ı şikâyet etmiş Elif."

"..."

Annemin dediklerini duyamasak da ablam gözlerini devirince az çok hakkımda ne konuştuğunu tahmin edebiliyordum.

"Aman anne, boş ver şimdi onu. Ben sana bir müjde vermek için aradım asıl. Parmak izi sonuçlarını öğrenmiş Elif'in avukatı."

"..."

"Araya adam sokmuş sanırım avukat ve önceden öğrenmiş işte."

"Hı hı. Tabii ama asıl müjdeli haber, kasadan parmak izi çıkmamış. Temizlik yaparken silinmiş izler sanırım. Kafanız rahat olsun yani Tufan'a bir şey olmaz."

"..."

"Tabii canım haklısın. Kardeşini insan şikâyet eder mi hiç? Ben de kınadım çok. Tufan'a ver müjdeyi çocuk kafasını takıp hasta falan olmasın maazallah."

"..."

"Tamam, anne. İyi günler."

Ablam telefonu kapatıp " Oldu bu iş, annem uça uça Tufan'a der bunu. O salak da düşünmeden bozdurur altınları ben size diyeyim." dedi zafer kazanmış edasıyla. Ablamın dediği iki gün sonra gerçek oldu ve Tufan, Zonguldak Kuyumcular Çarşısı'nda bir kuyumcuya bileziklerden birini bozdurmak isterken yakalandı. Karakoldan aradıklarında hem sevinmiş hem de ya son bileziğe dek tümünü harcadıysa diye endişeye kapılmıştım. Daha önce Emre'yle çalıştığını bildiğim ve malları devralırken tanıştığım avukatla daha dün görüşüp onu bu olay için tutmuştum. Bugün de eniştemle avukatım yanımda bana destek ve yardımcı oluyorlardı. Tufan bu kez suçüstü yakalandığı için polis sorgusunda hemen ötmüştü. Altınları neredeyse iki hafta önce iki arkadaşıyla çalmıştı. Benim Emre'ye ziyarete gittiğim bir günü fırsat bilip eve iki arkadaşını getirmiş ve annemden yemek istemişti. Annem sofrayı kurarken bebeği seveceğiz diye üst kata sıvışmışlardı. Kasa kilitlerinden anlayan arkadaşı kilidi kırmakla uğraşmadan önce Tufan'a benim, Emre'nin, Emin'in doğum tarihlerini ya da evlilik yıldönümümüzü biliyor mu diye sormuştu. Benim doğum günümün ardından denedikleri evlilik yıl dönümümüz tutunca da kasa açılmıştı. Avukat ifadenin bu kısmını okurken şifreyi bu kadar basit ve tahmin edilebilir yaptığım için en çok kendime kızdım. Eniştem beni rahatlatmak istercesine "Hırsıza kilit mi tutar? Baksana zaten kırmaya niyet gelmişler." dedi.

Ama Tufan'da elindeki bilezikten başka hiçbir şey yoktu. Salak, arkadaşına vermişti tüm altınları ve bu zamana dek kendilerine sakladıkları altınlardan dün ettikleri kavganın üzerine sus payı olarak Tufan'a bir bilezik vermişlerdi sadece. Öncesinde de Emre'nin arabasını çaldığı için kaydı olan Tufan, hapse girmemek için hemen suç ortaklarının adını vermişti. Birisi Tülin Abla'nın keş oğlu Sedat, diğeri de onun ekürisi Tarkın'dı.

Polis çok geçmeden ismi geçen iki şüpheliyi de tutuklayıp karakola getirdi. Adı Tarkın olan daha karakola girer girmez Tufan'a "Bok vardı hemen koştun bozdurdun! Ulan mal aklın basmıyor madem bizi dinle! Biz keyfimizden mi iki haftadır bekliyorduk?" diye dayılanarak bağırdı. Polisin yaptığı çapraz sorgunun ardından avukatım sıkıntıyla yanımıza geldi.

Eniştem "Hayırlı haber mi?" diye sorduğunda "Pek değil," diyerek anlatmaya koyuldu.

"Elebaşları Sedat denilen çocuk ve altınlar onda ama yerini söylemiyor."

"Nasıl? Ya benim tüyü bitmemiş yavrumun rızkı o para, nasıl geri alamazlar?"

"Elif Hanım, altınların yerini demese bile diğer ikisi suçu kabul edip itiraf ettiler. Parmak izi sonuçları da belli ki eşleşecek, yani hapis kaçınılmaz oluyor."

Karşımızda oturduğu sandalyeden biraz daha öne kayıp sesini alçaltarak aynı odada başka koltuklarda oturan Tülin Abla ve eşini işaret etti kafasıyla. "Bence ailesini sıkıştırın. Altınları eksiksiz olarak geri verirlerse şikâyetçi olmayacağını belirtin. Adam tutuklu yargılanırken ailesi bence bize yardımcı olacaktır."

Eniştem de sesini alçaltıp "Zaten bizim kayınpederler de perişan oğulları hapse düşüyor diye. Onlara deriz altınları getirin şikâyeti geri çekelim diye. Onlar da Sedat'ın ailesine baskı yaparlar." dedi.

Avukat, eniştemi onaylayarak "Aynen." dediğinde ilk önce gidip Tülin Abla'yla konuştum. O kadıncağız da hem utançtan hem de oğlunun hapse girecek olmasından perişan olmuştu. Bana şikâyetçi olmamam için yalvarınca ben de lafa girdim. "Tülin Abla, benim kocam hastanede yatıyor ve ben ihtiyacım olduğu için bozmak isteyince fark ettim çalındıklarını. Ne demek şikâyetini geri al! El kadar bebeğimin rızkını niye senin oğluna yedireyim ben? Altınların yerini söylemem demiş bir de! Yatsın hapiste belki aklı başına gelir de verir altınlarımı."

Tülün Abla iç çeke çeke ağlamasından bir derin nefes daha çektikten sonra "Çok inattır kızım, demez o." dedi.

"Ben de inadımdır, çekmiyorum şikâyeti geri!" diyerek resti çekip kalktım. Eve gitmek için karakolun koridorunda önlerinden geçerken annem "Hiç mi insaf yok sen de! Kardeşini hapse mi koyacaksın?" deyince dönüp "Bir başıma el kadar bebekleyim. Benim paramı çalana niye merhamet edecekmişim? Getirin altınlarımı ben de şikâyetimi geri alayım!" dedim. Daha biz karakoldan çıkmadan annem Tülin Abla'nın üstüne "Senin yüzünden benim oğlumun başına bunlar geldi!" diye saydırmaya başlamıştı bile. Eniştemle eve döndüğümüzde merakla bekleyen ablama olanları anlattık. Ablam, kendinden emin bir şekilde elimi tutup "İçini ferah tut. Annem Tufan hapse girmesin diye ne yapar eder bulur o altınları." dedi.

İçimi istesem de ferah tutamıyordum. Tüm bu olanlar yüzünden günlerdir Emre'yi de ziyarete gidememiştim. Her namaz vakti kıbleye döndüğümde büyük bir suçlukla onu, orada bir başına bıraktığım aklıma geliyordu. Dükkânı batırmama uğraşıma bir de hırsızlık sıkıntısı eklenmişti. Kalorifer kazanını yakmaya yine Faruk Amca geliyordu ve her uğradığında altınlara üzülmemi tembih ediyordu. "Kızım korkma parasız kalmazsın. Kapıda araba var, rahmetlinin evi var, dükkân var... Öyle hemen beş kuruşsuz kalmazsın. Hem ben varım, emekli maaşımla. Şu sabi için ayakta kalmaya çalış."

Kucağındaki Emin'i işaret etmek için başını önüne indirince ona bakan minik gölere gülüp "Kerata da aynı babasının küçüklüğü, ancak bu kadar benzer bir evlat babaya." dedi gözleri dolarak. Bana destek için hep metanetli duruyordu ama biliyordum ki Faruk Amca da benim kadar Emre'ye üzülüyor ve benden kat be kat çok rahmetli kardeşini özlüyordu.

Destek olanlar kadar köstek olanlar da çoktu tabii bu düşkün halime. Ben altınların haberini gözlerken tanımadığım bir numarayı karakoldan aradıklarını sanıp açtığımda Mehmet'in sesini duyunca şaşırdım.

"Alo, buyurun."

"Elif, merhaba. Nasılsın?"

"Sen ne yüzle arıyorsun be beni?"

"Yapma böyle lütfen. Ne inatmış sendeki de! Sırf bana öfkenden deliden çocuk bile yaptın ya daha ne diyeyim?"

"Sen kimsin ki sana inat bir şey yapayım. Ben Emre'ye âşık

olduğum ve istediğim için çocuğum dünyaya geldi. Boşuna kendini fasulye gibi nimetten sayma!"

"Çocuğun bir başına babasız mı büyüsün? Ben sana da bebeğine de sahip çıkarım lütfen bana bir şans ver."

Günlerdir zaten dertler dertleri kovalıyorken bir de Mehmet'in zırvalamalarını dinleyip sinirlerimi harap etmemek için telefonu suratına kapattım ve hemen peşine Cenk'i aradım.

"Alo Cenk, ben Elif."

"Merhaba Elif, Sanem yanımda değil ama şu an."

"Yok, ben seninle konuşmak istiyorum zaten."

"Hayırdır, ne vardı?"

"Mehmet beni rahatsız ediyor. Eniştеme söylesem ağzını burnunu kırar o yüzden sana haber vereyim dedim. Bu mevzuu büyüsün istemiyorum çünkü."

"Ne yaptı o densiz sorabilir miyim?"

"Aradı az evvel. Salak salak sana da çocuğuna da bakarım, bana şans ver dedi."

"O, ağzının burnunun kırılmasını çoktan hak etmiş! Benim en yakın arkadaşımın kız kardeşiyle nişanlandı, bu yaza düğünü var herifin, ettiği laflara bak!"

"Biliyorum, kaldı ki ben de evliyim zaten. Yaptığı dört bir taraftan ahlaksızlık."

"Yanlış anlama ama o piç zaten sen evlisin diye sana bunları diyordur. Aklı sıra çapkınlık yapacak it!"

"Yanlış anlaşılacak bir şey yok ki. Onun niyetini anlamamak için aptal olmak gerekir. Cenk, Allah'ını seversen uzak tut şunu benden!"

"Tamam, ben onun adına senden özür dilerim. Merak etme sen ben gerekeni yapacağım."

"Teşekkürler, Sanem'e selam söyle."

"Baş üstüne, iyi günler."

Telefonu kapattıktan sonra gerilen sinirlerimi yatıştırmak için uyuyan Emin'in yanına çıktım ve onu izlemeye başladım. Mis kokulu yavrum babasının eksikliğinde yüreğimdeki sıkıntılara merhem olabilen tek şeydi. Minik burnu ve dudaklarının Emre'ye olan benzerliğini incelerken gözyaşlarım da ince ince yollar çiziyordu yüzümde. Telefonum çalınca Emin'i uyandırmamak için hemen odadan çıktım. Yine Mehmet'in aradığını düşünüp cebimden hışımla çıkardığım telefonumun ekranına bakınca avukatın adını görerek sakinleştim. Hayırlı bir haber almayı umarak "Alo." dedim.

"Merhaba Elif Hanım, nasılsınız?"

"Pek de iyi olduğumu söyleyemeyeceğim maalesef. Sizden gelecek iyi haberlere ümit bağlamış durumdayım."

"Öyleyse artık iyi olabilirsiniz. Merkezden haber geldi, altınlar bulunmuş. Müsaitseniz siz de merkeze gelin, ben şimdi yoldayım."

Gözlerimi kapatıp içimden Allah'a şükürlerimi sunarken avukatıma teşekkür etmeyi de ihmal etmedim. "Çok sağ olun, hemen geliyorum."

Ablamları arayıp haber verdiğimde benim kadar sevindiler. Tülin Abla, annemin baskısıyla oğlunun altınları saklayabileceği her yeri aramış sonunda kayınvalidesinin müstakil evinin çatısında bulmuşlardı. Polis, Tülin Abla ve eşinin de hırsızlıkta parmağı olup olmadığını anlayabilmek için onları da sorguya almıştı. Kadıncağız ağlayarak "Babaannesinin çatısında bulduk. Bir poşete koyup kullanılmayan bacanın içine saklamış. Kaç gündür kendi evimi bahçemi talan edip aradım. Bulamadık, eşim 'Annemlere de gidiyor, arada orada kalıyor. Oraya da bakalım.' demese yine bulamazdık." diye izah ederken yüreğim burkulmuştu. Anneydi en nihayetinde ve oğlunun suçundan, kötü alışkanlıklarından utanıyor, kendini sorumlu tutuyordu. Altınlar polis, avukatım ve benim gözümün önünde sayıldığında hiç eksik olmadığını görüp nasıl sevindiğimi anlatamam. Ama birkaç bilezik ile bir takı seti bana ait değildi. Polise masada bana ait olmayan parçaları işaret edip "Bunlar benim değil." dedim.

"Emin misiniz hanım efendi?"

"Evet, zaten fotoğraflara da bakın, hiç o desen de bileziğim yok benim."

Polis, Tülin Abla ve eşini yanımıza getirdiğinde telaşla "Eksik mi var?" dedi.

Genç bir polis biraz espriyle karışık cevap verdi. "Yok, teyze getirdiğiniz altınlar bereketli çıktı. Ya altınlar durdukları yerde çoğalmış ya da senin oğlan birilerini daha soymuş."

Bana ait olmayan parçalar işaret edildiğinde babası Sedat'a okkalı bir şekilde sövdükten sonra "Bunlar bizim gelinin altınları." dedi. "Yaklaşık bir yıl kadar önce, büyük oğlanın hanımı, annesini ziyarete şehir dışına gitmişti. Döndüğünde altınlar koyduğu çekmecede yokmuş ve evin anahtarı da sadece bizim hanımda vardı. Sen çaldın diye karıma takılınca kavga ettik, o gün bu gündür de konuşmuyoruz ne oğlanla ne de gelinle. Meğer o cibilliyetsiz çalmış!"

"Altınların sahibi olduğunu iddia ettiğiniz oğlunuzun numarası var mı siz de?"

Ben, altınlarımı geri almak için gerekli işlemlerin yapılasını beklerken Tülin Abla ve eşi de kendi dertleriyle meşguldüler. Parmak izi sonuçları geldiği için şikâyetçi olmam durumunda hepsi hapse girerdi ama verdiğim sözü tutup başta kör olasıca kardeşim hapse girmesin diye şikâyetimi geri aldım. Ama biz merkezden çıkarken konuşmalardan anladığım kadarıyla Sedat'ın abisi kardeşinden şikâyetçi olmuştu. Bir yıl önce çalınan bir torba altından geriye birkaç parça kaldığını görsem belki ben de aynı şeyi yapardım.

Sonunda altınlara kavuştuğum için en azından ekonomik açıdan kafam rahatlamıştı. Yeni yıl gelmeden Sabri Usta'nın tazminatı başta olmak üzere gerekli ödemeleri yapmam gerekiyordu. Altının fiyatı hayli yüksek olduğu için bozduğumda elime beklediğimden çok daha fazla para geçti. Bu kez işi sağlama alıp bankaya yatırdım parayı. Çarşıya inmişken Emre'ye uğramayı da ihmal etmemiştim. Göğsümde yine pek çok duygunun birbirine karıştığı ağırlıkla odasından içeri girdim. Yine yatağında oturmuş çiziyordu sadece.

Emre'nin yanına gitmeden evvel Selçuk Bey'in odasına gidip durumunu sordum. O da sıkıntıyla anlatmaya başladı. "İlk defa hastam olduğunda yine bir sinir krizi geçirip evine montaja gittikleri bir kadına saldırmıştı. Sonrasında tedavisinde uyguladığım ilaçlar ve terapi hızlı sonuç verdi. Uzun vadede ise seanslarımızda hep ilerleme kaydederek sosyal hayatına sorunsuz devam edebilmesini sağladık. Ama şimdi tedaviye cevap vermiyor. Asla konuşmadığı için ne olduğunu ya da senin iddia ettiğin gibi gördüğü bir şeyden etkilenip etkilenmediğini bulamıyorum. Kendini çizdiğini söylediğimde eşim Betül, Emre'ye kâğıt ve kalem vermemi önerdi. Betül, Emre gibi çizime yeteneği olan ve konuşmayan birinin çizerek anlatmayı seçtiğini düşündü ve haklı da çıktı. Şimdi de çizdiklerini göstermiyor ama."

"Bana da göstermedi geçen. Elinden almak isteyince arkasına sakladı."

"Peki, başka büyük tepkisi oldu mu? Sana saldırmaya kalkıştı mı?"

"Hayır, sadece göğsüme yatıp ağladı. Biliyor musunuz, bence beni en son gelişimde tanıdı."

"Senden korkup kaçmadıysa bu muhakkak; çünkü odasının önünden bir kadının geçmesine bile tahammülü yok."

"İyileşiyor demek olabilir mi bu?"

"En azından çok daha sakin ilk zamana göre. Tabii bunda verdiğimiz sakinleştiricilerin etkisi de büyük. O kadar ilacı beygire versen o bile süt dökmüş kedi olur. Aslında hastalarıma ilaç tedavisinden ziyade terapi uygularım ama bazen böyle hasta kendine ya da çevresine zarar verince mecbur kalıyoruz."

"İlaçların vücuduna zararı yok mu?"

" Var elbette ama elden başka şey gelmiyor. Yine de senin yaklaşmana izin vermiş olması büyük gelişme. Bugün çok zorlamadan deftere ne çizdiğini öğrenmeye çalış olur mu?"

"Tamam, denerim. Şey... Taburcu edebilme ihtimaliniz var mı?"

"Evde küçücük bebeğin varken olmaz. Bebeğe saldırırsa onun sorumluluğunu ya da vicdan azabını ödeyemem."

"Anlıyorum, iyi günler."

Selçuk Bey'le konuşmamız hiç de umduğum gibi geçmemişti. Utandığım için öpüştüğümüzü -daha doğrusu onu öptüğümü- de söyleyememiştim zaten. Birden bire iyi olmasını beklemiyordum elbette ama en azından eve dönebileceğini ümit etmiştim. Odasına girdiğimde yine oturmuş defterine bir şeyler karalıyordu.

"Bitanem bak ben geldim." diyerek yüzünü avuçlarıma alıp bana bakmasını sağladım. Aldığı ilaçların etsiyle baygınlaşmış bakışları beni bulduğunda çizimi bıraktı. Fırsatını bulmuşken dizinde açık duran deftere baktım. Nereye baktığımı anlayıp defteri kapatana dek kalabalık gölgelerin içinde çizdiği bir kadın figürünü seçebildim. Emre gibi çok güzel çizim ve resim yapabilen birinin şimdi neden karalama gibi çizdiğine anlam veremesem de figürün eteği, saçları ve takıları ile yüzü yokken bile kadın olduğu belliydi. Baktığım noktayı fark edince defteri kapattı hemen. Ben de sanki defter umurumda değilmiş gibi getirdiğim torbadan seccade ve tespihi çıkardım. Yatağın üstüne koyup "Belki namaz kılmak istersin dedim. Ama senin seccadende ben kılıyorum artık ve tespihini de ben aldım. Sen yokken bana arkadaşlık ediyorlar." dedim gözlerim nemlenmesine mani olamayarak. Kedi gibi yanına kıvrılıp "Sen yokken her iş ters gidiyor. Başıma gelmeyen aksilik kalmadı. Lütfen, benim için kendinden vazgeçme. Lütfen..." fısıltıyla yalvarmaya başladım. Ben göğsünde ağlarken o kısa sürede uyuyakaldı. Defterin üzerine yattığı için ulaşıp almam hayli zor olmuştu ama sonunda başarmıştım. Her bir sayfa birbirinden karışık ve karanlık karalamalarla doluydu. Çizdiği insansı şekillerin hepsi gölge gibi uzaktayken yüzü olmayan bir kadın figürü kapkara en önde duruyordu. Sayfaları çevirdikçe yüreğime yayılan korkunun derecesi de artıyordu. Bir sayfaya tuhaf çalılıkların ortasına bir yaratık çizmişti, bir başak sayfaya ise iki göz gibi iğrenç şekil. Resimleri çoğu bana anlamsız geliyordu ama Emre'nin üşenmeyip bunları karalamasına bakılırsa onun için her biri önemli anlamlar yüklü anı parçalarıydı. Uyandığında defteri bulamaz ve yine krize girer diye korktuğum için deftere, görevli ziyaret saatinin bittiğini söyleyene dek bakabildim sadece. Özellikle kadın figürünün olduğu resim başta olmak üzere pek çok sayfanın fotoğrafını çektim telefonuma. Hâlâ uyuyan Emre'nin yüzünün bulduğum her noktasını öpüp zor da olsa yanından ayrıldım. Selçuk Bey'e çektiğim fotoğrafları gösterebilmek için soluğu odasının kapısında aldım ama bir işi için dışarı çıkmıştı. Bir sonraki görüşmemizde fotoğrafları muhakkak gösterecektim çünkü en baştan dediğim gibi simsiyah bir kadın vardı pek çok sayfada.

Ablama uğrayıp Emin'i aldıktan sonra eve yollandım. Ablam, bir başıma kalacağım evime gitmemem için çok ısrar etse de Emre'yle anılarımızın dolu olduğu her yer az da olsa iyi geliyordu. Zaten her gün Faruk Amca muhakkak uğruyordu ve yarım saat kadar oturup Emin'i seviyordu. Miraç ve Faruk Amca sayesinde en azından aldığımız işi yapıp teslim edebiliyorduk. Miraç sürekli arayıp bana durum raporu verir gibi işleri anlatıyordu. Arada ben de dışarı çıktığımda atölyeye çat kapı uğrayıp çalışıp çalışmadıklarını kontrol ediyordum. Sabri Usta'nın çalıp gittiği müşteriler dışında dükkânda düzeni sağlamıştım. En azından Emre dönene dek batmadan ayakta tutabilmiştim işyerini ve bu da şükretmeme sebepti. İş güç, altınların çalınması derken bir de Mehmet eklenmişti dertlerime. İlk aradığı numarayı engellemiş olmama rağmen başka başka numaralardan mesaj atmaya devam ediyordu. Sinirlerim daha fazlasına katlanamayacağı için okumadan siliyordum her birini. Mehmet'e kızdığım kadar Cenk'e de sinir olmuştum. Sözde Mehmet'in kulağını çekip beni taciz etmeyi kesmesini isteyecekti ama yapmamıştı belli ki. Sanem'den eşiyle beni ziyarete geleceğini belirten bir mesaj alınca geldiğinde Cenk'e hesap sormak için sabırsızlanarak "Beklerim canım." yazdım.

Ama akşam saat dokuz buçuğu geçtiği hâlde gelmediklerinde yavaş yavaş uykum da gelince tekrar mesaj yazdım. "Canım gelmeyecek misiniz? Saat kaç oldu sizi bekliyorum."

Sanem'in "Sen istersin de biz gelmez miyiz? Cenk'e dedim çıkıyoruz şimdi." mesajı biraz garip gelse de yazım yanlışı yaptığını düşünüp irdelemedim ve hazırladığım ikramları salona taşımaya başladım. On dakika geçmeden Sanem ve Cenk gerçekten gelmişlerdi. İlk çaylar içildikten sonra kırgın ve kızgın bir şekilde Cenk'e "Mehmet hâlâ başka başka numaralardan beni rahatsız ediyor. Artık inan yazdığı saçmalıkları okumuyorum bile. Ama sana da teessüf ederim Cenk, bana bir daha yapmamasını sağlarım, demiştin." diyerek içimdekileri sayıp döktüm. Cenk hayretle elindeki bardağı sehpanın üzerine bırakıp "Ciddi misin?" dedi.

Sanem, kaşlarını çatıp "Hâlâ mı? Valla tam dayaklık bu çocuk!" dedi.

Cenk, karısını onaylayarak "Hem de ne dayaklık!" dedi öfkesi yüzünün her bir zerresinden okunurken.

Sanem yüzünü bana döner dönmez yüzündeki o sert ifade yumuşadı ve çatık kaşları şefkatle indi. "Sen, bu akşam o yüzden saat kaç olursa olsun gelin diyerek bizi çağırdın. Ben anladım zaten bir sıkıntın olduğunu canım benim."

"Sağ ol Sanem'cim ama sizi ilk ben çağırmadım. Sen bana bu öğlen mesaj attın ya."

"Yoo... Ben sana mesaj filan atmadım."

"Attın."

"Kız bunak mıyım ben? Atsam bilirim elbet."

Telefonumu çıkarıp Sanem'e attığı mesajı okuttum. Numarayı kontrol edip "Benim numaram ama ben yazmadım bunu." dedi.

Cenk kısık sesli bir küfür savurup telefonumu aldı. Mesaj bilgilerine girip saate baktıktan sonra Sanem'e dönüp "Bu saatlerde Mehmet'i gördün mü?" dedi.

Sanem hiç düşünmeden "Evet." dedi. "Bu öğlen bankaya geldi, kredi kartının borcunu yatırdı."

"Eminim. Hatta şarjı bitmiş benden telefonumu alıp-" Sanem duraksayıp elini alnına vurdu. "İnanmıyorum ya!"

Mehmet'in Sanem'in telefonundan bana mesaj atması Cenk için bardağı taşıran son damla olmuştu. Öfkeden kıpkırmızı kesilen yüzü, bana karşı taşıdığı mahcubiyetle düşmüştü. "Elif nasıl özür dilenir böyle bir konuda inan bilemiyorum."

Sanem de eşi gibi öfkeden köpürüyordu. "Tam salak! Hayır, benden mesaj attı da ne oldu? Sanki ortaya çıkmayacaktı!"

"Anlamıyor musun Sanem? Geldiğinde Elif, onu biz zannedip bahçe kapısının otomatını açsın diye yapmış. Birazdan damlar buraya, eminim."

Mehmet'in gecenin bir yarısı evime girmek için çevirdiği dolapların hiçbir iyi tarafı olamazdı. Zaten Cenk'in de dediği gibi çok geçmeden zil çaldı ve bahçe kapısını açtığım gibi Cenk evden çıkıp zaten zil zurna sarhoş olan kuzeni Mehmet'i evire çevire dövmeye başladı. Mehmet dayak yerken bile beni korkutan bir ısrarla bana bağırıp duruyordu.

"ELİF! SENİ SEVİYORUM ELİF! KİMSE SENİN YERİNİ TUTAMIYOR!"

"SUS LAN ŞEREFSİZ, ELİMDE KALACAKSIN! KATİL EDERSİN SEN ADAMI!"

Cenk, yaka paça tuttuğu Mehmet'i önüne katıp giderken Sanem de benimle vedalaşıp peşlerine takıldı. Dertlerim bitmediği gibi bir de püsküllü bela eklenmişti başıma. Beni tekrar rahatsız edip huzurumu bozmasından korkuyordum. Emre olsaydı kapımın önünden bile geçemezdi demeden edemiyordum. Beni görüp de yüzüme bakmayan, uzaklara dalıp gider gibi bakan adamın eskisi gibi beni kanatların altına almasına ihtiyacım vardı. Âşık olmamla başlayan ömrümün çiçekli baharı, Emre'nin gidişiyle çetin bir kışa dönmüştü. Fırtınaya direnmekten, bata çıka ilerlemeye çalışmaktan öyle yorulmuştum ki bu kış hiç bitmeyecekmiş gibi geliyordu. Ömrümün baharı ise silik bir anı olarak kalıyordu her geçen gün. Dahası korumam gereken bir oğlum vardı ve onun için güçlü olmakken tek derdim, ne istiyordu herkes benden? Annemlerin huzurum için gitmesi gerekiyordu belki ama şimdi de küçücük çocukla, bu kocaman evde güvensiz hissediyordum.

Gönlümdeki kışa bedenim de direnemiyor gün geçtikçe çöküyordum. Ablam artık neredeyse tüm gün Nil'le yanıma uğruyor ve yalnız bırakmamak için elinden geleni yapıyordu. Dört duvar görmeye dayanamadığım için terastaki şömineyi yakıp karşısındaki sallanan sandalyeye oturdum ve terası çevreleyen camların ardından deniz fenerini döven Karadeniz'in hırçın dalgalarını izlemeye başladım. Emre'yle hiç bu sandalyeye kurulup manzaranın tadını çıkarmaya vaktimiz olmamıştı. Dalgalar yüzümü ıslatmış gibi ıslanan yüzümü kurusun ve buz tutan benliğim çözülsün diye şöminedeki ateşe çevirdim. Emre'ye benziyordu bu ateş. Evi yuva yapan tüten bacası, yanan sobası olur ya hani... Tüm ev gürül gürül yanan sobanın gücü ile güvende hisseder, ev ahalisi onun etrafında bir araya gelir ve mutlu olurlar; aile olurlar... Benim evimin ocağı sönmüştü. Ben, o soba ateşi gibi güvende hissettiren kalbin sesinden mahrum; üşümüş, korkmuş, karanlıkta bir köşeye sinmiş zavallı...

Ablam, kucağında Emin'le terasa girip "Annesi, acıkmış yakışıklım." dedi. Ben, Emin'i alırken Nil, annesinin dibinden "Anne, senin yatışıklın menim!" diye mızırdandı. Ablam, eğilip Nil'le yüzünü aynı hizaya getirdi ve sabırla kızına açıkladı.

"Sen benim güzelimsin çünkü kızlara güzel denir, erkeklere ise yakışıklı. Sen erkek misin?"

"Hayır çünkü benim pipim yok."

Bu kadar hüznümün arasında Nil'in iki kelimesi kışın ortasında açan güneş gibi yüreğimi aydınlatmıştı. Ablamla karşılıklı kahkaha atıp birbirimize baktık. Annelik görevi gereği kızını terbiye etmesi gerektiği için hemen gülen yüzünü toparlayıp ciddi bir ifade takındı. "Onu nerden öğrendin bakayım?"

"Ananem dedi. Emin'in poposunu temislerken gördüm. O da pipi dedi, kızlarda olmaz dedi."

Ablam yüzünü elleri arasına alıp "Allah'ım ben bu kızla ne yapacağım?" diye yakınırken ben gülmeye devam ediyordum. "Kızım seninle ayıp şeyleri söylememiz gerektiğine dair konuşmuştuk hatırlıyor musun?"

"Hı hı." Nil tatlı tatlı kafasını sallayıp annesini kafasıyla onayladı.

"Neydi onlar?"

"Köfüş, kaka, kofa meme, aptal, popo, manyak diye kimseye denmez. Bir de tütürmek de çok ayıp."

"Aferin benim kızıma. Şimdi pipi de çok ayıp bir kelime ve bir daha onu da demiyoruz tamam mı?"

"Tamam. Yotsa acı biber gelir." Küçük parmağını becerebildiği kadar annesine doğru sallayarak ablamı taklit edince yine ablamla bakışıp güldük. Ablam pes edip doğrulurken "Sen teyzen ve kuzeninin yanında kal kızım. Ben de size pasta yapayım olur mu?" dedi.

"Yeni yıl pastası yap anne. Böle kocamaaan olsun."

"Tamam, fıstığım ama uslu dur ve teyzeni üzme tamam mı?"

Nil yine kafasını sallayıp yanıma tırmanırken bugünün 31 Aralık olduğunu az önce fark etmiştim. Bir yıl önceki Emre'yle olan mutlu anılarımız aklıma gelince yine gözlerim buğulanmıştı. Göz kapaklarımı kapattığımda akan yaşları minik avuçlarıyla silen Nil "Emre yok diye mi ağlıyorsun?" diye sorduğunda hayretle gözlerimi geri açtım. Üç yaşındaki çocuk bile annemlerim anlayamadığı derdimi anlamıştı. Daha çok ağlamaktan korktuğum için kafamı sallayarak onayladım sadece. "Emin de çok ağlıyor. O da babasını çok öslemiş o zaman."

Nil'in her kelime ile gözyaşlarım daha çok akarken minik meleğim telaşa kapılıp teselliye başladı. "Deyze söyle Emre'ye akşam gelsin."

"Gelemez prensesim."

"Uzakta mı?"

"Çok uzakta değil aslında ama hastanede ve iyileşmeden dönemez."

"İğne mi yapıyorlar ona? Alalım Emre'yi hastaneden deyze, o daha çok ağlar orada."

Benim şiddetlenen ağlamam üzerine Nil de ağlamaya başlamıştı. "Ağlama deyze." diyerek hem yüzümdeki yaşları silmeye uğraşıyor hem de benim üzüntümden korkmuş üzülmüş ağlıyordu. Bizim kız kıza ağlaşmamıza Emin'in ki de eklenince onu emzirmeye başladım. Oğlumu emzirirken hissettiğim o harika duygu ile sakinleşmiş yumuşak saçlarını okşuyordum. Nil de Emin'in dikkatle izliyordu. Normalde emip uyuması gerekirken birden ağlamaya başladığında ilk aklıma gelen hastalandığı oldu. Alnını öpüp ateşine baktığımda hem ateşinin olmamasıyla içim rahatlamış hem de neden ağladığını anlamadığım için telaşlanmıştım. Emin'i kucağımda bir o yana bir yana taşıyıp pışpışlarken bir türlü susturamıyordum. Ablam tekrar yanımıza geldiğinde telaşlı halime bakıp "Nesi var?" diye sordu. Ben cevap veremeden Nil "Babasını öslemiş." dedi.

Ablam Nil'i duymazlıktan gelip "Hasta mı oldu ki?" diyerek o da ateşini kontrol etti. "Yok, abla. Normalde emip uyurdu. Bugün niye böyle oldu hiç anlamdım."

"Yine emzir, uyur belki."

Ablamın söylediğini yapıp Emin'i yine emzirmeye başladım ama bir müddet emip bırakıyor ve yine ağlıyordu. Ablam sıkıntıyla bana bakıp "Elif, sanırım sütün kesilmiş." dedi.

"Nasıl? Ne diyorsun abla sen?" Gözyaşlarım ve içime işleyen korkulu telaş beni çoktan içine çekmişti. Oğlumu bile doyuramıyordum, nasıl bir anneydim ben? Ablam Emin'i kucağımdan alıp "Telaş etme hemen. Bir yere gitmen gerekirse diye sağdığın sütün var mı?" diye sordu.

"Var, kalmıştı dünden."

"Git, ısıt getir onu."

Ablamın talimatıyla koşarak mutfağa gittim ve ağlaya ağlaya ısıttığım sütü biberona koyup Emin'in odasına getirdim. Ablam, Emin'i benim ona emanet ettiğim her seferde olduğu gibi yine biberondaki benim sütümle besleyip uyuttu. Gerçekten açlıktan ağlıyordu bebeğim. Emin uyanmasın diye odasından çıkar çıkmaz fısıltıyla sordum. "Abla ne yapacağız şimdi? Daha üçüncü ayında, anne sütüne ihtiyacı var onun. Şimdi mama mı vereceğiz oğluma?"

"Sakin olur musun?" diyerek beni payladıktan sonra en tatlı ses tonu ile açıklamaya başladı. "Sen böyle iken sütünün kesilmesi normal."

"Nasıl böyle bir şey dersin?"

"Haline bak! Nasıl zayıfladın birden. Emre, hastaneye yattığı günden beri doğru düzgün yiyip içmiyorsun. Şuan evlenmeden önceki halinden bile daha zayıf olduğuna her şeyine iddiaya girebilirim. Emziren kadın, yemesine içmesine, uyku düzenine dikkat edecek. Sinirden stresten de tabi uzak olacak. Sen bu dediklerimi yaparsan sütün geri gelecektir, inan bana."

Ablamın dedikleri doğruydu ama bazı şeyleri çok isteseniz de değiştiremezdiniz. Ben de üzerimdeki stres ve üzüntüyü ne yaparsam yapayım atamıyordum. Sevdiğim adamı yarı yolda bırakmış, babasına verdiğim sözü tutmayıp ihanet etmiş gibi hissetmekten kendimi alıkoyamıyordum. Dünyam cehenneme dönmüşken içtiğim su kaynar, yediğim yemek zakkum geliyordu. Ben yine kendi yıkılışımın yıkıntıları altında kalmış çökerken iç çeke çeke gözyaşlarıma teslim oldum. Nil yine üzülüp korkmuş yüzündeki o buruk dudağı ile yanıma geldi ve minik avuçlarıyla saçlarımı okşadı.

"Deyze ağlama. Emre'ye de, gelirken süt alsın."

Ablam Nil'i kucağına alıp "Anneciğim sen de Emre Emre deyip üzme teyzeni bakayım!" dedi. "Ama Emre gelse ağlamaz deyzem. Emre hep komiklik yapıyor."

Nil'in bugünden beri söyledikleri önce yavaş yavaş yüreğime işlemişti şimdi de aklıma girip mantığımla uyuşuyordu. Emre'yi o hastane odasında bırakmamın tek nedeni Emin'in sağlığıydı ama stres ve üzüntüden kesilen sütüm yüzünden yine yavruma bakamıyordum. İçimde yeşeren umut filizi ile ayağa kalkıp yüzümdeki yaşları elimin tersiyle sildim. Ablamın kucağındaki Nil'i iki yanağından sulu sulu öpüp "Aferin sana akıllı bıdık. Doğru söylüyorsun sen." dedim.

Ablam, psikolojimin tamamen çöktüğünü düşündüğü için bana endişeyle bakıyordu. "Bakma öyle abla, iyiyim ben. Nil, haklı. Emre gelirse sütüm de geri gelir. Hastaneye gidip kocamı ait olduğu yere evine getireceğim."

"Bebeğin var, ona zarar verirse ne yapacaksın? Hem ya sana bir şey yaparsa?"

"O kadar görmeye gittim hiçbir şey yapmadı bana. Emin'i de koruyup kollarım evde. Böyle uzaktayken mümkünü yok toparlanamam ben."

"Öyle kafana göre alıp gelebilir misin? Doktoru ne der?"

"Bilmiyorum ama onu çıkarmazsa karşısındaki yatağı da bana açsınlar. Dayanacak takatim kalmadı çünkü."

"Ey Allah'ım! Yine inadı diktin yani? Dur bari Murat'ı arayım da o da seninle hastaneye gelsin."

"Tamam ama çabuk gelsin. Ben hazırlanıyorum şimdi."

İçim kıpır kıpır bir heyecanla hemen giyindim ve gecikmeden gelen eniştemle hastanenin yolunu tuttuk. İçimdeki heyecan ve mutluluğa gölge düşüren tek şey ya Selçuk Bey'in izin vermeme ihtimaliydi. Bu endişe ile tırnak ellerimi ısırıp kopardığımın farkında bile değildim.

"Nil'in kime çektiğini buldum." diyen enişteme anlamayarak "Efendim?" dedim.

"Tırnaklarını yiyorsun ya onu diyorum."

"Yok, tırnağımı değil sadece kenarındaki etleri ısırıyorum."

"İşte Nil de sana benzemiş, annesinin kızacağı bir şey yaptığı zaman kucağıma oturup başlıyor parmaklarını kemirmeye."

"Çok akıllı maşallah. Bugün o cimcime dediğinde anladım Emre geri gelmeden iyi olamam."

"Doktor izin verse bile eve geldiğinde hemen eskisi gibi olmasını bekleme."

"Biliyorum zaten yanımızda olsun yeter."

"İyi yapıyorsun bence. O da seni ve çocuğu gördükçe daha iyi olur, daha çabuk atlatır."

"İnşallah."

Eniştemin verdiği moralle Selçuk Bey'in kapısını ümitle çaldım. Saat üçü geçtiği için bekleyen hastası yoktu ve karşısındaki sandalyeyi işaret edip "Hoş geldin, lütfen otur." dedi.

"Hoş bulduk. Ben... Ben, Emre'yi alıp eve götürmek istiyorum." Oturur oturmaz söylemiştim çünkü biran önce Emre'yi alıp eve götürmeyi istiyordum.

Selçuk Bey sıkıntıyla koltuğunda geri yaslanıp "Şu an böyle bir şey mümkün değil, bunu sen de biliyorsun." dedi. Hemen kabul etmesini beklemiyordum zaten bu yüzden yol boyu kafamda kurduğum cümleleri sıralayıp izah ettim.

"Bakın az da olsa iyi oldu artık. Her ziyaretimde ona daha çok yaklaşmama izin veriyor."

"Bebeğine zarar verirse ne yapacaksın? Sırf onu özlediğin için dönmesini istiyorsun. Emre'nin tedavisini ya da iyiliğini düşünerek hareket etmiyorsun şu an. Mümkünü yok olmaz. Kendisi ve başkaları için tehlikeli bir hastanın dışarı çıkmasına asla izin veremem."

Bu kadar kesin konuşması, bir daha Emre'ye asla ulaşamayacağımı hissettirdiği için içimde biriktirdiğim dertlerim bir sinir harbiyle neferlerini dışarı akıttı. Oturduğum koltuğun arkamda gürültüyle devrilmesine sebep olacak bir hışımla kalkmış farkında olmadan gırtlağımı parçalayan bir sesle bağırıyordum. "Ben düşünmüyorum da sen mi Emre'yi düşünüyorsun? Onun için mi onu bir başına o odaya kapattın? KOCAMI GERİ İSTİYORUM!"

"Lütfen sakin olur musun?"

"İmzalayın çıkış kâğıtlarını en sakin, en mutlu ve huzurlu ben olurum bu dünyada."

"Henüz iyileşmedi ve tedaviyi yarıda kesmek iyi olmaz."

"O ilaçlarla yarı baygın oluyor sadece! İyi falan olduğu yok zaten! Ama çok istiyorsanız ben, evde de ilaçlarını almasını sağlarım."

"Sakin olmazsan sana da aynı ilaçları yazmak gerekecek, lütfen sesini alçaltır mısın?"

"Zaten Emre'yi çıkarmıyorsan beni de yanına yatırın! BEN DE İYİ DEĞİLİM ANLAMIYOR MUSUNUZ? ONSUZ ASLA İYİ, OLAMAM! ASLA!"

Ağlayıp bağırırken monitör hariç masasının üzerindeki her şeyi iki elimde yere itip döktüm. "Allah aşkına görmüyor musunuz? O yokken ben de yok oluyorum..."

"Bak Elif-" diye başladığı cümlesini "HAYIR!" diye feryat ederek yarıda kestim. "HİÇ YORMAYIN ÇENENİZİ! EMRE'Yİ ÇIKARIYOR MUSUNUZ ONU SÖYLEYİN!"

Bağırışlarım ve masanın üstündekileri dökerken çıkardığım ses dışarıdan duyulmuş olacaktı ki bir iki görevli odaya daldı. "Selçuk Bey, iyi misiniz?" diye biri sorarken diğeri "Edepsizlik etme kardeşim!" diyerek benim kolumdan tutmak istediğinde camın önünden elime geçirdiğim saksıyı adamlara doğru fırlattım. Üstlerinden geçen saksıyla şok olan ve hayli sinirlenen adamlardan biri koridora "Güvenliği çağırın!" diye bağırıp diğeri de beni tutmak için yönelince Selçuk Bey "Durun, siz karışmayın!" diyerek olaya müdahale etti. Adamlar inanamayarak doktora bakarken "Hastam değil, bir ahbabım hanımefendi." dedi. Adamlar odayı tekrar boşaltınca "Emre'nin hatırı için yaptığına susuyorum! Çıkardığın tantanadan korktuğum için değil!" dedi.

Emre'yi çıkarıp çıkarmayacağını öğrenemeden tekrar kapı açıldı. Bu kez gelen kocasını merak ettiği için telaşlanmış Begüm Hanım'dı. Odanın savaş alanını andıran haline bakıp kocaman açtığı gözlerini eşine çevirdi." Selçuk ne oluyor? İyi misin?"

"Ben iyiyim hayatım ama Elif Hanım için aynı şeyi söyleyemeyeceğim!"

Begüm Hanım'ın soran bakışlarına yaşlı gözlerimle karşılık verip "Emre'yi istiyorum." dedim.

Bir anda yüzündeki ifade yumuşayıp bana şefkatle bakarak "Canım, anlıyorum onu çok özlüyorsun ama-" diye başladığı cümlesini kesip "Anlamıyorsunuz!" diye itiraz ettim.

"Bebeğini düşün Elif'ciğim."

"Begüm Hanım zaten bebeğimi düşündüğüm için buradayım. Sütüm kesildi bugün..."

Begüm Hanım, yanıma gelip bana sarıldı ve "Endişelenme canım benim." diyerek teselli verdi. "Sütün geri gelecektir, düzenli beslen ve bol bol sıvı tüket. Emzirmeyi de asla bırakma, olur mu?"

"Peki, yaşadığım stresle sıkıntı ne olacak? Siz de annesiniz... Sütüm niye kesildi sizce?"

"Eşin burada olduğu için üzüntü duyuyorsun ve bu da vücudunun dengesini bozdu."

"Öyleyse söyleyin bana Selçuk Bey, ben niye buradayım? Sadece kendim ya da Emre değil, minicik bebeğim için de."

Begüm Hanım, eşi yerine cevap verip "Elif'ciğim ya Emre bebeğine zarar verirse? Bunu da düşün lütfen." dedi.

"İlk hastaneye yattığı günkü saldırganlıkları sergilemiyor. Ben bile farkındayım. Her ziyarete geldiğimde daha çok yaklaşmama müsaade etti. Onun derdi geçmişte ona zarar veren kişiyle, benimle ya da bebekle değil."

"Bunu bilemeyiz ki ama."

"Biliyorum çünkü çizdiklerini gördüm. Bir kadın silüeti çizip durmuş. Hem bebeğimi koruyamayacağımı düşünsem inanın eve götürmek istemezdim onu."

Karı koca bakışarak aralarında anlaşırlarken ikna olmaları için "Yeni yıl için izin verin bari. Kısa süreli izin gibi." diye yaşlı gözlerimle yalvardım.

Selçuk Bey, yere fırlattığım eşyalar içindeki telefonu alıp masaya koydu ve dâhili numarayı tuşlayıp ahizeyi kulağına dayarken "Aşırıya kaçacak en ufak harekette bulunursa hemen beni ya da 112'yi arayacaksın!" diye bana bakıp tembihledi. Çalan telefon karşı taraftan açılınca da "Burcu Hanım, Emre Karaelmas isimli hastanın çıkış kâğıtlarını hazırlar mısınız? Hastayı taburcu ediyoruz. Eşinin tüm sorumluluğu aldığına dair imza almayı da unutmayın." dedi ve telefonu sertçe kapatıp bana döndü.

"Çok teşekkür ederim." dedim hemen ama hâlâ yaptığımın doğru olmadığını düşündüğü için cevap vermedi. Ben de eşi Begüm Hanım'a sarılıp defalarca teşekkür ettim. Bu gece Emre'yle uyuyacağımı düşündükçe kalbime sığmayan mutluluk yüzüme gülümseme olarak yerleşiyordu.

Kapalı psikiyatri servisinin önünde beni bekleyen eniştem yüzüme bakıp izin alıp alamadığımı anlamaya çalışırken bir yandan da sitem ediyordu. "Ne uzun sürdü izin alman!" dedi.

Ağlamaktan şişip kızarmış gözlerime inat kocaman gülümseyip, "Valla etmediğim kalmadı ama aldım sonunda," dedim. Emre'nin odasına görevli ile girdiğimde ilk burnuma gelen keskin idrar kokusu oldu. İlaçların etkisiyle yattığı yerden kalkamadığı için yatağında üzerine işemişti. Selçuk Bey'in bir de onu almama neredeyse izin vermediği aklıma gelince öfkem tekrar gün yüzüne çıktı. Utanarak enişteme dönüp "Ben üstünü değiştireyim, öyle eve getirelim," dedim.

Kafasıyla onaylayıp çıktı odadan. Eline koluna bile hâkim olamayacak kadar sersemdi Emre'nin şu an ki hali ve içim acıyordu bu meczup hallerine. Ama geçecekti bugünler de ve yine evimizde beraber mutlu olacaktık. Zorlanarak da olsa üstünü değiştirdikten sonra eşyalarını toplayıp kapıyı açtım. Koridorda bekleyen eniştem hemen elimdeki poşetleri aldı. Kolunun altına girip destek olduğum Emre'nin diğer tarafına geçip o da destek oldu. Arabanın arka koltuğuna yanına oturup başını omzuma yaslayarak saçlarını okşadım ve kulağına fısıldadım usulca. "Merak etme aşkım, evimize dönüyoruz artık."

# 21

Omuzumda hemen sızıp uyumuştu Emre. Eve vardığımızda zor da olsa uyandırmayı başardım. "Emre, Emre, Emre kalk hadi. Bak evimize geldik." Sözler sonuç vermeyince alnına ıslak bir öpücük kondurdum. Sonunda gözlerini araladığında eniştemle birlikte destek olarak onu eve soktuk. Lust, Emre'yi tanıyıp hemen hoplaya zıplaya kuyruğunu dikerek yanımıza geldi ama Emre, Lust'ı tanıyabilecek durumda değildi, zor adım atıyordu. Güç bela üst kata kadar Emre'yi çıkarıp yatak odasındaki yatağa yatırdık. Hemen tekrar gözlerini kapatıp kaldığı yerden uyumaya devam etti. Ablam yeni yıla gireceğiz diye bir sürü şey hazırlayıp sofrayı donatmıştı. Üst katta uyuduğunu bildiğim ömrümün yarısı evdeyken hiç itirazsız ablam ne verdiyse yedim, hatta o söylemeden bardak bardak süt içtim. Öyle mutluydum ki, Emre'nin şu an ilaçla yarı baygın yatıyor oluşu bile hevesimi kıramıyordu. Biliyordum ki en sonunda ilacın etkisi geçecek ve gözlerini ayık bir şekilde açacaktı.

Nil, geçen yıldan kalma bir yeni yıl süsünü boynuna dolamış popüler bir şarkıyı dili döndüğünce daha çok sözler yerine melodiyi mırıldanarak söylüyordu. Biz de konser izleyen seyirci edasıyla Nil'i alkışlıyorduk. Yaptığı bir dans figürü kahkaha atmamızı sağlayınca eniştem, ablama dönüp "Nuray bunu okutmakla falan hiç uğraşmayalım, baksana şimdiden star olmuş bizimki. Zaten oğlansa topçu, kızsa popçu demişler." diyerek daha çok gülmemize sebep oldu. Yanımıza gelen Nil'i kucağıma alıp iki yanağından sıkı sıkı öptüm. "Teyzeciğim büyüyünce sen ne olacaksın?" diye sorduğumda bilmiş cevabı ile hem hüzünlendirdi hem de yine güldürdü bizi.

"Doktor olacağım. Emre'yi iyileştireceğim, sen hiç ağlama

diye. Bir de Emre, böö deyip yine beni korkutursa ona iğne yapacağım."

Ablam "Emre için doktor oluyorsun yani?" dediğinde kafasını sallayıp onayladı ve "Anne, Emre geldi artık oyuncak kutumu yapabilir!" dedi heyecanla. Ben ne dediği anlamadığım için eniştem "Çocuk odasındaki, oyuncak dolabının kapağını kırdı da onu diyor." diye açıkladı.

"Yaramaz Nil, sen dolabı mı kırdın"

"Ben kırmadım!"

"Kim kırdı?"

"Şekercim kırdı. Onu açacağım ve üstünden kayacağım, dedi. Yaptı ve kırıldı."

Ablam, elini alnına koyup "Çok fena bu." dedi. "Oyuncak kutusunun kapağı yukarıdan yere doğru açılıyor ve kaydırak gibi duruyor. Bu da çıkmış üstüne, kaymış kim bilir kaç defa, sonunda menteşeler dayanamayıp kırılınca da parmaklarını kemire kemire yanıma gelip oyuncak ata iftira attı." diyerek dert yandı.

Nil bana bakarak "Deyze, sen inanma anneme. Şekercim kırdı onu." dediğinde eniştem kızını alıp dizine oturttu.

"Bak prensesim, yaptığım yaramazlıkların suçunu başkasına atmak çok kötü bir şeydir. Kapağı kırdığın için annen sana kızabilir ama yalan söylersen çok çok daha fazla kızarız. Çünkü yalan en kötü yaramazlıktır. Anladın mı?"

"Hı hı."

"Şimdi söyle bakalım, kim kırdı kutuyu?"

"Ben kırdım ama Şekercim dedi ki sen kay oradan, ben izliyorum."

Tekrar Nil'in geniş hayal gücüne gülerken Emin'in ağlamasıyla hemen yan odaya geçtim. Besmele çekip Emin'i emzirmeye başladığında az da olsa sütümün geldiğini görünce "Şükürler olsun." diye mırıldandım. Ablam yanıma gelip "Sık sık emzir ve sıkma meyve suyu, süt, su gibi sağlıklı şeyler iç bol bol." diye tembih etti. Sanırım Emre'yle beni baş başa bırakmak için akşam erken vakitte kalkıp evlerine gittiler.

Emin'i uyutup odasına yatırdıktan sonra yatak odasına geçtim. Hâlâ uyuyordu, bunu fırsat bilip koynuna sokuldum usulca. Üstüne sinmiş terle karışık idrar kokusunu alınca bir kez daha onu hastaneye yatırdığımız için suçlu hissettim. Öte yandan hastanede gözle görülür şekilde daha iyi olmuştu. Mezarlıktaki o bağıran ve etrafındakilere saldıran halinden eser yoktu. İlaçlar Emre'yi serseme çevirmiş de olsalar görevlerini yerine getirip daha sakin ve zararsız olmasını sağlamışlardı. Eğer evde yavaş yavaş da olsa iyi olmaya başlarsa ilaçları azaltarak vermemeyi düşünüyordum. Selçuk Bey'e sormadan böyle bir karar almak belki doğru değildi ama ölene dek böyle uyurgezer gibi yaşamasını da istemiyordum. Verilen ilaçlar çok ağır antidepresanlardı ve yan etkileri hayli fazlaydı. Selçuk Bey, ne kadar tanırsa tanısın Emre'ye neyin iyi geleceğini benden iyi bilemezdi. Ruhunun her zerresi ruhuma işlemiş delime ben ve oğlum iyi gelecektik, biliyordum.

İlk gecemizde deliksiz uyumuştu. Emin her ağladığında kalkıp karşıdaki odasına gidiyordum ama Emre ne oğlunun ağlayışını ne de benim yataktan kalkıp gidişimi duymadı. Öğlene doğru uyandığında ise hâlâ tek başına yataktan kalkamayacak kadar sersemdi. Hastane odasında değil de evde olduğunu anlaması biraz zor oldu. Gülümseyerek "Günaydın uykucu, evindesin artık." dedim. "Evinde, bizimle ve güvendesin."

Beni anladığına ya da duyduğuna dair tek bir mimik bile sergilemedi ama zor da olsa yataktan kalkıp odadaki banyonun yolunu tuttuğunda evde olduğunu bildiğine emindim. Banyoda kayıp düşmesinden endişe ederek hemen peşinden gittim. Tuvalete gideceği için sanırım kapıyı yüzüme kapatıp kilitledi. Kendine zarar vermesinden korkup kapının arkasından onunla konuşmaya başladım. "Emre, beni tanıdığını biliyorum. Çünkü yanına yaklaşmama izin veriyorsun. Lütfen kendine zarar verme. Emin ve benim sana ihtiyacımız var, unutma bizi. Lütfen…"

Oturduğum kapı önünde korkuyla ağlarken sifon sesinin ardından kapının açılmasıyla hemen ayağa dikildim. Sapasağlam karşımdaydı çok şükür. Ama saçı sakalı birbirine karışmış hali içime dokunuyordu. Kapıdan geçmek isteyince önünden çekilmeyip "Seni yıkayalım mı?" diye sordum. Bu sorudan çok emri vakiydi çünkü onu içeri itip kapıyı kapattım ve küvet dolarken üstündekileri çıkarmasına yardımcı oldum. Sıcak suya girip küvete yattığında gevşeyip gözlerini yumdu. Rahatlasın diye masaj yaparak saçlarını yıkadım. Küçük bir çocuğu yıkar gibi keseleyip sabunladıktan sonra da tıraş ettim. Tıraş bıçağı ile bir yerini kesmekten korktuğum için makine yardımıyla ense tıraşını yapıp sakalını kesip düzelttim. Sıra alnına dökülen uzun saçlarına gelince de tarak ve makası elime alıp düzgünce kısalttım. Tırnaklarını kestikten sonra dişlerini fırçalamak isteyince fırçayı elimden alıp kendisi fırçaladı. Ben tüm vücuduyla bu kadar ilgilenip her yerine istediğim gibi dokunurken asla itiraz etmemişti. Bu bile onu eve getirmekle doğru olanı yaptığımı ispat ediyordu.

Bornozunu giydirip saçlarını kurutmak için yatak odasındaki aynanın karşısına oturttum onu. Öyle keyifliydim ki onunla ilgilenirken saç kurutma makinesinin uğultusuna uydurduğum bir şarkı melodisini mırıldanıyordum kendi kendime. Aynadan bakışlarımız buluştuğunda kocaman gülümsedim, yine hiçbir tepki vermese de yanımda olması bile yetiyordu. Eğilip bir yanağını sıkıca öptüm. Kulağına "Benden kurtuluşun yok, Emre Bey. Seni her şekilde ve her halinle seviyorum ve seveceğim." dedim ve bu kez huylanmasına sebep olacak şekilde kulağından öptüm. Sanki bir çocuğum daha olmuştu. Emre, kendi başına hiçbir şey yapmak istemiyordu ama yardımımla üstünü giyinmeye ya da önüne konulan yemeği yemeye itiraz etmiyordu. Kahvaltıda tabağına doldurduklarımın bir kısmını yedikten sonra gerisine dokunmayınca elimle ağzına tıkıp hepsini yedirdim. Sıra ilaçlarını vermeye gelince tüm ilaçların prospektüsünü hatim edip dozlarını yarıya düşürdüm. Yarısı kırılmış hapları avucuna koyduğumda kafasını kaldırıp eve geldiğinden beri ilk kez anlamlı şekilde sorgulayarak baktı. Gözleriyle sorduğu soruyu sormak ve konuşmak zorunda kalsın diye cevapsız bıraktım ama sadece hapları yutup verdiğim suyu içti. Öyle bir istekte bulunmadığım halde sanırım hastaneden kalma alışkanlıkla kafasını geri atıp ağzını kocaman açtı ve dilini kaldırarak hapları tamamen yuttuğunu gösterdi.

Saçlarını şefkatle okşayıp "Bana yalan söylemeyeceğini biliyorum. O yüzden bana hapları yuttuğunu göstermene gerek yok." dedim.

Yine cevapsız kalan sözlerimin ardından canı sıkılmasın diye televizyonu açtım ama hiç oralı olmadı. Yine defterine gömülüp bir şeyler karalamaya başladı. Kaloriferi yakmaya gelen Faruk Amca, ziyarete geldiğinde de kafasını bile kaldırmadı.

Faruk Amca'yı uğurlamak için Emre'yi salonda bir başına bırakıp hole çıktım. Salonun kapısı kapanır kapanmaz Faruk Amca "Nasıl?" diye sordu.

"Hiç konuşmuyor."

"Küçükken de öyleydi. Krizlerden sonra bir müddet konuşmaz. Üzerine gitme, zamanla konuşmaya tekrar başlar. Saldırıyor mu etrafa ya da kendine zara veriyor mu?"

"Yok, çok sakin."

"Sen yine de bebeği gözünün önünden ayırma. Ne yapacağı belli olmaz maazallah."

"Tamam amcacığım."

"Sağlıcakla kalın kızım."

"Siz de."

Arkasından el sallayarak uğurladığım Faruk Amca giderken geride içime saldığı korkuyu bırakmıştı. Emre'nin oğluna zarar verebileceğinin ihtimalini düşünmek bile istemiyordum. Bütün gün dikkat ederek Emin'i yanımdan ayırmadan evin işleriyle ilgilendim. Ben daima Emin'e yaklaşmamasına dikkat ederken o da gün geçtikçe eve daha çok alışmış ve kişisel temizliğini kendi yapabilir olmuştu. Geceleri koynuna sığınıp boynuna sarılmak ise her şeyin tekrar iyi ve güzel olacağına olan inancımı kuvvetlendiriyordu. Benden kaçmadığı gibi sabahları nasıl oluyorsa daima göğsümde yatarken uyanıyorduk.

Bir sabah uyandığımda ne göğsümde ne de yanımda yoktu. Yataktan nasıl fırlayıp kalktığımı bilmiyorum, hemen Emin'in odasına koştum. Emin'i kucağında görünce korkudan ne yapacağımı bilemedim, sadece bebeğe zarar vermeden elinden almanın yollarını arıyordum. Kafasını kaldırıp beni görünce babasının öldüğü günden bu yana ilk kez konuşarak "Ağlıyordu." dedi sakin, kısık bir sesle.

Korkudan hızlı hızlı atan kalbim hüzünlü bir mutlulukla burkulunca gözlerim nemlendi. Kollarımı uzatıp istediğimde hiç tereddüt etmeden Emin'i bana teslim etti. Emzirirken de yanımdan kalkmadan ilgiyle oğlunu izledi. Bir parmağını uzatıp hafif dokunuşuyla yüzünü okşarken gözlerinde huzuru görebilmek mümkündü. Emin, babasının tüm avucuna ancak sığan parmağını tutup sıktığında ise delimin gözleri doldu. Bir kolumu Emre'nin boynuna atıp saçları okşayarak gözünü öptüm. Kafasını omuza yaslayıp uyuyana dek Emin'i izledi. Bebeği yatırdıktan sonra Emre'yi elinden tutup odadan çıkardım. Bir kez konuşmuştu ve şimdi çok da üzerine gitmeden tekrar konuşturup onu böylesine yıkan şeyin ne olduğunu öğrenmek ve derdine derman olmak istiyordum.

Selçuk Bey, ilk günler bizi rahatsız etmek istemediği için olsa gerek pek aramamıştı. Bu öğlen ilk kez aradığında ilaçları azalttığım kısmını es geçerek durumunun iyiye gittiğinden bahsettim. Sabah yaşanan olayı anlattığımda ise hayli şaşırdı.

"Bebek ağladığı için gidip kucağına almış öyle mi?"

"Evet."

"Peki, bu kanıya nasıl vardın?"

"Kendisi söyledi."

"Kim?"

"Üç aylık bebek konuşup ben ağlıyordum, babam da beni kucağına aldı, diyecek değil herhalde. Emre söyledi, ağlıyordu diye."

"Konuştu yani?"

"Evet. Niye inanmamak için ısrar ediyorsunuz?"

"İnanmamak için ısrar değil bu, inanamıyorum sadece. Başka ne konuştunuz?"

"Hiçbir şey. Kahvaltı ederken yumurta ister misin, bir çay daha alır mısın gibi şeyler sordum ama oralı bile olmadı. Çok da üstüne gitmek istemiyorum, zamana bırakmak gerek sanki bir şeyleri."

"Doğru, zaten hemen yorma sorgulayıp da. Bir kez kendi konuşmuş zaten gerisi nasılsa gelecektir. Onun dışında ne yapıyor?"

"Hastanedeki gibi hep çiziyor."

"Kâbusların sıklığı ne?"

"Henüz hiç kâbus görmedi. Bence eve gelmek iyi geldi ona."

"Emin misin kâbus görmediğine? Hastanedeyken en büyük problemi uykusuzluktu. Ne zaman uyuyacak olsa kâbusları uyandırıyordu. İlaçların dozunu arttırma sebebim uyuyabilmesini sağlamaktı."

"Gece uyansa hissederim. Biliyorsunuz, Emre öyle kâbuslarını sessiz sedasız görmüyor. Her defasında çığlık çığlığa uyanıyor. Yanımda o şekilde uyansa elbette duyardım."

"Birlikte mi uyuyorsunuz?"

"Evet."

"Tepkisi ne peki?"

"Ben sarıldığımda kaçmıyor hiç. Sabahları da onu bana sarılmış olarak buluyorum. Bence beni tanıyor."

" Orası kesin, sanırım bu kez sizi dinleyip eve dönmesine izin vermek doğru olandı. Çok iyi ve hızlı gelişmeler bunlar. Yine de şu dönemde hâlâ dengesiz davranışlar sergileyebilir, bebekle onu yalnız bırakma ama sen yanındayken vakit geçirmeleri iyi olur Emre açısından. Belli ki bebek onu sakinleştiriyor."

"Tamam, zaten oğlumun güvenliğini şansa bırakmam."

"Biliyorum. Aileni bir arada tutmak için ne kadar çabaladığının farkındayım. Sadece güçlü durmak için bu kadar kendini hırpalama. Bebeğinin sana ihtiyacı var, her şeyden evvel onu düşünerek kendi sağlığına dikkat et."

"Emre yokken iyi olamıyorum, elimde değil."

"Yalnızca babasının ölümü sarstı onu, atlatacaktır, korkma."

"Bence babasının vefatından fazlası var Selçuk Bey. Deftere çizdiği kadın figürüne ne diyeceksiniz?"

"İnan bana, Emre'yi ilk tanıdığım günden bu yana, ben de hep onu taciz etmiş bir kadın yüzünden obsesyonların geliştiğini düşündüm ama aynı krizler iki ebeveynin vefatında aynı şekilde tekrar edince yanlış mı düşündüm diye kendimi sorguluyorum."

"Anne ve babasının vefatından tabi ki etkilenmiştir. Kim olsa bu duruma üzülüp depresyona girer ama cinsel fobilerinin bu durumla ne alakası var?"

"Seninle uyuyor, bence artık cinsel fobisi kalmadı. Annesinin vefatının ardından yanlış bir şeyler gördüğüne inancım tam. Ama artık birisinin onu taciz ettiğini düşünmüyorum."

"Yeni teoriniz ne o hâlde?"

"Bence annesinin naaşını gördü. Hem de muhtemelen çıplak."

Böylesi bir ihtimal kanımı dondurduğu için cevap verememedim, Selçuk Bey de yeni teorisini açıklamaya devam etti. "Her türlü hastalıkta sebebi bilirsek tedavi daha hızlı sonuç verir. Bence Emre'nin babasını kaybetmesi onu, annesini kaybettiği günlere götürdü. Birisini babasına şikâyet edeceğinden bahsediyor hep. Bence o kişi annesi."

"Ben yine de mezarlıkta birini gördüğünde ısrarcıyım."

"İyi de o kadınların hepsini gördü zaten taziyeleri kabul ederken. Bence annesinin hayalini gördü."

"Belki taziyede bulunmayıp uzaktan izlemek için sonradan geldi biri mezarlığa."

"Ne yapacağız, köyün tüm kadınlarını dizip Emre'nin hangisini görünce kriz geçireceğini mi test edeceğiz?"

"Hayır, tekrar o şekilde kriz geçirmesini istemiyorum. Beş gün sonra Emin babamın elli ikisi var ve mevlidi o köyde okuturuz. Gelenleri de gizlice videoya kaydederiz. Bu kadın kimse bence aynı zamanda ahbap ya da akraba."

"Belki de öyle bir kadın bile yok ya neyse... Denemekten zarar gelmez. Ama kadınları Emre'ye gösterirken hastanede kontrol altında olması gerek."

"Tekrar hastaneye mi yatacak?"

"Kriz geçirdiğinde evde olmasını istemezsin, güven bana."

"Tamam ama uzun süre kalmasına müsaade etmem, şimdiden söyleyeyim."

"Anlaştık." diyerek güldükten sonra "Bir de seni zorla evlendirmişlerdi, değil mi?" dedi alayla.

"Emin babam, ölmeden Emre'yi bana emanet etti. Onu hastanede bırakırsam en başta vasiyetine ihanet etmiş oluyorum."

"Sen, o emanete fazlasıyla sahip çıktın. Yerinde başkası olsa çoktan kendine yeni bir hayat kurmanın peşine düşerdi, kocasının doktoruyla kavga edip ofisini dağıtmazdı." Muzip bir gülüşle söylediği bu cümleler beni o günkü aşırıya kaçan davranışlarıma sebep utandırmak içindi ve başarmıştı da.

"Özür dilerim o gün olanlar için ama nefes bile alamıyordum artık, ne yaptığımın da pek farkında değildim zaten."

"Emziren anne olmasaydı sana da iyi bir antidepresan ilaç yazardım o gün."

Selçuk Bey alaya devam ederken arkadan "Yeter kızı utandırdığın!" diyen Begüm Hanım'ın sesini duyunca "Begüm Hanım'a selamlarımı iletin." edim.

"Tabii iletirim, sen de Emre'ye benim selamımı söyle. Bunca yıllık tanışıklığımıza benim günlerdir bir kez bile yüzüme bakmazken seninle konuşmaya başladı, bakalım adım geçince tepkisi ne olacak."

Şimdi de Emre'ye takılıyordu Selçuk Bey. Karısı Begüm Hanım da arkadan kocasını tasvip etmediğini belli eden sesler çıkarıyordu. Sonunda "İyi günler." dileyip telefonu kapattığımızda benim de yüzümde bir tebessüm oluşmuştu. Terastaki şöminenin karşısındaki sallanan sandalyeye oturmuş, elindeki deftere her zamanki hayattan izole tavırlarıyla çizim yapan Emre'nin kucağına oturdum. Defteri kapatıp bana baktı uzun uzun. Sanki o mahzun bakışlarından tüm olan biteni görmemi ve onu anlamamı bekliyordu.

"Biraz konuşmak ister misin?" diye sorduğumda yine o tüm kelimeleri tükettiği sessizliğe bürünüp belime sarıldı ve gözlerini kapattı. Bir türlü ona yakıştıramadığım bu suskunluğu yok etmek için "Selçuk Bey'le konuştuk, sana selamı var." dedim. Gözlerini bile açmadığında Selçuk Bey'in şakayla söylediği şeylerin onu da gülümsetip gülümsetemeyeceğini görmek için "Kaç yıllık arkadaşız, kaç gündür benim yüzüme bile bakmadı ama karısıyla konuşmuş hemen diyerek teessüf etti." dedim.

Gözlerini aralayıp içinde kaybolduğum o derin hüzün ile baktı gözlerime. Daha fazla o şekilde bana bakmasını yüreğim kaldıramayacağı için gözlerinden öptüm onu. Emin ağlayıp bizi ayırana dek çatırdayan ateşin karşısında sessizce oturduk. Annelik sanatı gereği hızla bebek odasına gittim. Arkamı döndüğümde Emre'nin de peşimden gelmiş olduğunu görünce "Altına yapmış, hem de çok fena şekilde. Kokudan da anlamışsındır zaten. Mendille temizlemek yerine yıkamak istiyorum, bana yardım eder misin?" dedim.

Hiç düşünmeden Emin'i kucağına aldı ve ortalığı saran kokunun kaynağı kucağındayken yüzünü buruşturmak yerine yarım da olsa gülümsedi. Banyoda, önceden Emin'i yıkadığımız günleri hiç unutmadığını gösterecek şekilde itinayla doğru pozisyonda tuttu onu. İşimiz bitip Emin'i havluya sarmak üzere istediğimde ise bebeği vermeyip havluyu aldı. Sarıp sarmaladığı oğlunu defalarca koklaya koklaya öpüşü yine gözlerimi doldurmuştu. Onu tekrar hastaneye götürmek gerektiğini hatırlayınca tüm araştırma sevdamdan vazgeçtim. Kim ya da ne Emre'nin kriz geçirmesine sebep olduysa olmuştu, şimdi iyileşiyordu işte, daha ne diye kurcalıyordum ki?

İlaçların dozunu iyice azaltmıştım ve bunun da etkisiyle günden güne daha çok hayata dönüyordu. Faruk Amca bile bu durumu anlamıştı. Kaloriferi yakmaya geldiği bir sabah, bizimle kahvaltı etmesi için zor da olsa ikna ettiğimde hiç konuşmayan Emre'ye bakıp "Maşallah yüzüne renk, gözlerine fer gelmiş. Ev iyi geldi, yeğenime." dedi.

Emre sessiz sakin kahvaltısını yemeğe devam ederken içimde tutamayıp "Konuştu bile." dedim.

"Beni mi beğenmiyorsun da şimdi konuşmuyorsun hırbo?" Ben, Faruk Amca'nın dediğine içten şekilde gülerken Emre yine kafasının içindeki dünyada ücra köşelere dalmıştı. Kahvaltıdan kalkınca Faruk Amca, Emre'ye duyurmadan kulağıma "Eve geldiğinden beri hiç dışarı çıktı mı?" diye sordu. Olumsuz anlamda kafamı salladığımda yine o şakacı tavrıyla Emre'ye seslendi.

"Yeğenim, öyle kafam bozuk havası bana sökmez. Bak ben bu yaşımda odun kırıyorum, gel bana yardım et."

Sessizliğinden ödün vermeden amcasıyla hole geçip montunu giydi ve beraber bahçeye çıktılar. Soğuk da olsa hava alıp gökyüzünü görmek ve yakın olan denizin tuzlu kokusunu içine çekmek bence de ona iyi gelirdi. Mutfaktaki işlerimi hallederken onları göremesem de oduna vurulan baltanın tok sesini duyabiliyordum. Yavaş yavaş eski hayatımıza döneceğimizin sinyallerini veriyordu bu ses sanki.

Lust'un kesintisiz havlaması ve birden kulübesinden çıkarak bahçe kapısına doğru koşmasıyla gözlerimi kısarak bahçeye giren kişiyi görmeye çalıştım. Sarhoş olduğu Lust'tan kaçarken zikzak çizmesinden belli olan Mehmet gelmişti yine. Sabahın yedisinde zil zurna sarhoş yine kapımıza dayanmıştı ama bu kez Emre de evdeydi. Hatta elinde baltayla bahçede...

Lust'ın havlaması sadece benim değil, Faruk Amca ve Emre'nin de dikkatini çekmiş olacaktı ki arka bahçedeki kömürlüğün önünden ön bahçeye geldiler. Lust'tan kaçarken elindeki baltayı omuzuna dayamış bekleyen Emre'ye doğru koştuğunu ancak fark eden Mehmet bir an duraksadı ve Lust, o anda üzerine atlayıp zaten sarhoş olduğu için dengesini hemencecik yitiren Mehmet'i yere serdi. Her ne kadar Emre, kafasını kesse bile üzülmeyecek olsam da Emre'yi hastaneye tıkacaklarından korktuğum için mutfak kapısından verandaya çıktım. Mehmet hâlâ üzerindeki köpekle cebelleşip kurtulmaya uğraşırken Emre'nin ötürdüğü tek ıslıkla Lust geri çekilince rahat bir nefes alıp yattığı çimlere kafasını bıraktı.

Emre ve Faruk Amca'nın arasından sıyrılıp yerde yatan Mehmet'in tepesine dikildim. "Nasıl girdin evime?"

"Elif'ciğim..." diye ağzını yaya yaya başladığı cümleyi sarhoş kafasında toplayamadığı için olsa gerek gerisini getirmeden yarım bıraktı. Ben de boşluğuna geçirdiğim okkalı bir tekme ile sorumu yineledim. "Nasıl girdin bahçeme?"

Acıyla inleyip iki büklüm olurken "Demir kapıya tırmandım." diye itiraf etti.

Faruk Amca olanları yeni yeni anlayarak "Rahatsız mı ediyor bu herif seni?" diye sordu.

"Evet, amca. Cenk, bir kez dövüp aldı, götürdü kapımdan. Utanmadan yine gelmiş."

Faruk Amca, çaktırmadan bana ve Emre'ye göz kırpıp "Haneye tecavüz bu herifin yaptığı, kes yeğenim kafasını gömelim arka bahçeye!" dedi.

Mehmet, iri iri açtığı gözleriyle bana bakarken "Zaten yakalansak da mühim değil, Emre'nin ceza ehliyeti yok, hapse de girmez. Bu salağın da beni rahatsız etmekten vazgeçeceği yok. Doğru, diyorsun amcacığım." diyerek onayladım Faruk Amca'yı.

Mehmet daha hiç cevap veremeden Emre omuzundaki baltayı havaya kaldırınca "Allah!" diyerek birden yattığı yerden fırlayıp ardı sıra koşan Lust'a fark attı. Geldiği gibi bahçe kapısını tırmanarak kaçmaya uğraşırken peşinden gitmek isteyen Emre'nin kolunu tuttum. Faruk Amca da "O korku yeter ona, hem ben hep Elif kızımın yanındayım." diye teminat verince havadaki baltasını sakince yere indirerek arka bahçedeki işine döndü.

Emre, yanımdayken bir derdi savmak bu kadar kolaydı işte. Faruk Amca da işle ilgili güzel haberler vermişti. Dükkân tam da istediğim gibi kendi giderlerini karşılayabilecek duruma gelmişti. Elimize artı bir para geçmese de Emre işe dönene dek dükkânı ayakta tutabilmek en önemlisiydi zaten. Arada sırada yaptığım ani baskınlar ve Miraç'ın bana sürekli verdiği raporlar sayesinde atölye tekrar işler olmuştu, çok şükür.

Sanki onu hasta eden ilaçlarmış gibi iyileşme sürecini hızlandırmak için dozunu azalttığım ilaçları tamamen kestim bir sabah. Bu şekilde daha iyi olacağına ve eskisi gibi gündelik hayatına döneceğine inancım tamdı. Bütün gün yine sessiz sakin resim çizdi. Elindeki defter bittiği için boş bir ajandayı bulana dek çalışma odasındaki tüm dolapları karıştırmıştı. Niyeyse çizmek onun için hayati önem taşıyordu, yemek yemek hatta soluk almak gibi vazgeçilmez olmuştu kalemle kâğıda karaladıkları oysa konuşsa hem o rahatlardı hem de ben.

İlaçların işe yaramazlığına olan inancım bir gece sonra yerle bir oldu. Gece vakti ağlayan Emin'in sesiyle uyandığımda Emre yatakta yoktu. Emin'in odasında olduğunu düşündüm ama orada da değildi. Acıktığı için ağlayan oğlumu emzirip yatırdıktan sonra evin içinde Emre'yi aramaya koyuldum. Sonunda mutfakta çekmeceleri karıştırırken onu bulduğumda ne aradığını öğrenmek için "Emre." diye seslendiğimde elinde ekmek bıçağı ile aniden bana döndü. Bana doğrulttuğu bıçak korkup geri sıçramama sebep olurken beni tanıdı ve bıçağı sertçe tezgâha bıraktı. Gözleri kan çanağına dönmüştü ve elleri titriyordu. Selçuk Bey kâbusların onu uyutmadığını söylerken çok haklıydı. Mutfağın ışığını açtığımda kıstığı gözleriyle etrafı taradı. Sanki birinin onu izlediğinden şüphe ediyordu. Mutfağın ortasındaki ada tezgâhın etrafını yerlere bakarak kolaçan ediyordu, sanırım birinin onu yerde sürünerek takip ettiğini sanıyordu.

Güvende hissetmesi için "Kimse yok burada?" dedim.

Varlığımdan haberi olduğu halde sanki mutfağa geldiğimi yeni görmüş gibi dikkatle yüzüme baktı. Sonunda beni tanıdığında "İlaçlarım." diye fısıltıyla söyledi. Kafama göre ilaçlarını kestiğim için çok büyük bir pişmanlık duyuyordum. Kol çantama sakladığım ilaçlarını mutfağı talan ettiği halde bulamamış olması çok normaldi. Bir şişeye su doldurup elimi Emre'ye uzattım. Öylece dikilip elimi tutmadığında "İlaçların yukarıda, yatak odasında." diye belirttim. Elimi tutunca parmaklarımı parmaklarının arasından geçirerek ellerimiz kenetledim. Yukarı çıkınca çantamdan ilaçları çıkarıp avucuna koydum, uzattığım su şişesini almadan yuttu hapları. "Su iç." diyerek tekrar uzatınca titreyen ellerini şişenin üzerinde sıkarak kavradı şişeyi.

Yatağa oturup suyu tek dikişte içti. Kendini sakinleştirmeye çalıştığı her halinden anlaşılıyordu. Sakinleşmesine yardımcı olmak için elinde sıktığı boş şişeyi alıp komodinin üstüne bırakıp saçlarını okşamaya başladım. Yatağın kenarında, ayakta dikildiğim için başı tam göğsüme denk geliyordu. Kalp atışlarımı dinleyebilmek için kafasını yan çevirip başını göğsüme yasladı ve belime sarıldı. Bir müddet sonra tamamen sakinleştiğini belimi kavrayan ellerinden anlayabiliyordum. Kafasını göğsümden kaldırıp beni oturduğu yerde bacaklarının arasına çekti. Pijamamım üstünü yukarı sıyırıp ellerini belimde gezdirirken sanki ilk sefermiş gibi yine o heyecanı hissediyordum. Göbek deliğime beni huylandıran kuş tüyü kadar hafif bir öpücük bırakıp "Zayıflamışsın." diye mırıldandı. Yokluğunda çektiğim ıstırabı hatırlayınca boğazıma yerleşen yumru gözlerimi doldurduğu için cevap veremedim.

Öpücüklerini yukarı doğru sıralayıp pijamamın üstünü başımdan çıkardı. İki göğsümün arasını bir çiçeği koklar gibi koklayıp gözlerini kapatarak derince içine çekti. Bana olan hasreti her dokunuşundan belli, teni tenime kavuşurken gözlerinde bu kez sırrını çözemediğim karanlık hüküm sürüyordu yalnız. Bir kriz daha geçirir mi diye beni saran endişeye rağmen bu geceki yolcuğun dümenini ona bırakmıştım. İçinde taşıdığı hüznü dudaklarıyla bedenime nakşederken sessiz sakin onun sularına çekiliyordum. Dudakları dudaklarımda bir iç çekiş gibi "Elif." dediğinde yine tek beden yine eksik iki ruhun tam olmuş haliydik.

Med cezirinde bakışlarındaki erkeksi havaya bir de kaybolmuş çocuk bakışları eklenmişti. Bakışları bam telimi titrettiği için gözlerim dolmuştu. Pek çok kez birlikte olmuştuk ama hiç birinde bu kadar özlem dolu ve her duygunun yoğun harmanı bir harmomide olmamıştık. Gözlerini kapatıp kafasını geriye atarken o muhteşem Adem elması boynunda zarafetle süzüldü. Onun esintisine kapılıp kapanan gözlerim ve yaya gibi gerilen sırtımla bedenimde yarattığı fırtınadan kollarına sıkı sıkı tutunarak çıkabildim.

Kolları arasında hâlâ düzensiz atan kalbimin, onun da ritimsiz atan kalbinin sesine karışmasıyla oluşan beste uykumu getiriyordu. Ama bu kadar bana yaklaşmışken ne olduğunu öğrenmeden uyku bana haramdı. Tam kalbinin üstüne bir öpücük kondurup "O gün ne oldu? Ne gördün?" diye sordum. Cevap vermeyip kaburgalarımı acıtacak kadar sıkı sarıldı bana ve saçlarımı öptü. Madem sorularımı cevaplamaya henüz kendini hazır hissetmiyordu, onu zorlayıp üzecek değildim. Nasılsa emin adımlarla ilerliyorduk onun karanlığındaki ışığı bulabilmek için. O gizin üstündeki sır perdesini kaldırmak ve Emre'yi eski neşeli günlerimize döndürebilmek için ne gerekiyorsa yapacaktım.

Sabah namaza kalktığımda benden önce uyanmıştı ve namaz kılıyordu. İlk önce bunun normal hayatına döndüğüne dair bir işaret olduğunu düşünüp sevinsem de ben kahvaltıya gelmesi için zorlayana dek iki saat aralıksız ibadet edince korkmaya başladım. Kahvaltı ederken bile sanki bedeni oturduğumuz masayken aklı bambaşka bir âlemdeydi. Üstelik kahvaltının ardından seccadesine geri dönmüştü. Selçuk Bey'i arayıp dün gece mutfakta ilaçları aramasından başlayarak olanları anlattım. İlaçları kestiğimi duyunca kıyameti kopardı haklı olarak. Kendimi savunmak için "Sadece iki güncük içmedi." dedim.

"Şeker mi onlar? Kafana göre bir vermiyorsun sonra veriyorsun?"

"Siz de şeker gibi avuç avuç ilaç içmesini istiyorsunuz ama!"

"İkimiz de Emre'nin iyileşmesini istiyoruz ama bir tıp fakültesinden diploması olan ben olduğum için benim yöntemlerim sorgulanmamalı diye düşünüyorum!"

"Ben de evlilik cüzdanı sahibi karısı olarak onu sizden çok daha iyi tanıyorum ve yanıldığınız bir nokta var. Emre'yi o gün orda olan birisi tekrar hasta etti, babasının vefatı değil!"

"Az önce utana sıkıla bana, dün gece birlikte olduğunuzu söyleyen sen değil miydin?"

"Evet de ne alakası var bununla?"

"Yani cinsel hayatına sorunsuz geri dönmüş, buna demek oluyor ki senin sandığın gibi o kadınlardan biri yüzünden krize girmemiş."

"Ben, Emre için farklıyım. Size ispatlayacağım o kadınlardan biri onu taciz etmiş."

"Şu an sergilediği radikal dindarlık için ne diyeceksiniz peki Sayın Doktor Elif Hanım(!)"

Kinayeli sözlerini duymazlıktan gelip "Ben de sizi onun için aradım." dedim.

"Namaz kılmayı ona babası öğretmişti. Yeni gelişen bu obsesyon bence babasını özlediğini daha açık şekilde gösteriyor."

"Begüm Hanım, bu konuda ne düşünüyor?"

"O da senin gibi beni eski tezim olan meçhul bir kadın yüzünden tekrar başa döndüğünü düşünüyor."

"Öyleyse kadınların içgüdülerine güvenin."

"Söylediğiniz gibi olsa kadını bulduğumuz an tedavi çok çok daha kolay olurdu."

"Yarın Emin Babamın elli ikisi için Devrek'e gideceğiz ve ben o kadını bulup döneceğim."

"Umarım dediğin gibi olur. Bu arada Emre'yi tekrar hastaneye alıyorum. İlaçlarını tekrar bir düzene sokmak gerekecek zaten."

"Hastaneye gitmek istemezse benimle gelebilir."

"Bu konuda daha öncesinde anlaşmıştık."

"Peki ama tekrar eve gelecek değil mi?"

"Hem bana bıçağı doğrulttu diyorsun hem de tam olarak iyileşmemiş adamı hastaneden almak istiyorsun. Bu kadar tez canlı olma, iyileşmesi için zaman tanı, sabret biraz."

"Anladım, iyi günler."

"Sana da."

Telefonu kapatır kapatmaz hâlâ namaz kılan Emre'nin yanına koştum. Tekrar hastaneye gideceğini bildiğim için ona sıkı sıkı sarılmak istiyordum. Kıldığı nafile namazı umursamadan oturduğu yerde boynuna sarıldım. Bölünen ibadeti ile selam verip soran gözlerle bana baktı. Yaşlı gözlerimi kapatıp "Tekrar hastaneye gitmeni istemiyorum." dedim.

Hiçbir şey demeden kalktı ve kendine hastaneye gitmek için çanta hazırlamaya başladı. Seccade ve tespihini de çantaya özenle yerleştirip fermuarı çektiğinde ağlama krizine girmiş onu izliyordum. Tek başına gitmesine müsaade edemezdim bu yüzden eniştem ve Faruk Amca'yı arayıp gözyaşlarım el verdiğince durumu anlatıp Emre'yi tekrar hastaneye bırakmak için gelmelerini rica ettim. Yarım saate geleceklerdi ve çocuk gibi sevinmiştim Emre'yle geçireceğim o zaman dilimine. Konuşmasa da dediklerimi anladığı için oturup yatak odasındaki josefin koltuğa oturup beklemeye başladı. Yanına oturup aynı özlemi tekrar yaşamaktan korktuğum için yokluğunda içimde biriktirdiklerimi bir bir gözyaşlarıma katarak döktüm.

"Sen yokken işler bile yolunda gitmedi biliyor musun? Sensiz biz öyle kolu kanadı kırık kaldık ki sana ihtiyaç duymadığım tek gün olmadı. Biliyorum senin de derdin var, sırf benim sana ihtiyacım var diye iyi olamazsın ama en azından ne gördüğünü söyle ki sana yardım edebilelim."

Gözlerindeki hüzne rağmen beni büyük bir ciddiyetle dinliyordu ama yine cevap vermeyip kafasını dizlerime yaslayarak yattı. Saçlarını okşarken konuşmaya devam ettim. "Selçuk Bey, babanın üzüntüsünden hasta olduğunu düşünüyor eğer öyleyse babanın yerini tutamasak da ben ve Emin var yanında. Bizimleyken yalnız kalmazsın, birlikte atlatabiliriz. Ama bence sen o gün mezarlıkta birini gördün ve onu bulursak-"

Sözümü keserek bu konu hakkında ilk kez konuştu. "Bulamazsın." dedi.

"Neden?"
"Öyle birisi yok."
"O gün birini görmedin mi?"
"Gördüm. Ama o olması imkânsız. Hiç değişmemişti."
"Kim peki?"
"Bilmiyorum."
"İsmini biliyor musun?"
"Bilmiyorum."
"Olsun gerekirse o köyü talan edip bulacağım onu."
"Olmayan birini bulamazsın."
"Ama az önce gördüm, dedin."
"Kimse yıllar boyunca aynı yaşta kalamaz. Ben gerçekten onu görmedim, sadece beynim bana oyun oynuyor."

Emre, dizimde usul usul ağlarken hâlâ onun yaşayan birini gördüğüme olan inancım hiç kırılmamıştı. Belki çok dediğim dedik biriydim belki de içimdeki o ses bana sürekli aynı şeyi söylediği için ısrar ediyordum ama bu olayı çözmeyi kafaya koymuştum. O kadını bulduğumda ise evire çevire dövmek istiyorum. Nasıl bir vicdansızlıkla küçücük bir çocuğu taciz edebilir insan? İçimdeki hırs ile "O kadına benzeyen birini görmüşsündür belki ya da dediğin gibi yaşlanmamıştır. Ne olursa olsun onu bulup hesabını soracağım, inan bana."

"Olmayan bir kızı bulamazsın." diye yineledi. Zil çalınca da dizimden kalkıp Emin'i beşiğinden aldı ve koklaya koklaya öptü. Oğlunu beşiğe bırakıp eline çantasını alınca ona sıkı sıkı sarılıp defalarca öperken o bir kez anlımı öpüp "Telefonumda büyük mobilya firmalarının bazılarının telefonu var. Zamanın da bazı tasarımlarıma talip olmuşlardı ama satmamıştım. Zorluk ya da yokluk çekme, onları sat. Çizimler bilgisayarımda." dedi.

Şu durumda bile bizi düşünüyor olması içimdeki acıları daha da katlanılmaz kılarken kafamı sallayarak onayladım. Peşinden alt kata inip bahçede onu bekleyen eniştem ve Faruk Amca'ya kapıyı açtım. Beline sarılıp bırakmak istemediğim Emre "Döneceğim Elif'im." diye kulağıma fısıldadı.

Verandanın ortasına çökmüş arabanın gidişini izlerken arabanın arka camından buğulu gözleriyle bana bakan gözleri her bir zerreme işlemişti. Ruhum bedenimden ayrılsa bile o anı unutmayacaktım. Bir kez daha benden kopup gitmişti işte. Ama kendime bir söz verdim. Bu kez dağılıp parçalanmak yoktu. Emre'ye ve yuvama sahip çıkabilmek için güçlü olacaktım. Yarın Devrek'e gider gitmez o kadını bulmak ve Emre'ye hayal görmediğini göstermek istiyordum.

## 22

Emre'nin tekrar gidişiyle yıkılmamam için bana destek olmaya gelen ablama Emre'nin bana bıçak doğrultmasını ve dizime yatıp söylediklerini anlattım. Beni dikkatle dinleyen ablam sözlerim bitince "Buna inanıyor musun peki?" diye sordu.

"Biliyorum, deli saçması gibi dediklerim ama bence Emre sandığı gibi halüsinasyon görmedi. Belki o kadına benzeyen birini görmüştür belki de onu ama birisini gördü."

"Sen inanıyorsan ben sana her türlü desteğim. Seninle Devrek'e gelir, sen araştırırken ben yeğenime bakarım. Ama doğrusunu bulmak için o gün cenazeye gelen herkesi Emre'ye göstermek gerek, onu nasıl yapacağız."

"Fotoğraflarını çekip doktoruna atacağım. Doktoru demişken ben Selçuk Bey'i arayıp bugün anlattıklarını anlatayım." diyerek telefona sarıldım.

Selçuk Bey, telefonum onda kayıtlı olduğu için hemen "Emre, geldi ve yatış işlemlerini yaptık." diyerek lafa girdi.

"Onun için aramadım. Emre, benimle konuştu ve mezarlıkta onu taciz eden kişiyi gördüğünü söyledi."

"Gerçekten mi?"

"Evet, ne sorduysam cevapladı. Gördüğü kişinin gerçek olmadığını düşünüyor ama."

"Neden?"

"Hiç değişmemiş çünkü."

"Bir de ben konuşmaya çalışayım bakalım. Umarım, benimle de konuşur ve bazı sorulara cevap buluruz. Bu arada sen nasılsın?"

"Bu kez daha güçlüyüm. Emre'nin kâbuslarına sebep olan kişiyi bulacağım çünkü."

"Tabii varsa öyle biri. Sen de bunu saplantı haline getirme sakın."

"Bulduğum ve bu olayı aydınlattığım gün tekrar konuşalım."

"Peki, öyle olsun. O süre zarfında Emre, bana emanet."

"Tamam, iyi bakın ona."

"Sen de kendine ve bebeğe iyi bak. Emre'yle konuştuktan sonra tekrar ararım."

"Peki, iyi günler."

Telefonu kapattıktan sonra yarın çıkacağımız yolculuk için hazırlıklara başladım. Emin için hazırladığım çantayı yeni kapatmıştım ki telefon çaldı. Beklediğim gibi arayan Selçuk Bey olduğu için umuda karışmış heyecanım beni sararken "Efendim." dedim.

"Elif, pek de iyi haberlerim yok."

"Ne oldu? Emre'ye mi bir şey oldu?"

"Hayır, o iyi. Sadece bahsettiği kişinin gerçekte olmadığını düşündüğünü söylediğinde sebebini sordum ve o da çünkü onu hastane odasında ve dün gecede mutfakta gördüğünü söyledi. Emre çok zeki bir adam, gördüğü halüsinasyonların gerçekliğine rağmen yürüttüğü mantık sayesinde gerçekle hayali ayırt edebiliyor."

"Yani mezarlıkta da hayal gördüğünü düşünüyor."

"Evet yani o kişi belki de onu mezarlıkta taciz etmişti ve aynı mekan hafızasında-"

Sözünü kesip "İyi de o mezarlığa ilk kez gitmiyor ki. Her yıl üç dört kez annesinin mezarını ziyaret eden bir adam Emre." dediğimde biraz düşünüp fikrini belirtti.

"Biliyorum ama babasının cenazesi ona annesinin öldüğünü çağrıştırmış olabilir."

"Ya da benim dediğim gibi o kadını gerçekten görmüştür."

"Dün gecede sizin evin mutfağında mıydı o kadın?"

Alaycı sorusundaki kinayeyi yok sayarak ciddiyetle cevap verdim. "İlk krize sokan gerçekti. Sonrasında gördükleri ona bağlı kâbus ve hayaller."

"Keşke psikoloji okusaymışsın diyeceğim ama gerek yok, zaten okumadan psikiyatrist gibi tanı koyuyorsun(!)"

"Ben sadece kocamı çok iyi tanıyorum."

"Emre, ilaçlar sayesinde iyileşecek ve evine dönecek inşallah. Sen buna inan gerisine karışma."

"Hayır, hatıralarındaki o kara delik aydınlanmadan asla tam olarak iyi olamayacak."

"O kişiyi gördüğünü söylüyor ama olayı hâlâ hatırlayamıyor. Gerçekten hatırlayabilse tamamen iyileşmesi için iyi olurdu."

"Diyorum ya gerekirse köydeki tüm kadınların fotoğrafını çekip Emre'ye gösteririz ve buluruz."

"Ben artık o kadının köyde olduğunu bile düşünmüyorum ve açıkçası teorin mantıksız geliyor."

"Görürüz!" Artık inada da binmişti bu olay. Hırslı suratımı gören ablam merakla "Hayırdır?" diye sordu.

"Selçuk Bey, sinirimi bozdu. Sen doktor değilsin, benim dediğim gibi olmuştur diye diretiyor. Bana inanmıyor yani."

"O zaman çekeceğin kadın fotoğraflarını ona yollamayalım."

"Neden?"

"İnanmıyor dedin, ya hiç Emre'ye göstermezse fotoğrafları."

"Yok canım, bana inanmıyor ama Emre'nin iyiliğini en az o da benim kadar istiyor, biliyorum."

"Olsun yine de Emre'nin hatırlamasına ve o kadını bulmamıza daha çok yardım edecek birini bulsak daha iyi olur. O doktor benim dediğim doğru diye burnunun dikine giderken onunla iş birliği yapmak pek de fayda sağlamaz bence."

"Aslında bana inanan ve aynı fikri paylaşan bir doktor var."

"Kim? Ondan rica edelim, o yardımcı olsun."

"Selçuk Bey'in karısı Begüm Hanım. Ama o da kadın diye Emre ondan çekinebilir."

"Olsun, sen Begüm Hanım'a söyle, o bir yolunu bulup Emre'ye yolladığım fotoğrafları gösterir."

"Haklısın, dur onu arayayım ben."

Begüm Hanım'ı arayıp planlarımdan bahsettiğimde kocasının

aksine doğru iz üstünde olduğumu düşündüğünü söyledi. "Sen hiç merak etme Elif'ciğim, ben Selçuk'u meslektaşı olarak tüm olasılıkları düşünme konusunda ikna edeceğim ve yollayacağın her fotoğraf için Emre'nin tepkilerini ölçmesini sağlayacağım. Sen fotoğrafları direkt bana at." dediğinde defalarca teşekkür ederek kapattım telefonu. Aydınlanan yüzümle ablama döndüğümde gülümseyerek "Kadın dayanışması işte." dedi.

Gece Emre'nin yokluğuyla soğuyan yatakta dönüp durmuş ama hiç uyuyamamıştım. Buna rağmen yine sabah namazla uyandım ve erkenden yola çıkılacağı için çantaları arabaya yerleştirdim. Faruk Amca geldiğinde de yola çıktık. Ablamlar kendi arabasıyla geliyorlardı, annemler ise bana gönül koydukları için gelmiyorlardı. Zerre üzülmedim bu duruma çünkü Emre'nin kâbusu o kadını bulmaya odaklanmışken zaten annemleri çekemezdim hiç. Eniştem ise olaya başka bir açıdan bakıyordu. "Seni soyan oğullarını affetmesin asıl onlar. Senden özür dileyeceklerine bir de saçma sapan küsüyorlarsa bırak küs kalsınlar, daha hayırlıdır." Eniştem ve ablam hırsızlık olayında benden tarafa olup Tufan'ın yakalanmasına yardımcı oldukları için annemler onlarla da konuşmuyorlardı ve eniştem de hırsız oğullarını korumalarına haklı olarak anlam veremiyordu. Tufan'ın benim altınlarımı çalması olayını duymayan kalmamıştı ve tüm eş dost, akraba beni haklı görüyordu bu olayda. Annemler hariç tabii.

Ama dediğim gibi bu kez gerçekten umurumda değildi. Onların varlığı dertti sadece bana, yoklukları ise huzur. Yolda Emin uyuyunca çantamdan Emre'nin giderken evde unuttuğu ilk defteri çıkardım ve bir ipucu bulmak ümidiyle incelemeye başladım. Hep aynı kalabalık insanların içinde uzakta bir kadın karalaması vardı. Doğru düzgün bir anlam ifade etmeyen karışık şekiller sayfalarca devam ediyordu. Sonunda sıkılıp defterin sayfalarını hızla döndürdüğümde son sayfadaki bir çizim dikkatimi çekti ve hemen orayı açtım. Resmi görmemle gözlerim dolması bir oldu. Emin'i emzirirken beni çizmişti. Emzirme koltuğunda kucağımda beni emen Emin'le uyuyakalmıştım. Emre'nin resmin altına attığı tarihe bakınca üç gün önce olduğunu anladım. Gerçekten de o sabah o şekilde uyuyakalmıştım. Onun ellerinden çıkan suretim yorgun ama tüm sıkıntıların izlerinden uzak, huzurlu bir ifadeye sahipti. Emin ise her zamanki gibi masum ve çok tatlıydı. Sayfayı özenle defterden yırtıp ayırdım. Bu defterdeki karanlık anı parçalarıyla aynı yerde durmamalıydı çünkü bir gün bu defteri yakıp o karanlık anılarla beraber kül edecektik ama bu güzel kare daima kalmalıydı. Gözyaşlarımın kâğıda damlamamasına özen göstererek kadını çantanım öndeki bölmesine yerleştirdim.

Ertesi gün mevlide gelen tüm kadınları ablamla birlikte tek tek çaktırmadan telefon kameralarıyla çektik. Bir iki kadın fotoğraflarının çekildiğini fark edince ablam üzgün bir yüz ifadesi takınarak türlü bahaneler uydurdu. "Rahmetlinin elli ikisinden hatıra kalsın diye çekiyoruz. Şimdi oğlu hasta, çıkınca göstereceğiz ki üzülmesin babamın elli ikisini göremedim diye."

Bir daha kimse de sorgulamadı fotoğraf çekmemizi hatta kadınlardan başındaki yazmayı düzeltip gülümseyerek kameraya poz verenleri bile vardı. Milletçe öyle garip insanlarız ki, iyi niyetten mi saflıktan mı bilmiyorum ama kim ne dese bir avuç tuzla koşmaya hazır bir zihniyet yerleşmişti insanımıza. Sorgulamamak küçük yaşta öğretiliyordu bizim kültürümüzde. "Çocuklar her şeye karışmaz! Çok soru sorma ayıptır! Büyük ne derse doğrudur." Bu tarz cümleleri duya duya büyürken kendi iradesiyle düşünüp kendi doğrularını bulmaya çalışan bir neslin yetişmesini beklemek olmazdı tabii. En azından kendi adıma, oğlumu büyütürken onun dünyayı keşif hevesini daima destekleyip sorduğu sorulara doğru düzgün cevaplar vereceğim diyebilirim.

Araştırmacı ruh kanıma girdiği için mi Emre eve kısa süreli de olsa geri dönmüş olduğu için mi bilmiyorum ama artık yıkılmış hissetmiyordum. Ben güçlü olmalıydım ki yuvam ayakta kalabilsin ve Emre'nin derdine deva olabileyim diye çektiğimiz her fotoğrafın netliğini kontrol edip Begüm Hanım'a atıyordum. Begüm Hanım da hiç vakit kaybetmeden Selçuk Bey'in resimlere Emre'ye göstereceği bir seansa eşini ikna etti. Akşam heyecanla Emre içlerinden birini tanıdı mı diye beklerken cevap olumsuz olunca kısa süre için yerleştiğimiz

Emre'nin anneannesinden kalma eski köy evinin bir divanına çöktüm. Ablam düşünceli halime kızıp "Ne bu surat?" dedi.

"Olmadı, bulamadık." diye mırıldanıp dolan gözlerim akmasın diye parmaklarımla biriken yaşları temizledim.

Ablam, beni omuzlarımdan tutup sertçe kendine çevirdi. "Senin sorunun bu işte!" dedi, benim anlamadığım şekilde ve açıklayarak devam etti. "Önyargılısın, peşin hükümlüsün. Emre'yle evlenmeden önce de ağladın zırladın, kendini perişan ettin. Niye? Millet deli diyor diye. Hiç demedin, bir de ben tanışayım bu çocukla, nasıl biridir, halden sözden anlar mı? Senin kafanda kurduğun daha önemliydi ya Allah'ın sana hayırlısını nasip edeceğine bile inanmadın. Şimdi de aynı şeyi yapıyorsun. Hemen olmadı, bulamadık diyerek ağlamaya başladın. Nerde o her şeye kafa tutan kız? Onu çağır çünkü bu sulu gözle olmaz bu işler!"

Ablama yaşlı gözlerime inat kocaman gülümseyerek sarıldım. Kim demiş anne olmak için doğurmak gerekir diye? O, en ufak derdimde kucağına sığındığım benim küçük annemdi. Sıkı sıkı sarıldıktan sonra verdiği morale bir de akıl ekledi. "Ne belli cenazeye her gelenin mevlide de geldiği? Sizin araba burada kalır, nasılsa sen kullanmayı biliyorsun. Murat, Faruk Amca'yı da alıp Kilimli'ye geri döner. Biz, çocuklarla bir hafta daha burada kalabiliriz. Sen de elinde makine hane hane gezip tüm köydeki kadınları bulup resmini çekersin. Baktık Emre, hiçbirini tanımadı bu kez civar köyleri ziyaret ederiz. Ama yılmak, pes etmek yok, en azından tüm yollar tükenmeden."

"İyi ki varsın ablam benim."

Ablamın o gün dedikleri ile hiç vakit kaybetmeyip zaten çok fazla evin olmadığı köyde her evi ziyarete başladım. Sözde yeni gelin olarak rahmetli kayınvalidem Mihriban Hanım'ın akrabalarını ve komşularını ziyaret için konuk oluyordum evlere. Adamların çoğu gündüzleri işlerinde güçlerinde ya da emeklileri kahvede oldukları için gittiğim her evde hep kadınlar oluyordu zaten. "Sizleri çok sevdim, hep birlikte bir fotoğraf çekilelim olur mu? Hatıra kalsın." dediğimde zaten kimse itiraz etmiyordu. Kapısını çalıp da evinde bulamadıklarımı manzarayı çeker gibi yapıp yolda yakaladığım yerde çekiyordum. Köy meydanında yaptıkları kardan adamın etrafında oynayan çocuklar fotoğraf çektiğimi anlayınca "Bizi de çeksene abla." dediklerinde tüm stresli uğraşıma rağmen gülümseyerek "Tamam, yan yana geçin bakalım." dedim.

"Muro'yu da al abla ama." diye atıldı bir küçük erkek çocuğu hemen.

"Tamam, o da gelsin yanınıza."

"Muro, kardan adamın adı." diye bir kız bilmiş bilmiş dediğinde hepsi gülüştü.

"O zaman siz Muro'nun yanına gidin."

Hepsi güle oynaya kardan adamın etrafına dizilip poz verdiler. Çocuklara, gözlerindeki ışıltıyı görerek bakabilmek her zaman insana umut aşılayan paha biçilemez bir şeydi. Öyle ki akşam fotoğrafları için Begüm Hanım arayıp yine tanıdığı kimse olmadığını söylediğinde resimlerden yollamadığım var mı diye kontrol ederken çocukların olduğu kare gözüme takılınca yüzümde bir tebessüm filizlendi. Hâlâ umut vardı, daha civar köyleri de ziyaret edecektik.

Köyden bir ablaya danışıp diğer köydeki kadınları nasıl bir araya toplarız diye sorduk. Kadının niye böyle bir şey yaptığımıza anlam veremese de "Hayrat için bir şey dağıtırsan herkes köy meydanına üşüşür." dedi.

Ablam, aklına yatan bu fikirle "Bir hayvan alıp kestiririz. Hem Emre'nin iyileşmesi için Allah'a adak olur hem de bedava kavurma ekmeği duyan köy meydanına gelir." dedi.

Aklı veren abla "Yol kenarına yakın, sapağın orada dağıtın bence. O zaman bir sürü köy duyar oraya gelebilir." dedi.

"Kavurma ekmek için yalnızca kadınlar sıraya girsin de dedik mi tamamdır." dediğimde bize yardımcı olan abla merakla "Niye kadınları toplamaya uğraşıyorsunuz?" diye sordu.

Hemen "Canım derdimiz o değil ki." dedim. "Erkekler sırada hır gür çıkarır diye kadınlar sıra olsun diyoruz. Kalabalığı toplamak isteme amacımız da daha çok kişi et yesin ki sevabı, dua edeni bol olsun." diye bahaneler sıraladığımda saf kadıncağız "Tabii tabii öylesinin sevabı daha bol." dedi inanarak.

Ablamla kolları sıvayıp köy muhtarının ve kadınlarının da yardımıyla adak kurbanı kestik ve kavurmayı yanında döktürdüğümüz lokmalarla tam da denilen kavşakta dağıtmaya başladık. Köy muhtarı diğer köylere haber yollamış olduğu için bedava eti duyan koşup gelmişti. Muhtara "Kadınlar gelsin sıra olsun, adamlar kavga eder sırada falan hır gür olmasın." dediğim için erkeler köşede beklerken kadınlar sıra olmuşlardı. Ben de hiç durmadan her ekmeği almaya gelen kadını yakından net bir şekilde çekiyordum. Muhtarın bana bakışı "Bu da kocası gibi hafif terelelli." anlamını çok net şekilde taşıyordu.

Kadınlar asıl çirkef olan oldukları için çok geçmeden beni utandıracak şekilde sıra kavgasına tutuştular.

"Ne deye önüme geçeyon?"

"Uyduma, burası saten benum yerüydü."

"Yalancu mu deyon sen bağa?"

"Hee nolmuş?"

"Bak hele hem hırsuz hemi de arsuz!"

"Kime arsuz deyon yolsuz!"

"Yolunca seni indi, yolluyu yolsuzu görüysü!"

Kadınlar saç baş birlerine girerken ben, olur da kavgadan sonra kavurma ekmek almadan sıradan çıkan olur diye kavga edenlerin fotoğraflarını çekmeye başladım. Muhtar az önceki bakışını dillendirir şekilde "Hasbinallah! Köy yanar deli taranırmış!" diye söylendi. Onu umursamadan hızlı hızlı gördüğüm her kadını yüzü gözükecek şekilde fotoğraflamayı başardım.

Akşam olmadan fotoğrafları Begüm Hanım'a yolladım ama sonuç yine hüsrandı. Begüm Hanım inceliğini gösterir şekilde "Canım maalesef hiçbirini tanımadı hatta umursamadı bile." dedi kibarca.

"Anladım, kadını bulamadık öyleyse."

"O kadar çok fotoğraf yolladın ki oradaki tüm kadınları bulmuşsun zaten o yüzden kendini suçlama, lütfen."

"Ama o kadını bulamadık, saklanıyor sanırım."

"Ya da şu an öyle birisi olmayabilir."

"Anlamadım?"

"Emre, az önce Selçuk'a 'Boşuna aramayın, bulamazsınız. O aslında yok, biliyorum. Hiç büyümeyen, yaşlanmayan insan olur mu?' demiş durmuş. Emre, şu an hastalığı atlatma aşamasında ve gördüklerinin hayal olduğunun yavaş yavaş farkına varıyor. Sanırım Selçuk en baştan itibaren haklıydı ama biz her ihtimali değerlendirerek iyi yaptık bence."

"Kadını ya da olayı hâlâ hatırlayamadı ama."

"Bunun için hipnoz yöntemini önerebilirim ama bunun için de doğru doktoru bulmak gerek. Çünkü hipnozda uzman kişiyi bulmak hayli güç. Biraz araştırırsak iyi bir uzman bulabiliriz tabii."

"İyi olacak olsun da yurtdışına bile gideriz gerekirse."

"İnan bu süreci kolay atlattı sayılır ve senin sayende başardı. Ona olan sevgin ve sana duyduğu sevgi onu gerçekliğe bağlıyor. Lütfen iyi olacağına inan, kendini üzme."

"Peki, teşekkürler."

O akşam ablam Kilimli'ye dönmek üzere çantalarımızı toplarken ben de hüsranla hipnoz yöntemini internetten araştırdım. Yöntemi uygulayan doktorlar vardı ama hastalardan memnun kalan pek yoktu. Sanal ortamdaki pek çok forum ve sitede hasta yorumları tedavi olamadıklarını dile getirmişlerdi. Doktorlar ise sigarayı bıraktırmadan fobilerin tedavisine dek birçok konuda hipnoz ile tedavi yaptıklarını reklam etmişlerdi. Hipnozun da kesin sonuç vereceğinin garantisi olmadığını anlayınca sıkıntıyla telefonu bıraktım. Emre'nin defterine uzandı elim ve sayfaları inceleye inceleye deftere göz gezdirmeye başladım. Bulunduğumuz sobalı, eski köy evinin içinde oradan oraya koşturan Nil'e ablam "Dur kızım, ayakaltında dolaşma, sobaya düşeceksin! Küçücük boyunla darmaduman ettin yine ortalığı!" dedi.

"Ben abla oldum, küçük değilim. Emin küçük, o koşmasın."

Nil'in annesine karşılık verişini tatlı bir tebessümle izlerken bir ablamın söyledikleriyle aklıma bir detay takıldı. Defterin sayfalarını hızla çevirerek kadın siluetinin olduğu bir sayfayı buldum. Bu siluet, kâğıtta en öne çizildiği halde arkasındaki gölgeli kalabalıktan kısaydı, uzun saçları ve eteği ile bir kadındı ama hiç vücut hattı yoktu. Emre gibi mobilya çizimiyle uğraşan ve her açıdan perspektif yakalayabilecek beceri ve el alışkanlığına sahip birisinin alelade yapacağı bir hata olamazdı bu. Bu fikir aklıma düştüğü an Emre'nin "Olmayan bir kızı bulamazsın." demesi geldi aklıma. Begüm Hanım da daha birkaç saat önce Emre'nin, "Hiç büyümeyen, yaşlanmayan insan olur mu?" dediğini söylemişti. Bu bir kadın değildi, bir kız çocuğuydu...

Elim yaşadığım şaşkınlıkla ağzımı kapatırken yüzüm nasıl bir şekil aldıysa ablam, "Hayırdır, Elif?" Kötü bir şey yok ya?" diye sordu.

Keşfettiğim şey ile kalbim sıkıntı ve heyecan karışımı bir gerilime ayak uydurmuşken "Abla sanırım bir şey buldum." dedim. Defteri uzatıp "Emre konuşmuyorken hep bunları çizmişti. Bak şunu hep kadın sanıyordum ama diğerlerinden kısa ve vücut hattı yok." dedim hızlı hızlı.

Ablam defteri elimden alıp incelerken "Belki iyi ve detaylı çizmeyi beceremiyordur." deyince çantamın ön gözüne özenle koyduğum resmi çıkardım. "Bunu çizen adam mı beceremiyor?"

Ablam, Emin'i emzirirken olan karakalem resme hayretle bakıp "Ressam gibi çizmiş aynı, sanki fotoğraf." dediğinde "Ben de onu diyorum işte," dedim. "Bu bir kadın değil, kız çocuğu resmi."

Ablam düşünceli bir şekilde defteri kendi kol mesafesi boyunca uzaklaştırarak ve gözlerini kısarak bakmaya başladı. Gördüğü şeyle "Tövbe estağfurullah." diyerek defteri indirince "Küçük kız sence de değil mi?" diye sordum heyecanla.

"O küçük kız mı bilemem ama karşı sayfadaki şey... Tövbe ya rabbim..."

Defterdeki karşı sayfaya baktığımda daha önce de birkaç sayfada karşılaştığım tuhaf çalılık benzeri karalamayı gördüm. "Çalılık gibi ya da karalama mı desem..." dediğimde anlam gözlerini inanamayarak açıp bana baktı. Benim göremediğim ne görmüş olabilir diye karalamaya tekrar baktım ama yine bir anlam ifade etmeyince ablama "Sen ne görüyorsun ki bu resimde?" dedim.

"Şey."

"Ney?"

"Şey işte! Tövbe tövbe! Söyletme işte bana!"

Ablamın tövbekâr olan hacı misali sürekli tövbe etmesi ve gördüğü şeyi açıkça dile getirememesi üzerine cin gördüğünü düşünüp "Üç harfli mi var sence resimde?" dedim.

Ablam aptallığıma isyan edip "Hayır, iki harfli!" dedi.

"Ya abla iyice şapşal ettin beni, anlamıyorum. Söylesene, ne görüyorsun?" diye isyan ettiğim ablam bakışlarını kendi vücudunda aşağı indirerek "Şey işte! Söylettirme küçücük çocuğun yanında bana." dedi.

Merakla annesi ve beni dinleyen Nil'e gözüm kaydığında ablamın Nil'in yanında demek istemediği ve gözüyle işaret ettiği şeyi sonunda anladım. Ağzım bir karış açılıp defteri tekrar elime aldım ve resme edindiğim yeni bilgiyle baktım. Ablamın ima ettiği şekilde bu bir kadının bikini bölgesiydi. Resimde benim küçük çalılığın sapı sandığım yer iki bacağın birleşim noktasıydı. Üst kısımda V şeklindeki dal zannettiğim çalılıklar ise kıldı. Resim yakın plan çizildiği ve bacakların dış hattı çizilmediği için ablam söyleyene dek hiç anlam verememiştim bu şekilde. Sayfaları hızla çevirip benzer resimleri bulduğumda ise artık emindim; bu Emre'nin kâbuslarından bir kareydi. Edindiğim yeni bakış açısıyla göz irisi zannettiğim çizimlerinde göğüs ucu olduğunu anladım. Ama bu göğüsler bir kadının göğsü kadar şişkin ve olmadıkları için ben ilk gördüğümde yaratık ya da oval çevreli göz sanmıştım. Ablama parmağımla sayfadakileri işaret edip "Bunlar da göğüs." dedim. Ablam başıyla onaylayarak düşünceli bir şekilde dudağını kemirdi. "Nil'i uyutayım, rahat rahat fikir yürütüp konuşuruz." dedikten sonra kızını kucağına alarak uyuduğumuz yan odaya geçti.

Defterle baş başa kalınca her karesini dikkatle inceleyerek daha çok ipucu bulabilmeye uğraştım ama bulduğum tek yeni şey; her sayfanın sonundaki bir rakamı oldu. Acaba bunun manası neydi?

Ben derin düşünceler içinde Emre'nin bile anlam veremediği kâbus karelerini anlamlı bir bütünde birleştirmeye çalışken zamanın nasıl geçtiğini anlamamıştım. Yanıma gelen ablam "Var mı dikkatini çeken yeni bir şey?" diye sordu.

"Sadece şu bir rakamları." diyerek her sayfanın ucuna iliştirilmiş birleri gösterdim.

Ablam dikkatle baksa da ona bir anlam çıkaramadı ve gizemini çözdüğümüz diğer resimlerden bahsetmeye başladı. "Sen çocuk diyorsun ama kıl var ve göğüs... Belki zayıf ve kısa bir kadındır."

"Cüce gibi mi?"

"Olabilir."

"Köyde cüce varsa ya da zamanında burada bir cüce yaşadıysa bilirler, yarın sorarız."

"Belki büyümeme hastalığı olan biridir."

"Öyle bir hastalık mı var?" diye şaşırarak sordum.

"Televizyonda görüştüm bir kez, hep çocuk gibi gözüken ama aslında yetişkin olan bir adamı göstermişlerdi."

Ablamın dedikleri ile aklıma gelen korku filmini hatırladım. Yetimhaneden alınan küçük bir kız aslında otuz yaşında bir kadın çıkıyordu. Evin babasına göz koyduğu içinde kadını ve çocukları öldürmeye çalışıyor ama sonunda kızı evlat edinen kadın olayı çözüyordu. Filmden kareler gözümün önüne serilirken ablamın anlattıkları mantıklı gelmeye başlamıştı ama filmdeki kız evdeki küçük oğlan çocuğuna değil de yetişkin babaya göz koymuştu. Yani çocuk gibi gözükse de yetişkin gibi dürtülere sahipti. Bu kısım kafamı kurcalarken ablama dönüp "Köylü, hiç büyümeyen kadını da hemen bize gösterebilir." dedim.

"Tabii ki öyle birini kim unutur ya da bu küçücük köyde tanımaz?"

Sabahı zor ederek yatakta bir o yana bir bu yana döndüm. Öyle ki gece Emin her ağladığında zaten uyanıktım. Sabah olur olmaz da muhtarından, yaşlısına hatta en dedikoducusuna kadar gördüğümüze köyle cüce ya da yıllardır çocuk gibi gözüken var mı diye sorduk. Ama ne bu köyde ne de civardaki köylerde hiç öyle birisi yoktu ne şimdi ne de daha önce yaşayan. Benim çocuk teorime mecburen geri dönmüştük ve elimdeki çocukların kardan adam etrafında toplandığı tek fotoğrafı Begüm Hanım'a yollayıp Emre'nin çizimlerini deşifre ettiğimizi anlatan bir mesaj yazdım. Çektiğim ilk fotoğraftaki çocuklardan biri olmasına ihtimal vermediğim için köy okulunu ziyaret edip teneffüste bahçede oynayan çocukların fotoğraflarını çekmeye başladım. Hâlâ bir cüce kadının Emre'yi taciz ettiğini düşünsem de elimden geleni yapmak adına saçma olsa bile çocukları da zanlı listesine eklemiştim. Oysa Emre'nin yaşını hesap edince bu çocukların çoğunun doğmasına bile yirmi yıla yakın süre gerekiyordu. Ben imkânsızın peşinde kafaya taktığım cüce meselesini düşünürken Begüm Hanım aradı.

"Efendim Begüm Hanım."

"Ben Selçuk."

"Pardon Selçuk Bey. Cüce teorimden bahsettim Begüm Hanım'a, anlattı mı size bilmiyorum ama size de mantıklı gelmedi mi?"

Şaşırarak "Cüce?" diye sorgulayınca "Hani çocuk gibi gözüküp büyümeyen kişiler var ya." diye açıkladım.

"Lorain tipi cücelikten mi bahsediyorsun?" dedikten sonra birden aceleci bir ses tonuyla "Neyse onu boş ver şimdi. Çektiğin şu çocuklar…" diyerek başka bir konuya geçti.

"Ne olmuş?"

"Emre, o fotoğrafı görünce krize girdi. Ama hastanede olduğu için hemen kontrol altına alıp sakinleştirici verdik, şimdi uyuyor." Ben hayretle Selçuk Bey'i dinlerken o, beni rahatlatmak için "İyi merak etme." diyerek anlatmaya devam etti. "Kardan adamın etrafında bir sürü çocuğun fotoğrafını çekmişsin, o fotoğraftaki çocukları bulup tek tek çek. Bakalım hangisi Emre'yi bu kadar korkutan?"

"Çocuklardan biri cüce mi yani?"

"Sanmıyorum. Begüm senin cüce teorinden bahsetti ve fotoğraftaki çocuklara inceleyerek baktık. Bence hepsi yaşının gerektirdiği şekilde çocuk."

"Ben şimdi köy okulunun bahçesindeyim zaten."

"Öyleyse tek tek çocukların resimlerini bekliyorum senden."

"Tamam, Emre'ye iyi bakın lütfen."

"Gözün arkada kalmasın. İyi günler."

"Size de."

O fotoğrafı tekrar bulup iyice inceledim ve bahçede koşturan çocuklardan birini tanıdım. Bana, onları çekmem için rica eden çocuktu bu. On yaşlarındaki oğlan çocuğuna seslenip yanıma çağırdım.

"Buyur fotoğrafçı abla." diyerek yanıma koştu.

"O gün kardan adamla fotoğrafınızı çekmiştim ya şimdi de sizleri tek tek çekmek istiyorum. Arkadaşlarını çağırır mısın? Ama o günküleri sadece."

"Tamam abla. İnternete mi koyuyorsun resimleri? Öyleyse yakışıklı çek beni."

"Tamam, merak etme sen." dedim gülümseyerek. Toplum olarak içimize işlemiş sosyal medya çılgınlığının, köydeki çocuklara dek yayılmış olması Emin'i büyütürken internetle kaç yaşında ve ne şekilde tanıştırmalıyım sorularını aklıma düşürmüştü. Bunu araştırmayı aklımın bir köşesine yazarken arkadaşlarını çağırmak için koşa koşa giden çocuk aynı hızla yanında bir grup çocukla geri döndü. Kızlardan başlayarak hepsini fotoğrafladım ve tek tek Selçuk Bey'e yolladım. Emre, uyanır uyanmaz fotoğrafları göstereceklerini söyleyip telefonu kapattı. Eve dönüp gergin bir şekilde beklemeye başladım. Volta attığım köy evinin küçük sahanlığında Nil "Deyze otur, başım döndü." diyerek annesinin ona hep dediği şeyi söyledi. Ellerini açıp cümleyi kuruş tarzı bile ablamdı. Çocuklar nasıl da anne babasını rol model alıyorlardı bu yaşlarda daha iyi anlamıştım. Nil'i kucağıma alıp iki yanağından sıkı sıkı öperek "Peki çokbilmiş hanım." dedim.

Oturmasına oturmuştum ama içim içime sığmıyordu merak ve endişeden. Emre'nin tüm hayatını kâbusa çeviren kişiyi sonunda bulacaktık ama ya Emre, hatırladığında daha fena olursa diye kurt düşmüştü içime. Telefonumu elime alıp çocukların fotoğraflarını teker teker incelemeye başladım. Hepsi gayet masum, normal çocuklara benziyordu. İçlerinden biri cüce olacak olsa bir gariplik olurdu elbet. Yaşı itibariyle ilkokula gidemezdi bir kere. Ama bu yaştaki bir çocuğun dört yaşındaki Emre'ye zarar vermesi de mantık çerçevesine sığmıyordu. Kafamda evirip çevirdiğim sorularla fotoğraflara bakarken kız çocuklarından birisini tanıdım. Bu cenaze defnedilirken büyükannesinin eteklerine yapışıp Emre'den korktuğunu söyleyen kızdı. Selçuk Bey'in dediği gibi kadınlar cenazenin başından itibaren ordaydı yani yanlış düşünmüştüm ta en başından. Kadınlardan değil, mezarlığa aniden gelen çocuklardan biriydi. Belki de bu kızdı…

Telefonun galerisinden çıkıp Selçuk Bey'i aradım aceleyle ve ilk çalışta "Ben de seni arıyordum." diyerek açtı.

"Kızı buldum sanırım."

"Emre, yarım saat kadar önce uyandı ve biz de bulduk."

"Üstünde asker yeşili mont olan kız değil mi?"

"Evet, o. Sen nasıl anladın?"

"O kızı cenaze günü mezarlıkta görmüştüm. Emre, nasıl peki?"

"İyi sayılır. İlk tepkisine nazaran sakinleştiricinin de etkisiyle daha küçük tepkiler verdi."

"Hatırladı mı?"

"Bu kızı tanıyorum, beni boğmuştu, dedi. Ama olayı net şekilde hatırlayamıyor hâlâ. Bir de kafası karışmış şekilde tabii. Hiç kimse daima çocuk kalamaz çünkü."

"Cüce mi peki sizce bu kız?"

"Fotoğrafta on bir on iki yaşlarında bir kıza benziyor. Hatta boyunun yaşıtlarından ve tabii bir buçuk metreden bile uzun oluşuyla rahatlıkla diyebilirim ki Lorein ya da herhangi başka bir tipte cüce değil. Çocuk endokrinolojiden bir arkadaşa da danıştım üstelik."

"Resimden böyle bir şey anlaşılabilir mi?"

"Genel tabirle boyu bir metreyi geçmeyenlere cüce denir. Bu kız şimdiden neredeyse bir buçuk metre. Endokrinolog arkadaşım ilerde uzun boylu olabileceğini bile söyledi."

"Öyleyse nasıl Emre, bu kızdı diyebilir?"

"Hâlâ köyde olan sensin, bunu araştırma görevi senindir. Ben de Emre'nin hatırlayabilmesi ve rahatlayabilmesi için seanslarını sıklaştıracağım."

"Peki, Emre'ye selam söyleyin benden."

"Tamam, iyi akşamlar."

"Size de."

Telefonu kapatır kapatmaz ablama durumu anlattım ve giyinip muhtarın kapısında soluğu aldım. Küçük kızın fotoğrafını gösterip tanıyıp tanımadıklarını sordum.

"Sabriye Abla'nın torunu bu. Sabriye Abla kim biliyor musun?"

"Hayır."

"Senin kocanın, rahmetli anasının teyzesinin kızı."

Akraba olmaları bile Emre'nin annesinin vefatı ardından onların evinde misafir olmuş olabileceği ihtimalini doğuruyordu. Uzak akrabalık ilişkisini kafamda anlamlandırıp "Mihriban Anne'nin kuzeni yani?" diye sordum.

"Evet."

"Peki, evleri ne tarafta."

Muhtar, evi tarif etse de patika yollar dışında bir işaret olmayan köy yerinde adresi anlayamadığımı fark edince karısı, sırtına bir hırka geçirip önüme düştü. Ev görüş mesafemize girince "Bu ev gızım." diyerek işaret etti. "Teşekkürler."

Soğukta daha fazla beklemeyip evine dönen muhtarın karısının ardından baktıktan sonra karda bata çıka tek katlı, eski eve yürümeye başladım. Derin bir nefes alıp kapıyı tıkladım ve içime oturan karanlığa aldırmadan kararlılıkla beklemeye başladım. Sonunda kapı açıldığında ellilerinde bir kadın kapıyı açtı. "Hayırdır gece gece?" diye sorunca ilk başta ne diyeceğimi bilemeyerek öylece dikildim. "Kapı açık kaldı, ev soğuyor kızım. De ne diyeceksen!"

"Şey... Ben... Şey için gelmiştim."

"Geveleme de hele!"

Teyze yavaş yavaş sinirlenmeye başlamıştı. Biraz daha cümleleri toparlayıp söyleyemezsem kapıyı yüzüme kapatması an meselesi olacaktı. Bunun paniği ile "Siz Emre'nin annesinin kuzeniymişsiniz." dedim.

"Hangi Emre?" diye bilmiyormuş gibi söylese de birden yüzü değişmişti.

"Rahmetli Mihriban annemin teyzesinin kızıymışsınız, muhtar dedi." diyerek direttiğim de "E ne var bunda?" dedi.

Kadının soğuk tavrı ve tedirgin tavırları hoşuma gitmediği için kaşları çatıp "Mihriban Anne öldüğünde Emre sizde misafir oldu mu?" diye imalı şekilde sordum.

"Emre kim? Tanımıyorum." diye yinelediğinde artık sabır taşım taşmak üzereydi.

"Mihriban annemin oğlu, benim eşim aynı zamanda. Hani Emin babamın cenazesinde rahatsızlanan adam."

"Gelmedim ben cenazeye falan, bilmiyorum." dediği an yalan söyleyip bir şeyler sakladığına emin oldum.

"Yaşınızdan başınızdan utanın! Niye yalan söylüyorsunuz? Ben sizi o gün mezarlıkta gördüm."

"Ne yalan diyeceğim be sana! Gece gece kapıma dayanmış yalancı diyor bir de! Edepsize bak!"

"Oradaydınız! Torununuz yanınıza geldi, kızdınız niye mezarlığa geldi diye hatta."

"Gece gece belanı bizden bulma!" diyerek kapıyı birden suratıma kapattı. İlk şoku atlatır atlatmaz hemen kapıyı yumruklamaya başladım ama kadın inatçı çıktı. Kaç dakikadır yumruklarımla inlettiğim kapıyı açmıyordu. Ablam arayıp Emin'in acıktığı için ağladığını söylediğinden mecbur geri döndüm eve. Kar tanelerinin eve saçılmasına sebep olacak hışımla beremi ve atkımı çıkardığımda ablam "Çok sinirlisin, ne oldu?" diye sordu. Ağlayan Emin'in sesini duyunca "Çocuğu uyutayım da anlatırım." diyerek odaya doğru ilerledim. Nil, koşarak beni sahanlıkta karşıladı. "Deyze, Emin acıkmış, çabut olur musun?" dedi o cimcime havasıyla. Saçlarımdaki karları görünce ablama dönüp "Anne, kara gidelim." diye sızlandı. Ablam, Nil'i kucaklayıp "Gece oldu tatlım, şimdi uyuyalım. Yarın sabah oynarız ." diyerek kızını alıp yan odaya geçti. Ben Emin'i yerine yatırırken ablam geldi. "Uyudu mu teyzesinin yakışıklısı?" diye fısıltıyla sordu. Başımı sallayıp onaylayarak ışığı kapatıp odadan çıktım. Sahanlıktaki eski divana kurulur kurulmaz ablam merakla "Ne oldu? Öğrenebildin mi bir şeyler?" diye sordu.

"Hayır, kadın beni içeri bile almadı!" dedim sinirle.

"Birden suçlayarak mı konuştun?"

"Abla, kadın utanmasa Mihriban kim diyecekti."

"Canım tanımıyordur belki."

"Sen bilmiyorsun tabii. Muhtar dedi ki Sabriye denilen bu kadın rahmetli Mihriban annenin teyzesinin kızıymış, akrabalar yani. Ama Emre'yi tanımadığını iddia etti hatta Emin babamın cenazesinde onu gördüğüm halde yalandan yere ben cenazeye gelmedim, dedi."

"Niye durduk yere yalan söylüyor?"

"Sakladığı bir şey var belli ki."

"Bu kadın mı sence zamanında Emre'ye kötülük eden?"

"Küçük kızdan daha olası ihtimal."

"Kaç yaşında bu kadın?"

"Elli-elli beş yaşlarında. Kız onun torunuymuş."

"Annesi nerede kızın? Onu bulup konuşmayı deneyelim bir de."

"Daha kapısına bile yaklaştırmaz o kadın beni." diyerek hayıflandığımda ablam sırtımı sıvazlayıp "Sen biraz sivri dillisindir, alttan alamazsın. Biliyorum ben seni. Bir de gidip ben konuşurum." dedi.

"Tamam, inşallah öğreniriz şu işin iç yüzünü."

"Amin, kesme ümidini sakın."

Benim için uykusuz geçen bir gecenin daha ardından ablam kahvaltı eder etmez Nil'i de alıp kadının evine gitmek için yollara düştü. Kartopu oynamak için çok hevesli olan Nil, annesinin kucağında hafif hafif yağan kar tanelerini gülerek yakalamaya çalışıyordu. Minik prensesime el sallayıp hayırlı haberlerle dönmelerini ümit ederek kapıyı kapattım.

Bana ömür gibi gelen yarım saatin ardından ablam ve Nil eve döndüğünde heyecanla "Konuşabildin mi?" diye sordum. Ablam, en az benim dün akşamki halim kadar sinirliydi. "Manyak o kadın! Bak gör, kesin Emre'ye ne kötülük edildiyse o kadın etmiştir!"

"Ne dedi? O kanıya nerden vardın?"

"Polise vereceğim sizi, dedi!"

"Ne içinmiş?" diye hayretle sorduğumda daha çok sinirlenerek "Torununun fotoğraflarını çekmişsin diyeymiş." dedi.

"Suç muymuş fotoğraf çekmek!"

"Sapıkmışsın sen, çocuğun fotoğraflarını zorla çekmişsin. Bağırıp durdu. Nil'i korkuttu zaten. O bağırdıkça garibim dönelim diye ağlamaya başladı."

Gözlerindeki nemi yani fark ettiğim Nil'i kucağıma alıp dışarıdan geldiği için soğuk olan yanağına bir öpücük kondurdum. "Korktun mu sen, prensesim?"

"Evet."

"Neden korkuyorsun? Bir şey yapamaz o kadın bize, korkma."

"Annemi döver, beni yerse görürsün." derken boynuma sarılıp tekrar ağlamaya başladı. Isınsın diye Nil'i sobanın arkasındaki eski çekyata oturturken ablama dönüp "Ben de Nil'i korkuttuğu için dava edeceğim onu!" dedim.

"Daha ne için geldiğimi diyemeden kovmaya başladı. İki de bir de kapısına gelip onu rahatsız ediyormuş! Polisi, jandarmayı aratma bana, dedi."

"Torunu okula gidiyor nasılsa? Şimdi okulun oraya gider bulurum kızı. Zaten benim asıl konuşmak istediğim o."

O kadının Emre'ye zarar verdiğine emin oldukça öfkem ve mide bulantım artıyordu ama aynı zamanda bu olayı çözmeye de bir o kadar yaklaştığımı hissediyordum. Okulun önüne gittiğimde öğrenciler derste olduğu için bahçe boştu. Zil çalıp çocuklar bahçeye dağılana dek avlunun kenarında bekledim. Onlarca çocuk arasından kızı arayan gözlerim, aradığını bulamayınca beraber kardan adam yaptığı arkadaşlarından birine seslendim.

"Mavili bakar mısın?"

"Buyur fotoğrafçı abla." diyerek yanıma geldi çocuk. "Fotoğraflar mı çıktı?"

Beni fotoğrafçı zannettikleri için bunu sorması normaldi. "Hayır, ben onları sadece internete koymak için çekmiştim." diyerek çocuğu geçiştirdikten sonra telefonumdan kızın fotoğrafını gösterip "Bu arkadaşını çağırır mısın bana?" dedim.

"Fatma, bugün okula gelmedi." dediğinde aradığım kızın adını da öğrenmiş oldum.

"Neden gelmedi biliyor musun peki?"

"Bugün sekizinci sınıfların deneme sınavı var, ondan gelmemiştir."

"Anlamadım pek, sınavı varsa gelmesi gerekmez mi?"

"Biz yedinci sınıfız, bize sınav yok. Hatta ders de yok o yüzden öğretmenler ses yapmadan sınıfta istediğinizi yapabilirsiniz, dediler bize."

"Ders yok diye gelmedi öyleyse."

"Bugün çoğu kişi o yüzden gelmedi zaten."

"Anladım, teşekkürler canım."

"Ne demek abla." diyerek yanımdan ayrılıp arkadaşlarının yanına giderken ben de evin yolunu tuttum. Eve geldiğimde kafamdaki fikirler birbirini kovalıyor ama hiçbiri doğru yolu bulup sonuca varamıyordu. Ablam tırnak etlerimi kemirerek oturduğu koltukta, yanıma oturup hafifçe elime vurdu. "Kemirme parmaklarını!"

"Dertler içimi kemiriyor, ben de hıncımı böyle alıyorum."

"Muhtar ve karısına mı desek acaba? Onlar belki ön ayak olur."

"Bir de öyle deneriz."

"Bu kadının fotoğrafını çekmiş misin?"

"Evet, Emin Baba'mın elli ikisine gelmiş. Orada çektiğim bir fotoğraf var."

"Emre'ye göstermişler mi o fotoğrafı peki?"

"Az önce mesaj atıp sordum Selçuk Bey'e, akrabamız demiş Emre. Kadını tanıyor ama onunla ilgili travmatik bir şey hatırlayamıyormuş."

"Büyü falan mı yaptırdı ki Emre'ye bu kadın?"

"Abla lütfen kocakarılar gibi sen de…"

"Her ihtimali düşünüyorduk hani?"

"Mantık çerçevesindeki her ihtimali." diyerek düzelttim ablamı ve kaldığım yerden kara kara düşünmeye devam ettim.

İkindiden sonra muhtar ve eşiyle beraber tekrar Sabriye denilen kadının kapısına dayandım ama yanımda köyden birilerini görünce daha da sinirlendi.

"Sen aklın sıra iftira mı atacaksın bize? Herkes bilir köyde beni, boşuna uğraşma! Polise vereceğim zaten seni! Torunumun fotoğraflarını çekmişsin habersiz!"

"Gidelim polise! Benim de anlatacaklarım var elbet! İftira ise niye o kadar korkup yalan söylüyorsun?"

"Ne yalan demişim ben?" dediğinde muhtarın hanımına dönüp "Bu kadın Emin babamın cenazesine gelmedi mi?" diye sordum.

"Geldi, hatta beraber gittiydik."

"Ama inkâr etti." dedikten sonra Sabriye'ye döndüm "Ne

saklıyorsun? Emre'ye ne yaptın? UTANMADIN MI KÜÇÜCÜK ÇOCUĞA DOKUNURKEN?!"

Sabriye daha fazla dinlemeyip kapıyı suratımıza kapatırken tek dediği "Bir daha kapıma gelirsen çifteliyle vururum seni." oldu.

Öfkem dolmuş taşarken asıl ben o kadını öldürecektim haberi yoktu. Öfkemi gözyaşı olarak ertesi gün sabah namazında secdeye akmasıyla biraz olsun huzur bulabilmiştim. Bu kadar yaklaşmışken Emre için o karanlık perdeyi aralamadan eve dönmeyi asla kabul edemezdim ama minicik oğlumla ve evde bekleyen kocasına rağmen küçük kızıyla ablamla burada daha uzun kalabileceğimizi hiç sanmıyordum. Allah'a yalvarırken sakinleşip huzur bulduğum o an son kez şansımı denemeye karar verdim. Ablam ve Nil uyuduğu için Emin'i de yanıma alıp sabah erken saatte kadının evinin yolunu tuttum. Bir de iyilikle, güzellikle yaklaşmayı deneyecektim, umarım işe yarar yoksa Emre'nin sırrı gömülü kalmaya devam edecekti.

Sabah kapısını tıkladığımda içeriden Kur'an sesi geliyordu. Kadın kapının sesi ile okuduğu Yasin-i Şerif'i yarıda kesip kapıyı açtı. Beni görür görmez "Abdestli abdestli beni kötü söyletme, DEFOL!" diyerek kapıyı kapatacakken dolan gözlerimle "Allah'ı mı kandırıyorsun? Sen ibadet etsen kaç yazar!" dedim.

"Bela mısın sen? Yapıştın kapıma gitmiyorsun?"

"Bela değilim, yardım istiyorum sadece."

"Nasıl yardım edecekmişim ben sana?"

"Konuşmak istiyorum sadece."

"Ben, istemiyorum seninle konuşmak falan!"

"Beni ya da kocamı düşünmüyorsun, şu kucağımdaki el kadar bebeğe acı bari."

"..."

İlk kez cevap vermeyip gevşeyen yüzü ile kucağımdaki Emin'e baktı. Bu yumuşak tarafından girip "Senin de çocuğun, torunun yok mu? Annesin sen de. Anlarsın beni? Kocam hatırlayamadığı şeyler yüzünden hastanede yatıyor, ben de bu bebekle bir başıma kaldım. Kocam çalışmazken daha ne kadar dayanabilirim Allah kerim." diye gözyaşlarımla yalvarmaya başladım. "Lütfen, yardım et. Polise gidecek değilim, sadece kocamın iyileşmesi için hatırlamasına yardım edebilecek bir şeyler, bir ipucu arıyorum. Allah aşkına yardım et."

"Ağlama hemen. El kadar bebeylen bu karda, sabah soğuğuna çıkmışsın. Geç içeri bebek üşümesin, hasta olur."

İnanamıyordum ama sonunda beni evine kabul etmişti. Botlarımı rahat çıkarabilmem için Emin'i kucağımdan alıp sevmeye başladı. "Maşallah tosun tosun."

Küçük salona geçtiğimizde Emin'i kucağıma verip oturmam için sobanın arkasındaki çekyatı işaret etti. Ben otururken o salondan çıkıp bir kapıdan başka odaya geçince terlemesin diye Emin'i sardığım battaniyeyi açtım. Sonra da Emin'i çekyata koyup kendi montumu çıkardım. Ayağa kalkınca karşı duvardaki eski büfenin üzerine yerleştirilmiş fotoğraflar dikkatimi çekti. Çerçeveleri elime alıp tek tek incelerken birkaç resimde Emre'yi tekrar krize sokan kızın bebeklik ve küçüklük fotoğrafları vardı. Gerçekten de cüce değildi kız, Selçuk Bey haklıydı. Öyleyse nasıl olurdu da Emre, bu kızı suçlardı? Emre dört yaşındayken bu kızın doğmasına yıllar var oluyordu. Eski bir fotoğraf dikkatimi çekince o çerçeveyi elime aldım. Küçük kızın şu an ki haline benziyordu ama daha kısaydı ve üzerinde artık okullarda pek de kullanılmayan, bizim çocukluk dönemimize ait mavi önlükten vardı. Resmin bir iki yıl evvele ait olduğunu düşünürken aynı fotoğraftaki Sabriye Hanım'a dikkatle bakınca daha genç olduğunu fark ettim. Fotoğrafa odaklanmış şekilde inceleme yaparken bir tedirginlik içime korku salmıştı. Minicik bebeğimle savunmasız şekilde bu evde ne işim vardı benim? Bu kadın ya da bu evden birisi zamanında Emre'nin psikolojisini bozacak kadar büyük bir kötülük etmişlerdi oysa. Gittikçe yaptığım hatanın farkına varıyordum. Ablama bir haber bile vermemiştim, nereye gittiğime dair. Telefonumu arka cebimden çıkarıp ablamı aradım ama bir türlü açmıyordu. Panik beni iyice sararken hem kalıp bu kasvetli evin sırrını ortaya çıkarmak istiyordum hem de kaçıp oğlumu ve canımı kurtarmam gerektiğini bağıran içgüdümü dinlemek istiyordum.

Korku filmlerinde hep kızdığım, beladan kaçmak yerine sırf meraktan oldukları yerden ayrılmayan salak sarışın karakterler gibiydim şu an. Ama sırf ödlekliğimden Emre'nin iyi olma şansını kaybetmeyi de istemiyordum. Ablamı çaldırmaya devam ederken kadının niye hâlâ dönmediğini de merak eder olmuştum. Daha dün, beni çifteliyle vuracağını söyleyen kadının evinde oturmuş sakladığı sırrı ortaya çıkarmamam için beni öldürmesini bekliyordum belki de. "Aç hadi abla!" diye içimden söylenirken arkamdan "Merhaba." denilmesiyle çığlık atıp telefonu elimden düşürdüm.

Arkama döndüğümde fotoğrafının bile Emre'yi krize soktuğu Fatma denilen kızı görünce rahatlasam mı daha çok korksam mı bir türlü bilemedim. Kız yerdeki telefonu alıp bana uzatırken "Korkuttuysam özür dilerim." dedi. Kılıfı olduğu için çok şükür bir şey olmamıştı telefona. Burada telefonsuz kalırsam ödüm patladığı için Sabriye beni kesemeden ölürdüm herhalde. Kıza zor da olsa gülümseyeme çalışarak "Önemli değil." dedim.

Fatma benim aksime kocaman gülümseyip "Sen fotoğrafçı ablasın." dedi.

"Evet." diye mırıldanmakla yetinip fotoğraf deyince aklıma gelenle büfenin üzerindeki çerçevelerden az önce en çok dikkatimi çekeni elime alıp "Bu resimdeki sen misin? Çok tatlı çıkmışsın." dedim.

Kız resme bakıp "Hayır, o annem." dedi.

"Annen nerede peki? Onunla tanışabilir miyim?"

"Beni doğururken ölmüş annem."

"Çok üzüldüm... Özür dilerim... Baban peki?"

"O da ben doğmadan asker dönüşü ölmüş."

"Tekrar özür dilerim, ben ne sorsam seni üzüyorum sanırım."

"Önemli değil abla. Zaten ikisini de hiç tanımadığım için özlemiyorum. Anneannem var hem. Ama geçen yıl dedem ölünce çok üzüldüm. Bak dedemin fotoğrafı orada var."

İşaret ettiği duvara asılı çerçeveye bakınca Sabriye Hanım, altmışlarında bir adam ve Fatma'nın tahminen bir iki yıl evvelki halini gördüm. Aklıma gelenle "Babanın fotoğrafı hangisi?" diye sorunca "Babamın hiç fotoğrafı yok. Annemlerin evinde yangın çıkmış ve tüm fotoğraflar yanmış." dedi. "Arada ben de merak ediyorum babamın yüzünü çünkü ben hep anneme benziyorum."

"Bence de annene çok benziyorsun. Ben o resimdekini sen zannetmiştim."

Kıkırdayarak gülüp "Mavi önlüklü annem orada, şimdi mavi önlük mü kaldı abla?" dedi.

"Haklısın." diyerek bu kez gerçekten gülümseyip yanağını sıktım. Yavaş yavaş olayı çözmeye başlamıştım. Olay bu kızdan değil, Emre'nin bu kızın annesiyle yaşadıklarından ibaretti. Kızın yaşından hesapla, yaşasaydı annesinin kaç yaşında olacağını bulabilmek için "Kaç yaşındasın sen?" diye sordum.

"On iki."

Kıza başka soru soramadan anneannesi geldi. Sabriye Hanım eğer hazırladıklarının içinde zehir yoksa beni öldürmek için değil, ikramlık bir şeyler hazırlamak için uğraşmıştı bu kadar zaman. Torununa "Fatma, sen giyin okula hemen." diye buyurduğunda kız şaşkınlıkla "Hani bu hafta hiç gitmeyecektim?" diye sordu. Anlaşılan Sabriye Hanım, torununun benimle karşılaşma ihtimalini ortadan kaldırmak için okula yollamıyordu onu.

Fatma, hazırlanmak için salondan çıkarken gülümseyerek bana el salladı. Ben de aynı samimiyetle ona karşılık verdim. Bu yetim yavrunun tek suçu, yüzünün annesine benzemesiydi o kadar.

Sabriye Hanım getirdiği tepsiyi önümdeki sehpaya bırakıp sobanın üzerinde fokurdayan demliği aldı ve çayları doldurdu. "Fatma gitsin öyle konuşuruz." diye fısıldayınca başımla onayladım. Fatma, üzerinde üniformasıyla salona geri geldiğinde anneannesinin kurduğu kahvaltı sofrasına kuruldu hemen. Oturduğum çekyatta hemen yanıma yatırdığım Emin'e bakıp "Çok tatlı." dedi. Anneannesi "Maşallah de." diye uyarınca "Maşallah nazar değmesin. Benim gibi olmasın, analı babalı büyüsün." dedi. Fatma'nın bu sözü yüreğime dokununca içtiğim sıcak çayla alakası olmaksızın boğazım yandı. Ama gözyaşlarımı tutup sakince "Âmin." dedim.

Fatma, kahvaltısını ederken Sabriye Hanım bana bakıp "Yesene, çekinme." dedi.

Çekindiğimden değil de, bu durumu garipsediğimdi durgunluğum. Bu kadın daha dün akşam bağırıp çağırıp beni kovmuştu ve bu evde yıllar önce olan bir olay Emre'yi hasta etmişti. Yine de kırılmaması için bir iki zeytin ve bir parça peynir yedim. Fatma, kahvaltısı bitince "Anneanne saçlarımı örsene." diyerek Sabriye Hanım'ın oturduğu koltuğun önüne, yere oturdu. Tarağı anneannesine uzatır uzatmaz "Ama çift örgü istemiyorum, balıksırtı ör." diye uyardı.

Sabriye Hanım "O nasıl örgüymüş?" deyince "Nihan yapıyor ya hep saçlarına." diye açıkladı.

"De arkadaşına, öğretsin o zaman sana nasıl yapıldığını."

"O bilmiyor ki, annesi örüyor ona da."

"Onun anası genç, ben ihtiyarlıyorum artık. Ne bileyim balık örgüsünü kızım?"

"Balıksırtı." diyerek anneannesini düzeltti Fatma.

Annem küçükken sabahları bir de saçımızla uğraşmamak için ablamın da benim de saçlarımızı kısa kestirmişti hep ve saçlarında kurdeleler olan keçi kulaklı ya da örgülü arkadaşlarımıza heves ederek büyümüştük. Fatma'yı şu an çok iyi anlayabiliyordum. "Ben biliyorum, istersen örebilirim." dediğimde tarağı anneannesinden kaptığı gibi benim önüme geldi. Biraz büyüyüp kendi başımızın çaresine bakabilecek yaşa gelince saçımızın kesilmesine itiraz etmiştik ablamla ve birbirimizin saçlarını örüp yapmaya başlamıştık. Benim saçımla uğraşmayı sevişim bile buradan geliyordu belki de.

Fatma'nın saçlarını istediği şekilde örüp "Tokayı verir misin?" dedim. Örgünün ucunu minik lastik tokayla tutturup "Bitti." dediğimde "Teşekkürler." diyerek büfenin üstünde asılı olan aynaya koştu. Kendine sağdan soldan baktıktan sonra kocaman bir gülümsemeyle bana sarılarak "Tekrar teşekkürler, çok güzel olmuş." dedi.

Anneannesi "Okula geç kalıyorsun hadi." diye uyarınca çantasını sırtlanıp el sallayarak anneannesiyle hole çıktı. Sabriye Hanım, torununu yolcu ederken elimde kalan tarağı büfenin üzerine bırakmak için kalktım. Fatma'nın annesinin fotoğrafına tekrar elim gidince benzerliğe yakından bakmak için Fatma'nın fotoğrafının yanına tuttum çerçeveyi. Sabriye Hanım salona geri gelince ister istemez irkilmiştim. Ama ürkekliğimi fark ettirmeden "Çok benziyor annesine." dedim.

"Öyle ama inşallah kaderi benzemez."

"Doğumda ölmüş, Fatma dedi. Başınız sağ olsun."

"Sağ ol. Kız yokken ne soracaksan sor bakalım." dediğinde elimdeki çerçeveyi bırakıp yerime geri oturdum. Emin ağlayınca "Çekinme emzir, ben de şu sofrayı toplayım. Kaçmıyoruz ya konuşuruz, acelesi yok." diyerek kalktı. Bu kadar zaman merakla beklemişken beş dakika daha bekleyebilirim diyerek Emin'i kucağıma aldım. Memeye kavuşur kavuşmaz keyfi yerine gelmişti. Sabriye Hanım sofrayı toplamayı bitirdiğinde Emin de göğsümde uyuyakalmış vaziyetteydi.

Emin'i göğsümden ayırıp battaniyenin üzerine yatırırken Sabriye Hanım da elinde tenekeden, eski bir bal kutusuyla gelip karşıma oturdu. Emin'in uyuduğunu görünce fısıltıyla "Ne öğrenmek istiyorsun?" dedi.

"Emre, Mihriban Anne öldüğünde sizde kaldı mı hiç?"

"Kaldı."

"Ne kadar süre?"

"Gününü bilemem ama bir hafta olabilir belki, sonradan o zamanki muhtar Fadıl emmilere bıraktık."

"Nasıl söyleyeceğim bilmiyorum ama Emre'ye birisi küçükken -tam da o dönemde- bir kötülük etmiş. Emre, o dönemden sonra iki yıl konuşmamış bile. Sonrasında da kadınlardan korkarak, çekinerek büyümüş hep. Cenazede Fatma'yı görünce sanırım tekrar bir krize girdi ve yine küçüklüğündeki gibi hasta oldu. Rahmetli kızınıza çok benziyor torununuz. Kızınız Emre'ye bir şey yapmış olabilir mi, o dönemde?"

"Rahmetli Mihriban'ın da benim de kız kardeşim yoktu. Ondan kardeş gibi büyümüştük, rahmetli olunca perişan olmasın diye oğlanı yanıma aldım hemen." diye Emre'den bahsederek anlatmaya başladı. "İkisi de küçük diyerekten Fatma'nın yanında yatırdım."

"Fatma?" diye anlamayarak sorduğumda "Kızımın adıydı Fatma, ölen annesinin adını verdik toruna." diyerek devam etti. "Fatma, o sıralar dokuz yaşındaydı. Emre'yi de gelince pek sevdi, ben de iyi anlaştılar diye cenaze yemeğiydi, mevlitti uğraşırken Fatma'ya emanet ettim hep oğlanı. Zaten annesi öldü, daha geri gelmeyecek diye yeni anlamış olduğu için mahzundu çocuk hep. Babası da kendi acısından oğlanı görmeye bile uğramıyordu. Babasını da özlüyor tabii. Ben ağlayıp bir köşede büzülmesini hep bunlara yordum. Bir gün Emre'yi yıkarken boynu başta olmak üzere vücudundaki morlukları fark ettim. Anladım hemen Fatma yapmış diye. Kızım, Emre'yi sen mi dövdün deyince rengi değişti hemen zaten. Emre'ye de sorduydum ama o kelam konuşmuyordu. Fatma'nın yaptığını anlayınca bir öğün dövdüm Fatma'yı. Emre'yi de Fadıl emmiye emanet ettim sonra zaten. Çocuk korkmuş bir kez, orada da huysuzlanınca başka komşu almış. Ondan sonra üç gün birinde beş gün birinde, bir ay kadar kaldı köyde."

"Emin babam da zaten Emre'deki tuhaflığı dönünce fark edebilmiş ancak." dedim doğrulayarak. Sıkıntılı bir sesle "Ama ben sadece kızınız Emre'yi dövüp boğduğu için böyle olduğuna inanmıyorum. Bence kızınız Emre'ye cinsel tacizde bulunmuş olabilir." dedim ve kızıp inkâr etmesini bekledim.

Tam tersine gözleri nemlenip "Öyle olmuş zaten. O gün ellerim kırılsaydı da vurmasaydım Fatma'ya. Sorsaydım, niye vurdun Emre'ye. Söylerdi belki başına geleni..." dedi. Ağlarken bir yandan da elindeki yer yer paslı, yuvarlak kutuyu açıp içinden fotoğraflar çıkardı. Bana uzattığı eski bir asker fotoğrafına bakarken "Bu köpek soylu, Fatma'nın babası aslında." dedi.

"Fatma dedi, askerde ölmüş."

"Keşke o zaman öleydi deyyus! Bu namussuz Cemal, kayınımın oğlu aslında. Kayınım, yani rahmetli beyimin abisi Alamancı'ydı. Eltim çocuklarla burada dururken o Alamanya'da çalışırdı. Bir iki orada durduktan sonra eltimi de yanına almak istedi. Eltimin iki çocuğu vardı, biri beş yaşında kızı diğeri on altı yaşındaki bu piç! Kızı daha okula gitmiyor, anasından uzakta da yapamaz küçüktür diye yanlarına aldılar. Bu it, liseye gidiyor, okulu var diye başımıza kaldı. Bizim tek çocuğumuz Fatma da o zamanlar sekiz yaşında. Fatma'yı taciz ediyormuş kanı bozuk. Hiç demedi kuzum, haberim bile olmadı ölene dek."

Nutkum tutulmuş şekilde dinlerken Sabriye Hanım'ın ağlamasıyla geçen sessizlikte yerine oturmayan taşları düşündüm. Sabriye Hanım, mendiliyle gözlerini kurularken "Peki Emre, bu evde kalırken Cemal neredeydi?" diye sordum.

"Yazdı o vakit. Yazları bir ay tatile gelirdi kayınımla eltim. O da evine geçerdi, yine öyle bir vakitti."

"Sonra nasıl anladınız kızınızı rahatsız ettiğini?"

"Dedim ya hiç anlayamadım." diyerek kutudan sararmış bir mektup çıkardı. Elime verdiği mektubu okumak için açarken yüreğimi saran o karanlık korku midemi bulandırıyordu. Kargacık burgacık yazı ve gözyaşlarıyla dağılmış mürekkep bile mektubu yazan parmakların titrediğinin, içine düştüğü karanlıkta boğulmaktan başka çare göremediğinin kanıtıydı. Gözyaşları içinde yazılmış satırları okurken ben de kendime hakim olamayıp ağlamaya başlamıştım.

*"Anne ve baba;*

*Siz, Cemal'ın bana ettiği kötülükleri hiç göremediniz. Eve ilk geldiği günlerde daha beni rahatsız etmeye başladı. Size söylersem beni, o hep korktuğum köpeğin, Çoban'ın önüne atacağını söyledi. Çocuk aklı, korkup sustum hep. Zaten o yaşta ne yaptığını çok da aklım sarmıyordu ama biliyordum çok yanlış olduğunu. İçimde bir korku sıkıyor, boğuyordu beni, Fatma bunlar normal işler değil diye... Bana dokunuyordu ama babamın ya da senin başımı okşayıp sevmeniz gibi değil. Yanlış, hem de çok yanlış bir şekilde. Cemal, evine gidince çok sevinirdim hep. Yengeme bir senesi 'Fatma sizi çok özledi, hep sizin ne zaman geleceğinizi sordu.' demiştin ya hani? Ben yengemle amcamı değil Cemal'in evimizden gidişini bekliyordum.*

*Cemal, yaptıkları yüzünden ağladığımda biz yavukluyuz, derdi. Oysa ben, ondan nefret ederdim. Hem yavuklular, anne babalar hep yakın yaşlarda olurlardı. Eve maviş gözlü bir oğlan gelmişti ya hani, bir yaz. Mesela ben onunla yavuklu olabilirdim, o da benim gibi çocuktu çünkü. Cemal'in bana davrandığı şekilde ona yaklaşınca korktu, ben de birine der diye korkup dövdüm. Bağırmasın diye de boğazını sıktım. Çünkü Cemal'in bana yaptığı gibi elimde kapatamadım ağzını, benim ellerim minik geldi. Beni dövmeyip sorsaydın niye yaptım diye, diyecektim Cemal'de bana aynısını ediyor diye. Ama dayağı yiyince sustum.*

*Cemal, on dokuzunda askere gidip sonrasında da Almanya'ya gidince rahat bir nefes aldım. Ama altı sene üstüne bu yıl döndüğünde artık onun yaptığı her kötülüğü bilen bir Fatma vardı. Utanacağına, arsız arsız yüzüme bakıyordu. Siz tarlada çalışmaya gittiğiniz bir gün ırzıma geçti bu kez. Bir güzel de tehdit etti yine, adını çıkarırım diyerek. Tüm yaz da devam etti. Hamile kaldığımı ilk başta anlayamadım hemen, sen karnım çıkınca anlayıp dövmeden en çok da bir ay evvel önce anlamıştım. Babam benim yüzüme bakmadan tüm suçu bana yıkan Cemal'e inandı ya, ben o gün öldüm aslında. Onunla evlenmek yerine ölürüm daha iyi dedim. Giderken Cemal'i de hak ettiği cehenneme götüreceğim ama. Çocukluğumu çalan Cemal'in çocuğunu doğurup karısı olacağıma ölmeyi yeğlerim. İşte ben ondan böylesine nefret ederken siz, onun dediği yalanla benim ona yanaştığımı sandığınız zaman öldüm ben.*

*Ben, senin alnına bile isteye leke sürmedim baba!"*

Altında on iki yıl evvele ait tarih bulunan mektubu yüreğimdeki ağırlıkla Sabriye Hanım'a uzatırken "İntihar mı etti?" diye sordum. "Cemal'e mektup yazıp ormana çağırmış gizliden. Babasının çiftesiyle onu vurunca tüfeğin sesine rahmetli beyim koşup bakmış ne var, diye. Kendini vurmadan yakaladı babası o vakit, mektubu evde görünce anladık zaten işin iç yüzünü. Hasan, yani beyim, Cemal'i sessiz sedasız ormana gömdü. Herkese Alamanya'ya döndü dedik. Babası, anası yolda izde kayboldu sanıp senelerdir ararlar."

"Niye jandarmaya ya da polise gitmediniz?"

"Fatma'yı hapse atmasınlar diye. Bebek altı aylık olduğu için aldırmak tehlikeliydi. Biz bebeği doğursun, hep birlik büyütürüz diye niyetlendik beyimle. Ama o hiç istemedi, en sonun da bir sabah ahıra kendini asmış şekilde bulduk. Doğuma az kaldığı için sağlık ocağının ebesi, sezaryenle aldı bebeği. Biz de kızımız niyetine torunumuzu bağrımıza basıp adını Fatma koyduk." Sabriye Hanım iç çeke çeke ağlarken yıllar önce

Emre'ye kötülük eden kişiye merhamet besleyip onun için üzüleceğim asla ihtimal vermediğim bir husustu.

Oysa iğrençliğiyle midemin bulandığını söyleyip yüzüne tükürecektim o kadının. Şimdi kimsenin koruyamadığı o küçük kıza acıyor ve onun için annesiyle birlikte gözyaşı döküyordum. Gözlerimi kurulayıp "Fatma bilmesin diye mi benden kaçtınız?" dedim.

"Hem o hem de hâlâ Cemal'in cinayetini bilen yoktur. Gerçi Fatma doğurunca ve bebeğin babasını bilmiyoruz dediğimizde kaynımgiller ve jandarma şüphelendi. Ama ceset olmayınca jandarma, Cemal'in Fatma'ya kötülük edip kaçtığını düşünerek dosyayı kapattı. Fatma'nın kendini asması da bunu ispat ediyor, dediler. Aslında o zamanki jandarma komutanı bilerek çok kurcalamadı, namus meselesi sayıp bizi haklı bulduğu için üstünü kapattı. Seni kovup durmamın asıl sebebi bu cinayettir yani."

"Bunu şu saatten sonra polis bilse de sorun olmaz ki. Öldüren kızınızmış ki zaten ölmüş. Gömen de rahmetli eşinizmiş zaten. Sizi ne için tutuklayabilirler ki?"

"Biliyordu da sustu diye tutuklarsa Fatma'm yurtlara kalır."

"Korkmayın, bu anlattıklarınızı polise anlatacak değilim. Benim derdim eşimin iyileşmesi."

"Allah şifa versin tez zamanda."

"Sağ olun."

Sabriye Hanım'ın anlattıkları insanın hem kanını donduracak cinsten korkunç, hem de gözlerini dolduracak kadar acıklıydı. Mektubu okusa Emre, olanları hatırlar mıydı acaba? Çekinerek Sabriye Hanım'a "Mektubun resmini çekebilir miyim?" diye sordum.

"Kocana bir faydası olur diye düşünüyorsan çek kızım. Anayım dedin diye kapımı açtım sana. Ben de anayım, tek derdim torunumu büyütüp okutmak."

Mektubun resmini çekerken Emre'nin çizdiklerinde bir çocukta olamayacak parçalar aklıma gelince "Kızınız Fatma kaç yaşında ergenliğe girdi? Hatırlıyor musunuz?" diye sordum.

"Dokuz-on yaşlarındaydı. O Cemal hayvanı da kıza daha o yaşta o yüzden göz koymuş zaten. Yaşıtlarından büyük duruyordu ama aklı çocuk tabii. Hazmedemedi yaşadıklarını, zavallı kızım on sekizinde astı kendini."

Kafamda kısaca bir hesap yaptıktan sonra "Emre dört yaşındayken kızınız dokuz yaşındaymış o halde." dedim.

"Yaşaydı otuz iki yaşında olacaktı Fatma'm." dedi beyaz yazmasının ucuyla gözlerini kurularken. Öyle yürek burkan bir hikâyeydi ki onlarınki, gözyaşları bile kifayetsiz kalıyordu. Gitme vaktinin geldiğini anlayıp ayağa kalktım. Sabriye Hanım'la kucaklaşıp helalleştikten sonra unutmadan rahmetli Fatma'nın ilkokul çağlarındaki fotoğrafının da resmini çektim.

Eve döndüğümde ablam gözlerini ovuşturarak kapıyı açtı. Kapının sesine daha yeni uyanıyordu anlaşılan ki esneyerek sordu.

"Nereye gittin sabahın köründe?"

"Sabriye Hanım'ın evine. Bu kez beni evine aldı."

"Öğrenebildin mi bir şeyler?"

"Evet, Emre'yi taciz eden Fatma'nın rahmetli annesiymiş. Kız, tıpkı annesine benziyor."

"Ama ölmüş, öyle mi?"

"Evet hem de çok trajik bir şekilde intihar ederek."

Ablam hayretle gözlerini açarken tüm olayı baştan sona anlattım. O da benim gibi kızın annesine benzerliğine şaşırıp mektubu okurken gözyaşlarına engel olamadı. İkimizin de küçük çocuğu vardı ve annelik içgüdüsü ile kendimize daha dikkatli olmalı ve çocukları daha çok korumalıyız diye telkinde bulunup durduk.

Selçuk Bey'i arayıp durumu anlattım ve resimle mektubu yolladığımda hiç beklemediği bu durum karşısında afalladığı sesinden bile anlaşılıyordu.

Biz artık burada bir işimiz kalmadığı için eşyalarımızı toplarken Selçuk Bey aradı ve Emre'nin hatırladığı müjdesini verdi. "Elif, harikasın. Sayende her şeyi hatırladı."

"Gerçekten o kız mıymış?"

"Evet, annesi kızından farklı olarak erken ergenlik dönemi geçirmiş. O yüzden anne Fatma'nın dokuz yaşındaki hali ile kızı Fatma'nın on iki yaşındaki halleri benziyor."

"Zaten küçük Fatma ergenliğe yeni yeni giriyor sanırım. Hâlâ çocuk olduğu belli."

"Bu yüzden annesinin aksine boyu daha uzun. Sanırım yüzü benzese de fiziksel gelişimi annesine benzememiş."

"Kaderi de benzemesin..."

"Sanırım Emre'ye tüm bunları yapanlarla ilgili nefretin uçup gitmiş."

"O da kurbanmış ve çocuk aklı ile hareket etmiş. İstesem de kızamam bu durumda."

"Bu, küçük yaşta cinsel tacize uğrayanlar da görülen bir durumdur zaten. Cinselliğe merak artar. Kendinden yaşça büyük biri bunu yapınca o da kendisi gibi çocuk birisiyle bunu yapmanın daha doğru olduğunu düşünebilir. Emre, bu durumu kimseye söylememek üzere korkutulduğu için onun savunma mekanizması bu olayı unutmak olmuş. Şimdi hatırlıyor ve ciddi anlamda sarsılmış durumda."

"Taburcu olamaz mı?"

"Kendisi istemiyor eve dönmeyi. Henüz."

"Nasıl, bizi özlemedi mi?"

"Elif, bunu nasıl söylersin? Bana 'Elif'in beni böyle görüp daha fazla üzülmesini istemiyorum.' dedi. Tamamen iyileşip eve dönmek istiyor ve inan, bu süreç bu kez sandığından kısa sürecek."

"Peki, iyi günler. Onu sevdiğimi söyleyin."

"Tamam. Sana da."

Kilimli'ye evimize döndüğümüzde Emre'nin yokluğu hüzün verse de artık döneceğini bildiğim için kafam daha rahattı. Sağlıklı düşünebiliyordum ve işleri yoluna koymak için kolları sıvamıştım. İlk olarak Emre'nin dediği gibi bir iki mobilya tasarımını patent için yüzdelik pay almak üzere mobilya devi bir markaya anlaşma ile sattım. Durumumu anlattığım firma parayı önden peşin olarak yollayınca ekonomik sıkıntılarımız sona erdi. Emre, yokluğunda bile bize bakmanın bir yolunu bulmuştu.

Tek derdim ziyaretine gittiğimde beni görmeyi reddetmiş olmasıydı. Bana ömür gibi gelen üç haftanın sonunda evin zili gönlümün kapılarını açmak üzere çaldı. Ablamın bana geldiği düşünerek otomatı kimin geldiğini sorgulamadan açmıştım. Anahtarı üzerinde olan dış kapı açıldığında ablamları karşılamak üzere hole geçtim ve yorgun bakışlarıyla onu gördüm.

İçimdeki mutluluğun seli yüzümü yıkarken eve girip çantasını yere bıraktı. Onun da gözleri nemlenmişti, bana adım adım yaklaşırken. Tam önüme geldiğinde dizlerinin üstüne çöküp kafasını önüne eğdi. Ensesine sürekli olarak tırnaklarıyla açtığı yaradan geri kalan ize bakınca elimle hıçkırıklarımı bastırmak istedim. Bu kıvrımlı düz çizgi, Arapça'daki *elif* harfiydi. Usulca fısıldadı kalbime...

"Adınla hatırladım, kendimi bırakırsam kaybedecek çok değerli şeylerim olduğunu. Sen, elif kadar narin, bir o kadar güçlü ve anlamı çözülemeyecek kadar gizemliydin benim aklımda. Adını kazıdığım yere, her dokunduğumda varlığından şüpheye düşmedim bir daha. Çocukluğuma sıkışıp kalmış anılarımda hapsolmuşken ya da o anılarla ben de gün yüzüne çıkarken duam adındı. Ruhuma işlemiş bakışlarının hayali açık tuttu gözlerimi. Tenime dokunan parmakların nakşetti tutkuyu bedenime. Kokun cennetin varlığından şüphe etmemi imkânsız kıldı. Seni özleyerek geçti günlerim, gecelerim. Sana kavuşmanın hayaline kaptırırken kendimi, adın bir dua gibi dilimdeydi daima. *Elif...*"

# Emin'den Ali Cengiz Oyunu

Yaşlı adam, Zonguldak Atatürk Devlet Hastanesi'nin bahçesindeki banklardan birine oturdu ve yıllar önce bıraktığı sigara geldi aklına. Altmış yaşına merdiven dayamanın verdiği fiziki yorgunluk ve dertlerinin yükü ile ağır ağır kalktı ve büfeden kendi deyimiyle 'aklına vuran zıkkımı' aldı. Her nefeste yılların özlemiyle ciğerleri bayram ediyordu ama düşünceler içindeki beynini bir türlü dumanla boğamıyordu. Az önce doktoru Nermin Hanım, mide kanseri olduğunu ve bir ameliyatla midesindeki hasarlı dokuyu almazlarsa pek uzun bir ömrü kalmadığını söylemişti. Ölüm Allah'ın emriydi ve onun gibi eşini kaybetmiş bir adam için vuslat olurdu yalnızca. Ama genç oğlu aklına geldikçe sigarasından daha derin nefesler çekiyordu. Karısının vefatından sonra bencillik edip kendi matem ve acısının derdine düşmüş oğluna sahip çıkamamıştı. Oğlu Emre'ye olanlardan daima kendini sorumlu tutuyordu ve bu vicdan azabı asla dinmeyecekti. Karısının en kıymetli emaneti, kendi canının yarısı; oğullarına sahip çıkamamıştı ve bin türlü psikolojik dertle uğraşarak büyümüştü Emre.

"Keşke ben ölseydim. Mihriban, asla bir başına bırakmazdı yavrusunu." diye düşündü. Üstelik şimdi de aynı şeyi yapacaktı. Yine öyle ya da böyle oğlunu bu koca dünyada yalnız bırakacaktı. "Ey yüce rabbim, bensiz bir başına edemez o. Birine, onu emanet edene dek ömrümü bağışla."

İzmariti çöpün üzerindeki ızgaraya basıp paketin gerisini bahçede sigara için bir başka adama hediye etti. Oğlunun "Değiştirelim artık şu hurdayı." diye sürekli sızlandığı doksan dört model eski arabaya bindi ve biraz çocuksu bir heyecanla Devrek'e karısının mezarını ziyarete girmek için yola çıktı. Mezarlığa vardığında ise bagajdan su dolu bir bidon çıkardı. Karısının adının yazdığı tozlu mezar taşına ilk kez gülümseyerek baktı ve "Az kaldı Mihriban'ım, geliyorum yanına." dedi.

Bidondaki su ile mezar taşını yıkadı önce sonra da mezarın üstünde büyüyen yabani otları temizledi büyük bir özenle. En son da ellerini yıkayıp mezarın yanına oturdu. Derin bir iç çekip başladı içini akıtıp derdini kanatmaya.

"Bugün otuz iki yıl üstüne, ilk kez sigara içtim. Kızma hemen ay yüzlüm, derdimi duysan hak verirsin sen de. Kansermişim, bugün öğrendim ama derdim bu değil tabii. Derdim; ben seninle kavuşurken bizim oğlan bir başına ne edecek? Kime emanet etmek gerek? Amcası desen beş on yıla ihtiyarlar, doktoru desen tayini çıkana dek burada kalır. Oğlanın derdi kadınlarla olmayaydı baş göz eder huzur için kapardım gözlerimi ama..."

Yaşlı adam hüzünle yumduğu gözlerini geri açtığında mavi gözleri çakmak çakmak yanıyordu. "Derdi kadınlarla ama iyileşti dedi ya doktoru üç sene evvel. Askere bile gitti paşam, evlenemeyecek mi? Evlenir elbet."

Karısına önce dua sonra da aceleyle veda etti. Köydeki eski tanıdık ve hısımların hiçbiriyle görüşmeden direkt geri döndü yaşadıkları yer olan Kilimli'ye. Oğlunun başına ne geldiyse bu köyde gelmişti ve içlerinden biri suçlusuydu, ona olanların dolayısıyla elinde olmadan hepsinden nefret ediyordu. Akşam yol yorgunu eve vardığında bulaşıkları yıkayan oğlu elleri köpüklü bir vaziyette hole çıktı. Kaşlarını çatıp "Neredesin bu saate kadar? Meraktan öldüm! Telefonunu da kapatmışsın, arabada yoktu! Başına kaza bela geldi diye-" söylenmeye başlayınca "Höst!" diyerek sözünü kesti.

"Baba olan benim, evlat olan sen. Herkes yerini bilsin, sana hesap mı vereceğim bu saatten sonra sıpa?"

"Hiç baba benim diyerek kaçamazsın Hacı Emin Efendi, neredeydin söyle hemen?"

Aklına gelen muzip fikirle sırıttı Emin ve "Bir kadınlaydım." dedi, yalan sayılmazdı.

"Kimle kimle?!"

"Bir kadınla, oturdum dertleştim biraz."

"Huyun değişti bu yaştan sonra. Haddi aşmana üç dört yıl kalmış ama sen ahlakın haddini aşıyorsun!"

Emin, peygamber aleyhiselâmın yaşı olan altmış üç yaşı aşmak anlamında kullanılan anlamıyla haddi aşmak deyimini ve vücudunu sarmış olan kanseri düşünüp "Ben haddimi bilirim, korkma." dedi.

Emre ise sınırı aşmak anlamında kullandığı ikinci anlamını zannedip "Karılarla akşama kadar gezip muhabbet ederek mi?" dedi.

"Yok onu demiyorum, altmış üçü geçmem demek istedim."

"Sonunda gittin mi doktora?" dedi ellerini duralayıp kapı koluna asılı mutfak havlusuyla kuruladı. Emin usulca başını sallamakla yetinince oğlu sabırsızlıkla "Neyin varmış, peki?" diye sordu.

"Derim ama ağlayıp zırlamak yok öyle."

"Tamam, çocuk muyum ben?" dese de içine oturan korkuyla şimdiden dudaklarını kemirmeye başlamıştı. Babası, onun idolü, kahramanı, güvendiği sıcak yuvasıydı. Bu dünyada yaşayan, sevdiği tek insandı. Endişeyle gözlerini babasının gözlerine dikti ve her bakışında olduğu gibi yine gururla "Gözlerim, onunkilerin aynısı. Babama çekmişim." diye düşünmeden edemedi. Emin, bir koltuğa kendini bırakıp sakince "Mide kanseriymişim." dedi.

Emre, ellerini yüzüne kapatırken bu kadar kötüsünü beklemediğini fark etti. İçindeki öfkeyi bastırması imkânsızdı ve öfkesinin kime olduğunu kendisi de bilmiyordu. "Kanamalar başladığında saklamasaydın belki de böyle olmazdı! Üç ay önce doktora gidelim diye yalvardığımda gitseydik de böyle olmazdı!" Farkında olmadan sesi yükselmişti ve avazı çıktığı kadar bağırıyordu.

Oğlunun, kendisine bağırmasına gücenen Emin "Ulan sıpa, can benim canım! Sana ne?" diye oturduğu yerden diklendi. Elinden şekeri alınan çocuk gibi dudaklarını büzmüştü Emre ama az evvel ağlamayacağına söz vermişti. Derin bir nefes alıp "Tedavi edilebiliyor mu?" diye sordu.

"Doktor ameliyat falan dedi ama bilmiyorum."

"Ne demek bilmiyorum? Başka doktora gidelim ya da Ankara'ya gidelim, başka hastaneye."

Emre, salonda telaşlı bir şekilde volta atarken Emin, oğlunu evlenmeye ikna etmenin kesin yolunu keşfetmişti. Hastalığını koz olarak kullanacaktı. "Gitmem hiçbir yere. Zaten ameliyatı da olmayacağım. Bu yaştan sonra kesilip biçilmek istemiyorum."

"Baba, lütfen. Ne varmış yaşında? Daha elli dokuz yaşındasın."

"Yoruldum ve anneni özledim. Bugün de annenin yanına gittim zaten. Kendime mezar yeri baktım da ananın yanı boş. Beni oraya gömüverin."

"Ağzından yel alsın. Mezar yeri bakana dek, başka doktor baksaydın ya!"

"Çok şımartmışım ben seni. Baksana ölmeme bile müsaade etmiyorsun."

"Evet, gidemezsin!" Birden sıkılı dişlerine rağmen gözleri doldu Emre'nin VE "Beni yalnız bırakamazsın." dedi.

Emin, başından beri konuşmayı getirmek istediği yere sonunda ulaşmıştı. "Evlen oğlum, o zaman yalnız olmazsın."

"Kanserin yan etkisi mi kötü mizah?"

"Ben ciddiyim. Ölüp gideceğim ama tek derdim senin mürüvvetini görememek olacak."

Emre yine içinde -doktoru dışında kimseye açmadığı- eksikliğinin buruk acısını hissetti. Doktorunun tüm itirazlarına rağmen asla kendini tam anlamıyla bir erkek gibi göremiyordu, değildi de zaten. Olsaydı babası kendisiyle yıllarca uğraşmazdı ya da hakkında çıkan gey dedikoduları ile yüzünü kızartmazdı babasının. Emre, aksini ispat için her şeyi yapabilirdi ama evlenmek? O kâbuslarının ete kemiğe bürünmüş hali olurdu işte. Bir kadınla aynı evde yaşayıp aynı yatakta uyuduğunu hayal edince istem dışı ürperdi.

Geyim deyip bu işten sıyrılmayı bile düşündü. İlçede herkes tarafından bilinen ve gayet de çok sevilen Ada diye bir gey vardı zaten. Aslında adı Ahmet idi ama o, kendisine Ada denilmesini istiyordu. Sesi güzeldi ve assolist gibi ramazan fasıllarının vazgeçilmezi olmuştu Kilimli'de. Kendisini dışladıkları gibi asla Ada'yı dışlamazlardı. "Tabii dışlamazlar. Ada, benim gibi kimsenin canına kast etmedi." diye düşündü. Ada çok sosyal biriydi ve yaptığı kozmetik işinin de sayesinde ilçedeki her kadınla arası iyiydi. Ada'nın, gördüğü her insana yardım eden güler yüzü gözünün önüne gelince "Benden gey bile olamaz." diye kendi içinde kendine yenildi.

"Evlenecek misin?" diyen babasının sorusuyla kendine geldi ve "Sen iyileş, bakarız." diye politik bir cevap verdi.

Oğlunun ciğerini bilen yılların kurdu adam, "Dedim ya bu saatten sonra bıçak altına yatacak değilim." diyerek restini çekti.

"Ben evlenemem ki. Selçuk'a soralım inanmazsan." Doktorunun da evliliğe onay vermeyeceğinden emindi, babasını doktoru Selçuk kesinlikle ikna ederdi.

"İyi, yarın gidip Selçuk'la konuşacağım. Yok derse daha ısrar etmem ama sorun yok, evlensin derse evleneceksin."

Evet demek yemediği için susmakla yetindi Emre. Evlilik korkusu yüzünden babasının hastalığına üzülmeyi bile unutmuştu. Tüm gece kâbusları uyurken, babasının onu evlendirmeye çalışması ise uyanıkken rahat bırakmamıştı yakasını. Ertesi sabah da Selçuk'la görüşmek üzere hastanenin yolunu tutmuşlardı ve Emre, gerginliğini arabadan çıkarıyordu. "Sanki acımızdan ölüyoruz, bir değiştiremedik şu arabayı!"

"Para sende de var oğlum. Çek hesabından, al kendine arabayı."

"Çıraklık yaptığımdan beri biriktiriyorum o parayı ama hâlâ istediğim gibi bir araba için on beş bin açık var. Maaşıma %1000 zam yaparsan bu ay alabilirim ama."

"İşleri tamamen sana devredeceğim. İstediğin arabayı alırsın artık."

"Niye hemen en kötü senaryoyu düşünüyorsun?"

"Yönetmen miyim ben? Ne senaryo uyduracağım! İyileşsem bile artık bu yaştan sonra çalışmak istemiyorum. Hiç emeklilik yaşayamadan ölüp gideceğim."

Emin, oğlundan malını mülkünü esirgemezdi ama her istediğini hemen elde edip kıymet bilmez birisi olmasını istememişti. İçgüdüleri Doktor Selçuk'un kendine bu evlilik işinde onay vereceğini söylüyordu. Gerisi çocuk oyuncağıydı zaten. Ameliyat olmam dedi mi Emre, el mahkum evet diyecekti. Doktorun ofisine kapıyı tıklayıp girdiğinde yine de dua etmeyi ihmal etmedi.

"Buyurun Emin Amca'cım. Emre, dün arayıp babam seninle konuşmak istiyor deyince şaşırdım."

"Sen de benim bir oğlum sayılırsın, direkt mevzuya gireceğim. Ben, Emre'yi evlendirmek istiyorum. Evlenebilir mi evlenemez mi? Onu de bana."

"Emin Amca'cım öncelikle bir kadınla duygusal ya da cinsel bir bağ içermeyen arkadaşlık kurmalı sonra zamanla önce duygusal bağ ve ardından da-"

"Benim zamanım yok evladım. Kanserim, ölüyorum." Bu kadar kesin söylemesinin nedeni doktoru vicdan muhasebesi etmeye zorlamaktı.

"Geçmiş olsun. Rahatsızlık tam olarak nerenizde? Bir iki arkadaşımı arayabilirim daha kapsamlı incelerler sizi."

"Beni boş ver şimdi. Emre, bir kadınla aynı evde yaşayabilir mi onu de bana."

"Günlük hayatta, sıkıntı çekmeden kadınlarla aynı ortamda bulunabiliyor. Baş başa kalmak onu ilk başta tedirgin eder ama bunu atlatmasına yardımcı olabilirim. Öte yandan jinefobik ve erotofobik olması evlilik içinde sıkıntı yaratabilir."

"Türkçe konuş be evladım!"

"Yani karısıyla yatamayabilir."

"Aynı eve bir girsinler de gerisi Allah kerim."

"Biri var sanırım aklınızda."

"Var, en yakın arkadaşımın kızı Rabia. Bizim oğlandan bir yaş ufak. Güzel, hamarat, dini bir bütün de bir kız."

"Peki Rabia Hanım, Emre'ye âşık mı?"

"Aşk mı lazım illa da? Ben, evlendiğim gece rahmetlinin yüzünü gördüydüm."

"Anlıyorum ama Emre'yle evlenecek kişinin merhametli ve anlayışlı birisi olması gerekir. Çünkü tüm saldırgan davranışlarına karşı Emre, aslında kadınlardan çekiniyor. Dominant bir kadının elinde eziyet bile görebilir. Onu korumak adına Emre'yi anlamaya çalışacak hatta anaç bir şekilde sahiplenecek birisi olsun derim."

"Ama olur dedin değil mi? Evlenir yani?"

"Aynı evin içinde yaşayabilir, dedim sadece."

"Zaten evlilik dediğin başka ne ki?"

"Duygusal anlamda hayatı paylaşmak ve tabii-"

"Biliyorum oğlum onları ama benim derdim ölmeden Emre'yi sağlam ellere teslim etmek. Varsın gerisi eksik kalsın."

"Siz de haklısınız tabii. Ama dediklerimi unutmayın; Emre'yi anlayabilecek, üstüne gitmeyecek birisi olmalı."

"Anladım. O konuda için rahat olsun. Rabia kızım, çok hanım hanımcık, ağır başlı ve yardım severdir maşallah."

"Öyle diyorsanız..."

"Hadi ben seni tutmayayım, iyi günler evladım."

"Sağ olun. İyi günler."

Selçuk koltuğuna geri otururken Emre'nin evlenmek zorunda kalınca yüzünün alacağı şekli hayal edip güldü. Emre'nin ilaç tedavisi bittikten sonra yaşlarının da yakın olmasının etkisiyle ikili hasta-doktordan çok iki arkadaş olmuşlardı. Selçuk, biraz marjinal yöntemlerle Emre'ye hemen her kadından fiziksel olarak üstün olduğunu ispatlamıştı ve Emre'nin endişe düzeyi yıllar sonra hatırı sayılır şekilde azalmış ve sosyal hayata uyumu daha kolay olmuştu. Hâlâ kalabalık yerlere girmiyordu ama yanında başka bir erkek varken müşterisi kadınların evine montaja gidebiliyordu en azından. Emre'yi kıza alıştırmak mümkündü de kız, gerçekten kendisini sevemeyecek hatta nefret edecek biriyle evlenmeye razı mıydı? Selçuk'u asıl meraklandıran buydu işte.

Emre, fiziksel olarak Selçuk'un deyimiyle her erkeğin egosunu zedeleyecek derecede yakışıklıydı. Onu beğenmeyecek kadın olmazdı ama ya iş duygusal açlığa geldiğinde eşi ne yapacaktı? Telefonu eline alıp az önce çıkan Emin Amca'yı aradı.

"Alo, buyur evladım. Hayırdır?"

"Emin Amca, kıza iyi davranmasını tembih edin. Sizi dinler Emre, hele hastalığınızı duyduktan sonra etrafınızda pervane olduğuna eminim. Sonuçta kızı boğup katil olmasını istemeyiz. Hele de onay vermiş doktoru olarak ben hiç istemem."

"Tamam, merak etme sen." Emin, telefonu kapatıp ceketinin iç cebine soktu ve arabaya bindi. Stresle parmaklarını direksiyona vurup dudaklarını kemiren oğlu hemen ona dönüp "Ee?" diye sordu.

"Evlenebilir, maşallah bir şeyi yok, dedi."

"Koduğumun hödüğü hemen sattı beni yani!"

"Höst! Yanımda küfürde mi eder oldun?"

"Yok baba, özür dilerim. Sadece çok sinirlendim. Nasıl evlenebilir mişim acaba? Onu da sordun mu?"

"Sordum, sordum. Bal gibi evlenir, dedi. Kızı öldürme kâfi."

"Allah'ım konuştuğumuz muhabbete bak! Baba, ameliyat ol sen. Bunları sonra konuşuruz olur mu?"

"Sen evlenmeyi kabul etmezsen ameliyat falan olmuyorum!"

Emre sinirle "Baba kimse evlenmez ki zaten benimle!" diye karşı çıktı.

"Orasını bana bırak. Sen, kızı bulunca evlenecek misin peki?"

Emre, aklına gelen muzip fikirle rahatlayarak sırıttı. Kimse ona, kızını vermezdi? Kadınları boğmakla nam salmıştı bir kez. Babasına dönüp "Tamam. Sen kızı bul, ben de evleneceğim!" dedi.

Emin, oğlundan istediği cevabı aldıktan sonra hemen ameliyat için gün alınmış ve o hafta içinde operasyonu gerçekleşmişti. Hemen her gün kendisini hastaneye ziyarete gelen en yakın arkadaşı Hüseyin'e derdini açmak için fırsat kollasa da hastanede yakışık almayacağını düşünüp ertelemişti. Ama sonunda Doktor Nermin Hanım, taburcu olabileceğini söylemeye geldiğinde yeterince vakti olduğunu anladı.

"Emin Amca'cım ameliyat ve ameliyat sonrası iyileşme dönemi olumlu bir sonuç verdi. Ama yine de kendinize dikkat etmeniz gerek çünkü nüksedebilir, size bir diyet listesi vereceğiz. Muhakkak o listeye uyunuz ve ilaçları düzenli olarak alın. Haftaya kontrole gelmeyi de ihmal etmeyin."

"Tamam, çok teşekkür ederim."

Doktor çıktıktan sonra kantine gitmiş olan Emre geldi ve "Doktor geldi mi?" diye sordu.

"Geldi, gitti bile."

"Ne dedi peki?"

Emin, tam doğruyu söyleyecekken aklına gelen şeytanca bir fikirle vazgeçti. "Boşuna kesilip biçildim. Bir işe yaramamış ameliyat, üç ay ömrüm kalmış. Git, kalan ömrünü evinde geçir diyerek taburcu etti beni."

Emre, gözleri dolup hüzünle yutkununca bir an doğruyu söylemek geçse de aklından oğlunun iyiliği için yalanına devam etti. "Ben ameliyatı sen dedin diye oldum. Şimdi sözünü tutma sırası sen de."

"Baba, hâlâ evlilikten mi bahsediyorsun! Ankara'ya gidelim, bir de oradaki doktorlar görsün seni."

"Ameliyatları sen olmuyorsun, beni kesiyorlar. Ne zahmetler ne acılar çektim haberin yok tabii. Gitmem daha da bir yere. Sadece senin mürüvvetini görmek istiyorum madem beni düşünüyorsun, hemen evlen."

Emre, itiraz için ağzını açınca yüzünü ellerine gömüp hafif hafif iç çekerek ağlıyor izlemi oluşturdu. Oğlunun "Tamam baba." diyen yenilmiş sesini duyunca kâğıt mendille zaten kuru olan gözlerini siler gibi yaptı. Emre ise babasıyla az bir zamanı kalmış olmasını bir türlü unutamıyordu ve tek derdi son günlerinde babasının mutluluğunu sağlamaktı. Aslında ilk önce sağlığına kavuşması için bir yol var mı diye öğrenmek istiyordu ama doktor bayandı ve onunla konuşmaya hiç de hevesli değildi. Hem Selçuk onun yerine meslek taşları ile konuşup ona bilgi verirdi nasıl olsa. Ama bilmediği bir şey vardı; Selçuk ve babası ona karşı derin bir ittifak içindeydiler.

Emin Amca haftalar öncesinde, daha ameliyata girmeden yanlarına gelen Selçuk'u bir köşeye çekip uyarmıştı ve yapacağı duygu sömürüsüne yardım etmesini istemişti. Hiç etik olmamasına rağmen Selçuk, Emre'nin bir kadını sevebilme ya da onunla yaşayabilme ihtimalini değerlendirmek için kabul etmişti. Emre, onu arayıp babasının durumunu ve neler yapılabileceğini öğrenmesini istediğinde de aynen plana sadık kaldı. Emre'yi ofisine davet edip karşısına oturttu ve hüzünlü bir sıkıntıyla "Başka pek çok arkadaşa da sordum, babanın sayılı günü var. Hiç ümit yokmuş. Hepsi aynı şeyi dediler; adamı son günlerinde hastanelerde dolaştırıp eziyet etmeyin. Mutlu edin, moral çok önemli falan dediler." diyerek Emin Amca'nın başlattığı yalana devam etti.

Emre bir an tüm üzüntüsünün öfkesini Selçuk'tan çıkarmak

isteyerek hırladı. "Ulan gevşek ne demeye babama yalandan ümit verdin o zaman?"

"Ne yalan söylemişim ki ürkek tavşan?" diyerek sakin bir şekilde Emre'nin öfkesiyle alay etti.

"Tavşanla seni üst üste koyup... Nasıl evlenebilir, bir şeyi yok dersin?"

"İlaç tedavin biteli üç yıl oldu. Kadınlarla bir arada da bulabiliyorsun, niye olmasın ki yani? Bence evlenebilirsin."

"Evlilik de sadece aynı ortamda bulunmaktı zaten ya!"

"Bence ilişkiye de girebilirsin. Kendine, kontrolün ve gücün sen de olduğunu hatırlatman yeterli."

"Mümkünü yok. Düşüncesi bile strese girmeme yetiyor."

"Bak ne diyeceğim? Terapi süreci başlatalım evlilik öncesinde ve seni bu duruma hazırlayalım. Bence sandığın kadar zorlanmayacaksın."

"Öyle olsun bakalım. Ama akşamları özel seanslar istiyorum. Kalabalık hastane koridorlarında sıra beklemem."

"Anlaştık." İki arkadaş el sıkışıp ayrılırken aynı anda Kilimli Ulu Camii'nin avlusunda akşam ezanını bekleyen kırk yıllık arkadaşlar Emin ve Hüseyin de muhabbet ediyorlardı. Ezan sesi ile Emin, söyleyeceği şeyi diyememişti ama kesin kararını vermişti. Bu akşam diyecekti Hüseyin'e ve en yakın arkadaşının onu kırmayacağına dair inancı sonsuzdu. Namazdan sonra dağılan cemaatin içinde yine yan yanaydılar ve Emin daha fazla beklemeden lafa girdi. "Oğlanın başını bağlamaya karar verdim. Ben göçüp gitmeden yuvasını kurduğunu görmek istiyorum."

Hüseyin başını sallayarak onay verdi arkadaşına ve Emin bir kez daha en yakın arkadaşının damat olarak Emre'den iyisini bulamayacağına inandı. "İşte bu sebepten ötürü hayırlı bir iş için müsaitseniz yarın akşam size geleceğiz."

"Bize mi? Nasıl yani?"

"Rabia Hanım kızım için."

Her akşam oturdukları çay ocağının önüne gelene dek Hüseyin ağzını bile açmadı. Çay ocağının önündeki alçak taburelerden birine oturduğunda ise sıkıntıyla sakallarını kaşıyıp karşısında oturan arkadaşına baktı ve "Hiç zahmet etmeyin, Emin." dedi.

"Şaka mı ediyorsun Hüseyin? Kaç yıllık hukukumuz var. Sen beni, ben de seni bilirim. Ne yanlışımı gördün de gelme diye kestirip atıyorsun!"

"Sen, hayatımda tanıdığım en iyi insanlardan birisin ama kızımı bile bile ateşe atamam. Senin oğlanın ne edeceği belli değil, ben evladım sağ mı diye her dakika düşünerek ömür geçiremem. Zaten Rabia'da gururlu kızdır, deli diye anılan adama koca olmak istemez."

Emin, deli lafını duyar duymaz oturduğu tabureden kalktı ve "Deli dediğim oğlumdan iyisini, masum ve günahsızını kızına bulabilirsen mezarıma tükür!" diyerek evine yollandı. Yolda düşündükçe iyice sinir küpüne dönüyordu. Sözde en yakın arkadaşıydı ama bu akşam diğerlerinden farkı olmadığını göstermişti işte. Rabia, kapalı, dini bir bütün, hamarat ve hanım hanımcık bir kızdı. Tam da istediği gelin adayıydı ama Hüseyin'in dedikleri ile anlamıştı ki merhametten yoksundu. Doktoru illa da Emre'yi sahiplenebilecek birisi olsun istiyordu oysa. Emin, sinirle evin kapısı örttüğünde oğlu odasından çıkıp salona yayına geldi.

"Hayırdır baba?"

"Yok bir şey!"

"Sinirlisin, var bir şey bence. Namazdan sonra keyfin yerindeydi, beni bile görmüyordun. Hüseyin Amca ile-"

"Anma o herifin adını!"

"Niye? Anlatacak mısın artık?"

"Kızını isteye geleceğiz dedim."

"Haklı olarak gelme dedi."

"Nesi haklı be? Senden iyisini mi bulacak? Biz Hüseyin'le zamanında beraber ocağa girdik. Sonra beraber hacca gittik. Az değil kırk yıldır sözde can dostuyuz!"

"Baba, yanlış düşünüyorsun bence. Hüseyin Amca, normal olarak kızını düşünmüş. O, durumumu en iyi bilenlerden biri ve kızının mutlu olmasını ister. Delinin tekinin elinde heba olmasını değil."

Emin cevap veremeden Emre, sırıtarak "Kızı bulamadığına göre evlilik işi yattı sanırım." dedi.

"Kim demiş? Etraf kız dolu, bulacağım ve sen de evleneceksin."

"İyi bakalım ama yerinde olsam vaktimi böyle boş işlere harcamazdım, baba."

Emin, alaylı sözlerini söyleyip odasına dönen oğlunun arkasından bakarken kara kara kimin kızını istesem diye düşünüyordu. Öte yandan Hüseyin'e haksızlık ettiğini fark etmişti. Baba olarak kızını düşünüyordu sadece adamcağız. Ertesi gün sabah namazından sonra da Emre'nin zoruyla Hüseyin'in yanına gitti ve "Dün kızdım sana ama sen de haklısın tabii." dedi.

"Bak Emin, ben sen üzül diye demedim. Ama inan senin oğlana hiçbir aile kız vermez."

"Durumları biliyorsun, onu birine emanet edemeden ölürsem gözüm açık gider."

"Kafaya koydun yani?"

"Evet. Etrafa haber salalım çıkmaz mı birisi?"

"Emin yanlış anlama ama ancak kimsesiz birisi olursa olur."

Bu sözler üzerine ümidi kırılsa da Emin vazgeçmemişti ama bir haftalık gelin adayı arayışının ardından ümitleri tükenmeye başlamıştı. Hastalığını öğrendikten sonra işleri Emre'ye devretmişti ve o da sonunda eski hurdayı satıp istediği arabayı dükkânın önüne çekmişti. Emre, arabayı öyle bir heves ve mutlulukla anlatıyordu ki babasına, Emin ona bu arabayı daha önce almadığına pişman oldu ama bu kadar zor elde etmese bu aranın onu bu kadar mutlu etmeyeceğini fark edince doğru yaptığına karar verdi.

Arabanın altına giren bir kediyi kovalarken babası "Ne istiyorsun minicik hayvandan?" dedi.

"Dişimden tırnağımdan artırarak aldım ben onu. Hem kasko bile yapılmadı, uzak dursun kedi köpek."

"Bak işte parasını hemen vereydim, böyle kıymeti olmazdı. Bu sana malının kıymetini öğretmek içindi. Aferin."

Emre, babasına duyduğu hayranlıktan ötürü bile baba olmayı isteyebilirdi ama asla böyle bir şeyin gerçekleşeceğine inancı yoktu nedense. Oğluna mutlu bir yuva kurmayı son babalık görevi sayan Emin'in imdadına ise bu yeni kırmızı araba yetişmişti. Ertesi gün öğlen ezanından sonra dükkâna şöyle bir uğramak istedi ve ön kısımda olur da müşteri gelir diye masaya oturttukları Miraç ile bir genci tartışırken bulmuştu.

"Oğlum başımı belaya mı sokacaksın?"

"Ne ödleksin lan! Alt tarafı iki tur atacağız arabayla. Ruhu bile duymaz o delinin."

"Asıl deli dediğini duyarsa ruhuna el fatiha..."

"Tamam, anladık sen ödleksin. Ben kendim tur atarım soran olursa ben aldın anahtarı derim."

"Defol git Tufan! Ağzını burnunu ben kıracağım şimdi! İşimden mi edeceksin lan beni! Burası bana emanet dangalak! DEFOL LAN!"

"Tamam ya ne kızıyorsun?"

Yanından geçip giden gencin arkasından baktıktan sonra "Selamün Aleyküm." diyerek dükkâna girdi.

"Aleyküm Selam, Emin Amca. Hoş geldin."

"Hoş bulduk. Miraç o çıkan kimdi?"

"Halamın oğlu Tufan."

"İnsan kuzenine öyle bağırıp kovar mı hiç? Hayırdır?" Aslında duymuş olduğu konuşmayı sorarak Miraç'ın dürüstlüğünü kontrol ediyordu, sonuçta geçici bir süreyle de olsa bu çocuğa kasayı emanet etmişlerdi.

"Eli uzundur Tufan'ın. Emre Abi'nin yeni arabasına takmış kafayı şimdi de."

"Delikanlı çocuk, utanmıyor mu hırsızlığa? Çalışmıyor mu?"

"Bu tembel mi çalışacak? İşi gücü ipsiz sapsız gezmek. Ablası çalışıyor kız haliyle bu da utanmadan yiyor!"

Artık her kıza potansiyel gelin gözüyle bakan Emin "Ablası kim ki?" diye sordu merakla.

"Elif Ablam. Kız, lise bittiğinden beri markette çalışıp kirayı öder. Bu it de ancak sürter!"

"Hangi markette peki?" Emin kızı görmeyi kafaya koymuştu.

"Karakolun karşındaki büyük markette çalışıyor. Eniştemle

halamda suç ama. Hep Tufan'ı şımarttılar, sanki tek evlatları o. Tufan ne isterse olacak illa."

"Anladım evladım. Sana iyi çalışmalar. Emre sorarsa baban eve dönmüş dersin."

"Tamam Emin Amca."

Emin markete doğru büyük bir heyecanla gelmiş ve içeri girer girmez Elif hangisi diye gözleriyle taramaya başlamıştı. Kasalardaki kızlardan biri diğeri "Elif, kasanın anahtarını ister misin? İade var." deyince "Tamam." diye kısaca cevap veren kızı dikkatle incelemeye başladı. Bu kız, Rabia'dan güzeldi ama pek süslüydü. Saçlarını dalga dalga omuzlarına salmıştı ve gözleriyle dudakları da boyalıydı. Kız ona dikkatle bakan yaşlı adamı fark edince "Buyur Emin Amca'cığım bir isteğin mi vardı?" dedi sevecen bir şekilde. Emin, kendisine adıyla hitap edince bir an şaşırdı. Ama biraz daha baktıkça kızı bir yerlerden tanıdığına kanaat getirdi. Sonunda "Kimin kızısın sen?" diye sordu.

"Sürmeli Veli'nin. Ben liseye giderken her sabah selamlaşırdık ya Emin Amca, ne çabuk unutmuşsun."

Kızın hatırlatmasıyla Emin'in dün gibi gözünün önüne geldi o günler. Aslında pek değişmemişti Elif sadece daha alımlı olmuştu. "Hatırladım şimdi Elif kızım. Baban nasıl? Ne yapıyor?"

"İyi. Kaçak ocaklarda çalışıyor hâlâ."

"Allah kolaylık versin."

"Sağ olun." Emin'in aklına eskilerden kalma bir anı takılınca kızın Emre için doğru kişi olduğunda karar kıldı. İki yıl evvel vefat eden bir deli kadın vardı ve kaldırıma oturup gördüğünden para isterdi. Vermediklerinde ise belediyenin yol kenarına koyduğu çiçekliklerden toprak alıp gelip geçenin üstüne atardı. Elif, lise döneminde daha gencecik bir kızken her sabah para vermediği halde Deli Zarife ile sohbet ederek geçerdi kaldırımdan. Çünkü kimsenin önemsemediği Zarife'ye o değer verir, hâlini hatırını sorar ve sabırla dinlerdi onu. Doktoru ne demişti; merhametli, sabırlı, iyi yürekli ve Emre'yi anlayacak biri olmalıydı. Maşallah alımlı da kızdı, Emre'nin evlendikten sonra bu kızdan uzak durması zor olurdu. Şansı varsa torununu bile görürdü ölmeden evvel.

Elif, kendisine dönüp "Emin Amca'cığım isteğin neydi? Demedin hâlâ." deyince bir an afallasa da toparlanıp "Alışveriş listesini evde unutmuşum ben. Yarın uğrayıp alırım artık alacaklarımı." diyerek marketten çıktı. Aslında bu marketten hiç alışveriş etmezdi. Mobilyacı dükkânına yakın olan market, komşu esnaf olduğu için alışverişi oradan ederlerdi ama anlaşılan artık alışverişin adresi değişecekti. Ertesi günde dünden beri kurduğu planı uygulamaya geçirdi.

Doktor kontrolünden eve dönerken, Emre'ye dönüp "Oğlum burada az sağa çek. Marketten alacaklarım var." dedi. Kasten ceketini arabada bırakarak markete girdi ve evin eksiği bir iki şey alıp Elif'in kasası önünde sıraya girdi. Aksilik ya önünde bir kişi kalmışken yan kasa açıldı ve kasiyer kız "Sizi böyle alayım, sıra beklemeyin." dedi. Emin, el mahkûm yan kasaya geçti ama sanki cüzdanını unuttuğunu yeni fark etmiş gibi Emre'yi aramayı da ihmal etmedi.

Emre, markete girip kasadaki babasının yanına yöneldi hemen ve çıkarıp parayı uzattı. Para üstü beklerken Emin, oğluna kaş göz edip yan kasayı göstermeye uğraşıyordu. Ama saftirik oğlu o tarafa bakmadığı gibi bir de 'Ne var?' anlamında bir elini açmış o da kendisine kaş göz ediyordu. İyice sinirlenen Emin, kafasıyla bariz şekilde yan kasayı işaret etti. Sonunda Emre dönüp bakınca fatura kesmek için kasayla meşgul olan Elif'i yan profilden görmüş oldu. Kızaran yanaklarıyla kocaman açtığı gözlerini babasına dikti Emre.

Oğlu kafasını eğip aldıklarını poşete koyarken Elif'in yanına bir kız gelip sarıldı. Ve iki genç kız, Emin ile Emre'nin rahatlıkla duyabildikleri bir ses tonuyla konuşmaya başladılar.

"Aa Nihan, hoş geldin canım."

"Hoş bulduk. Size düğün davetiyemi getirdim."

Elif davetiyeyi incelerken "Hayırlı olsun." dedi.

"Neyse şarküteridekilere de davetiye vereyim sonra konuşuruz yine." diyerek giden kızın ardından Elif, arkasını Eminlere dönerek soldaki arkadaşıyla konuşmaya başladı.

"Bir biz bulamadık şöyle zengin koca. Kurtuldu buradan valla, darısı başımıza artık. Düşünsene burada tüm gün dikilip çalışmak yerine o mağaza senin, bu mağaza benim kocanın parasını eziyorsun. Oh! Hayat diye ona derim ben be! Hali vakti yerinde olsun, isterse çamurdan olsun."

Karşısındaki kız onu onaylar şekilde konuşurken Emre, poşetleri yüklenip en hızlı şekilde marketten çıktı. Emin, oğlunun arkasından marketten çıkıp arabaya oturdu. Poşetleri bagaja yerleştiren Emre, babasının yanına oturur oturmaz. "O olmaz." dedi.

"Nedenmiş? Maşallah pek güzel."

"Çok konuşuyor görmüyor musun? Ve paragöz."

"Oğlum, sana kız ararken ömrüm tükenecek. Sen, kız bul, evleneceğim, demedin mi? Kimi bulduğum seni ilgilendirmez yani."

"Koca değil, ayaklı banka kartı arıyor o geveze."

"Oğlum, sen seçebilecek durumda değilsin. Kimse sana varmak istemiyor. Bu kız paran için bile kabul ederse ne mutlu bana."

"O etse, anası babası kabul etmez. O yüzden içim rahat zaten. Nasıl biliyorsan öyle yap baba."

Emin, oğlunun dedikleri yüzünden tüm gece uyuyamamış düşünüyordu. Sürmeli Veli'yi az çok tanıyordu ve fakir bir adamdı. Ama öyle ya da böyle hayata tutunmuş yaşamlarını sürdürüyorlardı. Malı mülkü yoktu ama borcu harcı da yoktu. Veli, parayla ikna olacak bir adam değildi ama kız sanki sıkılmıştı hayatından. Elif, ben istiyorum dese ailesi kabul eder miydi?

Ertesi gün atölye yoğun olduğu için dükkânda oturup müşteriyi karşılama işi Emin'e kalmıştı yine. Miraç'ı sıkıştırıp Elif'in ailesini sormuştu ve anladığı kadarıyla Veli de kızını vermezdi. Kız, eve gelen paranın yarısını getiriyordu ve yine de boş gezen erkek kardeşi Veli'nin göz bebeğiydi. Emin kara kara düşünürken bu kez şeytanın yardımıyla bu işi nasıl yapacağını bulmuştu.

Öğlene doğru Tufan yine Miraç'ı görmek için dükkâna girip Emin'i görünce afallayarak geri çıkmak için döndü. Ama Emin, kilitli çekmeceden Emre'nin arabasının anahtarını çıkarıp çaktırmadan masanın ortasında görülebilir bir yere bıraktı ve Tufan'a seslendi. "Evladım ne kaçıyorsun, gelsene içeri."

"Ben Miraç'a baktım da dayı. Yok sanırım."

"O atölyede çalışıyor ama sen geç otur. Hatta ben öğlen namazına camiye gideceğim. Sen bir yarım saat göz kulak oluver buraya olur mu?"

"Tamam, dayı."

Emin, kendinden utanarak çocuğun arabayı alıp gitmesi için dua etmeye başladı. Camiye gitmek yerine iki dükkânın arasında kalan otobüs durağına oturup beklemeye başladı. Çok değil, on dakika sonra Emre'nin kırmızı arabası önünden geçip ilçe meydanına doğru yol alınca telefonunu çıkarıp karakolu aradı. Arabanın çalındığını söyleyip plakayı verdi hatta aracın şuan karakolun önüne doğru yol aldığını belirtti.

Emin sadece hırsızlıktan yakalanan oğlu için kızını isteyecekti Veli'den. O nerden bilebilirdi ki Tufan'ın dur ihtarına uymayıp polisle kovalamaca oynayacağını ve kaza yapıp arabayı hurdaya çıkaracağını. Kazayı duyduğu an pişman oldu yaptığına. Ya çocuğa kazada bir şey olsaydı.

Ama sadece iki yıl sonra torununu öperek ölüm döşeğinde bu yaptıklarının itirafını gelinine çıtlatırken her şeye değer olduğunu biliyordu bu mutluluğun. Tüm dalavere ve günahlara rağmen şeytan bile aklına soktuğu hinlik ile ona yardım etmişti de oğlunu mutlu bir aile sahibi olarak gördükten sonra huzur içinde Mihriban'ına kavuşmaya gidebilmişti.

Emre'den

*"Hiç şüphesiz, biz her şeyi kader ile yarattık."*

Yılların emeği ile biriktirip aldığım, çocukluk hayalim olan kırmızı arabamın hurdasına bakarken sabır gösterebilmek için kendime Kamer Sûresi'nin 49. ayetini hatırlattım. Küçükken yalnızca korkup anlam veremediğim şeylere biraz büyüyüp aklım erince isyan etmiştim. En çok da beni dört yaşında annesiz bırakan Allah'aydı isyanım ve babam ilk kez o zaman bu ayeti söyleyip kendi hayatımın sınavı için güçlü olmamı öğütlemişti. O gün bugündür ne zaman bunalsam isyan etmek yerine daha çok sığınmıştım yaradanıma ve büyüdükçe ettiğim nankörlüğün farkına varmıştım. Evet, annem hayatta değildi ama babam tüm merhameti ve sevgisiyle benimleydi. Oysa dünyada anne ve babasını hiç bilmeden büyüyen nice çocuk vardı.

Annemin vefatı mı beni kötü etkilemişti yoksa başıma kötü bir olay mı gelmişti bilmiyorum, daha doğrusu hatırlayamıyorum ama o günden sonra asla normal sıfatı benim olmamıştı. Lisede 'DELİ' diye etiketlenmem ile de tescillenmiş oldu durumum. Hacı Emin'in oğlu Deli Emre diye kime sorsan gösterirdi ilçede. Benim yabani tavırlarıma karşı babam tüm ilçede sevilen ve sayılan biriydi. Dürüst, namuslu, hayırsever, dini bütün Hacı Emin Efendi sanki bu kez bir yaramazlık etmişti. Çünkü arabamı çalan kişi; babamın dün bana gösterdiği kızın erkek kardeşiydi. Ünlü fizikçi Albert Einstein'ın "Tanrı zar atmaz." sözüne inancım tam olmasaydı, belki yerdim babamın bu numarasını ama alenen çocuğa dükkânı emanet etmişti. Dahası polise demesem de kilitli çekmeceden arabanın anahtarlarını nasıl aldığı da muammaydı.

Kaza yerinden karakola geçtiğimizde babamı bir köşeye çekip kısık sesle hesap sormaya başladım. "Baba, nasıl yaparsın böyle bir şeyi?"

"Ne yapmışım oğlum?"

"Dün kızı gösterdin, bugün kardeşi arabamı hurda etti. Ne tesadüf ama(!)"

"Şişşt! Sessiz ol, biri duyar maazallah. Canım, ben nerden bilecektim ki polis dur dediğinde oğlan durmayacak. Kaza Allah'ın takdiri. Şükür kimseye bir şey olmadı."

"Nasıl olmadı? Benim arabam uzaktan bakılınca ezilmiş, boş, kola kutusu gibi gözüküyor ama kimseye bir şey olmadı diyorsun!"

"Oğlum, araba dediğin mal en nihayetinde ya çocuğa bir şey olsaydı?"

"Gebersin it! Şikâyetçi olacağım, arabamın parasını kuruşuna dek istiyorum."

"Oğlum anahtarı ben orta yerde bıraktım."

"Olsun, çalması mı gerekirdi?"

Babam, omzumun üstünden karakolun giriş kapısına bakıp "Sus, kızın babası geldi." dedi.

"Ne kızı?"

"Sana alacağımız kızın. Hani dün görünce pancara döndüydün ya, o kız işte. Artık aklından ne geçti de utandıysan?"

Babamın alaycı sözleriyle tekrar kıpkırmızı olduğuma emindim. Kasiyer kızdan bahsediyordu ve kardeşinden pek de farklı olmadığını sözleriyle ispatlamıştı kız. Ailecek başkalarının parasına ve malına göz dikmişlerdi bunlar. Hiçbir kadından hoşlanmazdım ama güzellik olgusu farklı bir şeydi. Kız da fena değildi hatta normal her erkek onu çekici bulurdu sanırım. Beni utandıran şey; babamın, haram diye erkeklere selam vermeyen Rabia'dan sonra hava sıcak diye kıçını ancak örten şortla dolaşan bu kızı seçmiş olmasıydı. Biraz daha bulamasa kötü yoldan kurtarmak sevaptır diyerek kimleri getirecekti karşıma acaba?

Kızın aşüfteliğini babama ispatlamak için dün akşam arabamın içinde oturup marketten çıkışını izledim. Ama sergilediği bacakları dışında açıkta bulabileceğim hiçbir olay yoktu. Aksine markette çalışan erkeklerle seviyeliydi ve beni şaşırtmak istercesine sadece önüne bakarak gitti evine. Bulduğum tek eksiğini babama dediğimde ise "Giyimine kuşamına göre insanları yargılamayı sana hiç yakıştıramadım, oğlum. Hava sıcak, bunalmıştır kız, ne yapsın?" demişti.

"İyi, ben de deliyim nasılsa diye anadan üryan gezeyim o zaman!" diye lafı gediğine koymuştum ama ne fayda? Kafaya koymuş babam bir kere. Şimdi de karakolda oturmuş kızın babasıyla bir güzel muhabbet ediyordu. El sıkıştıklarında o bücürün karım olmasına az kaldığını idrak ettim ve tüm sinirimi arkamdaki duvara kafamı vurarak çıkarmak istedim. Çıkan tok sesle babam ve karakoldaki diğer herkes bana dönünce alelacele dışarı çıktım. Nefes almaya ihtiyacım vardı ama derin derin çektiğim hiçbir soluk yetmiyordu bana.

O akşamüzeri soluğu Selçuk'un ofisinde aldım ve o beni dinlerken içimdeki her şeyi sayıp döktüm. "Çok itici, paragöz, giydiği kıçını zor örtüyor!"

"Orada dur bakalım. Benim karım da minileri sever ve bu şekilde birini yargılayamazsın. Seni deli diyerek yaftalamış insanlardan farkın yok şu an. Hem baban için en değerli şey sensin, yani kızı sana uygun bulduysa iyi biri olduğuna eminim. Bence misojinist olmandan ötürü kızı sürekli kötü görüyorsun. Seni gerçekten rahatsız eden neden ne? Onu söyle bana."

"Hiç çekingen birine benzemiyor ve bu beni kaygılandırıyor."

"Senden çekinmesini mi isterdin?"

"Evet. Üstüme atlamayacağını bilmek içimi rahatlatırdı."

Selçuk içten bir şekilde gülüp "Kızın ilk gecenizde üstüne atlayacağını mı sanıyorsun?" dedi.

"O bücürden beklerim. Daha utangaç ve içine kapanık birisi olsaydı benim için daha kolay olurdu."

"Senin gibi biri daha yani. O zaman asla iletişim kuramazdınız ve bakir olarak ölürdün."

"Niye benim cinsel hayatım seni bu denli ilgilendiriyor? Artık kimseye zarar vermiyorum işte. Evlenmem ya da biriyle yatmam neden gerekli?"

"Kâbusların nasıl peki?"

"Hâlâ devam ediyor."

"Onlardan kurtulduğun gün tamamen iyileşmiş olabilirsin ancak. Bu da geçmişte hatırlayamadığın o zaman dilimiyle alakalı ve cinsel birlikteliğin bunu tetikleyeceğini umuyorum. Bastırdığın anıların bu sayede gün yüzüne çıkacak bence."

"Ya yine hiçbir şey hatırlayamazsam?"

"Yine de bana teşekkür edersin." dedi çapkınca sırıtarak.

Aslında en çok korktuğum şeyi dillendirip "Peki kızı boğarsam?" diye sordum.

"Benim de en çok korktuğum bu." Derin bir iç çekip koltuğuna geri yaslandı ve "Yine marjinal bir yol deneyelim." dedi. "Hazır hissetmezken birlikte olmak istemiyorsun ve onun sana böyle bir istekle gelmesi en çok korktuğun şey. Bunun önüne geçmek için evlenmeden önce kızın biraz gözünü korkut."

"Nasıl?"

"Deli diye nam salmışsın bir kere. Kız bunu illaki duymuştur ve bunun üzerinden onu korkutabilirsin."

"Bir halt anlamadım, adam gibi anlat şunu."

"Kızı taciz et ama abartma. Senden biraz korksun yeter."

"Ne tür bir tacizden söz ediyoruz?"

"Cinsel taciz."

"Allah'ıma kitabıma sen benden hastasın. Ama aklıma yattı. Bakarsın evlenmekten vazgeçer ve ben de kurtulurum bu saçmalıktan."

"Baban çok üzülür o zaman. Nikâhta keramet vardır derler. Evlen, seni zorlarsa boşanırsınız. Ucunda ölüm yok ya."

"Benim için yok da kız için aynı şeyi diyemem."

"En son ne zaman bir kadına saldırdın?"

"Bilmem, dört ya da beş sene evveldi sanırım."

"Demek ki endişelerin yersiz. Sana güvenmesem inan evlenmene ilk ben karşı çıkardım. Problemin kadınlarla ve çözmek için üstüne gitmelisin."

Selçuk ortaya yine manyakça bir fikir atmıştı ama itiraf etmeliyim ki onun manyakça fikirleri sayesinde toplum içindeki sosyal yaşantımı sıkıntı çekmeden geçirebiliyordum. Daha hastası olduğum ilk günlerde, beni çok iyi analiz edip çözmüştü. Acılı şok tedavisinden ilaç bile almadığım bu günlere onun yardımıyla ulaşmıştım.

Ertesi gün babam, dükkânda "Akşama kızı istemeye gidiyoruz. İşi gücü bırak, alışverişe çıkacağız." dediğinde son kez babamı ikna etmek için içimde tuttuğum her şeyi yüksek sesle dile getirdim.

"Baba, gel vazgeçelim yol yakınken. Arabadan da geçtim zaten senin yüzünden olmuş hepsi."

"Ölüp gideceğim, mürüvvetini görmeden mi gideyim? Gözüm arkada kalsın, mezarımda rahat edemeyeyim mi istiyorsun?"

"Baba, kocaman adamım, kendi başımın çaresine bakabilirim. İlla evlenmem mi gerek? Ben misojinistim, nasıl bir kadını sevip yuva kurabilmemi istersin?"

"Doktorun da dedi; iyi gelirmiş işte evlenmen."

İçimde tuttuğum ve asıl korktuğum şeyi daha önce asla yapmadığım şekilde babama bağırarak söyledim. "KIZ KOBAY MI? SIRF BANA İYİ GELECEK Mİ DİYE BAKARKEN ELİMDE ÖLÜP GİDERSE NE OLACAK? BABA, ONU BOĞARSAM AİLESİNE NASIL HESAP VERECEKSİN? BİR KEZ OLSUN BENİ DEĞİL DE O KIZI DÜŞÜNDÜN MÜ? BU KADAR MI BENCİLSİN?"

Gözlerine birikip sakallarına karışan yaşları görmemle ona bağırdığıma pişman olmam bir oldu. "O kadar bencilim, evet. Senin mutluluğun için bir başkasının hayatını önemsemeyecek kadar. Bunu da ancak baba olunca anlayabilirsin, oğlum."

"Ailesi nasıl kabul etti?"

"Babası, oğlu için düşünmeden kabul etti."

"Hiç demedi mi oğlunun hastalığı ne diye?"

Babam olumsuz anlamda başını sallayınca kadınlara olan nefretime ters düşecek şekilde kıza acıdım. Yazık onu zerre umursamayan bir babası vardı. Benim babam ise bana fazlasıyla düşkündü ve şu an vazgeçmemden korktuğu için sessiz sessiz ağlıyordu.

Kurbanlık koyun gibi kaderime boyun eğip "Tamam. Önce eve gidip bir duş alayım sonra da alışverişe çıkalım." dedim.

Babamın bunca yıldır niye para biriktirdiğini sonunda çözmüştüm; benim dünya evine girmem için. Kesenin ağzını açmıştı Hacı Emin, ne görsek en iyisini aldı. O paragöz bücür koşa koşa evlenirdi artık benimle. Hele nerdeyse nohut büyüklüğünde bir taşı olan tek taşı gördüğünde ben vazgeçtim istemiyorum, desem babamı alırdı yelloz. Kardeşi hırsızdı bir kere, ne beklersin ki? İçime düşen kurtla çiçekçi ile sohbet eden babama döndüm ve kulağına "Ya kızın da eli uzunsa?" dedim.

Babam "Yeri değil şimdi." diyerek beni susturdu. Çiçekçiden çıkınca "Eli uzun olsa markette kasaya koyarlar mıydı onu?" dedi çattığı kaşları ile. Benim sürekli bir kulp bulma uğraşımdan sıkılmıştı anlaşılan. Beni ikna etmek için marketin sahibiyle konuştu ve adam adının Elif olduğunu öğrendiğim kızı öve öve bitiremedi.

"Bugün hiç haber vermeden, birden işe gelmemesi dışında bir yanlışı olmadı. Çok çalışkandır, zeki kızdır hem de. Kaç yıldır bizimle çalışır ve kasası bir kez bile açık vermedi, dikkatlidir de. Bugün işe gelmeyeceğim, deseydi iyiydi ama onun da geçerli mazeretini sizden öğrendim şimdi."

Niye bilmiyorum birden "Daha çalışmayacak, hiç beklemeyin artık." deyiverdim. Adamın yanından ayrıldığımızda babam hayretle ve soran gözlerle bana bakınca "Giyinmeyi bilmiyor o kız, Hacı Emin'in gelini kıçı açık geziyor demesinler." dedim. Ciğerimi bilen babam yemedi tabii, orası ayrı.

Annem vefat ettiği ve isteme merasiminde yanımızda bir kadının da bulunması gerektiği için muhtar ve eşi de bizimle geliyorlardı. Elimde kocaman gül buketiyle ayaklarım geri geri gittiği için eve çıkan merdivenleri çıkmayı istemiyordum. Küçük bir çocuk gibi arkama bakmadan kaçmak istiyordum sadece. Halimi fark eden babam "Emre, hadi." diyerek bana seslendi. Bir iki basamak çıkıp babamın kulağına fısıldadım. "Hâlâ geri dönebiliriz, evlenmesem olmaz mı?"

"Oğlum rezil mi edeceksin beni? Hadi düş önüme."

Babamın zoruyla çıktığım merdivenlerin ortasındayken o edepsizin bağırtısı doldurdu geceyi.

"Sıkıldın öyle mi? LAN GERİZEKALI, SENİN YÜZÜNDEN DELİNİN TEKİNE VERİLİYORUM BEN! GİT! GİT, GİDİŞİN OLSUN DA DÖNÜŞÜN OLMASIN İNŞALLAH!"

Sanırım kazayı yapan kardeşine bağırıyordu ve hiç de babamın sandığı gibi para için bile olsa benimle evlenmeye meraklı değildi. Muhtarın karısı önce ürkerek bana baktı sonra da geri mi dönsek der gibi babama. Babam utançtan kıpkırmızı olmuştu ve en çok da bana yakıştırılan sıfatlara üzüldüğünü biliyordum. Dili dolanarak "Dönelim, başka zaman... Ya da uygun değiller..." diye sonunu getiremediği cümleler mırıldandı. Altmışına merdiven dayamış hasta babamı üzecek edepsizi, hak ettiği şekilde inletmek için bile evlenirdim. Aşağı yönelen babamı kolundan tutup "Hayır, istemeye gidiyoruz!" dedim kesin bir sesle.

Derdimi anlayan babam "Emre, etme oğlum. İstemiyor işte." dedi.

"Daha iyi ya! Hadi yürüyün geç kalmayalım." Merdivenlerin ortasında öylece dikilip kalmış olan muhtar ve eşini es geçip önden önden merdivenleri tırmandım. El mâhkum peşimden geldiklerini anladığımda ise zile bastım. O kıza bu yaptığını ödetmezsem bana da Deli Emre demesinler!

Eve girdiğimiz an keskin bir küf kokusu burnumu kaşındırdı. Ev küçük ve öyle eskiydi ki halimize şükretmeden edemedim, asla yokluk görmemiştim. Küçük salona oturduğumuzda gözlerim kızı aramaya başladı ama babamlar havadan sudan konuşurken kız hâlâ ortalarda yoktu. Sonunda kahvelerle birlikte teşrif ettiğinde, öfkemi dizginleyebilmek için dişlerimi sıktım. Yüzünde boya yokken çok çirkindi ve gözleri şişmişti. Şiş gözleri beni bulunca kısa süreli bir şaşkınlıkla etrafı taradı. Bana kahvemi uzatırken bir şeyden emindim; beni beğenmişti. Devamlı karşılaştığım bu durum, kadınlardan daha çok iğrenmeme sebep olmuştu. Ne zaman bir kadının aç bakışlarına maruz kalsam, sonu benim için hiç de iyi olmayan sinir krizleriyle bitiyordu. Onu bayılana dek boğmayı ve ayılınca tekrar tekrar boğmayı hayal edince biraz olsun rahatladım. Nefret ve öfkeyle harmanladığım bakışlarım ile şaşkın bakışları buluşunca hemen doğrulup uzaklaştı. Sonunda isteme merasimi bitince bu kez çikolata tutmak için geldi ve sakin kalabilmek için gözlerimi kaçırdım. Eğildiğinde elbisesinin yakası aşağı sarktı ve en çok iğrendiğim şey olan bir çift göğüs burnumun dibinde belirdi. İlginç bir şekilde midem bulanmadığı gibi çekici de gelmişti. Kalbim ritimsiz çarparken bu beyaz, büyük göğüsleri nasıl olup da arzulayabildiğime hâlâ anlam veremiyordum. Baktığım yeri anlayınca hemen yakasını düzeltip doğruldu.

El öperken ummadığım şekilde içtenlikle babama sarıldı ve

babamın, parmağına taktığı tek taşa aldırmadı bile. Benimle evlenmeyi ne denli istemediği açıkça ortadaydı. Ama şu an buna kafa yoramazdım, aklımda tek bir şey vardı; büyük beden göğüsleri. Gözümü alamadığım odak noktası olmuşlardı ve salondan çıkıp gidince büyülenmiş gibi peşine takıldım. Yolda bir kadın beni durdurup ne istediğimi sorunca aklıma gelen ilk yalanla tuvaleti sordum. Kadın mutfağa doğru Elif'in adını seslenince gereksiz bir heyecana kapıldım. Ne oluyordu bana? Az evvel babamı rezil etmişti ve bana deli demişti. Öfkem bana tekrar hâkim olurken kız önüme geçip yolu göstermek için hole girdi. Holün kapısını kapatıp onu omuzlarından duvar savurdum. Acıyla buruşturduğu yüzü bile hilekâr olduğunun ispatıydı çünkü o kadar şiddetli bir çarpma yaşamamıştı.

Kadınlara bir kol mesafesinden çok yaklaşamazdım ama Selçuk'un hep dediği cümleleri kendime hatırlatıp bedenimin tüm ağırlığını üstüne verdim. Ürkek bakışları daha da cesur hissetmemi sağlamıştı. Selçuk haklıydı, fiziksel üstünlük bendeydi. Kulağına eğilip vücudumda kol gezen adrenaline inat sakince "Sen kime deli diyordun?" diye sordum. Korkusu ritimsiz nefeslerinden bile belli oluyordu ve hastalıklı tarafım bundan büyük bir keyif duymuştu. Babamı utandırırken gür çıkan sesi şimdi kesilmişti.

Kokusu, beyaz teni, iri göğüsleri ile karma karışık bir etki bırakmıştı üstümde. Anlam veremediğim bu durum öfkemi daha da perçinleyince aklıma gelen en ürkütücü sözlerle onu tehdit ettim çünkü lakabım için bile benimle alay eden bu yosma, eminim hastalığımı öğrendiğinde bunu hiç çekinmeden kullanırdı.

"Bana deli dediğine bin pişman edeceğim seni. Babamı üzüp rezil etmek ne demek göreceksin!"

Kendini savunmak için korkuyla babama laf etmediği söyledi ama umurumda bile değildi. En baştan benden çekinmesini sağlamalıydım ki bana hastalığımla ilgili sorular sormasın ya da etkilendiği bedenim için yatağıma girmeye çalışmasın.

"Sen bana deli dediğinde babam da duydu ve üzüldü. Dahası muhtar ve karısının yanında rezil oldu. Buraya gelmeyi ya da evlenmeyi hiç istemiyordum. Ama sen babamı üzdükten sonra sırf seni hak ettiğin şekilde inletmek ve tatmadığın acıları tattırabilmek için fikrimi değiştirdim. O merdivenleri başta babamın zoruyla çıkıyordum. Senin bağırışından sonra babam dönmek istedi ama bu kez ben babamı yukarı çıkmak için zorladım. Kendi kuyunu kendi elinle kazdın."

Ayak sesleri duyunca babamın rezil olup daha çok üzülmesini istemediğim için kızı korkudan titrer şekilde orada bırakıp salona döndüm. Onu bu şekilde hırpalamanın eğlenceli düşüncesi beni sardığı için eve gidince zar zor uykuya dalabildim. Sabah uzun ve aralıksız çalan korna ile gözlerimi araladığımda küfürler savurarak yataktan kalktım. Kornaya basan şoförü haşlamak için zemin kattaki odamın penceresini açtım ve kazada hurda olan arabamın bir eşini daha bahçede gördüm. Babam arabanın içinden bana el sallayınca sevinçle sırıtıp camdan bahçeye atladım. Çıplak ayaklarıma taş ve çakılların batmasını umursamadan koşarak arabanın yanına gittim.

Babam arabadan çıkıp anahtarı elime verdi ve "Araban bir nevi benim yüzümden gitti. Sen ki beni kırmayıp dün bana o mutluluğu yaşattın oğlum, ben de bu şekilde karşılığını al istedim." dedi.

"Şekerle çocuk kandırır gibi beni kandırıyorsun yani?"

Babam gülüp sırtımı sıvazladı, sonra birden ciddileşip nasihat vermeye başladı. "Dün, babasına daha Elif çalışmasın, Emre istemiyor diye dedim. Şimdi benim de senden bir isteğim var. Elif kızım ne isterse al."

"Nerden kızın oluyor? Senin bir tek çocuğun var, o da benim!" Babam tek variyetimdi ve onu paylaşmam söz konusu bile olamazdı. "Hem niye o açgözlüye her istediğini alıyoruz?"

"Karın olacak ve o zaman sen ya da o diye bir ayırım olmayacak. Siz olacaksınız, aile olmak bu demektir."

"Enayilik bu yaptığımız bence."

"Sen de hiç mi hatırım yok, şu hasta halimle beni sorgulayıp duruyorsun. Baba olarak saymıyorsan bari yaşıma hürmet et."

"Olur mu öyle şey? Estağfurullah baba."

"O zaman lafımı ikiletme, hazırlan hemen. Elif ve ablasını alıp nişan alışverişine gideceksin."

"Parayı verelim gitsin işte onlar, niye ben de gidiyorum?"

"Az evvel ne dedim ben?"

"Tamam! Tamam!"

Babamın üzülmesine katlanamadığım ve ona asla saygısızlık etmek istemediğim için sabahın köründe kapılarını çaldım. Annesi kapıyı açıp birazdan gelir dediği için ben de arabama bindim. Arabaya tekrar kavuştuğum için mutluluğuma diyecek yoktu. Kız, benim bile sabah görünce şaşırdığım arabaya hayretle bakarak arka koltuğuna yerleşti. Çarşıya gelince ablasını almak için durdum ama ben anayolun ortasında arabayı bekletirken araca binmeyen kadına sinir olmaya başlamıştım. Dikiz aynasından Elif'e çattığım kaşlarım ile bakınca arka koltuktan kalkıp yanıma oturdu. Sanırım ablası dün gece tuvaleti sorduğumda yaptığı gibi bizi yine bir araya getirmeye uğraşıyordu. Oysa Elif'in benden korktuğu her halinden belliydi. Ablası radyoyu aç dediğinde ürkek bakışlarla benden onay istedi. Ona emretmek ya da benden aşağı olduğunu sürekli hatırlatmanın vereceği haz içimi doldurup taşırırken yalnızca kafamla onayladım. Ama çalan hüzünlü bir şarkıyla çaresizce ağlamaya başlayınca ruhumun hasta yanı bundan memnuniyet duyarken babamın öğütleriyle dolu iyi yanı ona acıyordu. Bu tatsız ikilemden kurtulmak için torpidodan kâğıt mendil çıkarıp ona verdim. Bu basit hareketimle bile irkilip titremesi beni kafasında canavar ilan ettiğinin kanıtıydı. Madem canavardım ona göre, ben de öyle davranırdım hiç sorun değil.

Kuyumcuda babamın dediği gibi ne istedilerse aldım ve tüm bu düğün hengamesinde onlarla gezemeyeceğime kanaat getirip kızı kolundan tutup durdurdum. Benim ellerim nasırlı diye bana mı öyle geliyordu yoksa teni çok mu yumuşaktı? Belki de tüm kadınların teni böyleydi. Birden beyaz göğüslerinin de böyle yumuşak olduğunu düşününce meteoroloji ile alakasız olarak sıcak bastı bedenimi. En iyisi kıza parayı teslim edip bir an önce uzaklaşmaktı.

Telefonunu istediğimde numarasını söylemek yerine korkudan şaşırıp telefonunu verdi. Daha fazla yanında kalmamak için elinden telefonu alıp yazdım numaramı. Zengin koca istemesi boşuna değildi, elindeki telefon bile kırıktı. Ürkek hâli onu daha çok hırpalamak istememe sebep oluyordu çünkü üstündeki etkim ile ilk kez bir kadın karşısında güçlü hissediyordum. Bu duygu çok hayvansıydı ve önüne geçemeyeceğim derecede büyümeden Selçuk'a anlatmalıydım. İşlerim olduğunu bahane edip soluğu sıra bekleyen hastalarını umursamadan Selçuk'un yanında aldım.

Beni görünce parmağıyla kapıyı işaret edip "Burası devlet hastanesi, git sıra al." dedi hemen.

Onu umursamadan "Kızdan midem bulanmadı hatta teni hoşuma gitti." dediğimde şaşkınlıkla bana bakakaldı. Gözlerini benden ayırmadan hastaneye ait sabit telefonunun ahizesini kaldırıp kulağına getirdi ve dâhili numaraya basıp sekterine "Yarım saat boyunca başka hasta alma." dedi.

Karşısına oturduğumda Selçuk merakla "Ona dokunabildin mi?" dedi.

"Evet, koluna dokundum."

"Ne hissettin?"

"Yumuşaktı."

"Öyle değil, duygu olarak."

Niyeyse ondan etkilendiğim gerçeğini kendimden bile saklıyordum. "Boğmak istiyorum onu." diye aklıma ilk geleni dedim.

"Neden?"

"Bilmiyorum, her zamanki sebepler işte."

"Ona nasıl davranıyorsun?"

"Dediğin gibi kötü."

"Ben öyle bir şey demedim!"

"Dedin hatta taciz etmemi söyledin."

"Ben, biraz korkutmak için-"

"Ne fark eder hangi sebeple söylediğin?"

"Çok fark eder. Onu uzak tutmak için biraz gözünü korkutmak olabilir ama ona eziyet etmek olmaz."

"Bu yüzden geldim aslında; ona eziyet etmekten zevk alıyorum. Sanki küçükken babamın eve getirdiği oyuncaklardan biri gibi. Onunla kontrol bendeyken oynamaktan keyif duyuyorum."

"Onu sahiplenmişsin. Gitse ne hissederdin yani evlenmek zorunda olmasan?"

"Hiçbir şey hatta sevinirim. Hâlâ evlenmeyi istemiyorum."

"Aslında bu konuyu seninle uzun uzadıya görüşmek istiyorum ama şimdi ilgilenmem gereken bir sürü hasta var. Senden tek ricam; ona kötü davranma."

"Kendinle çelişiyorsun."

"Bu çelişki değil. İlk başta sen kızın çekingen olmadığını söylemiştin ama şimdi anladığım kadarıyla senden zaten yeterince çekiniyor yani gerek kalmamış."

"Kendimi onunla sınamak istiyorum."

"Hangi konuda?"

"Anladın işte."

"Hazır hissetmeden olmaz."

"Hazır hissetmesem zaten-"

"Senden değil kızdan bahsediyorum. Yattığın psikiyatri servisindeki tecavüz mağduru kadınları hatırla."

Koridorda karşılaştığımızda ben onlardan onlar da benden korkardı. Aslında farklı cinsin aynı dertten mustarip hastaları sayılırdık.

Selçuk'a "Tamam." desem de arabada yalnız kaldığımızda dün sergilediği göğüslerini düşünüp ona "Umarım o kafam kadar memelerini sergileyecek bir şey almamışsındır." demeden edemedim. Bence zaten ucuz bir kızdı, denemek için onunla evlenmeye gerek yoktu. Bana bağırıp tekrar deli dediğinde öfkem bedenimin direksiyonuna oturdu. Ormana çektiğim arabadan kaçabilmek için kapıları zorluyordu ve eteği biraz yukarı sıyrılmıştı. İçimde fazlasıyla hissettiğim erkeklik hormonlarının ısrarı ile hafif bir dokunuşla bacaklarından eteği sıyırdım. Korkuyla çığlık atıp ellerimi iterken bacağındaki morlukları fark ettim ve ellerini tutup kimin yaptığını sordum. Biraz ısrar ettikten sonra beni istemediği için ailesinden dayak yemiş olduğunu öğrendim.

Bana karşı takındığı önyargılı tavrı ister istemez ona olan nefretimi açığa çıkarıyordu. Şişmiş gözleri, kırmızı suratı ve süpürge saçlarıyla kendini nasıl benden üstün görebilirdi? "Ben de senin çirkin sıfatının meraklısı değilim." diyerek evlenmeyi istemediğimi belirttim ama sinirlerimi zorlayacak bir inatla bana "Deli olduğun için seçme şansın olmasa gerek."

dedi. Bana yine deli demişti zilli. İlgimi tek çeken; midemi bulandırmayan göğüsleriydi. Onları görüp beni zaten istemeyen kızla ilişiğimi tamamen kesebilirdim. Bana göğüslerini göstermesine karşılık evlilikten vazgeçeceğimi söylediğimde hiç tereddütsüz hayır, dedi. Anlaşılan babam bu kıza güvenmekte haklıydı. Evlenirsek zaten göreceğim göğüsleri şimdi benden saklaması tuhaftı. Bunu belirttiğimde sandığım gibi olmadığını ispatlar şekilde deli bile olsa kocasına sadık kalacağının üstüne basarak "Deli meli, kocamdan başka kimse beni çıplak göremez." dedi.

Bu olayın üstüne ertesi sabah onu almaya gittiğimde yine göğüsleri belirgindi, o halde dışarı çıktığında beynimin beni dinlemeyi reddeden öfkeli tarafı kızı, bu edepsizliği için cezalandırdı. Hiç tereddütsüz göğsünü sıkmış ve onu korkutmaktan memnun şekilde hakaretler etmiştim ama anlaşılan aceleden bu şekilde dışarı çıkmıştı. Yine de nedense bir türlü ona güvenemiyordum.

Selçuk, ona yaptıklarımı duysa herhalde beni tekrar içeri kapatırdı. Evi görmeye gittiğimizde yine onu taciz etmiş ve bir güzel azarlıyordum ki itişmemiz esnasında tişörtü yırtıldı ve sırtındaki yeni kabuk bağlamış kesik izlerini gördüm. Sehpa bacağıyla babasının yaptığı izler, Elif'e eziyet etmeyi seven içimdeki hayvanı susturmuştu. Ona acıyan tarafım artık merhamet de etmeyi istiyordu. Bu izlerden Selçuk'a değil de babama söz etmek daha doğru geldi.

Akşam utana sıkıla babama derdimi açtım. "Baba, bence evlenmemeliyim."

"Niye, yine ne oldu oğlum?"

"Kız, istemiyor zaten yani zorlamanın anlamı yok."

"Ne bildin istemediğini?"

"Evlenmek istemediği için ailesinden dayak yemiş. Her yeri mosmor olmuş."

"Ailesi ilk kez mi dövmüştür sence onu?"

"Sanmıyorum ama bu seferki bizim yüzümüzden, orası kesin."

"Ona merhamet etmek istiyorsan, evlen."

"Babası, tahta parçası ile dövmüş evlenmek istemediği için. Evlenerek ona merhamet etmiş olamam."

"Evlendiğinizde, kılına bile zarar gelmesin diye koruyup kollarsan olur. Ailesiyle yaşamaya devam ettiği müddetçe çilesi bitmez Elif'in. Sen, onu oradan kurtarabilirsin."

"Ya ben de ona zarar vermek istiyorsam?"

"O zaman hakkımı helal etmem sana. Eğer ki bir anlık bile olsa öfkene yenilip de ona bir fiske bile vurursan benim oğlum değilsin! Ben, seni öyle yetiştirmedim çünkü."

"Selçuk'a da anlattım; kafamda bir ses sürekli ona eziyet etmemi söylüyor ve bundan memnun oluyor, ya o sesi susturamazsam?"

"Kafandaki sesi değil içindeki sesi dinle." diyerek elini kalbimin üzerine koydu. "Kafandaki ses memnunken gönlün rahat mı? Unutma, ruhun dara düştüğünde kafandan geçenler değil, gönlünden geçenler seni feraha ulaştırır. Gerçek sen burada; vicdanında saklı."

Babamın her söylediği çocukluğumdan bu yana karakterimin şekillenmesinde rol oynamış ve bugünkü beni meydana getirmişti. Şimdi de yıllarını verdiği benden ona yakışır şekilde hareket etmemi bekliyordu. Asla ama asla onun yüzünü kara çıkartacak değildim.

"Tamam, babacığım."

Babam sırtımı sıvazlayınca sıkı sıkı sarıldım ona. Onu kaybetme korkusu gözlerimde birikince "Eşek kadar adam oldun ne ağlıyorsun?" diye şakayla azarladı.

"Allah'ın bana verdiği en kıymetli şeysin ve seni benden bu kadar erken almasını istemiyorum."

"Gün olacak Allah sana benden çok daha değerli hediyeler verecek ve o gün bu sözlerin için af dileyeceksin yaratandan."

"Senden kıymetli ne olabilir ki?"

"Karına âşık olduğunda onu benden bile çok sevdiğini ne kendinden ne de karından gizleme çünkü o, yol arkadaşın olacak, kader denilen zor yokuşta. Ama asıl hazinen, yoldaşının acısını bile unutturacak bir altıntop olacak. Ben kaderinde yanında yürüyemem sadece sana rehberlik edip yol gösterebilirim çünkü bir yerden sonra yollarımız ayrılır mecburen. Altıntopun yani evladın geldiğinde sen de ona rehberlik edeceksin ve unutma; o her düştüğünde senin onu kaldırmanla daha güçlü olacak. Karından ve evlatlarından şefkat ve güler yüzünü esirgeme, ailen senden korkmasın. Senin eve gelişini gözler olsunlar ki sen de yuvana bağlı kal daima. Benim sana miras bırakabileceğim en değerli şey; bu öğütlerle mutlu bir yuva kurmanı sağlayabilmek olur."

Asla babamdan çok kimseyi sevebileceğime inanmıyordum, hele çocuğumun olması bence imkânsız bir şeydi. Yine de babamın söyledikleri ile kendimi Elif'i öperken hayal etmekten alıkoyamamıştım. Âşık değildim belki ama onu arzuladığımı gizleyecek de değildim. Gelinlik almaya gittiğimiz gün, kıskançlık krizine girmemin sebebi de buydu. Babamın sözüne uyup ona kötü davranmamak için elimden geleni yapıyordum. Kendimce geliştirdiğim en iyi yöntem ondan uzak durmaktı. Ama gelinlikçide öyle güzel ve çekiciydi ki benden başkasının ona bakmasını istemiyordum. Tüm hakaretlerimin yegâne sebebi de buydu.

Anlaşılan benden çok korkmuş olacak ki o gece evlenmek istemediği yazan bir mesaj atınca soluğu evlerinin önünde aldım. Babam çok üzülürdü ve bugün yaptığımı duysa beni asla affetmezdi. Bunun öfkesiyle ona saldırılıp boğazına sarıldım ama güçlü çıkan sesine inat gözlerinde öyle yılmış bir ifade vardı ki "ÖLDÜRSENE!" derken bunu gerçekten de istiyordu. Beni kendime getiren de bu içime dokunan bakışı olmuştu. Yüzüne yediği tokadın izini gördüğümde ise babasını öldüresiye dövmemek için kendimi sıkmam gerekti.

Belki asla gerçek anlamda kocası olamazdım ama ona daha iyi bir hayat sunabilirdim. Boşanabileceğimizi vaat edip onu evine yolladım. Ertesi sabah da istediği gelinliği alıp benim elimden gelebilecek en kibar şekilde hatamı telafi etmeye çalıştım.

Yaşadığı bunca şeye rağmen psikolojisinin sağlam kalmış olması, bende ona karşı bir hayranlık oluşturmuştu. Tabii cesaretini de unutmamak gerek. Benden hem korkup hem de beni telefonuna "Deli." diye kaydetmesi bence cesaret gerektiren bir şeydi. Yine de ben onu ailesinden kurtarmaya uğraşırken onun da bana, herkesteki o sığ önyargı ile Deli etiketi yapıştırmış olması kalbimi kırmıştı. Bayramda benden özür dilediğinde ben de onu aşağılayıp gereken karşılığı verdim.

Tüm bunların içinde babamın hastalığı en çok canımı sıkan şeydi. Neyse ki doktoru bayramdan önce taburcu olmasına izin verdi de tekrar bir arada olabildik. Ne kadar ısrar etsem de evlendiğimde bizimle yaşamak istemiyordu. Evlenmeyi istememek için sahip olduğum onlarca sebepten biri de babamdan ayrı kalacak olmamdı. Ne zaman bunu dile getirsem "Karın sofrayı çeşit çeşit yemeklerle donattığında, dua edersin seni evlendirdiğime." diyerek şakaya vuruyordu.

Bu evliliğin akıl kârı olmadığı düşünüyordum ama nazar boncuğu fobim yüzünden kustuğumda Elif, bu kez alay edecek en ufak bir davranışta bulunmadı. Hatta büyük gün geldiğinde yani düğünümüzde ablasına boncukları toplamasını tembih etti.

Düğün günü, sıkıldığım fotoğraf çekiminde bana "Gülümse." diye çemkirmesiyle eğlenceli başlamıştı. Ben ona göğüsleriyle alay ederek "Koca meme." dediğimde geri adım atmadan "Deli!" dedi bana. Ama bu kez bir şey fark ettim; beyazlar içinde harika gözüken Elif'in bana hiç sevmediğim lakabımla seslenmesi hoşuma gidiyordu çünkü o benden daha deli bir ruha sahipti. "Bence biz seninle iki deli, tencere kapak olmuşuz." dedim gülümseyerek ve fotoğrafçı en sevdiğim düğün fotoğrafımızı çekti, o an.

Nikâhtaki heyecanı ise öyle tatlıydı ki kendimi onu teselli ederken bulmuştum. Babamın mutluluğu ise bana bile tesir etmişti. Nefret ettiğim evlilik için bugün fazlasıyla mutluydum. Hele Elif'in alnını öptüğümde içimde kopan fırtınalar... İlk kez bir kadını öpüyordum ve saçlarının kokusu burnuma dolarken o an hiç bitmesin istemem garipti. Neyse ki dans ederken ona sarılmak için bol bol fırsatım olmuştu. İnce beli neredeyse bir elim kadardı ve o ince kıvrıma sarılmak ya da küçük, yumuşak elinin avucumda olması içimi kıpır kıpır ediyordu.

Bu halim düğünüme konuk olan doktorumun gözünden kaçmamıştı. Yanıma gelip "Beni eşinle tanıştırmayacak mısın?" diye sordu.

"Hayır."

"Çok kabasın. Niye onunla tanışmamı istemiyorsun?"

"Çünkü ona hakkımdaki her şeyi anlatırsın."

"Bunda ne var?"

"Evleniyorum, düğünümde beni rahat bıraksan olmaz mı?"

"Peki, tamam. Ama unutma, bu gece söylediklerime uyarsan her şey mümkün. Bakmana gerek yok ve-"

"Biliyorum, biliyorum! Şimdi lütfen masana gider misin? Bak, hamile eşin masada bir başına kalmış."

"Kaç bakalım. Tekrar mutluluklar dilerim ve unutma, yapabilirsin."

Sonunda Selçuk'tan paçayı kurtardığımda bu kez babam "Zifaf namazı kılın, bir aksilik çıkmasın. Besmele ile başlayın." diyerek beni kırmızının her tonuna soktu.

Düğün bittiğinde ne Selçuk'un ne de babamın söylediklerinin hükmü kalmamıştı. Bir umudum, onun da beni istemiyor oluşuydu. Daha birkaç gün önce evlenmek istemediğini söyleyip ağlamıştı, bundan güzel bahane olamazdı benim için. Eşyalarımı toplayıp misafir odasına yerleştim, duşun ardından kapımı kilitleyip kendimi yatağa attım. Uyurgezer değildim ama bir kâbustan sonra kafamın yerine gelmesi birkaç dakikayı alıyordu. Elif'in güvenliği için kilitleyip önlem almak en akıllıcasıydı.

Gözlerim yeni yeni kapanırken kapının tıklanmasıyla iri iri açıldılar. Niye gelmişti ki? Çoktan uyumuş olabilirdim, en iyisini duymazlıktan gelmekti ama kapının önünden gitmediği gibi bir de daha şiddetli vurmaya başlamıştı. Yataktan kalkmış, odada volta atarken gitmesi için dua ediyordum. Gitmek şöyle dursun kapıyı zorlayıp yumruklamaya başlamıştı. Kesin Selçuk, anlatmıştı her şeyi ve Elif de alay edebilmek için kapıya dayanmıştı. İçimdeki eksiklik duygusu öfkeyle kendini gizleme uğraşına girmişti yine. Bir hışımla kapıyı açıp bağırmaya başladım. "Bu yaşına dek nasıl dayandın!"

Belki onunla yatamazdım yani o cesareti henüz kendimde göremiyordum ama ona kimin patron olduğunu gösterebilirdim. Elime doladığım saçlarını çekerken gelinliği çıkaramadığı için geldiğini söyledi. Bir anlık öfkeyle Selçuk'un adını bile ağzımdan kaçırmıştım oysa. Kırdığı fermuarı pense yardımıyla indirdiğimde hemen kaçıp gitmek istedi ama durdurdum onu. Az önce açık vermiştim ve bunu kullanmasın diye onu uyardım. "Kimseye birlikte olmadığımızı söylemeyeceksin."

Beni onaylayınca aslında bir sıkıntım olmadığını ispat edebilmek için çamaşırının kopçasını da açtım ama sırtındaki yaralardan kalan izler gözüme takılınca istem dışı parmağım izleri takip etti. Teni öyle pürüzsüz ve yumuşaktı ki, her bir izi öperek silmeyi istedim bir an. Sırtını öptüğümü hayal edince egomu tatmin eden bir hızla erkekliğim şahlandı ve şimdi değilse bile bir gün onunla beraber olabileceğime ilk kez o gece emin oldum. Bunun verdiği gururla "Sutyeni de açtım, donunu da kendin çıkarabilirsin sanırım." diyerek onu bıraktım. Odasına girerken bakışları bir anlığına tam da istediğim yerde durakladı. Artık en azından erkekliğimden şüphe duymazdı.

Nişanlılık süresince babamın onu savunması ve bana karşı koruması başta olmak üzere pek çok sebepten Elif'ten nefret etmiştim. Ama evlendiğimiz sabah her şey farklı olmaya başladı. Sanırım gerçekten nikâhta keramet vardı. Sabah namaza uyandığımda babam camide beni görüp Elif'le birlikte olamadığımı anlamasın diye camiye gitmeyip evde kıldım namazı. Yeni evli damat o sabah camiye gitse tuhaf kaçardı sanırım. İşe gitmeyeceğim için namazdan sonra alışmaya çalıştığım yeni yatağıma tekrar yattım.

Uyandığımda ev mis gibi börek kokuyordu. Kokuyu takip edip terasta ablasıyla telefonda görüşen Elif'i buldum. Dün söylediğimi unutmayıp ablasına birlikte olduğumuzu söylemişti. Söz dinlemesi hoşuma gitmişti, böyle giderse bir şekilde onunla yaşayabilirdim. Arkasını dönüp beni arkasında görünce az daha terastan aşağı düşüyordu. Sakarlığına kendi hastalığımı da ekleyip ikisiyle de alay ettim. Ama onunla böyle göğüs göğüse olmak içimde fırtınalar koparıyordu. Bu sabah makyajsız olmasına rağmen duru bir güzelliği vardı üstelik.

Elif'ten düşüncelerimi uzaklaştırabilmemi o muhteşem kahvaltı sofrasına borçluydum sadece. Babama içimden dua ederken bulduğumu mideye indiriyordum. Böyle pasta börek yapacaksa hep evli kalabilirdik, hiç sorun yoktu. Kahvaltının sonunda cesurca erkekliğimi sorgulayan o sorusu bile bu kez komik gelmişti. Hem beni istemiyor hem de merakından sorguluyordu her şeyi.

Günün gerisini odamda takılarak geçirirken Selçuk'un telefonu ve gereksiz sorularıyla yine sinirlerim zıplamıştı.

"Günaydın damat bey, keyfiniz nasıl?"

"Sen arayana dek iyiydi."

"Ayıp ayıp. Alınacağım bak."

"Asıl ayıp düğünün ertesi günü evli çifti rahatsız etmen."

"Baban arattı. Adamcağız merak etmiş seni."

"İyiyim ben."

"Eşin nasıl?"

"İyi, hâlâ sağ yani. Sanırım sen de onu soruyorsun."

"Dün gece birlikte olabildiniz mi?"

"Hayır."

"Neden? Hiçbir yakınlaşma olmadı mı aranızda?"

"Hayır."

"Birlikte mi uyudunuz peki?"

"Hayır?"

"Herhangi bir yakınlaşma, öpüşme olmadı yani?"

"HAYIR, DEDİM YA! ON KEZ SORMASAN OLMAZ MI?"

"Keşke biraz olsun yakınlaşmayı deneseydin. Neden beraber bile uyumadınız ki?"

"O da istemiyor zaten."

"Seni istemediğini söyledi mi?"

"Söylemesine gerek yok. Ailesi benimle evlensin diye dövmüş onu, belli işte."

"Tek sorun onun istemiyor oluşuymuş gibi konuşuyorsun."

"Tek sorun bu değil, biliyorum ama bu da sorun."

"Asıl korktuğun ne?"

"Yine kendimi kaybedebilirim."

"Sana saldırmayacak ama yine öyle bir korkun varsa kızı bağla ve bu şekilde yaklaşmaya çalış."

"NE? ASIL DELİ SENSİN! Kızı bağla ne demek? Onu boğmaya başladığımda kuzu kuzu ölsün diye mi?"

"Onun sağlığını düşünüyorsun. Buradan ona bir şey olsa üzüleceğin sonucunu çıkarıyorum."

"Hayır, tabi ki de. Sadece ona acıyorum."

"Bir kadına merhamet duyduğunun farkında mısın? Kız, ailesinden şiddet gören bir zavallı olduğu için mi bu korumacı tavrın?"

"Farkındayım ve inan sandığın gibi zavallı bir kız değil hatta acayip dik başlı."

"En azından kendini denemek için de olsa ona yaklaşmayı denemelisin derim. Korkaklığın lüzumu yok."

"Bilmiyorum, asıl sebep katil olmaya niyetimin olmaması. Beş senedir hiç kriz geçirmedim ve böyle kalmasını istiyorum."

"Kimin sayesinde krizler bitti?"

"Tamam, senin sayende biliyorum ama yine de dediğini yapamam."

"İstersen onunla konuşup durumunu anlatabilirim."

"Hayır, asla olmaz! Sen de bir halt anlatmayacaksın ona."

"Neden?"

"Çünkü ona güvenmiyorum."

"Güvensizliğin sebebi ne?"

"Kadın olması ilk sebep."

"Benim için farklı demiştim daha önce."

"Farklı demedim, tuhaf biri dedim."

"Güzel kız, yerinde olsam ona yaklaşmanın her yolunu arıyor olurdum."

"Benim karımın güzelliğinden sana ne lan?"

"Kıskandın mı?"

"Kıskanmıyorum ama boynuzlu olacak kadar geniş mideli de değilim."

"O zaman dün gece gelinliğin içinde peri kızı gibi gözüktüğünü söylememin senin için sakıncası yoktur."

"SELÇUK O AĞZINI ETMEDEN KAPA ÇENENİ!"

"Kıskandığını itiraf etmezsen devam edeceğim."

"EVET, KISKANIYORUM ULAN! OLDU MU?"

"Oldu, hem de bal gibi oldu. Ne kadar inkâr edersen et, onu

çoktan sahiplenmişsin. Benim öğrenmek istediğim de buydu zaten. İyi günler dilerim sana."

"Sinirlerimi zıplatıp sonra da iyi günler mi diyorsun, Gevşek?"

Telefonu sinirle kapatıp yatağın üzerine fırlattıktan sonra kapıyı tıklayınca sinirimi Elif'ten çıkardım. Ama elinde pastayla kapımda dikilirken onu beğeniyor ve kıskanıyor olmaktan ötürü öfkelenmeden edemiyordum. Beğensem ne olurdu? Ben ona dokunamazdım bile. Zaten benim gibi bir heriften onun bir kıza koca da yuva da olmazdı.

Akşam onun olan altınları illa bana vermeye çalıştığında yüzüne diyemesem de içimden "Al parayı, kaç git salak kız." diye kaç dedim bilmiyorum. Ama benim sandığım gibi paragöz falan değildi. Belli ki o gün markette arkadaşlarıyla laf olsun diye şakalaşıyordu. Ona yakınlaşmamı söyleyen doktorumu dinleyip yatağa çektiğimde tam da beklediğim şeyleri söyledi atışmamız esnasında.

"Senin dilin fazla uzun! Şimdi seni burada becermemem için bir sebep söyle."

"Çünkü istesen de yapamazsın."

"Emin misin?"

"Eminim. Bir halt yapamazsın."

"Kaşınıyorsun!"

"Kaşısana o zaman!"

"Ulan ne lanet kadınsın sen! Elimde kalmadan defol git!"

Onu ittikten sonra altın kesesini alıp arkasından fırlattım. Birden benden bile çok sinirlenip terliklerini bana fırlatmaya başladı. Ne olduğunu anlayamadan biri kafama geldi ve elimi sızlayan kafama sürdüğümde kanı görmemle küfür etmem bir oldu. Kaçıp gideceğini düşünürken beni her defasında daha çok şaşırtan bir cesaretle yanıma yaklaşıp yarayla ilgilenmek için yanıma geldi.

Bana hissettirdiği eksikliği ona hissettirebilmek için en çok acı çekeceğini bileceğim sözlerle zehrimi akıttım acımasızca. "Ailenin seni niye dövdüğünü şimdi çok iyi anlıyorum. Sen durdan sustan anlamıyorsun! Boşuna dövmemişler seni ama dayak arsızı olmuşsun şimdi de. Dayak arıyorsun da seni dövmeye bile değmezsin."

Dolan gözleriyle onu olduğu yerde bırakıp banyoya geçtim. Yara küçük de olsa feci şekilde başımın ağrımasına sebep olmuştu. Bir ağrı kesici içtikten sonra odanın zeminindeki altın kesesi gözüme takılınca kapısını tıkladım. Cevap gelmeyince içeri girdim ve ağlayarak uyuyakalmıştı anlaşılan. Hava sıcak da olsa uyuyanın üstüne kar yağarmış dedikleri için dolaptan bir pike alıp üzerine örttüm ve bu gece yaşadıklarımızdan sonra kaçıp gitmesini umarak altınları başucuna bıraktım. Ona alışmadan gitmesi ikimiz için de en hayırlı olandı.

Ertesi gün namazda yüzünde güller açan babamla karşılaşınca niye evlendiğimi bir kez daha hatırladım. Ekmek almak için fırına doğru beraber yürürken kafamdaki şişliği fark etti ve "Kafana ne oldu oğlum?" diye sordu.

Hiç yalan demeyip "Çok sevgili gelinin ilk günden kafamı yardı." dedim.

"Ne? Kıza vurdum deme sakın bana!"

"Baba, kafası yarılan benim. Ne vurması, o beni darp etti asıl."

Bıyık altından sırıtarak "Niye kavga ettiniz ki evladım?" dediğinde kısaca "Altınları al, dedim. Yok, istemez dediğinde keseyi ona attım. Kafasına gelince o da bana terliklerini attı." diye anlattım. Babamın sırıtması kahkahalara dönüşürken "Allah muhabbetinizi artırsın." diyerek alay etmeyi de ihmal etmemişti. Bir de babama rezil olmuştum yani.

Elif'e öfkemden uzak durmaya çalışsam da bu sadece fiziksel olabiliyordu. Çok tuhaf bir kızdı. Bana hizmette kusur etmemek için elinden geleni yapıyordu. Onun yerinde olsam benim gibi nemrut bir herifin yüzüne bile bakmazdım. Niye benimle ilgilendiğinin yarası ise kardeşine demediğini bırakmayıp önce onu, sonra da ailesini kovduğum gece kanadı.

Sevilmeye öyle açtı ki delinin teki bile sevse razıydı ama ben de o yürek var mıydı? En azından sandığı gibi ondan nefret etmediğimi söyleyip elimden geldiğince teselli verdim. Buna karşılık yanağıma kondurduğu öpücük hem gerilip güvensiz hissetmeme hem de feci şekilde heyecanlanmama neden olmuştu.

Benden sevgi kırıntısı bekliyor olmasının tek nedeni ablası ve kocası dışında ailesinin beş kuruş etmeyen insanlar oluşuydu. Bacanakla ilk muhabbetimizde frekansımız tutmuştu. Aynı futbol takımını tutuyorduk bir kere ve dürüst adamdı. Onun gibi aile babası olabilmek benim imkânsızımdı sadece o kadar.

Elif'ten kaçıp aramıza mesafe koyarak bunu ona da anlatmaya uğraşıyordum ama çok inattı. Bedenimi uzak tutsam da fikirlerimi bir türlü ondan uzaklaştıramıyordum. Yanındayken de gözlerimi alamaz olmuştum üstünden. Hâlâ nasıl olup da beni kusturmayan göğüsler olurdu anlayabilmiş değildim. Gecelerimin çoğu o göğüslerin tamamını gördüğümü hayal etmekle geçiyordu üstelik.

Sonunda verdiğim mesajı anlamış olacaktı ki akşam yemeklerinde sessize aldığı telefonuna habire mesaj gelir olmuştu. Telefonu masada unutup kalktığı an tüm mesajlara göz gezdirdim. Kıskançlıkla köpüren öfkemi kırgınlığım dindirirken mantıklı yanım "Sen ona nasıl bir gelecek sunabilirsin ki? Çocuk sahibi olmak istediğinde ne diyeceksin?" diyerek gereksiz alınganlık ettiğimi hatırlattı bana. Adamın dediği gibi parayı alıp onunla mutlu bir hayat kurarlardı. Ama tuhaf bir şekilde Elif, ona aşk dolu satırlar yazan bu adama tek satır cevap yazmamıştı. Bir parçamı mutlu edecek şekilde adamı istemiyor olacağını düşündüm.

Gitmek istiyorsa Âşık Veysel'in yaptığı gibi yapmak gerekirdi elbet. Sekiz yıllık eşi Esma, başka bir adamla kaçarken zorluk çekmesin diye ayakkabısına para koymuştu. Ben de giderken Elif'in altınları almasını umuyordum. Veysel'i çok iyi anlıyordum şuan, o körlüğünün derdini kimsenin çekmek zorunda olmadığını düşünüyordu, ben de hastalığımın. Bana katlanmak ya da ömrünü benimle çürütmek gibi bir zorunluluğu yoktu.

Sadece sağ salim gittiğinden ve adamı isteyip istemediğinden emin olamadığım için o gece takıldım peşine. Deli diyerek beni istemediğini bağıran o kız, bu gece beni o herife karşı öyle sahiplenmişti ki duyduklarıma inanamadım bir an. Elif'e saldırdığını anladığım an da koşup yetiştim ama attığı kum yüzünden yere düşünce paçamı kurtaran yine Elif oldu. Ona aşk için satırlar dizen bu adam yerine, suratına bile bakmayan beni tercih etmişti.

Belki de ilerde normal bir aile olabileceğimizi düşündüğü içindi bu tavrı. Yüzümü pansuman için odama geldiğinde ona benimle ilgili bilmesi gereken en önemli şeyi en az utanacağım şekilde söyledim. Onunla asla birlikte olamayacağımı anlamasını istiyordum. Ama niye beni bırakıp gitmediği için bu kadar mutlu olduğumun cevabını bir türlü bulabilmiş değildim. Ben, o küçücük boyuyla herkese meydan okuyan bücürden ne ara vazgeçemez olmuştum? Ne ara evi sadece onun gibi koktuğu için sever olmuş ve giderse kokusu kalır mı geride diye dertlenmiştim. Ben bu sabah secdede neden onun için gözyaşı döküp Allah'a ona gerçekten koca olabilmek için yalvarıyordum? Ben, bu gece ona güvenip bağlanır olmuştum. Birini gerçekten sevebilmenin, onu olduğu gibi kabul etmekten geçtiği anlamıştım. Bir aile olabileceğimize ilk kez umut edebilecek cesareti kendimde bulmuş içime işlemesine müsaade etmiştim, gözlerimi kapatıp hayal ettiğim gözlerine bakarken…

Hastaneden çıktıktan sonra bir haftayı evde geçirdim. Eski alışkanlığımla uyurken Emin'i izliyordum yine. Kafamda çözemediğim denklemler dolanırken Elif'in beni eve getirdiği o günlerde sorunlardan uzaklaşmak için soluğu hep bu bebek karyolasının yanında almıştım. Şimdi Selçuk, ilaçları bile kesmişti, sadece haftada bir seans terapiye gidecektim. Alt kattan bana seslenen Elif'i duyunca uyuyan oğlumun burnuna minik bir öpücük bırakıp sessizce odasından çıktım. Elif üşenmemiş, sabah sabah sevdiğim pasta böreklerle kahvaltı sofrasını donatmıştı.

"Günaydın, yine döktürmüşsün."

Parmaklarının ucuna yükselip dudağıma bir öpücük kondurdu ve "Sen evdesin, kırk gün şölen sofrası kursam yine kutlamak için yetmez." dedi. "Hem çok zayıflamışsın hastanede."

Tabağıma tepeleme her şeyden doldurduktan sonra kendisi sadece salata, biraz kahvaltılık ve bir parçacık börek aldı. Hayretle kaşlarımı kaldırıp "Sen niye yemiyorsun?" diye sordum.

"Yiyorum ya aşkım."

"Yiyorsun da kuş kadar."

"Yokluğunda sevinebileceğim tek şey üzüntüden kilo verebilmiş olmak oldu. Bir daha kilo almak istemiyorum. Aslında bu böreği de yemesem daha iyi ama nefsimi öldürmek için aldım bir parça."

"Etli butlu da iyiydin." diyerek çapkınca sırıttığımda "Ama sadece karanlıkta." diyerek kahkaha atmama sebep oldu. Eski neşemizi bulmuş olmak öyle güzeldi ki kapı eşiğinde onunla öpüşmekten işe gidemeyecek raddeye gelmiştim. Nefes almak için dudaklarımızı ayırıp "Hadi işe git artık, yoksa ayaküstü işi pişireceğiz." dedi.

"İstersen ayakkabıları çıkarıp eve girerim." dedim alaylı bir imayla.

"Öf sapık kömüş, işi batırmamak için bir taraflarımı yırttım ben. Git şimdi sen, eski hâline getir dükkânı. O dediğini akşama yaparız."

"İyi bakalım." Dudaklarına son bir buse kondurup bana bahçe kapısına dek eşlik eden Lust'la yürürken Elif arkamdan seslendi. "Sabri Usta'yı sakin affetme, selam bile verme o nanköre!"

"Bir haftadır diyorsun, anladım. Deliyim ben, geri zekâlı değil."

"İyi işler delim."

Son kez el sallayıp bahçe kapısından çıkarken Sabri Usta'nın yaptığını düşünmeye başladım. Bir bebekle tek başına kalan karımı yüzüstü bırakmıştı. İnsanları tanımak için yıllar değil böyle zor günler geçirmek gerekiyordu belli ki.

Elif, işçilerin gözünü öyle korkutmuştu ki atölyeye ilk girdiğimde komutan görmüş asker gibi hepsi sıraya girdiler. "Günaydın." dediğimde "Sağ ol." diye bağırırlarsa hiç şaşırmazdım. Ama benim rahat tavrım onları da rahatlattı ve hepsi geçmiş olsun dileklerini sundular. Miraç yapılacak işler listesini sayıp iş bölümünü hararetle anlatırken yine komutana bilgi veren on başı gibi gözüküyordu. O sayarken lafını bölüp "Tamam anladım, git nizamiyeden Ali Çavuş'u çağır." dediğimde hâlâ kafadan kontak olduğumu düşünüp şapşal şapşal yüzüme bakmaya başladı. "Ne çavuşu abi?"

"Bilmem sana sormak lazım, on başı gibi hazır ola geçmiş sayan sensin."

Kafa yaptığımı anlayınca gülerek "Elif ablam yüzünden oldu. Başta işleri savsakladık diye sonrasında terör estirdi burada. Alışkanlık olmuş yani."

"İyi, tamam. Diktatörlük dönemi sona erdi. Tüm atölyeyi artık Elif'ten kurtarıp eski özgürlüğünüzü geri veriyorum."

İşçilerden Bilal "Artık çay ve sigara için saat beklememize gerek yok mu yani?" dedi sevinerek. Anlamadığım için Miraç'a baktığımda "Elif abla, çay ve sigara molalarını yalnızca iki saatte bir beş dakika olarak koydu. Uymayana çıkışını veririm, dedi." diyerek açıkladığında işçilere dönüp "Yok, olur mu öyle şey. Herkes işini yaptığı müddetçe çayını, kahvesini içsin. Hatta Bilal, çayı demle de hepimiz içelim birer bardak."

"Emrin olur abi." diyerek mutfağa koşuşu bile Elif'ten korkmama yetmişti. Atölyedeki işten anlamazken işlerin yürümesini sağlamak için ilan etmişti bu sıkıyönetimi ve işe de yaramıştı. Bütçede ciddi bir açık olsa da hâlâ ayaktaydık. Eski müşteri potansiyelini kazanmak biraz zaman alacak olsa da olmayacak iş değildi. Zaten benim satmaya kıyamadığım çizimleri Elif, öyle güzel bir yüzdelik payla satmıştı ki her ay gelen o para, insana havadan geliyor gibiydi. Ama amacım atölyeyi tekrar eskisi gibi yapıp o paraları Emin için bir hesapta biriktirmekti. Bir daha Elif'in para için endişelenmesini istemiyordum.

Öğleden sonra eski dostun ziyareti ile fırsat ayağımıza gelince de daha "İşleri nasıl toparlarım?" diye düşünmeme gerek kalmamıştı. Akşam eve geldiğimde yüzümdeki mutlu ifadeyi fark eden Elif "Hayırdır?" diye sofrada sordu.

"Hayır hayır."

"Çatlatma da söyle."

"Öncelikle atölyeyi gestapo gibi basıp basıp durduğun için sağ ol(!)"

"Sen dalga geç, ben onları çat kapı kontrole gitmesem batardık."

"Şimdi tekrar çıkıyoruz işte."

"Nasıl? Bir günde nasıl oldu o iş?"

"Hani senin iş bağladığın Müteahhit Rıza amca vardı ya..."

"Eee..."

"Bu öğleden sonra o uğradı."

"Yine apartmanlar için mi anlaşacaksınız?"

"Çok daha iyisi. Babamın evini istiyor. Biliyorsun orası çarşıda hemen ve bizim eski tek katlı evin yeri değerli."

"Satacak mısın?"

"Satmayacak olsam böyle hevesle anlatır mıydım? O arsaya üç apartman dikecek. Bize her apartmandan beş daire ve ortadaki apartmanın altındaki bir dükkânı verecek. Dahası tüm apartmanların dolap işleri yine bizde."

Elif, kocaman gülümserken en çok da o ışıl ışıl bakışlarını özlemiş olduğumu fark ettim. Beni hiç yalnız bırakmamıştı ya da asla benden vazgeçememişti. Hastanede ziyarete her gelişinde onu yok saymama rağmen eskisinden bile çok sevmişti beni. Oysa benim gibi bir adamdan ailesinin dediği gibi boşanıp kurtulması gerekirdi. Ben de bunu yapmasını istemiş hatta ümit etmiştim ama çok inat bir kadındı. İyi de öyleydi, şimdi yine bir aradaydık.

Beni yüzüstü bırakan ya da yokluğumdan fayda sağlamaya çalışanlarla ise bir bir hesabı kapatıyordum. Mehmet iti zaten baltayla kafasını kesmeye yeltendiğim günden bu yana beni görünce yolunu değiştirir olmuştu. Tufan'a attığım bakışlar fırının kapısına çıkmasına bile müsaade etmiyordu. Bacanağın anlattığı olaydan sonra ise Kamil'in minibüsünün boş olarak dükkânının önünden geçişini bekliyordum. Bir akşamüzeri dileğim gerçek olunca minibüsün önüne geçip durdurdum. Frene basmak zorunda kalsa da arabadan inmedi. Kapıyı açıp kolundan aşağı çektim. "Bacanağın dövdü-" konuşmasına müsaade etmemden kafayı gömdüm. Sonra da kum torbası gibi yumrukladım. Civar esnafı elimden alana kadar yüzü tanınmaz olmuştu.

O esnafın arasına karışmış "Etme oğlum." diyen Sabri Usta'ya gözüm ilişince görmemezlikten gelmeyi seçtim. Ama yüzsüz ertesi sabah dükkâna gelip eski işini geri istedi. Patronunun parasını vermediğinden yakınırken sözünü böldüm. "Anlamadım Sabri Usta, tüm bunlardan bana ne?"

"Adam kandırdı beni diyorum. Benimle müşterisini arttırdı, sonra da paramı vermeyip işten ayrılmamı sağladı."

"Bizden tazminatını mı alamadın?"

"Yok, eşin yatırdı onu."

"O zaman bizimle bir ilişiğin kalmamış."

"Ben çok özür dilerim, babanla hukukumuz hatırına-"

"Sen o hukuku, benim karım bir başına iken hatırlayacaktın!" Sesim gürlerken oturduğu yerde sinince yüzsüzlüğünden midem bulanıp "Defol!" diyerek kafamla kapıyı işaret ettim.

Akşam anlatınca Elif'in "İyi ettin, aferin." diye defalarca söyleyip beni tebrik etmesi dün Kamil'i bir de benim dövme olayımı affettirmişti. Başımıza bela alacağımızdan korktuğu için "Eniştem dövdü bir kez, bir de sen niye hastanelik ediyorsun? Ya karakola giderse?" diye söylenip durmuştu.

Hafta sonu Selçuk'a bunu anlatırken "Çok mutlu anlatıyorsun, hiç şikâyet etme. Elif'in dırdırını bile özlemişsin işte." dedi.

"İnkâr eden kim? Ben ona ait her şeyi özledim."

"Bu seansta Elif'le ilgili mihenk taşlarını soracağım sana."

"Dedikoducu kadınlar gibi özel hayatını merak ediyorum desene şuna."

"Emre, şuan hastam olarak karşımdasın ve eşinin adının bile sana güç verip her şeyin üstesinden gelmene yardım etmişken pek çok ayrıntıyı tıbbi olarak merak ediyorum."

"İyi sor bakalım."

"Onunla ilk öpüştüğünde neler hissettin?"

"Yuh!"

"Duygularını merak ediyorum sadece. Olayları anlatmanı elbette istemiyorum."

Banyoda yaşadıklarımızı hatırlayınca birden sıcak basmıştı. Bilmeden sırtıma hafifçe geçirdiği tırnakları tüm sinirlerimi harekete geçirmişti birden. En kısa cevabı bulup "Erkekliğimde duyduğum eksikliği ilk kez unutmuştum." dedim.

"Bu süreçten sonra cinsel anlamda özgüvenin yerine geldi o halde."

"Aynen."

"Peki, ilk birlikteliğinizdeki kaygı düzeyine birden ona kadar bir numara verecek olsan..."

"Sıfır."

"Hiç endişelenmedin mi?"

"Başka şeyler ve sabırsızlıklar kafamda olduğu için onlara odaklanmıştım." Elif'i öyle çok arzuluyordum ki hastalık ve fobileri unuttum demek isterdim ama çok edepsizce olurdu. Doktorum bile olsa kimseye karımdan o şekilde bahsedecek değildim.

"Ona zarar vermekten korktuğun zamanlar oldu mu?"

"Evet, onu bir kez boğduğumda..."

O gece gördüğüm kâbusu tekrar hatırlayınca bile vücudumdan bir ürperti geçiyordu. Artık aydınlanan geçmişimle görmediğim kâbuslar bir zamanlar geceleri uykuyu haram ederdi bana.

Dört yaşındaki halimi bileğinden tutup çeken bir kadın vardı. Karşı koymaya çalışıp direndikçe daha çok çekiyordu beni. Ayaklarım çamurlu toprakta sürüklenirken annem geliyor aklıma. Ayakkabılarım çamur olduğu için kesin kızacak diye düşünüyorum. Sonra annemin dönmemek üzere ölüm denilen bir yere gittiğini hatırlayınca ağlamaya başlıyorum. Babam vardı hâlâ ama o da benimle hiç ilgilenmiyordu. Kadın eteğini kaldırınca çığlık atmaya başlıyorum. Beni bir duvarın arkasına çekiyor. Babamı görüyorum ama o bir türlü ben den tarafa bakmıyor. "Seni babama diyeceğim!" dediğim yüzü olmayan o kadına ait güdük eller beni boğarken gömleğinin önünü açtığı için gözüken küçük göğüsleri görebildiğim tek şey oluyor. O kadar çok sıkıyor ki boğazımı, önce acıyla yanıp nefes alamıyorum. Sonra acı bitince annemi görüyorum. Beni onun kurtardığını düşünüp anneme koşarken birden yok oluyor. Gözlerimi aralıyorum ve o eller yine boğazıma yapışıp beni sıkarken "Kimseye bir şey söylemeyeceksin yoksa seni öldürürüm!" diye tehdit ediyor.

Bu bölük pörçük hatırladığım rüyayı çocukluğumdan bu yana kaç kez gördüğümü saymam mümkün değildi. On altı yaşıma dek bu rüyayı her görüşümde altıma kaçırıp yatağımı ıslatmıştım. Şimdi Selçuk'un sorusuyla tekrar hatırladığımda uyanıp Elif'in yüzüne bile bakmadan onun beni boğan kişi olduğunu sanmıştım. Bunun asıl nedeni rüyanın içinde rüya görmemim çok sık karşılaştığım bir durum olmasıydı. Bazen küçük Emre'yi boğan eller onu yine bayıltınca rüyamda yetişkin Emre olarak uyanır ve ben onu boğarak istediği şeyi yapıp onunla birlikte olurdum. Bu şekilde uyandığım ergenlik dönemimde altıma kaçırdığım günleri özler olmuştum.

"Uyandığını anlayamadığın için olmuştu. Kendini suçlama." diyen Selçuk'un sesiyle düşüncelerden sıyrılıp onaylayarak kafamı salladım.

"Babanı özlüyor musun peki?"

"Şu aralar çok fazla hem de. O gün mezarlıkta kâbuslarımda gözükmeyen yüzü görünce kâbuslarımdan birinin içine düşmüş gibi oldum. Ne gerçek ne değil ayırt edemezken babamın yokluğu aklıma gelse de üzülmeye fırsatım bile olamamıştı."

"Sakin bu duygunu bastırma. Babanı özlediğin için ağlamak istersen ağla, ona karşı yerine getiremediğin son vazifelerin eksiliğini hissediyorsan yüksek sesle belirt."

"Giden Emin'in acısını gelenle unutuyorum."

"Bebekle aran nasıl?"

"Harika, bence beni tanıyor. Göğsüme yatırınca hemen susup uyumaya başlıyor. Grip olduğu için burnu tıkandı bu ara. Doktor minik pompaya benzer bir alet verdi, onu burnuna soktumuyor. Ağlayıp durdu dün gece, göğsümde uyurken annesi uyandırmadan aldı burnundaki tıkanıklığı."

"Sorma bizimkinin de on gün evvel boğazı şişti, uyku o üç haram oldu ikimize de. Ama şu an hastam olarak karşımdasın, bunu sonra konuşuruz."

"Tamam, bu hafta sizi yendik ya, onu konuşurken değil mi?"

"Bak olayı hiç futbola getirme. Hakemin vermediği penaltı bozdu takımın moralini. Biraz yüzünüz olsa o galibiyette hak yediğiniz için utanırdınız."

"Sen mağlubiyetinize kulp bulurken utanmıyorsun ama."

"Emre, şimdi lütfen bu mevzuyu kapatıp sana dönelim. Bir saatimiz var, iyi değerlendirelim istiyorum."

"Tamam o zaman. Elif seni ve eşini yarın akşam yemeğe bize bekliyor. Tüm bu geyiği yarın yaparız."

"Begüm'e sorayım, evet derse seve seve geliriz. Şimdi... Nerede kalmıştık? Heh, tedavi sürecinde gerçekliğe Elif sayesinde tutunduğunu söyledin. Bunun tam olarak anlamı ne?"

"Mantığımın karşı çıktığı bir olayı ve gerçekte yaşadığım hayatı bir birine katıp karıştırırken Elif'i düşününce kısa süreli de olsa beynim mola veriyordu. Gerçekten yaşadığıma emin olduğum o mutlu günler ve adını hatırlamanın verdiği huzur beni sakinleştiriyordu."

"O ilk ne zaman âşık oldun?"

"Âşık olurken fark edemediğim için bir tarih veremem ama artık aşkı tanıyorum ve aşkın bir kereye mahsus bir şey olmadığının farkındayım."

"Anlamadım, nasıl?"

"Hatırlıyor musun? Elif'in Begüm Hanım'la görüştüğü bir gün, ben de sana seansa gelmiştim. O gün bana aşkı tanımıyorsun bile ona âşık olmadığını nereden biliyorsun demiştin."

"Hatırladım."

"İşte ben o günden sonra bu konu üzerine çok düşündüm ve şu an biliyorum ki sevgi, saygı ve güven evlilikte daimi şeyler. Biri bile olmasa büyük sorun olurdu ama aşk bambaşka bir olgu. Ben Elif'e bir gün içinde üç kez âşık olabilirim. Onu görüp kalbimi hızlandırdığı her an ya da içimi ısıtacak her hareketiyle ona tekrar tekrar defalarca âşık olurum."

"Vay canına, sevdim bu fikri. Öyleyse şöyle sorayım; kalbin ilk ne zaman onun için hızlandı."

"Bunu net olarak hatırlayamam ama Mehmet'le gitmediği geceden sonra ona güvenmeye başladım. Güvendikten sonra kalbimi ona açmak çok daha kolay oldu. Bir gün denizde yandığı için sırtına krem sürmüştüm. O günü hiç unutmuyorum mesela. Kalbimin çarpışından ellerim titremesin diye kendimi kasıp durmuştum." O akşamın devamında Elif'i yarı çıplak gördüğüm için çok çok daha fazla heyecanlandığımı hatırlayınca birden yine sıcak bastı. Selçuk'a çaktırmamaya çalışarak "Başka merak ettiğin?" dedim.

Notlarına göz gezdirip "Krizden sonra seni sahiplenmesi artık daha güvende hissetmeni sağladı mı?" dedi.

"Beni sahiplendiğini bundan çok daha önce anladım aslında. Bir gün bana herkesin eşinin bir eksiği var, kimi içkici kimi çapkın varsın benimki de deli olsun demişti. Ben o gün beni olduğum gibi seviyor olduğunu anladım işte."

"Çok güçlü bir kadın. Sen yokken bana kök söktürdü."

"İşyerindeki elemanların da imanını gevretmiş."

Gülüşmelerimiz arasında "Babamla birlik olup başımı yaktınız." diyerek Selçuk'a takıldım.

"O olmasa zor toparlanırdın."

"O olmasa nefes bile alamam. Babamı düşünüyorum böyle zamanlarda, annemsiz u-yıllarca nasıl dayanmış?"

"Sen vardın annenden hatıra."

"Öyle de evlat başka ruhunun öbür yarısı bambaşka."

"O zaman annene kavuştu diye düşün babanı üzülme."

"Ben babama değil, kendime üzülüyorum zaten aslında. Yani öyle bir an geliyor ki şimdi olsa da babama danışsam diyorum. Onun en doğru kararı alacağına hep emindim çünkü."

"Yaşarken kıymetini bilmek gerek desene."

"Aynen."

"Bak hastam olarak senden öğreneceklerim varmış. Bari bu tatilde yurtdışına gezmeye değil de eşimle memlekete babamları görmeye gidelim."

"Sonradan koyuyor acısı, yaşarken gidip bol bol vakit geçirmek gerek. Ölmeden iki gün evvel onunla uyudum diye şimdi çok mutluyum." Gözlerimdeki nemi gözyaşı olmadan parmaklarımla temizleyip "Bitmedi mi bu süre hâlâ ya? İlla ağlamamı mı istiyorsun, anlamadım ki?" diyerek işi şakaya vurduğumda telefonunun ekranından saati kontrol edip "Üç dakika kalmış, bitti sayalım." dedi.

"Hele şükür." deyip elini sıkarak vedalaştım. "Yarın akşam bekliyoruz." demeyi unutmadan çıktım odadan.

Seanstan dönerken Elif'e bir demet gül aldım. Benden çiçek almayı seviyordu çünkü hep gözleri ışıldayarak dolaşıyordu öyle günlerde. Gece çiçeğimin mükâfatını almış kollarım arasında tenime işleyerek dinlenirken "Hatırlıyor musun şimdi her şeyi?" diye çekinerek sordu.

"Evet."

"Anlatmak istemezsen anları tabii ama..."

"Sana anlatmak istemediğim hiçbir şey olamaz Elif'im."

"Ne yapmıştı sana öyleyse?"

"Annem yok diye huzursuzdum zaten. Babam da ha bire ağlıyor, benim farkımda bile değil. Sahipsiz, bir başımayım Sabriye teyzelerde o zamanlar. Yediriyor, içiyor Sabriye teyze, ilgileniyordu benimle. Kızı Fatma, o zaman bana göre o da büyük kadın hâlbuki sadece dokuz yaşındaymış."

"Ama erken girmiş ergenliğe o yüzden senin öyle hatırlaman doğal."

"Biliyorum, Selçuk dedi. Hafiye gibi çözmüşsün olayı." Böylesine kötü bir anımı hatırlayıp anlatırken bile kollarımın arasında kıkırdaması içimi açıyordu. Meraklı gözleri devam etmemi söyleyince "Fatma ilk başlarda beni çok seviyordu. Ben de onunla oynamayı seviyordum, ne desem yapıyordu. Sonra gece aynı odada da uyuduğumuz için ve annemle uyumaya alışmış olduğumdan ona korkuyorum, dedim. O da yanıma geldi. Beni dudağımdan öpünce istemedim, bana "Anne babalar da aynı yatakta uyuyor ve böyle şeyler yapıyor." dedi. Çocukken anlamasan bile hissediyorsun yanlışlığı. Bana sevgilim demesi gıcığıma gidiyordu artık onunla oynamak istemiyordum. Onlara misafir gelen benim yaşlarımda bir komşu kızıyla oynadım bir gün. O gün çok sinirlenip kıskandı. Beni kolumdan tutup ormanın içlerine doğru sürüklemeye başladı. Yağmur yağıyordu, şuan dün gibi hatırlıyorum. Yerdeki çamurlar ayakkabıma bulaşınca annem kızar diye telaşlanmıştım sonra annemin hiç dönmeyecek olmasına dönüşmüştü telaşım."

Küçüklük halime üzülen Elif, belime sıkıca sarılıp boynumu öptü. "Artık üzülmüyorum çünkü kendi ailemi kurdum sonunda."

"Biz hep yanındayız korkma sakın."

"Biliyorum."

"Peki sonra?" diyerek anlatmaya dönmemi istediğinde "Sonra önce yağmur dinene dek bir ormana atılmış bir su deposuna girip bekledik. Acıktığımı söylediğimde yağmur dinince benim için elma topladı. Onlardan yedik. Sonra da beni istinat duvarı gibi bir yârin altına çekti. Bu şekilde biri ormana gelse bile aşağıda kaldığımız için bizi göremezdi. Soyunup pantolonumu indirdi ve benim hiç anlamadığım şeyi yapmamı istedi. Ayıp olduğunu ve onu babama söyleyeceğimi söyledim. Israr edip şeyime dokununca da korkudan işedim. Vazgeçmeyip ısrar ettiğinde anne diye bağırmaya başladım. 'Annen öldü, seni duyamaz." deyince bu kez baba diye ağlamaya başladım. Babama diyeceğim diye tehdit ettiğim an yere yatırıp üstüme çıktı ve boğmaya başladı. Ellerini boynumdan ayırmak için bileklerinden tutup çekmeye çalıştım ama yaşı itibariyle benden çok güçlüydü. Sadece kolundaki nazar boncuklu bilekliği koparabildim. Nefes almak için açtığım ağzıma dolan boncuklar boğazıma kaçınca öğürüp kustum. Sonrasında bayıldım sanırım. Çünkü beni eve dek taşımış, üstümdeki kirlileri çıkarıp pijama giydirmişti. Ayılıp onu gördüğümde yine ağladım. Annesi duyar diye korktuğu için yine boğmaya çalıştı beni. O günden sonra biz karı kocayız, sen benim sevgilimsin deyip her gece beni taciz etmeye ve ben ses edersem de boğazımı sıkmaya başladı. Annesi bir gün beni yıkamak için banyoya sokunca morlukları gördü sonra beni başka eve yolladılar ama ben gördüğüm her kadından korkar olmuştum bile. Böyle işte."

Elif, bana daha da sokulup "Nazar boncuğu o yüzden mideni bulandırıyordu." dedi keşfettiği şeyle.

"Evet, göğüslerde beni boğarken gördüğüm tek şey oldukları ve beni sürekli onları öpmem için zorlaması yüzünden midemi bulandırıyordu. Senin koca memelerin bu fobimi alt üst etti ama." diyerek kötü atmosferi dağıtmak istedim.

"Sapık kömüş." diyerek kıkırdadığında çoktan hatırladığım anıları çıkardığım deliğe geri sokmuştum bile. Hatırlamadığım geçmiş yüzünden tüm çocukluk ve gençliğim heba olmuştu. Şimdi bir de hatırlayıp üzülecek değildim. Her şey benim gibi kurban bir küçük kız yüzünden başıma gelmişti. Onun yaşadıkları benden bin beterken ona ne ben ne de Elif nefret duyamıyorduk. Elif'in önerisi ile Fatma'nın kızına burs bile bağlamıştık. Öyle yüce bir gönlü vardı Elif'in adının hakkını her daim veriyordu. Aşkı dudaklarında solurken gözlerimi gözlerinden alamıyordum asla. Ben oydum o da ben...

# Son Söz

*Yedi Yıl Sonra*

Küçük kız, abisine alınan okul çantası ve matarasına bakıp kıskançlığını bir kez daha dile getirdi. "Bana ne işte! Ben de gideceğim okula!"

Babası, küçük kızını kucağına alıp "Yıllarca okula gitmiş birisi olarak söylüyorum, hiç eğlenceli değil okul." dedi.

"Eğlenceli değil ama çizgi filmli çantası, su kabı var! Öyle mi baba?"

"Bu da anası gibi fazla zeki ve sivri dilli."

Küçük kız babasına dilini çıkarıp "Benim dilim yuvarlak." dedi.

Emre, eşine bakıp gözlerini devirirken Elif, kızının yanağına bir öpücük kondurup "Sadece çanta ve matara için mi okula gitmek istiyorsun?" diye sordu.

"Hayır. Ben okula gitmek istiyorum çünkü evde yalnız kalmak istemiyorum."

"Ben varım anneciğim, yalnız olmayacaksın ki."

"Sen annesin ve benimle hep oyun oynamıyorsun. Sürekli mutfaktasın."

Küçük kız yavaş yavaş ağlamaya başlayınca karı koca ne yapacağız der gibi bakıştılar. Sonunda Elif aklına gelen fikirle eşine göz kırpıp "Seni de kreşe yazdıralım, ister misin?" diye kızına sordu.

"Okula gitmek istiyorum."

Emre, kızının yüzüne yeni uzayan sakallarını sürterek huylanıp gülmesini sağladıktan sonra "Orası da okul, çokbilmiş." dedi.

"Okulsa düşünebilirim."

Karı koca kahkahalarla gülerken evin yıllardır bekçiliğini yapan ihtiyar köpekleri de havlayarak yanlarına geldi. Emin, ihtiyar Lust'ı sevip "Anne geç kalacağız." diye sızlandı. Emre, bahçede bu kadar muhabbetin yeterli olduğunu düşünüp "Haklısın oğlum." dedi ve kucağında kızı, elinden tuttuğu oğlu ile garaja yöneldi. Çocukları arka koltuğa yerleştirirken zamanın nasıl hızla geçtiğine anlam veremiyordu. Oysa daha dün gibi hatırlıyordu ikisinin de el kadar hallerini. Oğlu ilk göz ağrısı olduğu için içi içine sığmamıştı. Kulağına ezan okuyup adını üç kez kulağına fısıldarken gözyaşlarına mani olamamıştı. Kızı ise bambaşka bir heyecandı. Elif'in yeğeni Nil'den biliyordu kız çocuğun tatlığını, babasına aşkını, cimcime hallerini. Kızını kucağına ilk verdiklerinde annesinin az çok anılarından, daha çok da fotoğraflardan hatırladığı yüzüne benzetmişti. Elif'in tekrar hoşgörüyle karşılamasını umarak bu kez de annesinin adını fısıldamıştı kızının kulağına üç kez. Elif, kızmadığı gibi doğumdan önce kararlaştırdıkları isimden daha çok sevmişti Mihriban ismini. Mihriban büyüdükçe rahmetli babaannesine benzediği kadar annesine de benziyordu.

Emre, en çok da inatçı huylarını benzetiyordu Elif'e. Bunu hatırlatmak için arabanın yan koltuğunda oturan Elif'e göz kırpıp "Bu inatçılıkları hep sen." dedi.

"Ben okuldan oldum olası nefret etmişimdir bir kere."

"Çocukluğunu, sabahın köründe uyanıp ders dinlemek için okula giderek geçirmek, kimsenin ilk tercihi olmazdı sanırım."

"Bizimki hariç anlaşılan." diyerek elinde ayıcılığıyla oynayan arka koltuktaki kızına baktı.

Emre muzipçe sırıtarak "Yazdıralım bunu kreşe, her sabah uyanmak zorunda kalınca görür zaten gününü." dedi.

"Ama çok küçük daha, dört yaşında okul mu olurmuş?"

"Okul değil ki. Gün boyu yaşıtlarıyla oyun oynayacak sadece."

"İkisi birlikte evde olmazsa çok özlerim ben."

"İşe başlarsın diye umuyordum ben aslında."

"Kerime'yi işten mi atacaksın? Kız nişanlı bir de. Şimdi tam paraya ihtiyacı olduğu zamanlardır onun."

"Tam da o sebepten dön diyorum. Nişanlısının amcasının

işyerinde çalışmaya başlayacakmış. Yerime birini bulana dek dururum dedi dün."

Emre'nin kadınlara öcü gözüyle baktığı zamanlardan her kadınla istediği gibi rahatça iletişim kurabildiği bu günlere gelmiş olması uzun bir süreçte gerçekleşmişti. Elif, beklemediği bu olay karşısında şaşırsa da ev hayatından sıkıldığı için içten içe sevinmişti. "Tamam canım, dönerim o zaman."

Arabayı okulun otoparkına park eden Emre, arkaya dönüp "Okulun ilk gününe hazır mısın yakışıklı?" diye oğluna sordu. Mihriban'ın aksine Emin çekingen bir kişiliğe sahipti. Mihriban'ı bugün kreşe yazdırsalar iki gün içinde tüm sınıfıyla arkadaş olmuş olurdu ama Emin, önce kenardan gözlemleyip yavaş yavaş arkadaşlık kuruyordu. Elif, oğlunun bu utangaç tavırlarını hep Emre'ye benzetiyordu.

Emin sıkıntılı bir şekilde arabanın camından kalabalık okul bahçesine bakıp "Hazırım." diye mırıldandı. Elif, oğlunun arabadan inmesine yardım edip onun yüz hizasına gelebilmek için eğildi. "Nil ablanda bu okulda, teneffüslerde onu görebilirsin."

Emin kafasını sallayarak onaylarken hemen yanlarına park eden arabadan Nuray ve eşi Murat, çocukları Nil ve Aras'la beraber indiler. Elif, iki yaşındaki Aras'ı kucağına alıp "Nasılmış yakışıklım benim?" diyerek yanağından kocaman öptü. Emre, her zamanki gibi iki çocuklarına da nehir ismi koyan bacanağına takılarak "Fırat'la Dicle'yi ne zaman yapıyorsunuz?" dedi.

Murat gülümseyerek "Sen de sülalendeki ölülerin ismini koyuyorsun çocuklara biz bir şey diyor muyuz?" dedi.

"Benimki anamın babamın hatırasını yaşatmak için. Sizinki niye?"

"Bizimki de coğrafya bilgimiz taze kalsın diye."

Hep birlikte gülüşürlerken Emin, Nil'in eline yapışmıştı bile. Elif, oğlunun kalabalık bahçede, gürültüyle oradan oraya koşturan çocukları nasıl korkuyla izlediğini fark etti. Elif, Emre'yle göz göze gelip bakışlarıyla Emin'i işaret ettiğinde Emre kucağındaki Mihriban'ı yere bırakıp oğlunun yanına gitti ve elinden tutarak uzaklaşırken "Biz erkek erkeğe bir konuşalım, bakalım." dedi.

Elif, oğluyla bir köşede konuşan Emre'yi izlerken Mihriban

"Anne hadi beni de kreşe götürün." diye tekrar sızlanınca kızına döndü. "Tamam, bitanem. Abin derse girsin, senin için de kreşe gideceğiz."

Mihriban, Nil'e dönüp bilmiş bir edayla siyah saçlarını savurarak "Nil abla, artık ben de okula gideceğim." dedi.

Nil, inanmayıp "Hadi oradan maviş, sen daha dört yaşında bile değilsin. Anaokuluna bile almazlar seni." dedi.

"Kreşe gideceğim zaten. Anaokuluna büyünce gidiliyor. Ama Aras, kreşe de gidemez. O daha bebek. Ben, onun ablasıyım, değil mi anne?"

Kızının yorulmadan bıdı bıdı konuşan hâli tam olarak kendi küçüklüğüne benzediği için her zamanki sabrıyla "Evet, kızım." dedi. Neyse en azından şimdi Mihriban'ın hiç susmadan soru soran hallerini gündüzleri kreştekiler düşünecekti. İlk başta pek de sıcak bakmadığı kreş fikrine birden ısınıverdi.

"Anne, bizim de bebeğimiz olabilir mi?"

"Var ya tatlım bir sürü oyuncağın."

"Aras gibi gerçek bebek istiyorum. Kardeş yapar mısınız babamla?"

"Kızım öyle şeyler ulu orta denmez. Ayrıca bizim bebeğimiz sensin."

"Ben büyüdüm. Okula bile gideceğim. Kardeşim olsun hem abla da olurum."

"Ben seninle ve abinle zor uğraşıyorum. Üçüncü çocuğu artık Allah isteyene versin."

"Neden ya? Kardeş istiyorum!

Çalan zil sesi ile Emre, Emin'i Nil'e emanet ederken Nil'e takılmayı da ihmal etmedi.

"Cimcime Emin sana emanet."

"Emre Abi ya! Arkadaşlarım duyacak, deme şöyle cimcime falan! Küçük müyüm ben? Mihriban'a de sen onu."

"Ona da diyorum. O küçük cadı, sen orta boy, teyzen de büyük boy. Bana bak, arkadaşların küçükken teyze yerine deyze dediğini biliyor mu?"

"Ya biri duyacak bizim sınıftan!"

"Onu duymalarından korkuyorsan osurup üstüme iftira attığın günleri desem kim bilir ne olur?"

"Teyze bir şey de şu kocana? Tüm okula rezil olacağım!" diye kıpkırmızı bir yüzle söylendi Nil. Elif, Emre'ye kaşlarını çatsa da bıyık altından gülmeden edemiyordu. Nil, Emin'i almış uzaklaşırken Mihriban tekrar "Şu kız benden küçük ama onun bile kardeşi var!" annesiyle bir bebek arabasının yanında duran üç yaşlarında bir çocuğu işaret etti.

"Prensesim, sen kardeş mi istiyorsun?"

"Evet."

"O zaman her gece uyumak için yanımıza gelmeyeceksin." Elif, dirseğini şiddetli bir şekilde Emre'nin boşluğuna geçirince "Yani kardeşin olunca o bizimle uyuyacak. Masalsız uyumaya razı mısın?" diyerek durumu toparladı.

"Neden kardeşim olunca masal olamıyor?"

"Çünkü minik bebekler ağlar, altına yapar ve geceleri uyumaz. Biz de onunla ilgilenmek zorunda kalırız."

"Ben bebekken hiç altıma yapmadım değil mi? Pis bebekler altına yapar."

Emre, kızını kucağına alıp "Yaptın hem de ne koku bombaları salardın var ya?" diyerek kızını kızdırmaya başladı.

"Yapmadım!"

"Yaptın."

"Anne ya babama kızar mısın? Bana pis kız diyor."

"Emre, kafam götürmüyor artık, gözünü severim cırlatma kızı."

"Aynen, cırlatma beni."

"Cadı Mihriban."

"Hani annemdi cadı?"

"Annen baş cadı, sen minik süpürgeli yeni yetme cadısın."

Mihriban kıkırdayıp "Bu gece minik süpürgeli cadının masalını anlatır mısın, babacım?" dedi.

"Şimdi babacım olduk değil mi?"

Elif, sınıfına giren Emin'in arkasından son kez el sallarken "Biz niye sınıfına girmedik?" diye sordu. Emre "Öğretmeni istemiyorum veli." dedi. "Haklı da kadın, ilk günden sınıfa alışabilmeleri için lazım böyle bir şey. Hem geçen hafta alışma süreci dersleri boyunca zaten yanındaydın. Artık gerçekten dersleri başlayacak."

"Öyle olsun bakalım. Ee ne yapıyoruz? Eve mi dönüyoruz o zaman?" diyerek ablası ve eniştesine döndü. Ablası "Biz evimize döneceğiz, sizi bilemem ama ben uykuma geri dönmek istiyorum." dedi.

Emre "Biz kreşe gidip Mihriban'ı yazdıracağız." dedi.

"Evet, okula gideceğim ben de."

"Aynen, atıyoruz seni başımızdan Pasaklı Pakize." diyen babasına dudaklarını büküp "İndir beni baba, küstüm sana." dedi Mihriban.

"Her huyu sana benziyor Elif." dedi Emre, karısına takılarak.

Karı koca atışıp gülüşerek arada da kızlarının bu yaştaki zekâsına hayret ederek kreşin yolunu tuttular. Mihriban, kreşe girer girmez sınıftaki çocuklarla konuşup arkadaş olmaya başlamıştı bile. Anne babasını çoktan unutmuş kendi yaşlarında iki kızla oyun oynuyordu. Elif ve Emre kızlarını öpüp veda ettikten sonra içlerinde tatlı bir burukluk oluşmuştu. Kızının bir gün büyüyüp evleneceğini düşününce burnunun direği sızladı Emre'nin. Kocasının halini fark edince "Alt tarafı kreşe gidiyor, yıllar geçtikçe sulu göz olmaya başladın sen de." dedi Elif.

"Şimdi için değil, gelecekte evlenince ne yapacağımı düşününce fena oldum."

"Oğluna kız alırken iyi, kız vermeye gelince yıl yıl öncesinden ağla. Kızı alan zavallı, kendi başını yakar. Asıl oğlanı düşün sen, ağzı var dili yok kuzumun. Çirkeş bir karısı olursa yavrumun başının etini yer durur."

"Sen de şimdiden kaynanalığa başladın."

"Bir tanecik oğlum var, ezdirmen kimseye. Gelin melin anlamam hiç."

Olmayan şey için sinirlenen Elif'e bakan Emre "Sana benzeyen bir gelin istemiyorsun yani." dedi.

"Bak yine bana laf çaptın, anlamadım sanma!" diyerek kocasına yanıt verdi.

Gündelik hayat işleriyle uğraşırken yıllar hızla ve mutlulukla geçip gitmişti. Şimdi çok var daha diye düşündükleri günler de bir bakmışlar gelivermiş olacaktı. Hatta torunlarının heyecanını yaşayacak ihtiyarlık dertlerinden dem vuracaklardı. Emre, bu düşüncelerle eşine dönüp "Yıllar ne hızlı geçiyor, değil mi?" dedi.

"Hem öyle hem de değil. Bazen bir bakıyorum çocuklar ne çabuk büyümüş diyorum bazen de akşam olmak bilmiyor ki çocuklar uyusun da bir rahata kavuşayım."

"Şimdi işe başlayacaksın ya istersen ev işlerine yardımcı birisini alabilirsin."

"Zaten hafta sonu temizlik için yardıma alıyorum ya birini, unuttun mu? Ama üniversite öğrencisi bir kızla anlaşabiliriz. Biz işten dönene dek çocuklarla ilgilensin. Ödevlerini yaptırsa kâfi."

"Olabilir tabii. Ama sonra kız benden etkilenip bana göz koyarsa kıskançlık krizine girme."

"Yirmilik kız, senin gibi otuz beşine merdiven dayamış adamı ne yapsın?"

"Yaşımda ne varmış be? Vücudum hâlâ taş gibi."

"Ama saçlarında beyazlar var artık."

"Birkaç tel sadece. Hem senin gibi boyatmıyorum saçlarımı."

Elif, saçında çıkan üç beş tel beyazı boyattırıyordu sadece kuaföründe ve bunu eşine hiç söylememişti. Hayretle "Hepsini boyatmadım saçımın sadece bir iki teli ve sen nasıl anladın bunu?" dedi.

"Saçın farklı kokuyor boyattığın için."

"Sen saçımın kokusunu mu ezberledin?"

"İlk dansımızdan beri biliyorum saçının kokusunu, sabunun ya da şampuanın değiştiğinde hemen anlıyorum." diyerek karısına baktı.

Aşkla bakışmaları yine aralarındaki görünmez, o çok güçlü sevgi bağını kurmuştu. Emre, çok iyi biliyordu ki karısı az önce ona bir kez daha âşık olmuştu. Araban inip bahçede evlerine doğru yol alırken kolunu Elif'in ince beline dolayıp "Yine çok zayıfladın." dedi.

"Çocukların peşinde koşmaktan."

"Şimdi ev boş ama."

"Eee?"

"İşe öğleden sonra da geçebiliriz bence."

"Bak sen..."

Emre, Elif'in çığlık atmasına sebep olarak karısını kucağına aldı. Yıllar geçse de aralarındaki atışmalar ya da o ilk heyecan asla kaybolmamıştı. Çocuklar ise yorucu oldukları kadar renk de katmıştı hayatlarına. Zaten öyle hızlı büyüyorlardı ki bazen bebekliklerini özlerken buluyordu Elif kendini. Emre'nin kolları arasında bunları düşünürken eşinin "Kara kara ne düşünüyorsun? O kadar kötü müydü ya performansım, bak şimdi cidden yaşlandığımı düşüneceğim." diyen sesi ile içten şekilde güldü.

"Deli, hayır tabii ki. Sadece çocuklar çok çabuk büyüyor diye düşünüyordum."

"Sen de mi üçüncüyü istiyorsun?"

"Yok be! Allah isteyenlere versin, bu saatten sonra çekemem bebek zırıltısı."

"Eee o zaman?"

"Ne bileyim işte, Mihriban üç gün sonra dört yaşında olacak, şimdi kreşe gidiyor. Emin okula başladı. Üniformayla nasıl tatlıydı."

"Babası gibi yakışıklı da ondan." diyerek yalandan bir böbürlenmeyle kendine pay çıkardı Emre.

"Sendeki özgüveni de alsaymış keşke. Çok çekingen bir çocuk."

"Ben sorunlarımdan ötürü onun yaşında çok daha çekingendim. O sadece önce gözlemleyip sonra arkadaşlık kurmayı yeğliyor o kadar."

Kocasının haklı olduğunu biliyordu Elif ama yine de oğlunun birileri tarafından kırılıp çok çabuk üzülmesinden endişe duyuyordu anne yüreği.

Nitekim ertesi gün bu annelik içgüdüsü haklı çıkmıştı ve Emin, okuldan bir arkadaşıyla kavga ettiği için okul üniformasının bir parçası olan tişörtü yırtık gelmişti eve. Çok uslu ve sakin bir çocuk olan Emin bu akşam öfkeden kıpkırmızı gelmişti eve. Derslerine yardımcı olmak üzere daha bu sabah anlaştıkları on dokuz yaşındaki üniversite öğrencisi kız telaşla Elif'i arayıp durumu anlatmıştı. Elif, apar topar işten eve koşmuştu.

Çocukları yaramaz zannedip daha başlamadan işi bırakmasın diye kıza "Aysucuğum inan aslında çok usludur. Sakın hemen yanlış bir karar verme." diyerek açıklama yaptı.

"Elif Hanım, çocuk sonuçta, elbet kavga edecek."

"Nerede şimdi?"

"Üst katta odasında."

"Ben bir gidip bakayım."

"Anne, ben de gelebilir miyim?"

"Hayır, kızım. Aysu ablayla oyna sen. Yaramaz olan budur aslında." diyerek Mihriban'ı işaret etti Elif. "Bazen öyle seri ve çok konuşuyorki, fişi olsa çekeğim. Hem onun motoru soğusun diye hem de ben azıcık kafamı dinleyeyim diye."

Ayaküstü yaptıkları sohbetin ardından Elif, üstü başı toz toprak içinde kalmış küskün vaziyette oturan oğlunun odasına girdi. "Neyin var kuzum?"

"Hiç."

"Tişörtünü kim yırttı?"

"..."

"Bitanem bana her şeyi anlatabilirsin."

"..."

Ne kadar dil dökse de oğlunu konuşturamayacağını anlayan Elif, onu duşa sokup yıkadıktan ödevlerini yapması için Aysu'nun yanına yolladı. Ödevler bitince kız, Elif'in tüm ısrarlarına rağmen akşam yemeğine kalmayıp hava kararmadan evden ayrıldı. Elif, bahçe kapısının önünde onu bekleyen erkek arkadaşını görünce gülümsemeden edemedi. Çok tatlı ve naif bir kızdı Aysu. Tek dileği Mihriban'ın çenesiyle kızı bezdirip kaçırmamasıydı. Kızı, Elif'in biricik prensesiydi ama çokbilmiş bıdı bıdı konuşmaları bazen yorucu olabiliyordu. Yine de asla kızını terslemeyip her sorusunu ciddiyetle cevaplamaya çalışıyordu. Kızıyla şimdiden aralarında bir iletişim bağı kurulmuştu ve Mihriban hiçbir şeyini annesinden gizlemiyordu. Emin ise sadece babasına anlatıyordu önemli bulduklarını. Bazen böyle durumlarda keşke Emin de Mihriban gibi konuşkan bir çocuk olsa derken buluyordu kendini.

Akşam Emre geldiğinde Elif eşine durumu anlattı. Emre, ağzını bıçak açmaz şekilde yemeğini yiyen oğluna bakıp "Ben hallederim." dedi. Akşam yemeğinin ardından yatsı namazını kılan Emre, son selamı verip eline tespihini alınca kızı her zamanki gibi babasının dizine oturdu. Koltukta dertli dertli oturan oğlunu eliyle çağırınca Emin de kalkıp babasının dizine oturdu. Emre okuyup iki çocuğuna birlikte üfledikten sonra minik eller havaya kalktı. Emre'nin ettiği her duaya âmin diyen minik dudaklar en sonunda Emre'nin uzattığı yanaklara birer öpücük kondurunca ayağa kalktılar. Mihriban hevesle "Ben sen gelmeden annemin duasına da âmin dedim, baba." dedi.

"Aferin kızıma."

"Ama abim gelmedi."

Emin'e bakıp "Erkek erkeğe konuşalım mı oğlum?" diye sordu. Bazı şeyleri sadece babasıyla paylaşmaktan hoşlanan Emin kafasıyla onaylayınca yerde serili kalan seccade üstünde kendince namaz kılmaya çalışarak oynayan Mihriban'ı bırakıp üst kata yöneldiler. Elif, aşkı olan iki adama öpücük atıp salona girdiğinde gülmeye başladı. Mihriban, orta sehpasının üzerindeki örtüyü komik bir şekilde başına bağlamış annesini taklit ederek namaz kılıyordu. Öyle tatlıydı ki örtüyü buruşturmuş olmasına kızamadı bile. Sadece fotoğrafını çekip çok güzel bir anı sakladı geleceğe.

Aynı anda Emre oğluna "Okulda seni rahatsız eden biri mi var?" diye sordu.

"Bir çocuk laf attı. Ben de ona vurdum. Sonra o da kolumdan çekince tişörtüm yırtıldı ve yere düştük."

"Sizin sınıftan mı yoksa büyük sınıflardan mı çocuk?"

"Bizim sınıftan değil ama büyük sınıf da değil. C sınıfından, o da birinci sınıfta. Baran diye biri."

"Peki, sana ne dedi de bu kadar kızdın?"

"Bana demedi aslında, sana dedi. Yanıma gelip senin baban deli dedi. Babası okulun ilk günü senin için Deli Emre demiş."

"Gerçekten deli olsam da senin için fark eder miydi? Beni sevmez miydin o zaman?"

Emin, babasının boynuna sıkı sıkı sarılıp "Ben seni hep severim." dedi.

"Öyleyse kimin ne dediğini umursama. Bana deli demelerine de asla ama asla kızma."

"Ama yalan! Sen deli değilsin ki hatta en çok akıllı baba sensin." diye hararetle söyleyen oğluna az da olsa geçmişinden bahsetmesi gerekiyordu ama bunu onun anlayacağı şekilde anlatmayı düşünüp gece masal zamanının gelmesini bekledi.

Mihriban'ı da kucağına alıp Emin'in tek kişilik yelkenli karyolasına yerleşti Emre ve çocuklarına bu gece kitaptan okuduğu değil de başından geçen bir macerayı anlatmaya başladı.

"Bir varmış, bir yokmuş... Evvel zaman içinde kalbur saman içinde... Çok uzak bir kasabada bir adam yaşarmış. Bu adamın yaşlı babası dışında hayatında kimsesi yokmuş. İnsanlarla konuşmayı sevmez, herkesten kaçarmış. Yanına yaklaşan olursa hemen saldırıp boğmaya kalkarmış. Bu yüzden tüm kasaba bu adama deli dermiş ve çoğu ondan korkarmış. Bir gün bu delinin çok sevdiği babası ölümcül bir hastalığa yakalanmış ve ölmeden oğlunun evlenmesini istemiş. Deli kadınlardan nefret etse de babasını kıramayıp evlenmek zorunda kalmış.

Evlendiği kız da diğerleri gibi deliden çok korkuyor ve onu hiç istemiyormuş. Ama anne ve babası kızı döverek para için zorla deliye vermişler."

Mihriban "Üvey annesi değil mi? Onun da üvey kız kardeşleri var mı? Bir masalda vardı ya hani?" diyerek hararetle atıldı.

"Maalesef öz anne ve babasıymış. Üvey kız kardeş yerine hiç olmasa daha iyi olur denecek bir erkek kardeşi ile onu gerçekten seven bir ablası varmış. Neyse, kızla evlenen deli, ilk başta onu hiç istememiş, hatta kıza gitsin diye kötü davranıp durmuş ama kız gitmediği gibi deliyi olduğu gibi sevmeye başlamış. Öyle ki adamın deliliğini bile sevip ona delim, diyormuş."

"Annemin sana dediği gibi mi?" diyen Mihriban'ın sözleri üzerine Emin yastığından kafasını kaldırıp babasına baktı heyecanla. Şimdi anlıyordu, bu masal babasının gerçek hayatını anlatan bir hikâyeye sahipti.

"Evet, prensesim. Annenin bana dediği gibi."

Emin merakla dinlerken Emre anlatmaya devam etti. "Gel zaman git zaman, deli de kıza âşık olmuş ve dünyalar tatlısı bir oğulları olmuş. Her şey çok güzel giderken adam babasının ölümüyle çok üzülmüş. Dahası babasının cenazesinde mezarlıkta bir hayalet görmüş. Adam çok küçük yaşta bu canavardan korktuğu için delirmiş zaten. Şimdi birden bire o canavarın hayaletini görünce tekrar korkup delirmiş. Adamı kendine ya da çocuğuyla karısına zarar vermesin diye bir yere kapatmışlar. Doktorlar neden delirdiğini bulmaya çalışırken onu çok seven karısı daha fazla kocasından uzak kalmaya dayanamamış.

Kucağında minik oğluyla, cesur bir şekilde canavarın hayaletinin izini sürmeye başlamış. Sonunda ormanın kıyısındaki bir kulübede onu bulmuş. Ama kocasının hayalet zannettiği sadece bir çocukmuş. Hiçbir çocuğun kötü olmadığını bilen iyi yürekli kadın evdeki fotoğraflara bakarak küçük kızın annesine çok benzediğini bulmuş. Yani adam hayalet görmemiş. Sadece yıllar önce gördüğü canavarın kızını görmüş."

"Canavarın kızı da canavar olur. Kaçsın hemen!"

"Hayır değilmiş çünkü çocuklar canavar olmaz."

"Ama annem cadı, annemin kızı olduğum için ben de cadıyım baba. Sen hep öyle diyorsun."

"Onu şaka olsun diye diyorum güzelim benim. Sen cadı değil prensesimsin benim. Annen de gönlümün kraliçesi."

Emin ilk kez sabırsızlıkla "Eee sonra ne olmuş?" deyince Emre de masala devam etti. "Sonra cesur kadın biraz daha araştırmış ve canavarın da aslında canavar falan olmadığını anlamış. O da sadece bir çocukmuş."

"Peki, o zaman nasıl adamı delirtmiş?" diye sordu Emin.

"Gerçek ve büyük bir canavar o kıza kötü davranıp onu her zaman korkutuyormuş. Kız, zamanla kendisine kötü davranan canavara benzemiş ve o da küçükken adamı korkutup delirmesine sebep olmuş. Deli adam tüm bu gerçekleri öğrenince artık hiçbir şeyden korkmamış ve iyileşmiş. Hatta bir de dünyalar tatlısı kızları olmuş ve sonsuza dek mutlu yaşamışlar."

Emre bitirdiği masalla Emin'e bakıp "Şimdi söyle bakalım, bu masaldan nasıl bir ders çıkarmalıyız?" dedi.

"Bazen canavarlar canavar olmayabilir."

"Evet, yani bazen insanların ne dediğine aldırmamak ve gerçeği görebilmek için daha dikkatli bakmak gerekir. Mesela adama deli demeye devam etseler de aslında adam artık deli değildir."

"Anladım babacım."

"Bir daha birisi benim için deli derse bunu umursamamanı istiyorum."

"Ama-"

"Bak oğlum, insanlar her zaman başkaları hakkında kendilerince sıfatlar uydurup konuşurlar. Sen asla onlardan olma ve karşındakini anlamaya çalış. Asla sana takılan lakaplara sessiz kal demiyorum."

"Kalmadım zaten. Sana deli dediğinde lafını geri al dedim, almadı ve ne yapacaksın ödlek, dedi. Ben vurunca sınıfına kaçarken arkasından sensin ödlek, dedim." diyerek olayın ayrıntılarını anlattı Emin. Emre, asla hak etmediği bir sıfatın karşısında oğlunun sessiz kalmasını istemiyordu. Birileri hak edilmeyen suçlama ve ithamlarla sizi etiketlemeye çalışırken susmak o iftiraları kabul etmekle eş değerdi onun gözünde. Bunu da çok güzel bir şekilde Elif'ten öğrenmişti. Hiçbir kötü söz karşında susmamayı, kimse tarafından ezilmemeyi onun sayesinde öğrenmişti. Çünkü o hakaretlere sustuğunuz zaman diğerleri de sizin o sıfatları hak ettiğinizi düşünüp önyargıyla size yaklaşıyorlardı. Onun deli lakabını almasını da böyle olmuştu. Onunla alay eden sınıf arkadaşına o an haddini bildirip susturmuş olsaydı belki de asla deli diye anılmayacaktı. O yüzden hak edilmeyen sözler karşısında susmamak gerekti.

"Aferin sana. Ama annene sakın deme, birine vurduğun için sana aferin dediğimi duyarsa o da bana vurur."

Emin gülümserken Emre, oğlunun iki gözünü de öptü. Sıra kızına geldiğinde çoktan uyumuş olduğunu görerek Mihriban'ı odasına taşıdı. Küçük kız yalnız başına uykuya dalmaktan korktuğu için her gece bu şekilde uyutulup yatağına taşınıyordu babası tarafından. Kızını yatırıp üzerini örttükten sonra yatak odasına geçti. Elif hâlâ mutfakta Mihriban'ın yarınki doğum günü partisi için hazırlık yapıyordu. Çok uykusu olsa da içi elvermediği için aşağı inip "Yardım lazım mı?" diye sordu.

"Yok aşkım, hallettim ben. Sen öğlen pastayı getirip gel yeter."

"Tamam, o zaman hadi yatağa."

"Bakıyorum da Mihriban gibi sen de yalnız uyuyamıyorsun."

"Evet, yastık sert geldi." diyerek çapkınca göz kırpıp gözleriyle Elif'in göğüslerini işaret etti. Elif gülmemeye çalışarak "Sapık kömüş!" diye söyledi.

"Tombullar ne diyor bu Elif? Yine başladı bana kömüş demeye, bence bir cezayı hak ediyor. Sizce de mi? Peki."

"Deli!" diye söylenirken daha fazla kahkahalarını tutamadı Elif. Emre'nin ilk duyduğu günden beri içini ısıtan bu mutluluk tınıları onu sararken karısına sarılıp alnına minik bir öpücük kondurdu. Ailesine sahip olduğu için ne kadar şükretse azdı.

Ertesi gün Mihriban'ın doğum gününde sahip oldukları iyi dostları için de şükretmesi gerektiğini fark etti. Selçuk Bey ve eşi Begüm Hanım, Emin'in çok iyi anlaştığı oğullarıyla gelmişlerdi doğum gününe. Emre hâlâ ikinciyi yapmadıkları için Selçuk'a takılıp duruyordu. Cenk ve Sanem'in ikizleri ise Mihriban'ın en sevdiği kız arkadaşlarıydı. Miraç daha yeni evliydi ve Nuray, eşini mutfakta "Çocuk istiyor musunuz?" diyerek utandırınca elif "Abla, kızı rahat bırak!" diye söylendi.

Zaten Sanem bomba dedikodularıyla ilgiyi başka tarafa çekmişti bile. "Necla kızına doğum günü yapıyor haftaya ve seni de davet etti. Ben ona kırgın değilim diyor."

"Ben de değilim ama bugün onu davet etmemişken ayıp olur ona gitmek."

"Sen bilirsin tabii. O zaman Mehmet'in oğlunun sünnet düğünü davetiyesini hiç vermiyorum sana."

"Yani isabet olur." dedi Elif.

Nuray merakla "Karısının ailesiyle barışmışlar diye duydum." dedi.

"Barıştılar evet. İlk başta Mehmet'le abisinin ısrarına rağmen nişanı atmayıp kaçması hataydı aslında."

Elif, eski defterlerden duymak istemediği isimler kulağına çalındıkça sıkılıp "Ne gıybet ettiniz var ya millette günah kalmadı." diyerek konuyu kapattı. Elif'in kapısına son dayanışını Cenk duyunca Mehmet'in nişanlandığı kızın abisine söylemişti bunu ve kızın ailesi Mehmet'i istememişti. Ama kız Cenk'e inanmayıp Mehmet'e kaçmıştı. Elif, kıza üzülse de Mehmet'ten top yekûn kurtulduğuna çok sevinmişti. Keşke kardeşi Tufan'dan da aynı şekilde kurtulabilseydiler. Tufan'ın ikinci kez bir hırsızlığa karışması üzerine Elif ailesiyle görüşmediğine şükreder olmuştu. Anne ve babası Tufan'ı bu şekilde yere göğe sığdıramazken az bileydi yaşadıkları.

Zaten bugün Mihriban babasının çektiği videoya gülümseyerek mumları üflerken orada olanlar yeterdi. Kocaman bir aileydi dostlarıyla onlar. Çocukların dede diye seslendiği Faruk amca, Miraç'a seslenip "Taze damat, Emre'den al o makineyi de şöyle bizi bir çek. Bugün varız yarın yokuz. Yeğenim ve torunlarla bir fotoğrafım olsun." dedi.

Emre aklına gelen fikirle "Herkes bir araya gelsin, makineyi zaman ayarlı kurarım ben." dedi. Tüm aile ve dostlar bir kare sığabilmek için annesinin kucağında gülümseyen Mihriban'ın etrafında pastalarla süslü masanın başına toplandı. Emre, Elif'in yanına gelip Emin'i kucağına aldı ve hep birlikte kocaman bir aile olarak objektife gülümsediler.

Tüm misafirler gidip gece odalarına çekildiklerinde Elif makinedeki o kalabalık mutluluk tablosunu Emre'ye gösterip "Ne güzel çıkmışız." dedi.

Emre, resme bakarken hayret etmeden edemedi. On yıl önce bu fotoğraftaki gibi kalabalık bir ailesi olacağı söylense asla inanmazdı.

Elif'e dönüp, "İyi ki hayatıma dâhil oldun. İyi ki varsın Elif'im." dedi mutlulukla ışıldayan gözlerle. Elif de aynı ışıltıyla Elif cevap verdi.

"Sen de Delim..."

*Son*

Wattpad Deli Tayfası'nın bir üyesiysen bu mesajım sana;

Benimle aynı hayale inanan ama hiç görmediğim sana gönülden bir sevgiyle yazıyorum bu notu. İnandığın bu levsere sahip çıktığın için TEŞEKKÜRLER...

Deli'nin sanal ortamdan şuan elinde tuttuğun kitaba dönüşmesinde desteğinin payı büyük. Benim için anlamının da çok büyük...

İyi ki varsın...

Bir gün seninle yüzyüze tanışabilmek umuduyla SEVGİLER...

Keyifli Okumalar Dilerim.

Gülsen Kılıçaslan